Elizabeth Peters

Der Herr des Sturms

Roman

Aus dem Englischen
von Beate Darius

Ullstein

Besuchen Sie uns im Internet:
www.ullstein-taschenbuch.de

Umwelthinweis:
Dieses Buch wurde auf chlor- und säurefreiem Papier gedruckt.

Ungekürzte Ausgabe im Ullstein Taschenbuch
1. Auflage Februar 2006

Titel der amerikanischen Originalausgabe:
Children of the Storm (William Morrow, New York)
Umschlaggestaltung: Büro Hamburg
Umschlagabbildung: © getty-images/photodisc
Gesetzt aus der 10' Times
Satz: hanseatenSatz-bremen, Bremen
Druck und Bindearbeiten: Ebner & Spiegel, Ulm
Printed in Germany
ISBN-13: 978-3-548-26387-8
ISBN-10: 3-548-26387-9

Für Joan Hess

Pax Ovinica

Der Tag der Kinder des Sturms.
Sehr gefährlich. Geh an diesem Tag nicht aufs Wasser.

Auszug aus einem altägyptischen Horoskop

Anmerkung der Herausgeberin

Die Herausgeberin weist darauf hin, dass das vorliegende Buch auf dem fünfzehnten Band von Mrs. Amelia P. Emersons Tagebüchern beruht. Als sie (die Herausgeberin) seinerzeit gebeten wurde, diese für eine Veröffentlichung zu bearbeiten, ahnte sie bereits um die Schwierigkeit eines solchen Vorhabens – diese Ahnung hat sich bestätigt. Die Entdeckung weiterer Emerson-Dokumente, darunter auch sporadische Aufzeichnungen ihres Sohnes (Manuskript H), sorgten für zusätzliche Erschwernis. Die Chronik hat Lücken, da einige Journale fehlen; trotzdem ist es eine mitreißende Familiensaga, die drei Generationen, einen Weltkrieg und fünfunddreißig Jahre turbulenter Geschichte umspannt.

Es begann mit der ersten Ägyptenreise von Amelia Peabody (so ihr Mädchenname) im Jahre 1884. Seinerzeit war sie mit einer jungen Begleiterin unterwegs – Evelyn Barton-Forbes –, die, genau wie Amelia, im Land der Pharaonen zu ihrer Berufung und zu ihrer wahren Liebe fand. Sie heirateten Brüder – Amelia den hoch angesehenen Archäologen Radcliffe Emerson und Evelyn dessen jüngeren Bruder Walter. Amelias Liebe zu Ägypten war fast so groß wie die zu ihrem aufbrausenden (aber auch überaus anziehenden) Gatten. Sie begleitete ihn zu seinen alljährlichen Exkavationen, die, abgesehen von einigen kurzen Unterbrechungen, über fünfunddreißig Jahre hinweg fortgesetzt wurden.

So war es unvermeidlich, um Amelias Wortlaut aufzugreifen, dass eine zweite Generation von Emersons folgte. Walter Emerson und seine Frau kehrten auf den Familiensitz in Yorkshire zurück, wo er seine altsprachlichen Studien fortsetzte. Sie wurden Eltern von sechs Kindern (eines starb bereits im Babyalter): Radcliffe junior, Margaret, Amelia junior (die darauf bestand, Lia gerufen zu werden, um Verwechslungen mit ihrer Tante vorzubeugen) und den Zwillingen Johnny und Willy. Johnny fiel in Frankreich als Soldat im Ersten Weltkrieg.

Aus Gründen, auf die Mrs. Emerson nicht näher eingehen möchte (was sicherlich ihr gutes Recht ist), hatten die älteren Emersons nur ein Kind, einen Jungen namens Walter Peabody Emerson. Er ist besser bekannt unter seinem Spitznamen Ramses, den sein Vater ihm gab, weil er so »dunkelhäutig wie ein Ägypter und so anmaßend wie ein Pharao« war. Seine Mutter hätte gesagt (und das hat sie auch des Öfteren betont), dass einer wie Ramses schlichtweg genug für jede Frau sei. Frühreif, vorlaut und weitschweifig entging er nur knapp einigen haarsträubenden Abenteuern, entwickelte sich aber schließlich doch noch zu einem jungen Mann mit allen wünschenswerten Eigenschaften.

Weiterer Familienzuwachs ergab sich durch Adoption und/oder Heirat. Bei einem Abstecher zu einer entlegenen Oase in der Westwüste stießen Amelia und Emerson (er zieht es vor, mit seinem Nachnamen angeredet zu werden) auf ein junges englisches Mädchen, Nefret Forth, das sie als Pflegekind mit zurück nach England nahmen. Ramses und Nefret wuchsen wie Geschwister auf, und Nefret brauchte eine ganze Weile, um zu erkennen, dass ihre Empfindungen für ihn weitaus tiefer waren als die einer Schwester. (Ramses hatte das wesentlich schneller begriffen.) Nach einer Vielzahl von Missverständnissen, nach Liebeskummer und Enttäuschungen (vor allem für Ramses) heirateten sie und sorgten – wie der vorliegende Band zeigt – für die dritte Generation von Emersons.

Ein weiteres Adoptivkind war David Todros, ein talentierter, junger ägyptischer Künstler, der unter sklavenartigen Bedingungen für einen Antiquitätenfälscher arbeitete, als die älteren Emersons ihn fanden und befreiten. Der Enkel ihres ägyptischen Rais – oder auch Vorarbeiters – Abdullah wurde Ramses' Blutsbruder und schließlich sein angeheirateter Cousin, da David Lia Emerson ehelichte. Lia und David produzierten ebenfalls eine dritte Generation, ein Mädchen, das nach Evelyn Emerson benannt wurde, und einen Jungen, der den Namen seines Urgroßvaters Abdullah bekam.

Die Emersons scherten sich wenig um Amelia Peabodys Familie, eine unangenehme Sippe, die einen der übelsten Ganoven hervorbrachte, dem sie je begegneten. Das einzig Gute, was Percy hinterließ, war sein Kind, die kleine Sennia, die die Emersons adoptierten und in ihr Herz schlossen. Im Übrigen waren die Angehörigen von Rais Abdullah für Amelia wie eine zweite Familie. Dessen zahlreiche Verwandte arbeiteten für die Emersons auf den Grabungsfeldern und auch im Haushalt; einige wurden enge Freunde, wie Selim, Abdullahs jüngster Sohn, der nach dessen Heldentod die Stellung als Rais übernahm; Daoud, Abdullahs Neffe, bekannt für seine Bärenkräfte, Gutmütigkeit und Redseligkeit; Fatima, Abdullahs Schwiegertochter, die unersetzbare Haushälterin der Emersons; Kadija, Daouds Frau, die eine erstaunlich wirksame grüne Salbe herstellte; und natürlich David Todros.

Wie Amelia ausführt, haben die Ägypter eine Schwäche für Spitznamen. Die Emersons anscheinend auch. Ramses und Lia werden durchweg mit diesen Namen erwähnt; insgeheim schätzte Amelia ihren schmeichelhaften Beinamen Sitt Hakim, Frau Doktor, allerdings fühlte sie sich gleichermaßen geschmeichelt von der Angewohnheit ihres Mannes, sie mit ihrem Geburtsnamen Peabody anzureden, zum Zeichen von Gleichberechtigung und Zuneigung. Emerson verabscheute seinen Vornamen und zog seinen Nachnamen oder seinen ägyptischen Beinamen Vater der Flüche vor (der, wie seine bessere Hälfte einräumt, absolut zutreffend war, trotz ihrer Bemühungen, ihm das Fluchen abzugewöhnen). Nefret war vielen Ägyptern als Nur Misur, »Licht von Ägypten«, bekannt. Die weniger blumige, ägyptische Bezeichnung für ihren Mann lautete Bruder der Dämonen. Indes war sie als Kompliment für dessen Tarnungsgeschick und Sprachbegabung gemeint.

Ein weiteres Familienmitglied verfügte über einen schier unerschöpflichen Vorrat an Pseudonymen. Nach ihrer ersten Begegnung mit Sethos, alias der Meisterverbrecher oder Meister, sahen Amelia und Emerson in ihm ihren Erzfeind – als Drahtzieher des illegalen Antiquitätenhandels in Ägypten und im östlichen Mittelmeerraum und als Emersons Nebenbuhler um Amelias Zuneigung. So war es ein entsetzlicher Schock für sie (und zugegebenermaßen auch für die Herausgeberin), als sie feststellen mussten, dass er Emersons illegitimer Halbbruder war. Während des Ersten Weltkrieges läuterte er sich, indem er als Geheimagent diente, eine Rolle, die ihm aufgrund seines Tarnungsgeschicks und seiner Kenntnis des östlichen Mittelmeerraums auf den Leib geschneidert war. Ramses, der ähnliche Talente hatte, ließ sich ebenfalls vom Geheimdienst rekrutieren und übernahm mehrere heikle Missionen in Ägypten und im Mittleren Osten. Sein bester Freund, David, unterstützte ihn bei einer dieser Kampagnen; die Herausgeberin vermutet, dass David zumindest an einer weiteren teilnahm, aber bedauerlicherweise bleiben diverse Tagebücher aus den Kriegsjahren weiterhin verschollen. Sethos wurde zur Verblüffung aller – außer Amelia (die sich seine Bekehrung auf die Fahne schreibt) – ein guter Freund und Mitstreiter.

Und jetzt, werte Leser, hat der Erste Weltkrieg geendet, und die Familie stellt sich auf das lang ersehnte Wiedersehen ein. Die Saga geht weiter!

1

Die glutrote Sonne versank allmählich hinter den Gipfeln der thebanischen Berge. Einer jener prachtvollen ägyptischen Sonnenuntergänge flammte am Horizont wie ein himmlisches Feuer.

Wenn ich ehrlich bin, nahm ich besagtes Schauspiel in diesem Augenblick gar nicht wahr, denn ich schaute gerade nach Osten. Allerdings hatte ich bereits hunderte von Sonnenuntergängen gesehen, und dank meiner herausragenden Fantasie schwebte mir das entsprechende mentale Bild vor. Mit zunehmender Dunkelheit wurden die Schatten der Holzgitter, die Türen und Fenster bedeckten, länger und verzerrter, legten sich wie die Streifen eines Tigers über die beiden Gestalten, die auf dem Boden hockten. Eine von ihnen sagte: »Spociba.«

»Russisch«, murmelte Ramses, der auf seinem Notizblock herumkritzelte. »Gestern war es Amharisch. Vorgestern klang es wie ...«

»Völliger Quatsch«, sagte seine Frau.

»Nein«, beharrte Ramses. »Es muss eine Bedeutung haben. Sie benutzen Wortstämme aus etwa einem Dutzend Sprachen, und ganz offensichtlich verstehen sie einander. Siehst du? Er nickt. Sie stehen auf. Sie gehen ...« Er hob die Stimme. »Lasst die Katze in Ruhe!«

Die Große Katze des Re streckte sich hinter ihm auf dem Diwan, erhob sich geschmeidig, sprang ihm auf den Kopf und von dort auf ein Bücherregal. Ramses legte seinen Notizblock beiseite und sah die beiden vor ihm stehenden Gestalten streng an. »Die Katze ist verboten. Kedi, hayir. Em nedjeroo pa meeoo.«

Die Große Katze des Re fauchte zustimmend. Als wir ihn bekamen, war er ein abgemagertes Kätzchen gewesen, indes hatte Sennia darauf bestanden, ihm diese bombastische Bezeichnung zu geben, und – wider Erwarten – war er in seinen Namen förmlich hineingewachsen. Er unterschied sich sehr von unseren anderen Katzen: langhaarig, mit einem gewaltigen, buschigen Schwanz und schwarzen Flecken auf grauem Fell. Eigenwillig, wie diese Spezies nun einmal ist, gesellte er sich regelmäßig zur Teezeit zu uns, obwohl er um die Schwierigkeit wusste, seinen jugendlichen Bewunderern zu entkommen, die jetzt in ein melodisches Gebrabbel verfielen, vermutlich Protest oder Rechtfertigung.

»Schätzchen, lass uns bei einer Sprache bleiben, ja?«, schlug Nefret vor. Sie lächelte, doch ich meinte, eine gewisse Schärfe aus ihrer Stimme herauszuhören. »Sie werden nie sprechen lernen, wenn du Altägyptisch oder Angelsächsisch mit ihnen redest.«

»Sie wissen zu kommunizieren«, übertönte Ramses das Duett. »Das ist eindeutig erkennbar, allerdings ...«

»Sag Papa«, schmeichelte Nefret. Sie beugte sich vor. »Sag es für Mama.«

»Bap«, sagte dasjenige, dessen Augen genauso kornblumenblau waren.

»Verrückte kleine Gauner«, murmelte Ramses. Das andere Kind kletterte auf sein Knie und verbarg den Kopf an seiner Brust. Ich vermutete, dass die Kleine versuchte, näher an den Kater heranzurobben, gleichwohl war es ein anrührendes Bild, wie sie sich an ihren Vater schmiegte. Es waren reizende und überaus anhängliche kleine Geschöpfe.

»Sie sind jetzt über zwei Jahre alt«, fuhr Ramses fort, die schwarzen Locken des Mädchens streichelnd. »Ich habe lange vorher gesprochen, stimmt's, Mutter?«

»Gute Güte, ja.« Ich lächelte leicht betreten. Um ehrlich zu sein – worum ich mich auf den Seiten meines privaten Tagebuchs immer bemühe –, fürchtete ich den Moment, wenn die Zwillinge anfingen, sich verständlich zu artikulieren. Sobald Ramses seiner Muttersprache mächtig gewesen war, hatte er in einem fort geredet, außer wenn er essen oder schlafen musste, und das fünfzehn Jahre lang, und die Penetranz und Pedanterie seines Redeflusses hatten meinem Nervenkostüm empfindlich zugesetzt. Die Vorstellung, dass nicht ein, sondern zwei Kinder in die väterlichen Fußstapfen treten könnten, ließ mir das Blut in den Adern gefrieren.

Stets Optimistin, beruhigte ich mich damit, dass die Vorstellung eines solchen Katastrophen-Szenarios völlig unbegründet sei. Die lieben Kleinen konnten ebenso gut nach ihrer Mutter oder mir geraten.

»Alle Kinder durchlaufen unterschiedliche Entwicklungsstadien«, legte ich meinem Sohn dar. »Und nach Expertenmeinung lernen Zwillinge manchmal erst später zu sprechen, weil sie die meiste Zeit miteinander kommunizieren.«

»Und weil sie ohnehin alles bekommen, was sie haben wollen«, grummelte Ramses. Offensichtlich verstanden die Kinder Englisch, wenn sie es auch nicht sprachen; seine kleine Tochter hob den Kopf und blinzelte ihn unter ihren langen Wimpern schelmisch an. Ramses zwinkerte zurück. Charla kicherte und schlang ihre Ärmchen um ihn.

Die Frage nach passenden Namen hatte uns monatelang beschäftigt. Ich sage »uns«, weil ich keinen Grund sah, warum ich nicht einen oder auch mehrere Vorschläge beisteuern sollte. (Vorschläge können nie schaden, solange die betroffenen Personen diese nicht zwangsläufig annehmen müssen.) Erst gegen Ende ihrer Schwangerschaft keimte in mir der Verdacht auf, dass Nefret Zwillinge bekommen würde. Da wir uns inzwischen bereits auf einen Mädchen- und einen Jungennamen geeinigt hatten, war das völlig unproblematisch. David John fand allgemeine Zustimmung; niemand hätte Ramses' Wunsch widersprochen, seinen Sohn nach seinem besten Freund und nach dem Cousin zu benennen, der 1915 in Frankreich gefallen war.

Ein Mädchenname ließ sich nicht so leicht finden. Emerson erklärte (ganz ohne Arg, da bin ich sicher), dass es mit mir und meiner Nichte schon genügend Amelias in der Familie gebe. Nach einigem Zögern erwähnte ich, dass meine Mutter Charlotte geheißen habe, und freute mich insgeheim, als Nefret damit einverstanden war.

»Das ist so ein schöner, normaler Name«, fand sie.

»Im Gegensatz zu Nefret«, meinte ihr Mann.

»Oder Ramses.« Kichernd tätschelte sie seine Wange. »Nicht dass etwas anderes besser zu dir gepasst hätte.«

Charla, wie wir sie nannten, hatte Ramses' schwarze Locken und die dunklen Augen geerbt. Ihr Bruder Davy, der inzwischen auf dem Knie seiner Mutter thronte, war blond, hatte Nefrets blaue Augen und Ramses' markante Nase und Kinnpartie. Sie hatten keinerlei Ähnlichkeit, bis auf die Größe und ihre sprachliche Exzentrik. Davy war übermütiger als seine Schwester und besaß eine nahezu übernatürliche Gabe, an einem Ort zu verschwinden und wie aus dem Nichts an anderer Stelle wieder aufzutauchen. Die Gitter waren in allen Räumen angebracht worden, in denen sie sich aufhielten, auch auf der Veranda, wo wir nach einem solchen Vorfall jetzt saßen und darauf warteten, dass Fatima den Tee servierte: Keine zehn Sekunden zuvor hatte ich zufällig durch den offenen Torbogen geschaut und dabei Davy entdeckt – er hatte heimlich Kekse stibitzt, verfolgte einen der riesigen wilden Hunde aus dem Dorf und es klang, als brüllte er »Hund« in irgendeiner obskuren Sprache. Besagtes Tier nahm fluchtartig Reißaus.

Unser Domizil in Luxor war weitläufig, aber schlicht, aus Kalksandstein und Nilschlammziegeln erbaut und von einer Pflanzenpracht umgeben, die ich umsichtig kultiviert hatte. Es war angelegt wie die meisten ägyptischen Häuser, mit Räumen, die eine Reihe von Innenhöfen umschlossen. Das einzig Ungewöhnliche war die Veranda, die sich an der Vorderseite erstreckte. Offene Arkaden (vor der Geburt der Zwillinge!) boten einen Blick über die Wüste zu dem Grünstreifen des Kulturlandes am Flussufer und auf die sich dahinter erstreckenden östlichen Gebirgsrücken. Nicht weit entfernt von unserem stand das kleinere Haus, das Ramses und Nefret mit den Zwillingen bewohnten. Das Anwesen wirkte etwas planlos mit seinen zusätzlichen Flügeln und Anbauten, doch nach meinem Dafürhalten war das – von mir angestrebte – Ergebnis ansehnlich und zweckmäßig.

Der neu hinzugekommene Wohnraum war erforderlich, da der Rest unserer englischen Familie in wenigen Tagen zu uns stoßen würde – das erste Mal nach Ausbruch des Ersten Weltkrieges. Die feindlichen Auseinandersetzungen hatten im November 1918 geendet, doch die Erinnerung an jene Gräueltaten verblasste nur langsam. Für die, die Angehörige in den verschlammten französischen Schützengräben oder an den blutbesudelten Stränden von Gallipoli verloren hatten, würden die Schatten der Vergangenheit gewiss nie weichen. Emersons Bruder Walter und dessen Frau, meine liebe Freundin Evelyn, würden immer um ihren Sohn Johnny trauern, wie wir alle; gleichwohl war 1919 ein ganzes Jahr lang Frieden gewesen, und ich hatte entschieden, ebendieses Weihnachtsfest zu einem unvergesslichen zu gestalten. Wie schön, sie alle wieder bei uns zu haben – Walter und Evelyn, ihre Tochter Lia mit ihrem Mann David, Ramses' bester Freund und ein begnadeter Künstler, nicht zu vergessen ihre beiden reizenden kleinen Kinder.

Machte zusammen vier reizende kleine Kinder. Nun, es würde jedenfalls ein lebhaftes Weihnachtsfest werden.

Während mein versonnener Blick an den Zwillingen klebte, innig an ihre überaus anziehenden Eltern gekuschelt, beschloss ich, David zu bitten, ein Gruppenporträt zu malen. Fotografien hatten wir im Überfluss, allein es fehlte die Farbe, um dieses bezaubernde Bild einzufangen. Die markanten Züge und eine stattliche Statur hatte Ramses von seinem Vater, allerdings war er bronzefarben wie ein Ägypter, mit wirren schwarzen Locken und dunklen, von langen Wimpern umrahmten Augen. Nefrets helle Haut und die rotgoldenen Locken waren die einer englischen Schönheit, und die Kinder hatten die vorteilhaftesten Attribute beider Elternteile geerbt.

Wenn die kleinen Geschöpfe nur lange genug still sitzen würden! Wie auf Kommando schälten sich beide Kinder aus den Armen ihrer Eltern und stürmten zur Tür, die ins Haus führte. Sie sprang auf, und ihr Großvater stand auf der Schwelle.

Man hat mich so manches Mal der Übertreibung beschuldigt, aber wenn ich behaupte, dass mein Gatte der renommierteste Ägyptologe aller Zeiten ist, dann sage ich die reine Wahrheit. Nach mehr als dreißig Exkavationsjahren wirkte er so dynamisch wie am Tag unserer ersten Begegnung; seine saphirblauen

Augen waren scharfsichtig, seine Schultern gestrafft, seine Locken pechschwarz bis auf die silbergrauen Schläfen.

»Gütiger Himmel!«, entfuhr es ihm, als die Zwillinge sich auf seine unteren Extremitäten stürzten.

»Fluch nicht im Beisein der Kinder, Emerson«, schimpfte ich.

»Das war nicht geflucht«, versetzte Emerson. »Aber so was kann ich nun mal nicht leiden. Eine hinterhältige Attacke, noch dazu zwei gegen einen! Da ist es mein gutes Recht, mich zu verteidigen.«

Er packte die beiden, setzte sich in einen Sessel und hob jedes auf ein Knie. Wie viel sie von seinem Unsinn verstanden hatten, vermag ich nicht zu beurteilen, jedenfalls giggelten sie ausgelassen.

Fatima trat mit dem Teetablett auf die Veranda.

»Möchtest du den Tee servieren, Sitt Hakim?«, erkundigte sie sich.

Emerson zuckte zusammen, als er meinen ägyptischen Beinamen hörte. »Frau Doktor.« Er hält nicht viel von meinen medizinischen Fertigkeiten. Ich wäre bestimmt die Erste, die zugeben würde, dass sie an Nefrets nicht heranreichten – sie war ausgebildete Chirurgin, keine Kleinigkeit für eine Frau in jener Zeit –, aber während meiner ersten Jahre in Ägypten, als die Fellachen kaum Zugang zu Ärzten oder Krankenhäusern hatten, wurden meine Kenntnisse überaus geschätzt und – wenn ich das sagen darf – nicht zu Unrecht.

»Ja, danke«, erwiderte ich. »Bitte, stell das Tablett dort ab.«

Fatima verharrte für eine Weile, ihr rundes, gutmütiges Gesicht voller Zuneigung, während sie die Kinder beobachtete, die sich über die Gebäckschale hermachten. Mehr Freundin als Bedienstete zählte auch sie zu denjenigen, die ich als unsere ägyptische Familie bezeichne. Sie waren alle eng verwandt mit unserem verstorbenen Rais Abdullah und durch die Heirat seines Enkels David mit unserer Nichte Lia inzwischen auch mit uns.

Bald darauf gesellten sich weitere Mitbewohner zu uns: Sennia, unsere Schutzbefohlene, nebst Gefolge – ihr Kater Horus und ihr selbst ernannter Leibwächter Gargery. Streng genommen war Gargery unser Butler, aber er hatte zusätzliche Aufgaben übernommen, die er (nicht ich) als notwendig erachtete. Diese umfassten Lauschangriffe, das Erteilen ungebetener Ratschläge und Kabbeleien mit Horus.

Ich muss gegenüber Gargery fair bleiben: Horus kam mit niemandem zurecht, außer mit Nefret und Sennia. Er folgte dem Kind auf Schritt und Tritt, selbst in die heikle Nähe der Zwillinge. Unvermittelt verschwand er unter dem Sofa und versteckte sich hinter meinen Röcken.

Die inzwischen neunjährige Sennia hielten immer noch einige boshafte Gemüter für Ramses' illegitime Tochter, was nicht der Fall war. Sie war der beste Beweis dafür, dass ein gutes Umfeld jedes Erbe auszumerzen vermag, denn ihres hätte kaum schlimmer sein können: ihre Mutter war eine ägyptische Prostituierte, ihr Vater mein prinzipienloser Neffe, der glücklicherweise das Zeitliche gesegnet hatte. Ihre Hautfarbe war ägyptisch, ihre Umgangsformen die eines wohlerzogenen, englischen kleinen Mädchens, ihr Naturell so sonnig wie das jedes glücklichen Kindes. Sie liebte Ramses abgöttisch, der sie vor einem Leben in Armut und Schande bewahrt hatte, und ich war ein wenig besorgt gewesen, wie sie auf die Geburt der Zwillinge reagieren würde. Wenn sie eifersüchtig war, so verbarg sie dies geschickt; und wenn sie die Kleinen gelegentlich herumkommandierte, war das nur normal.

Nachdem ich das göttliche Getränk serviert hatte, lehnte ich mich in meinem Sessel zurück und betrachtete selbstgefällig lächelnd die fröhlich lärmende Gruppe. Ich glaube, man darf mir die Anmaßung verzeihen. Wir hatten bewegte Zeiten hinter uns; auch vor dem Krieg war Ramses in etliche heikle Geheimmissionen verwickelt gewesen; wir hatten eine Vielzahl von Dieben, Mördern, Fälschern, Entführern und sogar einen Meisterverbrecher konfrontiert. Ich konnte mich kaum erinnern, dass wir schon jemals eine Saison ohne irgendwelche drohenden Gefahren erlebt hätten. Zum ersten Mal seit vielen Jahren hingen keine dunklen Wolken über uns, drohte kein früherer Widersacher mit Vergeltung.

Ich möchte keineswegs behaupten, dass ich einige dieser Begegnungen nicht genossen hätte. Sich mit gewieften Ganoven oder Zeitgenossen zu messen, die einem mit Macht an den Kragen wollen, verleiht dem Dasein eine gewisse Würze. Allerdings ist es etwas völlig anderes, selbst mit Gefahren konfrontiert zu sein als einen geliebten Menschen in Bedrängnis zu wissen. Etliche meiner grauen Haare (regelmäßig überdeckt mit einem ganz harmlosen Färbemittel) verdankte ich Ramses. In seiner Kindheit war er von einer Katastrophe in die nächste geschlittert. Das Erwachsenwerden hatte ihn nicht geläutert, und nachdem Nefret und David zur Familie gestoßen waren, steckten für gewöhnlich alle drei bis zum Hals in Schwierigkeiten.

Doch das war jetzt anders geworden, sagte ich mir. Ramses und Nefret hatten inzwischen selbst Kinder, und wegen dieser prachtvollen kleinen Geschöpfe (die soeben versuchten, den Sofarücken zu erklettern, um an die Große Katze des Re heranzukommen) würden sie gewiss nicht mehr so leichtfertig sein.

Aus Manuskript H

»Heute ist etwas ziemlich Merkwürdiges passiert«, hob Ramses an.

Er und Nefret zogen sich gerade für das Nachtessen um – keine formelle Abendgarderobe, da sein Vater solch unbequemen Luxus nur zu besonderen Gelegenheiten duldete. Indes wurde ein Kleiderwechsel zwingend erforderlich, sobald er mit seinem Nachwuchs gespielt hatte, da sie diverse Substanzen – von Schokolade bis hin zu Schmutz – auf sämtlichen Oberflächen verteilten, mit denen sie in Berührung kamen.

Nefret reagierte nicht. Versunken lauschte sie dem Gegiggel und Gebrabbel, das vom Kinderzimmer durch den Flur zu ihnen drang. Sie sollten längst schlafen, aber das taten sie natürlich nicht. Das war Ramses zwar gewöhnt, trotzdem vergaß er, was er eigentlich hatte sagen wollen. Er betrachtete seine Frau, die vor der Frisierkommode saß. Sie hatte ihr Kleid noch nicht angezogen; ihre hellen Arme waren erhoben, um die langen goldenen Locken zu einem Nackenknoten zusammenzustecken. Er trat zu ihr, nahm ihre Hände fort und streichelte ihr übers Haar. Es fühlte sich an wie Seide.

Lächelnd suchte sie im Spiegel sein Gesicht. »Entschuldige, mein Schatz, hast du etwas gesagt?«

»Ich weiß nicht mehr.«

»Komm, beeil dich und zieh dich um. Ich möchte noch kurz bei den Kindern hereinsehen, bevor wir zum Abendessen gehen.«

Er zog seine Hände fort. »Wird gemacht.«

Bei den Kindern war Ruhe eingekehrt, als sie das Haus verließen. Es lag ein paar hundert Meter vom Haupthaus entfernt, verborgen von Bäumen und Sträuchern, die seine Mutter trotz Wüstensand und Wassermangel kultiviert hatte. Öllampen erhellten den gewundenen Pfad, der sich durch die grüne Oase schlängelte, Rosenduft erfüllte die Nacht mit seiner Süße.

»Ich liebe dieses Haus«, sagte Nefret leise. »Weißt du, das hätte ich nie für möglich gehalten. Eigentlich hatte ich gehofft, wir könnten ein bisschen weiter entfernt von der Familie wohnen.«

»Typisch Mutter, sie hat das Haus bauen lassen, ohne uns zu fragen, aber immerhin respektiert sie unsere Privatsphäre. Selbst Vater schneit nicht ungebeten bei uns herein.«

Nefret kicherte, ein Geräusch, das ihren verliebten Gatten stets an einen munter plätschernden, sonnenbeschienenen Bach erinnerte. »Nicht mehr, seit er uns einmal um fünf Uhr nachmittags zusammen im Bett erwischt hat.«

»Gerade er müsste es doch am besten wissen. Ich weiß nicht mehr, wie oft ich Däumchen drehend auf ihn gewartet habe, während er und Mutter das Gleiche taten.«

Sie waren nicht einmal zu spät. Emerson hatte eben den Salon betreten, diesmal allerdings aufgehalten von seinen Arbeitsberichten und nicht von anderen Vergnügungen.

»Wo ist die Kopie der Inschrift, die wir an jener Hauswand gefunden haben?«, wollte er von seinem Sohn wissen.

»Du könntest wenigstens ›Guten Abend‹ sagen, bevor du ihn mit Fragen bestürmst«, bemerkte seine Frau.

»Guten Abend«, sagte Emerson. »Ramses, wo ist ...«

Durch die kurze Unterbrechung konnte Ramses sich wieder

an die Inschrift erinnern, auf die sein Vater vermutlich anspielte. Er hatte monatelang nicht daran gedacht. »Wenn du die Inschrift von Amennacht meinst, die ist in meinen Unterlagen. Ich dachte, ich hätte sie dir längst gegeben.«

Dessen war er sich ganz sicher. Zweifellos hatte Emerson sie verlegt. Auf seinem Schreibtisch herrschte ein ständiges Chaos. Für gewöhnlich fand sein Vater jedes Dokument auf Anhieb, war das allerdings nicht der Fall, verlor er die Geduld und warf alles durcheinander.

»Hmph«, grummelte Emerson.

»Hast du sie verlegt?«, erkundigte sich Nefret. »Irgendwo muss sie ja sein, Vater. Wenn du möchtest, helfe ich dir bei der Suche.«

»Pah.« Emerson griff nach seiner Pfeife. »Danke, Liebes, aber das ist nicht nötig. Ich – äh – brauche es im Moment nicht.«

»Oh doch«, erwiderte seine Frau mit einer gewissen Schärfe. »Emerson, du hast dem *Journal* schon vor Wochen diesen Artikel zugesagt. Du hast ihn immer noch nicht fertig, stimmt's?«

Emerson funkelte sie vernichtend an, worauf sie das Thema fallen ließ. Ramses war sich ziemlich sicher, dass sie es trotzdem nicht auf sich beruhen lassen würde. Sie hatte ihre eigenen Erziehungsmethoden.

»Ach, wir haben genug über die Arbeit geredet«, sagte sie aufgeräumt. »Wir müssen die Vorbereitungen für unsere Gäste besprechen.«

»Es ist doch alles geregelt, oder?«, erkundigte sich Nefret. »Sennia hat sich freundlicherweise bereit erklärt, Lia und David und den Kindern ihre kleine Suite abzutreten, und Tante Evelyn und Onkel Walter können bei uns oder auf der Dahabije wohnen, was immer ihnen lieber ist.«

»An ihrer Stelle würde ich mich für die Dahabije entscheiden«, meinte Ramses gedehnt. »Mit vier kleinen Kindern unter einem Dach ist es hier wie im Zoo. Ich frage mich ohnehin, wie Dolly und Evvie mit unseren beiden auskommen werden.«

»Schlecht, wenn ihr mich fragt«, wandte seine Mutter ein. »Die zwei sind unsere volle Aufmerksamkeit gewohnt, und Dolly wird gekränkt sein, wenn Emerson ihn vernachlässigt.«

»Was für ein Unfug!«, wetterte Emerson. »Als wenn ich den kleinen Abdullah vernachlässigen würde!«

»Du hast nur zwei Knie, Emerson, und sie werden alle gleichzeitig darauf sitzen wollen. Das darfst du nicht vergessen.«

»Typisch, immer musst du Schwierigkeiten sehen, wo gar keine sind«, knurrte ihr Gemahl.

»Nein, ich erkenne lediglich eine gewisse Problematik«, korrigierte seine Frau. »Aber diese lässt sich gewiss aus der Welt schaffen. Dein Onkel Walter wird begeistert sein über die Inschriften, die du entdeckt hast, Ramses.«

»Es gibt keinen besseren Philologen auf diesem Gebiet«, bekräftigte Ramses.

»Und ich muss David bitten, dass er ein Gruppenbild von dir und Nefret und den Kindern malt«, fuhr seine Mutter fort. »Oder vielleicht auch Evelyn, es ist Jahre her, dass sie sich mit Malerei beschäftigt hat, trotzdem wird sie ...«

»Verflucht, Peabody, einen Augenblick«, schnaubte Emerson. »Ich dulde nicht, dass du meine Mitstreiter mit zusätzlichen Aufgaben behelligst, bevor sie überhaupt eingetroffen sind. Ich brauche sie auf der Exkavation.«

Der Gebrauch ihres Geburtsnamens dokumentierte, dass er besser gestimmt war, als sein Einwurf vermuten ließ. Die Familie wusste jene Signale zu deuten: Amelia, wenn er ernsthaft wütend war; Peabody, wenn er gut gelaunt war, in liebevoller Reminiszenz an die Zeit ihres ersten Kennenlernens, wo er es als Kompliment gewertet hatte, sie so anzureden wie seine männlichen Berufskollegen.

Ramses tauschte Blicke aus mit seiner Frau. Die Sache war noch nicht ausgestanden; seine Mutter würde ihre Pläne durchsetzen wollen, und sein Vater würde weiterhin toben. Seine Eltern genossen diese »kleinen Meinungsverschiedenheiten«, wie seine Mutter sie nannte – obwohl »Wortgefechte« vermutlich besser gepasst hätte. Sie lächelte kampfeslustig; ihre Wangen waren gerötet, ihre Augen blitzten.

Sie ist eine Frau mit Durchsetzungsvermögen, dachte ihr Sohn im Stillen; wenn sie verärgert war, schob sie ihr spitzes Kinn vor, und ihre dunkelgrauen Augen nahmen einen stahlharten Glanz an. Mit den Jahren hatte sich ihr Aussehen kaum verändert; sie hielt sich kerzengerade, und die feinen Linien in ihrem Gesicht waren Lachfältchen. Das Tiefschwarz ihrer Haare war laut Nefret nicht mehr der Originalton. Er hatte Nefret versprechen müssen, dies nicht zu verraten. Offen gestanden hatte er diesen Anflug weiblicher Eitelkeit auch eher rührend gefunden.

Als sie seinen Blick auffing, unterbrach sie sich mitten im Satz. »Weshalb lachst du, Ramses? Habe ich einen Schmutzfleck auf der Nase?«

»Nein. Ich dachte nur gerade, wie gut du heute Abend aussiehst.«

* * *

Als Ramses und Emerson am nächsten Morgen im Grabungsgebiet eintrafen, hatte sich die Sonne gerade über den östlichen Bergen erhoben, und das kleine Tal von Deir el-Medina lag im Schatten. Steile hohe Klippen säumten es nach Osten und Westen. Der Haupteingang war im Norden, wo die Mauern des Ptolemäertempels einige der frühzeitlichen Schreine von zahllosen Gottheiten umschlossen. Ringsum standen die verfallenen Ruinen weiterer antiker Heiligtümer. Und in der Talsenke befand sich das Arbeiterdorf, das – nach Emersons letzter Schätzung – mindestens dreihundert Jahre lang bewohnt gewesen war. Der Nachweis für eine frühere Besiedlung musste noch erbracht werden; falls er existierte, dann unter den Fundamenten späterer Baustrukturen.

Auf den ersten Blick schien sich in mehr als zwei Exkavationsjahren wenig getan zu haben. Als sie das Gelände übernommen hatten, lagen die Ruinen des Dorfes unter den Geröllbergen und Sandverwehungen von Jahrtausenden. Im letzten Jahrhundert hatte es unter unsachgemäßen Grabungen von Archäologen und Einheimischen gelitten, die Artefakte für den Verkauf suchten. Die östlichen Berghänge bargen die Arbeitergräber, zuweilen geschmückt mit kleinen, verfallenen Pyramiden. Auch diese waren geplündert worden, der Inhalt verschollen. In der neueren

Vergangenheit hatten einige Ägyptologen damit begonnen, die Gräber wissenschaftlich zu erforschen, gleichwohl lagerten in den europäischen Museen Unmengen von Papyri und Objekten, die im 19. Jahrhundert auf dem Kunstschätzemarkt erworben worden waren und die sich nicht exakt zuordnen ließen. Viele stammten vermutlich aus Deir el-Medina, indes ohne Hinweise auf ihren Ursprungs- oder Fundort. Kurzum, das Grabungsgebiet war eine einzige Herausforderung und Emerson einer von wenigen kompetenten Archäologen. Ramses holte tief und andächtig Luft, während er die wenig beeindruckende Szenerie einfing. Sein Vater liebte Tempel und Gräber – er hingegen die vielen Inschriften, Tonscherben und Papyri, die entziffert werden wollten. Wenn sein Vater ihn nur gewähren ließe und ihn nicht Tag für Tag mitschleifen würde ...

Gemessen an den schwierigen Bedingungen waren wirklich bemerkenswerte Fortschritte erzielt worden. Es hatte lange gedauert, bis das Geröll von den Mauerresten entfernt und (wie seine Mutter in einem ihrer seltenen Wutanfälle getobt hatte) jeder verdammte Zoll von diesem verfluchten Müll gesiebt war. Die Arbeit hatte sich gelohnt; sie entdeckten vieles, was frühere Exkavatoren übersehen oder achtlos weggeworfen hatten. Überdies hatten sie festgestellt, dass das Dorf aus zwei Teilen bestand, getrennt durch eine schmale Hauptstraße und umfriedet von einer Mauer. Derzeit arbeiteten sie auf der Nordseite dieser Straße und legten sämtliche Häuser frei.

Diverse Zwischenfälle hatten ihre Arbeit verzögert oder unterbrochen. Im Spätsommer 1917, als Ramses' scharfsichtige Mutter bemerkt hatte, dass Nefrets lang ersehnte Schwangerschaft mit Komplikationen verbunden sein würde, hatte sie ihre Schwiegertochter kurzerhand nach Kairo gebracht und gemeinsam mit ihr im Shepheard's logiert. Dort wurde Nefret von den beiden Ärztinnen aus dem Hospital betreut, das sie für Frauen gegründet hatte. Trotz der täglich eintreffenden, zuversichtlichen Depeschen hatte Ramses sich nicht voll auf die Arbeit konzentrieren können. Sein Vater war nicht minder abgelenkt und deshalb so launenhaft, dass ihr stellvertretender Vorarbeiter, der unerschütterliche Daoud, spurlos verschwand. Nach einer ziemlich unerquicklichen Woche hatte Emerson die Grabungen unterbrochen. Er war mit Ramses nach Kairo gefahren, wo sein Vater sich weiterhin »wie ein Irrer« gebärdete, um die Worte seiner aufgebrachten Gattin aufzugreifen. Die Hälfte der Zeit inspizierte er das Krankenhaus und scheuchte die Ärztinnen herum, die andere Hälfte starrte er entsetzt auf Nefrets zunehmende Leibesfülle.

Nur seine Mutter war ihm ein Trost. Ramses fühlte sich so hilflos wie ein Kind. »Wird alles gut gehen?«

»Nefret ist schließlich Ärztin«, räumte seine Mutter ein.

»Aber sie hat noch nie ein Kind bekommen«, rutschte es ihm heraus. »Wird alles gut gehen?«

Seine Mutter bedachte ihn mit einem nachsichtigen Lächeln. »Natürlich.«

Erst im Nachhinein schwante ihm, dass ihre couragierte Haltung nur vorgetäuscht gewesen war.

Als der Augenblick gekommen war – in der Nacht, wie von seiner Mutter vorausgesehen –, ließ Nefret ihm gar keine Zeit, den Kopf zu verlieren. Er schlief nicht; er hatte schon mehrere Nächte wach gelegen, und als sie sich neben ihm stöhnend verkrampfte, schoss er aus dem Bett und machte Licht. Sie blinzelte zu ihm auf, ihre Hände auf ihren gewaltigen Bauch gepresst.

»Wo ist deine Uhr?«, fragte sie seelenruhig. »Wir müssen die Wehenabstände kontrollieren.«

»Ich hole Mutter.«

»Noch nicht. Es könnte auch falscher Alarm sein.«

Ramses murmelte irgendetwas Unverständliches und stürzte aus dem Zimmer. Nachdem er seine Eltern geweckt hatte und zurückgekehrt war, hatte sie sich bereits ungeschickt angezogen.

Sie trafen rechtzeitig im Krankenhaus ein. Emerson gab sich gefasst, obschon seine Hemdknöpfe nicht geschlossen waren und Ramses ihn noch nie so leichenblass gesehen hatte. Ununterbrochen tätschelte er Nefrets Hand.

»Es ist bald vorbei«, sagte er.

Nefret, die sich unter einer Wehe krümmte, murmelte angewidert: »Pah.«

Es war alles vorbereitet, denn seine Mutter hatte vorab angerufen. Dr. Sophia nahm Nefret mit, und sie gingen in den Innenhof. Sie erlaubte nicht, dass in ihrem Sprechzimmer geraucht wurde, und Emerson hielt die Tortur ohne Tabak nicht aus. Er war mit seiner zweiten Pfeife beschäftigt, als Dr. Ferguson, die andere Ärztin, zu ihnen trat.

»Sie möchte Sie sehen«, sagte sie zu Ramses, und setzte mit ihrer gewohnten Schroffheit hinzu: »Weiß der Himmel, warum.«

Er sollte es bald erfahren.

Eine Bemerkung seines Vaters weckte ihn aus dem Tagtraum von dem schönsten, aber auch schrecklichsten Tag in seinem ganzen Leben.

»Wie bitte, Sir?«

»Du warst meilenweit fort«, erkundigte sich sein Vater neugierig. »Wo?«

»Eher Monate. In der Nacht, in der die Zwillinge geboren wurden.«

Emerson schauderte. »Das möchte ich nicht noch einmal durchmachen müssen.«

»Du hast es doch gar nicht durchmachen müssen«, versetzte Ramses. »Sie war es doch. Und ich habe mir verflucht viel anhören müssen.«

»Hat sie dich richtig beschimpft?«

»Nach allen Regeln der Kunst.« Unwillkürlich erschauernd fügte Ramses hinzu: »Ich habe noch nie so etwas Fürchterliches gesehen. Wie Frauen das durchstehen können, und dann tun sie es *wieder* ...«

»Sie wollten mich nicht zu deiner Mutter lassen. Sonst wäre ich selbstverständlich dabei gewesen, weißt du, selbst wenn sie mich verteufelt hätte. Und das hätte sie auch«, schloss Emerson nachdenklich.

»Ich weiß.« Er legte seinem Vater eine Hand auf die Schulter. Emerson, dessen viktorianische Erziehung keine Gefühlsbekundungen unter Männern duldete, ließ die Geste kopfschüttelnd über sich ergehen und wechselte das Thema.

Ihre Mitarbeiter hatten sich eingefunden. Durchweg erfahrene Männer, die seit Jahren für sie tätig waren, und allesamt Angehörige ihres verstorbenen Rais Abdullah. Als Erster begrüßte sie der neue Vormann Selim. Obschon Abdullahs jüngster Sohn, machte ihm diese Position niemand streitig, denn er besaß die gleiche Autorität und vermutlich sogar noch mehr Kompetenz als sein Vater. Direkt hinter ihm stand sein Cousin Daoud. Statt Selims Gruß zu erwidern, starrte Emerson, die Hände in die Hüften gestemmt und den Kopf gereckt, zu der Anhöhe im Osten des Dorfes.

»Da oben ist jemand«, murmelte er. »In der Nähe von unserem Grab.«

Das Sonnenlicht überstrahlte den steil ansteigenden Bergkamm. Irgendetwas bewegte sich dort oben, doch trotz seiner sprichwörtlichen Adleraugen vermochte Ramses auf die Entfernung hin keine Details auszumachen. »Vermutlich einer der unermüdlichen Grabräuber von Kurna«, meinte er. »Der vergeblich hofft, dass wir bei der Grabräumung irgendwas übersehen haben.«

Das war der zweite Aufsehen erregende Zwischenfall gewesen: das Mumienversteck und die Grabbeigaben der Prinzessinnen und Gottesgemahlinnen aus der Spätperiode. Genau genommen war es gar nicht Emersons Grab, sondern das von seinem guten Freund und Kollegen, dem Amerikaner Cyrus Vandergelt, mit dem sie in jener Saison getauscht hatten; sie hatten das Dorf übernommen und Cyrus die Felsengräber überlassen. Nicht einmal Emerson neidete ihm die Entdeckung, denn Cyrus hatte jahrelang erfolglos in Theben gegraben, und ein solcher Fund war die Erfüllung seines Lebenstraums. Da Cyrus' Stiefsohn und Assistent Bertie das verschollene Grab lokalisiert hatte, rechtfertigte das ihre Ansprüche umso mehr. Ramses war bei etlichen bemerkenswerten Entdeckungen zugegen gewesen – sein Vater hatte einen untrüglichen Instinkt für dergleichen –, trotzdem würde er seinen ersten Eindruck von der in den Felsen verborgenen Grabkammer nie vergessen. Diese war vom Boden bis zur Decke mit Sarkophagen, Kanopen und Truhen voller Juwelen und reich bestickter Roben gefüllt gewesen. Alle hatten Cyrus nach Kräften geholfen, das Grab freizulegen und die teilweise äußerst empfindlichen Objekte abzutransportieren. Diese Aufgabe genoss Priorität vor allen anderen Projekten, da die Grabplünderer von Theben wie Geier darauf lauerten, mit einigen der Artefakte zu verschwinden. Es hatte Monate gedauert, alles zu katalogisieren, und die Restaurierungsarbeiten dauerten noch an.

»Schick einen der Männer hinauf, um ihn zu verjagen«, knurrte Emerson, sein Blick weiterhin auf den winzigen Punkt geheftet.

Selim verdrehte die Augen und grinste, indes überließ er es Ramses, die Sache abzubiegen. »Warum diese Mühe? Da oben ist nichts mehr. Wenn der Kerl so blöd ist, Kopf und Kragen zu riskieren, lass ihn doch.«

»Es könnte ein verfluchter Tourist sein«, brummelte Emerson.

Ramses wünschte, seine Mutter hätte sie begleitet, statt mit Fatima Haushaltsangelegenheiten zu besprechen. Sie hätte die Diskussion mit ein paar zündenden Argumenten beendet. »Wir dürfen keine Touristen verjagen, solange sie uns nicht bei der Arbeit stören«, gab er zu bedenken. »Du hast es während der Freilegung des Grabes versucht, daraufhin sind Dutzende von ihnen nach Kairo gepilgert, um sich dort zu beschweren.«

»Hätte ich das nicht getan, wären wir nie fertig geworden«, rechtfertigte sich Emerson. Die Erinnerung an jene Störenfriede war ihm verhasst. »Diese Schwachköpfe sind mit irgendwelchen Empfehlungsschreiben hier aufgetaucht, verlangten das Grab zu sehen, kletterten überall rum, knipsten jeden Winkel und wollten Selim und Daoud bestechen. Und die verdammten Journalisten waren noch schlimmer.«

Während der Freilegung des Grabes hatte Emerson die meisten Leute erfolgreich in die Flucht geschlagen. Manche Exkavatoren genossen das Bad in der Menge und gaben dem Drängen einflussreicher Personen, die das Grab besichtigen wollten, gerne nach. Emerson verabscheute solchen Rummel und weigerte sich strikt, Besucher zuzulassen, einerlei, wie viele Titel oder akademische Grade sie vorzuweisen haben mochten. Er hätte fast einen internationalen Skandal heraufbeschworen, als er den belgischen König und dessen Entourage abwimmelte. Die Leute begriffen einfach nicht, wie zeitaufwändig solche Besuche für einen genervten Exkavator waren. Emerson hatte Recht, ein einhelliges Verbot war besser, als ständig irgendwelche Ausnahmen zu machen – wenn dies auch zu extremen Spannungen mit der Antikenverwaltung geführt hatte.

»Die Sache ist ausgestanden«, murmelte Ramses, als Emerson der Gestalt auf dem Bergkamm mit der erhobenen Faust drohte. »Wenn das ein Tourist ist, dann ist er von der verflucht ehrgeizigen Sorte.«

»Der Teufel soll ihn holen«, zischte Emerson. »Was schert uns ein dämlicher Tourist?«

Seine versammelten Arbeiter mit Argusaugen musternd, erkundigte er sich bei Selim: »Wo ist Hassan? Hat er sich krank gemeldet?«

In diesem Augenblick fiel Ramses die »ziemlich merkwürdige Sache« wieder ein, die er Nefret hatte erzählen wollen. Es gab keinen Grund, warum er sie hätte für sich behalten sollen; es war nichts Beunruhigendes ... eben nur ziemlich merkwürdig. Selim schaute verständnislos drein, und Ramses antwortete für ihn: »Ich wollte es dir schon gestern sagen, Vater. Hassan hat gekündigt.«

»Gekündigt? Soll heißen, er will aufhören?«

»Ja, Sir.«

»Verflucht, wieso das denn?«

»Keine Ahnung«, gestand Ramses. »Er sprach davon, seinen Frieden mit Allah zu machen und sein Leben in den Dienst eines heiligen Mannes zu stellen.«

Selim entfuhr ein erstaunter Aufschrei. »Welcher heilige Mann?«

»Ich hab ihn nicht gefragt.«

»Aber ich werde ihn fragen«, erklärte Emerson. »Gute Güte, was denkt sich dieser Bursche eigentlich? Er ist einer meiner besten Leute. Ich werde ein Wörtchen mit ihm reden und ihm den Kopf waschen ...«

»Vater, das kannst du nicht tun«, protestierte Ramses. »Er hat ein Recht auf seine freie Entscheidung.«

»Ausgerechnet Hassan«, jammerte Emerson und rieb sich sein Kinn. »Der netteste, lustigste alte Halunke in der ganzen Familie!«

»Er ist ein ziemlicher Sonderling geworden«, meinte Selim

gedehnt. »Seit dem Tod seiner Frau lebt er sehr zurückgezogen.«

»Das lässt auf seinen Gemütszustand schließen«, gab Ramses zu bedenken.

Emerson verzog zynisch die Lippen. »Sei kein solcher Romantiker, mein Junge. Aber gut, er muss tun, was er für richtig hält. Deine Mutter würde mir vorwerfen, dass ich irgendein verflixtes Gebot übertrete, wenn ich ihn zur Vernunft zu bringen suchte.«

* * *

An ebendiesem Abend sollten wir mit den Vandergelts dinieren. Emerson probte jedes Mal den Aufstand, wenn wir zum Essen eingeladen waren. Das war schlichtweg eine Marotte von ihm, denn er schätzte die Vandergelts sehr und wäre tief enttäuscht gewesen, wenn ich die Einladung abgelehnt hätte. Diesmal wetterte er lauter als gewöhnlich, da ich auf der ihm verhassten Abendgarderobe bestanden hatte. Ich war freilich lange vor ihm fertig, blätterte in einem Magazin und lauschte den Schimpftiraden im Nebenraum, wo Gargery Emerson bei seiner Toilette half. Da Emerson keinen Kammerdiener einstellte, hatte Gargery auch diese Rolle stillschweigend übernommen.

»Hör auf zu fluchen und beeil dich, Emerson«, rief ich.

»Teufel noch, ich sehe nicht ein, wieso ich ... zum Henker, Gargery!«, brüllte Emerson soeben.

Wir hatten das Thema mehrfach diskutiert, aber Emerson stellt die Ohren auf Durchzug, wenn er etwas nicht hören will. Also probierte ich es erneut. »Monsieur Lacau nimmt den weiten Weg von Kairo auf sich, um sich die Artefakte aus dem Prinzessinnengrab anzuschauen. Cyrus zählt auf uns, wir sollen an seine Großzügigkeit appellieren, damit er Cyrus einen Teil überlässt. Gute Güte, er soll noch kleinlicher sein als der werte Monsieur Maspero, also ...«

»Du wiederholst dich, Peabody.«

Er stand im Türrahmen.

»Du siehst gut aus«, lobte ich ihn. »Danke, Gargery.«

»Ich habe zu danken, Madam.« Gargery wirkte dermaßen geschmeichelt, als hätte ich *ihn* wegen seines Aussehens gelobt. Das konnte ich beim besten Willen nicht, denn er verlor sein Haar und seine Taille. Selbst in seiner inzwischen weit zurückliegenden Jugend hätte ihn gewiss keiner als attraktiv bezeichnet. Indes, von einem schönen Teller isst man nicht, und Gargerys Loyalität und seine Bereitschaft, im Ernstfall mit einem Knüppel zuzuschlagen, kompensierten sein Aussehen allemal.

Ich wünschte ihm eine gute Nacht. Emerson steckte einen Zeigefinger in den Hemdkragen und funkelte Gargery bitterböse an.

Unsere kleine Gruppe fand sich im Salon ein, wo ich jeden Einzelnen begutachtete. Emerson schnaubte abfällig, dennoch ist das Aussehen wichtig, und obschon der distinguierte französische Direktor der Antikenverwaltung unsere Bemühungen vielleicht gar nicht bemerken würde, wäre ihm ihr Fehlen gewiss aufgefallen. An Nefrets azurblauem Seidenkleid und dem Schmuck aus persischen Türkisen vermochte ich wahrlich nichts auszusetzen; sie hatte einen hervorragenden Geschmack und ein beträchtliches Vermögen – und die zusätzlichen Vorteile Jugend und Schönheit. Ramses verabscheute Abendgarderobe beinahe ebenso sehr wie sein Vater, dennoch stand sie ihm gut; trotz aller Versuche, seine Haare zu glätten, lockten und wellten sie sich zu seinem Leidwesen bereits wieder. Von mir selbst glaube ich sagen zu dürfen, dass ich ganz passabel aussah. Ich habe wenig Interesse an meiner optischen Erscheinung und kein Verständnis für irgendwelche Eitelkeiten. Ich hatte mir lediglich das Haar hochgesteckt und mich für ein Kleid in Emersons Lieblingsfarbe Dunkelrot entschieden.

Cyrus war berühmt für seine eleganten Abendgesellschaften. An diesem Abend war das Schloss, seine weitläufige und geschmackvolle Residenz am Eingang zum Tal der Könige, hell erleuchtet. Ganz der vollkommene Gastgeber, begrüßte Cyrus uns an der Tür, überhäufte uns mit Komplimenten und geleitete uns in den Salon, wo seine Frau und sein Stiefsohn uns erwarteten.

Von Katherine, inzwischen rundum glückliche Ehefrau und Mutter und vollkommene englische Dame, hätte man nie vermutet, dass sie eine äußerst bewegte Geschichte hinter sich hatte – eine unglückliche erste Ehe und eine erfolgreiche Karriere als betrügerisches spiritistisches Medium. Bertie, ihr Sohn aus dieser Ehe, war mittlerweile Cyrus' rechte Hand und begnadeter Assistent. Engländer wie seine Mutter, hatte er seinem Land im Ersten Weltkrieg treu gedient, bis er verwundet wurde. Während seiner Genesung in Luxor, in dem gastfreundlichen Zuhause seines Stiefvaters, hatte er angefangen, sich für die Ägyptologie zu interessieren. Seine Entdeckung des Prinzessinnengrabes sicherte ihm dauerhafte Anerkennung, doch hatte das seinen bescheidenen, zurückhaltenden Charakter nicht beeinflusst. Ich mochte den Jungen sehr und fand es nur schade, dass er sich das Haar über den Hemdkragen wachsen ließ und legere Schals um den Hals trug. Diese Mode passte einfach nicht zu seinem sachlich-ernsten englischen Naturell, gleichwohl schwante mir, was der Auslöser dafür war. Bertie war verliebt, und Jumana, seine Angebetete, weilte in dieser Saison nicht bei uns. Sie war die Tochter von Abdullahs Bruder Yusuf, eine bemerkenswerte junge Frau, überaus ehrgeizig und intelligent, und wir alle unterstützten sie in dem Bestreben, als erste Ägypterin ausgebildete Archäologin zu werden. Seit unserem ersten Aufenthalt in Ägypten hatte sich vieles geändert; der autodidaktische Exkavator gehörte der Vergangenheit an, und aufgrund ihres Geschlechts und ihrer Nationalität brauchte Jumana die bestmögliche Ausbildung. Sie studierte in diesem Jahr am University College in London, unter den Fittichen von Emersons Neffen Willy und seiner Frau.

Bertie hatte nie von seiner Zuneigung zu dem Mädchen gesprochen, doch für eine Menschenkennerin wie mich war das sonnenklar. Ich bezweifelte nur, dass sie seine Gefühle teilte; Jumana war versessen auf ihre Karriere und der zurückhaltende, liebenswürdige Bertie gewiss kein Mann, der ein Mädchen umhaute. Wenn sie doch nicht so ungemein attraktiv wäre! Männer mögen zwar behaupten, dass sie Intelligenz und Häuslichkeit an einer Ehefrau schätzen, wenn sie allerdings vor der Wahl stehen zwischen einem schönen Dummchen und einem aufgeweckten hässlichen Entlein, gewinnt die Schöne zumeist das Rennen.

»Lacau ist noch nicht eingetroffen?«, erkundigte ich mich und setzte mich auf den Stuhl, den Cyrus mir hinschob.

»Nein.« Cyrus zupfte an seinem Spitzbart. »Ich wünschte, er würde endlich kommen, damit wir es hinter uns bringen. Ich bin so verflixt nervös ...«

»Es ist gut möglich, dass er heute Abend noch keine Entscheidung trifft, Cyrus.«

»Er kann gar kein endgültiges Urteil abgeben, denn ich habe die zweite Robe noch nicht aufgearbeitet. Sie wird *magnifico,* mein Wort darauf.«

Der Sprecher trat zu ihnen und verbeugte sich mit einem schmallippigen Lächeln. Er lächelte häufig, jedoch ohne die Zähne zu zeigen, die, wie ich festgestellt hatte, kariös und ungepflegt waren. Er bezeichnete sich als Italiener, obwohl sein ergrautes Blondhaar und die hellbraunen Augen atypisch für diese Nation waren, und er hielt sich für einen Frauenliebling, trotz der wenig einnehmenden, gedrungenen Statur und seiner Hamsterbacken. Allerdings war er einer der begabtesten, mir bekannten Restauratoren, und seinen Charme zu ertragen, war nur ein kleiner Obolus, gemessen an seinem Verdienst (aber nicht der Einzige, denn Cyrus entlohnte ihn fürstlich).

Ich erlaubte ihm, meine Hand zu küssen (die ich dann heimlich an meinem Rock abwischte).

»Guten Abend, Signor Martinelli«, begrüßte ich ihn. »Dann ist es also Ihr Vertun, wenn Monsieur Lacau alles für das Museum beansprucht?«

»Aber, Mrs. Emerson, Sie scherzen!« Er drehte lachend den Kopf weg und griff nach einer weiteren Zigarette, denn er rauchte unentwegt. »Sie gestatten?«

Ich konnte es ihm schwerlich verbieten, da Emerson seine Pfeife herausgeholt hatte und Cyrus sich ein Zigarillo anzündete. Martinelli fuhr fort, ohne meine Antwort abzuwarten. »Ich glaube von mir behaupten zu dürfen, dass das von mir Geleistete keinem anderen gelungen wäre. Es würde mir ein ausgezeichnetes Renommee verschaffen, aber das habe ich ja längst. Wenn Lacau nur noch eine Woche Geduld hätte, könnte er sich das Ergebnis ansehen.«

»So bald schon?«, versetzte ich.

»Ja, ja, ich muss rasch fertig werden. Ich habe andere Verpflichtungen, müssen Sie wissen.«

Er zwinkerte und griente mir durch die Rauchwolke zu. Eine weitere unangenehme Angewohnheit von ihm war, dass er häufiger auf ein Thema anspielte, das wir nie diskutierten – nämlich die Tatsache, dass Martinelli jahrelang für den weltbesten Kunstschätzedieb gearbeitet hatte, der zufällig auch Emersons Halbbruder war. Sethos, um eines seiner vielen Pseudonyme zu verwenden, war es auch, der Martinelli empfohlen hatte. Ich nahm zwar an, dass mein Schwager sich mittlerweile geläutert hatte, aber sicher war ich mir da nicht, und ich sah wirklich keine Veranlassung, dessen kriminelle Vergangenheit im Beisein Dritter auszubreiten. Deshalb erkundigte ich mich auch nicht nach Signor Martinellis anderen »Verpflichtungen«, obschon mir die Frage auf der Zunge brannte.

Bevor Martinelli mich weiter aufziehen konnte, kündigte der Diener Monsieur Lacau an. Die überschwängliche Begrüßung gefiel ihm offensichtlich, obwohl sein Augenzwinkern darauf schließen ließ, dass er um die Hintergedanken wusste.

Zu diesem Zeitpunkt war Lacau Ende vierzig, sein Bart aber schon schlohweiß. Obwohl seit 1914 mit der Position betraut, die schon immer ein Franzose bekleidete, hatte er den Großteil der letzten fünf Jahre mit Kriegsdienst zugebracht. Niemand zweifelte seine Kompetenz an, sodass sein väterliches Aussehen nicht der einzige Grund war, warum er den Spitznamen »Gottvater« trug. Er hatte bereits verdächtig oft erwähnt, dass er die Gesetze zum Verbleib von Artefakten verschärfen wolle. Grundsätzlich lautete die Regel, dass sie je zur Hälfte zwischen Exkavator und den ägyptischen Sammlungen geteilt werden sollten. Der frühere Antikendirektor, Monsieur Maspero, war großzügig gewesen – extrem großzügig nach Meinung vieler – in seiner Vergabe von Kunstschätzen. Der gesamte Grabinhalt des Architekten Kha war an das Turiner Museum gegangen. Aber das hier war eine Königsgruft, und Lacau konnte zu Recht behaupten, dass die Objekte einzigartig seien. Andererseits gab es alles in vierfacher Ausfertigung – Särge, Kanopen, Totenbücher. Ich schenkte Lacau ein zuckersüßes Lächeln und sagte ihm, wie gut er doch aussähe.

Mit Katherines Unterstützung gelang es mir, die Unterhaltung während des Essens so beiläufig wie möglich zu halten. Cyrus sorgte dafür, dass die Weingläser nie leer wurden, und Emerson verzichtete darauf, das Museum, seine Berufskollegen und die Antikenverwaltung zu kritisieren. Soll heißen, er hatte kaum Gesprächsstoff, und das war auch besser so. Nach dem Diner zogen wir Damen uns zurück, eine Unsitte in meinen Augen, die Lacau aber sicherlich zu schätzen wusste. Als die Herren zurückkehrten, brannte ich vor Neugier.

Unter normalen Umständen wären die Artefakte nach ihrer Restaurierung an das Museum gegangen. Allerdings waren die Umstände alles andere als normal. Aufgrund des Krieges litten Museum und Verwaltung unter Personalmangel; Lacau war die meiste Zeit gar nicht in Ägypten gewesen, und die politischen Unruhen im letzten Winter machten den Transport solcher Wertgegenstände riskant. Cyrus' Haus bot die Sicherheit starker Mauern und gut bezahlter Wachleute sowie ausreichende Lager- und Laborkapazitäten. Genau dies konnte man von dem Museum nicht behaupten, es war schon jetzt überfüllt und unterbesetzt (ich hoffte nur, Emerson hatte dies nicht gegenüber Lacau erwähnt – was man womöglich längst weiß, möchte man nicht auch noch von anderer Seite bestätigt hören).

Wir strebten umgehend zu den Lagerräumen. Ich hatte die Artefakte schon vorher begutachtet, dennoch verschlug es mir den Atem. So wie sie jetzt aussahen, waren sie weit entfernt von dem unsortierten, verwitterten, zerbrochenen Inhalt der kleinen Kammer, die wir (Bertie, um genau zu sein) entdeckt hatten. Es war nicht das Originalgrab oder, präziser, die -gräber; nicht eine, sondern vier Gottesgemahlinnen hatten dort ihre letzte Ruhe gefunden. Als ihren Grabstätten Gefahr drohte, hatte man das Wichtigste entfernt und versteckt – die Mumien in ihren Innensärgen, die Gefäße mit den inneren Organen und andere tragbare Wertgegenstände. Einer der Sarkophage war aus massivem Silber, die Gesichtspartie fein ziseliert, umrahmt von einer schweren Perücke mit Krone. Die anderen Särge waren aus Holz, reich geschmückt mit Intarsien aus Halbedelsteinen. Kunstvoll geformte Masken aus Silber und Gold hatten die Häupter der Mumien bedeckt. Die Kanopen, vier für jede Prinzessin, waren aus bemaltem Calcit mit den eingeschliffenen Köpfen der vier Söhne des Horus, von denen jeder ein bestimmtes Körperorgan bewachte. Auf dem Tisch aufgereiht wie eine Miniaturarmee standen hunderte von Uschebtis, jene Figürchen, die dem Verblichenen im Jenseits dienen sollen – einige waren aus Fayence, andere aus Holz oder Edelmetallen. Verblüffend, was so alles in jener kleinen Kammer Platz gefunden hatte: Kessel aus Alabaster und Marmor, Silber und Gold, ein Dutzend geschnitzte und bemalte Truhen nebst Inhalt – Sandalen, Leinenballen und Schmuck. Glänzendes Gold und angelaufenes Silber, tiefblauer Lapis, Türkis und Karneol schimmerten im Schein des elektrischen Lichts.

»Erstaunlich«, murmelte Lacau. »Beeindruckend. Ich gratuliere Ihnen – Ihnen allen – zu einer bemerkenswerten Restaurierungsarbeit.«

»Daran waren wir wirklich alle beteiligt«, bekräftigte ich in der Erinnerung an einen stumpfsinnigen Nachmittag, an dem ich in einer Ecke der Kammer gekniet und hunderte winziger Perlen aufgefädelt hatte. Sie lagen in der Reihenfolge, wie sie von den morschen Originalfäden abgefallen waren, und indem ich sie an Ort und Stelle wieder aufschnürte, konnte ich das ursprüngliche Muster erhalten. »Allerdings«, fuhr ich fort, »hat Signor Martinelli sehr viel dazu beigetragen. Und wir danken Mr. Burton vom Metropolitan Museum für seine Unterstützung mit den Fotos. Wie er seine Kameras in dieser winzigen Kammer installieren konnte, grenzte an ein Wunder. Sie müssen wissen, Monsieur, die gesamte Kammer war vollgepackt, trotzdem gelang ihm eine Serie von Fotoansichten, ohne dass wir irgendetwas entfernen mussten.«

»Ja, ich habe mit ihm gesprochen.« Lacau nickte. »Eine schwierige Konstruktion aus langen Stäben und Stricken und der Himmel weiß was noch! Wir sind ihm und dem Metropolitan zu großem Dank verpflichtet.«

Wie groß?, überlegte ich im Stillen. So groß, dass eine gewisse Anzahl von Artefakten nach Amerika gehen würde, durch Cyrus, dessen Sammlung letztlich einem der dortigen Museen zugute käme?

Martinelli, der sich noch nicht entsprechend gewürdigt fand, wies Lacau auf ein Kleidungsstück hin, ausgebreitet auf einem langen Tisch. Der gesamte Stoff war mit Perlen und schimmernden Goldmünzen bestickt. Eine Glasplatte auf zwanzig Zentimeter hohen Stahlverstrebungen schützte es vor Staub und Luftzug.

»Das ist zweifellos mein Meisterstück«, sagte er ohne falsche Bescheidenheit. »Es war mehrfach gefaltet und der Stoff so mürbe, dass ein Atemhauch den Zerfall herbeigeführt hätte. Ich habe jede Stofflage mit einer von mir selbst entwickelten Chemikalie stabilisiert, bevor ich mich der nächsten zuwandte. Nein, Monsieur!«, als Lacau seine Hand ausstreckte. »Nicht berühren! Ich arbeite weiterhin an einer Methode, wie ich es dauerhaft präparieren kann. Ich bin mir noch nicht sicher, ob ich es für einen Transport stabilisieren kann.«

Lacaus Blick ruhte begehrlich auf dem Kleidungsstück, einer Robe aus feinstem, fast durchschimmerndem Leinen, an Saum und Kragen mit breiten, erlesenen Perlenbändern gesäumt. Er würde es bestimmt für sich beanspruchen, denn das Museum hatte nichts Vergleichbares zu bieten – genauso wenig wie alle anderen Museen weltweit.

»Vielleicht weiß Mr. Lucas eine Lösung«, meinte Lacau und fügte, vermutlich zu Martinellis Aufklärung, hinzu, »er ist der hiesige Chemiker.«

»Ich weiß, wer er ist«, zischte der Italiener so abfällig, dass er sogar seine widerlichen Zähne entblößte. »Er kann Martinelli nicht das Wasser reichen, Monsieur.«

Gottvater torpedierte ihn mit einem vernichtenden Blick, und ich beeilte mich, die Wogen zu glätten.

»In den Truhen liegen noch ähnliche Gewänder, Monsieur Lacau. Signor Martinelli hat nahezu einen ganzen Monat auf diese Robe verwendet. Sollte das Schlimmste eintreten, kann das Kleidungsstück rekonstruiert werden. Wir verfügen über zahlreiche Fotos, und in einigen Wochen werden wir hoffentlich eine exakte Farbskala von diesem und etlichen anderen Objekten haben.«

»Wer macht sie?«, wollte der Direktor wissen. »Mr. Carter?«

»David Todros. Er trifft nächste Woche mit unserer übrigen Familie ein, und ich weiß, er interessiert sich brennend für diese Aufgabe. Sie erinnern sich sicherlich an ihn?«

»Ach ja. Der ägyptische Junge, der früher für einen bekannten Betrüger hier in Luxor Antiquitäten fälschte?«

»Inzwischen ist er ausgebildeter Ägyptologe und ein begnadeter Künstler«, versetzte Emerson, der sich bis zu diesem Zeitpunkt recht gut unter Kontrolle hatte, auch wenn ihm Lacaus herablassender Ton nicht verborgen blieb. »Er ist mit der Tochter meines Bruders verheiratet, falls dies Ihrer werten Aufmerksamkeit entgangen ist.«

»Sie können sich in der Tat glücklich schätzen, dass Sie so viele Fachleute in Ihrem Stab haben«, sagte Lacau irgendwie hölzern. Er wandte sich Ramses zu. »Wie kommen Sie mit dem schriftlichen Material voran?«

»Wie Sie wissen, Sir, war es nicht viel«, antwortete Ramses. »Nur die Inschriften auf den Sarkophagen und die eine oder andere Anmerkung auf den Truhen und Kisten. Die Kopien der Totenbücher bedürfen einer sorgfältigen Durchsicht. Leider hatte ich noch nicht die Zeit, mich ausführlich damit zu beschäftigen.«

»Die Ankunft Ihres Onkels ist Ihnen zweifellos willkommen«, räumte Lacau ein.

Er meinte Walter, allerdings entnahm ich Ramses' unwillkürlichem Zusammenzucken, dass er an seinen anderen Onkel dachte. Ich hoffte nur, dass Sethos nicht auf die Idee käme, uns einen Besuch abzustatten. Er schneite gerne unangemeldet bei uns herein. Ich hatte über mehrere Monate nichts von ihm gehört, wusste aber, dass er in Deutschland gewesen war. Vermutlich arbeitete er dort für den Geheimdienst. Seit Kriegsbeginn hatte er zu den englischen Topagenten gehört, und nach meinem Kenntnisstand war er immer noch im Geschäft.

Mit ungebleichten Baumwollstreifen umwickelt und in schlichte Holzkisten gebettet, lagen in einer Ecke des Raums die Besitzer all jenes Prunks aufgereiht. Nur wer unempfänglich für das Mysterium des Todes ist, würde jenen mumifizierten Gestalten die stumme Reverenz versagen. Monsieur Lacau blieb völlig unbewegt.

»Sie haben sie aus den Särgen genommen«, befand er stirnrunzelnd.

Ich übernahm es, auf die schnöde und ungerechtfertigte Kritik zu reagieren. »Es musste sein, Monsieur. Das Holz, aus dem drei der Särge gefertigt sind, war morsch und viele Intarsien lose. Bevor sie angehoben werden konnten, wurden sie innen und außen mit einem von Signor Martinelli entwickelten Kleber stabilisiert. Sie sehen das Ergebnis, das nach meinem Dafürhalten ganz hervorragend ist.«

»Ja, natürlich«, erwiderte Lacau. »Wie ich sehe, haben Sie der Versuchung widerstanden, die Damen auszuwickeln«, fuhr er mit einem Nicken zu Nefret fort. »Darin haben Sie, so glaube ich, einige Erfahrung.«

»Sie ist ausgebildete Ärztin und Chirurgin«, versetzte ich ungehalten. »Keiner könnte besser ...«

»Selbstverständlich würde mir nicht im Traum einfallen, sie ohne Ihre Erlaubnis anzurühren, Monsieur Lacau«, sagte Nefret rasch. »Offen gestanden würde ich ohnedies davon absehen. Die Umhüllungen sind in einem einwandfreien Zustand, und die Mumien haben unangetastet in ihren Sarkophagen geruht – im Gegensatz zu allen anderen königlichen Mumien, die wir kennen. Es wäre fatal, sie zu sezieren.«

»Starke Argumente, Madame.« Lacau strich sich über den Bart. »Aber was ist mit dem Schmuck, den Amuletten, den Juwelen, die sich zweifellos an den Leichnamen finden lassen?«

»Wir haben viele wunderschöne Stücke«, wandte Nefret ein. »Und wir wissen nicht, in welchem Zustand die eigentlichen Mumien sind, oder was sich unter diesen Bandagen befindet. Nach unserem derzeitigen Kenntnisstand können wir vermutlich nicht alles Wissenswerte herausfinden, was zukünftige Forscher einmal in Erfahrung bringen werden. Schon allein deshalb sollten wir sie nicht beschädigen.«

»Ein anrührendes Plädoyer, Madame.« Lacau lächelte väterlich.

Nefret errötete, blieb aber unbeirrt. »Ich würde sie gerne einer Röntgenuntersuchung unterziehen.«

»Das Museum hat nicht die entsprechende Ausstattung.«

»Aber ich ... das heißt, mein Krankenhaus in Kairo. Mr. Grafton Elliot Smith hat die Mumie von Thutmosis IV. in eine Privatklinik bringen lassen, um sie dort durchleuchten zu lassen. Sie erinnern sich?«

»Ja, mit einem Taxi. Irgendwie stillos und unpassend.«

»Wir könnten professioneller vorgehen«, ereiferte sich Nefret. »Mit einem richtigen Krankenw...«

»Nun ja, ein interessanter Vorschlag. Ich werde darüber nachdenken.«

Nefret dankte ihm für die wohlwollende Berücksichtigung. Sie war es gewöhnt, unterschätzt zu werden von gewissen Männern – von den meisten Männern, würde ich behaupten, wäre das nicht eine ungerechte Verallgemeinerung. (Ob gerecht oder ungerecht, das zu beurteilen überlasse ich den werten Lesern.)

Lacau inspizierte das Labor, aber nicht lange; ein Potpourri übelster Gerüche dokumentierte, dass Martinelli mit diversen Chemikalien an mehreren Leinen- und Holzproben experimentierte. Dann zeigte Cyrus stolz »seine« Aufzeichnungen und räumte großzügig ein, dass sie das Resultat unserer gemeinsamen Arbeit seien. Sie waren beispielhaft – Fotos, Pläne, Skizzen, detaillierte Niederschriften – mit Register und Inhaltsverzeichnis. Schließlich warfen wir noch einen letzten Blick in die Ausstellungsräume.

»Ich stelle fest, dass ich mir in dieser Sache einige Gedanken machen muss«, sagte Lacau mit einem gönnerhaften Blick auf die Umstehenden. »Ich möchte die Objekte umgehend ausstellen, und das wirft natürlich die Frage des Raumbedarfs auf. Ich hätte nicht gedacht, dass es so viel ist.«

Cyrus machte ein langes Gesicht, was Lacau nicht zu bemerken schien. Er fuhr fort: »Und jetzt wünsche ich Ihnen noch einen schönen Abend, meine Freunde. Ich danke Ihnen für Ihre großzügige Gastfreundschaft und für einen überaus erstaunlichen Fund.«

Nachdem wir ihn hinausbegleitet hatten, versuchten wir, Cyrus aufzubauen, der das Schlimmste hinter Lacaus Äußerung vermutete.

»Er kann nicht alles für sich beanspruchen«, schnaubte Emerson. »Malen Sie nicht gleich den Teufel an die Wand, Vandergelt! Verflucht, er schuldet Ihnen was für Ihren Einsatz und Ihre Ausgaben, ganz zu schweigen von Berties Finderlohn.«

»Ich dachte, Sie stützten die These, dass alle bedeutenden Artefakte in Ägypten bleiben sollen«, murmelte Cyrus verblüfft. »Sie haben dem Museum den gesamten Inhalt aus Tetischeris Grabkammer übereignet.«

»Keine einfache Problematik.« Emerson fischte seine Pfeife aus der Jackentasche. »Archäologen und Sammler haben das Land Jahrzehnte lang seiner Kunstschätze beraubt, und die Ägypter hatten keine Lobby. Mit den zunehmenden nationalistischen Strömungen ...«

»Ja, aber was ist mit dem Erhalt der Objekte?«, erzürnte sich Cyrus. »Das Museum hat weder die Möglichkeiten noch das Personal.«

»Tja, und wessen Schuld ist das?«, versetzte Emerson, glücklich, dass er alle Seiten jeder Problematik diskutieren – und nach Belieben die Seiten wechseln – konnte. »Es ist schlicht und einfach eine Frage des Geldes, und wer hat über die Ausgaben entschieden? Politiker wie Cromer und Cecil. Die haben sich keinen verdammten Deut für den Erhalt des Museums interessiert oder Ägypter eingestellt und ausgebildet oder ihnen genug gezahlt, um ...«

»Verzeih mir, Emerson, aber das haben wir alles schon gehört«, sagte ich höflich, aber bestimmt. »Wir können nur hoffen, dass Monsieur Lacau einsichtig ist.«

»Zum Kuckuck, ich wünschte mir nur, er würde endlich Tacheles reden«, grummelte Cyrus. »Diese Ungewissheit bringt mich noch um.«

Bei unserem Aufbruch sah ich mich nach Signor Martinelli um, aber vergeblich. »Er hätte sich wenigstens von uns verabschieden können«, bemerkte ich.

»Er ist nicht schlafen gegangen«, erwiderte Cyrus. »Er ist noch einmal nach Luxor gefahren.«

»Um diese Uhrzeit?«

»Was der in Luxor vorhat, lässt sich am besten um diese Uhrzeit erledigen«, feixte mein Gatte. Er und Cyrus tauschten vielmeinende Blicke aus.

Von diversen Bekannten in Luxor wusste ich um diese Geschichten, denn die Gerüchteküche hört nie auf zu brodeln. Bevor Emerson sich lang und breit über gewisse unrühmliche Etablissements auslassen konnte, scheuchte ich meine Familie hinaus.

Wir kamen sehr spät nach Hause; die Eindrücke des Abends waren so überwältigend, dass wir uns darüber austauschen mussten. Also setzten wir vier uns zu einem letzten Whisky-Soda auf die Veranda. Ich war etwas überrascht, dass Nefret auch ein Glas nahm; sie trank selten Alkohol. Mag sein, dass auch sie nervös war, vermutlich wegen ihrer kostbaren Mumien. Zum Abendessen hatte sie mehr Wein getrunken als üblich.

»Ich fand es ziemlich gemein, dass er nicht die kleinste Andeutung gemacht hat«, hob sie an.

»Vermutlich fühlt er sich irgendwie überfordert«, gab Ramses zu bedenken. »Verflucht, was soll er auch mit alledem machen? Sie werden viele der derzeitigen Ausstellungsstücke umstellen oder einlagern müssen, um Platz zu schaffen ... Vitrinen aufbauen ... alles sachverständig verpacken ...«

»Sie? *Wir* werden die Objekte verpacken«, unterbrach ich ihn. »Das können wir niemand anderem anvertrauen. Gute Güte, um diese Aufgabe reiße ich mich nun wirklich nicht. Ich habe ballenweise Baumwollgaze und Leinen zum Schutz der Artefakte verbraucht, als wir sie von der Grabstätte zum Schloss bringen mussten. Und ich habe die schlimmsten Vorahnungen hinsichtlich dieser wunderschönen Robe. Verpackungsmaterial hin oder her, ich bezweifle, dass sie den Transport überstehen wird.«

»Wir werden eine Kopie anfertigen«, schlug Nefret vor. Kichernd trank sie ihren Whisky aus. »Ich habe eine Wahnsinnsidee. Wenn wir das nächste Mal in diesem Ausstellungsraum sind, werde ich stolpern und gegen den Tisch knallen. Wenn das Leinen dabei zerfällt, erlaubt Monsieur Lacau vielleicht, dass wir wenigstens den Schmuck behalten dürfen.«

»Meine Liebe, du wirst albern.« Ich schmunzelte. »Vermutlich übermüdet. Marsch ins Bett.«

»Ich hätte gern was von dem Schmuck«, seufzte Nefret, während sie Ramses eine Hand reichte und sich von ihm hochziehen ließ. »Der goldene Schlangenarmreif mit Granat und der mit den Lapislazuli-Einlegearbeiten und der Kopf von Hathor ... Mutter, findest du nicht, dass ein Mann, der seine Frau wirklich liebt, alles daransetzen sollte, diese Stücke für sie zu bekommen? Sie beteuern, dass sie uns die Sterne vom Himmel holen, aber wenn wir sie um ein schlichtes, klitzekleines goldenes Armband bitten ...«

»Sie ist nicht müde, sondern beschwipst.« Ramses grinste. Er legte einen Arm um seine unmerklich schwankende Ehefrau. »Komm mit, du kleiner Naseweis.«

»Trag mich.« Sie schaute zu ihm auf. Ihre Wangen waren gerötet, ihre Lippen leicht geöffnet.

Ich hörte, wie er den Atem anhielt. Er hob sie auf und trug sie hinaus. Beide vergaßen doch tatsächlich, uns eine gute Nacht zu wünschen.

Emerson warf mir einen langen, versunkenen Blick zu. »Ich kann mich nicht entsinnen, dich jemals beschwipst gesehen zu haben, Peabody.«

»Und du«, versetzte ich, denn mir war klar, was in seinem Kopf vorging, »hast mir nie die Sterne vom Himmel versprochen.«

Emersons Reaktion möchte ich hier nicht wiedergeben. Einige Zeit später murmelte er schläfrig: »Ich könnte dir ein oder zwei goldene Armreifen besorgen, wenn du magst.«

Es war in der Tat ziemlich merkwürdig, dass wir ausgerechnet über diese Armbänder sprachen. Denn exakt diese Stücke verschwanden zwischen Traum und Tag, und mit ihnen Signor Martinelli.

2

Einer von Cyrus' Bediensteten überbrachte uns die Katastrophenmeldung. Vandergelt ersuchte um unser Kommen, seine Handschrift fast unleserlich vor Aufregung. Da Freitag war, der Ruhe- und Gebetstag unserer Männer, hatten wir später als gewöhnlich gefrühstückt, en famille und mit den Kindern. Die lieben Kleinen wollten ganz ohne Hilfe essen, sehr zur Freude ihres Großvaters und mit dem zähneknirschenden Einverständnis ihrer Großmutter. Es war eine jener seltenen Gelegenheiten, bei denen die Katzen freiwillig zu uns stießen, da der Boden, die Tischplatte und wir mit Leckerbissen gespickt waren. Aus ebendiesem Grund gesellte sich Sennia nicht zu uns. So versessen sie auf die kleinen Schätzchen war, sie achtete auf ihre Garderobe und schätzte es absolut nicht, wenn Orangenscheiben und gebutterter Toast auf ihren Schoß katapultiert wurden.

Als Fatima die Tür öffnete, nahm ich ihr die Notiz ab, da Emersons Hände vor Marmelade starrten, denn Davy hatte ihm klammheimlich ein klebriges Stück Toast in die Hand gedrückt.

Ein lautstarkes »Großer Gott!« entwich meinen Lippen.

»Fluch nicht vor den Kindern.« Emerson versuchte erfolglos, die matschige Morgengabe in seiner Serviette verschwinden zu lassen. »Worum geht's denn?«

»Um den Schmuck der Gottesgemahlinnen. Er ist verschwunden, genau wie Signor Martinelli.«

»Was?« Emerson sprang auf. »Unglaublich!«

»Aber wahr! Cyrus geht morgens als Erstes in den Ausstellungsraum – um alles zu bestaunen, vermute ich, und wer könnte ihm das verdenken? Nein, es fehlt nicht alles, lese ich hier, nur zwei oder drei von den Armbändern und ein Brustschmuck, aber ...«

»Das ist schlimm genug«, unterbrach Ramses. Seine Brauen, dicht und dunkel wie die seines Vaters, wölbten sich besorgt. »Monsieur Lacau wird Cyrus für jedes fehlende Stück verantwortlich machen. Hat Martinelli das Haus verlassen?«

»So schreibt Cyrus. Er bittet um unser baldiges Kommen.«

»Ist doch selbstverständlich«, murmelte Ramses. »Nein danke, Davy, du isst dein Ei selber auf. Ich hatte schon eins.«

»Ich komme natürlich mit«, pflichtete Nefret bei.

So bald brachen wir dann doch nicht auf, da wir erst die Kleinen zu ihrer Kinderfrau brachten, Emerson brauchte eine frische Hose, und die Pferde mussten gesattelt werden. Sennia wollte uns begleiten, aber ich scheuchte sie fort. Damit erntete ich ihren heftigen Protest, denn Sennia meinte sich mit ihren zehn Jahren »fast erwachsen«. Ich fand es jedoch sinnvoller, den Kreis der Beteiligten klein zu halten, besonders in diesem Stadium der Ungewissheit.

Ganz gegen seine Gewohnheit empfing Cyrus uns nicht an der Tür. Er war mit Katherine und Bertie in dem Ausstellungsraum, bei einer zweifellos hektischen und wiederholten Suchaktion – die überdies zu nichts führte. Unmöglich, dass die fehlenden Objekte irrtümlich verlegt worden waren. Die leeren Vitrinen, in denen sie gelegen hatten, sprachen für sich.

Das war mir auf den ersten Blick klar, und ich begann sogleich, meine aufgebrachten Freunde für den Ernst der Lage zu sensibilisieren.

»Wir müssen das in aller Ruhe besprechen«, erklärte ich. »Cyrus, bitte hören Sie auf, kopflos umherzulaufen, das bringt Sie und uns nicht weiter. Was fehlt denn genau?«

Bertie antwortete, da sein Stiefvater mich nur entgeistert musterte. »Drei Armbänder – die wertvollsten Stücke – und das Pektorale mit den zwei gekrönten Kobras.«

»Sonst nichts?«

»Nein. Ich versichere Ihnen, ich habe das gesamte Inventar überprüft.«

Ich bedachte ihn mit einem anerkennenden Lächeln. »Gut gemacht, Bertie. Ich bewundere Sie um Ihren kühlen Kopf in solchen Situationen. Dann sollten wir uns jetzt zurückziehen und einen kleinen Kriegsrat halten.«

Natürlich waren alle einverstanden. Wir setzten uns in Katherines reizend möblierten Salon. Auf meinen Vorschlag hin ließ sie Tee und Kaffee bringen, denn ich hielt es für angeraten, einen Zustand der Normalität aufrechtzuerhalten. Danach wurden die Bediensteten fortgeschickt, und ich begann mit der Unterredung.

Ich gehe davon aus, dass ich die Befragung so kompetent wie jeder Polizeibeamte durchführte. Meine Annahme, dass Cyrus den Diebstahl auf seinem frühmorgendlichen Rundgang entdeckt hatte, erwies sich als korrekt. In dem Gedanken, dass Martinelli den Schmuck zu Präparationszwecken entfernt haben könnte, hatte er ergebnislos das Labor durchsucht und war dann, zunehmend aufgebracht, in das Zimmer des Italieners gestürmt. Signor Martinelli hatte das Bett nicht angerührt, und er war auch nirgends im Haus.

»Wir wollen keine voreiligen Schlüsse ziehen«, wandte ich ein. »Er kann die Nacht durchaus in Luxor verbracht haben, wegen seiner – äh – Geschichten. Sind seine persönlichen Sachen noch in seinem Zimmer?«

»Teufel noch, was sollte das ändern?«, entrüstete sich Cyrus. »Wo immer er ist, er hat die Juwelen. Er ist außer mir der Einzige, der einen Schlüssel zu diesem Raum hat. Ich habe ihn heute Nacht abgeschlossen – in eurem Beisein –, und heute Morgen war er immer noch verschlossen.«

»Es war schon gut, dass ich die Diener fortgeschickt habe«, seufzte ich. »Cyrus, ich hoffe, Ihnen ist in Ihrer Aufregung nicht herausgerutscht, dass etwas von dem Schmuck fehlt.«

»Ich bin doch kein Volltrottel«, schnaubte Cyrus. »Allerdings wissen sie, dass ich Martinelli gesucht habe.«

»Sein Verschwinden – sofern es keine harmlose Verspätung ist – würde sich vor den Dienern auch nicht verheimlichen lassen«, sagte ich. »Ich nehme an, dass er bislang noch nie die ganze Nacht weggeblieben ist? Nein? Dann ist eine gewisse Besorgnis verständlich, und wenn er nicht auftaucht, werden wir Nachforschungen anstellen müssen. Zunächst einmal stellen wir fest, ob und was er mitgenommen hat.«

»Ich gehe nachsehen«, erbot sich Bertie.

»Ja, das wäre sinnvoll«, bekräftigte ich. »Sie kennen seine Garderobe sicher besser als ich.«

Bertie verschwand unauffällig, und Katherine drückte ihren völlig aufgelösten Gatten in einen Sessel und reichte ihm eine Tasse Kaffee. »Tut mir Leid, Leute«, murmelte Cyrus. »Hätte nicht den Kopf verlieren dürfen. Aber das Ganze bringt mich in eine entsetzliche Lage.«

Er war zu höflich, um näher darauf einzugehen, dass unsere Situation noch prekärer war. Martinelli war einer der Restauratoren und Fälscher gewesen, die Sethos in Ägypten beschäftigt hatte, als er noch im illegalen Antiquitätenhandel mitmischte. Sethos hatte ihn empfohlen, und Cyrus hatte uns spontan geglaubt, dass der Italiener vertrauenswürdig sei.

Die fatalen Verstrickungen blieben uns nicht verborgen. Emerson, seine Denkerstirn gefurcht, äußerte sie als Erster. Im Brustton der Überzeugung verkündete er: »Die ultimative Verantwortung liegt bei uns, Vandergelt. Ich bedaure zutiefst, dass eine solche Katastrophe eingetreten ist, aber Sie werden die Konsequenzen nicht allein tragen, mein Wort darauf.«

»Wie nobel von dir, Emerson«, murmelte ich, als Cyrus ihm mit tränenfeuchten Augen die Hand hinhielt. »Aber wenn du mich fragst, nicht sonderlich konstruktiv. Momentan kennen wir weder das Ausmaß der Katastrophe, noch haben wir Maßnahmen erörtert, um diese einzugrenzen. Ich habe da ein paar Ideen.«

»Daran zweifle ich nicht«, brummelte Emerson. »Sieh mal, Amelia ...«

Bertie schlüpfte zurück ins Zimmer. »Und?«, drängte Emerson.

»Seine persönlichen Sachen hat er jedenfalls zurückgelassen«, war die Antwort. »Kleidung, Koffer, sogar sein Rasierzeug. Hut und Mantel sowie sein Spazierstock mit Goldknauf sind weg, und wenn ich nicht irre, fehlt eine kleine Reisetasche.«

»Merkwürdig!«, entfuhr es mir. »Dann wollte er also zurückkommen.«

»Nicht unbedingt«, meinte Ramses. Seine Miene blieb nicht mehr so unbeteiligt wie in seiner Jugend, als Nefret sein Gesicht mit »steinernem Pharaonen-Antlitz« umschrieben hatte. Inzwischen zeigte er seine Gefühle, vor allem die Zuneigung, die er für seine Frau und seine Kinder empfand; jetzt, da er meiner optimistischen Einschätzung den Todesstoß versetzte, waren seine Züge jedoch undeutbar. »Er konnte schwerlich seine Koffer packen und diese unbemerkt aus dem Haus tragen. Außerdem musste er bei einem offiziellen Aufbruch damit rechnen, dass Cyrus sein Gepäck auf Wertgegenstände hin untersucht hätte.«

Ich nickte widerstrebend. »Das hätte ein erfahrener Ganove wie er gewiss einkalkuliert, schließlich ist er von einem der besten kriminellen Hirne ausgebildet ...«

Cyrus' Blick war grimmig. »Wollen Sie damit andeuten, dass Sethos dahinter steckt, Amelia? Ich dachte, er hätte sich geläutert.«

»Sie will damit nichts dergleichen andeuten.« Nefrets melodische Stimme unterbrach die Kontrahenten. »Schweifen wir nicht zu sehr ab? Wir müssen alle an einem Strang ziehen, also sollten wir uns schleunigst auf eine gemeinsame Vorgehensweise einigen.«

»Nefret hat Recht. Wir müssen uns umgehend an Martinellis Fersen heften. Wenn die Suche erfolglos verläuft, werden wir weitere Schritte überlegen müssen. Schließlich«, fügte ich in dem mir eigenen Bestreben, stets das Positive zu sehen, hinzu, »weiß noch keiner von dem Diebstahl, und Monsieur Lacau wird sich die nächsten Wochen nicht blicken lassen. Das gibt uns einen gewissen zeitlichen Aufschub. Ich habe da so meine Vorstellungen ...«

Nefret prustete los, und Cyrus' faltiges Gesicht verzog sich zu einem Grinsen. »Wenn Sie keinen Ausweg wissen, Amelia, wer dann? Also gut, Sie haben das Wort. Was sollen wir als Erstes tun?«

Die Antwort war mir so sonnenklar wie vermutlich auch meinen intelligenten Lesern. Der Torwächter berichtete, dass Martinelli das Haus erst spät in der Nacht verlassen habe – »wie so oft«, fügte der Bursche hämisch feixend hinzu. Er war zu Fuß über die Straße gegangen, die aus dem Tal und zum Fluss führte, »marschiert wie ein Mann, der sich freut auf ein Schäfer...« Ich war dem Burschen mit einer weiteren Frage ins Wort gefallen. Ja, er hatte eine kleine Tasche bei sich gehabt, gerade groß genug für Wechselgarderobe oder einen Schlafanzug.

»Oder drei Armbänder und ein Collier, sorgsam verpackt«, knurrte Emerson, nachdem wir den Zeugen entlassen hatten.

Es dauerte eine Weile, bis wir den Fährmann fanden, der den Italiener über den Fluss gebracht hatte. Er war untröstlich; auf Bitten des Effendis habe er stundenlang auf dessen Rückkehr gewartet, aber sein Kunde sei nicht zurückgekommen. Er habe Verlust gemacht, hohe Verdiensteinbußen, weil er andere abgewimmelt habe ... und so ging es in einem fort.

Ich bezweifelte, dass es um diese nachtschlafende Zeit viele gewesen waren, trotzdem zeigten wir unseren guten Willen, indem wir uns von ihm nach Luxor übersetzen ließen.

Der Tourismus hatte sich wieder normalisiert, und die Stadt war so betriebsam und belebt wie vor dem Krieg. Die frisch gestrichene Hotelfassade des Winter Palace erstrahlte in zuversichtlichem Bonbonrosa, auf der staubigen Straße drängelten sich Droschken, Maultiere und Kamele. Touristenschiffe und Dahabijen säumten den Kai. Hier und da standen Passagiere an der Reling und winkten uns zu. Ich glaube nicht, dass sie uns kannten, denn ich kannte sie auch nicht. Trotzdem winkte ich zurück. Emerson verwünschte sie.

»Verflucht, einfach zu viele Leute unterwegs. Wird nicht einfach sein, ihn in diesem Sauhaufen aufzuspüren.«

Er behielt Recht mit seiner Befürchtung. Katherine war im Schloss geblieben und wir immerhin zu sechst, deshalb teilten wir uns auf. Wir einigten uns darauf, uns auf der Terrasse des Winter Palace zu treffen, nachdem wir Nachforschungen angestellt hätten in den Hotels und an anderen, weniger passablen Aufenthaltsorten. (Mein Vorschlag, die Damen jener letztgenannten Etablissements zu befragen, wurde schnöde übergangen.)

Die Ergebnisse waren enttäuschend, um nicht zu sagen niederschmetternd. Martinelli war in den Hotels und Cafés kein

Unbekannter, gleichwohl hatte ihn zu dem besagten Zeitpunkt angeblich niemand gesehen. Die holde Weiblichkeit, deren Befragung Emerson übernahm, stritt ab, dass er sie jemals besucht habe. Ich war geneigt, ihnen zu glauben, warum sollten sie auch lügen? Offenbar hatte er genug Grips (oder genug Erfolg an anderer Stelle), derartige Lasterhöhlen zu meiden.

Ramses, der den Bahnhof ausgekundschaftet hatte, stieß als Letzter zu uns. »Nichts?«, erkundigte er sich.

»Nein. Und du?«, versetzte Emerson.

»Ein Mann, auf den seine Beschreibung gepasst hätte, hat den Morgenexpress nach Kairo genommen. Das heißt gar nichts«, setzte Ramses rasch hinzu. »Ihr wisst, wie diensteifrig die Ägypter Informationen liefern, von denen sie meinen, dass man sie hören will. Keiner erinnerte sich an eine Reisetasche oder an seinen geckenhaften Spazierstock.«

Betretenes Schweigen trat ein. »Sieht schlecht aus«, seufzte Cyrus. »Also, was machen wir jetzt?«

Alle sahen mich an. Überaus erfreulich. »Zu Mittag essen«, sagte ich und führte die kleine Gruppe in den Speisesaal.

Wir waren der Direktion dieses hervorragenden Hotels bestens bekannt und bekamen problemlos einen Tisch. Bei einer Flasche Wein und einem Menü, das Cyrus kaum anrührte, steckten wir die Köpfe zusammen. Cyrus' erster Gedanke, umgehend der Kairoer Polizei zu telegrafieren, schien der logische nächste Schritt; gleichwohl sah ich mich genötigt, auf die Nachteile hinzuweisen.

»Wenn Martinelli etwas von seinem früheren Auftraggeber gelernt hat, der, wie wir alle wissen, ein Meister der Verstellung ...«

»Ja, das wissen wir«, knurrte Emerson. »Bitte, halt uns keinen langatmigen Vortrag, Peabody. Der Dreckskerl mag sein Aussehen verändert haben, trotzdem sollten wir es wenigstens versuchen.« Wütend biss er in ein Brötchen.

Während seiner Tirade löffelte ich meine Suppe. Sinnlos, sich von derartigen Petitessen den Appetit verderben zu lassen.

»Ganz meine Meinung«, pflichtete Ramses bei. »Wir können von Glück reden, dass wir den stellvertretenden Polizeikommandanten gut kennen. Russell wird auch ohne ausführliche Erklärung auf unser Gesuch reagieren.«

»Was, wenn er den Schmuck findet?«, erkundigte sich Cyrus.

»Dann bekommen wir ihn zurück«, erwiderte ich. »Nein, Emerson, jetzt halt *du* uns keinen langatmigen Vortrag. Russell hat uns viel zu verdanken – genauer gesagt Ramses, für seine Unterstützung der Polizei und des Militärs während des Krieges –, und vielleicht kommen wir aus dieser Sache heraus, ohne dass der Name Sethos Erwähnung findet. Das heißt, wenn Russell Martinelli schnappen kann, was ich für unwahrscheinlich halte.«

Emerson hatte in null Komma nichts sein Essen heruntergeschlungen. Jetzt schob er seinen Stuhl zurück und erhob sich. »Ich gehe zum Telegrafenamt.«

»Wie viele Telegramme willst du denn verschicken?«, bohrte ich.

Er sah auf mich hinunter. »Zwei. Vielleicht drei.«

Ich seufzte. »Das lässt sich wohl nicht vermeiden. Hast du die Anschriften?«

Emerson nickte knapp und wandte sich ab.

»Mhm.« Cyrus strich sich über den Spitzbart. »Wer sind denn die anderen Empfänger?«

»Dreimal dürfen Sie raten«, schmunzelte Nefret.

»Ich kann es mir vorstellen. Sollen wir uns zu Kaffee und konspirativer Kommunikation auf die Terrasse zurückziehen?«

Es war ein warmer, sonniger Tag. Die beiden Terrassen des Winter Palace, erreichbar über eine geschwungene Freitreppe, lagen hoch genug, dass uns der aufgewirbelte Straßenstaub nicht störte, die Nachmittagssonne funkelte auf dem Fluss. Touristen kehrten von ihren morgendlichen Ausflügen zurück. Cyrus kramte sein Rauchwarenetui hervor und zündete sich ein Zigarillo an. Wein- und Tabakgenuss hatten ihn entspannt, und sein scharfer Verstand arbeitete wieder auf Hochtouren. Leider, kann ich nur sagen. Immerhin hatten wir Cyrus jahrelang so manche persönliche und berufliche Angelegenheit verschwiegen. Unsere Mitverantwortung an seinem derzeitigen Dilemma machte es jedoch unmöglich, ihm die Wahrheit vorzuenthalten. Wie dem auch sei, wir würden ohnehin genug Probleme mit den Lügen haben, die wir Russell und/oder Lacau auftischen müssten.

»Dann ist Ihre Verbindung zu dem alten Gauner, dem Meisterverbrecher, also nicht abgebrochen?«, erkundigte sich Cyrus. »Sie kennen sogar seine aktuelle Adresse. Wo zum Teufel steckt er denn?«

»Ich bin mir nicht sicher, wo er sich momentan aufhält«, gestand ich. »Er hat ein Haus in Cornwall und ein Appartement in London, aber er reist viel herum.«

»Darauf möchte ich wetten«, murmelte Cyrus. »Nichts für ungut, Amelia, aber verflixt – wer verbirgt sich eigentlich dahinter?«

Ich sah zu meinen Kindern, die Händchen haltend zusammensaßen. Ramses' Brauen schnellten ironisch fragend nach oben. »Willst du unseren Rat hören, Mutter?«

»Ach komm schon«, unterbrach ihn Nefret. »Wir können Cyrus voll und ganz vertrauen, und ich habe diese Geheimniskrämerei satt. Ich bin dafür, dass wir ihm alles erzählen.«

»Schnell, bevor Vater zurückkommt«, setzte Ramses hinzu.

Da ich der gleichen Ansicht war, übernahm ich das Reden. Cyrus wusste um Sethos' kriminelle Vergangenheit, da er einige unserer Auseinandersetzungen mit unserem früheren Gegenspieler hautnah erlebt hatte. Dessen couragierter und heikler Einsatz als britischer Geheimagent war ihm zwar nicht bekannt, er beteuerte jedoch, dass ihn dies keineswegs überrasche. Ich erklärte, dass ich nicht ins Detail gehen könne, da Sethos' und Ramses' Aktivitäten streng geheim seien.

»Verstehe«, bekräftigte Cyrus. »Ich muss keine Details wissen, ich habe genug gesehen. 1915, als der erste türkische Angriff auf den Kanal gescheitert war und Ramses eine Woche lang das Bett hüten musste, habe ich mich schon gewundert, woher seine Verletzungen stammten. Bestimmt nicht von einem Felsensturz, nicht bei ihm! David hatte es noch übler erwischt; er war dabei, stimmt's? Ich habe geschwiegen, weil es mich nichts anging. Dann jene denkwürdige Episode im Jahr darauf, als Sethos wie aus dem Nichts auftauchte und einen deutschen Spion enttarnte. Aber selbst wenn er und Ramses Kollegen waren, erklärt das noch lange nicht, wieso Sie weiterhin Kontakt zu dem Burschen haben.«

»Nein«, gestand ich.

»Da kommt Vater«, zischte Ramses, der nach ihm Ausschau gehalten hatte. »Bring's hinter dich, Mutter.«

Um einem Tobsuchtsanfall meines Gatten vorzubeugen, sagte ich schnell: »Sethos ist Emersons Halbbruder. Unehelich, leider, aber trotzdem Verwandtschaft und uns in den letzten Jahren ans Herz gewachsen. Das mag komisch klingen ...«

»Ich fass' es nicht«, stöhnte Cyrus mit erstickter Stimme. »Heiliges Kanonenrohr, Amelia! Ich will ja nicht sagen, dass da nicht eine gewisse Ähnlichkeit ...«

»Ich werde Emerson natürlich beichten, dass Sie informiert sind«, sagte ich hastig, denn Emerson stürmte die Stufen hoch. »Aber es ist einfacher, wenn man ihn vor vollendete Tatsachen stellt. Sonst versteigt er sich nur in langatmige ...«

»Mutter!« Ramses klang laut und bestimmt.

»Ja, ja. Kein Sterbenswort an andere, Cyrus. Außer zu Katherine, natürlich. Sie ist genauso diskret wie Sie.«

»Abgemacht«, versicherte Cyrus.

Bertie hatte sehr wenig gesagt. Er war zu höflich und zu zurückhaltend, um unsere zugegeben häufig dogmatischen Gespräche zu unterbrechen. Jetzt äußerte er sich völlig verblüfft: »Ich kann Ihnen gar nicht sagen, wie sehr ich Ihr Vertrauen zu schätzen weiß, Ma'am.«

»Sie haben es sich verdient, Bertie«, sagte ich warmherzig. »Und ich weiß, dass Sie die Sache für sich behalten.«

»Selbstverständlich. Sie haben mein Wort.«

»Wort, worauf?« Emerson ragte vor mir auf.

»Ach, nichts Wichtiges, mein Lieber«, wich ich ihm aus. »Möchtest du Kaffee?«

»Nein. Wir kehren besser um. Bis zur Antwort auf unsere Depeschen bleibt uns ohnehin nichts mehr zu tun. Auf mich wartet Arbeit.«

»Aber ja, dein Artikel!«

Emerson kratzte sich das attraktive Kinngrübchen (die Kinnspalte, wie er sie vorzugsweise nennt). »Ach, dieser Artikel. Das hat Zeit, Peabody. Ich dachte, ich könnte heute Nachmittag kurz im Grabungsgebiet vorbeischauen. Nefret, das Licht wird hervorragend für Fotos sein.«

»Tut mir Leid, Vater.« Nefrets Lächeln war freundlich, ihre Stimme jedoch entschieden. »Ich habe den Zwillingen versprochen, dass wir heute Nachmittag Selim besuchen. Sie möchten mit seinen Kindern spielen und wären sonst enttäuscht.«

»Mhm, tja. Ramses ...«

»Emerson, du weißt genau, dass sie Selim jeden Freitagnachmittag besuchen«, rügte ich. »Ramses freut sich auf Selim und die Kinder. Auf alle Fälle musst du diesen Artikel fertig schreiben, bevor wir die Familie in Kairo abholen. Du willst doch nicht etwa daran arbeiten, wenn sie bei uns sind?«

»Wann brecht ihr auf?«, fragte Cyrus.

»Wir nehmen den Sonntagabendzug.« Ich sammelte meine Habseligkeiten ein – Tasche, Handschuhe, Sonnenschirm – und erhob mich. »Bis dahin sollten wir von Mr. Russell Nachricht haben und möglicherweise auch von ... nun ja. Wie dem auch sei, wir werden unsere Befragungen in Kairo fortsetzen.«

Ich fasste Emersons Arm, dann stiegen wir die gewundene Treppe hinunter. »Ziemlich viel los hier in Luxor«, bemerkte ich. »Schön, dass sich alles wieder normalisiert. Oh ... da ist Marjorie. Einen Augenblick, Emerson, sie winkt uns.«

»Wink zurück und komm weiter«, brummte Emerson. »Von mir aus kannst du nach Herzenslust der Gerüchteküche frönen, aber nicht, wenn ich dabei bin.«

Energisch zog er mich weiter. Wir hatten das Ende der Treppe fast erreicht, als ich einen kleineren Aufruhr bemerkte. Lautes Stimmengewirr und hektische Betriebsamkeit deuteten auf einen unliebsamen Zwischenfall hin. Aufgrund einiger mir fehlender Zentimeter konnte ich den Auslöser nicht ausmachen, aber Ramses, der mit Nefret vorgegangen war, fackelte nicht lange. Er ließ seine Frau los und stürzte sich ins Gedränge.

Wir anderen blieben ihm freilich auf den Fersen. Emerson drängte sich durch den Kreis der Gaffer, die vorsichtshalber zurückgewichen waren, als die beiden Hauptdarsteller aufeinander losgingen. Der Kampf war kurz; mit einer abrupten Bewegung packte Ramses (wie der werte Leser bereits erkannt hat, war mein Sohn einer der Mit-Streiter) sein Gegenüber und drehte ihm den Arm auf den Rücken. Sein Gegner war ein massiger, dunkelhaariger Bursche, der vor Wut oder Schmerz die Zähne entblößte. Der dritte Teilnehmer lag am Boden, offenbar bewusstlos.

Er war noch ein halbes Kind, schmal und schmächtig, mit einem Anzug bekleidet, der nur von einem britischen Schneider stammen konnte. Seine Kappe war zu Boden geglitten. Goldblonde Wimpern überschatteten seine Wangen, goldene Locken umrahmten sein Gesicht. Er erinnerte an einen gefallenen Engel, niedergestreckt von einem teuflischen Widersacher. Der andere Mann hatte tatsächlich etwas Diabolisches an sich, sein Gesicht dunkel vor Zorn, seine Muskeln gebläht, während er sich in Ramses' Umklammerung wand.

»Lassen Sie mich los, Sie Idiot«, brüllte er. »Lassen Sie mich zu ihm.«

»Halt ihn fest, Ramses«, befahl ich.

»Das habe ich auch vor, Mutter. Sie haben miteinander gekämpft, und dann hat dieser Kerl den Jungen niedergeschlagen. Ist er ernsthaft verletzt?«

»Ich kann keine Verletzungen oder Prellungen feststellen«, rief Nefret. Sie stand über den Jugendlichen gebeugt und öffnete seinen Hemdkragen, als sich seine goldenen Wimpern hoben und himmelblaue Augen enthüllten. Ein verträumtes Lächeln umspielte die wohlgeformten Lippen. »Sie sind sehr hübsch«, murmelte er, Nefrets Hand fassend. »Sind Sie ein Engel oder eine Göttin? Die ägyptischen Göttinnen hatten dunkles Haar ...«

»Eine Freundin«, sagte Nefret sanft. »Ich passe auf Sie auf.«

»François passt auf mich auf.« Forschend streifte sein Blick die Umstehenden. »Wo ist er? Wo ist mein guter François?«

»Hier, junger Herr, hier.« François, denn das Lächeln des Jungen wies ihn als ebendiesen aus, hatte kapituliert. Sein Körper entspannte sich, das Gesicht verlor an blindwütiger Entschlossenheit. Es wurde beileibe nicht anziehender; er hatte eine Hakennase, eine breite Narbe am Mund. Die stark fliehende Stirn wertete man in Polizeikreisen als Hinweis auf eine kriminelle Natur, seine untere Gesichtshälfte war völlig unproportioniert, mit vorstehendem Kinn und breitem Kiefer. »Lassen Sie mich zu ihm«, drängte er. »Monsieur, s'il vous plait – je vous en prie ...«

»Anscheinend haben wir die Situation falsch beurteilt«, bemerkte ich. »Lass ihn los, Ramses.«

Der Mann kniete sich neben den Halbwüchsigen und half ihm behutsam auf die Beine, sein fürsorgliches Verhalten ein krasser Gegensatz zu der früheren Aggressivität. »Wir gehen jetzt nach Hause«, murmelte er. »Komm, mein junger Herr. Geh mit François.«

»Ja.« Der Junge nickte. »Aber zuerst muss ich die Namen dieser neuen Freunde wissen und mich ihnen vorstellen. Ich bin Justin Fitzroyce. Und Sie, schöne Dame?«

Nefret und auch mir schwante bereits die traurige Wahrheit. Sie sprach mit ihm wie mit einem Kind, und wie ein wohlerzogenes Kind gab er uns die Hand, als Nefret uns vorstellte. »Ich hoffe, ich werde Sie wieder sehen«, sagte er sanft. »Werden Sie mich einmal besuchen?«

»Gern«, antwortete ich. »Wo wohnen Sie denn?«

François, sein Arm stützte den »jungen Herrn«, nickte zum Fluss. »Auf der Dahabije *Isis*. Wenn Sie mir nicht glauben, können Sie mit meiner Chefin sprechen.« Sein eben noch fürsorgliches Gesicht verdunkelte sich erneut, und er funkelte Ramses an.

»Das ist nicht nötig«, versetzte ich.

»Doch! Sie müssen kommen. Meine Ehre wurde angezweifelt. Sie wird Ihnen alles erzählen.«

»Tut mir Leid«, hob mein Sohn an.

»Du brauchst dich nicht zu entschuldigen«, sagte ich entschieden. »François wird gewiss verstehen, dass ein Außenstehender sein Verhalten falsch einschätzen kann und demzufolge meint, den Jungen verteidigen zu müssen.«

Ein knappes Nicken war die einzige Reaktion von François, der Junge hingegen strahlte und winkte, als sein Diener ihn wegführte.

»Wie traurig«, seufzte mein geliebter, weichherziger Emerson. »Der Junge leidet sicher unter irgendwelchen Anfällen. Sein

Diener musste ihn außer Gefecht setzen, sonst hätte er sich noch selbst verletzt.«

»Möglich«, meinte Nefret. »Solche Patienten verfügen über eine enorme Körperkraft. Aber eigentlich sind Epileptiker nicht bösartig.«

»Nein«, pflichtete ich ihr bei. »Man sollte doch meinen, dass François um den Zustand seines jungen Herrn weiß und von daher weniger brutal mit ihm umgeht. Gütiger Himmel, er ist doppelt so breit wie der Junge.«

»Und gebaut wie ein Ringkämpfer.« Grinsend rieb Ramses sich das Handgelenk. »Der Bursche kennt einige üble Tricks.«

»Das geht uns nichts an«, erklärte Emerson. »Du hast mich verstanden, Peabody; du wirst nicht bei seiner Familie hereinschneien, dich in ihre Angelegenheiten einmischen und ihnen einen medizinischen Vortrag halten. Das machst du ständig ...«

»Nein, Emerson. Ich mache das nicht ›ständig‹ und ich habe auch nicht vor, es in diesem Fall zu tun. Wir haben andere Sorgen.«

»Wie wahr«, seufzte Cyrus.

Aus Manuskript H

Sie erreichten das Schloss in der vergeblichen Hoffnung, dass der verschwundene Italiener vielleicht wieder aufgetaucht wäre. War er nicht. Emerson überredete Cyrus und Bertie, ihn nach Deir el-Medina zu begleiten, was Katherine vehement unterstützte. »Ehrlich gesagt, mein Schatz, wenn du noch einmal dieses Zimmer durchsuchst, schreie ich«, gestand sie freimütig.

Ramses half Nefret, den lärmenden Nachwuchs samt Spielsachen einzusammeln. Seine Mutter marschierte in Emersons Arbeitszimmer, ein entschlossenes Glitzern in den Augen, was Ramses nachdenklich stimmte. Kurzerhand tippte er darauf, dass sein Vater bei der Rückkehr einen fertig gestellten Artikel vorfinden würde. Dann würden die Fetzen fliegen. Wird auch Zeit, dachte er bei sich. Sie hatten sich seit Tagen nicht mehr anständig gestritten.

Sie nahmen die Pferde, da es zu weit war für die Kinder. Ramses hob seine Tochter zu sich auf Risha, und Nefret übernahm Davy, der weniger herumzappelte als seine Schwester. Sie ritten für ihr Leben gern mit den Eltern aus, was Charla Ramses in epischer Breite verständlich machte. Jedenfalls entnahm er dies ihrem drolligen Gestikulieren und Gegiggel, verstehen konnte er kein Wort.

Sie wurden stürmisch begrüßt, besonders von Selims vier jüngsten Kindern – vom tapsigen Einjährigen bis zur großen sechsjährigen Schwester. Daoud und seine Frau Kadija waren auch gekommen. Ramses war sich gewärtig, dass er Nefret am weiteren Nachmittag kaum zu Gesicht bekommen würde; sie und Kadija waren enge Freundinnen, und Kadija, eine beeindruckende Erscheinung und Produzentin einer berühmten grünen Heilsalbe, hatte noch immer eine gewisse Scheu vor ihm und seinem Vater. Sie und Nefret verschwanden mit Selims Ehefrauen und den Kindern, die Männer blieben rauchend und Kaffee trinkend unter den schattigen Arkaden im Innenhof zurück.

Daoud legte seine riesigen Hände auf die muskulösen Schenkel und grinste Ramses an. Sein Bart war mittlerweile grau meliert, seine Körperkraft immer noch bemerkenswert, einzig übertroffen von seinem großen Herzen. »Gibt es Neuigkeiten?«, forschte er erwartungsvoll.

Davon gab es mehr als genug. Für gewöhnlich zog Ramses Selim ins Vertrauen, denn Daoud, den er durchaus sehr mochte, war eine unverbesserliche Plaudertasche. »Nichts, was du nicht schon weißt«, wich er aus. »Am Sonntag fahren wir nach Kairo, und ein paar Tage später bringen wir die Familie mit zu uns.«

»Je eher, desto besser«, entschied Daoud. »Sie waren so lange nicht mehr hier, und ich habe noch nie den Namensvetter und Urenkel meines ehrwürdigen Onkels Abdullah gesehen!«

»Sie nennen ihn Dolly«, klärte Ramses ihn auf. »Und sie wollen die gesamte Saison bleiben, also wirst du ihn häufiger sehen.«

Selims kluge dunkle Augen waren von einem zum anderen gewandert. Jetzt räusperte er sich. »Diesmal hat Daoud eine Neuigkeit zu berichten. Er hat herausgefunden, warum Hassan den Vater der Flüche verlassen hat.«

Daoud schien gekränkt. Er genoss seinen Ruf als offizieller Geschichtenerzähler innerhalb der Familie und hätte die Enthüllung entsprechend ausgeschmückt. Allerdings reagierte er prompt: »Wirklich, Ramses, eine erstaunliche Neuigkeit. Du würdest nie darauf kommen. Selbst ich war völlig verblüfft, als er es mir erzählt hat. Meine Augen weiteten sich und mir versagte die Stimme.«

»Aber nicht lange.« Selim grinste, wurde aber sofort wieder ernst. Ramses fand, dass er irgendwie bedrückt wirkte. »Also, Daoud, heraus damit. Erzähl Ramses, was Hassan gesagt hat.«

»Ich werde es ihm zeigen«, entschied Daoud und sprang auf. »Komm, Ramses, es ist nicht weit.«

Ramses wischte Selims Protest beiseite. Daoud war der Wind aus den Segeln genommen worden; jetzt wollte er die Spannung wenigstens etwas halten. »Wo?«, fragte er, nachdem er ebenfalls aufgestanden war.

»Folgt mir.« Selim trat zur Tür und brüllte so laut, dass er den Lärm im Haus übertönte: »Wir gehen aus. Wir sind bald zurück.«

»Dann musst du dich also bei den Damen abmelden, was?«, erkundigte sich Ramses, während sie Daoud über die holprige Straße folgten. Das Dorf war völlig planlos gewachsen, und die Wege schlängelten sich um moderne Häuser und antike Grabstätten. »Wie ich von Daoud erfahren habe, spielst du mit dem Gedanken, dir eine dritte Ehefrau zu nehmen. Denk an meine Worte: Drei Frauen sind sechsmal so anstrengend wie zwei.«

Grinsend kratzte Selim sich den Bart. »Ich sage ihnen, was ich möchte, und tue, was mir gefällt.«

»Sicher. Und die dritte Frau?«

»Sie wären bestimmt nicht einverstanden.«

Er bemerkte Ramses' betont kontrollierte Miene und lachte ausgelassen. »Meinst du, ich stehe unter ... unter ihrem Pantoffel?«

Ramses fiel in sein Lachen ein. »Dein Englisch wird von Mal zu Mal besser, Selim. Aber sag mal, Daoud lässt die Schultern hängen, als sei er beleidigt. Was ist denn los?«

»Vielleicht siehst du besser selbst«, räumte Selim ein.

Ihr Ziel war der neue Friedhof nahe dem Dorf. Wie die antiken Grabstätten lag auch er in der Wüste und nicht in dem bewässerten Grünstreifen am Flussufer. Es war die heißeste Tageszeit; der Boden glühte in der Sonne. Die meisten Grüfte waren schmal und schlicht, lediglich mit einfachen Pfeilern oder niedrigen Grabsteinen geschmückt. Abdullahs Grab war das beeindruckendste Monument. David hatte es in der klassischen Form gestaltet – mit Kuppeldach –, gleichwohl war es ungewöhnlich anmutig und augenfällig. Schon von weitem gewahrte Ramses, dass es anders aussah als sonst. Seine Verwunderung wuchs, sobald sie näher kamen. An einem über dem geschwungenen Eingangsbogen befestigten Seil hing ein seltsames Sammelsurium – vermutlich Opfergaben: Schnüre aus Glasperlen, bestickte Tücher, ein Büschel Haar. Unter der Kuppel, neben dem eigentlichen Grab, saß eine reglose Gestalt, das turbanbedeckte Haupt gesenkt, die Hände gefaltet.

»Großer Gott«, entfuhr es Ramses. »Das ist ja Hassan. Was zum Teufel macht er denn da?«

»Er ist der Diener des Scheichs«, führte Daoud aus.

»Von welchem Scheich? Doch nicht etwa Abdullah?«

Hassan erhob sich, schritt zu ihnen und duckte den Kopf unter dem Strick mit den bunt zusammengewürfelten Gaben. Ramses gewahrte, dass der weiße Marmorboden mit Blumen und Palmwedeln bedeckt war, einige frisch und farbenprächtig, andere verdorrt. Er hielt Hassan nicht unbedingt für einen bekennenden Asketen. Er hatte eine Wasserpfeife geraucht, Teller mit Brot- und Speiseresten standen um ihn verteilt.

»Was soll das, Hassan?«, wollte Ramses wissen. »Keiner hat Abdullah mehr geschätzt und bewundert als ich, aber er war kein heiliger Mann.«

»Schön, dass du gekommen bist, Bruder der Dämonen«, erwiderte Hassan. Er grinste entrückt. Ramses fragte sich, ob in der Pfeife noch etwas anderes außer Tabak gewesen sein könnte.

»Er ist ein Scheich, ganz bestimmt«, fuhr Hassan fort. »Hat er nicht der Sitt Hakim das Leben gerettet, unter Einsatz seines eigenen? Ist er ihr nicht im Traum erschienen, wie ein heiliger Mann, und hat sie gebeten, ihm ein würdiges Grabmal zu bauen?«

Ramses schaute zu Daoud, der seinen forschenden Blick unerschütterlich grinsend erwiderte. Wie ihr hünenhafter Freund von den Träumen seiner Mutter erfahren hatte, war ihm schleierhaft; bis vor kurzem hatte sie diese nicht einmal dem engsten Familienkreis anvertraut. Dass sie von dem Wahrheitsgehalt solcher Träume überzeugt war, bewies ihren leichten Hang zum Übernatürlichen. Die Skepsis der anderen berührte sie nicht im Geringsten, und selbst Ramses musste zugeben, dass die Visionen seltsam plausibel und realitätsnah wirkten. Einer der Bediensteten musste davon etwas mitbekommen und sein Wissen umgehend weitergegeben haben. Und sobald Daoud informiert war, wusste es das gesamte Westufer.

»Aber ein heiliger Mann muss Wunder vollbringen«, wandte er ein.

»Das hat er getan«, versetzte Hassan. »Als dieser missratene Junge, der gegen die Gesetze des Propheten verstoßen hatte, in unmittelbarer Nähe von Scheich Abdullahs Grab erneut morden wollte, hat er da den Sünder nicht ausgemerzt? Für mich hat er noch ganz andere Wunder vollbracht. Mein Herz war voller Schuld und Bedrängnis. Seitdem ich sein Diener bin, geht es mir wieder gut, und inzwischen kommen viele, um Bittgesuche an ihn zu richten.« Er zeigte auf die armseligen, kleinen Gaben. »Er hat bereits den Husten von Mohammed Ibrahim und Alis Ziege kuriert. Kommt, betet mit mir. Bittet ihn um seinen Segen.«

Es war nicht etwa Haschisch, das ihn erleuchtete, sondern religiöser Eifer – und warum soll ausgerechnet ich ihm diese harmlose Bitte abschlagen?, dachte Ramses.

Er kannte die Gebete seit seiner Kindheit. Er zog die Schuhe aus und folgte dem vorgeschriebenen Pfad um die Gruft. Daouds sonore Bassstimme vermischte sich mit seiner. »Friede sei mit den Aposteln, Ehre sei Gott, dem Herrn über alle Völker.«

Sie traten den Rückweg zu Selims Haus an und ließen Hassan im Schneidersitz unter der Kuppel zurück. Daoud war hoch zufrieden mit seiner Enthüllung. »Mein Onkel Abdullah wird sich freuen, dass er ein Scheich ist«, bemerkte er. »Wenn er das nächste Mal mit der Sitt Hakim spricht, wird er ihr das bestimmt erzählen.«

»Dann werde ich dich selbstverständlich umgehend informieren«, erwiderte Ramses trocken. Er vermochte sich beim besten Willen nicht vorzustellen, wie seine Mutter auf diese Neuigkeit reagieren würde.

Selim hatte am Gebet teilgenommen, aber nicht an ihrer Unterhaltung. Ramses war sich nicht sicher, wie strenggläubig er war; er folgte den fünf Pfeilern des Islam, beachtete das Fasten im Ramadan und gab großzügig den Armen, gleichwohl war seine Lebensweise von den Briten beeinflusst. Er verfuhr nachsichtiger mit seinen jungen Ehefrauen als die meisten Einheimischen, und er hatte etliche englische Sitten übernommen.

Darunter auch den Nachmittagstee, der bei ihrer Rückkehr gereicht wurde. Ramses hatte auf ein vertrauliches Gespräch mit Selim gehofft, aber das war unmöglich bei den kreischenden, herumtollenden Kindern und dem Geplapper der Frauen. Er nahm eine Tasse Tee von Selims jüngster Frau und lächelte Nefret zu, die Selims Baby auf dem Schoß hatte. Möchte sie noch ein Kind?, überlegte er. Sie hatten nicht darüber gesprochen. Was ihn betraf, so waren zwei genug. Er wollte nicht, dass Nefret noch einmal solche Schmerzen durchlitt. Als Vater trug man eine Riesenverantwortung. Zigmal am Tag fragte er sich, ob er auch alles richtig machte.

Tee schwappte auf den Boden, trotzdem ließ er seine Tasse nicht los, als Davy auf seinen Schoß kletterte. Er schmiegte den warmen kleinen Körper an sich. Vielleicht machte er es wenigstens teilweise richtig.

Kadija beobachtete sie hinter ihrem Gesichtsschleier. Sie war die Einzige, die in seiner Gegenwart verschleiert blieb. Seine Mutter hatte ihr des Öfteren zugeredet, dass sie seit Davids Heirat mit Lia eine große Familie seien, doch Kadija kam aus einem nubischen Stamm, in dem die alten Traditionen Bestand hatten. Immerhin hatte sie sich schließlich bereit erklärt, ihn mit Vornamen anzureden.

»Wie hast du dir die Hand verletzt, Ramses?«, erkundigte sie sich. »Sieht aus wie die Spuren von Tierkrallen.«

Er spähte auf seinen hochgerollten Ärmel. Die Kratzer waren tiefer, als er gemeint hatte, hässlich ausgezackt. »Ein kleines

Souvenir von einem Mann namens François«, antwortete er. »Er hat einige animalische Attribute, wie seine scharfen Nägel, die er rücksichtslos einsetzt. Es ist nichts.«

Er versuchte, die Manschette hinunterzuziehen, doch Davy fasste seine Hand, presste feuchte Küsse auf die Schrammen und murmelte tröstliche Worte (vielleicht auch heilungsfördernde Beschwörungen).

»Wieso hast du mir nichts gesagt?« Nefret setzte das Baby zu Boden.

»Es ist nichts«, wiederholte Ramses.

Kadija erhob sich und ging ins Haus.

»Bloß nicht die berühmt-berüchtigte grüne Salbe!«, protestierte Ramses. »Die hinterlässt bleibende Flecken auf den Sachen. Danke, Davy, du hast gute Arbeit geleistet. Es geht mir schon viel besser.«

»Ich habe es nie geschafft, die wirksamen Bestandteile zu isolieren, aber die Salbe hat ganz bestimmt antiseptische und entzündungshemmende Eigenschaften«, räumte Nefret ein. »Fingernägel sind schmutzig, und ich bezweifle, dass unser François eine Maniküre besucht. Diese Schrammen hätten sofort desinfiziert werden müssen.«

»Was ist das?«, erkundigte sich Selim. »Wer ist dieser Mann? Ein neuer Widersacher?«

»Nichts dergleichen«, erwiderte Ramses. Kadija kehrte mit einem kleinen Tiegel zurück, und Ramses ließ sich widerstrebend die Salbe auftragen, während er Selim von dem Zusammentreffen berichtete. Selims aufmerksame Miene verzog sich verdrossen. Er hatte etliche ihrer haarsträubenderen Abenteuer miterlebt und genoss eine handfeste Auseinandersetzung.

»Tut mir Leid, wenn ich dich enttäusche, Selim«, meinte Ramses. »Es sind Touristen, unwahrscheinlich, dass wir sie je wieder sehen. Außerdem war die ganze Sache ein Missverständnis. Der Bursche hat nichts gegen mich.«

»Pfft«, machte Selim.

Nach einer Weile gelangten die Kinder an einen Punkt, den erfahrene Eltern gut kennen; die Tränen flossen häufiger, Labiba schlug Davy, weil er das Baby geschubst hatte. Er schlug zurück.

»Zeit zum Aufbruch.« Nefret trennte die beiden Streithähne. »Sie sind müde.«

»Ganz bestimmt.« Ramses schnappte sich seine Tochter, die zu langatmigen Erklärungen ausholte – vielleicht war es auch Protest. Er verstand nur zwei Wörter. Eines klang wie Suaheli, das andere Schwedisch. Keines hätte in den Zusammenhang gepasst.

Daoud nahm die beiden zappelnden, schmuddeligen Kinder in seine liebevolle Umarmung und reichte sie Ramses und Nefret hoch, nachdem diese aufgesessen hatten. »Du bist ein Dreckspatz«, informierte Ramses seine Tochter. »Was ist dieses lila Zeugs auf deinem Gesicht?«

Sie strahlte ihn verschmitzt an und rieb ihr Gesicht an seinem Hemd.

Wie stets brauchten die Frauen eine halbe Ewigkeit zum Abschiednehmen. Derweil sie noch rasch ein letztes Lebewohl und die allerneuesten Neuigkeiten austauschten, trat Selim zu ihm.

»Wirst du der Sitt Hakim von Hassan und der Sache mit Vaters Grab berichten?«

»Früher oder später erfährt sie es ohnehin. Was hast du, Selim? Ich sehe doch, dass dich irgendwas bedrückt.«

»Ach, nichts von Bedeutung.« Selim zupfte an seinem Bart. »Es ist nur ... was hat Hassan getan, dass er sich schuldig fühlt und sühnen muss?«

* * *

Emerson tobte, als er entdeckte, dass ich seinen Artikel fertig gestellt hatte. Wir hatten einen erfrischenden kleinen Disput, nachher ließ er sich fluchend dazu herab, meinen Text durchzugehen, und warf mit Füllfedern um sich. Ich gratulierte mir im Geiste zu meinem Einfall, der zwei positive Begleiteffekte hatte: Erstens musste Emerson sich dem Artikel jetzt widmen, was er ohne meine Intervention nie getan hätte, zweitens würde er nicht mehr ständig an den Diebstahl denken und wie er ihn möglicherweise hätte verhindern können. Nach solchen Wutausbrüchen ist mein Gatte immer wie ausgewechselt.

Wie erwartet verschafften unsere Telegramme uns keine neuen Informationen. Thomas Russells Antwort erreichte uns am Samstag. Sein Stil war ebenso spröde wie Emersons: Im Zug sei niemand mit dieser Beschreibung oder diesem Namen gewesen. Mit keinem Wort verlangte er nach einer Erklärung; er kannte Emerson gut genug, um zu wissen, dass er ihm keine liefern würde.

Emerson zerknüllte das Papier und warf das Kügelchen der Großen Katze des Re zu, der daran schnüffelte, es für ungenießbar befand und verschmähte.

Als wir uns auf die Zugfahrt am Sonntagabend vorbereiteten, hatte Sethos noch immer nicht reagiert. Emerson hatte ihm an seine beiden Anschriften telegrafiert. Auf meine Bitte hin zeigte er mir den Text, und ich muss sagen, er hatte die nötigen Informationen kommuniziert, ohne die Fakten preiszugeben. Das wäre auch katastrophal gewesen, denn die Angestellten im Telegrafenamt hätten die Nachricht in ganz Luxor verbreitet.

Cyrus' erste Entrüstung war einem Zustand tiefer Melancholie gewichen. Er hatte mit sich selbst gehadert, ob er nach Kairo fahren und den Dieb verfolgen oder ob er im Schloss auf die verbliebenen Artefakte aufpassen sollte. Er entschied sich für Letzteres, nachdem ich ihm erklärt hatte, dass Martinelli zwar der Polizei entwischt sei, wir aber keinerlei Beweis hätten, ob er sich tatsächlich in Kairo aufhielt. Allein bei dem Gedanken, dass der Übeltäter in der Nähe herumlungern und auf eine Gelegenheit warten könnte, einen erneuten Vorstoß auf den Schatz zu machen, brach Cyrus der kalte Schweiß aus. Er begleitete uns nicht einmal zum Bahnhof.

Andere Freunde sowie Familienmitglieder waren dort. Daoud hielt es für seine Pflicht, uns seine guten Wünsche mit auf den Weg zu geben; bei solchen Gelegenheiten trug er stets seine eleganteste Seidenrobe, allerdings schmollte er ein wenig, weil er zu gern mitgekommen wäre. Die Zwillinge hatten wir ebenfalls zurückgelassen. Wenn ich ihre Argumentation richtig deutete, waren sie zutiefst empört, dass sie mehrere Tage lang ohne Eltern und Großeltern auskommen sollten. Emerson, der überaus feige ist im Hinblick auf Kinder und Frauen, hatte sich ohne nähere Erklärung wegstehlen wollen, was Nefret vereitelte. Ich schlug mich natürlich auf ihre Seite und zitierte aus diversen Kompendien über Kindererziehung, bis Emerson mir mit seinem üblichen Stoßseufzer »Lass mich mit deinem psychologischen Halbwissen in Frieden, Peabody!« das Wort abschnitt.

Nach einem überschwänglichen Abschied wandte ich mich als Letztes Selim zu. Ein schmerzhafter Stich durchzuckte mich, war er seinem Vater doch sehr ähnlich – vielleicht etwas schlanker und nicht so groß, aber mit ebenso feinsinnigen Zügen und der gleichen würdevollen Ausstrahlung. Er war der Einzige, den wir ins Vertrauen gezogen hatten.

»Vergiss nicht, Selim«, sagte ich leise, »du kannst alle Telegramme einsehen und die Neuigkeiten an uns ins Shepheard's weiterleiten, wenn sie von ... ihm sind. Halt uns doch bitte auf dem Laufenden!«

Emerson brüllte mich an, ich solle endlich einsteigen, worauf Selim grinste. »Ja, Sitt, das hast du bereits gesagt. Ist dein Wunsch mir nicht immer Befehl gewesen? Gute Reise. Ma'assalama!«

Der Zug fuhr in die Nacht – wie üblich mit Verspätung – und wir begaben uns umgehend in den Speisewagen, wo ich Nefret ein Glas Wein verordnete.

»Ich weiß, es ist schlimm für dich, die Kinder allein zu lassen«, sagte ich mitfühlend. »Aber du darfst mir glauben, Liebes, ein kleiner Urlaub von den bezaubernden Geschöpfen wird dir gut tun. Bald schon wirst du es richtig genießen.«

Nefrets angespannte Züge verzogen sich zu einem Lächeln, und Ramses meinte: »Nefret, Mutter weiß, wovon sie spricht. Hast du deine Ferien von mir auch genossen, Mutter?«

»Und ob«, versicherte ich ihm, worauf alle lachten.

Die Lampe auf dem Tisch flackerte, das Geschirr klirrte, und es war ratsam, die Gläser festzuhalten. Wir verharrten schweigend bei unserem Wein, denn der Wagon war voller Leute, und wir hätten uns nicht vertraulich unterhalten können. Bevor wir uns zur Nacht zurückzogen, hielten wir noch einen kleinen Kriegsrat in Emersons und meinem Abteil ab.

»Denkt an meine Worte«, erklärte ich. »Mr. ... Was hast du gesagt, Emerson?«

»Dass wir das ständig tun«, knirschte Emerson, das Pfeifenmundstück zwischen den Zähnen.

»Oh. Danke, liebster Emerson. Wie ich schon sagte, wenn Mr. Russell erfährt, dass wir in Kairo sind, wird er sich an unsere Fersen heften, weil er wissen will, warum er harmlose Reisende observieren sollte. Wir müssen uns überlegen, wie viel wir ihm enthüllen – und ob überhaupt.«

Emerson öffnete den Mund. Ich fuhr fort, meine Stimme leicht erhoben, er sollte mich bitteschön ausreden lassen! »Noch wichtiger ist, was wir Walter und Evelyn erzählen. Sie wissen nichts von unserer Verwandtschaft – ähm – ihrer Verwandtschaft mit Sethos, denn er ist auch Walters Bruder, und meine Meinung ...«

»Ist auch meine Meinung.« Emerson nutzte die Gelegenheit, da ich soeben Luft holte.

»Wie bitte?«

»Meinst du, ich würde es wagen, dir zu widersprechen?« Emerson griente mich an. »Ich stimme dir zu, dass die Zeit der Heimlichtuerei vorüber ist. Wir bekommen zwar vermutlich Schwierigkeiten mit dem Kriegsministerium, wenn wir Sethos' Rolle als britischer Geheimagent erwähnen, aber was bleibt uns denn anderes? Solange das nicht klar gesagt wird, macht der Rest wenig Sinn, und wie ich Walter kenne, ist der gutmütige Naivling hellauf begeistert darüber, dass er noch einen weiteren Bruder hat.«

»Tante Evelyn ist vielleicht nicht so begeistert«, gab Ramses zu bedenken. Wie sein Vater hatte er inzwischen die Krawatte gelockert und den Hemdkragen aufgeknöpft. »Die Ärmste hat jahrelang gehofft, dass wir uns endlich der Archäologie zuwenden und uns nicht ständig mit irgendwelchen Kriminellen herumschlagen.«

Nefret, die sich an Ramses kuschelte, murmelte schläfrig: »Dann sollte es sie erleichtern, dass der größte Halunke von allen nicht mehr unser Widersacher, sondern ein Freund und Verwandter ist.«

»Das ist genau der richtige Ansatz«, pflichtete ich ihr bei. »Sehr gut, mein Schatz. David weiß bereits von Sethos' Geheimdiensttätigkeit, ich nehme an, er hat Lia davon erzählt – er erzählt ihr alles.«

»Das glaube ich gern«, bekräftigte Nefret und unterdrückte ein Gähnen.

»Ramses, bring deine Frau in – äh – euer Abteil, sie schläft schon halb.«

Nach ihrem Aufbruch verkündete Emerson, dass auch er müde sei, also läutete ich dem Schlafwagenschaffner, dass er unsere Kabine für die Nacht vorbereitete. So lange standen wir im Gang. Emerson feixte.

»Irgendwie macht es mir Spaß, Walter von seinem unbekannten Bruder zu erzählen, der nicht nur in fremden Betten gezeugt wurde ...«

»Eine vulgäre Redensart, Emerson.«

»Nicht so vulgär wie etliche andere, die mir da einfallen. Was wollte ich noch sagen, ach so ... der auch mindestens fünf von den Zehn Geboten gebrochen hat.«

»Es wird ein Schock für ihn werden.« Ich nickte bekräftigend.

»Das kann nicht schaden«, sagte Emerson mitleidlos. »Er hat ein sehr behütetes Leben geführt und läuft Gefahr, engstirnig und intolerant zu werden.«

Darauf stellte er jede weitere Diskussion ein, und bald nachdem er in seine Koje geklettert war, vernahm ich die gleichmäßigen Atemzüge, die auf seinen tiefen Schlummer deuteten. Ein solches Glück blieb mir versagt.

Dass Sethos nicht reagierte, war zwar frustrierend, aber nicht fatal. Vielleicht war er vorübergehend nicht erreichbar – das konnte man nur hoffen. Ich hielt es für möglich, dass der betrügerische Italiener bei einem seiner früheren Kumpane aus Sethos' kriminellem Netzwerk untergeschlüpft war – sofern davon noch jemand in Kairo lebte. Herrje, dachte ich, mich mühsam auf der schmalen Pritsche umdrehend, wie sollen wir handeln, wenn wir so wenig wissen? Ich hätte Sethos schon vor Jahren auf den Zahn fühlen müssen, wie es um die Organisation und den Aufenthaltsort seiner Komplizen bestellt sei. Nun ja, seine Besuche waren kurz und selten gewesen, und wir hatten über so viele andere Dinge geplaudert – über seine stürmische Beziehung mit der Journalistin Margaret Minton, das Grab und seinen Inhalt, über die Zwillinge, das Haus in Cornwall – das eigentlich Ramses gehörte, das er aber bereitwillig seinem Onkel Sethos und dessen Tochter Molly überlassen hatte.

Trotz – oder vielleicht gerade wegen – der Tatsache, dass Frauen Sethos attraktiv fanden, waren seine Beziehungen zum weiblichen Geschlecht alles andere als glücklich gewesen. Jahrelang hatte er für meine Wenigkeit geschwärmt – freilich vergebens, da Emerson mich nie freigegeben hätte und ich meinen Gatten liebe! In den letzten Jahren hatte er seine Zuneigung für Margaret entdeckt, die diese gleichermaßen erwiderte. Allerdings hatte Margaret ihre eigene, hart erkämpfte Karriere als Autorin und Auslandskorrespondentin, speziell im östlichen Mittelmeerraum, und sie war nicht willens, eine feste Bindung mit einem Mann einzugehen, der seine gefahrvolle Tätigkeit über alles stellte. Patriotismus ist ja gut und schön, dennoch möchte eine Frau gern wissen, wo ihr Mann steckt und was er tut, vor allem, wenn die Möglichkeit besteht, dass er eines Tages aus dem Haus geht und nie mehr zurückkehrt.

Dann war da Bertha, Sethos' Geliebte und Komplizin während seiner kriminellen Karriere. Zu Beginn ihrer Beziehung leidenschaftlich in ihn verliebt, war ihre raubtierhafte Zuneigung in Wut umgeschlagen, als sie von seiner heimlichen Schwärmerei für mich erfuhr. Nach mehreren Attentaten auf mich starb sie eines gewaltsamen Todes durch meine Freunde. Sie ließ Sethos mit einer gemeinsamen Tochter zurück.

Wir waren Molly – oder Maryam, so ihr korrekter Vorname – nur ein Mal begegnet. Seinerzeit war sie vierzehn gewesen, und wir hatten noch nicht um Sethos' und ihre wahre Identität gewusst. Bald darauf hatte sie einige schlimme Wahrheiten über den Tod ihrer Mutter erfahren und fluchtartig das Haus ihres Vaters verlassen. Trotz seiner stoischen Unerschütterlichkeit wusste ich, dass Sethos sich Vorwürfe und Sorgen machte, doch seine Bemühungen, sie aufzuspüren, waren erfolglos geblieben. Wir hatten sie seit Jahren weder gesehen noch irgendetwas von ihr gehört.

Die hellen Mondstrahlen tasteten sich wie lange, silbrige

Finger durch die Vorhangschlitze. Es war schon spät. Ich versuchte zu entspannen. Schließlich wiegten mich Emersons gleichmäßige Atemzüge und das Schaukeln des Wagons in den Schlaf.

* * *

Ein Jahr nach dem Waffenstillstand erinnerte Kairo noch immer an einen Armeestützpunkt. Unter der gediegenen Terrasse des Shepheard's umringte eine Menschentraube einen jungen Mann, der in blumigem Arabisch über die Unterdrückung durch die Briten und das Recht der Ägypter auf Unabhängigkeit redete. Die Bestrebungen des Portiers, ihn zum Schweigen zu bringen, wurden von dem Stoßen und Schieben seiner Anhänger vereitelt, und die Furchtsameren unter den ausländischen Hotelgästen wichen erschrocken zurück, aus Angst, in ein Handgemenge zu geraten. Wir blieben stehen und lauschten.

»Kennst du den?«, wollte Emerson von Ramses wissen, der seinerzeit in irgendeine Geschichte mit einer dieser nationalistischen Gruppen verwickelt gewesen war.

»Gute Güte, das ist Rashad!«, entfuhr es Ramses. »Das Letzte, was ich weiß, ist, dass er im Gefängnis war.«

Der Redner entdeckte ihn im selben Augenblick und brach mitten im Satz ab. Seine wutblitzenden Augen schweiften von Ramses zu Emerson, beide aufgrund ihrer Größe unübersehbar. Ich umklammerte meinen Sonnenschirm fester.

Rashad bleckte die Zähne und deutete hektisch auf Ramses, doch bevor er etwas sagen konnte, schrie einer der Umstehenden: »Seht mal, der Vater der Flüche und sein Sohn, und die Sitt Hakim, seine Frau, und das Licht von Ägypten. Willkommen! Seid ihr hier, um für uns und unsere Sache zu sprechen?«

»So ist es«, übertönte Emerson den Begrüßungschor.

»Aber Emerson!« Ich packte ihn am Arm.

»Na ja, vielleicht auch nicht«, räumte Emerson ein. Seine Stimme nahm eine beeindruckende Lautstärke an, die ihm – zusammen mit seinem Faible für einen indiskutablen Wortschatz – seinen ägyptischen Beinamen eingebracht hat. »Verschwindet, meine Freunde, und nehmt Rashad mit. Die Polizei ist im Anmarsch.«

Ein Trupp berittener Männer galoppierte an den Ort des Geschehens, wie üblich angeführt von einem britischen Offizier. Bevor Rashad weglief, drehte er sich noch einmal zu uns um. Seine Lippen bewegten sich. Es war schon gut, dass wir keinen Ton verstanden, denn seine erzürnte Miene verhieß nichts Gutes. Als die Polizeischwadron eintraf, waren alle fort.

Vielleicht sollte ich an dieser Stelle meine weniger gut informierten Leser (eine kleine Minderheit, die aber trotzdem Berücksichtigung finden sollte) über die historischen Hintergründe aufklären und ausführen, warum ein englischer Offizier ägyptische Truppen befehligte und warum Kairo ein Schmelztiegel der Revolte war. Obschon formal eine Provinz des Osmanischen Reiches, stand Ägypten seit Mitte des 19. Jahrhunderts unter britischer Kontrolle. 1914 war es zu britischem Protektorat unter militärischer Besetzung erklärt worden, da die Türken den Suezkanal bedrohten und zu befürchten stand, dass die Ägypter ihre muslimischen Glaubensbrüder gegen eine verhasste Besatzungsmacht unterstützen würden. Diese Befürchtungen hatten sich bis auf einen kleinen Zwischenfall in Kairo nicht bewahrheitet. Mütterlicher Stolz veranlasst mich zu dem Hinweis, dass der Aufstand von Ramses niedergeschlagen wurde, der in die Rolle des radikalen Nationalistenführers Wardani geschlüpft war, um die Waffenlieferungen der Türken an Wardanis Gruppe zu stoppen. Wären er und David nicht gewesen, wäre der Kanal vielleicht sogar in Feindeshand gefallen.

Langer Rede kurzer Sinn: Was Ägypten wollte, war die Unabhängigkeit von England, der Türkei und auch jeder anderen Nation. Und nach Kriegsende verschärften sich die diesbezüglichen Forderungen der ägyptischen Nationalisten.

Die Reaktion der Engländer war alles andere als wohl überlegt gewesen. Ein schlimmer Fehler war die Ausweisung von Nationalistenführer Saghlul Pascha. Der hoch gewachsene, eindrucksvolle Mann war ein begnadeter Redner und bei den Ägyptern sehr beliebt. Als die Nachricht von seiner Deportation bekannt wurde, brachen überall in Ägypten Unruhen und Demonstrationen aus. Diese Gewalttätigkeit entsetzte uns natürlich über die Maßen, auch wenn der Aufstand in Oberägypten zu Beginn des Jahres uns nicht persönlich berührt hatte. Unsere ägyptischen Freunde waren zu vernünftig, um sich an einer solch aussichtslosen, brutalen Revolte zu beteiligen, und außerdem hätte es niemand gewagt, dem Vater der Flüche und dessen Familie Unannehmlichkeiten zu bereiten.

Die Rebellion wurde gewaltsam niedergeschlagen. Saghlul Pascha wurde befreit und reiste nach Paris, wo die Friedenskonferenz der Alliierten über das Schicksal der eroberten und besetzten Gebiete entschied. Saghluls Forderungen wurden übergangen. Die britische Regierung bestand auf einer Aufrechterhaltung des Protektorats. Das Ergebnis waren weitere Ausschreitungen, gelegentliche Übergriffe auf Touristen und Redner wie Rashad, die die Bevölkerung aufwiegelten. England hatte sich bereit erklärt, eine hochrangig besetzte Forschungskommission unter Lord Milner einzusetzen, doch nur wenige glaubten, dass sein Bericht die von Ägypten angestrebten Veränderungen herbeiführen würde.

»Bleibt noch ein weiteres Problem«, sagte Ramses, während wir die Stufen zur Terrasse nahmen.

»Wieso?«, erkundigte sich Emerson. »Kamil el Wardani mag dich und David verteufeln, aber er ist aus dem Rennen, Saghlul Pascha ist der anerkannte Führer der Unabhängigkeitsbewegung. Hat Rashad die Seiten gewechselt?«

»Ist doch nebensächlich«, warf ich ein. »Wir haben ohne diese Möchtegern-Revolutionäre schon genug Probleme, und wir müssen David mit allen Mitteln daran hindern, sich wieder mit diesem Haufen einzulassen. Emerson, ich verbiete dir strikt, auf irgendwelche improvisierten Tribünen zu klettern und Reden ans Volk zu halten!«

»Sie benutzen keine Tribünen«, erwiderte Emerson milde.

Ich sah von seinem grinsenden, selbstzufriedenen Konterfei zu den zusammengekniffenen Augen meines Sohnes und hatte wieder eine dieser starken Vorahnungen. Respekt für die Rechte des ägyptischen Volkes zu zeigen war eine Sache, Aufstände und das Anstiften von Unruhen eine völlig andere.

Unsere Zimmer auf der zweiten Etage des Shepheard's waren uns ein Heim fern der Heimat, denn dort logierten wir seit vielen Jahren wenigstens einmal in jeder Saison. Die Suite hatte zwei Schlafräume, einen auf jeder Seite des geschmackvollen Salons, und zwei Bäder. Vor ihrer Heirat hatte Nefret das zweite Schlafzimmer bewohnt und Ramses ein daran anschließendes (selbstverständlich ohne Verbindungstür!).

Emerson trat schnurstracks auf den Balkon des Salons und blickte verträumt über die Dächer und Minarette von Kairo. Er bedeutete mir, mich zu ihm zu gesellen. Eigentlich wollte ich auspacken, aber ich mochte ihn nicht enttäuschen; wie viele Male hatten wir doch auf diesem Balkon gestanden, genau an dieser Stelle, glücklich über die Rückkehr in das von uns geliebte Land und in der Hoffnung auf eine erfolgreiche Grabungssaison.

Nachdem wir uns einige Augenblicke nostalgischen Schwelgens gegönnt hatten, lenkte ich Emersons graue Zellen zurück in die Gegenwart.

»Wenn das Schiff pünktlich einläuft, werden unsere Lieben morgen Abend hier sein, Emerson. Somit bleiben uns nur noch gut vierundzwanzig Stunden für weitere Nachforschungen.«

»Welche Nachforschungen?«, wollte Emerson wissen. »Wenn du meinst, dass du deinem Lieblingshobby frönen und die Antiquitätenhändler löchern kannst, vergiss es. Reine Zeitverschwendung. Martinelli wird seine Beute nicht über die gewohnten Kanäle absetzen.«

»Dann kannst du also seine Gedanken lesen, was?«

»Teufel noch, Peabody ...«

»Was hast du gegen einen Besuch im Suk einzuwenden? Ich muss noch einiges einkaufen, und ein paar harmlos eingestreute Fragen bringen vielleicht die eine oder andere nützliche Information.«

»Hmhm«, brummte Emerson.

Als die Kinder das Mittagessen mit uns einnahmen, stimmte Nefret meinem Vorschlag zwar zu, meinte aber genau wie Emerson, dass wir nichts über den gestohlenen Schmuck erfahren würden. »Ich muss noch ein paar Sachen für die Zwillinge besorgen«, verkündete sie. »Sie wachsen wie Unkraut und haben kaum noch was zum Anziehen.«

Ramses und sein Vater tauschten heimlich Blicke aus. Sie kamen uns mit Ausreden, warum sie uns nicht begleiteten. Ich wollte sie ohnehin nicht dabeihaben; Emerson hatte es immer fürchterlich eilig und fluchte pausenlos, und Ramses setzte jedes Mal eine schwer geprüfte Leidensmiene auf, was fast noch schlimmer war.

»Ihr braucht nicht mitzukommen«, erklärte ich rasch. »Nefret und ich werden für die Zwillinge einkaufen gehen und dabei auch so schnöde Dinge wie Kissen und Decken besorgen. Bist du bereit, Nefret? Emerson, Ramses, ich erwarte, dass ihr euch anständig aufführt. Keine Scharmützel mit Dieben und Spionen, keine glühenden Reden.«

»Ganz meinerseits«, knurrte Emerson.

»Nimm deinen Schirm mit«, riet Ramses.

Das hatte ich zweifellos vor. Um meine Sonnenschirme ranken sich in Ägypten Legenden. Sie waren zwar nicht mehr in Mode, trotzdem trug ich immer eines dieser unschätzbaren Accessoires bei mir, als Sonnenschutz oder Spazierstock, manchmal auch als Verteidigungswaffe. Ein gezielter Schlag auf den Kopf oder vor die Schienbeine bringt die meisten Angreifer zur Strecke, außerdem waren meine Schirmmodelle Spezialanfertigungen mit einem schweren Stahlgestell – in einem Fall sogar mit einem eingebauten Degen. Dank Daouds absurder Geschichten waren abergläubische Zeitgenossen überzeugt, dass den Sonnenschirmen sogar magische Kräfte innewohnten. In manchen Gegenden zwang der bloße Anblick jenes heiklen Objekts einen Missetäter in die Knie. Da ich allerdings keinerlei Gefahrensituation befürchtete, trug ich an besagtem Tag keines dieser schweren schwarzen Ungetüme, sondern apartes Maisgelb, passend zu meiner Garderobe.

Nefret und ich verbrachten einen erfolgreichen Einkaufsbummel. Ich kaufe genauso ungern Bettwäsche wie andere Leute, aber was sein muss, muss sein. Kinderkleidung für die Zwillinge zu kaufen war bedeutend angenehmer, obwohl Nefret bei der Vielzahl der von mir ausgewählten Rüschenkleidchen und Matrosenanzüge ihr Veto einlegte. Zu Recht – sogar Fatima hatte sich geweigert, die unzähligen Röcke zu bügeln, die Charla in einer Woche durchbrachte.

Nach einem Tee im Groppi's fuhren wir ins Hotel zurück; wie von uns erbeten, waren die Einkäufe bereits dort angeliefert worden. Der Sufragi hatte sämtliche Päckchen in den Salon gestellt, und wir sahen sie der guten Ordnung halber durch, als Ramses zurückkehrte.

»Habt Ihr alles bekommen?« Er ließ sich in einen Sessel plumpsen.

»Ja, mein Lieber, danke der Nachfrage«, versetzte ich. »Wo ist dein Vater?«

»Ist er noch nicht zurück?«

»Nein, aber ich dachte, ihr zwei wolltet gemeinsam etwas unternehmen.«

»Sah das so aus?«

»Hör auf damit«, fuhr ich ihn an. Einkaufsbummel zehren an den Nerven (ein Grund, weshalb die Männer dergleichen den Frauen überlassen), und Ramses' Unart, auf Fragen mit Gegenfragen zu reagieren, trug ein Übriges dazu bei.

»In Ordnung, Mutter, Vater ist auf eigene Faust losgezogen; er wollte nicht, dass ich ihn begleite, und er hat mir auch nicht verraten, was er vorhat.«

»Hmmmm«, murmelte ich. »Und was hast du gemacht?«

Ramses' belustigtes Grinsen schwand. Diesmal ließ sich eine direkte Antwort nicht vermeiden. »Ich habe Rashad aufgesucht.«

Nefret ließ den winzigen Kinderschuh fallen, den sie gerade inspizierte. »Aber doch wohl nicht allein!«, entfuhr es ihr.

»Nein, mit einigen hundert Touristen, Verkäufern, Händlern und etlichen Bürgern von Kairo«, antwortete Ramses. »Ich dachte, er würde noch in demselben Raum wie damals hausen, als ich von einem Kamelrücken durch sein Fenster eingestiegen bin. Das erwies sich als korrekt, aber er war nicht zu Hause.«

»Wieso wolltest du zu ihm?«, erkundigte ich mich.

Ramses lehnte sich zurück und zündete sich eine Zigarette an. »Ich wollte wissen, warum er nach Kairo zurückgekehrt ist und wo sich sein früherer Anführer aufhält. Sollte Wardani irgendein neues Manöver planen, versucht er womöglich, David wieder anzuwerben.«

»Aber er weiß doch sicher, dass David ihn schon einmal hintergangen hat«, sagte ich skeptisch. »Er würde ihm nicht mehr trauen, oder?«

»Das weiß man nie«, meinte Ramses. »Wardani ist ein Pragmatiker. Wenn er es so einschätzt, dass David der Sache dienlich sein kann, vergisst er frühere Indiskretionen vielleicht.«

»Davon können wir nicht ausgehen«, wandte ich ein. »Trotzdem ist das kein Grund zur Besorgnis. Hast du schon deinen Tee gehabt, mein Junge? Nefret und ich waren zur Teezeit im Groppi's, aber wenn du möchtest, sage ich dem Sufragi Bescheid.«

»Danke, ich werde auf Vater warten.«

Wir warteten eine Weile. Als Emerson endlich auftauchte, befand er sich in einem – selbst für sein Empfinden – ungewöhnlich ramponierten Zustand. Er hatte keine Kopfbedeckung aufgehabt – er verlegte sie so oft, dass ich nicht mehr darauf bestand, dass er eine trug – und sein Haar stand in alle Richtungen ab. Seine Krawatte war gelöst, sein Mantel offen und sein Hemd gesprenkelt mit einer dunklen, öligen Flüssigkeit.

»Gute Güte, was ist denn mit dir passiert?«, empörte ich mich. »Das sieht aus wie Öl. Bist du hingefallen?«

»Was?« Emerson spähte auf seine Brust. »Öl? Fallen? Nein. Doch. Wieder ein Hemd ruiniert, was, mein Schatz?«

Er lachte, laut und wenig überzeugend.

»Möchtest du Tee, Emerson?«, forschte ich.

»Nein, nein, lasst uns im Suk essen gehen, ja?«

Ich hatte ein Abendessen im Shepheard's eingeplant, in der Erwartung, Bekannte zu treffen und das Neueste zu erfahren, aber dieses kleine, eheliche Zugeständnis machte mir nichts aus. Emerson verabscheut elegante Hotels, förmliche Kleidung und die meisten meiner Bekannten. Also zogen wir die entsprechenden Sachen für die schmutzigen Gassen und Gebäude im Khan el-Khalili an, und ich wechselte den Schirm.

»Doch nicht der Degenschirm!«, protestierte Emerson. »Sag

bloß nicht, du hast wieder eine deiner Vorahnungen, Peabody, denn das halte ich nicht aus!«

»Nichts dergleichen, mein Schatz. Nur eine allgemeine Vorsichtsmaßnahme.«

Ein Besuch im Khan el-Khalili war ein Ausflug in die Vergangenheit. Die wenigen kleinen Veränderungen hatten dem Charakter des Basars nichts anhaben können: Aladins Höhle mit schimmernden Messinglampen und Tischen mit Perlmuttintarsien, mit Decken so bunt wie gewebte Blumengärten und feinen Ledersandalen und Silberglöckchen. Man begrüßte uns überschwänglich, und Emerson strahlte, obwohl Nefret und ich gelegentlich stehen blieben und Schmuck oder Goldbrokat aus Damaskus begutachteten. Er erlaubte mir sogar, bei mehreren Antiquitätenhändlern vorbeizuschauen, darunter auch unser alter Bekannter Aslimi. Aslimi war gar nicht glücklich, uns zu sehen, aber das war er nie. Emerson machte ihn extrem nervös. Auf mich wirkte er übrigens nicht übermäßig fahrig oder auch nur andeutungsweise schuldbewusst. Außerdem erhielten wir weder von ihm noch von einem der anderen Händler eine Resonanz auf unsere einzige, vorsichtig formulierte Frage: »Irgendwas von Interesse?«

»Hoffentlich bist du jetzt zufrieden, Peabody«, blaffte Emerson, als wir weiterschlenderten.

»Keineswegs, Emerson. Wenn Martinelli seine Beute nicht an die Händler in Luxor oder Kairo veräußert hat, was hat er dann damit gemacht?«

»An einen privaten Käufer verhökert, Donnerwetter noch mal«, sagte Emerson unwirsch. »Können wir jetzt zu Abend essen? Wo?«

»Am besten bei Bassam«, schlug Nefret vor. »Wenn wir woanders einkehren und er erfährt davon – und das wird er mit Sicherheit –, ist er total geknickt.«

Ihren zarten Hinweis auf Bassams Empfindsamkeit nahm Emerson abfällig schnaubend zur Kenntnis, da Bassam's aber sein Lieblingslokal war, widersprach er ihr nicht. Bassam lief uns entgegen und begrüßte uns, auf seinen entblößten Oberarmen schimmerten Schweißperlen, war er doch gleichzeitig Koch und Besitzer. Er schien nicht im Geringsten überrascht, uns zu sehen. Er hatte von unserer Ankunft und von unserem Aufenthalt im Khan erfahren, und wo hätten wir speisen sollen, wenn nicht bei ihm?

»Soso«, murmelte Emerson, Bassams Schürze inspizierend – und damit eigentlich auch die Speisekarte des Lokals. »Da du uns bereits erwartet hast, hast du zweifellos eine deiner des Öfteren angepriesenen Köstlichkeiten vorbereitet – Strauß oder Antilope.«

Hatte er nicht. Das Angebot war einzig eine Geste des guten Willens gewesen, auf die wir freilich nie pochen würden.

Bassam schätzte es, mit uns zu werben, folglich bekamen wir den Tisch neben der offenen Eingangstür. Das war etwas störend, da Passanten stehen blieben, um uns zu begrüßen, und der eine oder andere Bettler riskierte Bassams Zorn und bat um ein Bakschisch. Er scheuchte die meisten fort, doch nach dem Mahl und während wir Bassams hervorragenden Kaffee genossen, schlich sich ein zerlumptes Individuum an Ramses heran und hielt ihm vielsagend die Hand hin. Ramses steckte ihm ein paar Münzen zu – und bekam im Gegenzug ein gefaltetes Stück Papier. Nach diesem fingerfertigen Manöver verschwand der Bettler.

»Wie merkwürdig«, bemerkte ich. »Was steht drin, Ramses?«

Ramses' Brauen hoben sich, während er las. »Es ist von Rashad. Er möchte sich mit mir treffen.«

»Nein«, entfuhr es Nefret.

»Unter gar keinen Umständen«, meldete ich mich zu Wort.

»Meine Lieben«, zischte Emerson. »Ich bitte euch.«

Emersons Zurechtweisung war sanft, aber sein Ton ließ Nefret und mich verstummen. »Also, Ramses?«

»Er schreibt ...« Ramses blickte erneut auf die geschwungene arabische Schrift. »Er schreibt, dass David in Kairo Gefahr droht. Er will ihn warnen.«

»Was für eine Gefahr?«, bohrte ich.

»Das will er mir bei unserem Treffen sagen. Ich muss hingehen, es kann falscher Alarm sein, aber wenn nicht ...«

»Nicht allein«, beharrte Nefret.

»Doch, allein, das stellt er zur Bedingung. Meint ihr etwa, ihr könntet mir ungesehen folgen? Ganz offensichtlich beobachtet man uns. Es kann keine Falle sein«, setzte er ungehalten hinzu. »Er hat mit seinem Namen unterzeichnet und den Weg detailliert beschrieben. Es ist nicht weit von hier. Kennst du die Stelle, Vater?«

Emerson überflog die Notiz. »Ich finde dorthin.«

»Wartet hier auf mich.« Ramses stand auf. »Ich bin in spätestens einer Stunde zurück.«

Er verschwand in der Dunkelheit.

»Und ob es eine Falle sein kann«, knirschte ich.

»Hmmm«, murmelte Emerson. »Bassam, noch mehr Kaffee, ein bisschen dalli, wenn's geht!«

Nefret schwieg. Ihre großen Augen waren auf Emersons Gesicht geheftet. Lächelnd tätschelte er ihre Hand.

»Du hättest ihn nicht zurückhalten können, mein Kind. Du hast es auch gar nicht gewollt – nicht wenn David Gefahr droht.«

»Ich kann nicht eine ganze Stunde lang hier herumsitzen«, sagte Nefret angespannt.

»Das brauchst du auch nicht. Wir werden Ramses und einem möglichen Spitzel einen kleinen Vorsprung lassen. Zehn Minuten, dann nehmen wir die Verfolgung auf.«

Eigentlich hatte die Sache ganz plausibel geklungen. Rashad hatte zwar keine Straßennamen genannt, aber solche Annehmlichkeiten bietet Kairo auch nur in den modernen europäischen Vierteln. Trotzdem war die Beschreibung detailliert gewesen und Emerson davon überzeugt, dass wir den fraglichen Treffpunkt gefunden hätten. Niemand war dort, einmal abgesehen von einigen ärmlich lebenden Großfamilien, die weder Rashad noch Ramses gesehen hatten. Eingeschüchtert von Emersons ohrenbetäubendem Stimmorgan und dem Furcht einflößenden Schirm, beschworen sie ihre Unwissenheit in den höchsten Tönen; dennoch durchsuchten wir jenen unsäglichen Ort von oben bis unten. Von Ramses fehlte jede Spur.

3

Aus Manuskript H

Halb benommen fragte er sich, wo er wohl sein mochte. Der von Hängelampen schwach erhellte Raum war klein und kostbar möbliert, die Wände mit Stoff bespannt. Von einer glühenden Kohlenpfanne auf einem Gestell neben ihm stiegen fahle, seltsam riechende Rauchwolken auf. Er lag auf einer weichen Oberfläche, und erst als er sich bewegte, stellte er fest, dass seine Hände und Füße gefesselt waren. Vorsichtig spannte er seine Handgelenke an; die Fesseln waren weich wie Seide und hielten, ohne zu verletzen.

Wie rücksichtsvoll von ihnen, dachte er schläfrig. Wer sie auch sein mögen. Er fragte sich, was sie wollten. Er fühlte sich recht wohl, trotzdem hoffte er, dass sie bald kommen und es ihm sagen würden. Nefret würde sich Sorgen machen ...

Er sah das Gesicht seiner Frau vor sich, so deutlich, als würde sie vor ihm stehen. Allmählich lichtete sich das Dunkel, und er besann sich wieder. Bassam, der Bettler, die Nachricht ... Wie viel Zeit mochte vergangen sein – eine Stunde, ein Tag? Nefret wusste nicht, wo er war. Sie machte sich immer solche Sorgen ... Gegen die angenehme körperliche Lethargie ankämpfend, kreisten seine Gedanken weiterhin um sie; er drehte den Kopf von der rauchenden Kohlenpfanne weg und bemühte sich, die Handfesseln zu lockern. Ein stechender Schmerz wogte von seinem Handgelenk bis hinauf in seinen Oberarm.

»Wehr dich nicht. Du wirst dich nur selbst verletzen.«

Es war ein Flüstern, kaum hörbar, doch in der Stille klang es wie ein Schrei. Ramses drehte den Kopf zu dem Geräusch.

Wie sie den Raum betreten hatte, war ihm ein Rätsel. Wenn es eine Tür gab, hatte sie sich hinter ihr geschlossen. Licht umflutete sie, sodass ihre Haut durch das dünne Leinengewand schimmerte. Obwohl die Droge seinen Verstand lähmte, gewahrte er, dass es der Körper einer jungen Frau war, schlank und straff. Ihr Gesicht war verschleiert, auf ihrem Kopf thronten die Hörner und die Sonnenscheibe einer ägyptischen Göttin.

»Wer bist du?« Seine Lippen waren staubtrocken.

»Erkennst du mich denn nicht? Du hast mich schon viele Male gesehen, wenn auch nicht leibhaftig.«

Wieder dieses Flüstern. Sie sprach Englisch, indes mit einem merkwürdigen Akzent. Nicht Deutsch, nicht Französisch, nicht ... Es fiel ihm zunehmend schwer, sich zu konzentrieren. Wie viel war real, wie viel Illusion? Der durchschimmernde Leinenstoff umschmeichelte die Silhouette ihres Körpers, die gerundeten Hüften und Brüste. »Lösch diese unsägliche Kohlenpfanne aus«, stöhnte er.

Leise kichernd klatschte sie in die Hände. Ein schemenhaftes Etwas erhob sich hinter dem Diwan, auf dem er lag. Körperlos und androgyn wie sie entfernte es die Kohlenpfanne und verschwand. Er nahm einen tiefen, kurzen Atemzug und versuchte sich zu konzentrieren. Sie trat einen Schritt auf ihn zu.

»Sieh mich genau an. Erkennst du mich jetzt?«

Sie war mit Juwelen geschmückt wie eine Königin, Gold schimmerte an ihren schlanken Handgelenken und Armen. Das hauchzarte Leinengewand mit perlenbesetztem Saum und Kragen, die Krone auf den langen, schwarzgelockten Haaren, die Tierohren. Kuhohren. Ein spontaner Geistesblitz suggerierte ihm, dass er sich das Meiste nur einbildete und sie so sah, wie sie es wollte.

»Du hast dir viel Mühe gegeben mit deinem Kostüm«, murmelte er. »Aber trotzdem, ich erkenne dich nicht. Warum bin ich hier? Was willst du von mir?«

»Dich sehen, und ich möchte, dass du dich wieder an mich erinnerst. Bleib bei mir, nur für einen Tag ... oder zwei. Ich verspreche, es wird dir gefallen.«

Daran zweifelte er nicht. Es gab eine ganze Reihe von euphorisierenden Drogen, und sie schien sich bestens damit auszukennen. Mühsam setzte er sich auf. Sie trat zurück und hob eine Hand.

»Du vergeudest unnötig deine Kräfte«, murmelte sie. »Ich will dir nichts Böses. Du stehst unter meinem Schutz. Vergiss das nicht, hab keine Furcht, was auch geschieht. Du wirst mich erkennen, wenn du mich das nächste Mal siehst.«

Ein weißer Lichtstrahl schoss aus ihrer Hand und ihm voll in die Augen. Geblendet und benommen sank er zurück in die Kissen. Als er wieder sehen konnte, war sie fort und die Kohlenpfanne stand an ihrem angestammten Platz.

Ramses wusste, dass er innerhalb von Minuten würde handeln müssen, bevor der Rauch der Droge ihn erneut berauschte. Er robbte so weit wie eben möglich davon weg und zog die Knie an.

Er hatte dies viele Male praktiziert, aber jetzt waren seine Bewegungen ungeschickt, und erst nach längerem Tasten fanden seine ausgestreckten Finger den Stiefelabsatz. Nachdem er diesen entfernt hatte, lag er bewegungslos da und atmete in die Kissen. Darauf zog er die dünne, im Absatz versteckte Stahlklinge heraus. Sie war so scharf, dass seine Finger bluteten, noch ehe er seine Handfesseln gelöst hatte. Der Stahl glitt ihm mehrmals aus der Hand, bis er das zu einem Seil gewundene Seidenband durchtrennt hatte. Für Augenblicke saß er da, betrachtete es verwirrt, dann warf er es beiseite und versuchte sich aufzurichten.

Seine Knie zitterten, also kroch er zu der hintersten Ecke des Raums, tastete sich entlang der Wand, hinter die schweren Vorhänge, bemüht, ein Fenster zu finden. Schließlich glitten seine Finger in die geschnitzten Öffnungen einer Holzblende, wie sie in den Harems angebracht waren, damit die Damen ins Freie schauen konnten, ohne gesehen zu werden. Mit letzter Kraft wuchtete er den Laden auf und sich auf den Fenstersims, wo er die süße Nachtluft in langen Zügen einatmete.

Süß im Vergleich zu der Luft im Raum jedenfalls. Er hätte diese Geruchsvielfalt auf Anhieb wieder erkannt – Tierdung und faulender Unrat, brennende Holzkohle, der Duft der nachtblütigen Gewächse – der unverwechselbare Duft von Kairo, wie seine Mutter es gerne umschrieb. Er war noch immer in Kairo. Aber wo in Kairo? Die frische Luft ernüchterte ihn, und er hob den Kopf auf der Suche nach einem Anhaltspunkt. Er befand sich hoch über der Straße, im ersten oder zweiten Geschoss; der Balkon des Nachbarhauses war nur eine Armeslänge entfernt. Die Fenster waren dunkel. Es musste bereits spät sein. Spät am selben Abend? Wie viel Zeit war wohl vergangen?

Die Vorstellung, dass seine Frau und seine Eltern ihn verzweifelt suchten, trieb ihn zur Eile an. Mit angehaltenem Atem stolperte er zurück zu dem Diwan, fand den abgetrennten Stiefelabsatz und die Klinge; es handelte sich um eine Spezialanfertigung, deren Wiederbeschaffung schwierig geworden wäre. Er suchte erst gar nicht nach einer Tür. Sie wäre ohnehin abgesperrt. In dem Raum war genug Seidenstoff, um ein Seil zu winden, indes wollte er keine Zeit verlieren. Die schlafwandelnde Dame käme sonst vielleicht noch auf die Idee, ihm einen weiteren Besuch abzustatten. Er ging zurück zum Fenster, schwang sich über den Sims und landete auf Händen und Füßen in einem Haufen Gemüseabfällen.

Es roch übel, aber immer noch besser als der benebelnde Rauch der Kohlenpfanne. Er rappelte sich auf, lehnte sich an die Wand und inspizierte zur Orientierung seine Umgebung. Er kannte die Altstadt gut, aber die Straßen waren sich alle ähnlich, eng und gewunden, von hohen Gebäuden eingefriedet und endeten häufig genug in einer Sackgasse. Er rieb sich die Augen. Ein Geräusch über ihm ließ ihn nach oben schauen. Gegen das schwach erhellte Fenster zeichneten sich die dunklen Umrisse eines männlichen Oberkörpers ab. Er schlich sich schleunigst in die Dunkelheit und von einem schmalen Durchgang in den nächsten.

Er hatte Glück; die leisen Geräusche der Verfolger verebbten, und er erreichte schließlich einen der kleinen, namenlosen Plätze. Er war schon einmal dort gewesen. Aus dem verwitterten

Brunnen in der Mitte spritzte eine schwache Fontäne. Auf einer Seite befand sich ein verrufenes Café, das er und David gelegentlich aufsuchten. Das Kaffeehaus war dunkel und verriegelt. Der Platz war verlassen, bis auf die reglos in einen Hauseingang gekauerte Gestalt eines Bettlers.

Inzwischen waren die Spinnweben in seinem Kopf wie weggewischt. Er wusste, wo er war: nicht weit von der Rue Neuve, weniger als eine Meile vom Hotel entfernt. Am Brunnen wusch er sich das Blut und die übelriechenden Unratspritzer von Händen und Armen. Bevor er sich zum Hotel aufmachte, warf er dem schlafenden Mann am Boden ein paar Münzen zu. Eine Opfergabe für eine Gottheit schien ihm angemessen. Für einen Gott – oder eine Göttin. Das Kostüm der Frau war das von Hathor, der Herrin der Türkise, der Goldenen Göttin, gewesen.

* * *

Vor den Fenstern des Salons dämmerte es bereits. Nefret und ich hatten stundenlang ausgeharrt. Wir hatten Emerson viel früher zurückerwartet; er hatte versprochen, uns die Ergebnisse seiner Suche noch vor dem Morgengrauen mitzuteilen. Nefret verkraftete es weit besser als ich. Seit ihrer Kindheit stand sie mit Ramses in einer merkwürdigen mentalen Verbindung; sie behauptete – und etliche Vorfälle belegten dies –, dass sie genau wisse, wann er in Gefahr schwebe. Sie versicherte mir, dass sich derzeit nichts dergleichen ankündige. Meine Logik sagte mir, dass Ramses sich fortwährend in derartige Kalamitäten stürzte und dass er für gewöhnlich unbeschadet wieder herauskam. Aber Logik ist ein schwacher Trost, wenn das Schicksal eines geliebten Menschen ungewiss ist.

Trotz ihrer Gefasstheit war Nefret als Erste auf den Beinen, als es an der Tür klopfte. Ein verschlafener Sufragi reichte ihr eine Notiz und verharrte in Erwartung auf ein Bakschisch. Ich gab es ihm, unterdessen überflog Nefret den Zettel. Ein inbrünstiger Fluch entwich ihren Lippen.

»Deine Ausdrucksweise, mein Schatz«, tadelte ich, den Papierfetzen an mich nehmend.

Nichts Dramatisches passiert, stand da in Ramses' unverkennbarem Gekritzel. *Ich bin bald wieder bei euch.*

»Gott sei Dank«, hauchte ich. »Setz dich, Nefret.«

Nefret entriss mir die Nachricht. »Er hätte wenigstens ›Liebe Grüße‹ hinzufügen können. Schande über ihn! Wo ist er überhaupt?«

Sie entzog sich meiner tröstlichen Umarmung und strebte zur Tür. Diese sprang auf, und Ramses trat ins Zimmer.

Ramses' angespanntes Lächeln war wie weggewischt, als Nefret auf ihn zustürzte und seine Arme umschloss. »Wo bist du gewesen? Was ist passiert? Wieso schickst du uns diese alberne Notiz, statt direkt herzukommen?«

»Als ich das letzte Mal ohne Vorwarnung hier aufgetaucht bin, bist du auf der Stelle in Ohnmacht gefallen«, verteidigte sich Ramses. »Guten Abend, Mutter. Oder besser, guten Morgen. Wo ist Vater?«

»Er sucht dich natürlich.« Ich räusperte mich, denn meine Stimme klang etwas rau. »Nefret, hör auf, ihn zu schütteln.«

»Und komm mir bloß nicht zu nahe.« Ramses schob sie von sich. »Ich bin total verdreckt, und ich stinke wie ein Müllhaufen.«

Sie schob seine Hände beiseite und umarmte ihn. »Es muss wahre Liebe sein«, bemerkte er. »Schätzchen, ich muss baden und mich umziehen. Danach erzähle ich euch die ganze verrückte Geschichte. Könnt ihr Vater irgendwie erreichen, damit er die Jagd abbläst?«

»Wir erwarten ihn jede Minute«, erwiderte ich. »Er sollte längst hier sein. Lass dich von uns nicht abhalten, mein lieber Junge; du riechst wirklich übel. Ich werde Frühstück bestellen. Wenn dein Vater bis dahin nicht zurück ist, werde ich versuchen, ihn zu finden.«

»Danke, Mutter. Nefret, bitte, lass mich los. Ich brauche nicht lange.«

»Ich komme mit.« Sie nahm seine Hände und drehte sie um. »Diese Kratzer sind wieder aufgeplatzt, und du hast dich ziemlich böse geschnitten. Was zum Teufel ...«

»Er soll sich erst umziehen«, warf ich ein. »Und – äh – mach dich auch ein bisschen frisch. Sein Geruch scheint auf dich abgefärbt zu haben.«

Nachdem ich ein opulentes Frühstück bestellt hatte, wusch ich mir Gesicht und Hände und zog ein bequemes Ensemble an. Erfrischt und inzwischen entsetzlich gespannt, kehrte ich in den Salon zurück, wo ich Emerson vorfand, der den Sufragi herumkommandierte.

»Lass den armen Mann in Ruhe, Emerson«, tadelte ich. »Ich habe bereits Frühstück bestellt, und Ramses ist auch wieder da.«

»Ich weiß.«

»Woher?«

»Du hast gesungen, Peabody. Die Tür war zwar geschlossen, aber deine Stimme ist verflucht durchdringend, wenn du gut gelaunt bist.«

»Setz dich und ruh dich aus. Du siehst müde aus.«

Emerson fuhr sich mit der Hand über sein stoppliges Kinn und sank seufzend in einen Sessel. »Jetzt merke ich erst, wie müde ich bin. Als ich dich singen hörte und Nefret nicht im Salon vorfand, hoffte ich – wollte es aber nicht recht glauben. Ich habe mehrere Minuten vor ihrer Zimmertür gelauscht, bis ich irgendwann seine Stimme hörte.«

»Ach, mein geliebter Emerson«, hob ich an.

»Pah«, Emerson räusperte sich geräuschvoll. »Ende gut, alles gut, wie du immer so schön sagst. Ich wünschte, dir fielen mal ein paar originellere Aphorismen ein. Hat er erzählt, was passiert ist?«

»Noch nicht.«

Eine Prozession von Kellnern strebte mit Tabletts durch die Tür; während sie das Frühstück auf den Tisch stellten, gesellten Ramses und Nefret sich zu uns. Emerson begrüßte seinen Sohn so gleichmütig, als wäre er nicht stundenlang besorgt um ihn gewesen, und Ramses reagierte mit einem ebenso beiläufigen »Guten Morgen, Sir«.

Emerson fixierte Ramses' verbundene Hände. »Sinnlos zu erwarten, dass du mal ohne Blessuren zurückkommst«, grummelte er. »Äh – kannst du Messer und Gabel halten, mein Junge? Wenn du willst, schneide ich dir ...«

»Nicht nötig, Sir, danke. Ich hoffe, du hattest meinetwegen nicht allzu viel Ärger.«

»Den hatte Russell«, sagte Emerson nicht ohne Genugtuung. Er hatte etwas gegen besagten Gentleman, weil dieser uns einmal ausgetrickst hatte. »Am besten informiere ich ihn direkt, dass er die Suche abblasen kann, bevor er noch hier einfällt.« Er trat an den Sekretär und kritzelte ein paar Wörter auf einen Hotelbogen. »Bring das zum Empfang und lass es umgehend weiterleiten«, wies er einen der Kellner an. »Und der Rest von euch Burschen verschwindet gleich mit ihm. So, Ramses, und jetzt zu deiner Geschichte.«

Ich habe wirklich eine ganze Reihe bizarrer Geschichten gehört und selbst erlebt. Doch was Ramses uns da auftischte, rangierte ziemlich oben auf der Skala. Er ließ sich nicht unterbrechen, nahm sich keine Zeit zum Essen. Er beteuerte, er habe keinen Hunger.

Nefret ergriff als Erste das Wort. »Kein Wunder, dass du nicht hungrig bist. Was war in der Kohlenpfanne – Opium?«

»Opium und irgendwas, das ich nicht identifizieren konnte.«

»Eine weitere Droge?«

»Ganz bestimmt.« Ramses hatte die Gabel in die Hand genommen. Jetzt knallte er sie ungehalten auf den Tisch. »Du glaubst mir nicht, oder? Keiner von euch? Ihr denkt, das Ganze war eine Halluzination.«

»Wie sollte man es auch anders erklären?«, fragte Nefret mit hochrotem Kopf. »Ein Raum, möbliert wie ein Bordell, und die unsterbliche Hathor in ihrer jugendlichen Schönheit verspricht dir ...«

»Na, na«, unterbrach ich sie. Ramses' Gesicht war ebenso rot angelaufen wie ihres, und er wollte heftig protestieren. »Wir sind alle übernächtigt. Offensichtlich hat Ramses nicht die Göttin gesehen, sondern eine Frau, die wie Hathor verkleidet war. Und vergleichbar möblierte Räumlichkeiten findet man in Kairo häufiger. Verflixt«, erregte ich mich. »Ich hätte schon eher darauf kommen müssen. Könntest du das Haus wieder finden, Ramses?«

»Das bezweifle ich. Ich habe keine Ahnung, wie ich dort

hingekommen bin. Ich weiß nur noch, dass man mich gewürgt hat.«

»An deinem Hals sind keine Würgemale«, stellte Nefret fest, ihre Stimme seltsam sachlich.

»Muss ich dich daran erinnern«, sagte Ramses in dem gleichen Ton, »dass weder viel Druck noch Zeit erforderlich sind, um jemanden auszuschalten, wenn man weiß, wie es geht? Andererseits kann ich mir das natürlich auch eingebildet haben.«

»Trotzdem, vielleicht sollten wir versuchen, das Haus zu finden«, sagte ich rasch. »Als du es verlassen hast ...«

»War ich in einer solchen Hektik, dass ich nicht darauf geachtet habe, wo ich hinging, und außerdem war ich noch etwas benebelt. Wie auch immer, sie hatten Zeit genug um zu verschwinden.«

»Es müssen wenigstens zwei gewesen sein«, sinnierte ich. »Einmal angenommen, der Bettler und dein Angreifer – und dieses schemenhafte Etwas – waren ein und dieselbe Person. Was nicht unbedingt zutreffen muss.«

Nefret beobachtete Ramses, der sich auf sein Frühstück konzentrierte. »Ich wollte gewiss nicht den Eindruck erwecken, dass ich Ramses nicht glaube«, sagte sie hartnäckig. »Ich versuche mir lediglich zu vergegenwärtigen, was passiert ist und warum.«

»Gute Güte«, entrüstete ich mich. »Versuchen wir das nicht alle? Wir müssen den Tatsachen ins Auge sehen, auch wenn sie für dich unbequem sind, Nefret. Dein Mann wirkt genau wie meiner unwiderstehlich anziehend auf Frauen. Ich muss allerdings sagen, dass die fragliche Dame sich mächtig ins Zeug gelegt hat. Das Kostüm, sagst du, war authentisch?« Ramses nickte. Inzwischen war er wütend auf *mich,* weil ich eine auch für ihn unbequeme Tatsache genannt hatte. Ungerührt ob der Eitelkeit der männlichen Seele fuhr ich fort. »Die scheinbar übernatürliche Berührung hätte sich einfach arrangieren lassen. Die Elektrizität ist ein großer Pluspunkt für Scharlatane. Eine Taschenlampe, befestigt an einer Person, ein rascher Druck auf den Knopf, et voilà! Sie taucht auf, wie aus dem Nichts. Bevor sie den Raum verließ, muss sie die Taschenlampe noch einmal benutzt haben, um dich zu blenden, in der Hoffnung, dass du es für einen göttlichen Blitzstrahl halten würdest. Ziemlich kindisch, das Ganze.«

»Nicht für einen Mann, der vom Opium berauscht ist«, widersprach Emerson. Er schob den Teller von sich und kramte seine Pfeife hervor. »Es ist ohnehin bemerkenswert, dass Ramses seine fünf Sinne noch so gut beisammen hatte.«

Ramses' zusammengekniffene Lippen entspannten sich. Er spähte auf seine Hände. »Der Schmerz hilft. Und auch ... anderes. Leider ist mir nichts aufgefallen, woran ich sie wieder erkennen könnte, nicht einmal ihre Größe, die schwierig zu schätzen ist, wenn man keinen Vergleich hat. Sie war jung und schlank, aber keine Halbwüchsige, sondern eine Frau. Sie hat sehr leise, seltsam akzentuiert, also mit verstellter Stimme gesprochen. Das ist alles, und ohne unhöflich zu sein, Mutter, deine Theorie über weibliche Motive ist reine Einbildung! Ich will nicht näher darauf eingehen. Was hast du den ganzen Abend gemacht, Vater? Schätze, du hast dem armen alten Rashad nachgestellt?«

»Das war unser einziger Anhaltspunkt.« Emerson paffte grinsend. »Ich habe deine Mutter und Nefret überredet, hier zu bleiben, falls du zurückkämst, und bin umgehend zu Thomas Russell aufgebrochen. Jedenfalls hatte ich das Vergnügen, ihn aus dem Bett zu holen. Es hat mich irgendwie doch verblüfft, dass alle Revolutionäre frei gelassen worden sind, sogar dein Freund Wardani, allerdings weiß keiner um seinen derzeitigen Aufenthaltsort. Russell hat ein paar von seinen Burschen auf die Suche nach Rashad geschickt, und wir sind auf einen seiner Kumpane – Bashir – gestoßen. Der schlief den Schlaf der Gerechten und stritt jedes Wissen um eine Verschwörung gegen dich oder David ab. Ich musste ihm glauben, denn ich konnte ihm nichts Gegenteiliges beweisen.«

»Ich denke, er lügt nicht«, meinte Ramses. »Rashad hat mit dem Vorfall nichts zu tun. Dafür reicht sein Erfindungsreichtum nicht aus. Die Sache könnte eher mit unserem verschwundenen Dieb zu tun haben.«

»Meinst du, er besitzt so viel Fantasie?«, bohrte ich.

»Er oder einer von Sethos' anderen Verbündeten«, erwiderte Ramses. »Gib's zu, Mutter, der Vorfall trägt Sethos' Handschrift.

Ich glaube zwar nicht, dass er persönlich involviert war, aber sein Einfluss ist nicht zu verkennen.«

»Noch immer keine Reaktion von ihm?«, forschte Emerson.

»Nein, zum Henker mit diesem Mann. Hat Russell irgendwas Neues über Martinelli erfahren?«

»Das war das einzig Positive heute Nacht«, antwortete Emerson. »Russell geht mittlerweile davon aus, dass er Martinelli schnappen soll, weil wir ihn der Teilnahme an einer nationalistischen Verschwörung verdächtigen – derselben Verschwörung, die zu Ramses' Verschwinden führte. Es ist zwar abstrus, aber auch nicht abstruser als – äh –«

»Die verschleierte Hathor«, murmelte Nefret. Ramses bedachte sie mit einem langen, missmutigen Blick, und ich sagte hastig: »Spekulationen bringen uns jetzt nicht weiter. Es war ein höchst merkwürdiger Zwischenfall, aber zum Glück ist niemand zu Schaden gekommen – das war offenbar auch nicht geplant. Das hat sie doch gesagt, oder? Ramses?«

»Was?« Ramses sah auf. »Verzeih mir, Mutter. Wenn ich mich nicht täusche, hat sie so etwas gesagt, ja.«

Ich hielt es für angeraten, das Thema zu wechseln. »Wir ruhen uns besser ein Weilchen aus. Wisst ihr, dass die Familie heute Abend ankommt?«

»Ja, Mutter«, murmelte Ramses.

Sie zogen sich zurück. »Du auch, Emerson«, schlug ich vor.

»Ich bin nicht müde. Was ist eigentlich mit den beiden los, Peabody? Sie scheinen sich nicht grün.«

»Ich will es dir gern erklären, Emerson, wenn du mich nicht wieder der Schmalspur-Psychologie beschuldigst.«

»Versuch, ohne auszukommen«, brummte mein Gatte.

»Nefrets Reaktion ist unverständlich, aber nachvollziehbar für eine Beobachterin der ... na ja, für mich. Schwierig zu sagen, was sie mehr belastet – der Verdacht, dass ihr Mann Anwandlungen hat bezüglich schöner, begehrenswerter Damen, die um seine Gunst buhlen, oder die Möglichkeit, dass eine schöne, begehrenswerte Frau *tatsächlich* um seine Gunst buhlt.«

»Hmmm.« Emerson kratzte sich sein Kinngrübchen. »Also, wenn mir so was passierte, würdest du ...«

»Verrückt werden vor Eifersucht«, versicherte ich ihm, worauf sich seine Lippen zu einem selbstzufriedenen Grinsen verzogen. Ich fuhr fort: »Wir Frauen können einfach nicht anders, mein lieber Emerson.«

»Hmmm«, wiederholte mein Gatte. »Nun, mein Schatz, in diesem Fall beuge ich mich deinem Fachwissen. Dann werden sie ihre Differenzen also ausräumen, was?«

»Auf ihre Weise, Emerson. Ich fänd's schade, wenn ihre Ehe so langweilig würde wie die meisten anderen. Aber das halte ich für unwahrscheinlich. Uns ist es nie passiert, und nach meinem Dafürhalten ...«

»Wir gehen mit gutem Beispiel voran«, erklärte Emerson, seine Miene merklich entspannt. »Ich verordne dir ebenfalls eine Ruhepause, mein Schatz.«

»Ich habe keine Zeit. Ich möchte ...«

»Wir haben jede Menge Zeit«, befand Emerson.

* * *

Da Schiffe und Züge häufig mit Verspätung eintrafen, hatten wir mit unserer Familie vereinbart, dass wir sie im Hotel und nicht am Bahnhof erwarten würden. Schließlich waren sie keine Fremden in Ägypten. Walter und Evelyn hatten das Land zwar jahrelang nicht besucht, aber David kannte sich bestens aus.

Nachdem ich mich vergewissert hatte, dass ihre Suite tadellos war, mit frischen Blumen in jedem Zimmer, gab es nichts mehr für mich zu tun. Also wartete ich nervös auf das lang ersehnte Wiedersehen. Ich lehnte mich soeben zum x-ten Mal gefährlich weit über die Balkonbrüstung, als Emerson mich packte und in einen Sessel drückte.

»Es wäre ein trauriges Willkommen für die Familie, wenn sie dich zermatscht auf der Vortreppe finden würden«, so seine schonungslose Bemerkung. »Sie können erst in einigen Stunden hier sein, selbst wenn alles reibungslos funktioniert, was selten genug der Fall ist. Setz dich, mein Schatz, und trink einen Whisky-Soda. Ich werde Ramses und Nefret bitten, uns Gesellschaft zu leisten.«

Nach seiner Rückkehr meinte er aufgeräumt: »Sie haben sich wieder vertragen. Es dauerte ziemlich lange, bis Ramses auf mein Klopfen geantwortet hat.«

»Sei nicht so spitzfindig, Emerson.«

»Trink deinen Whisky, Peabody.«

Die strahlenden Gesichter meiner Kinder bewiesen mir, dass sie die kleine Unstimmigkeit tatsächlich ausgeräumt hatten. Mit Ausnahme seiner bandagierten Hände hatte Ramses das Abenteuer wohl unbeschadet überstanden. Obschon er meiner Theorie widersprochen hatte, war ich weiterhin überzeugt, dass die Motive der Frau rein persönlichem Interesse entsprangen. Weder Ramses noch Emerson konnten etwas für ihr attraktives, athletisches Äußeres und ihre höflichen Umgangsformen, die etliche Frauen anzogen. Wer zum Donnerwetter mochte die fragliche Person sein? Im Geiste war ich die ziemlich umfassende Liste von Verehrerinnen durchgegangen – Nefret vermutlich auch –, die Ramses vor seiner Hochzeit umschwärmt hatten. Keine schien mir dafür in Frage zu kommen. Vermutlich hatte es noch andere gegeben, die er mir gewiss nicht auf die Nase binden würde.

Ramses, der meinen forschenden Blick spürte, zupfte nervös an seiner Krawatte und erkundigte sich hastig: »Wann wollt ihr es Onkel Walter erzählen?«

»Das mit Sethos? Heute Abend bestimmt noch nicht«, erwiderte Emerson.

»Mit Sicherheit nicht«, bekräftigte ich. »Sie sollen erst einmal ihre Rückkehr nach Ägypten und das Wiedersehen mit uns genießen, bevor wir die Bombe platzen lassen.«

»Mehr als eine Bombe«, berichtigte Nefret. »Martinelli und der gestohlene Schmuck, der Aufstand der Nationalisten und jetzt auch noch die geheimnisvolle Dame. Ist es lediglich Zufall, dass all diese Dinge innerhalb der letzten Tage passiert sind?«

Es war längst nicht alles. Mehrere Vorfälle, die eher unwichtig schienen, sollten in den nächsten Tagen bittere Früchte tragen. Ich bin ein aufrichtiger Mensch: Ich habe wirklich nicht damit gerechnet. Trotzdem überlief mich ein unbehaglicher Schauer, jenes unterschwellige Gefühl, etwas verdrängt oder übersehen zu haben, das meine Leser freilich auch kennen.

Die Stunden des Wartens schleppten sich dahin. Nefret war an Ramses' Schulter eingedöst, als sie schließlich eintrudelten. Unmöglich, das stürmische Wiedersehen zu beschreiben: Umarmungen, Stimmengewirr und Freudentränen. Das ungehaltene Quengeln des jüngsten Familienmitglieds brachte mich wieder auf den Boden der Tatsachen zurück. Evvie, Davids und Lias Jüngste, war ein engelhaftes kleines Geschöpf, blauäugig und blond wie ihre Mutter. Jetzt sah sie überhaupt nicht engelhaft aus; ihr Gesichtchen bestand nur noch aus einem weit aufgerissenen Mund, und ihr Gequengel steigerte sich zu durchdringendem Geschrei.

Nachdem er die Erwachsenen begrüßt hatte, drehte Emerson sich strahlend und mit ausgebreiteten Armen zu Dolly. Der drahtige kleine Knirps, der nach seinem Urgroßvater Abdullah hieß, war erst vier, mit Davids schwarzen Haaren und Augen und dem hübschen Gesicht seiner Mutter. Er straffte die Schultern und rührte sich nicht, wirkte indes etwas skeptisch – kein Wunder bei meinem imposanten Gatten!

»Stürz dich nicht so auf das Kind, Emerson«, empörte ich mich. »Er erinnert sich nicht mehr an dich. Lass ihm Zeit, bis er sich an all die neuen Gesichter gewöhnt hat.«

»Oha.« Emerson schrak förmlich zurück. »Ähm ... tut mir Leid.«

Darauf nahm der Kleine allen Mut zusammen. »Du bist mein Onkel Radcliffe.« Er streckte die Hand aus. »Wie geht es dir, Sir?«

Emerson zuckte mit keiner Wimper bei seinem Vornamen, den er zutiefst verabscheut. Stattdessen fasste er lächelnd die winzige Hand. »Danke der Nachfrage, mein Kleiner. Willkommen in Ägypten.«

»Schön, schön«, lobte ich. Mir war klar, dass Emerson sich in seinem Gefühlsüberschwang wieder auf den Jungen stürzen würde. »Lass uns dafür sorgen, dass die Kinder ins Bett kommen.«

Beide waren sehr müde. Ich hatte ein kleines kaltes Abendessen vorbereiten lassen, das sie mit ihrem Kindermädchen einnehmen sollten.

»Sie schlafen tief und fest«, berichtete ich den anderen nach meiner Rückkehr. »Vielleicht möchtet ihr euch auch zurückziehen? Ihr habt eine lange, anstrengende Reise hinter euch.«

»Kommt nicht in Frage«, wehrte Evelyn mit hoch erhobenen Händen ab. »Ich bin viel zu glücklich und aufgeregt, ich kann jetzt nicht schlafen. Amelia, lass dich anschauen. Hast du die Gunst irgendeiner Gottheit gewonnen, dass du dich nie veränderst?«

Ich sah keinen Anlass, den kleinen Flakon Haarfärbemittel zu erwähnen, der daran nicht ganz unbeteiligt war. Für Evelyn würde ich mich vermutlich nie verändern, aber das hatte ich – und sie auch. Ihr blondes Haar schimmerte inzwischen silbern, und sie war entsetzlich dünn; die blauen Augen blickten indes so liebevoll und lebhaft wie stets. Letztlich hatte sie Recht. Keiner von uns hatte sich entscheidend verändert.

Zweifellos traf das auch auf Walter zu, allerdings war sein Äußeres ein Schock für mich. Seine eingesunkenen Schultern und das nervöse Blinzeln ließen ihn um Jahre älter wirken als sein älterer Bruder. Genau wie Emerson hatte er dunkles Haar und blaue Augen, und früher war er ein kräftiger junger Bursche gewesen, nicht so temperamentvoll wie mein Gatte, aber willens, sich und seine Lieben in Gefahrensituationen zu verteidigen. Ich zweifelte nicht an seiner Bereitschaft, dies auch weiterhin zu tun, aber die Jahre als gesetzter Wissenschaftler waren nicht spurlos an ihm vorübergegangen. Emerson hatte es auch bemerkt. Er brach mitten in einer angeregten Beschreibung von Deir el-Medina ab und drückte Walters Arm.

»Höchste Zeit, dass du endlich mal rauskommst«, blökte er. »Du musst wieder Farbe und ein paar Muskeln kriegen!«

Walter lachte nur. Er wusste um Emersons raue Art, Zuneigung und Mitgefühl auszudrücken.

Lia und Nefret saßen nebeneinander und erzählten von ... von Babys! Wovon sollten zwei junge Mütter auch sonst reden? Lia war nach mir benannt, zog aber die Kurzform vor – um Verwirrung vorzubeugen und weil Emersons oftmals entrüstet gebrülltes »Amelia!« das arme Mädchen furchtbar nervös machte. Blond und mit blauen Augen wie ihre Mutter, weckte sie bezaubernde Erinnerungen an die junge Evelyn, die meine Begleiterin auf jener ersten, unvergesslichen Ägyptenreise gewesen war. Ich hätte nicht im Traum geglaubt, dass unser beider Lebensweg derart eng miteinander verknüpft und von so viel Glück gesegnet sein würde, mit einer nächsten Generation, die in unsere archäologischen Fußstapfen trat.

Es war schön, Ramses und David wieder zusammen zu sehen, einander nah wie Brüder und beinahe so ähnlich, ihre schwarz gelockten Köpfe zusammengesteckt, während sie Neuigkeiten austauschten.

Dafür blieb ihnen nicht viel Zeit, da Emerson davon ausging, dass alle auf das Thema Ägyptologie versessen seien, und uns in sein Gespräch mit Walter einbezog. Er erzählte Evelyn gerade, dass Cyrus mit dem Gedanken spielte, alle Grabmalereien in Deir el-Medina kopieren und publizieren zu lassen, als es laut klopfte.

»Wer mag das sein, um diese Uhrzeit?«, sinnierte ich laut.

Dann fiel mir ein, dass wir am Hotelempfang darum gebeten hatten, uns alle Telegramme unverzüglich hochzubringen.

Emerson fing meinen Blick auf. »Ich geh ja schon«, brummte er und ging zur Tür. Wie üblich riss er sie weit auf und ... blieb versteinert stehen.

Emerson ist eine überaus stattliche Erscheinung, dennoch vermochte er sein Gegenüber nicht völlig zu verdecken. Ich erhaschte einen schwarzen Schopf und eine in braunes Tuch gehüllte Schulter. Das reichte mir. Ich sprang auf. Emerson regte sich; ich denke, er wollte den Durchgang versperren, der Besucher schien dies allerdings als Aufforderung zu werten und schlüpfte geschmeidig an ihm vorbei.

Das Tweedsakko hatte er sich irgendwann einmal von Ramses geliehen und nie zurückgegeben. Ein schwarzer Vollbart bedeckte die untere Gesichtshälfte; wallende, in die Stirn fallende Locken und eine getönte Brille, die seine eigenwillige Augenfarbe in einen Braunton verwandelte, trugen ein Übriges zu der Maskerade bei. Ein rascher, forschender Blick durch den Raum, und die bärtigen Lippen formten sich zu einem Grinsen.

»Schön dich zu sehen, Brüderchen«, rief er, Emersons schlaff herabhängende Hand schüttelnd. »Und natürlich auch die lieben Verwandten – hätte nie zu hoffen gewagt, dass mir ein solches Vergnügen mal vergönnt ist. Das muss ... das kann nur ... meine reizende Schwägerin Evelyn sein. Bitte erlaube mir als einem Mitglied der Familie ...« Er fasste ihre Hand und küsste sie galant, worauf sie verblüfft japste. Er begrüßte Lia auf die gleiche Weise, umarmte mich und Nefret, schüttelte David und Ramses die Hand. Wir waren wie gelähmt und er so alert, dass er seine Kapriolen ohne Unterbrechung fortsetzte. Als er sich schließlich Walter zuwandte, seine Züge ein Zerrbild simulierter Gefühle, schwante mir, dass ich eingreifen müsste. Unseligerweise sagte ich in meiner Verwirrung und Verärgerung das Falsche.

»Sethos, bitte! Walter weiß nicht ... Ach, Mist!«

Ich kannte seinen richtigen Namen nicht; von seinen vielen Pseudonymen kam mir dieses als Erstes über die Lippen. Für Walter war es wie ein Schlag ins Gesicht. Er wirkte zwar verblüffter als wir anderen, dennoch erfasste er die Sachlage auf Anhieb. Schweigend fixierte er Emerson – es kam keine Antwort, weder Beschwichtigung noch Protest –, schlug die Hände vor die Brust, wurde kreidebleich und sackte bewusstlos zusammen.

* * *

»Es war nur eine kleine Ohnmacht«, sagte Sethos. »Nichts Ernstes.«

»Verbindlichen Dank«, fauchte ich. »Wenn er ein schwaches Herz gehabt hätte, wäre das sein Ende gewesen. Du gibst dich hier vorsätzlich und in boshafter Absicht als Schmierenkomödiant. Du solltest dich schämen!«

Bitte denken Sie jetzt nicht, dass ich von meinem eigenen Fehlverhalten ablenken wollte. Es hätte mir auch nichts genutzt. Emerson, dessen Gefühle für seinen Halbbruder zwischen zähneknirschender Bewunderung und heftiger Ablehnung schwankten, brachte mich mit einem eisigen Blick zum Schweigen.

»Du bist diejenige, die diesen Geniestreich zu verantworten hat, Amelia. Walter hätte die Existenz eines unbekannten Bruders bestimmt verkraftet; dass dieser Bruder aber das – äh – kriminelle Subjekt aus unseren früheren Schilderungen ist, hat ihm den Rest gegeben.«

»Teufel noch, ich kenne seinen richtigen Namen nicht«, konterte ich. »Da wir gerade beim Thema sind ...«

»Im Nachhinein betrachtet, war mein kleiner Scherz wohl etwas fehl am Platz«, sagte Sethos süffisant. »Tut mir Leid, Amelia. Du kennst meinen gewöhnungsbedürftigen Humor. Aber sieh es einmal positiv, meine Liebe. Du wolltest sie doch ohnehin aufklären, oder? Jetzt ist es heraus, und du brauchst dir nicht länger den Kopf zu zerbrechen, wie du die frohe Botschaft überbringen sollst.«

Er grinste mich unverfroren an. Ich muss ihm gegenüber fair bleiben: Er schien wirklich betroffen, als er Emerson half, den bewusstlosen Mann in sein Zimmer zu tragen. Er verharrte besorgt neben Walter, bis Nefret ihre Untersuchung beendet und erklärt hatte, dass keine Gefahr bestünde. Als Walter dann die Augen aufschlug und murmelte: »Wo bin ich?«, trat er zurück, verschränkte die Arme und tat völlig unbeteiligt. Auf meinen Rat hin gab Nefret Walter ein Beruhigungsmittel, und wir ließen ihn in Evelyns Obhut, die Sethos' gemurmelte Entschuldigung mit einem zerstreuten Nicken akzeptierte.

Wir anderen zogen uns in den Salon zurück. Emerson servierte Whisky-Soda für alle. Sethos war wieder ganz der Alte, distanziert und unbeeindruckt. Gleichwohl wirkte er erschöpft auf mich. In die Sofakissen gelehnt, nippte er versunken an seinem Whisky.

»Wissen sie von dem Raub?«, fragte er.

David zuckte zusammen. »Von welchem Raub?«

»Schätze, wir werden es ihnen sagen müssen«, räumte ich ein. »Aber ich habe gewiss nicht vor, Walter aufzuwecken und ihm das auch noch unterzujubeln.«

»Das kann warten«, entschied Sethos kühl. »Aber mir könntet ihr ruhig ein bisschen mehr darüber enthüllen. Emersons Telegramm war wenig aufschlussreich.« Er fischte ein zerknülltes Stück Papier aus seiner Jackentasche, reichte es mir, und ich las laut vor.

»M. verschwunden mit Besitz der Damen. Wo würde er diesen deponieren? Hinweise dringend erforderlich.«

»Wie hast du so rasch davon erfahren?«, wollte ich wissen.

»Ich war in Konstantinopel. Margaret hat die Mitteilung weitergeschickt, da es dringlich klang. Ich bin umgehend gekommen. So, und jetzt seid ihr dran. Was fehlt denn im Einzelnen?«

»Drei Armbänder – die kostbarsten – und ein prächtiger Brustschmuck.« Ich fasste die uns bekannten Fakten kurz zusammen, worauf David ausrief: »Der arme Cyrus! Was für ein herber Schlag.«

»Auch für mich«, versetzte Sethos. »Ich habe nichts damit zu tun, Amelia. Glaubst du mir das?«

»Ja. Du hättest alles mitgehen lassen.«

Sethos warf den Kopf zurück und lachte aus vollem Hals. »Du schmeichelst mir, meine Teure. Ich danke dir für diesen Vertrauensbeweis. Offen gestanden überrascht mich Martinelli. Wenn er seine früheren Aktivitäten wieder aufgenommen hat, hätte ich ihm doch ein bisschen mehr Gründlichkeit zugetraut. Es sei denn, er hat einen Käufer gefunden, der aus unerfindlichen Gründen ganz bestimmte Stücke wollte ... Ich werde mich natürlich hier in Kairo umhören, aber macht euch nicht allzu viel Hoffnung. Meine ehemalige Organisation ist zerschlagen worden, die Mitglieder haben sich zerstreut.«

»Warte damit bis morgen«, schlug Emerson vor. »Ich – äh – du – äh – Amelia ist müde.« Nicht nur mir war Sethos' Erschöpfung aufgefallen. Er musste Tag und Nacht unterwegs gewesen sein, um unserer Bitte nachzukommen.

»Stimmt«, bekräftigte ich. »Hast du hier ein Zimmer gebucht?«

»Ich logiere woanders.«

Emersons Augen wurden schmal. Mitgefühl wich Misstrauen. Sethos fuhr fort: »Bevor ich gehe, müssen wir uns gegenseitig alles anvertrauen.«

»Damit meinst du wohl, dass wir *dir* alles anvertrauen sollen«, entrüstete sich Emerson.

»Ich versichere dir, Bruderherz, ich revanchiere mich, sobald ich etwas weiß. Hast du mir vielleicht noch irgendwas vorenthalten in der fraglichen Geschichte?«

Die undefinierbare Farbe seiner Augen war für diesen Meister der Tarnung immer von Vorteil gewesen, konnten sie – mit dem entsprechenden Make-up – doch grau, grün oder braun wirken. Von tiefen Schatten umrahmt, schimmerten sie jetzt rätselhaft dunkel, als sie Ramses' verbundene Hände begutachteten.

»Das hat nichts zu tun mit ...«, fing Ramses an.

»Wer weiß«, unterbrach ich. »Sethos sieht vielleicht einen Zusammenhang, der uns entgeht. Ihr jungen Leute müsst nicht bleiben, wenn ihr müde seid, und das seid ihr bestimmt.«

»Keine zehn Pferde würden mich von hier wegbekommen«, erklärte David. »Habt ihr schon jemals eine ganze Saison ohne irgendwelche Zwischenfälle verbracht? Denkt ja nicht, dass ihr mich da raushalten könnt!«

»Oder mich«, sagte Lia entschieden.

Sethos' harte Züge entspannten sich. »Das nenn ich Familienbande«, sagte er in einem Ton, der Lia erröten ließ. »Also los, Ramses, spuck's aus.«

»Verdammt.« Ramses raufte sich die Haare. »Muss ich?«

»Ich mach das schon«, schaltete ich mich ein, wohl wissend, dass Ramses die interessantesten Details auslassen würde. Begegnungen mit schwärmerischen jungen Damen verschwieg er natürlich lieber. »Du kannst mich korrigieren, wenn ich etwas Falsches sage.«

Ich berichtete so sachlich wie eben möglich, war aber noch nicht weit gekommen, als Sethos' Lippen verräterisch zuckten. Aufgrund seiner unverhohlenen Belustigung maß ich ihn mit einem strengen Stirnrunzeln.

»Die Geschichte passt zu deinem sonderbaren Humor, was?«

Sein Grinsen wich Ernüchterung. »Gute Güte, Amelia, du glaubst doch nicht etwa, dass ich meine Hand im Spiel hatte, oder? Sicher, in meiner völlig verkorksten Jugend habe ich mir einige Eskapaden geleistet, aber so was Wildromantisches nie.«

»Äh-hm.« Emerson funkelte ihn an.

»Na ja, einmal fast«, räumte Sethos mit einem sentimentalen Blick zu mir ein.

»Hör auf damit«, sagte ich scharf. Emerson hatte jene Episode nie vergessen oder ganz verziehen, als mich mein verliebter Schwager (hätte ich das seinerzeit bloß gewusst!) in einem vergleichbar verruchten Ambiente gefangen gehalten hatte, wie Ramses es geschildert hatte.

»Verzeih mir, Amelia. Und Rad... – ähm – Emerson. Aber wenn man über solche Torheiten nicht lachen darf, was bleibt der Menschheit dann noch?« Er schüttelte den Kopf. »Ich habe keine Erklärung für den Vorfall. Vielleicht müssen wir es einem – äh – persönlichen Interesse von Seiten der Dame zuschreiben. Es wäre nicht das erste Mal, nicht wahr?«

Ramses war fast so rot im Gesicht wie sein Vater. Sethos konnte es einfach nicht lassen, Unfrieden zu stiften.

»Es ist fast Morgen«, gab ich zu bedenken. »Wir brauchen alle ein bisschen Schlaf. Wie können wir dich erreichen?«

»Gar nicht.« Er erhob sich. »Ich schaue morgen Abend wieder vorbei. Wie wäre es mit einem gemeinsamen Diner? Ein Fest ...«

»Ach, verschwinde«, schnaubte ich.

Aus Manuskript H

Irgendwie hatte es Ramses nicht erstaunt, seinen Onkel zu sehen. Sethos besaß die Gabe, wie aus dem Nichts aufzutauchen, wenn man ihn brauchte, nur diesmal schien er entschlossen zu provozieren. Er hatte seinen ahnungslosen Halbbruder dermaßen schockiert, dass dieser in Ohnmacht gefallen war, er hatte Emerson bis aufs Blut gereizt, keine nützlichen Informationen beigesteuert – und (das Ärgerlichste von allem) Ramses' Geschichte nicht ernst genommen. Eines Tages, dachte Ramses grimmig, werde ich ihm dieses überhebliche Grinsen aus der Visage prügeln.

»Was hast du gesagt?«, fragte Nefret.

»Ach, nichts.« Er zog sich aus und kroch ins Bett. »Lass uns versuchen, noch ein bisschen zu schlafen.«

Sie saß am Frisiertisch und bürstete ihre Haare. »Ich bin zu aufgedreht, um zu schlafen. Möchtest du nicht das überraschende Auftauchen von Onkel Sethos mit mir diskutieren?«

»Nein«, sagte er knapp und drehte sich mit dem Rücken zu ihr. Als sie sich schließlich zu ihm legte, stellte er sich schlafend.

Der Einzige, mit dem er sich unterhalten wollte, war David. Am Abend hatte sich keine Gelegenheit ergeben; seine Mutter hatte sie in ihre Zimmer gescheucht, sobald Sethos aufgebrochen war. Aber sie kannten sich verflucht gut, er und David. Ein kurzer Blickkontakt, eine kleine Andeutung und das Treffen für den nächsten Morgen war vereinbart.

Er hatte eine Viertelstunde auf der Hotelterrasse gewartet, bevor David betreten grinsend aufkreuzte. »Konnte nicht eher kommen. Die liebe Familie, du weißt schon«, führte er aus.

»Wie geht's Onkel Walter?«

»Bestens, der brennt vor Tatendrang. Er und der Professor nehmen die Kinder mit ins Museum. Ich habe ihnen viel Vergnügen gewünscht.«

»Und die anderen?«

»Begleiten Nefret ins Hospital, außer Tante Amelia. Ich glaube, sie wollte sich dem Museumstrupp anschließen. Sie hat gefragt, was ich vorhabe.«

»Typisch. Was hast du ihr gesagt?«

Davids dunkle Augen weiteten sich verblüfft. »Die Wahrheit natürlich. Dass du und ich ein bisschen Zeit für uns haben wollen.« Sein missfälliger Blick schweifte über die Terrasse mit ihren teuer gekleideten Touristen, den anglo-ägyptischen Offizieren und den dunkelhäutigen Kellnern. »Aber nicht hier, in Ordnung? Hier hat sich nichts geändert, was?«

»Nein. Wird sich wohl auch nie, oder?«

»Oh doch«, erwiderte David leise.

Ramses musterte ihn nachdenklich, schließlich grinste er kopfschüttelnd. »Lass uns nicht über Politik reden. Wohin gehen wir?«

Sie fanden ein beliebtes Kaffeehaus, und David ließ sich mit einem zufriedenen Seufzer auf eine Bank fallen. »Wie in alten Zeiten. Erinnerst du dich noch an den Abend, als wir hier saßen – du als Ali die Ratte und ich als dein treuer Gefolgsmann – und dein Vater hereinplatzte? Er sah unvermittelt zu dir, und du hast gewettert ›Zum Teufel mit dem Ungläubigen!‹«

»›Gewimmert‹ trifft es wohl eher.« Ramses lachte bei der Erinnerung. »Ich hatte solche Angst, er könnte uns erkennen, dass ich fast vom Stuhl gefallen bin.«

Ein Kellner brachte den bestellten Kaffee und eine Wasserpfeife für David. »Wir hatten eine herrliche Zeit«, seufzte David.

»Im Nachhinein betrachtet vielleicht. Manchmal war es alles andere als lustig.«

David sah älter aus als früher, sinnierte Ramses. Er selber vermutlich auch. Die tief eingegrabenen Linien im Gesicht seines Freundes verrieten den Schmerz, den er laut Nefret wohl nie ganz besiegen würde; eine 1915 erlittene Verletzung hatte mehrere Nerven in seinem Bein zerstört, aber er klagte nie und man merkte seinem Gang nichts an.

»Inzwischen sind wir Ehemänner und Väter. Wird Zeit, dass wir derartigen Unfug sein lassen.«

David zog den Rauch tief in seine Lungen und blies ihn genießerisch aus. »Eher unwahrscheinlich, nachdem man Cyrus wertvolle Antiquitäten vor der Nase weggestohlen hat, und in Anbetracht jener rätselhaften Dame. Das ist die verrückteste Geschichte, die ich je gehört habe – und ich hab schon einiges gehört.«

»Und erlebt. Nimmst du sie mir denn ab?«

»Na klar.«

»Nefret denkt, dass einiges davon, wenn nicht sogar alles, eine Sinnestäuschung war.«

»Würdest du die Frau wieder erkennen?«

Ramses lachte schroff. »Das hat Nefret mich auch gefragt. Weißt du, was ich Idiot darauf geantwortet hab? Es ist mir einfach so rausgerutscht: ›Nicht ihr Gesicht.‹«

David grinste mitfühlend. »Ihr Gesicht war verschleiert.«

»Das meinte ich ja damit. Ich habe ihre Körperformen in mich aufgenommen, aber daran kann man keinen identifizieren. Und ich Trottel hab das auch noch zugegeben! Nefret hat etliche spitze Bemerkungen gemacht.«

»Sie ist besorgt um dich. Ich auch. Erzähl mir von Rashad.«

»Die Nachricht stammte nicht von ihm.«

»Woher weißt du das? Hast du den Zettel noch?«

Es war wieder wie früher: David nagelte ihn fest und ließ sich nicht abwimmeln.

»Nein, hab ich nicht«, gestand Ramses. »Ich muss ihn irgendwo verloren haben. Was soll's? Die Vorgehensweise war untypisch für Rashad und seinen Haufen. Er interessiert sich nicht sonderlich für mich, wozu sollte er sich diese Mühe machen? Um an dich heranzukommen?«

»Er mag mich nicht«, gab David zu bedenken. »Aber wenn er mich haben will, wieso sollte er dann dich als Geisel nehmen? Ich hatte keine Ahnung, dass er in Kairo ist.«

»Wirklich nicht?«

David sah ihn nur an, seine fein geschwungenen Brauen hoch gezogen. Ramses senkte den Blick. »Verzeih mir, David. Ich wusste, du würdest mich nicht anlügen. Aber hier hat es Aufstände und blutige Auseinandersetzungen gegeben, und diese Form der Gewaltausübung erinnert mich unweigerlich an unseren alten Freund Wardani. Er wird immer noch von der Polizei gesucht, weil er im Krieg mit dem Feind kollaboriert hat, und wer weiß, was er seither angestellt hat.«

»Nicht viel«, sagte David ruhig.

»Stand er hinter den Unruhen im vergangenen Frühjahr? Bei einem Zwischenfall sind acht unbewaffnete Leute getötet worden und ...«

»Das war eine spontane Demonstration gegen Saghlul Paschas Festnahme und Deportation.«

Ramses schnaubte entrüstet, und David beeilte sich hinzuzufügen: »Sicher, es war Mord und damit unentschuldbar, aber es gab keinen organisierten Aufstand, sondern nur eine Horde Idioten, die sich haben aufhetzen lassen. Wardani hatte damit nichts zu tun, und auch nicht die Türken oder die Deutschen, trotz der hysterischen Anschuldigungen gewisser Offiziere. Spar dir deine Belehrungen und hör mir lieber zu, ja? Wardani hat vor ein paar Monaten mit mir kommuniziert. Nein, ich weiß nicht, wo er sich aufhält. Möglich, dass er in Paris auf der Friedenskonferenz herumlungert, in der Hoffnung, dass er sich irgendwie einbringen kann. Aber das darf er sich getrost abschminken. Saghlul Pascha ist der anerkannte Führer der Unabhängigkeitsbewegung, und

Wardani hat nichts mehr zu melden, außer vielleicht bei ein paar versprengten Radikalen.«

»Genau wie Rashad.«

»Rashad ist kein Revolutionär«, versetzte David heftig. »Der kann nur Reden schwingen und dann kneifen. Wardani ist immerhin intelligent genug, um zu wissen, dass er jetzt in Politik machen muss und nicht etwa Aufstände formieren. Oh, er lässt Leute wie Rashad herumtönen, gleichwohl würde es mich wundern, wenn Rashad noch Wardanis Organisation angehörte.«

»Dann hast du also nicht vor, dich zu engagieren?«

Abwehrend hob David die Hände, seine Stirn verdrossen gewölbt. »Verflucht, Ramses, ich bin so etwas wie ein Künstler und kein Kämpfer. Ich habe Lia versprochen, dass ich mich nicht auf Wardani einlassen werde. Ihm habe ich das Gleiche gesagt und seitdem nichts mehr von ihm gehört. Können wir die Politik jetzt abhaken und uns drängenderen Dingen zuwenden?«

Er legte ein paar Münzen auf den Tisch und stand auf. »Los, komm. Wir werden dein mysteriöses Gefängnis suchen.«

»Reine Zeitverschwendung«, warnte Ramses. David hatte seine Frage nicht beantwortet. Er würde seinen Freund nicht belügen, trotzdem verschwieg er ihm etwas, und es wäre sinnlos und unhöflich, ihn zu drängen.

»Mag sein. Lass uns mit dem Sabil Khalaoun anfangen und geh nicht so schnell.«

Die Türen des Cafés waren einladend geöffnet, der winzige Platz voller Menschen. Drei Gassen zweigten von ihm ab. »Womit fangen wir an?« David nickte einem alten Bekannten zu, der auf dem Platz saß.

Sie durchforsteten das Viertel so methodisch, wie es die verwinkelten Straßen und Gassen erlaubten. Die hohen alten Häuser verwandelten die Gassen in von Menschenhand geschaffene Schluchten, dämmrig und von Balkonen überragt. Frauen lehnten aus den Fenstern, feilschten mit den fliegenden Händlern; Esel und Menschen drängten an ihnen vorbei. Diese schwarz gähnenden Stolperfallen waren so ganz anders als die breiten Geschäftsstraßen von Kairo, dass sie sich in einer anderen Stadt wähnten.

Irgendwann seufzte David: »Hast du denn keinen einzigen Orientierungspunkt – eine Moschee oder ein Geschäft vielleicht?«

»Ich habe alles Mögliche gesehen, unter anderem eine Pyramide und die Segel einer Feluke«, versetzte Ramses. »Das macht das Opium. Immerhin hatte ich noch so viel Hirn zu wissen, dass es reine Einbildung war, außerdem musste ich verdammt schnell rennen, um meinem Verfolger zu entkommen, sodass ich zwischen Realität und Halluzination nicht unterscheiden konnte. Aber ich habe das gegenüber der Familie nicht erwähnt. Es hätte lediglich ihre Vermutung gestützt, dass alles andere auch ein Produkt meiner lebhaften Fantasie wäre.«

»War es aber nicht.«

»Nein ... Menschenskind, David, ich bin mir selbst nicht mehr sicher, wie viel davon real war.«

»Eins steht fest«, resümierte David. »Du warst stundenlang weg und nicht an der Stelle, wo die Nachricht dich hinbeordert hat. Für mich klingt das nach einer Entführung.« Er duckte den Kopf unter ein Tablett mit Broten, das in Ohrhöhe vorbeigetragen wurde. »Es war den Versuch wert. Komm, wir machen einen Abstecher in den Suk.«

»Wenn du den Antiquitätenhändlern wegen Cyrus' Schmuck auf den Zahn fühlen willst, das haben meine Eltern schon probiert – ergebnislos. Und sie sind um einiges besser im Einschüchtern als wir.«

»Aber wir sind viel netter.« David grinste und klopfte ihm auf die Schulter.

Sie gingen einzeln weiter, unter Balkonen mit frisch gewaschener Wäsche, bis sie auf den Platz vor der Hossein-Moschee gelangten.

»Was ist eigentlich aus el-Gharbi geworden?«, erkundigte sich David unvermittelt.

»Wer?«, fragte Ramses verblüfft.

»Dieser aufgetakelte Zuhälter, der das Rotlichtviertel kontrolliert hat, bis die Engländer ihn in dieses Gefangenenlager gesteckt haben, das bei ...«

»Ich weiß, wen du meinst«, fiel Ramses ihm ins Wort. »Wer könnte el-Gharbi vergessen? Wie kommst du denn auf den?«

»Er hatte seine Hände in allem, was illegal war in Kairo, und er hat dir mehrfach Informationen zugespielt.«

El-Gharbi war in der Tat unvergesslich: parfümiert, in wallende weiße Frauengewänder gekleidet und mit Schmuck behängt. Man konnte einen Mann, der in diesem Gewerbe tätig war, weder mögen noch bewundern, dennoch war er nachsichtiger als etliche andere Zuhälter. »Ja, auf seine Weise war er nützlich«, gestand Ramses. »Leider hat er hier nichts mehr zu melden. Nachdem Vater ihn aus dem Gefangenenlager herausgeholt hatte, wurde er in sein Dorf in Oberägypten verbannt. Schätze, er ist immer noch dort, wenn er noch lebt.«

»Zu schade.«

Sie machten die Runde bei den renommierteren Händlern. David erklärte, er suche ein Armband für seine Frau, und landete schließlich bei diversen Silberreifen, alle aus neuerer Beduinen-Produktion. Man zeigte ihnen Schnüre mit verblassten Fayenceperlen, »Mumienperlen«, die, so der Verkäufer, allesamt zu Armbändern verarbeitet werden könnten. Er hatte die beiden erkannt und war sich ziemlich sicher, dass sie die schlechten Kopien nicht kaufen würden, aber man konnte es immerhin versuchen. Diese Engländer waren unberechenbar.

»Ich hätte dir gleich sagen können, dass sie uns Cyrus' Armbänder nicht anbieten«, murrte Ramses. »Sie wissen, wer wir sind.«

»Schätze, uns bleibt nicht die Zeit für unsere originelle Touristentarnung«, seufzte David. Lachend schüttelte Ramses den Kopf. »Vergiss es, David.«

»Wie du meinst. Dann lass uns bei Bassam's essen.«

»Er wird uns auch nichts sagen können.«

»Aber er wird uns ein köstliches Mittagessen servieren. Das baut mich wieder so weit auf, dass ich den Abend mit Onkel Sethos ertragen kann.«

* * *

Ich vermute, dass Sethos der Einzige war, der sich auf besagtes Diner freute. Ich hatte Walter nach bestem Ermessen vorbereitet und fand, dass er die Enthüllungen gut verkraftete, obschon er etwas verstört wirkte. Die Nachricht von der Untreue seines Vaters nahm er besser auf als von mir erwartet – vermutlich weil auch er unter der fehlenden Herzenswärme seiner Mutter gelitten hatte –, doch trotz meiner Beteuerungen, dass Sethos sich infolge seiner Ruhmestaten für sein Land geläutert habe, schien Walter gewisse Ressentiments zu haben. (Ich übrigens auch, vielleicht war ich deshalb nicht besonders überzeugend.)

Es war ein ziemlich anstrengender Tag gewesen – vor allem für diejenigen von uns, die die Kinder ins Museum begleiteten. Ich hatte mich entschlossen mitzukommen, da ich wusste, dass Emerson und Walter – tief versunken in irgendwelche kunstgeschichtlichen Betrachtungen – die lieben Kleinen sich selbst überlassen würden. Ich verlor Davy zweimal aus den Augen und musste ihn beim zweiten Mal aus dem Innern eines gewaltigen Granitsarkophags fischen. (Ich war versucht, ihn für eine Weile darin schmoren zu lassen, aber das wollte Emerson nicht.)

Auf mein Betreiben hin trugen wir unsere eleganteste Garderobe und versuchten uns so zu verhalten wie bei einer formellen Zusammenkunft von lange getrennten Verwandten und Freunden. Tadellos gekleidet mit weißer Fliege und Dinnerjackett, erwartete Sethos uns am Aufzug und geleitete uns in einen separaten, von ihm gebuchten Speiseraum. Die blumengeschmückte Tafel erstrahlte in Silber und Kristall. Artige Komplimente kamen über seine Lippen; er drängte Emerson, am Kopf der Tafel Platz zu nehmen, und als wir alle saßen, knallten Korken, und der Champagner perlte in unsere Gläser. Da selbst der Dümmste gemerkt hätte, dass Emerson keinen Toast ausbringen würde, hob Sethos an: »Auf den König und die getreuen Herzen, die ihm dienen; auf die Liebe und Freundschaft!« Selbst Emerson konnte sich dem nicht verschließen.

Mit Fortschreiten des Mahls fiel es mir zunehmend schwer, meine Erheiterung zu unterdrücken. Mag sein, dass es am

Champagner lag. Allerdings belustigte es mich außerordentlich, wie Sethos' Manöver auf die einzelnen Personen wirkte. Er hatte sich in den Kopf gesetzt, sie für sich zu gewinnen, und darin war er genial. Meine liebe Evelyn verfiel seinem Charme auf Anhieb, und auch Lia war sichtlich fasziniert. Er stellte Walters philologische Arbeit heraus, zitierte Beispiele zum Beweis für sein Fachwissen; er sprach bewundernd von Emersons Verdiensten – und meinen – und lobte die Tapferkeit der jüngeren Generation.

»Es sind die Kinder des Sturms«, erklärte er. »Der Sturm hat sich gelegt, dank ihrer Opfer – nicht nur der jungen Männer, die ihr Leben riskierten und starben, sondern auch wegen der vielen Frauen, die langes Warten und herbe Verluste verschmerzen mussten.«

Evelyns Augen füllten sich mit Tränen. Nichts ging ihr mehr zu Herzen als die nachträgliche Würdigung, dass ihr Sohn im Kampf gefallen war. Sogar Emerson schien gerührt. Nur Ramses' Miene blieb unbeeindruckt, obschon Sethos' Lobhudelei offenbar auch ihm und David galt. Er sah mich mit skeptisch gewölbten Brauen an.

Nach einer Weile wurde Emerson unruhig. Es gelang ihm nicht, eine vernünftige Diskussion – soll heißen über die Ägyptologie – anzuregen, denn er konnte es kaum erwarten, Sethos auf den Zahn zu fühlen. Allerdings hielt er sich – dank meiner krampfhaften Grimassen – zurück, bis der letzte Gang abgeräumt worden war, dann schmetterte er: »Das war zweifellos der angenehme Teil, aber jetzt wollen wir zum Geschäftlichen übergehen. Ich möchte wissen ... Oh. Ähm. Amelia, hast du Walter gegenüber zufällig erwähnt ...«

»Wenn du den Diebstahl von Cyrus' Artefakten meinst, ja«, schmunzelte Walter. »Wirklich schlimm. Aber Amelia wird den Fall in null Komma nichts lösen.« Er leerte sein Weinglas und winkte dem Kellner.

»Hmpf«, schnaubte Emerson. »Walter, du hast schon genug getrunken. Entweder du gehst jetzt ins Bett oder du konzentrierst dich auf das Wesentliche.«

»Dann gehe ich ins Bett.« Das vom Alkoholgenuss gerötete

Gesicht zu einem Grinsen verzogen, erhob er sich, und Evelyn folgte seinem Beispiel. »Gute Nacht. Ich danke dir für einen überaus reizenden Abend, äh-hm ... Bruder.«

Nach ihrem Aufbruch gab ich zu bedenken, dass wir Emersons Anliegen vielleicht besser nicht in Gegenwart der Kellner besprechen sollten. Sethos blieb noch sitzen und zuckte nur die Schultern.

»Ich habe nichts Wichtiges zu berichten.«

Emersons Stirnrunzeln signalisierte, dass er ihm das nicht abnahm, also führte Sethos aus: »Ich habe heute Nachmittag die Runde gemacht. Wie ich mir schon dachte, sind die führenden Köpfe in meiner Organisation nicht mehr da.«

»Nicht mehr da!«, entfuhr es mir. »Meinst du ...«

»Etliche sind in Frankreich gefallen. Erinnert ihr euch noch an René? Er wurde in der ersten Kriegswoche getötet.«

Ich machte keinen Hehl aus meiner Bestürzung. Ich hatte den jungen Franzosen gemocht. Er war zwar ein Gesetzesbrecher gewesen, aber auch ein Gentleman.

»Dein Bewunderer, Sir Edward, erfreut sich bester Gesundheit«, versicherte mir Sethos. »Die meisten anderen sind sowieso aus dem Rennen. Ohne meine Führung wurden sie nachlässig und mussten Lehrgeld zahlen. Einige der mit mir befreundeten Antiquitätenhändler sind zwar noch im Geschäft, aber sie waren nie feste Mitglieder der Organisation. Kurzum, ich wüsste niemanden in Kairo, dem Martinelli die Objekte überlassen haben könnte.«

»Sollen wir dir das abnehmen?«, fragte Emerson schroff.

»Das werdet ihr wohl müssen«, lautete die ebenso schroffe Antwort. »Es gibt gewisse Personen, mit denen ich auf privater Basis verhandelt habe, aber die sind weit verstreut, in Europa, Amerika und im Mittleren Osten. Ich werde meine Nachforschungen fortsetzen, aber morgen muss ich erst einmal zurück nach Konstantinopel. Meine Geschäfte dort waren noch nicht abgeschlossen.«

»Ich nehme nicht an, dass du uns selbige auf die Nase binden wirst«, sagte ich spitz.

»Du hast wie immer Recht, Amelia.« Sethos grinste breit.

»Dann bleibt mir nur, allen eine gute Nacht zu wünschen«, erklärte ich, Emersons heftigen Protest abwürgend.

Tatsächlich hatte ich nicht vor, Sethos so einfach davonkommen zu lassen. Da ich annahm, dass er offener reden würde, wenn die anderen nicht zugegen wären, schickte ich sie in ihre Zimmer – womit ich mir einen vernichtenden Blick von Ramses einhandelte – und wandte mich meinem Schwager zu.

Er kam mir, wie so häufig, zuvor. »Ja, Amelia, wir haben uns einiges zu sagen.«

»Und mir auch«, sagte Emerson, der tatenlos zugesehen hatte, wie ich die Kinder hinausbefördert hatte.

»Gewiss«, bekräftigte Sethos. »Kommt, wir suchen uns ein stilles Eckchen.«

Wir fanden es in der Maurischen Halle. Das Ambiente war reizvoll, dämmrige Nischen und gedämpftes Licht, gleichwohl kam Sethos direkt zur Sache. »Wenn ich euch einen Rat geben darf, dann verlasst Kairo so schnell wie möglich.«

»Ich bin zu demselben Schluss gekommen«, pflichtete ich ihm bei.

»Verflucht«, zischte Emerson, der mit irgendjemandem Streit zu suchen schien. Sethos' Gegenwart hat diese Wirkung auf ihn. »Wann bist du denn darauf gekommen, Peabody? Sag jetzt nicht, du hast schon wieder mit Abdullah gesprochen.«

Sethos' wohlgeformte Augenbrauen schossen nach oben. »Wie bitte?«

»Sie träumt von ihm«, sagte Emerson. »Ich bin ein aufgeschlossener Mensch; ich habe nichts dagegen, wenn meine Frau lange, vertrauliche Gespräche mit einem Mann führt, den sie – äh – tief bewundert hat. Teufel noch, ich mochte den alten Knaben doch auch. Aber ich kann es nun mal nicht ausstehen, wenn sie ihre ganz eigene Meinung als die eines Toten ausgeben will.«

»Es überrascht mich, dass du so dogmatisch bist, Radcliffe«, erwiderte Sethos. »Es gibt mehr Dinge im Himmel und auf Erden ...«

»Pah«, schnaubte Emerson. »Und nenn mich nicht Radcliffe.«

Sethos' Lippen zuckten. »Ich werde mich bemühen. Überdies

gehe ich davon aus, dass Amelia ihren Entschluss genau wie ich nach rationalen Erwägungen gefasst hat. Ich denke immerfort an Ramses' merkwürdiges Erlebnis. Es beunruhigt mich.«

»Du hast einen eher ungläubigen Eindruck vermittelt – belustigt, aber nicht beunruhigt«, kritisierte Emerson stirnrunzelnd.

»Ich musste den Jungen ein bisschen aufziehen. Er nimmt das Leben so ernst! Es ist durchaus nachvollziehbar, dass irgendeine ›Dame‹ eine Schwäche für Ramses hat und zu unorthodoxen Methoden greift, um ihn auf sich aufmerksam zu machen. Wie diverse andere Familienmitglieder – aus Bescheidenheit und Rücksichtnahme auf die Befindlichkeiten meines werten Bruders werde ich diese nicht nennen – scheint er ausgesprochen anziehend auf Frauen zu wirken.«

»Blödes Geschwätz!«, erboste sich Emerson.

Sethos zuckte mit den Schultern und wurde ernst. »Die Alternative ist weit weniger harmlos. Euer Sohn hat in den vergangenen Jahren nicht tatenlos herumgesessen; er hat fast genauso viele Menschen provoziert wie ich – die Türken, die Senussi, die Nationalisten, ja sogar ein paar von unseren eigenen Geheimdienstleuten. David ist auch kein unbeschriebenes Blatt; bei der Polizei ist er als Mitglied einer nationalistischen Gruppierung bekannt. Zivile Unruhen können jederzeit wieder ausbrechen, und in einem solchen Fall wäre er einer der ersten Verdächtigen.«

»Bestimmt nicht!«, entrüstete ich mich. »Seine Dienste für England während des Krieges ...«

»Setzen ihn zusätzlichen Risiken aus. Davids Aktivitäten sind hochrangigen Mitarbeitern des Geheimdienstes bekannt, und es würde mich nicht wundern, wenn sie ihn erneut einzuspannen suchten. Einige Mitglieder seiner früheren Organisation sehen in ihm einen Verräter an der Sache. Was meint ihr, war es reiner Zufall, dass Ramses einen Tag vor Davids Ankunft in Ägypten entführt wurde?«

»Eine Verwechslung kann es nicht gewesen sein«, protestierte Emerson.

»Wie gesagt, ich habe keine Erklärung dafür. Vielleicht besteht auch gar kein Zusammenhang. Auf alle Fälle sind die Jungen in Luxor sicherer.«

Emerson kratzte sich sein Kinngrübchen und musterte neiderfüllt den Bart seines Bruders. Er nahm es mir immer noch übel, dass ich ihm keinen erlaubte. »Ich will es hoffen«, knurrte er. »Sonst ...«

»Ich komme in ein paar Tagen nach«, fiel Sethos ihm ins Wort.

»Versprochen?«, bohrte ich.

»Versprochen. Widrige Umstände vorbehalten.«

»Was willst du damit ...«

»Gute Nacht, Amelia. Gute Nacht, Bruderherz.«

* * *

Ich hatte meinen Entschluss in der Tat nach rein rationalen Erwägungen getroffen – denn dazu zähle ich auch die unterschwelligen Impulse, die gewisse Personen (ich nenne keine Namen) als Intuition abtun. Meine gelegentlichen Träume von Abdullah, der sein Leben für mich hergegeben hatte, könnten als Signale des Unterbewusstseins gesehen werden; allerdings waren es sonderbare Träume, so real und plausibel wie mit einem lebenden Freund. Ich hatte eine ganze Weile nicht mehr von ihm geträumt, tat es jedoch in jener Nacht.

Wir trafen uns immer an derselben Stelle – oberhalb von Deir el-Bahari, auf dem Pfad, der ins Tal der Könige führt – und zur selben Zeit – bei Tagesanbruch, wenn die aufgehende Sonne die Dunkelheit verscheucht und das Tal mit Licht erfüllt.

Er hatte sich seither nie verändert (kaum verwunderlich!). Groß und stattlich, sein Bart schwarz wie der eines Mannes in der Blüte seiner Jahre, begrüßte er mich, als hätten wir uns noch kürzlich gesehen.

»Du musst umgehend nach Luxor aufbrechen.«

»Das habe ich auch vor«, erwiderte ich leicht gereizt. »Vermutlich verlange ich dir zu viel ab, wenn ich dich um eine nähere Erklärung bitte. Dafür genießt du deine orakelhaften Andeutungen einfach zu sehr.«

»Weil«, hob Abdullah an, »es Probleme gibt.«

»Das weiß ich auch selber.«

Abdullah winkte ungehalten ab. »Nicht der Diebstahl von Effendi Vandergelts Kunstschätzen. Das ist das Wenigste. Gib auf die Kinder Acht!«

Ich umklammerte seinen Arm. »Herrgott, Abdullah, sei doch nicht so ein Geheimniskrämer. Wenn die Kinder in Gefahr sind, muss ich wissen, warum.«

Er lächelte, seine Zähne weiß in dem schwarzen Bart. »Wenn ich das wüsste, würde ich es dir sagen, auch wenn ich damit die hier herrschenden Regeln übertrete. Ich sehe Gefahren für euch alle – das ist nichts Neues! –, aber sie können sich nicht wehren. Pass gut auf sie auf.«

»Das werde ich mit Sicherheit. Und du ... wirst du auch über sie wachen?«

»Über euch alle. Ihr habt mein Grab noch nicht besucht.«

»Stimmt«, erwiderte ich, verblüfft über den Themenwechsel. »Wenn wir wieder in Luxor sind ...«

»Wirst du die anderen mitnehmen. Bring auch meinen Urenkel, meinen Namensvetter, mit. Ich denke, du wirst erstaunt sein über das, was dich dort erwartet, Sitt.«

Sanft löste er sich aus meiner Umklammerung und wandte sich ab. Seine letzten Worte waren nicht an mich gerichtet; es war dieses vertraute, verdrossene Grummeln, als redete er mit sich selbst. »Sie sieht sich nicht vor, sie spielt immer auf Risiko. Ich werde mein Bestes tun, aber sie würde selbst die Geduld eines Scheichs auf eine harte Probe stellen.«

Ich stand, wo er mich verlassen hatte, und blickte ihm auf seinem Weg ins Tal nach. »Was meinst du damit?«, rief ich, wohl wissend, dass ich keine Antwort bekommen würde. Abdullah drehte sich zu mir um und grinste. Er hob einen Arm, bedeutete mir zu folgen – nicht ihm über jenen vertrauten Pfad, sondern zurück nach Theben.

* * *

Die übrigen Familienmitglieder akzeptierten einhellig meine Entscheidung, die ich freilich als Vorschlag ausgab. Bevor wir aufbrachen, trafen wir Vorkehrungen für die Rückreise unseres jungen Kindermädchens nach England. Schon auf der Hinfahrt hatte sie über Heimweh geklagt, und Ägypten gefiel ihr überhaupt nicht. Mag sein, dass dies auf das Chaos und den Geräuschpegel am Bahnhof zurückzuführen war, denn sie hatte so gut wie nichts von dem Land gesehen. Schließlich fand ich eine angesehene Familie, die nach England zurückreiste und froh über eine Betreuerin für ihre Kinder war. Das Letzte, was wir gebrauchen konnten, war nutzloser Ballast, und sobald wir Luxor erreichten, würde Lia jede Hilfe bekommen. Alle weiblichen Familienmitglieder – ich spreche von unserer ägyptischen Familie – brannten darauf, Davids kleine Schätzchen zu betreuen.

Wir nahmen den Abendzug, in der Hoffnung, dass die lieben Kleinen einen Teil der Reise verschlafen würden. Aus den erschöpften Mienen ihrer Eltern am nächsten Morgen las ich, dass Evvie das wohl nicht getan hatte. Ich hatte ohnedies rasch begriffen, dass in diesem hübschen, zierlichen Persönchen ein launischer kleiner Vogel steckte. Zweifellos war sie entsetzlich verwöhnt; ihre Eltern und ihre Großeltern mütterlicherseits waren viel zu sanftmütig. Ich fragte mich bereits, wie sie mit den Zwillingen zurechtkommen würde, die bestimmt nicht sanftmütig waren. Irgendwie machte ich mir Sorgen um Dolly, der die Rolle des Beschützers seiner kleinen Schwester übernommen hatte und dessen ausgeglichenes Naturell sicher noch auf eine harte Probe gestellt werden würde. Aber so ist das Leben. Ich würde alles tun, um ihn zu verteidigen.

Abdullahs Warnung hatte ich den anderen verschwiegen. Sie hätten sie ohnehin nicht ernst genommen, sondern lediglich als Ausdruck einer natürlichen Besorgnis gewertet, wie sie ein verantwortungsbewusster Erwachsener empfindet. Offen gestanden atmete ich auf, als die gesamte Familie uns am Bahnhof von Luxor erwartete. Daoud und Selim waren da, aber auch Kadija und Basima. Sennia und Gargery winkten und brüllten zur Begrüßung. Diese zuverlässigen Gehilfen und die anderen, die uns zu Hause erwarteten, würden jeden Schritt der Kinder überwachen.

»Wo sind die Zwillinge?«, war Evelyns erste Frage.

»Wir nehmen sie nur mit, wenn es unbedingt sein muss«, bemerkte Gargery düster.

Evelyn schien leicht schockiert. »Und sicher nicht in ein Gemenge wie dieses«, versetzte ich. »Himmel, was für ein Aufruhr. Ich habe hier noch nie so viele Leute gesehen.«

Mein erster Impuls war, den Menschenauflauf zu zerstreuen, um die Kinder nicht unnötig zu verschrecken. Aber schließlich war ich nicht verantwortlich für sie. Sie wurden von einem zum anderen weitergereicht, fanden dies aber wohl nicht weiter schlimm. Evvie kicherte einen zweifellos hingerissenen Daoud an, und Dolly erwiderte mit einem schüchternen Augenaufschlag Kadijas Umarmung. Ich trat etwas beiseite und fand mich neben Bertie wieder, der seine Familie würdig vertrat.

»Mutter und Cyrus wollten das Chaos nicht noch vergrößern.« Er grinste. »Sie hoffen, dass Sie heute Abend mit uns essen werden – nichts Formelles, nur eine zwanglose Zusammenkunft guter Freunde.«

»Ich glaube, ich spreche für alle, wenn ich dankend annehme, Bertie.« Ich senkte die Stimme und musste meine Frage wegen des Lärms dann doch lauter wiederholen. »Wissen Sie schon was Neues von – äh –«

»Nein. Haben Sie denn nichts erfahren?«

»Wenn wir den Schmuck aufgespürt hätten, hätten wir Cyrus umgehend telegrafiert. Ein oder zwei Belanglosigkeiten haben sich zwar ereignet, aber ... Mein lieber Junge, warum starren Sie mich so an?«

»Verzeihung, Ma'am. Es ist nur ... was Sie belanglos finden, bezeichnen andere als Entrinnen um Haaresbreite oder als letzten Ausweg. Was ist passiert? Ist Ramses ...«

»Für gewöhnlich trifft es Ramses, nicht wahr? Wie Sie sehen, fehlt ihm nichts. Heute Abend werden wir Ihnen alles berichten, Bertie. Erlauben Sie, dass ich Selim mitbringe? Er und die anderen sind bestens unterrichtet über die Situation. Ich gehe davon aus, dass der arme Cyrus von nichts anderem reden mag.«

»Selim ist uns immer willkommen«, erwiderte Bertie. »Und

Sie haben Recht mit Cyrus. Er ist stolz auf seinen tadellosen Ruf, den er jetzt in Gefahr sieht.«

»Aber nicht doch«, sagte ich entschieden. »Seine Reputation wird darunter nicht leiden, ganz im Gegenteil. Erzählen Sie ihm, dass ich das gesagt habe und auch, dass wir uns heute Abend alle wieder sehen.«

4

Als wir mitsamt Gepäck den Fluss überquert hatten, schien die Sonne hoch am Himmel. Ich empfahl eine leichte Mahlzeit und etwas Ruhe für unsere Gäste, vor allem für die jüngsten und die ältesten. Eine schluchzende Evvie wurde von ihrer Mutter und Kadija hinausgebracht, gefolgt von einem fügsamen Dolly. Die anderen zerstreuten sich, bis nur noch Emerson und ich mit den drei jüngeren Männern zurückblieben, die sich angeregt auf der Veranda unterhielten. Was für gut aussehende junge Burschen sie doch waren, alle drei! Die Ähnlichkeit zwischen David und seinem Onkel Selim war verblüffend, und Ramses hätte ihr direkter Verwandter sein können, mit seinem dunklen Teint und den schwarzen Locken.

Während ich sie lächelnd betrachtete, stellte ich fest, dass Emerson sie ebenfalls beobachtete, allerdings eher abwägend. Händereibend erklärte er: »Es ist noch früh. Was haltet ihr von einem Abstecher ins Grabungsgebiet?«

»Nun lass sie doch, Emerson«, sagte ich entschieden.

»Aber Peabody, ich will ...«

»Ich weiß, was du willst. Meine Güte, lass ihnen doch diesen einen Nachmittag, bevor du sie wieder zur Arbeit antreibst. Ist es denn nicht schön, sie in alter Freundschaft beisammen zu sehen?«

»Mhm, tja«, meinte Emerson gedehnt. »Aber ...«

»Nun geh schon, Emerson.«

»Wohin?«

»Wohin du willst, solange du niemanden störst.«

Emerson überlegte. »Wo ist Sennia? Ich könnte ihr eine Unterrichtsstunde in Archäologie geben.«

»Ich bin sicher, sie wird gern mit dir spielen, Emerson, wenn du sie artig darum bittest.«

Grinsend ging Emerson ins Haus, worauf ich mich zu den Jungen gesellte. Sie hatten die Köpfe zusammengesteckt und diskutierten angeregt. »Kann ich euch irgendwas anbieten?«, erkundigte ich mich, als sie höflich aufstanden. »Kaffee? Tee?«

»Nein danke, Mutter«, sagte Ramses.

Augenblicke später meinte David: »Willst du dich nicht zu uns setzen, Tante Amelia?«

»Ich möchte euch nicht stören, Kinder.«

»Aber überhaupt nicht«, beteuerte Ramses. Seine Mundwinkel hoben sich unmerklich. »Setz dich, Mutter. Möchtest du eine Zigarette?«

David hatte seine Pfeife herausgeholt und Selim eine Zigarette; um ihnen einen Gefallen zu tun, nahm ich auch eine. »Was ist das mit Abdullah und dem heiligen Mann?« Ich versuchte, einen Rauchring zu blasen – erfolglos. Ich hatte den Trick noch nicht raus, vermutlich weil ich nur selten dem Genuss von Tabak fröne. Jede Kunst erfordert Übung.

»Woher weißt du denn das?«, wollte David wissen. »Ramses erwähnte, dass er es weder dir noch dem Professor gesagt habe.«

Ich warf meinem Sohn einen leicht vorwurfsvollen Blick zu, worauf er sogleich Ausflüchte suchte. »Es ist dermaßen viel passiert ... es schien mir nicht wichtig ... seinerzeit.«

»Seinerzeit«, wiederholte ich schleppend.

Selim verdrehte seine tiefdunklen Augen. »Hat mein Vater es dir erzählt? In einem Traum?«

Aus Furcht vor Skeptikern (allen voran Emerson) hatte ich meine sonderbaren Träume von Abdullah kaum jemandem anvertraut, dennoch überraschte es mich nicht, dass auch andere davon erfuhren. Fatima und Gargery waren die geborenen Lauschposten und gaben ihr Wissen großzügig weiter. Und wusste Daoud erst einmal davon, wusste es ganz Luxor.

»Um ehrlich zu sein, weiß ich es von Daoud«, erwiderte ich. »Was habt ihr da gerade besprochen? Ihr schient mir sehr ernst.

Und was meinst du mit ›seinerzeit‹, Ramses? Hast du deine Meinung inzwischen geändert?«

Ramses blies einen gekonnten Rauchring in die Luft, dabei musterte er mich nachdenklich. David lachte. »Sinnlos, ihr irgendwas vorzuenthalten, Ramses. Warum sollten wir auch? Es ist lediglich ein dummer Zufall. Schade um den armen Hassan, hoffentlich ist er friedlich entschlafen.«

»Entschlafen!«, rief ich. »Hassan, der Ehemann von Munifa? Wann? Wie?«

»Hat Abdullah es dir denn nicht erzählt?«, forschte Ramses. »Hassan war der Ideengeber von Abdullahs neuem Status; er hat sich selber zum Diener des Scheichs erklärt und Abdullahs Grab gepflegt. Die Sache fand großen Anklang. Die Leute brachten ihm Opfergaben und beteten um kleine Gefälligkeiten. Hassan war glücklich, so schien es mir jedenfalls, als ich ihn zuletzt gesehen habe. Vor zwei Tagen wurde er tot aufgefunden, von einem frühmorgendlichen Pilger.«

»Wir haben ihn in der Nacht darauf beerdigt«, sagte Selim. »Es war sein Herz, Sitt.«

»Woher weißt du das? Hat ihn ein Arzt untersucht?«

»Wozu? Er hatte keinerlei Verletzung und seine Miene war gelöst. Er war kein junger Mann mehr, Sitt Hakim.«

»Tut mir aufrichtig Leid.« Damit war mir Ernst. Hassan hatte jahrelang für uns gearbeitet, ein loyaler und fröhlicher Mitstreiter. »Bestimmt willst du Abdullahs Grab bald einmal besuchen, David. Es wird dir sicher gefallen, wie gut man deine Pläne umgesetzt hat. Wenn es dir nichts ausmacht, begleite ich dich.«

»Ja, Tante Amelia, Lia und ich haben davon gesprochen.«

»Ihr könntet Dolly mitnehmen.«

Davids sanfte dunkle Augen weiteten sich. »Meinst du wirklich? Dafür ist er doch noch zu klein, oder?«

»Überhaupt nicht. Von dem edelmütigen Charakter seines Urgroßvaters zu erfahren, wird ihm gefallen. Ich habe versprochen ...«

Ich brach abrupt ab und sprang auf. »Die Pflicht ruft. Bleibt ruhig sitzen, Kinder.«

Während ich meinen diversen Aufgaben nachging, kreisten

meine Gedanken immer wieder um Hassans Tod. Als Zufall konnte man das wahrlich nicht bezeichnen; schließlich wäre er eines Tages ohnehin gestorben, und dass es an Abdullahs Grab passiert war, lag daran, dass Hassan die meiste Zeit dort verbracht hatte. Was mich beschäftigte, war, warum er seinen Lebensabend religiöser Arbeit widmen sollte. Bis zum Tod seiner Frau hatte er dem Hedonismus gefrönt – soweit es seine Religion zuließ – und manchmal ganz schön über die Stränge geschlagen.

Na ja, dachte ich bei mir, religiöser Eifer ist eben nicht für jeden nachvollziehbar, außerdem suchen viele Menschen fortgeschrittenen Alters im Glauben Trost. Hassan hätte vermutlich dem Heiligen Augustinus zugestimmt, der Gott um Vergebung seiner Sünden bat – aber erst nachdem er keine mehr begehen konnte.

Eigentlich hätte Abdullah Hassans Tod erwähnen müssen. Er hatte ausdrücklich betont, dass wir das Grab besuchen sollten, aber nicht gesagt, warum. Das war indes typisch für Abdullah, der unterschwellige Andeutungen und Provokationen liebte. Er beteuerte jedes Mal, dass er die ungeschriebenen Gesetze seines jenseitigen Lebens zu befolgen habe, trotzdem wurde ich den Verdacht nicht los, dass er mich stillvergnügt auf die Folter spannte.

Um vier sollten wir den Tee einnehmen, da Fatima eine so reichhaltige Mahlzeit servieren wollte, wie wir sie noch nie gesehen hatten. Sechs tatkräftige junge Frauen halfen ihr in der Küche; als ich meine Nase hineinsteckte, schickte sie mich fort. Man legt sich nicht mit Fatima an, wenn sie sich etwas in den Kopf gesetzt hat. Also ging ich.

Aus Manuskript H

Von seiner Frau und seiner Mutter auf dem Sofa flankiert, fühlte Ramses sich wie Odysseus, der Kurs zwischen Scylla und Charybdis zu halten versucht. Nicht dass eine der Damen jenen mythischen Ungeheuern geähnelt hätte, gleichwohl hatten beide fest gefügte Ansichten zum Thema Kindererziehung, und diese waren nicht immer identisch. Waren sie sich uneins, zogen sie ihn zu Rate.

Die weitläufige Veranda war gut gefüllt – die Erwachsenen lehnten an den Wänden und am Geländer, die Kinder spielten in der Mitte. Vermutlich konnte man es Spielen nennen. Sie hatten sich lange angestarrt, bis Davy, unter Nefrets Zureden, Evvie eine geschnitzte Holzgiraffe hinhielt und etwas Unverständliches murmelte.

»Er kann nicht sprechen«, sagte Evvie, die es konnte und unermüdlich unter Beweis stellte. »Kann die andere es denn?«

»Sie ist eure Cousine Charlotte«, sagte Lia mit einem entschuldigenden Blick zu Nefret. »Es ist unhöflich, sie ›die andere‹ zu nennen.«

»Und wie heißt dann der da?«, erkundigte sich Evvie.

»Er ist nach eurem Papa benannt«, antwortete Nefret. »Ihr könnt ihn Davy rufen.«

Ganz kleiner Gentleman stellte Dolly sich und seine Schwester vor und wollte die Zwillinge mit Handschlag begrüßen. Die feinen dunklen Brauen unheilvoll zusammengezogen, ähnelte Charla ihrem Großvater. Ihre Miene hellte sich vorübergehend auf, als sie Dollys freundliche Geste erwiderte; darauf hielt Evvie Davy die Hand hin und strahlte ein perlweißes Milchzähnchenlächeln. »Den da mag ich«, verkündete sie.

Hingerissen von wilden honigfarbenen Locken, Sommersprossen und einem vorwitzigen Gesicht drückte Davy ihr die Giraffe in die Hand und forderte sie mit einer ausladenden Geste auf, sich zu ihm auf den Boden zu setzen, wo die übrige Menagerie aufgebaut stand. Das behagte Charla nun gar nicht. Die Holztiere – darunter ein Löwe, ein Nilpferd und ein Elefant – waren von einem in Luxor lebenden Sudanesen geschnitzt worden und momentan das Lieblingsspielzeug der Zwillinge.

Zum Glück verstand keiner, was Charla sagte. »Möchtest du und Evvie vielleicht einen Keks?«, fragte Ramses rasch.

Alles in allem verlief es gar nicht so übel. Der einzig Leidtragende war Dolly, der einen empfindlichen Schlag ins Gesicht bezog, als er einen Streit der beiden kleinen Mädchen um eine Puppe zu schlichten versuchte. Sie hatte keine Haare, da Charla ihre neuen Puppen sogleich der Kleider und Perücken entledigte; im Eifer des Gefechts verlor sie einen Arm und beide Beine, und Evvie traf ihren Bruder mit einer dieser Extremitäten. Vielleicht hatte sie das gar nicht beabsichtigt.

Seine großen Augen voller Tränen, wurde Dolly von Emerson hochgehoben, der das Geschehen milde grinsend verfolgt hatte. Er umarmte den kleinen Jungen, reichte ihn an seine Frau weiter und kniete sich auf den Boden, wo er den drei anderen half, die Puppe vollends zu zerstückeln, während er ihnen den Prozess der Mumifizierung erläuterte.

»Die Ägypter haben die Köpfe nicht entfernt«, erklärte er einem verzückten Publikum. »Sie haben einen Haken hier hineingeschoben.« Er demonstrierte es mit seinem langen Zeigefinger. »Hier, tief in ...«

»Vater«, murmelte Nefret. »Bitte.«

»Kinder lieben Mumien«, sagte ihre Schwiegermutter, die ihren Göttergatten vermutlich ebenfalls ermahnt hätte, wäre Nefret ihr nicht zuvorgekommen. Sie herzte Dolly auf eine Weise, die bei Ramses schlimmste Befürchtungen auslöste. Er war ein liebenswerter kleiner Bursche, und sie hatte seinen Urgroßvater Abdullah sehr geschätzt, von daher verwunderte es nicht, wenn sie das Kind unter ihre Fittiche nähme. Bis jetzt hatten die Zwillinge die volle Aufmerksamkeit ihrer Großeltern väterlicherseits genießen dürfen. Bei vier Kindern, noch dazu einem wie Evvie, sah er Probleme anrollen.

Die Einzigen, die sich Fatimas exzellenten Tee schmecken ließen, waren Onkel Walter und David und natürlich die Kinder, die Emerson mit Kuchen und Keksen voll stopfte. Irgendwie irritiert erhob sich Ramses und setzte sich neben David auf das Verandageländer.

»Wie fühlst du dich?«, murmelte er.

David wusste auf Anhieb, was er meinte. Sein Blick erfasste das jugendliche Gerangel, das sich inzwischen auf Horus ausdehnte. Den Kater faszinierten kleine Kinder, allerdings war sein Versuch, unter das Sofa zu kriechen und sie von dort aus ungestört zu beobachten, gescheitert, und einzig Emersons Einschreiten bewahrte ihn vor dem Schicksal der Puppe.

»Irgendwann werden sie müde«, sagte David leise. Sein Künstlerblick verharrte verträumt auf dem breiten, mattgolden schimmernden Wüstenstreifen, gesäumt vom Grün des Kulturlandes und überhaucht von zartgrauem Zwielicht. Er legte seine Arme um Ramses' Schultern und seufzte tief. »Gott, ist das schön, wieder hier zu sein!«

»Hoffentlich denkst du morgen noch genauso, wenn Vater dich in aller Herrgottsfrühe aus den Federn holt und nach Deir el-Medina schleift.«

David lachte und rieb sich die Hände. »Darauf freue ich mich schon seit Jahren. Wie soll das Projekt von Cyrus aussehen?«

»Ihm schweben mehrere vor. Er möchte eine Buchreihe über die Grabmalereien in Deir el-Medina herausbringen. Manche sind wirklich wunderschön, weißt du, und noch nie sachkundig kopiert worden. Als Erstes will er vermutlich, dass du einige der Artefakte aus den Prinzessinnengräbern abzeichnest. Schwarzweißfotos können das nicht wiedergeben. Es gibt da eine perlenbestickte Robe, da fallen dir die Augen aus dem Kopf!«

»Ich kann es kaum erwarten, die Sammlung zu sehen.« David überlegte. »Können wir noch irgendwas tun, um den gestohlenen Juwelen auf die Spur zu kommen?«

»Du weißt, wie es in Luxor ist«, meinte Ramses schulterzuckend. »Die Nachricht von ungewöhnlichen Objekten verbreitet sich wie ein Lauffeuer, und Selim kennt hier jeden. Er hat rein gar nichts erfahren. Wir müssen Sethos glauben, dass er sich in Kairo umhört. Wenn das nichts bringt, bleibt uns wenig Hoffnung auf einen Erfolg. Wir haben getan, was wir konnten.«

»Wenn ich noch einmal mit den Händlern reden würde ...«

»Wir haben getan, was wir konnten«, wiederholte Ramses heftig. »Verflucht, David, ich will nicht egoistisch klingen, aber ich wünschte, wir könnten es dabei belassen und uns auf unsere Arbeit konzentrieren.«

»Was ist mit der verschleierten jungen Dame?«

»Ich dachte, wir hätten uns darauf verständigt, diese Geschichte zu vergessen.«

»Mir ist da etwas eingefallen«, sagte David. »Ich weiß nicht, wie ich es sagen soll ...«

»Aber ich.« Ramses hatte dergleichen kommen sehen, und es behagte ihm ganz und gar nicht. Er raufte sich die Haare. »Gibt es eine Frau in meiner Vergangenheit, verführt und schnöde verlassen, die sich rächen will? Das wolltest du doch sagen, oder?«

»Du sprichst besser leise«, sagte David ein wenig bestürzt. »Nefret beobachtet uns bereits. So etwas würde mir nicht im Traum einfallen.«

»Aber ihr.«

»Hat sie das gesagt?«

»Nein.« Ramses hatte sich wieder gefangen. »Ich wünschte mir, sie würde es tun. Nefrets Schweigsamkeit ist bisweilen schlimmer als eine direkte Anschuldigung.«

»Das kann ich dir nachfühlen«, sagte David teilnahmsvoll. »Die wirksamste Waffe einer Frau. Wenn du jede Schuld abstreitest, noch bevor sie dir etwas vorwerfen, kommt das einem Geständnis gleich. Sieh mal, Ramses, ich weiß, dass du dich immer respektvoll verhalten hast gegenüber Frauen, aber nicht jede Frau sieht das so wie wir Männer. Bist du ganz sicher, dass dir keine einfällt, die aus *unerfindlichen* Gründen etwas gegen dich hat?«

»Nein. Aber verlang jetzt bloß nicht von mir, dass ich die Namen einzeln durchgehe.«

»Natürlich nicht.« In Davids Augen blitzte der Schalk. »Ich möchte lediglich, dass du meine Theorie überdenkst.«

Seine Tochter lehnte ein weiteres Plätzchen ab (sie hatte schon sechs gefuttert), indem sie in ohrenbetäubendes Gebrüll ausbrach. David zuckte zusammen. »Wir reden ein anderes Mal darüber. Ich muss Lia helfen, die Raubtiere für die Nacht einzufangen.«

Die lautstark protestierenden Kinder wurden ins Haus gebracht, und die Erwachsenen zogen sich zurück, um sich umzukleiden.

»Worüber hast du mit David gesprochen?«, fragte Nefret betont beiläufig.

Eines hatte er in der Ehe gelernt: Auf eine hitzige Frage hatte man am besten eine einleuchtende Antwort parat. »Er macht sich

Gedanken um den verschwundenen Schmuck. Meinte, ob er nicht noch irgendwas tun könnte.«

»Und?« Nefret setzte sich und zog Schuhe und Strümpfe aus.

»Ich wüsste nicht, was. Selim hat sich bereits in der Gerüchteküche umgehört.«

»War das alles?«

Ramses entkleidete sich hastiger als gewöhnlich. »Wir haben Zukunftspläne diskutiert. Ich bade zuerst, wenn es dir recht ist.«

»Mach schon.«

Im Bad schalt er sich, dass er gekniffen und das Thema nicht offen ausdiskutiert hatte. Davids Theorie war ihm auch schon gekommen, aber er hatte sie nicht ernsthaft in Erwägung ziehen wollen. Diese unsägliche Frau hatte ihn weder tätlich angegriffen noch diesbezüglich Anstalten gemacht. Stattdessen hatte sie ihm eine peinliche Situation und Ärger mit seiner besseren Hälfte eingebrockt. Aber genau das war es doch, was so manche Frau als fabelhafte Vergeltung für erlittenen Liebeskummer ansah – nicht wahr?

Dolly Bellingham beispielsweise? Er war erst sechzehn gewesen und vielleicht nicht besonders taktvoll in seinem Bemühen, ihren Avancen zu entgehen. Egoistisch und eitel, machte sie ihn womöglich noch verantwortlich für den Tod ihres Vaters. Aus gutem Grund, dachte er zynisch. Aber war sie intelligent genug, um einen derart komplexen, hinterhältigen Plan auszuhecken und umzusetzen? Er hatte keine Ahnung, was aus ihr geworden war.

Christabel? Die Vorstellung, dass diese ausgemachte Feministin in den durchschimmernden Gewändern der Hathor süße Nichtigkeiten murmelte, war so abwegig, dass er laut lachte. Sie waren nicht eben freundschaftlich auseinander gegangen, und dennoch würde sie sich niemals entblöden, ihm eins auszuwischen. Was war mit ...

Nefret stand im Türrahmen. Schuldbewusst schrak er zusammen, schnappte sich ein Handtuch und flüchtete. Hatte er wirklich so lange im Bad herumgetrödelt und nachgesonnen über seine ... Eroberungen, wie manche sie nannten? Jedenfalls konnte er reinen Gewissens beteuern, dass die meisten von ihnen einseitig und unerwidert geblieben waren. Außer Enid und Layla und ein oder zwei andere ... drei oder vier andere ... Nein. Es war eine blöde Theorie, und er mochte nicht mehr darüber nachdenken.

* * *

Der abendliche Gebetsaufruf der Muezzins erstarb, und es dämmerte bereits, als sie den Pfad zum Schloss nahmen. Selim traf kurz darauf ein, während sie noch aus den Kutschen stiegen. Er sah blendend aus in seinen fließenden Gewändern und auf seinem Lieblingshengst; im rötlichen Schein der Hoflaternen bot er das Bild des romantischen Helden, und das wusste er offenbar auch. Evelyn machte ihm Komplimente, und Lia applaudierte. Selim strahlte.

»Du bist gut in der Zeit, Selim«, rief Ramses.

Selim schwang sich aus dem Sattel und warf die Zügel einem von Cyrus' Stallburschen zu. »Ich wäre besser noch früher oder etwas später gekommen. Jemand hat auf mich geschossen.«

Entsetzen und Bestürzung wurden laut, vor allem unter den Ankömmlingen. Nachdem er seine Sensation gehabt hatte, meinte Selim wegwerfend: »Ich bin nicht verletzt. Man hat mich nicht getroffen.«

»Vermutlich wieder diese dämlichen Jäger«, sagte Emerson unbeeindruckt. »Sie nutzen die Dämmerung, um Schakale zu schießen. Es sind mehr geworden als früher, Walter, und manch einem sollte man wirklich keine Waffe anvertrauen.«

»Gute Güte«, entrüstete sich sein Bruder. »Ist das nicht gefährlich?«

»Gefährlich nicht, aber lästig. Macht in der Abenddämmerung bloß keine einsamen Spaziergänge in der Nähe vom Tal oder vom Ramesseum.«

»Kommt rein, Leute«, rief Cyrus vom Haus her. »Willkommen! Schön, Sie alle wieder bei uns zu haben!«

Während Cyrus noch Hände schüttelte, nahm Selim Ramses beiseite.

»Man möchte die Frauen ja nicht erschrecken«, begann er im Flüsterton.

»Meine Mutter erschrecken?«

»Die Sitt Hakim fürchtet weder Tod noch Teufel«, versetzte Selim. »Trotzdem sollte man die Polizei über die Jäger informieren, Ramses. Sie werden immer rücksichtsloser.«

Er streckte die Arme aus, zog den Stoff seiner Robe glatt. Die Lichtverhältnisse waren schlecht, dennoch entdeckte Ramses mehrere Löcher. Sobald Selim seine Arme wieder senkte, legte sich das Gewand in weiche, dichte Falten. Eine Kugel. Aber diese hatte Selims Seite gefährlich nah passiert.

»Ich werde mit Vater reden«, versprach Ramses. »Und sei in Zukunft etwas vorsichtiger.«

Die Zusammenkunft war zwanglos; Cyrus, der Emersons Abneigung gegen Abendgarderobe berücksichtigt hatte, trug einen seiner saloppen weißen Leinenanzüge. Bertie ähnelte zunehmend mehr einem kleinen Poeten, mit einem um den Hals geschlungenen Schal und blauem Samtjackett nebst Denkermiene.

Cyrus' aufgeräumte Stimmung verschwand bald, und sein hageres Gesicht legte sich in kummervolle Falten. Wie von Ramses nicht anders erwartet, schritt seine Mutter energisch ein.

»Also, Cyrus, es wird höchste Zeit, dass Sie diese Sache aus der korrekten Perspektive sehen«, krittelte sie, schwungvoll ein Brötchen mit Butter bestreichend. »Sie ist doch wirklich nicht so dramatisch!«

»Nicht dramatisch!«, krächzte Cyrus. »Aber ich ...«

»Die Sammlung besteht aus hunderten von Objekten, Cyrus, darunter weitere Armbänder und Brustplatten. Nach einem einzigen Besuch kann sich Monsieur Lacau gar nicht mehr an jedes einzelne Stück erinnern. Sein Wort würde gegen unseres stehen.«

Sie klang so überzeugend, dass es für Augenblicke absolut einleuchtend schien. Emerson starrte seine Frau nur an. »Gütiger Himmel, Peabody, das kann nicht dein Ernst sein. Das wäre ja ... Hmmm.«

»Es wäre extrem schwierig und höchst unmoralisch«, versetzte Ramses, entrüstet über die verschlagene Miene seines Vaters. »Wir würden sämtliche Aufzeichnungen korrigieren müssen – es gibt Dutzende von akribisch dokumentierten Verweisen auf diese Stücke. Ihr Ruf würde ernsten Schaden nehmen, Cyrus, wenn man uns dabei erwischte. So wie es jetzt ist, haben Sie für Ägypten und die ganze Welt einen spektakulären Fund gesichert. Nicht einmal Lacau kann Sie für einen korrupten Mitarbeiter zur Rechenschaft ziehen. Dergleichen passiert doch ständig.« Dann setzte er hinzu: »Mutter hat einen ihrer kleinen Scherze gemacht. Nicht wahr, Mutter?«

Sie erwiderte seinen zurechtweisenden Blick mit einem scheinheiligen Lächeln. »Ein kleiner Scherz ist nie verkehrt. Du hast die Sachlage trefflich geschildert, mein Junge.«

»Meint ihr, Lacau wird es auch so sehen?« Cyrus wirkte eine Spur gelöster.

»Wenn nicht«, brummte Emerson, »werde ich seine Nase auf ein paar erschütternde Vorfälle in puncto Antikenverwaltung stoßen. Himmeldonnerwetter, dort sind die Lagerräume ausgeraubt worden, und was das Museum angeht ...«

»Ja, Vater, wir wissen, was du von dem Museum hältst«, warf Nefret ein.

Emerson war nicht zu bremsen. »Unsere Mumie«, tönte er. »Die, die wir in Tetischeris Grab gefunden haben. Sie haben sie verloren, wisst ihr. Einfach verloren!«

»Wir wissen es, Emerson«, sagte seine Gattin beschwichtigend. »Du hast ein hervorragendes Argument angebracht, das Monsieur Lacau bestimmt beeindrucken wird. Überdies ...« Sie knabberte genüsslich an einem Stück Tomate. »Überdies wird er erst in etlichen Wochen zurück sein. Vielleicht ergibt sich in der Zwischenzeit noch das eine oder andere!«

Nach dem Diner gingen sie nach oben, um die Ausstellung zu bewundern. Cyrus brauchte mehrere Minuten, um die Tür zu öffnen; er hatte zwei neue Schlösser anbringen lassen. Auf Ramses' forschenden Blick hin grinste Cyrus verlegen.

»Die Stalltür verriegeln, nachdem der Gaul bereits geklaut worden ist, ich weiß.«

»Stimmt nicht ganz, Sir. Martinelli hatte den Schlüssel zu dem anderen Schloss – und hat ihn vermutlich noch.«

»Wo immer dieser Hur... Hundesohn auch ist.«

»Wer hat die Ausstellung sonst noch gesehen?«

»Nicht so viele Leute, wie sie gern gesehen hätten«, erwiderte Cyrus, an seinem Spitzbart zupfend. »Sie wissen doch, wie es ist, wenn man etwas Außergewöhnliches findet. Eine Zeit lang bekam ich Anfragen von sämtlichen Touristen in Luxor, alle behaupteten, alte Freunde von mir oder von meinen alten Freunden oder von irgendeiner einflussreichen Person zu sein. Ich hab die meisten abgeschmettert. Bei einigen konnte ich nicht ablehnen, weil sie Empfehlungsschreiben von Lacau oder Kollegen wie Howard Carter hatten ... So sieht's aus, Leute. Sie glauben doch nicht, dass einer von ihnen seine Hand im Spiel hatte?«

»Ich wüsste nicht, wie«, räumte Ramses ein.

Eine Frage von Lia lenkte Cyrus ab, worauf Ramses sinnierte, warum er Cyrus eigentlich auf eventuelle Besucher angesprochen habe. Selbst wenn jemand der Versuchung erlegen wäre, hätte er (oder sie) es nicht leicht gehabt, sich im Beisein von Cyrus ein Objekt unter den Nagel zu reißen, und der Zeitpunkt sprach für Martinellis Schuld. Gleichwohl deutete das begrenzte Ausmaß des Diebstahls eher auf einen Anfall von Kleptomanie als auf die Arbeit eines professionellen Diebs, der Zugang zu der kompletten Sammlung und jede Menge Zeit gehabt hatte. Etliche der kleineren Objekte, darunter auch der übrige Schmuck, hätten sich mühelos transportieren lassen und nicht viel Platz beansprucht.

Aber wenn es ein dreister Amateur gewesen war, was war dann aus dem Italiener geworden?

Sichtlich stolz genoss Cyrus die Faszination seiner Gäste. Vielleicht war David der Einzige, der die Arbeit zu würdigen wusste, die in die Erhaltung der Stücke geflossen war. Er hatte bei der Räumung von Tetischeris Grab geholfen und viele der Artefakte restauriert. Walter inspizierte sämtliche Objekte, bevor er sich den Intarsien auf den Sarkophagen zuwandte.

»Die Standardinschriften«, sagte er zu Ramses. »Keine Papyri außer den Totenbüchern?«

»Nein, Sir, aber eine Menge Inschriftenmaterial aus dem Dorf selber – Tontäfelchen und Papyrusfragmente. Vor ein paar Wochen sind wir auf einen erstaunlichen Papyrusfund gestoßen –

man könnte fast meinen, es handelt sich um irgendeine Privatbibliothek, in einem Loch verscharrt und unter einem Nachkommen verborgen, der gewiss kein Leser war. Es scheint sich unter anderem um Teile eines medizinischen Werks und um mehrere literarische Texte zu handeln. Ich wollte mir die Zeit nehmen, daran zu arbeiten, aber ...«

Das hagere Gesicht seines Onkels verzog sich zu einem Grinsen. »Verstehe. Nun, mein Junge, vielleicht kann ich dir helfen. Ein medizinischer Text, sagst du?«

Emerson, der ein erstaunlich scharfes Gehör besaß, wenn man es am wenigsten brauchen konnte, trat zu ihnen. »Zum Teufel mit diesen Texten, die laufen euch nicht weg. Ich brauche euch beide bei den Grabungsarbeiten. Es sei denn, du hast alles vergessen, was ich dir über Exkavationstechniken vermittelt habe, Walter.«

»Es ist lange her«, lautete die leise Antwort.

»Das fällt dir schon wieder ein«, erklärte Emerson.

Bevor sie aufbrachen, hatte Emerson alles zu seiner Zufriedenheit geregelt. »Also dann sehen wir uns alle morgen Früh in Deir el-Medina, was?« Er wartete gar nicht erst auf ihre Antwort.

* * *

Vor Publikum vermeide ich, Emersons dogmatischen Anweisungen zu widersprechen. Es ist unhöflich, und obschon mir ein kurzer, hitziger Streit nichts ausmacht – Emerson offen gestanden auch nicht –, stört es einige Familienmitglieder. Allerdings sah ich nicht ein, warum er die Wünsche und Interessen seines Mitarbeiterstabes schnöde vom Tisch wischen sollte. Erst als ich das Gespräch zwischen Walter und Ramses mitangehört hatte, begriff ich, wie sehr mein Sohn darauf brannte, sich den entdeckten Papyri und Tonscherben zu widmen. Genau wie sein Onkel war er vornehmlich an der altägyptischen Sprache und Literatur interessiert. Sein übereifriger Ton, seine leuchtenden Augen waren die eines aufgeregten Jungen. Die Augen waren indes ein wenig eingesunken; er musste halbe Nächte über den Ostraka gesessen haben – und das nach den langen Exkavationstagen. Das konnte nicht gut sein für seine Gesundheit – oder für seine Ehe. Meine Mutterinstinkte sagten mir, dass ich mich falsch verhalten hatte. Ich hätte seinem Vater Paroli bieten müssen. Emerson kann eine Menge wegstecken.

Ich würde auch für Walter eintreten müssen. Und für Cyrus. In wenigen Wochen wären die meisten Objekte aus dem Grab ins Museum überführt. Es stand in den Sternen, wie sie den Transport und die Behandlung in Kairo überstehen würden. Jetzt war der richtige Zeitpunkt, um Kopien anzufertigen, schließlich konnten wir uns auf zwei ausgebildete Künstler verlassen.

Ich zweifelte nicht daran, dass Emerson beschlossen hatte, weitere und weitaus ernstere Fragen zu ignorieren. Monsieur Lacau hatte Martinellis Referenzen nicht angezweifelt, als Cyrus diesen eingestellt hatte. Jetzt, da er sich als ausgemachter Halunke erwiesen hatte, könnte Lacau sich natürlich erkundigen, warum wir einen Restaurator beschäftigt hatten, der der Antikenverwaltung nicht bekannt war. Sethos könnte jede Minute aufkreuzen, in irgendeiner Maskerade, und uns auf die Nerven gehen. Dann war da noch Ramses' sonderbare Begegnung. Ich hatte eine kleine Theorie formuliert, die ich gelegentlich überprüfen wollte.

Ich griff einige dieser Probleme auf, nachdem Emerson und ich uns zur Nacht zurückgezogen hatten. Er tat eins nach dem anderen als unwichtig ab, doch ich entkräftete jedes seiner Argumente. Wir plusterten uns auf wie zwei Kampfhähne und keiften uns an. Emerson brüllte, weil er die Geduld verlor, ich dagegen hob die Stimme, um Gehör zu finden.

»Wie erklärst du dir denn die verschleierte Lady?«, forschte ich.

»Zum Henker, ich sehe nicht ein, warum ich das überhaupt tun sollte!«

»Ist es dir völlig egal, wenn das Leben deines Sohnes bedroht wird?«

Ich wusste, das hatte gesessen. Die Zornesröte wich aus seinem Gesicht. »Peabody«, japste er verzweifelt, »soweit ich über diese Begegnung informiert bin, hat sie Ramses mit nichts anderem bedroht als ... na ja ... äh-hm ... Vielleicht sollte es ein Scherz sein.«

»Ein Scherz? Also wirklich, Emerson!«

»Das Wort ist schlecht gewählt«, räumte Emerson ein, an seinem Kinngrübchen herumfingernd. »Hölle und Verdammnis, Peabody, du weißt, was ich meine. Sethos hat es neulich Abend angedeutet. Die eine oder andere Verrückte hat ein Auge auf Ramses geworfen. Ägypten ist voll davon«, fuhr er unbekümmert fort. »Verfechter mystischer Religionen, der Reinkarnation, altägyptischer Weissagungen und solchem Mist. Über die Jahre hinweg haben wir eine ganze Reihe von diesen Irren kennen gelernt.«

Das hatten wir, unter anderem Madame Berengeria, die beteuerte, in mehreren früheren Leben mit Emerson verheiratet gewesen zu sein, und die arme verwirrte Miss Murgatroyd, eine Theosophin und Reinkarnationsgläubige. Wenn Emerson Recht behielt, musste die Dame gar nicht zu unseren früheren Bekannten zählen.

»Gib's zu, Peabody, es ist die plausibelste Erklärung«, fuhr Emerson fort. »Unwahrscheinlich, dass sie uns nach Luxor gefolgt ist, und Ramses würde auch nicht wieder in eine ähnlich geartete Falle tappen. Ich werde wie üblich ein Auge auf den Jungen haben. Warum zum Teufel lässt du mich nicht einfach meine Arbeit fortsetzen?«

»Gestehst du den anderen denn auch zu, das zu machen, was sie interessiert? Walter ist Philologe und kein Exkavator; Ramses brennt darauf, diese Ostraka zu inspizieren. Evelyn und David ...«

»Können jedes verdammte Artefakt in Cyrus' Sammlung abzeichnen, wenn du das meinst. Ich weiß nicht, wieso ich mich ständig mit dir streite«, grummelte Emerson. Er zog sich aus und verstreute seine Sachen im Zimmer. »Du gewinnst sowieso immer.«

»Mein Schatz, das ist keine Frage von Sieg oder Niederlage.« Ich setzte mich vor den Toilettentisch, zog die Nadeln aus meinem Haar und schüttelte es aus. »Wir sind uns immer einig, oder etwa nicht? Ich bin, wie du mir schon des Öfteren erklärt hast, dein zweites Ich – die Stimme deines Gewissens und das Zünglein an der Waage.«

Emerson trat hinter mich und spielte mit meinem gelösten Haar. »Du meinst, meine bessere Hälfte. Nun, mein Schatz, da magst du Recht haben. Du hast mich noch nicht völlig überzeugt, aber wenn du dich ein bisschen anstrengst ...«

Das tat ich mit dem größten Vergnügen. Emersons Temperamentsausbrüche bekommen ihm sehr gut.

Ich hatte alles durchdacht, und als wir uns zum Frühstück einfanden, erklärte ich sämtlichen Beteiligten die jeweiligen Aufgaben. Die Gegenwart aller vier Kinder und beider Katzen sorgte für eine gewisse Hektik, doch ich bewahrte Ruhe. »Cyrus erwartet dich im Schloss, Evelyn«, sagte ich, Davy das gekochte Ei hinschiebend, das er mir unterjubeln wollte. »Ich glaube, er möchte, dass du mit den Stickereien auf dem Gewand anfängst. Geht das? Gut. Ich – pardon – Emerson und ich haben ihm Davids Unterstützung während der Nachmittagsstunden angeboten, Davids Einverständnis natürlich vorausgesetzt ...? Hervorragend. Walter, du möchtest dir sicher das Grabungsgebiet anschauen, aber wäre es nicht ratsam, wenn du dich zunächst etwas akklimatisieren würdest? Wenn du dich körperlich fit fühlst, kannst du nach dem Mittagessen an dem Inschriftenmaterial arbeiten. Ramses wird dir zeigen, wie weit er gekommen ist, nicht wahr, mein Junge? Aber Lia, Schätzchen, die Große Katze des Re kratzt nur, wenn sie sich bedroht fühlt. Evvie scheint sie arg zu bedrängen. Vielleicht solltest du besser ... Vielen Dank.

Ich finde«, fuhr ich fort, als die Eltern und Fatima die Kleinen unter den diversen Möbelstücken hervorzerrten, »dass die Kinder, besondere Gelegenheiten einmal ausgenommen, ab jetzt unter sich frühstücken sollten. Wir sind spät dran.«

Das war ein wenig unfair gegenüber Dolly, der sich untadelig benahm. Trotzdem war ich mir sicher, dass er lieber mit den anderen Kindern zusammen war.

Ich glaube, ich darf von uns behaupten, dass wir eine gute Figur zu Pferd machten. Die Nachzuchten der beiden prächtigen Araber, die Ramses und David vor Jahren geschenkt bekommen hatten, waren schöne Tiere. Ramses lenkte seinen gewaltigen

Hengst mit spielerischer Eleganz, und auch Nefret schien im Sattel zu Hause. Walter hielt sich besser als von mir vermutet; als ich ihn darauf ansprach, verriet er mir, dass er zur Vorbereitung auf die Reise jeden Tag ausgeritten sei.

»Aber«, setzte er etwas wehmütig hinzu, »die Jahre haben ihren Tribut gefordert, liebste Amelia. Es ist lange her, dass ich so gut war wie diese beiden jungen Burschen.«

Ich widersprach ihm nicht, hätte er ihnen doch nie das Wasser reichen können. Sie ritten wie die Araber, wesentlich sportlicher als unser steifer englischer Stil.

Als wir den engen Durchlass passierten, der von Norden her ins Tal führt, vorbei an den Mauern des ptolemäischen Tempels, erstrahlte die Sonne über den östlichen Anhöhen. Selbst im hellen Morgenlicht hatte das enge Tal etwas Bedrückendes, jedenfalls für mich. Abgeschieden und eingefriedet von felsigen Schluchten und Senken, war es eine Monotonie in gräulichem Kalksandstein, ohne einen Tropfen Wasser oder einen grünen Tupfer. Überdies war es unheimlich still. Die Stimmen der Besucher hallten entsetzlich wider.

Vermutlich hatte es auf die frühen Bewohner nicht so gewirkt, als die Häuser intakt gewesen waren und die Straßen voller geschäftiger, lärmender Menschen. Obschon eng zusammenstehend, waren die Hütten recht komfortabel für ihre Ära; der Grundriss sah mehrere Räume vor, mit Flur und Küche, zuweilen auch einen Vorratskeller. Fenster waren eher selten, dafür diente das Flachdach als luftiger Rückzugsort. Es gibt nur wenige antike ägyptische Dörfer, und wir hätten uns glücklich schätzen sollen, dass wir den Firman für besagtes Terrain bekommen hatten. Man muss es Emerson hoch anrechnen, dass er mit der gewohnten Energie und Umsicht ans Werk ging, denn im Grunde seines Herzens sehnte er sich nach Tempeln und Grüften. Ich freilich auch. Hätte sein aufbrausendes Naturell nicht zu einem Zerwürfnis mit Monsieur Maspero geführt ...

Aber nein, sagte ich mir und übte einmal mehr Nachsicht mit Emerson; es war nicht allein seine Schuld. Die meisten interessanten Grabungsstätten in Theben waren anderen Expeditionen zugesprochen worden, und es war höchst unwahrscheinlich, dass

Lord Carnarvon seine Konzession für das Tal der Könige aufgeben würde. Er war ein großzügiger Gentleman, doch meine Andeutungen hatten nichts bewirken können.

Es war offensichtlich, dass Emerson meinen kleinen Vortrag vom Vorabend völlig verdrängt hatte. Statt den anderen Zeit für ihre eigenen Aktivitäten einzuräumen, stellte er eine zweite Mannschaft zusammen, die außerhalb des eigentlichen Dorfes arbeiten sollte. Etwas betreten zog Walter mit Selim ab, um entlang der Dorfstraße zu graben. Emerson führte uns andere unter fortwährendem Dozieren in Richtung Tempel.

Der ptolemäische Tempel war von einer Umfassungsmauer aus Nilschlammziegeln umgeben. Dieses häufig verwendete Baumaterial ist bemerkenswert resistent gegen den Zahn der Zeit; an manchen Stellen waren die Mauern immer noch fast sechs Meter hoch. Sie umschlossen nicht nur den späteren Tempel, der recht gut erhalten war, sondern auch die Ruinen früherer, von den Dorfbewohnern errichteter Opferschreine. Überreste solcher Baustrukturen befanden sich auch außerhalb der Mauern, im Norden und Westen. Etliche unserer inkompetenten Vorläufer hatten willkürlich tiefe Krater gegraben und dabei hübsche kleine Votivstelen und andere Objekte gefunden. Emerson beabsichtigte, das gesamte Gebiet methodisch zu erschließen – selbst für meinen Göttergatten eine Herausforderung.

»Was für ein Durcheinander«, murmelte Lia, ihre Augen auf den Boden geheftet.

»Korrekt«, sagte Emerson. Er rollte die Ärmel hoch. »Wir werden das Ganze in quadratmetergroße Sektionen aufteilen, beginnend ... hier. Ramses und David, helft mir, die Markierungen zu setzen.«

Während der Wochen, in denen wir die Artefakte aus dem Grab entfernt hatten, waren wir von Besucherscharen überrollt worden, die alle einen Blick auf den Schatz werfen wollten. Die Unverfrorenheit mancher Menschen erstaunt mich doch immer wieder; einige hatten es mit Bestechung probiert, andere hatten sich an unseren Wachleuten vorbeigeschmuggelt und versucht, die Abdeckungen herunterzureißen, die die fragileren Objekte schützten. Emerson war in seiner brüsken Art mit ihnen fertig geworden. Jetzt, da es nichts weiter zu sehen gab als eine Gruppe staubbedeckter Leute bei der Grabungstätigkeit, hatte sich der Andrang gelegt. Gleichwohl nahmen einige Touristen diesen Weg, weil der Tempel im Baedeker erwähnt wird. Ich nahm nicht an, dass sie uns sonderlich Ärger machen würden; die Schutthaufen waren kaum sehenswert und die Dragomans, die die Gruppen herumführten, wussten, dass man Emerson besser aus dem Weg ging.

Trotzdem hielt ich aufmerksam Ausschau, deshalb entdeckte ich als Erste die etwas bizarre Gruppe. Sie waren zu viert, einmal abgesehen von diversen Eseltreibern und einem Dragoman. Eine der Frauen stützte sich schwer auf Letzteren. Ihre Schultern waren eingesunken, schlohweiß die vereinzelten Haare, die unter ihrem mantilleartigen Schleier hervorblitzten. Auf der anderen Seite wurde sie von einer jüngeren, wenn auch nicht mehr ganz jungen Frau gestützt. Deren dunkles Haar war von grauen Fäden durchzogen, das Gesicht von Linien gezeichnet. Sie half der älteren Dame auf einen Felsbrocken und fächelte ihr Luft zu.

Allerdings waren es die beiden anderen, auf die sich mein Augenmerk richtete. Dieses Paar vergaß man so leicht nicht. Emerson hatte sie ebenfalls bemerkt. Er straffte sich und starrte dorthin.

Der Junge, der sich als Justin Fitzroyce vorgestellt hatte, entdeckte uns. Strahlend kam er auf mich zu, etwas ungelenk wegen des steinigen Terrains, dicht gefolgt von seinem ungehobelten Beschützer.

»Es sind meine Freunde, die Emersons«, rief der Junge. »Sind Sie Archäologen? Was machen Sie hier? Wo ist die hübsche Dame?«

Emerson hatte den Mund geöffnet. Jetzt schloss er ihn wieder und spähte hilflos zu mir. Unmöglich, schroff zu dem jungen Burschen zu sein, dessen Gesicht vor grenzenloser Gutmütigkeit strahlte.

»Guten Morgen, Mr. Justin«, sagte ich. »Wie ich sehe, sind Sie noch immer in Luxor.«

»Ja, uns gefällt es hier. Ich habe alle Gräber und einige der Tempel im Tal der Könige besichtigt. Aber es gibt noch so viel anderes zu sehen.« Er entdeckte Nefret und rief: »Da ist sie. Ich erinnere mich an ihren Namen – auch eine Mrs. Emerson. Es gibt zwei Mrs. Emersons.«

»Drei, um genau zu sein«, räumte Nefret lächelnd ein. »Sie haben die dritte noch nicht kennen gelernt. Sind Sie und François allein hergekommen?«

Die finstere Miene seines Begleiters schob sich wie eine Gewitterwolke neben das strahlende Gesicht des Jungen.

»Ich kann auf den jungen Herrn aufpassen«, brummte er.

»Aber wir sind nicht allein gekommen.« Justin drehte sich um und deutete auf die beiden Frauen. »Das ist meine Großmama. Seit unserer Ankunft geht es ihr gesundheitlich schon viel besser. Aber dies ist ihre erste Exkursion, und sie darf sich nicht überanstrengen.«

»Wer ist die andere Dame?«, wollte ich wissen.

»Sie ist keine Dame«, sagte Justin rundheraus. »Das ist Miss Underhill.«

»Die Begleiterin Ihrer Großmutter?«

Justin nickte. »Ich werde sie bitten, zum Hotel zurückzukehren. Ich bleibe bei Ihnen.«

»Lassen Sie mich mit Ihrer Großmutter reden«, sagte ich, mit Emersons Protest rechnend. Bestimmt würde die alte Dame seinen Plan nicht gutheißen.

Sie blieb sitzen, ihre Schultern gekrümmt und ihr Kopf gesenkt, als ich mich und Nefret vorstellte. Zunächst kam keine Reaktion. Dann antwortete sie, ihre zittrige Fistelstimme vom Alter gezeichnet: »Mein Name ist Fitzroyce. Ich hoffe, Sie verzeihen, wenn ich mich so rasch wieder verabschiede. Es war sehr interessant, aber in meinem Alter erschöpft einen schon die kleinste Anstrengung.«

»Selbstverständlich«, erwiderte ich. »Können wir Ihnen irgendwie behilflich sein?«

»Danke, nein.« Sie presste ein Taschentuch auf ihre Lippen.

»Ich helfe der Dame«, erbot sich der Dragoman.

Ich kannte den Burschen; er gehörte zu den verlässlicheren

Fremdenführern in Luxor. Mrs. Fitzroyce schien entsprechendes Personal mitzuführen; ihre Begleiterin war ein paar Schritte zurückgeblieben und verharrte im Schatten einer Säule, ihre Haltung devot wie die einer Bediensteten. Sie trug die entsprechende Kleidung für diese Rolle, unauffällig und schlecht sitzend. Abgelegte Stücke von ihrer Chefin?, überlegte ich. Keine selbstbewusste Frau würde sich eine Kopfbedeckung wie diese zumuten: ein alter Strohhut mit ausgeblichenen Bändern, die unter dem Kinn gebunden wurden. Der zerschlissene Schleier war an mehreren Stellen zerrissen.

»Ich bleibe hier«, verkündete Justin. »Ich möchte mir den Tempel der Hathor ansehen und meinen Freunden bei der Exkavation helfen.«

Ich begann: »Tut mir Leid, aber ...«

Ein gackerndes Lachen der Alten unterbrach mich. »Sie möchten wohl nicht, dass er Sie stört, Mrs. Emerson? Du hast die Dame gehört, Justin. Komm mit mir.«

Trotz des schrillen Tonfalls sprach Autorität aus der betagten Stimme. Justin schmollte, wie das Kind, das er geistig, vielleicht sogar körperlich noch war. Sein Alter hätte ich auf etwa vierzehn geschätzt. Seine geistige Reife ließ sich nicht so leicht bestimmen. Seine Wortwahl und Gesprächsführung waren bisweilen recht kultiviert. Dafür schienen mir sein soziales und emotionales Gebaren nicht ganz normal zu sein. Sein Verhalten war recht gewinnend, und es tat mir Leid, ihn enttäuschen zu müssen; dennoch lehnte ich die Übernahme der Verantwortung für den Jungen ab.

»Na gut«, meinte Justin gedehnt. »Dann komme ich ein anderes Mal wieder. Wo wohnen Sie überhaupt?«

»Das wäre nett.« Geschickt wich Nefret seiner Frage aus. »Aber jetzt müssen wir wieder an die Arbeit. Auf Wiedersehen.«

Es dauerte eine Weile bis zu ihrem Aufbruch; immer wenn ich von meiner Arbeit aufblickte, erhaschte ich einen Blick auf Justins hellen Schopf und sein störrisches Kopfschütteln, und ich hörte seinen Aufpasser, der mit Engelszungen auf ihn einredete, endlich mitzukommen. Dann sah ich sie nicht mehr. Da war es fast Mittag, und ich erinnerte Emerson daran, dass er versprochen habe, Walter für den Nachmittag nach Hause zu schicken. Ein Blick auf seinen Bruder erstickte jeden Widerspruch, den mein Gemahl vielleicht eingelegt hätte; mein Schwager hatte sich weder beklagt noch seine Arbeit vernachlässigt, gleichwohl stand er kurz vor einem Sonnenstich mit anschließendem Zusammenbruch. Emerson beschwerte sich nicht einmal, als ich Ramses gleich mitschickte. Wir anderen zogen uns unter das kleine Schutzdach zurück, das ich im Schatten der Tempelmauern errichtet hatte, und öffneten unsere Picknickkörbe.

Die meisten Touristen hatten sich in Cook's Rasthaus oder in ihre Hotels zurückgezogen. Eine wohltuende Stille legte sich über das Tal – Stille, mit Ausnahme von Emersons dozierender Stimme. Ich ließ ihn reden, da sein Redefluss schwerlich zu stoppen gewesen wäre. Ich war ein wenig besorgt um Lia, aber sie hatte sich gut gehalten. David war wie immer, forsch, flink und fleißig. Sobald er ein paar Sandwiches hinuntergeschlungen hatte, sprang er auf und erklärte, er wolle sich einige der Reliefs im ptolemäischen Tempel genauer ansehen.

»Sieh sie dir ruhig alle an, aber tu nicht allzu interessiert«, riet Emerson. »Vandergelt plant, sämtliche Grabgemälde kopieren zu lassen. Die Gruft von Sennutem ...«

Er brach ab. Sein Blick war auf den Hügel fixiert, wo die Trümmer winziger Ziegelpyramiden und kleiner Kapellen den Dorffriedhof markierten. Langsam und überlegt schob er sein angeknabbertes Hühnerbein auf den Teller zurück und stand auf.

»Was ist denn?«, forschte ich. »Was hast du ...«

Doch da war Emerson bereits über das Geröllfeld in Richtung Hügel geprescht. Ein laut geschmettertes »Hölle und Verdammnis« war seine einzige Reaktion auf meine Frage. Als ich aufsah, begriff ich seine überstürzte Handlung. Hoch oben waren zwei Gestalten, die sich vorsichtig über einen der steil abfallenden Pfade bewegten. Genau wie Emerson erkannte ich das braune Tweedjackett und Justins jungenhafte Figur, gefolgt von seinem bulligen Leibwächter.

»Gütiger Himmel«, entfuhr es Nefret. »Ist das Justin? Er sollte nicht dort oben herumstromern.«

»Emerson ist ganz deiner Meinung und reagiert wie üblich prompt«, erwiderte ich. »Ich folge ihm besser, für den Fall, dass der beschwichtigende Einfluss einer Frau erforderlich wird. Ihr anderen bleibt hier.«

Nefret hatte sich halb erhoben. Sie nickte zustimmend, ihre Stirn sorgenvoll gekraust. »Sei vorsichtig, Mutter.«

Ich war mir sicher, dass mein beschwichtigender Einfluss erforderlich werden würde – nicht, weil ich diesbezüglich eine Vorahnung hatte, sondern weil ich um den cholerischen Charakter meines Gatten wusste. Ich würde ihn nicht mehr einholen können, obschon ich ihm waghalsig schnell folgte und dabei leise gemurmelte Verwünschungen ausstieß. War der Junge seiner Großmutter entwischt oder hatte er sie überreden können, ohne ihn aufzubrechen? Normalerweise hätte ich mir keine Sorgen gemacht, denn ein junger gesunder Mensch vermochte den zwar streckenweise steilen Pfad mühelos zu bewältigen. Ein Stolpern und Ausgleiten barg aber ernste Verletzungsgefahren, und ich bezweifelte, dass François rasch und kompetent handeln könnte, wenn Justin einen seiner Anfälle bekäme. Keinem von beiden war solches Gelände vertraut.

Ich war an der unteren Biegung, als Emerson die beiden erreichte. Seine Stimme klang wie Donnergrollen. »Was zum Teufel muten Sie dem Jungen da eigentlich zu? Kommen Sie mit mir, Justin.«

Ich hätte Emerson auf den Kopf zusagen können, dass dies der falsche Ansatz war. Emerson verschlimmerte das Ganze noch, indem er den Halbwüchsigen packte. Sein Griff war den Umständen entsprechend fest, aber nicht so schmerzhaft, dass er Justins Reaktion erklärt hätte. Der stieß einen schrillen Schrei aus, wand und wehrte sich, um freizukommen.

Ich bezweifle, dass ich den Zwischenfall mit gutem Zureden hätte verhindern können; außerdem war ich zu sehr aus der Puste, um mich lautstark einzuschalten. Ich war noch ungefähr drei Meter entfernt, als François Justin bei den Schultern fasste und an ihm zerrte. Emerson hielt inne. Der Kopf des Jungen schnellte vor und zurück und sein Tropenhelm fiel zu Boden. Er schrie und kämpfte weiterhin. François ließ von ihm ab und ging Emerson an die Gurgel. Mit ihren ineinander verkeilten Gliedmaßen erinnerten mich die drei an die Laokoongruppe. Emerson entwand sich ihm, weil er, wie er später erklärte, erkannte, dass der Kampf womöglich noch den Jungen verletzt hätte; doch als er zurückwich, fiel er der Länge nach hin und rollte über den steilen Abhang geradewegs in einen Schutthaufen.

Alarmiert rannten die anderen aus unserer Gruppe zum Fuß des Hügels, allen voran Selim. Ein rascher Blick dokumentierte mir, dass Emerson sich wieder aufrappelte, trotz allseitiger Bemühungen, ihn davon abzuhalten. Ein Schwall ohrenbetäubender Flüche und Verwünschungen bewies mir, dass zumindest seine Stimmgewalt nicht gelitten hatte. Ich hätte ihm liebend gern beigestanden, wollte den Jungen aber nicht verlassen. Justin hatte seinen Anfall inzwischen überstanden und klopfte sich seelenruhig den Staub von der Jacke. Er lächelte mich verwirrt an.

»Was ist mit Mr. Emerson passiert?«, fragte er arglos.

»Er ist gestürzt«, erwiderte ich. »Ich denke, Ihr Begleiter hat ihn zu Fall gebracht.«

»Schande über dich, François«, empörte sich Justin. »Das hättest du nicht tun dürfen. Es war falsch von dir.«

»Er hat dir wehgetan«, murmelte der Bursche.

»Hat er das? Bestimmt nicht; er scheint mir ein sehr fürsorglicher Mensch. Ich hoffe, er ist nicht verletzt.«

»Ich auch«, zischte ich mit einem langen, strafenden Blick auf François.

Der ungeschlachte François wirkte gewiss nicht wie ein Unschuldslamm, dennoch schien er irgendwie reumütig. »Es war ein Unfall«, murmelte er. »Ich wollte ihn nicht verletzen. Aber niemand fasst mir den jungen Herrn an!«

»Ich werde ihn jetzt anfassen«, sagte ich fest. »Nehmen Sie meine Hand, und wir werden gemeinsam hinuntergehen. Bleiben Sie ein Stück zurück, François, wir wollen doch keinen weiteren Unfall, oder?«

Der Junge fasste vertrauensvoll meine Hand und ließ sich von mir auf den Pfad führen. Er war größer als ich, aber schlanker.

Der kurze, heftige Anfall war vergessen; sein Gesicht wirkte wieder ganz unverkrampft.

»Sie hätten dort nicht hinaufgehen sollen, Justin«, tadelte ich.

»Ich wollte mir die Gräber anschauen.«

»Das wäre noch gefährlicher gewesen als der Pfad. Einige Stollen sind offen; ein Sturz kann zu ernsten Verletzungen führen. Versprechen Sie mir, dass Sie nicht mehr dorthin gehen.«

»Kann ich mir denn den Tempel ansehen? Es ist ein Hathor-Tempel. Sie ist eine wunderschöne Göttin, genau wie die andere Mrs. Emerson. Kommt sie gelegentlich her?«

Gelinde entsetzt schwante mir, dass er nicht von Nefret sprach.

»Nein, ich glaube nicht, Justin.«

»Der Dragoman hat aber gesagt, dass sie herkommt. An Vollmondnächten. Er hat sie schon gesehen, und etliche seiner Freunde auch.«

Ich nahm mir fest vor, ein Wörtchen mit besagtem Burschen zu reden. Es stand ihm wahrlich nicht zu, dem Jungen solche Flausen in den Kopf zu setzen. Vermutlich sollte ich auch mit Mrs. Fitzroyce sprechen. Wie konnte sie ihren halbwüchsigen Enkel einem Raubein wie François anvertrauen? Zweifellos wachte er über den Jungen, sein Urteilsvermögen hingegen ließ einiges zu wünschen übrig. In gewisser Weise war er ebenso unzurechnungsfähig wie Justin.

Emerson stakste auf uns zu. Aus Angst, dass er den Kampf erneut eröffnen könnte, stellte ich mich zwischen ihn und François.

»Wie du aussiehst«, seufzte ich. »Wieder ein Hemd ... und diesmal ist es nicht nur das Hemd, du hast dir auch noch die Hose zerfetzt!«

»Besser meine Hose als mein Kopf«, grummelte Emerson. »Wie du siehst, mein Schatz, bin ich relativ unversehrt. Alles in Ordnung mit dem Jungen?«

Justin schrak zurück. »Er blutet ja. Ich kann kein Blut sehen!«

Besorgt, dass der Junge einen weiteren Anfall erleiden könnte, zwang ich mich zu einem Lächeln.

»Er ist nicht schlimm verletzt, Justin.«

»Kein bisschen«, bekräftigte Emerson launig. »Der Trick bei

einem solchen Sturz ist, den Kopf zu schützen und sich rollen zu lassen, statt ...«

»Wir brauchen keinen Vortrag über Selbstverteidigungstechniken, Emerson«, fiel ich ihm ins Wort. »Komm in den Schatten und lass Nefret die Schürfwunden desinfizieren. Justin, Sie kehren umgehend ins Hotel zurück. Haben Sie ein Transportmittel?«

Ich richtete die Frage an François, doch Justin antwortete mir. »Auf uns warten Pferde. Ich reite sehr gut. Aber ich möchte noch nicht gehen. Ich möchte bei der hübschen Mrs. Emerson bleiben.«

»Nein, keine Widerrede. François ...«

»Sehr wohl, Madame. Wir werden jetzt aufbrechen. Verzeihen Sie ...«

»Mmmh«, meinte Emerson mit einem durchdringenden Blick in seine Richtung. »Sie können von Glück reden, dass Sie Ihre Tricks nicht an einem weniger – äh – athletischen Menschen versucht haben.«

»Es ist meine Aufgabe, den jungen Herrn zu beschützen«, murmelte François betreten.

»Trotzdem, wenn Sie irgendjemanden verletzen, wird man Sie entlassen und womöglich einbuchten«, erklärte Emerson. »Mein Wort darauf. Beherrschen Sie sich, denn das tue ich auch. Wäre der Junge nicht hier, würde ich Ihnen eine Lektion erteilen, die sich gewaschen hat.«

Emerson kontrollierte sich wirklich recht gut, trotzdem hätte er sich Letzteres verkneifen sollen. Es war provozierend und wurde auch so aufgefasst. François' Narbengesicht zuckte, und er sah Emerson feindselig an.

»Gehen Sie jetzt«, sagte ich scharf.

Ich schickte David mit, um ihnen bei den Pferden zu helfen. Bei seiner Rückkehr berichtete er, dass sie aufgebrochen seien und dass Justin nicht gelogen habe. »Er reitet wirklich gut. Und er hat hervorragende Manieren. Er hat mir höflich gedankt. Wie habt ihr denn ein so sonderbares Gespann kennen gelernt?«

Emerson, der schmerzhaft zusammenzuckte, weil Nefret einige tiefere Hautabschürfungen an Armen und Knien zu verbinden versuchte, zischte: »Sie gabelt doch ständig irgendwelche schrägen Vögel oder unglücklich Verliebte auf.«

»Dieses Mal war es Ramses«, verteidigte ich mich. »Der arme Junge hatte mitten in Luxor einen Anfall, und Ramses hat François' Bemühen, ihm zu helfen, missgedeutet. Justin ist zu jung für einen Verliebten, ob nun unglücklich oder sonst was.«

»Ich verstehe ja nicht viel davon«, gab Lia zu bedenken. »Aber er hat Nefret kaum aus den Augen gelassen. Jungen seines Alters entwickeln zuweilen heftige Schwärmereien.«

»Aber nicht dieser Junge«, versetzte ich. »Er hält Nefret für eine Göttin – Hathor womöglich. Der Arme scheint sich in seinen verwirrten Kopf gesetzt zu haben, dass sie hier in ihrem Tempel auftaucht.«

Selim, der auf weitere Instruktionen wartete, sah auf. »Da ist er nicht der Einzige, Sitt Hakim. Zwei Männer in Kurna wollen eine weiße Dame gesehen haben, die verschleiert und mit einer goldenen Krone vor dem Tempel stand.«

Die Beschreibung kam mir unangenehm bekannt vor. »Wieso hast du uns das nicht eher erzählt, Selim?«, erkundigte ich mich.

Selim zuckte mit den Achseln. »Solche Geschichten sind doch nichts Neues und vor allem unter den abergläubischen Dorfbewohnern weit verbreitet. Die Männer waren nachts hier, um auf Beutezug zu gehen; mag sein, dass sie eine Sternschnuppe oder einen Schatten gesehen haben und sich wichtig machen wollten mit irgendwelchen Fantastereien ...«

Seine Augen schweiften von meiner nachdenklichen Miene zu der Emersons und weiteten sich schlagartig. »Denkt ihr etwa an die Frau in Kairo? Bestimmt ist das reiner Zufall. Zumal es eine Vision, ein Hirngespinst, eine Lüge war.«

»Mein Großvater würde sagen, dass die alten Gottheiten weiterhin an ihren heiligen Stätten verweilen, jedenfalls für die, die sie sehen wollen«, warf David ein. »Es wäre ein gutes Thema für eines meiner romantischen Gemälde: die Tempelruinen bei Nacht, schemenhaft in der Dunkelheit, und zwischen den Pylonen, von Licht umflutet, die verschleierte und gekrönte Göttin ...«

»Verdammt unwahrscheinlich, dass eine der alten Gottheiten in Kairo herumgeistert«, entrüstete ich mich. »Du hast Recht, Selim, es ist lediglich Zufall.«

»Werdet ihr Ramses das mit Hathor erzählen?«, fragte Nefret.

»Wenn es sich ergibt«, erwiderte ich verwundert. »Wieso nicht?«

»Weil er sich dann bestimmt selbst ein Bild machen will. Was, wenn ...«

»Unfug«, schimpfte ich. »Du bist realistisch genug, um den Gedanken nicht weiterzuspinnen. Sind alle gesättigt?«

»Zurück an die Arbeit.« Emerson sprang auf. »Die kleine Episode hat uns über eine Stunde gekostet.«

»Gute Güte, ja.« Ich sah auf meine Armbanduhr. »Du machst dich besser auf den Weg, David.«

»Wohin?«, entrüstete sich Emerson. »Ich brauche ihn, um ...«

»Ich habe Cyrus zugesagt, dass er David nachmittags haben kann. Wir sehen uns zum Tee, David.«

Emerson schob sein Kinn vor. »Und du solltest dich umziehen, Emerson«, fuhr ich fort. »Du siehst noch indiskutabler aus als sonst!«

»Ich werde mich nicht in irgendeiner Pseudo-Archäologenkluft von diesen unsäglichen Touristen angaffen lassen.«

David brach auf, und Nefret erbot sich, mir beim Durchsieben des ständig wachsenden Geröllhaufens zu helfen. Sie wirkte etwas grüblerisch. Nach längerem Schweigen ergriff sie schließlich das Wort.

»Dieser Bursche François scheint mir nicht der richtige Umgang für einen Jungen wie Justin. Sollen wir einmal mit seiner Großmutter reden?«

»Emerson würde uns beide für aufdringliche Besserwisser halten.«

»Das hat dich noch nie daran gehindert, dich einzumischen.«

»Gewiss nicht. Ich bin für mein Handeln selbst verantwortlich. Der Gedanke ist mir übrigens auch schon gekommen«, gestand ich, während ich eine kleine Tonscherbe aus dem Sieb fischte und beiseite legte. »Aber vielleicht schadet es mehr, als dass es nutzt. Alte Menschen sind sehr festgefahren und empfindlich gegenüber Kritik. Überdies wissen wir nicht, was dem Jungen eigentlich fehlt. Er verkörpert eine seltsame Mischung von Naivität und Lebenstüchtigkeit, geistig klaren Phasen folgen Bewusstseinsstörungen.«

Nefret sank auf ihre Fersen zurück und wischte sich die verschwitzte Stirn. »Seine Symptome sind teilweise charakteristisch für hochgradig Geistesgestörte. Die meisten Epileptiker verfügen allerdings über eine normale bis überdurchschnittliche Intelligenz. Er wirkt kindlich für sein Alter. Natürlich bin ich keine Expertin für Geisteskrankheiten. Ich hatte mir immer vorgenommen, dieses Fach zu studieren.«

»Neben Chirurgie und Frauenheilkunde? Mein liebes Mädchen, du hast genug zu tun – mit Mann und Kindern, dem Hospital –, ganz zu schweigen von Emerson, der dich jeden Tag mitschleift.«

Sie überging mein verständnisvolles Lächeln. »Ich habe fast zwei Jahre lang nicht mehr im Hospital gearbeitet, Mutter. Es ist in guten Händen, aber gelegentlich vermisse ich es. Was die Praxis angeht, ich wollte hier in Luxor ... du weißt ja, was damit ist.«

»Du hast deine medizinische Ausrüstung und genug Platz für Praxis- und Operationsräume«, erwiderte ich. »Nachdem die Kinder jetzt älter sind, kannst du doch deine Pläne wieder aufnehmen.«

»Mein Wissen ist ziemlich angestaubt. Wie einige meiner chirurgischen Instrumente! Ich habe lediglich bei einigen schwierigeren Geburten assistiert und hier und da einen Knochenbruch behandelt.«

»Umso mehr Grund, dein Wissen aufzufrischen. Davon hatte ich keine Ahnung, Nefret. Du hättest dich mir anvertrauen sollen. Ich sorge umgehend dafür, dass die Räumlichkeiten vorbereitet werden.«

Ihre Stirn glättete sich, und sie kicherte melodisch. »Mutter, du bist unverbesserlich. Ich wollte mich doch gar nicht beschweren. Bitte mach dir keine Mühe. Du hast mit dem Rest der Familie schon genug zu tun!«

»Verglichen mit Emersons Querelen wird es mir ein Vergnügen sein«, versicherte ich ihr.

* * *

Ich weiß mir nicht zu erklären, wie ich die Signale übersehen konnte. Da ich Ausreden verabscheue, will ich erst gar nicht erwähnen, dass ich intensiv mit den Vorbereitungen für Nefrets Arztpraxis beschäftigt war. Unser Bauplan sah drei kleinere Räume vor, etwas abseits vom Haus und mit separatem Eingang. Diese waren zwei Jahre lang nicht benutzt worden und mussten vor einer entsprechenden Möblierung gründlich gereinigt und desinfiziert werden. Überdies befanden wir uns in der glücklichen Lage, Medikamente von den Apotheken in Luxor zu beziehen, und ich schlug mehrere Mädchen vor, die als Arzthelferin infrage kommen könnten.

Nefret hatte sich bereits für jemanden entschieden. »Kadijas Enkelin Nisrin war hier, sobald sie von der Klinik erfuhr. Sie hat sich schon immer für diesen Beruf interessiert, und Kadija hat ihr eine Menge beigebracht.«

»Ach ja, ich erinnere mich an sie. Eine nette, aber ziemlich – ähm – kräftige junge Frau.«

»Sie ist erst vierzehn und schon verlobt.« Nefrets Stimme verriet ihre Ablehnung gegenüber der ägyptischen Sitte der frühen Eheschließung.

»Du möchtest mal wieder eine ›retten‹, stimmt's?«

»Sofern sie gut ist und gern arbeitet – ja. Ihr Vater hat die Ehe arrangiert, doch wenn Daoud und Kadija mir den Rücken stärken, wird er nachgeben müssen.«

Da Daoud Wachs in Nefrets Händen war und Kadija eine ihrer besten Freundinnen und glühenden Bewunderinnen, hatte ich daran keinen Zweifel. Ich redete selbst mit dem Mädchen. Nisrin schaffte es sogar, ihre Schüchternheit ein wenig abzulegen, sodass ich sie schließlich ganz akzeptabel fand.

So kam eins zum anderen ... Müßig zu erwähnen, dass ich die verhängnisvollen Signale missachtete, worauf die Katastrophe sozusagen wie ein Blitz aus heiterem Himmel auf mich zurollte.

Erst später fiel mir auf, dass Emerson sich schon seit mehreren Tagen merkwürdig verhielt. Ich schob dies auf Überarbeitung, denn seine verfluchte Stratigrafie war aufwändiger als erwartet. Sein ungewöhnliches Interesse am Posteingang hätte sich mit Besorgnis um seinen Halbbruder erklären lassen; bislang hatten wir noch keine Antwort auf unsere Telegramme erhalten. Selim, der, wie ich später aufdeckte, von Anfang an in den Plan eingeweiht war, ging mir geflissentlich aus dem Weg. Erst als ich ihn eines Nachmittags suchte, dämmerte mir, dass ich ihn den ganzen Tag nicht gesehen hatte. Ich ging sofort zu Emerson.

»Wo ist Selim? Ich möchte ihn etwas fragen ...«

»Ja, ja«, erwiderte Emerson seltsam schrill. »Ich weiß, wo er ist.«

»Emerson, was hast du?«

Emersons braun gebranntes Gesicht verzog sich zu einem breiten Grinsen. »Ich habe eine Überraschung für dich, Peabody.«

»Sag es mir«, drängte ich mit aufgeregter Stimme. »Spann mich nicht unnötig auf die Folter. Was ...«

»Nein, nein, ich werde es dir zeigen. Ich werde es allen zeigen!« Er nahm seine Taschenuhr heraus, warf einen Blick darauf, dann brüllte er in einer Lautstärke, dass man ihn bis zum Westufer hörte: »Wir machen für heute Schluss! Alle kommen mit zu uns!«

Mehr war ihm nicht zu entlocken. Es war früher Nachmittag, eine ungewöhnliche Zeit, um die Arbeit einzustellen. Verwundert und, in meinem Fall, extrem gespannt, saßen wir auf und ritten in Richtung Haus. Ich fragte Ramses, ich fragte Nefret, ich fragte Lia; alle drei beteuerten, nicht mehr zu wissen als ich.

Emerson, der alle anderen überholt hatte, lief bereits ungeduldig auf der Veranda hin und her. »Pünktlich, pünktlich«, strahlte er. »Da kommen sie.«

Mein Blick traf auf eine ungewöhnliche Karawane, die in Richtung Haus zog: eine Reihe von Esel- und Maultierkarren, zwei schwer beladene Kamele und mehrere Dutzend singender, tanzender Männer, angeführt von Selim zu Pferd.

Die mit riesigen Packkisten beladenen Karren hielten vor dem Haus. Die Männer entluden sie und die Lasttiere. Emerson stürmte hinaus. »Ist alles da, Selim?«

»Das werden wir gleich sehen, Emerson.« Selim schwang eine Brechstange. Emerson entriss sie ihm und machte sich an der größten Holzkiste zu schaffen.

Da dämmerte mir die grässliche Wahrheit. »Ach du meine Güte«, sagte ich tonlos. »Es kann nicht sein.«

Unter Emersons Brachialgewalt hob sich der Kistendeckel, die Seiten gaben nach und enthüllten einen Metallrahmen. Auf den ersten Blick hatte er wenig Ähnlichkeit mit dem von mir erwarteten und verhassten Gegenstand, denn etliche Teile fehlten. Gleichwohl wusste ich, worum es sich handelte und wo sie waren – in den anderen Kisten, die die Männer nach Selims Anweisungen öffneten. Nach und nach kam alles zum Vorschein: Metallhaube und Kotflügel, vier stabile Reifen und andere Teile, die ich nicht zuzuordnen wusste.

Wir hatten schon einige Automobile besessen. Ich lehnte diese verfluchten Vehikel in erster Linie deshalb ab, weil Emerson darauf bestand, sie höchstpersönlich zu fahren. Weilten wir auf unserem englischen Wohnsitz in Kent, nahmen die Ortsansässigen schlagartig Reißaus, wenn Emerson losbrauste; auf den belebten Straßen von Kairo durfte er das nicht erwarten. Mittlerweile waren Autos nichts Ungewöhnliches mehr im Stadtbild, und während des Krieges hatte das Militär auch in ländlicheren Gegenden Straßen angelegt. Als wir für unbestimmte Zeit nach Luxor zogen, hatte ich meinen Gatten dennoch überzeugen können, das Fahrzeug zu verkaufen, indem ich darauf hinwies, dass es uns dort nicht viel nützen werde.

Inzwischen hatte Emerson ziemlich viel Publikum um sich versammelt – uns, einschließlich Walter, unsere Arbeiter, das Personal und halb Kurna. Etliche hockten andächtig auf dem Boden, andere schubsten und schoben, um besser sehen zu können; ringsum wogende, flatternde Roben.

Als ich schließlich zu meiner Stimme zurückfand, musste ich den Lärm überbrüllen. Emerson, der neben dem Motor kniete, tat so, als hörte er mich nicht; erst bei der dritten, durchdringenden Wiederholung seines Namens besann er sich eines Besseren. Er erhob sich, trat zu mir und hielt mir seine ölverschmierte Hand hin.

»Komm und sieh es dir an, Schätzchen«, murmelte er. »Scheint alles vorhanden zu sein, aber das wissen wir erst, wenn es wieder zusammengebaut ist. Ramses, magst du mir vielleicht helfen? Du und Selim ... und David ... Wo ist er überhaupt? Ich hab jemanden zum Schloss geschickt, um ihn zu holen.«

»Schätze, er wird gleich kommen.« Ramses musterte mich vielsagend. »Vater, wäre es nicht besser, wenn wir erst mal das Verpackungsmaterial entsorgen würden? Sonst tritt sich noch einer einen Splitter oder einen Nagel in den Fuß.«

»Prima Idee«, lobte Emerson.

»Ihr wollt es hier zusammenbauen – hier und jetzt?« Meine Stimme überschlug sich. »Direkt vor dem Haus? Wieso habt ihr es eigentlich auseinander genommen? Also deshalb wart ihr den einen Tag in Kairo! Wieso, Emerson? Wieso?«

»Es schien mir der schnellste Weg, es unbeschädigt herzuholen«, erklärte Emerson ungerührt. Er wischte sich mit dem Handrücken die verschwitzte Stirn und hinterließ eine lange, schwärzliche Schmutzspur. »Ursprünglich sollte es gestern mit dem Zug kommen, aber sie haben wohl nicht genug Platz gehabt. Selim hat das Entladen überwacht, die Kisten mit der Fähre rübergebracht und diese tatkräftigen Burschen angeheuert ...«

»Du weißt genau, dass mich das nicht interessiert! Ich will wissen, wieso du hier ein Auto brauchst! Es gibt nicht einmal passable Straßen!«

»Himmel noch, Peabody, wir sind in einem solchen Vehikel durch den Sinai und die Wadis gefahren. Die Straßen sind seit dem Krieg bedeutend besser geworden.« Er fuhr fort, indem er sich selbst widersprach: »Die motorisierten Patrouillen, die hervorragend gegen die Senussi eingesetzt werden konnten, sind überflüssig geworden, und das Militär schert sich einen Dreck um den Erhalt der Wüstenpisten. Und so bin ich an dieses Fahrzeug gekommen. Es ist eine Weiterentwicklung des Ford Light Car ...«

»Ich will nichts davon hören.«

Emerson lässt sich nur ungern den Mund verbieten. Er straffte sich, funkelte mich an und rieb sich sein Kinngrübchen, wo er weitere schwarze Streifen hinterließ. »Ein Mann wird sich wohl noch ungefragt ein Auto kaufen dürfen.«

Da wusste ich, dass ich verloren hatte. Verloren hatte ich in der Tat bereits, als das verfluchte Ding eingetroffen war. Jedes männliche Wesen im näheren Umkreis hielt zu Emerson; Ramses hatte mich stehen lassen und half Selim, Bolzen und Schrauben und anderen Kleinkram zu sortieren, Walter hatte seine Jacke abgelegt und rollte die Ärmel hoch. Verstärkung war im Anmarsch: David auf seiner Stute Asfur sowie Cyrus und Bertie. Evelyn und Katherine hatten den Reizen des Automobils widerstanden.

Nefret legte einen Arm um mich. »Komm und trink eine Tasse Tee, Mutter.«

»Gute Idee«, meinte Lia. »Die werden für den Rest des Tages an dem Auto rumbasteln.«

Fatima hatte es nicht gewagt, ins Freie zu treten; sie stand hinter der Tür und starrte das Vehikel an, als wäre es ein gefährliches Raubtier. Auf meine Bitte hin brühte sie rasch Tee auf, und wir drei Frauen setzten uns und beobachteten das Spektakel.

»Zum Glück ist Gargery nicht hier«, seufzte ich. »Er würde glatt mitmischen wollen. Ich hoffe, sie bekommen das verfluchte Vehikel zusammen und fahren es in den Stall, bevor die Kinder zum Tee hinunterkommen.«

»Eher unwahrscheinlich«, murmelte Lia. David hatte sie nicht einmal begrüßt. Bis auf Cyrus, der das Geschehen aus sicherer Entfernung beobachtete, hatten sämtliche Männer ihre Oberkörper entblößt und gestikulierten und argumentierten. Die Zimmerleute schafften das Verpackungsmaterial weg, da sie jede Holzlatte, jeden Nagel gebrauchen konnten.

»Sie werden endlos diskutieren, wer was machen soll, und damit viel Zeit vertrödeln«, entschied ich. »Der helle Kopf einer Frau ist gefragt, aber sollen sie doch ruhig so unorganisiert weitermachen. Ah, danke, Fatima. Setz dich ruhig zu uns; es wird bestimmt lustig.«

Aus Manuskript H

Erstmals musste Emersons grenzenlose Passion für die Exkavation vor einer noch tieferen Leidenschaft kapitulieren. Ein Mann von eiserner Disziplin, machte er sich jeden Morgen ins Ausgrabungsgebiet auf – und schleifte die meisten anderen mit –, aber diesmal konnte er es kaum erwarten, zu seinem neuen Spielzeug zurückzukehren. Emersons Gründe für dessen Zerlegung waren nachvollziehbar – ein Bahntransport des kompletten Wagens barg gewisse Risiken, berücksichtigte man die unsachgemäßen Methoden der Ägypter –, indes mutmaßte Ramses, dass es seinem Vater einfach Spaß gemacht hatte, das Automobil auseinander- und wieder zusammenzubauen. Er hatte nicht einmal etwas gegen die gaffende Menge, die sich jeden Nachmittag einfand. Kaum ein Bewohner von Luxor hatte bislang ein Auto gesehen. Sie saßen im Kreis, mit angehaltenem Atem und riesigen Augen verfolgten sie jeden Handgriff von Emerson und Selim.

Seine Mutter nahm es erstaunlich gleichmütig hin. Ein oder zwei Mal glaubte Ramses, ein unterdrücktes Grinsen zu bemerken, als sie hinter der verriegelten Tür stand. Sie waren von Besuchern umlagert, nicht nur von den Leuten aus dem Dorf, sondern auch von ausländischen Bewohnern und Touristen, die ihnen Rat und Hilfe andienten. Emerson schlug Rat und Tat aus, gleichwohl beantwortete er bereitwillig Fragen und zeigte sich seinem Publikum. Die Kinder setzten alles daran zu entwischen, um an dem Mordsspaß teilzuhaben; der Einzige, dem dies gelang, war Davy, den Emerson gerade noch rechtzeitig packte, bevor er mit einem Schraubenschlüssel größeres Unheil anrichtete. Er stopfte sich den Kleinen unter den Arm, was dieser großartig fand, und brachte ihn zurück ins Haus.

»Himmeldonnerwetter, Peabody, warum hast du ihn rausgelassen?«, erregte er sich. »Er hätte sich an diesen schweren Werkzeugen verletzen können, weißt du das?«

Seine Gattin rollte die Augen himmelwärts. »Ja, Emerson, ich weiß das. Wenn du so viel gesunden Menschenverstand gehabt hättest, das Automobil im Hof zusammenzubauen, außer Sichtweite der Kinder ...«

»Pah«, schnaubte Emerson. »Man sollte doch annehmen, dass vier Frauen ein paar kleine Kinder in Schach halten können.«

Ihre Lippen zu einer schmalen Linie zusammengepresst, murmelte sie nur: »Mir wird schon etwas einfallen, Emerson.«

Darauf verbannte sie die Kinder in die hinterste Ecke der Veranda. Die Barrikade bestand aus Möbeln und Kisten, welche die Kleinen zwar hätten bezwingen können, aber nicht ohne das Augenmerk eines Erwachsenen auf sich zu ziehen. Hinter der Absperrung befanden sich ihre Spielsachen, Kissen und Decken, ein Kindertisch mit Stühlchen aus dem Zimmer der Zwillinge. Ihre anfängliche Abneigung schwand, als sie ihnen erklärte, dass dies ihr ureigenes Reich sei, das kein Erwachsener ungeladen betreten dürfe, und ihnen eine Schachtel Buntstifte und einen Stapel weißes Papier gab.

»Jetzt wollen wir einmal schauen, wer das schönste Bild malt«, erklärte sie.

Da Ramses fand, dass ein paar Kisten nicht ausreichten, um Davys Unternehmungslust zu zügeln, übernahm er freiwillig die Beaufsichtigung und setzte sich in einen Sessel vor die Barrikade. Nach ungefähr fünfzehn Minuten wünschte er, seine Mutter hätte sich die Sache mit den Malutensilien verkniffen. Er wurde mit Papierkügelchen beworfen, musste ständig irgendwelche Kunstwerke bewundern. Einmal abgesehen von Dollys Bildern, die sehr gut waren für einen Jungen seines Alters, konnte er den Kritzeleien der anderen nichts abgewinnen. Evvies waren genauso unidentifizierbar wie die seiner Kinder. Kein Anlass, sich mit Ruhm zu bekleckern. Er hatte sich wenig Gedanken gemacht, dass die Zwillinge noch nicht sprechen konnten, und Evvies unablässiges Gequassel bestärkte ihn in seiner Haltung. Frauen – Mütter – mussten immerzu vergleichen, überlegte er. Sie zählten sogar die Zähnchen. Nefret hatte ihm mitgeteilt, dass Charla zwei mehr habe als Evvie.

Am späten Donnerstagnachmittag war die letzte Schraube angezogen, und die gesamte Familie beobachtete Emerson, der schweißtriefend, ölverschmiert und überglücklich an der Kurbel drehte. Der Motor heulte unter lautem Publikumsjubel auf, und Emerson sprang auf den Fahrersitz. Ramses sah aus dem Augenwinkel, wie das Gesicht seiner Mutter unmerklich zuckte. Sie brachte es nicht übers Herz, ihm eine Probefahrt mit dem Gefährt zu untersagen; überdies hätte ihn ohnehin nur ein Erdbeben oder Schlimmeres davon abhalten können.

»Langsam, Emerson, ich bitte dich«, brüllte sie. »Langsam und vorsichtig, mein Lieber!«

Emerson weigerte sich, zum Tee hineinzukommen. Zähneknirschend erlaubte er Selim, gelegentlich das Steuer zu übernehmen, und in der nächsten Stunde fuhren sie vor dem Haus auf und ab. Ihre Einladung zum Mitfahren wurde von den Kindern stürmisch begrüßt, von Müttern und Großmüttern indes entschieden abgelehnt. Ein geplatzter Reifen beendete schließlich die Vorstellung; offenbar hatten sie nicht alle Nägel eingesammelt.

Nachdem Emerson zum Baden und Umkleiden verschwunden war, sagte seine Frau trocken: »Hoffen wir, dass das Schlimmste vorüber ist. Wir sollten uns wieder unseren eigentlichen Pflichten widmen. Morgen ist Freitag. Nefret, machst du mit Ramses deinen allwöchentlichen Besuch bei Selim? Wie steht's mit dir, David?«

»Diese Woche nicht, ich habe Selim bereits abgesagt. Ich möchte Großvaters Grab besuchen.«

»Nimmst du die Kinder mit?«

»Dolly möchte mitkommen. Irgendwie hält er seinen Urgroßvater für einen Helden. Schätze, wir werden Evvie ebenfalls mitnehmen müssen, sie besteht hartnäckig darauf, ihren Bruder zu begleiten.«

Nefrets hochgezogene Brauen signalisierten Missfallen an dem Vorhaben, doch sie sagte nichts. Am Nachmittag darauf, nach ihrer Rückkehr von Deir el-Medina, kam Ramses, aufgehalten durch einen Vortrag seines Vaters, zum Umkleiden in ihr Zimmer. Nefret stand tief versunken vor dem Spiegel und nahm ihn gar nicht wahr. Kopf und Schultern zurückgebogen, schmiegte sie den Stoff des dünnen Unterkleides eng an ihren Körper, sodass er jede Rundung ihres Körpers betonte.

»Kann ich dir helfen?«, fragte er mit einem bewundernden Blick auf das Ergebnis.

Japsend wirbelte Nefret herum. »Ich wünschte, du würdest dich nicht dauernd von hinten anschleichen!«

»Ich hab mich nicht ... Tschuldigung. Was machst du da?«

»Nichts.« Sie ließ den Stoff los und trat zum Frisiertisch. »Es verblüfft mich, dass David die Kinder mit zum Friedhof nehmen will. Wir haben die Zwillinge noch nie mitgenommen.«

»Möchtest du das?«

»Ich wollte deine Meinung hören«, sagte seine Frau ungewohnt sarkastisch, »und keine Gegenfrage.«

»Oh. Ich denke, ich hab keine. Ich überlasse es dir.« Ihre Miene verriet, dass dies nicht in ihrem Sinne war, also versuchte er es erneut. »Sie haben Abdullah nie kennen gelernt; er ist ihnen so fremd wie die Helden in den Büchern, die du ihnen vorliest. Trotzdem kann es nicht schaden, wenn man Kindern die Verdienste von Freunden und Verwandten näher bringt.«

»So kann man es auch sehen.«

»Möchtest du mit ihnen gehen?«

»Ein anderes Mal vielleicht. Selim erwartet uns, und Kadija wäre enttäuscht, wenn wir nicht kämen. Macht es dir etwas aus?«

»Aber nein.« Grinsend setzte er hinzu: »Ich liebe meine Familie und bin gern mit dir und den Zwillingen zusammen.«

»Ramses ...«

»Was ist denn, Schätzchen?«

Sie hatte mit den Gegenständen auf dem Frisiertisch herumgespielt, jetzt drehte sie sich um und legte ihm die Hände auf die Schultern. »Hat Mutter dir erzählt ...?«

»Mir was erzählt?«

Ihre Hände umschlossen seinen Nacken, zogen seinen Kopf an ihr Gesicht. Ihr Mund war weich und drängend, und als er sie an sich schmiegte, dachte er an anderes als an gesellschaftliche Verpflichtungen.

»Ich liebe dich so sehr«, flüsterte sie.

»Ich dich auch«, murmelte er. Wie kam sie jetzt darauf?, überlegte er im Stillen.

Er versuchte sie festzuhalten, doch sie entwand sich ihm glucksend. Ihr Gesicht umwölkte sich. »Schätzchen, du weißt genau, die Kinder werden die Tür erstürmen, wenn wir nicht kommen.«

Sie hatte natürlich Recht. Kinder waren gewiss ein Segen, aber manchmal ... Ein wenig wehmütig dachte er an die Zeit zurück, als ihre Zärtlichkeiten noch spontan gewesen waren, einzig gestört von Kriminellen – und gelegentlich von seinem Vater.

Den ganzen Nachmittag sann er darüber nach. Seine Frau hatte ihn etwas fragen wollen, es sich dann aber wohl anders überlegt. Wusste sie mehr als er – hatte seine Mutter ihr irgendetwas anvertraut – und jetzt hatte sie Angst um ihn? Deshalb auch der unvermittelt leidenschaftliche Kuss? Es würden zu den beiden passen, wenn sie beschlossen hätten, dass sie ihn beschützen müssten ...

Selim musste ihn zweimal ansprechen, bevor er reagierte. »Tut mir Leid, ich war mit den Gedanken woanders.«

Sein auf Nefret gehefteter Blick war Selim nicht entgangen. Er murmelte: »Bestimmt waren es schöne Gedanken. Wann kommt ihr alle zu uns? Daoud möchte eine Fantasia feiern, hier in Kurna.«

»Besprich es mit Mutter«, erwiderte Ramses. »Wo ist Daoud? Für gewöhnlich kommt er doch selber her.«

»Ein Skorpion hat ihn gestochen.«

Skorpionstiche waren selten tödlich, aber äußerst schmerzhaft und schwächend, selbst für einen Mann von Daouds Konstitution. »Wann ist das passiert? Und warum ist er nicht zu Nefret gekommen?«

»Heute Morgen. Anscheinend hatten sich die Biester in seinem Schlafzimmer versammelt.« Selim grinste. »Es war ein Stich in den Fuß, und er kann nicht laufen. Kadija hat sich darum gekümmert. Morgen kommt er wieder zur Arbeit.«

»Die berühmte grüne Salbe«, murmelte Ramses. Vermutlich würde sie den gewünschten Effekt haben; Daoud glaubte fest daran, und das Zeug schien tatsächlich zu wirken. »Sag ihm, er soll zu Hause bleiben, wenn es noch nicht besser ist.«

Selim nickte und wechselte das Thema. Skorpione waren in Ägypten weit verbreitet, wenn auch nicht in geschlossenen Räumen.

Als sie aufbrachen, versprach Ramses, dass er mit seiner Mutter wegen eines Termins für das Freudenfest reden wolle. Die Kinder hatten sich die Zeit mit irgendeinem unverständlichen Spiel vertrieben, das Laufen, Hopsen und Wälzen über den Hof vorsah, und die Zwillinge waren entsprechend schmutzig und ungewöhnlich müde. Ramses spähte auf den schwarz gelockten Schopf, der sich an seine Brust schmiegte.

»Sie schlafen bestimmt sofort ein«, sagte er hoffnungsvoll.

Nefret kicherte. »Mach dir nicht allzu viel Hoffnung. Die Vandergelts kommen zum Essen, weißt du.«

»Ein Grund mehr zur Eile.«

Sie lenkten die Pferde über die Anhöhen, vorbei an den Häusern des Dorfes. Sobald sie die offene Wüste erreichten, lockerte er Rishas Zügel. Unvermittelt vernahm er ein Geräusch.

»Hörst du es auch«, murmelte er, Rishas Zügel straffend.

»Ich höre nichts ...« Es ertönte erneut, und diesmal vernahm Nefret es auch – einen schrillen, zerrissenen Schrei.

Ramses hob seine schläfrige Tochter vom Schoß und reichte sie Nefret. »Nimm sie. Schnell.«

Nefret gehorchte und drückte instinktiv beide Kinder an ihren Körper. Er dankte Gott dafür, dass sie eine hervorragende Reiterin war und dass Moonlight auf die kleinste Geste reagierte. Wieder ertönte der Schrei, diesmal gefolgt von einem Hilferuf. Es war die Stimme einer Frau, sie sprach Englisch. Nefrets Augen weiteten sich.

»Ramses, was ...«

»Rasch, bring die Kinder nach Hause.«

Er wartete nicht auf eine Antwort. Während er Risha zu den Felsen lenkte, spähte er zurück und sah, dass Moonlight in einen geschmeidigen Galopp verfallen war. Wenn sie allein gewesen wären, hätte Nefret ihn bestimmt begleiten wollen, aber die Sicherheit der Kinder ging vor, zumal es unwahrscheinlich war, dass die aufgebrachte Frau in ernsthafter Gefahr schwebte.

Sie schrie in einem fort, ihre Stimme zunehmend geschwächt und von langen, keuchenden Atemzügen unterbrochen. Er entdeckte sie schließlich, an einen vorspringenden Felsen gelehnt. Der Mann, der sich vor ihr aufgebaut hatte, lachte, da sie mit einer Art Fliegenklatsche nach ihm schlug. Keine sonderlich effektive Waffe, verglichen mit seinem Messer. Ganz offensichtlich spielte er mit ihr, wich ihren grotesken Schlägen aus und stach ihr stattdessen in Arme und Gesicht. Versunken in sein makabres Spiel nahm er den nahenden Hufschlag erst wahr, als Ramses ihn fast erreicht hatte. Dieser musste Risha zügeln, sonst hätte er die beiden überrannt. Der Mann schrie entgeistert auf und stürmte davon. Ramses wollte ihm schon folgen, als die Frau am Boden zusammenbrach.

Da er nicht wusste, wie schwer sie verletzt war, gab er den Gedanken auf. Er hatte sie an der Kleidung wiedererkannt, die sie auch an dem Tag getragen hatte, als Justin und seine Großmutter in Deir el-Medina gewesen waren – ein schlichtes, dunkles Kleid und ein altmodischer Hut. Mrs. Fitzroyces Gesellschafterin. Was zum Henker tat sie hier, allein und in einer derart misslichen Lage? Die Dorfbewohner griffen niemals Touristen an.

Auf dem Boden war Blut – nicht viel, aber immerhin. Er drehte sie behutsam auf den Rücken. Das Blut stammte von einer Schnittwunde an ihrem Arm. Weitere Verletzungen vermochte er nicht zu erkennen. Sanft löste er die Bänder ihres monströsen Huts und setzte ihn ab.

Ihre Augen waren geöffnet, rehbraun, umrahmt von langen Wimpern. Tränen und ein seltsam grauer Schmierfilm bedeckten ihre Wangen. Die Haut darunter war zart, ihre Wangen sommersprossig.

Er erinnerte sich an diese ausdrucksvollen, braunen Augen.

»Mein Gott«, flüsterte er. »Ist es denn möglich ... Molly?«

5

Unsere kleine Expedition zum Friedhof setzte sich erst am Spätnachmittag in Bewegung. Emerson wollte uns begleiten, und es braucht seine Zeit, bis er von der Arbeit auf weltlichere Dinge umgeschaltet hat (soweit man einen Besuch an einem Heiligengrab als weltlich bezeichnen kann). Sein Vorschlag, uns alle mit dem Automobil hinzufahren, war von Anfang an zum Scheitern verurteilt; er regte mich damit lediglich auf. Nach meinem Dafürhalten war es absolut kein zweckmäßiges Transportmittel. Wie der Wagen in Palästina hatte er nur zwei Sitze mit einer Art Pritsche dahinter, auf der sich Waren und Personen befördern ließen. Irgendjemand, höchstwahrscheinlich Selim, hatte jenes andere Gefährt mit relativ bequemen Polstern und einer Art Baldachin ausgestattet. Ich hatte keine Ahnung, welche Veränderungen Emerson und Selim an diesem Vehikel vornehmen wollten – sie selbst vermutlich auch nicht. Ständig bauten sie Teile aus und wieder ein.

Undankbar, wie Kinder nun einmal sind, zogen die Kleinen Emerson allen anderen vor, einschließlich ihrer liebenden Mütter und der treuen Seelen, die sie sauber und trocken hielten. Ich schrieb dies seinen unorthodoxen Kaspereien und der rückhaltlosen Begeisterungsfähigkeit zu. Kinder denken eben nicht rational. Nachdem Evvie ihre Wünsche geäußert hatte, nahm Emerson sie zu sich aufs Pferd. Ich hatte mehrere Esel für die Saison angemietet, da Evelyn offen eingestand, dass sie deren gemächliche Gangart bevorzuge. Zu seiner übergroßen Freude hatte ich auch einen für Dolly reserviert.

Wir nahmen die Tiere nicht mit auf den Friedhof. Ich weiß nicht, ob ein entsprechendes Verbot existierte, uns erschien es jedenfalls pietätlos. Als Emerson sie absetzte, wollte Evvie ihm flink entwischen, doch er hielt sie fest.

»Das hier ist wie eine Kirche«, erklärte er. »Du musst schön brav sein und darfst nicht über die Gräber laufen.«

»Sind denn da tote Leute unter der Erde?«, erkundigte sich Evvie neugierig.

»Ja. Und dort ...« Ich deutete dorthin. »Dort ist das Grab von deinem Uropa.«

David hatte das fertig gestellte Monument noch nicht gesehen. Während die anderen Evvie zurückhielten (und sie von dem morbiden Thema abzubringen suchten), gingen er und ich voraus. »Es ist merkwürdig, weißt du, sich meinen Großvater als Heiligen vorzustellen«, hob er an. »Er war der tapferste, aufrichtigste Mensch, den ich je gekannt habe, aber ...«

»Er hatte seine kleinen Laster.« Ich schmunzelte. »Welcher Heilige hatte die in seinem Erdenleben nicht, David? Die geläuterte Seele steht über solchen Dingen.«

Emerson trat gerade noch rechtzeitig hinzu, um meine Äußerung aufzuschnappen. Er stieß ein vernehmliches »hmhm« aus, das war alles. Wir standen schweigend vor dem Torbogen des Monuments. Dolly sagte stolz: »Ich habe seinen Namen.«

Ich legte einen Arm um ihn. »Ja, das hast du. Und er ist – ich meine, er wäre – sehr froh und glücklich darüber.«

»Erzähl mir noch einmal, was er getan hat«, forderte Dolly mich auf.

Also erzählte ich ihm mit einfachen Worten, wie Abdullah gestorben war, indem er sich für mich geopfert hatte, und von den vielen anderen Gelegenheiten, wo er für Emerson und mich sein Leben riskiert hatte. »Er war ein guter und mutiger Mann«, schloss ich. »Wir alle haben ihn geliebt, und wir vermissen ihn.«

»Aber er ist doch glücklich im Himmel«, sagte Dolly.

»Scheint mir durchaus so zu sein«, erwiderte ich ohne nachzudenken.

Allgemeines Füßescharren und betretenes Räuspern schlossen

sich an, und Evelyn, deren religiöse Anschauungen konventioneller sind als meine, wechselte hastig das Thema.

»Das Grabmal ist sehr schön, David. Schlicht und traditionell, und doch außergewöhnlich anmutig.«

»Ja, wirklich«, bekräftigte Walter. »Schade, dass es von diesem schäbigen Plunder verschandelt wird.«

Zugegeben, an dem vor der Öffnung gespannten Seil hing ein wahres Sammelsurium. Allerdings war es nicht schäbig, und ich sah mich genötigt, ebendies herauszustellen.

»Die Entscheidung, was sich für einen Glaubensanhänger geziemt oder nicht, steht uns nicht zu, Walter. Unsere Angewohnheit beispielsweise, Kirchen mit Schuhen zu betreten, wäre für Muslime undenkbar. All diese Dinge sind Dankesgaben an den heiligen Mann, weil ihre Gebete erhört worden sind.«

Emerson hatte sich nur mit Mühe einen seiner sarkastischen Kommentare in puncto Religionsgemeinschaften versagen können, stattdessen verdrehte er gequält die Augen. Ich hatte darauf bestanden, dass er seine ketzerischen Ansichten in Gegenwart der Kinder tunlichst für sich behalten solle. Das Thema Religion ist schon schwierig genug, auch ohne Atheisten wie Emerson.

Jetzt bemerkte er süffisant und mit einem provozierenden Blick zu mir: »Abdullah scheint in relativ kurzer Zeit eine ganze Menge Gebete erhört zu haben.«

»Das hat er«, betonte ich. Ich hatte nicht die Absicht, mich von Emerson zu einer theologischen Grundsatzdiskussion provozieren zu lassen.

»Ich finde es rührend«, sagte Evelyn leise. »Ich frage mich nur, worum sie ihn wohl bitten?«

»Das Übliche, was jeder Normalsterbliche sich wünscht«, seufzte ich. »Gesundheit, Kinder, ein friedliches Leben und Vergebung der Sünden.«

Evvie setzte sich unvermittelt hin und begann, sich die Schuhe aufzubinden. Vermutlich war es weniger eine Geste des Anstands als eine willkommene Gelegenheit, das unbequeme Schuhwerk loszuwerden. Ihre Mutter verbot es ihr, da sie natürlich Angst hatte vor Skorpionen, Schlangen und scharfkantigen

Steinen. Derweil wir darüber diskutierten, trat eine Gestalt aus dem dämmrigen Innern und begrüßte uns in Arabisch.

Sein Auftauchen ließ mich erschrocken zusammenfahren; ich hatte nicht damit gerechnet, dass jemand dort wäre. Er trug Turban und Galabija, der obligatorische Bart bedeckte seine untere Gesichtshälfte. Er kam mir irgendwie bekannt vor, dennoch wusste ich ihn nicht recht einzuordnen. Gleichwohl erwiderte ich seinen Gruß genau wie David, die anderen murmelten irgendwelche Höflichkeitsfloskeln. Bei näherem Hinsehen dämmerte es mir. Der Bursche gehörte ganz bestimmt zu Abdullahs weit verzweigter Sippe.

»Du bist Abus Sohn Abdulrassah, nicht wahr?«, erkundigte ich mich.

»Ich bin der Diener des Scheichs«, war die Antwort, gefolgt von einem entseelten Lächeln.

»Verstehe. Du hast Hassans Platz übernommen?«

Der Junge nickte. »Seid ihr zum Gebet gekommen? Das ist gut.«

»Ich glaube nicht, dass ich beten möchte«, murmelte Walter in Englisch. »Es macht dir doch nichts aus, Amelia, oder? Ich möchte nicht respektlos wirken, aber ...«

»Völlig in Ordnung«, erwiderte ich. »Was ist mit den anderen?«

Evelyn schloss sich ihrem Gatten an, und nach einem forschenden Blick von Abdulrassah sagte Lia, sie wolle draußen bei ihrer Tochter bleiben. »Ich weiß die Gebete nicht mehr«, erklärte sie. »Und ich glaube, es wäre ungehörig, wenn Evvie im Innern herumlaufen würde.«

Emersons Entschuldigung war ausschließlich für meine Ohren bestimmt: »Wenn es sein muss, bete ich, aber Abdullah würde sich krank lachen, wenn er mich in seinem Grabmal katzbuckeln sähe.«

Ich sah keinen Grund, warum mein alter Freund auf Kosten Emersons nicht herzlich lachen sollte, überdies war ich mir sicher, dass es ihn freuen und beileibe nicht kränken würde, wenn ein kleiner Nachfahre in seinem Grabmonument herumtollte. Überdies nahm Dolly die Sache sehr ernst. Sein Gesichtchen war feierlich, und er hatte die Schuhe bereits ausgezogen. Also traten nur wir drei – David, Dolly und ich – ins Innere, denn uns war es eine Herzensangelegenheit. David nahm seinen Sohn bei der Hand und wies ihn durch das vorgeschriebene Ritual. Obschon sein Vater ein Kopte – ein ägyptischer Christ – gewesen war, war er bei Muslimen und bei uns aufgewachsen. Borniertheit in Glaubensfragen kennen wir nicht, und beide, Emerson wie Ramses, waren durchaus vertraut mit den bezaubernden Gebeten des Islam. David besann sich sehr gut darauf. Dollys weit aufgerissene Augen und sein angehaltener Atem bewiesen, dass er mächtig beeindruckt war, obwohl ich nicht glaube, dass er viel verstand.

Als wir wieder ins Tageslicht hinaustraten, begleitete Abdulrassah uns. »Der Heilige ist glücklich, dass seine Familie gekommen ist«, verkündete er. »Möchtet ihr jetzt etwas spenden?« Er deutete auf eine Schale am Boden neben dem Eingang, in der sich einige wenige Münzen befanden.

»Aber sicher«, ereiferte sich Walter. In seiner Gutherzigkeit wollte er die nicht erwiesene Ehrbezeugung kompensieren, folglich sagte ich nichts, als er seine Taschen sämtlicher Münzen entledigte. Über Abdulrassahs Gesicht huschte ein wahrhaft verzücktes Lächeln.

»Wofür ist das Geld?«, wollte ich wissen.

Der Jugendliche antwortete völlig arglos: »Für mich, Sitt Hakim. Bin ich nicht der Diener? Ich spreche die Gebete, ich fege den Boden.«

Wie zum Beweis nahm er den einzig für diesen Zweck gedachten Besen und kehrte energisch unsere Fußspuren weg. Es war eines jener faszinierenden altägyptischen Rituale – so wie die frühen Priester die Gänge der Gruft fegten und sämtliche Spuren zur Außenwelt verwischten, nachdem die Mumie ihre letzte Ruhestätte gefunden und die Trauergemeinde sich zerstreut hatte.

Wir überließen ihn seinen Gebeten – oder was er dafür hielt. Ich sagte nachdenklich: »Er war schon als Kind unsäglich faul.«

David lachte schallend. »Tante Amelia, du bist eine unverbesserliche Zynikerin. Willst du damit andeuten, er macht das nur, um sich vor schwerer Arbeit zu drücken?«

»Es liegt mir fern, seine Motive anzuzweifeln, David. Irgendjemand würde letztlich immer in Hassans Fußstapfen treten.«

»Andererseits könnte sein Tod als schlechtes Omen gedeutet werden«, murmelte David.

»So denken religiöse Menschen nicht«, erklärte ich. »Für einen wahren Gläubigen ist der Tod nicht das Ende, sondern ein Anfang. Gibt es eine bessere Garantie auf Unsterblichkeit als den Dienst für einen heiligen Mann?«

Emerson öffnete den Mund. Dann sah er zu dem kleinen Jungen hinunter, der seine Hand hielt, und schloss ihn wieder.

»Sollen wir rasch bei Selim vorbeischauen und die anderen einsammeln?«, fragte ich.

»Wir bringen die kleine Sechmet besser nach Hause«, erwiderte David. Er trug seine Tochter, und der Spitzname passte zu ihr, mit ihrer löwenfarbigen Lockenmähne und dem aufbrausenden Temperament. Augenblicklich wirkte sie wie eine gnädig gestimmte Göttin, matt und schläfrig in den Armen ihres Vaters.

»Wir müssen ihm einen richtigen Antrittsbesuch machen«, versetzte Lia. »Nicht nur einen kurzen Abstecher mit baldigem Aufbruch. Wir sind alle müde.«

Evvie beharrte darauf, mit Emerson zu reiten, und schlief prompt in seinen starken Armen ein. Wir ritten gemächlich, um die Esel nebst Reiter zu schonen. Die Schatten im Sand wurden bereits länger.

»Die anderen sind wohl schon zurückgekehrt«, meinte ich, als wir uns dem Haus näherten. »Ist das nicht Nefret auf der Veranda?«

»Geht schon rein«, sagte David. Er sprang geschmeidig vom Pferd und half Evelyn beim Absitzen. »Ich werde mich um die Tiere kümmern.«

Ich hatte einen goldschimmernden Schopf bemerkt, mich in der Person allerdings geirrt. Er saß in einem Sessel und begrüßte uns mit einer Selbstverständlichkeit, als wäre er ein geladener Gast. »Da sind Sie ja endlich! Ich warte schon eine ganze Weile.«

»Justin!«, entfuhr es mir. »Was machen Sie denn hier?«

Aus Manuskript H

An ihrer Identität bestand kein Zweifel, trotz des gräulich verschmierten Make–ups und der unvorteilhaften Kleidung. Ihre rehbraunen Augen schwammen in Tränen. »Ich wollte nicht ... dass du ... dass ihr mich so seht. Lass mich gehen. Mit mir ist alles in Ordnung.«

»Du kannst in der Dunkelheit nicht allein umherstreifen«, sagte Ramses. Er kannte keinen, der so viel weinte; es waren keine verstohlenen Tränen, sondern wahre Sturzbäche. Aus Furcht, dass sie hysterisch werden könnte, wenn er etwas Falsches sagte, forschte er behutsam: »Wie bist du hergekommen? Doch bestimmt nicht zu Fuß?«

Sie starrte ihn verständnislos an. Er zog sein Messer, und sie schrak mit einem leisen Aufschrei zurück. »Ich will doch nur deinen Ärmel aufschneiden«, erklärte er. »Er ist zu eng, um ihn hochzurollen, und ich muss sehen, wie tief die Schnittwunde ist. Um Himmels willen, Molly, du hast doch nicht etwa Angst vor mir, oder?«

»Ich hatte einen Esel«, flüsterte sie. »Er rannte weg, als dieser Mann ...«

»Schon gut, weg ist weg.« Er trennte den engen Ärmel auf und streifte ihn hoch. Ein langer, schmaler Schnitt zog sich über die Rückseite ihres Oberarms. »Nicht weiter schlimm«, versicherte er erleichert. »Du kommst am besten mit zu uns, dann kann Mutter ihn vernünftig verbinden.«

»Nein, niemals! Zwing mich nicht dazu. Wenn du mich zu den Fährleuten zurückbringen könntest ... ich kann mir ein Boot nehmen ...«

Sie zitterte heftig. »Leg dich nicht mit mir an, in deinem Zustand kannst du nicht mehr klar denken«, sagte er. »Kein Wunder nach einer solchen Geschichte. Mutter macht das gern. Sie freut sich bestimmt, dich wieder zu sehen.«

»Ich wollte keinen von euch wieder sehen«, meinte sie mit stockender Stimme.

Aufgemacht wie eine Frau mittleren Alters, eine Lohnabhängige? Sie war sicherlich weit herumgekommen, seit er sie das letzte

Mal gesehen hatte. Bei jener peinlichen Begegnung in seinem Zimmer war sie erst vierzehn gewesen. Da hatte sie ihm ihre Liebe gestanden und bei ihm bleiben wollen. Bei der Erinnerung wurde ihm ganz anders; sie war so schutzbedürftig, so blutjung gewesen! Das war jetzt vier Jahre her – oder vielleicht fünf? Sie sah nicht viel älter aus als damals, allerdings hatten sie von gemeinsamen Bekannten erfahren, dass sie verheiratet sei. Was war mit dem reichen amerikanischen Göttergatten passiert? Was machte sie allein am Westufer, und wer war der Mann, der sie tätlich angegriffen hatte? Ramses beschloss, das Aushorchen seiner Mutter zu überlassen. Er hatte keine Lust, diesem Nervenbündel auf den Zahn zu fühlen. Eine letzte Frage wollte er aber noch riskieren.

»Was wolltest du eigentlich am Westufer?«, erkundigte er sich betont beiläufig.

»Justin.« Behutsam wischte sie sich das Gesicht, entfernte die letzten Make-up-Reste und Tränen. »Er ist François heute Nachmittag entwischt. Ich dachte, er könnte über den Fluss gesetzt haben. Er hat immerzu von irgendwelchen Tempelruinen gefaselt und dass er euch bei der Exkavation zusehen will. Also war ich im Ramesseum und wollte nach Deir el-Bahari, als ...«

»Es ist vorbei«, beschwichtigte Ramses. »Ich kümmere mich um den Jungen. Du machst dich bei uns ein bisschen frisch und dann bringe ich dich über den Fluss. Wenn er noch nicht wieder aufgetaucht ist, werde ich dir bei der Suche helfen.«

»Sie wird wütend sein«, murmelte sie, ihren Kopf entspannt an seine Brust gelehnt.

»Mrs. Fitzroyce? Es war nicht deine Schuld. Wir werden ihn finden, versprochen.« Er redete weiter auf sie ein, denn seine sachliche Art schien sie zu beruhigen. »Meinst du, er ist bei uns? Neulich hat er irgendwas davon gesagt, dass er uns besuchen will.«

Er erhielt keine Antwort und fragte sich unbehaglich, ob sie wohl ohnmächtig geworden sei. Sie war schlaff wie eine Stoffpuppe, ihr Gesicht an seiner Schulter vergraben. Er verstärkte seinen Griff.

* * *

Sie waren alle auf der Veranda: Erwachsene, Kinder, Katzen – und eine schmächtige Gestalt in braunem Tweed, deren heller Schopf wie ein Heiligenschein erstrahlte. »Und, was hab ich gesagt?«, triumphierte Ramses. »Er ist bei uns. Unversehrt und guter Dinge.«

Die Familie hatte sich an exzentrische Auftritte gewöhnt, sein Auftauchen mit einer bewusstlosen Frau in den Armen war allerdings so frappierend, dass alle zu ihm starrten. Nefret, die nach ihm Ausschau gehalten hatte, war als Erste an der Tür, gefolgt von seinen Eltern.

»Was ist passiert?«, wollte Nefret wissen. »Wer ist diese Frau?«

Seine Mutter antwortete für ihn. »Mrs. Fitzroyces Gesellschafterin, wenn ich nicht irre. Ich erinnere mich recht gut an dieses – ähm – Kleid. Ist sie verletzt?«

»Nicht ernstlich, Mutter. Kann sie mal jemand nehmen? Ich glaube, sie ist ohnmächtig.«

»Nein.« Die schlanke Gestalt straffte sich. Sie drehte den Kopf, sah zu ihm auf. Einmal abgesehen von den grau melierten Haaren sah sie nicht älter aus als vierzehn. Die Tränen waren getrocknet, ihre Miene verriet Anspannung, aber auch Resignation. »Bitte, lass mich runter.«

Sein Vater streckte die Arme nach ihr aus. »Darf ich Ihnen behilflich sein, Miss – äh –«

»Du wirst dich wundern, Vater«, warnte Ramses.

»Gütiger Himmel«, rief Emerson. Er ließ sie sanft zu Boden und starrte sie an. »Das ist doch nicht etwa Miss – äh – Sie kommt mir irgendwie bekannt vor. Also wie ...«

»Molly«, meinte seine Frau gelinde erstaunt. Unbeeindruckt fuhr sie fort: »Und, ich glaube, Miss – äh – nun ja. Darf man fragen ... Aber vielleicht nicht jetzt. Mir scheint, Sie hatten einen kleinen Unfall. Bitte, kommen Sie mit mir.«

Ihren Kopf gesenkt, ließ Molly sich ins Haus führen. Ramses schaute zu seiner Frau. »Was zum Teufel ...«, setzte sie an.

»Deine Ausdrucksweise«, krittelte Ramses. »Komm rein und schließ die Tür. Davy, nein!«

Er schnappte sich den Kleinen, bevor dieser verschwinden konnte, und trug ihn zurück.

»Tja«, meinte Emerson. »Ist das eine Überraschung. Was macht sie denn hier?«

»Sie ist die Reisebegleiterin von Mrs. Fitzroyce«, antwortete Ramses ihm. »Sie war am Westufer, weil sie Justin gesucht hat.«

Der Junge grinste unbekümmert. »Aber sie hat mich nicht gefunden. Bin ich froh. Ich hatte eine schöne Zeit mit meinen Freunden und der bezaubernden Mrs. Emerson.«

Ramses hob an: »Sie sollten sich ...« Er stockte. Es stand ihm nicht zu, den Jungen zurechtzuweisen.

»Ich möchte bitte noch eine Tasse Tee«, bat Justin höflich. »Und Evvie hätte gerne noch einen Keks.«

Sein charmantes Lächeln war auf Evvie geheftet, die neben ihm stand und nur Augen für die Gebäckschale hatte. Justin tätschelte ihr die Wange. »Ich mag sie«, verkündete er. »Ich mag alle diese Kinder.«

* * *

Ich hatte ein ziemlich langes Gespräch mit Molly oder – wie sie es vorzog – Maryam, während ich den verletzten Arm säuberte und verband. Das Gespräch verlief allerdings etwas einseitig. Ihre Antworten auf meine Fragen waren kurz und unerquicklich, ihre Haltung reserviert. Hätte ich sie nicht besser gekannt, hätte ich vermutet, dass ich sie einschüchterte. Nur einmal reagierte sie so spontan wie früher. Das war, als ich Molly enthüllte, dass ihr Vater, Sethos, sie gesucht habe und dass er über ein Lebenszeichen von ihr gewiss erleichtert sei.

»Sie dürfen ihm das nicht erzählen!«, begehrte sie auf. »Versprechen Sie es mir!«

»Das kann ich nicht versprechen. Es wird ihm sicher nicht gefallen, dass Sie sich eine bezahlte Anstellung gesucht haben. Sie müssen bei Mrs. Fitzroyce kündigen.«

»Das kann ich nicht«, sagte Maryam leise. »Sie haben doch gesehen, wie Justin ist. Er vertraut mir. Es fällt ihm schwer, sich an neues Personal zu gewöhnen, und François ist ihm zwar tief ergeben, aber er hat auch seine Schwächen.«

»Leider«, seufzte ich. »Nun, Maryam, Ihr Pflichtgefühl ehrt Sie. Was allerdings Ihren Vater betrifft ...«

»Ich möchte weder von ihm noch von anderen abhängig sein.« Trotzig reckte sie ihr Kinn. »Er kümmert sich nicht um mich. Er hat mich nur ausgenutzt!«

»Da irren Sie«, wandte ich ein.

»Mag sein. Kann ich jetzt gehen? Mrs. Fitzroyce macht sich bestimmt Sorgen um Justin.«

»Ich kann Sie nicht hier festhalten. Bitte bedenken Sie meine Worte. Ehrliche Arbeit ist keine Schande, aber diese Anstellung ist doch nichts für eine junge Frau, und als einem Mitglied unserer Familie steht Ihnen selbstverständlich unsere Hilfe zu.«

»Ich danke Ihnen.« An ihrem distanzierten Gesichtsausdruck änderte sich nichts. Sie stand auf, zog den zerrissenen Ärmel hinunter.

Trotz der grau gefärbten Haare sah sie kaum älter aus als bei unserem letzten Zusammentreffen, inzwischen musste sie achtzehn oder neunzehn sein. Ihre von langen Wimpern umrahmten rehbraunen Augen waren wie die ihres Vaters geformt. Das scheußliche Kleid konnte ihre drahtige kleine Statur nicht gänzlich kaschieren.

»Darf ich Ihnen einen Hut schenken?«

Es war ein recht hübscher Strohhut mit Schleier und künstlichen Blumen. Justin erklärte überschwänglich, dass sie beinahe hübsch aussähe. Er setzte hinzu: »Schätze, sie möchte auch eine Tasse Tee.«

»Nein«, sagte Maryam rasch. »Wir müssen aufbrechen, Justin. Deine Großmutter wird sich Sorgen machen.«

»Wir können noch nicht gehen«, kicherte Justin. »Mein Esel ist weggelaufen.«

»Ich werde das Automobil holen«, verkündete Emerson und verschwand nach einem bitterbösen Blick zu mir. Er hatte den Wagen längst nicht so oft benutzen dürfen, wie ihm vorschwebte. Allerdings war ich wie er erpicht darauf, die beiden loszuwerden, deshalb hatte ich keinerlei Einwände.

Ich hatte Emerson überredet, die Höllenmaschine in der Scheune unterzustellen, nahm aber keine Sekunde lang an, dass sie lange dort bleiben würde. Ihre Bewunderer waren zahlreich, etliche bestaunten sie sogar täglich – aus der Ferne, da Emerson und Selim klar gemacht hatten, dass demjenigen, der das Vehikel berührte, eine harte Strafe und womöglich ein böses Omen drohten. Als das Gefährt auftauchte, wunderte es mich nicht, dass Selim neben Emerson thronte. Er bastelte in seiner Freizeit häufig an dem unsäglichen Ding herum.

Der Anblick des Wagens lenkte Justin ab und weckte ganz neue Wünsche. »Ein Automobil! Kann ich mitfahren? Darf ich es lenken?«

»Wissen Sie denn wie?«, wollte ich wissen.

»Nein, aber das ist sicher ganz einfach zu lernen. Ich würde es furchtbar gern machen.«

»Niemand fährt das Automobil außer mir und Selim«, tönte Emerson stimmgewaltig.

»Selim soll sie fahren, Emerson«, riet ich. »Es ist nicht genug Platz für alle, und außerdem brauche ich dich hier.«

Emerson murrte ein bisschen, gleichwohl wusste ich, wie versessen er darauf war, die neuerlichen Entwicklungen zu diskutieren. Selim rutschte auf den Fahrersitz, und Emerson packte Justin am Revers, als dieser einsteigen wollte.

»Lassen Sie Miss – äh – den Vortritt«, wies er ihn zurecht.

Der schmächtige Jugendliche versteifte sich. »Lass ihn sofort los, Emerson.« Unvermittelt fiel mir ein, wie er neulich reagiert hatte.

»Ich bring ihn schon nicht um«, blökte Emerson und fügte sich meinen Worten. »Tun Sie, was ich Ihnen sage, Justin. Rühren Sie ja nichts an, verstanden? Sie müssen Selim gehorchen. Wenn Sie ihm irgendwelche Scherereien machen, dürfen Sie uns nie wieder besuchen. Selim, du lieferst den jungen Mann höchstpersönlich auf der Dahabije ab.«

»Das ist nicht nötig«, wandte Maryam ein. »Er wird mir nicht weglaufen, was, Justin?«

»Bestimmt nicht.« Er lächelte verschmitzt. »Einen schönen Tag noch. Ich werde Sie bald wieder sehen.«

Nicht ohne Genugtuung beobachtete ich, wie das Automobil in einer Staubwolke verschwand. Es schien fabelhaft zu funktionieren. Darauf bat ich Fatima, den Kinderfrauen auszurichten, dass sie die Kleinen zu Bett bringen sollten. Die Eltern machten keinerlei Anstalten, sich an dieser Aktion zu beteiligen; alle blieben schweigend sitzen und warteten darauf, dass ich das Wort ergriff. Ich ließ mich ein wenig schwerfällig in einen Sessel sinken. »Es ist zwar noch früh, aber wenn mir jemand einen Whisky-Soda anbieten würde, wäre ich nicht abgeneigt.«

Emerson verstand meinen Wink und mixte sich selbst auch einen. Als er Walters bestürztes Gesicht gewahrte, drückte er ihm ebenfalls ein Glas in die Hand.

»Kopf hoch, Walter. Das ist die bislang letzte unbekannte Verwandte, die du kennen lernst.«

»Das will ich auch schwer hoffen.« Walter nahm einen tiefen Schluck. »Haben wir denn keine seriöseren verschollenen Angehörigen?«

»Meines Wissens ist Maryam absolut seriös«, erwiderte ich, wie immer bestrebt, nah an der Wahrheit zu bleiben. Ich hatte zwar gewisse Vermutungen, sicher war ich mir jedoch nicht.

»Aber sie ist ...«

Ich unterbrach ihn mit einer schroffen Handbewegung, denn ich ahnte bereits, welches Wort ihm auf der Zunge lag. Sennia hielt sich nicht mehr für »eins von den Kindern«; sie war geblieben und lauschte andächtig. Unehelichkeit war aber kein Thema, das ich in ihrem Beisein zu erörtern gedachte. Sie hatte den Begriff – und sogar Schlimmeres – von ihren ungehobelten Mitschülern in Kairo aufgeschnappt; als sie irgendwann völlig verstört zu mir gekommen war und ihn erklärt haben wollte, hatte ich sie zu überzeugen versucht, dass sich nur ignorante Menschen über solche Dinge aufregen würden.

»Was hältst du von ihr, Sennia?«, fragte ich.

Sennia spitzte die Lippen und sortierte die Armreifen an ihren schlanken, braunen Handgelenken. »Ich mag sie nicht. Ich mochte sie schon damals nicht.«

»Wir dürfen nicht nachtragend sein, Sennia. Sie hat eine harte Zeit hinter sich, und letztlich gehört sie zur Familie.«

»Wie ist sie mit mir verwandt?«

»Nicht mehr als Hekabe mit Hamlet«, murmelte Ramses.

»Vermutlich eine Cousine irgendwelchen Grades. Stimmt's, Mutter?«

»Lass mich überlegen. Sennias Vater war mein Neffe, und Maryam ist ...« Leicht konfus leerte ich mein Glas. »Ach, was spielt das für eine Rolle?«

Sennia ließ sich nicht abwimmeln. »Wie ist sie mit Ramses verwandt?«

»Zeit fürs Bett, Sennia.« Ich gab es auf.

»Ihr wollt bloß über Dinge reden, die ich nicht hören soll.« Sennia erhob sich würdevoll und glättete ihre Röcke. »Ich habe verstanden. Gute Nacht allerseits. Ich mag sie trotzdem nicht.«

»Es ist bedauerlich.« Evelyn schüttelte den Kopf. »Emerson hat uns von ihr erzählt, als du bei ihr warst, Amelia. Hat sie dir geschildert, wie es zu dieser Anstellung gekommen ist?«

»Kurz.« Ich nippte an meinem Whisky. »Ihr Mann ist überraschend gestorben – er war um einiges älter als sie – und hat ihr nichts hinterlassen. Anscheinend hatte er unklug spekuliert. Sie musste ihren Verlobungsring verpfänden, um ihn beerdigen zu können.«

»Nach der Beschreibung des Diamanten zu urteilen, muss es ein extravagantes Begräbnis gewesen sein«, murmelte Nefret.

»Wie dem auch sei, Nefret, sie musste eine Lösung finden. Gesellschafterin war die einzige Beschäftigung, für die sie sich eignete, allerdings stellte sie ziemlich schnell fest, dass ihr jugendliches Aussehen nachteilig war. Von daher die grauen Haare und das auf ältlich geschminkte Gesicht. Ich schätze, diesbezüglich hat sie das Geschick ihres Vaters geerbt. Trotzdem fand sie keine Anstellung, bis sie auf die Anzeige einer Dame stieß, die den Winter in Ägypten verbringen wollte und eine Reisebegleiterin suchte, die das Land kennt. Zweifellos«, setzte ich hinzu, »begünstigten das Alter und die Sehschwäche von Mrs. Fitzroyce den Erfolg von Maryams Maskerade.«

»Das ist ja alles höchst interessant«, meinte Ramses in einem Ton, der vom exakten Gegenteil zeugte. »Was ich jedoch wissen will, ist, warum man sie heute überfallen hat. Als ich die Schreie hörte, dachte ich, irgendein zudringlicher Bettler würde eine

Touristin belästigen, aber der Kerl ist mit einem Messer auf sie losgegangen. Derartige Dinge sind hier völlig untypisch.«

»Das hab ich sie natürlich auch gefragt«, räumte ich ein.

»Und, was hat sie gesagt?«

»Dass sie keine Ahnung hat, warum man sie tätlich angegriffen hat. Trotzdem muss es einen Grund geben«, entschied ich. »Kein plausibler Grund – für Gewalttätigkeit gibt es keine Entschuldigung –, aber irgendwas, das sie getan hat oder getan haben soll, und das den Wunsch nach Vergeltung nährt.«

»Was für ein Quatsch!«, platzte Emerson heraus. »Deine melodramatische Fantasie, Peabody, geht mal wieder mit dir durch. Was kann sie denn getan haben, sie ist ja noch ein halbes Kind!«

»Und du, Emerson, gehst in deiner männlichen Naivität ständig davon aus, dass Jugend und ein hübsches Gesicht Unschuld garantieren. Nun, ich gebe zu, dass leicht erregbare Menschen schon bei einem relativ harmlosen Affront überreagieren, aber bedenkt meine Worte, hinter dieser Sache steckt mehr, und zu ihrer Sicherheit müssen wir herausfinden, was es ist. Ich habe sie heute gehen lassen, schließlich konnte ich sie nicht festhalten, aber ich hoffe, sie letztlich doch zu überzeugen, dass sie zu uns kommt.«

»Hierher?«, japste Nefret.

»Wenigstens so lange, bis ihr Vater sich um sie kümmern kann. Er sagte, dass er uns bald wieder aufsuchen wird, dennoch werde ich ihm eine Nachricht schicken. Sie ist ihm immer noch böse, aber da rede ich ihr noch mal ins Gewissen. Emerson, wolltest du etwas sagen?«

»Nein«, sagte Emerson.

»Du hast mit den Augen gerollt und die Lippen bewegt.«

»Ich darf doch wohl noch meine Mimik ändern, ohne dich um Erlaubnis zu fragen.«

»Hmmm. Wie ich eben andeutete, wird sie zunehmend mehr Verständnis für ihn zeigen. Armut ist über jeden Stolz erhaben. Es ist unsere Christenpflicht, Vater und Tochter miteinander zu versöhnen und einem Not leidenden Mitglied unserer Familie zu helfen.«

»Teufel noch«, entrüstete sich Emerson. »Wenn du mir mit frommen Sprüchen kommst, ist alles zu spät.«

»Was hast du dagegen, dass sie hier wohnt?«

»Nichts. Absolut nichts, verfl...ixt noch mal. Das Mädchen tut mir Leid, aber ...«

»Eine Vorahnung!«, kreischte ich. »Hast du eine Vorahnung?«

»Ich habe nie Vorahnungen! Reiner Aberglaube, völliger Kokolores. Du bist die Einzige, die ...«

»Da ist eine Sache, die mich beunruhigt«, unterbrach Nefret, meinem Gatten den Wind aus den Segeln nehmend. »Justin. Wenn sie hier ist, wird er wieder herkommen. Ihr habt gesehen, wie er zu den Kindern war.«

»Er war ganz reizend zu ihnen«, sagte Lia. »Und sie mögen ihn offensichtlich.«

»Oh, er ist reizend«, bekräftigte Nefret. »Und absolut unberechenbar. Wenn er sie überredet, mit ihm zu spielen oder ihn auf einem Spaziergang zu begleiten, könnte er einen Anfall erleiden oder einfach weggehen und sie im Stich lassen.«

Ramses reagierte ungewöhnlich heftig. »Nefret, das kann unmöglich passieren. Selbst wenn er uns wieder besucht – was er wahrscheinlich tun wird, ob sie nun hier ist oder nicht –, wird niemand so gedankenlos sein, ihn mit einem der Kinder allein zu lassen oder sie ihm mitzugeben.«

»Sehr richtig«, erklärte ich.

Offen gestanden beunruhigte mich Maryams Auftauchen mehr, als ich zugeben wollte. Welche Veranlassung hatte ich indes, dem Mädchen zu misstrauen? Während unserer kurzen Bekanntschaft war sie eine Nervensäge gewesen, eigensinnig und aufsässig, aber keine Bedrohung. Ihr Vater glaubte, dass sie nach ihrem Verschwinden einen männlichen Beschützer gefunden habe, aber selbst wenn das stimmte, müsste man sie eher bedauern als verurteilen.

»Hier wird es nie langweilig«, erklärte ich aufgeräumt. »Ich würde sagen, wir bereiten uns auf unsere Gäste vor.«

Als die Vandergelts eintrafen, hatte ich gebadet und mich umgezogen und ein Telegramm verfasst. Emerson hatte darauf bestanden, es vor der Übermittlung zu lesen.

»Ich wollte nicht zu sehr ins Detail gehen«, erklärte ich. »Sethos' Kollege Smith, der Mitteilungen an ihn weiterleiten wollte, ist kein Mensch, dem man Persönliches anvertraut.«

»Er hat dergleichen schon einmal gegen uns verwendet«, knurrte Emerson. »Mmmh. Tja, so müsste es gehen. *Verschollene Person gefunden. Komm möglichst umgehend.* Ich werde Ali zum Telegrafenamt schicken.«

Nachdem das erledigt war, konnte ich unsere Gäste entspannt lächelnd begrüßen. Gegen Abend hatte es aufgefrischt, deshalb setzten wir uns in den Salon und nicht auf die Veranda.

»Hoffentlich sind wir nicht viel zu früh«, sagte Cyrus, denn Evelyn und ich waren die einzigen Familienmitglieder im Raum.

»Nein, die anderen verspäten sich«, tadelte ich milde. »Verzeiht. Ich versuche, allen gute Manieren einzuimpfen, aber manchmal denke ich, es ist hoffnungslos, vor allem bei Emerson.«

»Und Walter.« Evelyn lächelte. »Sicher hat er wieder ein paar Minuten für seine Texte abgezweigt. Wenn er in eine knifflige Übersetzung vertieft ist, vergisst er alles um sich herum.«

Lia und David traten ein, kurz darauf folgte Nefret. Ramses glänzte durch Abwesenheit, und Nefrets Mienenspiel schwankte zwischen Besorgnis und Verärgerung. »Es tut mir aufrichtig Leid«, hub sie an.

»Aber nicht doch«, beschwichtigte Katherine. »Waren die Kinder heute Abend unruhig?«

»Unsere schon«, erwiderte David. »Wir haben sie heute Nachmittag zu Abdullahs Grab mitgenommen. Sie haben immerfort davon erzählt. Dolly wollte jede Geschichte hören, die mir zu meinem Großvater einfiel, und Evvie hat die absonderlichsten Fragen gestellt ...«

»Sie ist erst zwei«, warf Lia ein. »Was war denn Absonderliches daran?«

»Sehen alle Toten so aus wie die in Onkel Radcliffes Büchern?« David zitierte ganz offensichtlich.

»Gütiger Himmel«, erregte sich Katherine. »Hat er den armen Kindern etwa Fotos von Mumien gezeigt?«

»Ich habe ihm das strikt verboten«, empörte ich mich.

»Es scheint sie nicht sonderlich erschüttert zu haben«, sagte David.

»Was hast du Evvie geantwortet?«, erkundigte ich mich.

»Ich habe gesagt, dass sie nicht so aussehen. Und das Thema gewechselt, bevor sie weitere Fragen stellen konnte.« David lachte.

Ich entschied, dasselbe zu tun, denn ich hatte keine Lust, den ganzen Abend über meine Enkelkinder zu plaudern.

»Wir hatten heute Nachmittag einen interessanten Gast«, setzte ich an. »Katherine, erinnern Sie sich an eine junge Person namens Molly Hamilton?«

Katherine nickte. »Dieses verzogene Kind, das den Aufstand probte, als sein Onkel ...« Sie stockte, ihre grünen Augen wurden schmal. »Major Hamiltons Nichte ... aber er war gar nicht ... Er war ...«

»Nicht Major Hamilton«, versetzte ich. »Und sie war nicht seine Nichte. Sie war ... sie ist seine Tochter.«

Andächtig schweigend lauschten sie meiner kurzen Zusammenfassung. »Die Sache wird immer verzwickter.« Cyrus schüttelte nachdenklich den Kopf. »Was haben Sie mit ihr vor?«

»Sie in den Schoß der Familie zurückholen, was sonst«, blökte Emerson von der Tür her. »Wie mein – äh – anderer Bruder einmal treffend bemerkt hat, adoptiert Amelia jeden dahergelaufenen Streuner, wenn nötig mit Gewalt.«

»Du bist spät dran, Emerson«, kritisierte ich ihn. »Also wirklich, es ist empörend! Du hast diesen Kindern abgeschmackte Bilder von Mumien gezeigt, nachdem ich strikt untersagt ... nachdem ich dich gebeten hatte, es nicht zu tun?«

Kein bisschen verstimmt wegen meiner Tirade begrüßte Emerson fröhlich grinsend unsere Gäste und trat zum Büfett, wo er sich um die Getränke kümmerte. Allerdings ließ er die Sache nicht einfach auf sich beruhen. Über seine Schulter raunte er mir zu: »Ich bin nicht der Letzte, meine Liebe. Ramses und Walter fehlen noch.«

»Umso schlimmer, Emerson. Warum gehst du nicht und holst sie?«

»Wozu sollte ich mir die Mühe machen?« Emerson reichte

mir ein Glas. »Setz dich, Peabody, und trink deinen Whisky. Ich höre sie kommen.«

Sie kamen zusammen, so vertieft in ihr Gespräch, dass Walter vermutlich ringsum alles ausgeblendet hatte, bis Ramses, der ihn untergehakt hatte, stehen blieb und ihn auf die Gäste aufmerksam machte.

»Ihr müsst verzeihen.« Walter blinzelte schuldbewusst. »Haben wir euch warten lassen? Es ist allein mein Fehler. Ich bin da auf einen besonders faszinierenden Text gestoßen und wollte Ramses nach ein oder zwei eigentümlichen Begriffen fragen. Es scheint sich ...«

»Setz dich, Walter, und sei still«, sagte Emerson launig. »Keiner mag deine eigentümlichen philologischen Interessen teilen. Vandergelt, erstaunt mich, Sie neuerdings nicht mehr in Deir el-Medina anzutreffen. Wollen wohl Ihren Teil der Konzession vernachlässigen?«

»Sie geben die Hoffnung nicht auf.« Cyrus strich über seinen Spitzbart. »Diese Gräber gehören mir, und ich mache mich noch früh genug wieder an die Arbeit. Wir waren beschäftigt.«

»Womit?«, erkundigte sich Emerson ehrlich überrascht.

Fatima bat zu Tisch, worauf wir ins Speisezimmer wechselten. Dort erklärte Cyrus meinem Gatten milde entrüstet, dass Präparation und Dokumentation der Schätze der Gottesgemahlinnen Vorrang vor allen anderen Aktivitäten hätten – bekannte Fakten, die Emerson aber seiner eigenen Pläne wegen bewusst ignorierte.

Gegen große Partys habe ich lediglich einzuwenden, dass man unmöglich alles mitverfolgen kann, was gesagt wird. Wir sind – ich muss mich in diesem Punkt wahrlich nicht rechtfertigen – eine eloquente und intelligente Bande, und unsere Diskussionen von daher lohnenswert. Selbst der sonst so zurückhaltende Bertie unterhielt sich angeregt mit Lia. (Ich hatte ihn neben sie gesetzt, da sie ihm vermutlich nicht so oft ins Wort fiele wie manch anderer.) Einmal spitzte ich die Ohren, das war, als er von seiner abwesenden Freundin Jumana schwärmte.

Erst gegen Ende des Essens wurde die Unterhaltung allgemeiner. Eine Bemerkung Emersons, wie üblich in ohrenbetäubender Lautstärke herausposaunt, ließ alle aufmerken.

»Ich sehe keinen Grund, warum wir da irgendwas unternehmen sollten.«

»Irgendwas unternehmen, inwiefern?«, versetzte ich.

Emersons Worte galten Ramses, der mir daraufhin antwortete. »Der Übergriff auf Molly ... Maryam, heute Nachmittag. Ich habe Vater vorgeschlagen, dass wir versuchen sollten, ihren Angreifer zu stellen.«

»Richtig«, bekräftigte Cyrus. »Das können wir nicht durchgehen lassen. Bei allem Respekt für Ihre Theorien, Amelia, die plausibelste Erklärung ist doch, dass der Bursche geistesgestört ist. Er könnte weitere Touristen anfallen. Wie wollen Sie vorgehen?«

»Erst einmal muss die Polizei benachrichtigt werden.« Ramses setzte sich über Emersons Gegrummel hinweg. »Das übernimmt Vater. Auf ihn hören sie. Außerdem schlage ich eine Belohnung vor. Unsere Burschen werden morgen Früh damit hausieren gehen. Sie kennen jeden am Westufer, und es wird sich wie ein Lauffeuer verbreiten.«

»Das macht Sinn.« Ich nickte zustimmend. »Emerson?«

»Zum Kuckuck, von mir aus«, knirschte mein Gatte.

»Morgen Früh«, wiederholte ich.

»Morgen Nachmittag«, beharrte Emerson.

Ich erklärte mich nach kurzem Zögern einverstanden, was Emerson als persönlichen Sieg wertete. Ehrlich gesagt, passte mir seine Zeitvorgabe hervorragend. Es gab noch einige andere Dinge, die ich in Luxor zu erledigen gedachte.

* * *

Sobald wir am nächsten Morgen in Deir el-Medina eintrafen, griffen wir Ramses' Plan auf, trommelten unsere Männer zusammen und berichteten ihnen von dem Vorfall. Entsetzen, Erstaunen und Entschlossenheit spiegelten sich auf ihren Gesichtern. Selim erklärte, dass es niemand aus den Dörfern am Westufer gewesen sein könnte, zumal sie genau wüssten, dass Übergriffe auf Touristen hart bestraft würden. Es gab immer ein paar harmlose Verwirrte, die herumstrolchten, sie waren allgemein bekannt, wurden mit der respektvollen Umsicht beobachtet, die Muslime Geisteskranken zollen, und waren noch nie gewalttätig geworden.

»Wir werden es allen erzählen«, versprach Selim. »Und nach Fremden fragen.«

Das war das eine. David und Evelyn waren zum Schloss aufgebrochen, Bertie und auch Sennia begleiteten uns. Dass sie mitkommen durfte, war eine Belohnung, die sie sich redlich verdient hatte. Unseligerweise hatte dies zur Folge, dass wir Gargery und Horus ebenfalls mitnehmen mussten. Beide waren eher lästig. Horus fauchte und schnappte nach jedem, der in Sennias Nähe kam; Gargery indes wollte einfach nicht wahrhaben, dass er nicht mehr schnell und stark genug war, um sie vor Gefahren zu schützen. Es war einfach grotesk zu beobachten, wie Gargery der quirligen Sennia nachhumpelte und Horus beschimpfte, der ihn vernichtend anfunkelte. Trotzdem hatte ich nicht den Mumm, Gargery oder Horus den Ausflug zu verbieten.

Da Sennia Schrifttäfelchen für Ramses sammeln wollte, überredete ich sie, mit mir gemeinsam das Geröll zu sieben, das die Männer aus einem der freigelegten Häuser schafften. Ihre scharfsichtigen Augen waren auf die hieratische Schrift geschult. In die zerbrochenen Ostraka waren statt Inschriften gelegentlich auch Zeichnungen eingeritzt. Einmal glückte es mir, eine Scherbe sicherzustellen, ehe Sennia sie entdeckte. Später gab ich sie Ramses.

»Danke, Mutter«, sagte er. »Ist das ... Oh. Guter Gott. Hat Sennia sie gesehen?«

»Nein, ich habe sie gebeten, Emerson zu helfen. Meines Wissens hast du ihr erlaubt, Scherben zusammenzufügen; ich kann nur hoffen, dass sie nicht auf Ähnliches gestoßen ist.«

»Ich auch«, murmelte Ramses, das Fragment an den Rändern festhaltend. »Aber ich glaube nicht, Mutter. Wie ich Sennia kenne, hätte sie mir Derartiges gezeigt und mich mit Fragen gelöchert. Ich werde mir die anderen noch einmal genauer ansehen, bevor ich sie daran arbeiten lasse.«

»Dies ist ein Teil von einem größeren Stück. Siehst du, dort unten, wo dieses Glied ...«

»Ja«, sagte Ramses rasch. Er war peinlich berührt, nicht wegen der Zeichnung als solcher, sondern weil ich freimütig darüber redete. Junge Menschen akzeptieren einfach nicht, dass ihre Eltern – vor allem ihre Mütter – mit den Mechanismen des menschlichen Körpers vertraut sind.

»Das erinnert mich«, fuhr ich fort, »an die Zeichnungen auf jenem Papyrus im Turiner Museum.«

»Wie zum Teufel ...« Ramses wäre fast die Tonscherbe entglitten. »Entschuldigung, Mutter. Wieso konntest du ihn dir anschauen? Frauen ist es nicht gestattet ...«

»Habe ich mich jemals von irgendwelchen albernen Konventionen abschrecken lassen? Es ist zwar nicht bewiesen, aber es kann gut sein, dass dieser Papyrus zu Beginn des vorigen Jahrhunderts hier in Deir el-Medina gefunden wurde. Die Dorfbewohner scheinen ein – äh – lebensfrohes Völkchen gewesen zu sein.«

»Mag sein«, sagte Ramses errötend. »Wenn du mich bitte entschuldigst, Mutter ...«

»Warte. Ich möchte noch eine andere Sache mit dir besprechen.«

Widerstrebend hockte Ramses sich auf den Boden. Zweifellos würde er das nun folgende Thema noch peinlicher finden, doch wenn ich meinen Sohn richtig einschätzte, schwante es ihm bereits. Ich kam direkt zur Sache.

»Das Wiederauftauchen von Maryam wirft ein völlig neues Licht auf das Ereignis mit der verschleierten Hathor und stützt eine unserer Theorien. Sie war nicht auf meiner Liste ...«

»Liste?« Er biss die Kiefer aufeinander, seine Lider wurden schmal. »Was für eine Liste, Mutter? Das darf doch nicht wahr sein!«

»Die Liste war ein unverzichtbarer Bestandteil meiner kriminalistischen Ermittlungen.«

Ramses schob seinen Helm zurück und bedeckte sein tiefrotes Gesicht mit den Händen. »Vermutlich hast du dich mit Nefret ausgetauscht«, murmelte er hinter zusammengepressten Fingern.

»Mein lieber Junge, wie kannst du so etwas von mir denken?

Ich habe gewartet, bis wir unter vier Augen sind, bevor ich das Thema anschneide. Und außerdem«, fuhr ich fort, »kannst du dir die falsche Bescheidenheit sparen. Emerson wird gleich nach dir rufen. Maryam, oder Molly, meinte, in dich verliebt zu sein ...«

»Um Himmels willen, Mutter, sie war erst vierzehn. Es war eine Jungmädchenschwärmerei, mehr nicht.«

Ich musste ihn nicht daran erinnern, was sie getan hatte; er hatte das Bild vermutlich ebenso deutlich vor Augen wie ich: allein mit ihm in seinem Zimmer, ihr heruntergestreiftes Kleid enthüllte knospende, aber durchaus weibliche Formen. Was diesem Augenblick vorausgegangen war, brauchte ich gar nicht erst zu fragen. Sie war die Provokateurin gewesen, und er hatte mich umgehend gerufen.

»Wie dem auch sei, vielleicht glaubte sie sich von dir zurückgewiesen«, sann ich laut. »Vierzehn ist ein schwieriges Alter, da ergeht man sich in Melodramatischem und Rachegelüsten.«

»Aber doch nicht vier Jahre lang!« Ramses wischte sich mit seinem Hemdsärmel die schwitzende Stirn.

»Gab es noch andere, die dir vielleicht eins auswischen wollen?«

Statt zu protestieren, zog er hilflos die Schultern hoch. »Wie zum Teufel soll ich wissen, was eine Frau fühlt ... Aber, na ja, Mutter, wenn du darauf beharrst. Da war diese Dolly Bellingham. Dass ich ihren Vater getötet habe, spricht nicht unbedingt für mich.«

»Das war Notwehr«, versetzte ich. »Natürlich habe ich auch an sie gedacht ...«

»Natürlich«, seufzte Ramses.

»Aber sie war ein dermaßen egozentrisches kleines Biest, sie hat überhaupt nichts für ihren Vater empfunden. Und leicht zu beeinflussen, findest du nicht?«

»Korrekt.« Widerwillig grinste Ramses. »Vermutlich hat sie seither ein Dutzend Männer gehabt.«

»Ich hätte es anders umschrieben, aber im Prinzip hast du Recht. Noch jemand?«

»Nein. Da ist Vater, er sucht mich. Entschuldigst du mich bitte?«

Ich ließ ihn gehen, da ich ohnehin nicht mehr aus ihm herausgebracht hätte – zu diesem Zeitpunkt. Zweifellos hatte er Recht mit Maryams vorübergehender Schwärmerei; gleichwohl hatte sie einen anderen, stichhaltigeren Grund, uns alle zu hassen. Ich fragte mich, ob Ramses vergessen hatte, dass ihre Mutter ein gewaltsames Ende durch einen unserer Männer gefunden hatte – wir hatten nie in Erfahrung gebracht, wer es war. Bertha hatte versucht, mich umzubringen, aber Maryam sah das womöglich anders. Ich erinnerte mich dunkel an Sethos' Worte: »Wenn sie mir den Tod ihrer Mutter vorwirft, was mag sie dann erst von dir denken?«

Ich gab mir einen Ruck und zwang mich zur Vernunft. Ich hatte freilich in vieler Hinsicht keine Ahnung, was das Mädchen dachte, und ihr Vater auch nicht.

Kurzum: Ich würde sie in meine Liste aufnehmen.

Gegen Nachmittag schleifte ich Emerson aus dem Ausgrabungsgelände und zwängte ihn in einen korrekten Anzug. Alle wollten mitkommen. Wir wollten im Winter Palace essen, nachdem wir unsere diversen Aufträge erledigt hätten. Daoud hatte angeboten, uns mit seinem neuen Boot überzusetzen. Er hatte es für einen seiner Söhne gekauft, der damit Touristen nach Luxor und zu den Tempeln am Westufer brachte. Sabir, so sein stolzer Vater, sei einer der erfolgreichsten Kleinunternehmer, was nicht verwunderte, denn sein Schiff fiel einem sogleich ins Auge – schön gestrichen, makellos sauber, mit Teppichen ausgelegt, bunte Kissen säumten die Sitzreihen zu beiden Seiten.

Als wir am Dock festmachten, verkündete Daoud, dass er in der Zwischenzeit Verwandte besuchen und uns später zurückbringen wolle. Ich versuchte, ihn davon abzubringen, aber er war nicht umzustimmen, und als sich weitere Bootsleute einfanden, begriff ich, dass er es auf ein Schwätzchen mit seinen Freunden abgesehen hatte. Wir anderen trennten uns schließlich. David und Walter wollten diverse Händler besuchen und sich Artefakte ansehen; Evelyn und Lia entschieden sich für einen Stadtbummel. Ich schlug ihre Einladung aus, sie zu begleiten.

»Schätze, du willst mit mir zur Polizei gehen«, sagte Emerson resigniert.

»Aber nein, mein Schatz, das überlasse ich dir. Ramses, begleitest du deinen Vater?«

Ramses nickte. »Ich glaube, wir sollten die Polizei über die Skrupellosigkeit der Jäger informieren. Wir treffen euch später im Hotel.«

Gemeinsam schlenderten sie über die staubige Straße davon. »Die sind wir los«, sagte ich zu Nefret, die bei mir geblieben war.

»Ja. Schätze, du willst Mrs. Fitzroyce aufsuchen. Und Vater wäre strikt dagegen.«

»Deshalb wollte ich ihn ja loswerden. Immerhin verstehst du die Notwendigkeit für einen solchen Besuch.«

»Ich kann verstehen, warum du ihn für notwendig hältst.«

»Siehst du es anders?«

»Ich weiß nicht recht«, meinte Nefret stirnrunzelnd. »Ich habe nichts gegen das Mädchen, und ich fände es schön, wenn sie sich mit ihrem Vater aussöhnen würde.«

»Aber?«

»Aber ...« Nefrets Stirn glättete sich, und sie schenkte mir ein verständnisvolles Lächeln. »Kein Aber. Du hast angeboten, ihr zu helfen. Ich an deiner Stelle würde ihren nächsten Schritt abwarten. Nun, das musst du entscheiden.«

Die *Isis* war eines von wenigen privaten Hausbooten, die neben den Touristendampfern vertäut lagen. Nefret stieß einen leisen Pfiff aus (eine undamenhafte Angewohnheit, die sie sich von Ramses abgeguckt hatte), als sie das Schiff entdeckte. Es war eine dampfbetriebene Dahabije, in meinen Augen eine der größten und aufwändigsten. Das Messing der Reling glänzte, goldfarbene Troddel schmückten das rotgoldene Sonnensegel auf dem Oberdeck. Der Name des Schiffes prangte in goldenen Lettern am Rumpf, die englische Flagge wehte am Heck. Eine breite, teppichbedeckte Gangway führte vom Boot zum Ufer. An Deck war niemand zu sehen, doch sobald ich den Steg betrat, tauchte ein Mann in ägyptischer Tracht auf, begrüßte mich auf Englisch und erkundigte sich nach meinem Anliegen. Ich erwiderte auf Arabisch, dass ich die Sitt besuchen wolle. »Bring ihr das.« Ich gab ihm meine Karte. »Und frag sie, ob sie mich empfangen möchte.«

Er verbeugte sich übertrieben höflich, aber statt seinem Auftrag nachzugehen, händigte er die Karte einem weiteren Diener aus, der geräuschlos hinzugetreten war. »Warten Sie hier«, wies er uns an.

Er war ein kräftiger, muskelbepackter Bursche, der uns ansonsten gewiss aufgehalten hätte. Verständlich, dass Mrs. Fitzroyce sich vor Eindringlingen schützen wollte, wusste ich doch aus eigener Erfahrung, wie skrupellos sich manche Zeitgenossen an Personen heranmachten, die sie für wichtig hielten.

Wir warteten nicht lange. Als der zweite Diener zurückkehrte, wurde er von einem stämmigen Individuum begleitet, dessen pechschwarzes, dichtes Haar ein Fez zierte. Sein Gesicht war praktisch quadratisch. Es war ein junges Gesicht, hellhäutig und gutmütig, umrahmt von einem Rauschebart. Er trug formelle Kleidung, Schwalbenschwanz mit gestreifter Hose und dazu eine auffällig mit rosafarbenen Rosen bestickte Weste.

»Es ist mir eine Ehre, Sie kennen zu lernen, Sitt Hakim.« Er nickte bekräftigend und strahlte. »Ich bin Dr. Mohammed Abdul Khattab, Mrs. Fitzroyces Leibarzt.«

Ich stellte ihm Nefret vor, was weiteres Nicken und Lächeln nach sich zog. »Ich hoffe doch, dass Mrs. Fitzroyce nicht krank ist?«, erkundigte ich mich.

»Es ist lediglich das Alter«, sagte der Arzt höflich. »Sie wird Sie empfangen, aber ich darf Sie daran erinnern, dass sie leicht ermüdet.«

»Sie dürfen«, erwiderte ich. »Wir bleiben nicht lang.«

Die Vorhänge im Salon waren zugezogen, um direktes Sonnenlicht zu vermeiden. Gleichwohl war es hell genug, sodass ich alles erkennen konnte. Der Raum war elegant möbliert – übermöbliert, um ehrlich zu sein – mit einem Pianoforte, reihenweise Bücherregalen, Tischen und Stühlen und Sofas. Es war eine Reminiszenz an den Stil der Jahrhundertwende, genau wie die Dame, die uns erwartete. Sie saß kerzengerade in einem Armlehnstuhl, ihre Hände auf den Knauf eines Gehstocks gestützt, ihr Witwenschleier war so schwarz und dicht wie der jener verblichenen Königin, die ihrem Gemahl – meiner Ansicht nach – viel zu lange nachgetrauert hatte. Sie trug altmodische Halbhandschuhe aus schwarzer Spitze. Dr. Khattab trat dienstbeflissen zu ihr, fasste ihre Hand und fühlte ihren Puls. Sie schüttelte ihn ab.

»Ich glaube, Mrs. Emerson wird verstehen«, krächzte sie mit ihrer Fistelstimme, »dass mir ihr Besuch willkommen ist, auch wenn ich nicht in Begeisterungsstürme ausbreche.«

»Selbstverständlich.« Ich quittierte ihren kleinen Scherz mit einem höflichen Lächeln.

»Bitte, nehmen Sie doch Platz«, fuhr sie fort. »Darf ich Ihnen Tee anbieten?«

»Nein, danke. Wir werden nur ein paar Minuten Ihrer kostbaren Zeit beanspruchen. Wir wollten uns ...«

»Über meinen Enkel beschweren«, fiel sie mir ins Wort.

Sie schien ein offenes Wort zu schätzen, folglich kam ich gleich zur Sache. »Nein, wir sind hier, um uns über Justins Diener zu beschweren. Wegen ihm ist mein Gatte gestern von einer Klippe gestürzt.«

»Ich gehe davon aus, dass er nicht ernsthaft verletzt ist.«

Es waren nicht die Worte, sondern der Tonfall, der mich ärgerte. Das Alter genießt Privilegien, aber Taktlosigkeit zählt meines Erachtens nicht dazu.

»Nein«, versetzte ich. »Halten Sie François für geeignet, einen so sanftmütigen Jungen wie Justin zu beaufsichtigen?«

»Das ist wohl eher eine als Frage getarnte Kritik. Ganz offensichtlich tue ich das, sonst würde ich ihn nicht beschäftigen.« Weniger selbstherrlich fuhr sie fort: »Ich bedaure den Vorfall mit Ihrem Gatten, ich habe bereits mit François gesprochen. Es wird nicht wieder vorkommen. Warum haben Sie meiner Reisebegleiterin diesen Hut gegeben?«

Der abrupte Themenwechsel verschlug mir kurzzeitig die Sprache, aber natürlich erholte ich mich rasch. »Sie hatte ihren verloren, und es wäre unschicklich gewesen, wenn sie sich ohne Kopfbedeckung in der Öffentlichkeit gezeigt hätte.«

»Es ist ein schöner Hut«, murmelte Mrs. Fitzroyce. »Als ich jung war, hatte ich einen noch schöneren. Ein ausgestopfter Kakadu mit Augen aus Rubinen thronte darauf.«

Ihr Kopf wippte auf und nieder, während sie mit leiser, sentimentaler Stimme erzählte, völlig anders als ihr herrschsüchtiger Ton von vorher. Fragend schaute ich zu dem Mediziner. Er zuckte lächelnd die Schultern. Offenbar hatte die alte Dame ebenfalls »Anwandlungen« und war unvermittelt in irgendwelche senilen Erinnerungen abgedriftet.

»Ist sie hier?«, erkundigte ich mich.

»Nein, sie ist seit zwanzig Jahren tot«, murmelte Mrs. Fitzroyce. »Sie war ein hübsches Mädchen, natürlich nicht so hübsch wie ich ...«

»Miss Underhill hat Justin und François nach Karnak begleitet«, sagte der Arzt sanft.

»Stimmt«, zischte Mrs. Fitzroyce, mit einem Schlag wieder ganz da. »Wieso beantworten Sie an mich gerichtete Fragen, Khattab?«

»Ich bitte um Verzeihung, Madame.« Sein Lächeln schien wie festgeklebt.

Da ich nicht wusste, wie lange die alte Dame aufnahmefähig sein würde, sagte ich rasch: »Wir, Miss Underhill und ich, haben entdeckt, dass wir gemeinsame Bekannte haben. Es wäre schön, wenn sie uns einmal besuchen könnte, zu einem gemeinsamen Abendessen oder auch für einen ganzen Tag.«

»Sie ist ein gutes Mädchen«, murmelte Mrs. Fitzroyce. Ich war mir nicht sicher, ob sie die längst verstorbene Schönheit oder Maryam meinte, bis sie fortfuhr: »Sehr pflichtbewusst. Hat noch keinen einzigen Tag gefehlt, seit sie bei mir ist.«

Matt hob sie eine Hand, die Dr. Khattab sogleich ergriff. »Schwacher Puls«, meinte er skeptisch. »Zu schwach, werteste Madame.«

»Wir ermüden Sie.« Ich erhob mich. »Guten Tag.«

»Hat die hübsche Mrs. Emerson noch etwas dazu zu sagen?«, fragte die alte Dame.

»Ebenfalls einen guten Tag«, sagte Nefret und stand auf.

»Sie sind sehr hübsch«, meinte Mrs. Fitzroyce versonnen. »Aber nicht so hübsch, wie sie es war.«

Der Arzt blieb bei seiner Patientin, und einer von der Schiffscrew begleitete uns zur Gangway.

»Du hast ihr gar nichts von Maryam erzählt«, sagte Nefret leise.

»Es gehört sich nicht, dass ich mich zu sehr einmische und Maryams Geheimnis ausplaudere. Ihre Chefin, Mrs. Fitzroyce, ist eine interessante Person, oder?«

»Sie ist bestimmt ein ziemlicher Drachen gewesen, als sie geistig noch voll auf der Höhe war. Kein Wunder, dass sie so viel Personal brauchen, wo Mrs. Fitzroyce so geschwächt und Justin völlig unberechenbar ist.«

Da es noch früh war, schlenderten wir in Richtung Suk. Luxor ist keine große Stadt; schon nach kurzer Zeit trafen wir auf Lia und Evelyn. Auf meinen Vorschlag hin nahmen wir gemeinsam die Suche nach Walter und David auf, die vermutlich jedes Zeitgefühl verloren hatten. Wir fanden sie im Laden dieses alten Gauners Omar, wo sie Tee schlürfend seine Kollektion zweifelhafter Papyri und Uschebtis begutachteten. Omars Geschäft war immer einen Besuch wert, da er gelegentlich echte Artefakte unter seine gefälschten Stücke mischte. Ich glaube, er genoss es, seine Kunden auf die Probe zu stellen, denn er gab seine Gaunereien freimütig zu. David hatte ein geschultes Auge für Fälschungen, da er in seiner Jugend Ähnliches gefertigt hatte.

»Was, ist denn schon Teezeit?«, erkundigte er sich, als wir das Geschäft betraten. »Ich stehe euch zur Verfügung; Omar hat nichts Interessantes, außer dieses Isis-Amulett, aber das ist zu teuer.«

Omar rang seufzend die Hände. »Zu teuer? Ich gebe es dir für weniger, als ich selber dafür gezahlt habe!«

»Ich nehme an, du hast ihn über Schmuck im Allgemeinen und Armbänder im Besonderen ausgefragt«, forschte ich, nachdem wir uns von Omar verabschiedet hatten – ohne das Amulett zu kaufen.

»Ich habe meine Fühler ausgestreckt«, räumte David ein und

bot mir seinen Arm. »Cyrus scheint den Diebstahl resigniert hinzunehmen, gleichwohl bleibt es mir ein Rätsel, wie Martinelli und seine Bande spurlos verschwinden konnten.«

»Völlig unproblematisch, in Kairo unterzutauchen, das solltest du doch wissen. Soweit ich das ermessen kann, ist er dort. Wäre er in Luxor geblieben, hätten wir ihn längst geschnappt.«

Von den erhöhten Terrassen des Winter Palace genoss man einen sagenhaften Blick über den Fluss bis zu den Klippen am Westufer. Sie schienen im Abendlicht zu erglühen, der Fluss reflektierte sämtliche Rot- und Violetttöne des Sonnenuntergangs. Ramses wartete schon auf uns.

»Wo ist dein Vater?«, wollte ich wissen.

»Er wollte noch kurz bei Cook's vorbeischauen.« Er setzte sich wieder und winkte einem Kellner. »Sie betreuen die meisten Exkursionen, von daher können sie die teilnehmenden Jäger womöglich noch besser überwachen als die Polizei.«

Nefret giggelte. »Lia, was hältst du davon, wenn wir hinlaufen und an der Tür lauschen? Ich höre es für mein Leben gern, wenn Vater anderen die Leviten liest.«

Lia lachte, und Ramses sagte: »Nefret, du bist so gut gelaunt. Was hast du mit Mutter ausgeheckt?«

Nefret begann mit einer lebhaften Schilderung unseres Besuchs bei Mrs. Fitzroyce. Nach wenigen Sätzen wurde sie von Emersons Eintreffen unterbrochen, und auf seine Bitte hin fing sie noch einmal an.

»Ich wusste, ihr würdet hingehen«, beteuerte Emerson mir gegenüber.

»Nein, das wusstest du nicht.«

»Ich hab dir einen Whisky-Soda bestellt, Vater«, sagte Ramses in dem vergeblichen Bemühen, Emerson abzulenken. »Ich hoffe, es ist in deinem Sinne.«

»Danke, mein Junge. Doch, werte Amelia. Und«, fuhr Emerson triumphierend fort, »ich werde dir auch sagen, woher ich es wusste. Wir haben Daoud getroffen, auf dem Weg zu seinem Cousin, und ...«

»Er oder einer seiner geschwätzigen Freunde hat beobachtet, dass wir zur *Isis* strebten«, schloss ich für ihn. »Daoud ist eine bessere Nachrichtenquelle als jede Tageszeitung! Inzwischen weiß ganz Luxor, wo wir gewesen sind und wo wir jede Minute des restlichen Abends verbringen!«

»Was ist daran so schlimm?«, fragte David.

Wir sollten es bald erfahren.

Wir genossen einen schönen Abend in angenehmer Atmosphäre und begrüßten alte Bekannte. Um kurz vor zehn erinnerte ich daran, dass wir Daoud um ebendiese Uhrzeit treffen wollten. Er besaß keine Uhr, wusste die Zeit aber exakt nach dem Stand der Gestirne zu bestimmen (oder indem er andere Leute fragte), und er war absolut pünktlich. Er lief uns entgegen, sobald wir das Dock erreichten. Mehrere andere Schiffe schaukelten auf dem Wasser, bis auf uns war es jedoch menschenleer. Die Nachtluft war kühl, es wehte ein ziemlich starker Wind. Nachdem wir uns ins Boot gesetzt hatten, zog Daoud den Landungssteg ein, besser gesagt eine lange, schmale Planke.

Es war eine herrliche Nacht für eine Segelpartie. Der fast volle Mond zauberte silbrige Reflexe auf das Wasser, die Sterne leuchteten hell. Wir waren einige hundert Meter vom Ufer entfernt, als ich eine unangenehme Kühle an meinen Fußsohlen spürte. Bevor ich etwas äußern konnte, drang die Kälte bis zu meinen Knöcheln vor.

»Gute Güte«, erregte ich mich. »Ich glaube, wir haben ein Leck.«

»Ich glaube, du hast Recht«, sagte Emerson seelenruhig, während das Wasser unsere Waden umspülte. Die anderen hoben kreischend die Füße hoch, und Daoud, der mit Segel und Mastbaum beschäftigt gewesen war, stieß einen lauten Schrei aus.

»Das ist nicht möglich! Das Schiff ist seetüchtig!«

Obschon es das eindeutig nicht mehr war, widersprach ihm niemand. Ramses bückte sich und hob die durchnässten Teppiche hoch. Er fand die Ursache auf Anhieb und tat lautstark seine Entdeckung kund.

»In den Boden sind drei Löcher gefräst. Daoud, dreh sofort um, wir schaffen es niemals bis ans andere Ufer. Nefret, gib mir deinen Schal.«

»Zwecklos«, sagte Emerson knapp. Er kniete, tastete mit seinen Händen durch das rasch eindringende Wasser. »Die Löcher haben einen Durchmesser von mindestens drei Zentimetern. Müssen mit irgendeiner Substanz präpariert gewesen sein, die sich allmählich gelöst hat oder von den Wellen herausgespült worden ist.«

David hatte sich zu Daoud gesellt und half ihm mit dem Segel, doch das Boot schlingerte gewaltig. Es war offenkundig, dass wir noch vor Erreichen des Ufers sinken würden. Emerson zog Jackett und Weste aus. Ramses hatte dies bereits getan. Er befestigte die lange, schwere Planke am Schiffsrumpf und ließ sich ins Wasser gleiten. »Nefret!«, rief er.

Sie folgte ihm ohne zu zögern. Das Wasser hatte die Sitze erreicht und stieg weiter. »Gib's auf, David«, brüllte Emerson. »Hilf mir mit den anderen.«

Er wandte sich zu mir. Ich wusste, dass ich die langen, hinderlichen Röcke würde ausziehen müssen, hatte aber Schwierigkeiten mit den Knöpfen, weil meine Hände zitterten. Ich bin wahrlich keine geübte Schwimmerin. Doch ich hatte keine Angst um mich, weil mein geliebter Emerson bei mir war. Er schwimmt wie ein Fisch, genau wie Ramses und David. Gleichwohl machten mir die anderen, vor allem Evelyn und Walter, Sorgen. Walter nahm umsichtig seine Brille ab und steckte sie in seine Jackentasche, Evelyn schälte sich aus ihrer violetten Abendrobe und Lia kroch über die Sitzbank zu ihrer Mutter. Ich dankte Gott, dass die Kinder nicht bei uns waren.

Während ich noch an meinen Knöpfen nestelte, bekam Emerson meinen Ausschnitt zu fassen, riss das Kleid herunter, hob mich hoch und warf mich über die Reling. Ich kam spuckend an die Wasseroberfläche, unterstützt von den starken Armen meines Sohnes, und sah, dass die anderen ebenfalls über Bord gegangen waren. Emerson umklammerte mit je einem Arm seinen Bruder und seine Schwägerin und schob sie zu der Planke, an der Nefret hing. David hatte Lia im Schlepptau. Ich schob mir die nassen Haare aus den Augen und machte eine rasche Bestandsaufnahme. Ja, alle waren da und bislang unversehrt. Alle bis auf ...

Eine Woge des Entsetzens durchzuckte meinen Körper. Wie

ein dunkler Schatten in den silbergekräuselten Wellen sank das Boot und mit ihm Daoud, der hoch aufgerichtet im Bug saß. Das Letzte, was ich von ihm sah, war sein gefasstes Gesicht, die Augen geweitet und der Mund fest geschlossen, während das Wasser stieg und über ihm zusammenschwappte. Erst da fiel mir ein, dass er nicht schwimmen konnte.

6

Daoud!«, schrie ich. »Rettet ihn! Beeilt euch!«

Ich hatte jedenfalls vor, das zu schreien. Unseligerweise wusch eine Welle über meinen Kopf hinweg, was längeres Gurgeln und Prusten nach sich zog. Mit einer Hand die Planke umklammernd, blinzelte ich das Wasser aus meinen Augen und sah noch, wie Ramses' Füße unter der Wasseroberfläche verschwanden. Mein Hinweis war überflüssig gewesen; sobald er mich in Sicherheit wähnte, kümmerte er sich um Daouds Rettung.

»Halt dich fest, Peabody!«, gellte Emerson direkt in mein linkes Ohr. »Und lass um Gottes willen den Mund zu!«

Er stemmte mich hoch, bis meine Arme auf der rauen Plankenoberfläche lehnten, dann tauchte er ebenfalls nach Daoud.

Wir anderen schaukelten auf der Gangway hin und her – wie die Hühner auf der Stange. Mit einem Anflug von patriotischem Stolz gewahrte ich, dass die klatschnassen Gesichter der anderen so ungerührt waren, als wäre nichts geschehen.

Dann fiel mein Blick auf etwas Essenzielleres. Es war Daouds Kopf, die Augen weiterhin offen, der Mund geschlossen, tauchte er an der Wasseroberfläche auf. Als Nächstes kamen seine weit ausgebreiteten Arme zum Vorschein. Emerson und Ramses hatten ihn in ihre Mitte genommen.

Daoud blinzelte, schaute sich um und öffnete vorsichtig den Mund. »Und was soll ich jetzt machen?«, erkundigte er sich.

Nach Anbruch der Dunkelheit wird es ruhiger am Fluss, bis auf den einen oder anderen Touristen, der noch eine mondbeschienene Segelpartie unternehmen möchte. Offenbar hatte an besagtem Abend niemand derart romantische Neigungen; und so nahm Ramses nach kurzer Diskussion Kurs auf das Ufer. Wir anderen strampelten heftig, um Unterkühlung und Krämpfen vorzubeugen, und David hielt uns bei Laune, indem er Daoud den ersten Schwimmunterricht erteilte. Daouds Vertrauen in uns war grenzenlos; er befolgte Davids Anweisungen und stellte begeistert fest, dass seine hünenhafte Statur beinahe schwerelos dahinglitt. Ich werde mich noch lange daran erinnern, wie er da auf dem Rücken lag, einzig die Zehen und das grinsende Gesicht aus dem Wasser ragend, sein Gewand um ihn ausgebreitet wie die Schwingen eines Pelikans.

So kurzweilig das alles war, ich atmete trotzdem auf, als ich endlich ein Licht gewahrte und das Brüllen einiger Männer, die Ramses in ihrem Boot aufgeweckt hatte. Sie nahmen uns an Bord und brachten uns rasch ans Westufer, wo unsere Kutschen auf uns warteten. Daoud wollte nicht mitfahren – und es wäre auch extrem eng geworden, denn er brauchte Platz für zwei. Er trollte sich stillvergnügt, seine nassen Rockschöße flatterten im Wind, und sein sonst so makelloser Turban erinnerte an einen zermatschten Blumenkohl. Gleich nach unserer Ankunft steckten Fatima und ich Evelyn in ein heißes Bad und dann ins Bett.

»Wird sie das unbeschadet überstehen?« Besorgt beugte Walter sich über sie. Sie lächelte ihn schläfrig an, ihr fielen fast die Augen zu.

»Sie ist unterkühlt und erschöpft, aber sie wird wohl keinen bleibenden Schaden nehmen«, erwiderte ich. »Du gehörst ebenfalls ins Bett, Walter.«

»Während ihr anderen Kriegsrat haltet?« Er hatte sich abgetrocknet, die Brille wieder aufgesetzt, und seine Augen leuchteten. »Gütiger Himmel, Amelia, wer kann denn nach einem solchen Abenteuer schlafen? Ich möchte reden, möchte zuhören. Ich möchte – verflixt noch mal – einen Whisky-Soda!«

»Und etwas zu essen«, sagte Fatima entschieden. »Im Vorratskeller sind kaltes Hühnchen, Konafa, Fladenbrot und Salat ...«

»In Ordnung, Fatima, aber dann gesellst du dich zu uns. Und weck Gargery nicht auf, ich bin heute Nacht keinesfalls erpicht darauf, mir seine Zurechtweisungen anzuhören.«

Fatima hatte die Angewohnheit, uns zu jeder Tages- und Nachtzeit zu bewirten, aber in diesem Fall bestand ihr vorrangiges Motiv darin, als Erste von unserer neuesten Eskapade zu erfahren, um Gargery dann am nächsten Morgen triumphierend davon zu berichten. In dieser Hinsicht standen die beiden in hartnäckigem Wettbewerb.

Wir hatten zwar nichts Definitives vereinbart, waren aber unisono Walters Meinung; alle fanden sich ein, salopp in Bademäntel gehüllt, und fielen über Fatimas Imbiss her. Extreme körperliche Anstrengung macht hungrig.

Emerson reichte seinem Bruder den erbetenen Whisky-Soda und bemerkte: »Du scheinst sehr zufrieden mit dir, Bruderherz. Darf ich fragen warum?«

»Ich war vielleicht keine sonderlich große Hilfe«, erwiderte Walter, »aber wenigstens musste mich keiner retten.«

Ich verstand ihn nur zu gut! Er hatte befürchtet, dass er durch sein sesshaftes Leben zu träge für das Abenteuer geworden sein könnte – dass er in einer Extremsituation versagen würde. Ich lächelte ihm mitfühlend zu, doch Emerson, der die leisen Zwischentöne überhört, wetterte: »Du wirfst Daoud doch wohl hoffentlich nicht vor, dass er Hilfe brauchte?«

»Um Gottes willen, nein!«, stammelte Walter. »Du verstehst mich falsch, Radcliffe. Er war großartig. Hat kein Wort über sein Boot verloren. Ist ein erheblicher finanzieller Verlust für ihn.«

»Wir werden es ihm natürlich ersetzen oder reparieren«, räumte Ramses ein.

Nach kurzem Schweigen meinte Lia: »Weil du glaubst, dass wir gewissermaßen verantwortlich für den Verlust sind? Kann es nicht ein unglücklicher Zufall oder eine Privatfehde gewesen sein?«

Emersons buschige Brauen schossen erstaunt nach oben. »Ich bin davon ausgegangen, dass die – äh – kleine Geste uns galt. Wie üblich. Es war bestimmt kein Zufall. Jemand hat Löcher in den Schiffsboden gefräst und sie mit Lehm oder irgendeiner anderen Substanz ausgeschmiert, die sich allmählich auflösen würde.«

Entsetzt schlug Fatima die Hände vor den Mund. »Wer sollte so etwas tun?«

»Das ist in der Tat die Frage«, erwiderte Ramses. Er lehnte sich zurück und zündete sich eine Zigarette an. »Das Boot muss kurz vor unserer Rückkehr präpariert worden sein.«

»Halb Luxor wusste von unseren Plänen«, sinnierte ich. »Trotzdem ist der Missetäter ein Risiko eingegangen. Wären wir eine halbe Stunde später gekommen, wäre das Boot bereits voll Wasser gelaufen. Eine halbe Stunde eher und wir hätten ihn auf frischer Tat ertappt. Hat ihn denn keiner gesehen oder gehört?«

»Es war niemand in der Nähe«, meinte Ramses. »Die meisten Bootsleute waren nach Hause gegangen. Das Risiko war gar nicht so groß, weißt du. Wäre er bei unserer Rückkehr noch nicht fertig gewesen, hätte er uns früh genug bemerkt, um Fersengeld zu geben.«

»Wir dürfen uns nichts vormachen«, wandte ich ein, »sondern müssen uns den Tatsachen stellen. Ich kann mir in Luxor keinen Bootsmann vorstellen, der sich vorsätzlich Daouds Zorn zuziehen wollte. Nein, der Anschlag galt uns, wobei ich sagen muss, dass es sich um eine sehr willkürliche Methode des Mordversuchs handelt.«

»Aber irgendwie gründlich«, nuschelte Emerson in sein Pfeifenmundstück. »Wollte er uns alle ertränken oder hatte er es auf jemand Bestimmtes abgesehen?«

»Wir können alle schwimmen«, sagte ich nachdenklich. »Das weiß doch jeder.«

»Alle bis auf einen«, versetzte Ramses. »Und auch das weiß jeder.«

»Daoud«, grummelte Emerson. »Unmöglich! Er hat keinen einzigen Feind auf dieser Welt!«

* * *

Natürlich ließen wir uns von dieser misslichen Geschichte nicht den Arbeitsplan durcheinander bringen. Die Kleinen frühstückten in ihren Zimmern, gemeinsam mit Fatima und Basima, sodass unser eigenes Frühstück rasch beendet war. Allerdings mussten wir uns eine ordentliche Standpauke von Gargery anhören.

»Irgendwas geht da vor sich«, erklärte er, während er den Kaffee in Emersons Tasse tröpfeln ließ. »Sie dürfen es mir nicht vorenthalten, Sir und Madam.«

Eine von Gargerys Eigenheiten (er hatte etliche) war, Speisen und Getränke in Minimaldosen zu servieren, wenn er böse auf uns war. Emerson riss ihm die Kaffeekanne aus der Hand.

»Teufel noch, ich weiß nicht, was da vorgeht, Gargery«, schnaubte er. »Und ich habe auch nicht vor, es mit Ihnen zu diskutieren, schon gar nicht in Gegenwart von ...« Er nickte und zwinkerte betont unauffällig in Sennias Richtung.

Seltsamerweise schaufelte sie ohne Murren ihren Porridge in sich hinein. An besagtem Morgen sah sie besonders hübsch und adrett aus mit ihrem zurückgebundenen Haar – sehr erwachsen, bemerkte ich milde bestürzt. Emersons Andeutung war ihr nicht entgangen. Gönnerhaft lächelnd entgegnete sie: »Ich weiß alles, Professor. Fatima hat Gargery und mich heute Morgen eingeweiht.«

Gargery räusperte sich geräuschvoll. Er verabscheute es, von Fatima aus zweiter Hand informiert zu werden.

»Ist doch merkwürdig«, fuhr Sennia fort. »Wer sollte Daoud etwas anhaben wollen?«

»Wir wissen nicht, ob jemand zu Schaden kommen sollte«, erwiderte Ramses. »Der Bursche durfte doch eigentlich nicht mehr erwarten, als dass er uns damit eine Abreibung verpassen würde. Das Boot ist ersetzbar, Sennia.«

Seine versuchte Untertreibung überzeugte sie nicht. »Daoud kann nicht schwimmen.«

»Aber wir«, betonte Ramses. »Vater und ich hatten ihn innerhalb einer Minute gerettet.« Er lachte kurz und fuhr aufgeräumt fort: »Du hättest ihn sehen müssen, Sennia. Er verlor weder die Beherrschung noch den Kopf – nicht mal seinen Turban!«

»Trotzdem, es war ein hinterhältiger Trick«, beharrte Sennia. »Was wollen wir jetzt tun?«

»Weitermachen wie bisher«, erwiderte ich. »Das war nie anders, Sennia.«

»Und es mit Fassung tragen?«, fragte Sennia todernst.

»Genau«, bekräftigte David. »Du hast doch hoffentlich keine Angst, kleine Taube? Es war hinterhältig, wie du schon sagst, aber dir wird niemand etwas tun.«

»Ich hab keine Angst. Tante Nefret bringt mir das Bogenschießen bei.«

Ich seufzte tief. »Du hast dir doch nicht etwa eine neue Ausrüstung zugelegt, Nefret? Ich weiß, du warst eine Koryphäe in diesem Sport, aber jetzt, mit den Kindern ...«

»Ich bin sehr vorsichtig, Mutter.« Nefret wich Ramses' fragendem Blick aus; auch für ihn war es eine Neuigkeit, aber keine erhebende.

»Hmmm«, murmelte ich. »Evelyn, bist du ganz sicher, dass du heute arbeiten möchtest?«

»Aber natürlich.« Lächelnd sah sie auf. »Ich kann dir gar nicht sagen, wie sehr ich meine Arbeit genieße. Sennia, Schätzchen, hol deine Bücher, dann gehen wir.«

Sennia sträubte sich nicht mehr gegen den Unterricht bei Katherine, da sie hinterher mit Evelyn zeichnen durfte. Sie strebte davon, und ich begleitete Evelyn auf die Veranda. Während sie ihre Handschuhe überstreifte, sagte sie nachdenklich: »Meinst du, ich sollte mich bewaffnen, Amelia?«

Am liebsten hätte ich gelacht und sie umarmt; aber die Ernsthaftigkeit, die sich auf ihrem lieben, von Silberhaar umrahmten Gesicht spiegelte, warnte mich, ihre Gefühle nicht zu verletzen. Also fragte ich ebenso todernst: »Was für eine Waffe schwebt dir denn vor, Evelyn? Eine Pistole?«

»Gott bewahre, Amelia, ich fürchte mich vor Feuerwaffen und würde vermutlich den Falschen treffen. Aber vielleicht ein Messer?«

Den meisten Leuten wäre die Vorstellung, dass die sanftmütige Evelyn jemanden erstechen könnte, abwegig erschienen. Ich hatte sie indes etwas ähnlich Unglaubliches tun sehen, als sie einem Ganoven eine Ladung Blei in die Brust gepumpt hatte, in der (glücklicherweise irrigen) Annahme, dass er ihren Gatten umgebracht hätte. Sanftmütige Personen können extrem gefährlich werden, wenn sie ihre Lieben bedroht wissen.

Sie bemerkte meinen Gesichtsausdruck. Heftig erwiderte sie:

»Meinst du, ich könnte mich nicht zur Wehr setzen, wenn Sennia bedroht würde?«

»Das kannst du und das würdest du auch tun«, bekräftigte ich. »Außerdem wird Gargery euch begleiten, und Abdul, der Kutscher, ist ein starker junger Bursche. Es ist absolut nicht gesagt, dass Sennia in Gefahr ist.«

»Wir wissen nicht, wer in Gefahr schwebt«, erwiderte Evelyn. »Oder doch?«

»Nun – äh – nein. Ich hab's. Nimm einen meiner Schirme mit. Die hast du doch auch schon erfolgreich geschwungen.«

»Der Degenschirm!?«

Offen gestanden war es keine Bitte. Sie meinte es ernst damit. Ich vernahm Sennias Stimme und sagte schnell: »In Ordnung, ich hole ihn. Aber kein Wort zu Emerson!«

Ich musste sie nicht darauf hinweisen, dass dies auch für Walter galt. Er hätte einen Mordswirbel veranstaltet. Gute Güte, dachte ich, als die Kutsche anfuhr, was für eine Horde von Amazonen wir geworden sind! Evelyn mit einem Degen, Sennia und Nefret mit Pfeil und Bogen ...

Ich sollte Nefret vielleicht bitten, mir auch ein paar Unterrichtsstunden zu geben.

Und Emerson nichts davon sagen.

Aus Manuskript H

»Hölle und Verdammnis!«, knurrte Emerson. »Seht euch das an! Es kann Stunden dauern, bis die wieder an die Arbeit gehen.«

Ramses brachte Risha neben dem Pferd seines Vaters zum Stehen. Eine Menschentraube hatte sich nahe dem abgesperrten Exkavationsgelände hinter dem Tempel versammelt. Mittendrin, den meisten um Haupteslänge überlegen, stand Daoud. Nach seinen ausladenden Gesten zu urteilen, schilderte er die dramatischen Geschehnisse vom Vorabend.

»Gönnen wir es ihm doch, dass er mal im Mittelpunkt steht«, sagte Ramses nachsichtig. »Schließlich hat er sein Schiff verloren, und er wäre fast ertrunken.«

Daoud, der den Ertrinkenden mimte, verschwand langsam aus

ihrem Blickfeld. Mit angehaltenem Atem verfolgten die Zuschauer die Vorstellung und brachen in lauten Jubel aus, als sein Kopf wieder auftauchte und er mit den Armen ruderte.

Die anderen stießen zu ihnen. »Was ist denn da los?«, wollte Walter wissen.

Lia kicherte. »Daoud dramatisiert seine Rettung. Ich denke, diese Armbewegungen sollen Schwimmzüge andeuten. Einfach köstlich, eine gelungene Vorstellung.«

»Pah«, schnaubte Emerson.

Selim, der am Rand der faszinierten Menge stand, bemerkte sie als Erster. Er rief: »Der Vater der Flüche ist eingetroffen. Es wird Zeit ...«

»Ja!«, schrie Daoud. »Sie sind hier, meine Retter! Der Vater der Flüche und der Bruder der Dämonen, sie haben mich aus dem Wasser gefischt, und auch die anderen, die dem Tod tapfer ins Auge geblickt haben! Es sind Helden!«

Lautes Jubelgeschrei brach los. Ein Grinsen hinter vorgehaltener Hand verbergend, murmelte Emerson: »Was ist der Bursche doch für ein begnadeter Schauspieler!«

»Ich frage mich, wie wahrheitsgetreu er seine Geschichte erzählt hat«, meinte Ramses, den Applaus der Menge mit einem Winken quittierend. »Hallo, Selim. Tut mir Leid für die Unterbrechung.«

»Es wurde auch Zeit.« Selim runzelte die Stirn. »Mein ehrenwerter Onkel ist ein unverbesserlicher Schwindler, aber... stimmt es wirklich, dass das Schiff manipuliert war?«

Emerson hatte abgesessen. Er verscheuchte zwei Bewunderer – Daouds Söhne, die ihn umarmen wollten – und sagte: »Ja, das stimmt. Ramses, redest du mit den Leuten? Ich glaube, Daoud hat sein Pulver verschossen.«

»Ja, Sir.« Ramses hob eine Hand, worauf die Menge schwieg und erwartungsvoll zu ihm blickte. »Meine Freunde! Daoud hat euch alles Wissenswerte berichtet. Es war kein Zufall. Wir werden das Boot ersetzen, gleichzeitig müssen wir herausfinden, wer sich einer derart heimtückischen Tat schuldig gemacht hat. Wir bitten wie noch jedes Mal um eure Mithilfe.« Er hätte an dieser Stelle geendet, doch Daouds erwartungsvolles Gesicht ließ ihn hinzufügen: »Auch wenn er zu bescheiden ist, es zuzugeben: Daoud ist ebenfalls ein Held. Bewundert seinen Mut.«

»Gut gemacht, mein Schatz«, murmelte Nefret.

Das hatte sie schon lange nicht mehr zu ihm gesagt. Er wandte sich unversehens zu ihr, doch sie hatte bereits abgesessen. Alle anderen folgten ihrem Beispiel, und einer der Männer führte die Pferde in den schützenden Verschlag, den sie aus Pfählen und Zeltbahnen zusammengezimmert hatten.

»Die Männer sollen anfangen, Selim«, befahl Emerson.

»Noch nicht«, murmelte Selim und sah Emerson durchdringend an. »Das ist eine üble Geschichte, Vater der Flüche. Wir müssen unsere Strategie diskutieren.«

»Ich habe keine Strategie«, versetzte Emerson. »Zum Teufel, Selim ...«

Seine Frau stupste ihn mit ihrem Sonnenschirm. »Vielleicht hat Selim eine, Emerson. Du könntest ihm wenigstens zuhören.«

Bevor Selim reagieren konnte, trat Bertie Vandergelt zu ihnen. Ramses hatte ihn bis dahin nicht bemerkt, aber er hatte offensichtlich im Publikum gestanden, denn sein Gesicht war sehr ernst. Er zog vor den Damen den Tropenhelm und rief: »Das ist ja entsetzlich, Professor. Sie könnten alle tot sein! Wie können Sie den Vorfall so locker übergehen?«

»Wenn Sie oder Selim einen praktikablen Vorschlag haben, nur zu.« Emerson verschränkte die Arme und blickte finster.

Hatten sie nicht. Genauso wenig wie Daoud, der sie nun informierte, dass sein Sohn, der eigentliche Kapitän der gesunkenen Fähre, am frühen Morgen nach Luxor aufgebrochen sei, um zu sehen, ob sich das Boot bergen lasse. Überdies wolle er die anderen Bootsleute befragen.

»Im Augenblick können wir nicht mehr tun«, entschied Emerson. »Wer etwas weiß, soll es Selim mitteilen. Und jetzt würde ich gern weiterarbeiten. Bertie, ich möchte einen Plan des gestern freigelegten Hauses. David, hol die Kameras. Walter, auf der Fassade sind mehrere Fresken, die kopiert werden müssen.«

Selim wagte noch eine letzte Frage. »Stimmt es, dass Daoud nicht schwimmen kann? Er hat damit geprahlt, dass David es ihm beigebracht habe.«

»Er braucht sicher noch ein paar Unterrichtsstunden«, erwiderte David. Sein belustigtes Lächeln verschwand. »Am besten umgehend. Du auch, Selim.«

»Find ich nicht«, murmelte Selim im Gehen. »Ich kann ganz gut schwimmen. Und jetzt, Vater der Flüche, werde ich die Männer auf Trab bringen, die am Tempel arbeiten.«

Emerson hatte sich bereits entfernt. »Ramses!«, gellte er.

Die Ruinen nördlich des ptolemäischen Tempels bargen gewisse Schwierigkeiten bei der Exkavation. Keine einzige Wand war erhalten geblieben, und es war nicht einfach, die eingestürzten Steinquader exakt zuzuordnen. Viele fehlten, weil sie von späteren Bauherren wiederverwendet worden waren. Fellachen wie Archäologen hatten auf der Suche nach Artefakten willkürlich Löcher gebuddelt, und die aufgetürmten Geröllberge sorgten für weitere Verwirrung. Emerson stieß einige besonders unschöne Verwünschungen aus, als einer der Männer eine Seite aus einer deutschen Zeitung fand. Sie war vom 4. Januar 1843 und lag einen halben Meter tief im Boden vergraben. Trotzdem kamen sie gut voran, und gegen Mittag besserte sich Emersons Laune, zumal sie ein Säulenfragment mit der Kartusche von Sethos I. lokalisierten. Während der Mittagspause begutachtete er sichtlich zufrieden die zusammengetragenen Objekte, darunter auch zerbrochene Stelen und Statuen.

»Neunzehnte Dynastie«, erklärte er. »Hathor geweiht.«

»Sie taucht ständig auf, nicht wahr?«, murmelte David.

Die älteren Emersons und die jüngeren Leute saßen ausnahmsweise für sich. Ramses spähte zu seinem Freund und schluckte eine unwirsche Antwort hinunter. Die Erwähnung jener Göttin traf bei ihm mittlerweile einen empfindlichen Nerv.

David fuhr scheinbar unbeirrt fort: »Morgen ist Vollmond, oder?«

»Was ist damit?«

David kaute an seinem letzten Bissen Sandwich, beugte sich vor und stützte sich auf den Ellbogen auf. »Es ist lange her, seit wir die letzte Mondscheinwanderung gemacht haben. Die Tempel von Luxor und Karnak sind faszinierend bei Vollmond.«

Lia schüttelte den Kopf. »Die Touristen pilgern scharenweise dorthin.«

»Wie wäre es dann mit Medinet Habu oder Deir el-Bahari? Oder der Tempel hier? Ich habe mir überlegt, ob ich ihn nicht malen soll.«

»Von mir aus«, murmelte Ramses wenig begeistert.

Nefret erhob sich aus dem Schneidersitz, glitt auf die Knie und fixierte David durchdringend. »Du hast es ihm erzählt, stimmt's?«

»Mir was erzählt?«, erkundigte sich Ramses.

»Ihm was erzählt?«, forschte David. Darauf hellte sich sein Gesicht auf, und er lachte. »Richtig, er war an dem Morgen nicht dabei, als der Junge von irgendwelchen Leuten faselte, die Hathor bei Vollmond leibhaftig im Tempel gesehen haben wollen. Komm schon, Nefret, du glaubst solchen Unsinn doch nicht etwa, oder?«

»Mir hat keiner was erzählt«, erwiderte Ramses. Er versuchte beiläufig zu klingen, aber das glückte ihm nicht recht; errötend wich Nefret seinem Blick aus. Die beiden anderen schwiegen, sich der angespannten Situation bewusst. Schließlich murmelte Nefret: »Tut mir Leid. Dumm und unsinnig von mir, einen Zusammenhang zwischen diesem Hokuspokus und deiner Erfahrung in Kairo zu vermuten. Aber bislang ranken sich keinerlei Geschichten um Deir el-Medina, oder?«

»Soweit ich weiß nicht«, entgegnete Ramses. »Wir alle haben von der riesigen Katze gehört, die Karnak heimsucht und sich in eine spärlich bekleidete Dame verwandelt, die Männer verführt und vertilgt. Vergleichbare Legenden sind nichts Außergewöhnliches, also warum sollte Deir el-Medina keine haben? Ich begreife dich nicht, Nefret. Wieso wolltest du nicht, dass David es mir erzählt? Hast du gedacht, ich würde heimlich allein herkommen, um nachzuforschen und ... Und was? Mich von einer kostümierten Irren betören lassen?«

Sie hatte mehrmals versucht, ihn zu unterbrechen. Dieser letzte Satz ließ sie hochfahren. »Ich ... Du ... Das ist ungeheuerlich,

Ramses. Ich habe nichts dergleichen gedacht! Warum bist du gleich so eingeschnappt? Ich hab doch nur versucht ...«

»Nun beruhigt euch doch«, lenkte David ein. »Gleich steht Tante Amelia auf der Matte und will wissen, weswegen ihr euch so anschreit. Vielleicht solltet ihr einander zuhören, statt euch gegenseitig mit Vorwürfen zu bombardieren. Es sei denn, es macht euch Spaß.«

Nefret setzte sich wieder. »Mir jedenfalls nicht.«

»Sieh mal einer an«, versetzte Ramses. »Mir wirfst du ständig vor, dass ich Konfrontationen ausweiche. Ich habe doch nur versucht ...«

David prustete los. »Gebt euch die Hand und sagt, dass es euch Leid tut.«

Leicht betreten fasste Ramses Nefrets hingehaltene Hand. »Tut mir Leid«, sagte er. »Verfährst du so mit deinen Kindern, David?«

»Bei Evvie klappt es nicht«, gestand David.

»Ihr tut nie etwas Leid«, setzte Lia hinzu.

»Aber mir«, murmelte Nefret mit gesenktem Kopf. »Ehrlich gesagt, kann ich mir selber nicht erklären, warum ich mich da so hineingesteigert habe.«

»Ich kann dich irgendwie verstehen«, sagte Lia. Nefret sah auf und bemerkte Lias mitfühlenden Blick. »Das Unerklärliche ist immer beunruhigend. Und sollten einem von euch Gentlemen die Worte ›weibliche Intuition‹ herausrutschen ...«

»Gott bewahre«, meinte David schockiert und mit einem verschwörerischen Augenblinzeln. »Ich habe selbst einige Vermutungen. Die Situation ist nur deshalb unerklärlich, weil wir das Motiv noch nicht eruiert haben. Kommt Zeit, kommt Rat. Und ich glaube, es wäre ein Fehler, die Geschichten um diese Hathor-Erscheinungen einfach abzutun. Nefret hat Recht, eine solche Legende ist völlig neu. Der Sache sollten wir auf jeden Fall nachgehen.«

Die jungen Leute einigten sich darauf, dass an dem nächtlichen Ausflug nur sie vier teilnehmen sollten. David hatte bereits angedeutet, dass er den Tempel bei Vollmond malen wolle; genau das sollte ihr vordergründiges Motiv sein.

»Wieso wir überhaupt einen Grund nennen müssen, ist mir schleierhaft«, murrte Ramses. »Sie klammern ein bisschen arg, nicht? Besonders ...«

»Womöglich haben sie Angst, dass sie uns eine Zeit lang los sind.« David grinste breit.

Nach dem Mittagessen brachen er und Walter auf, David ging zum Schloss und Walter zum Haus, um an seinen Übersetzungen zu arbeiten. Ramses beneidete sie. Sie hatten Berge von Inschriftenmaterial zusammengetragen, zumeist fragmentarisch, aber dennoch interessant – mindestens so interessant wie die unsäglichen Tempelruinen. Sein Vater brauchte ihn hier eigentlich gar nicht. Nach jahrelangem Herumkommandieren durch Emerson kannten die Männer die Exkavationsverfahren; viele konnten genau wie Selim lesen und schreiben und exakte Aufzeichnungen vornehmen. Mit Bertie, Lia, Nefret und seiner Frau hatte Emerson einen völlig ausreichenden Mitarbeiterstab. Ramses beschloss, das Thema am Abend noch einmal anzubringen. Er hatte mit seinem Onkel bereits überlegt, gemeinsam die interessantesten Texte zu veröffentlichen. Walter konnte sich gegenüber Emerson schlecht durchsetzen – genau wie er –, wenn sie sich allerdings zusammentäten, würden sie vielleicht überzeugender auftreten.

Am Nachmittag, nach ihrer Rückkehr, zog er sich hastig um, ließ Nefret bei den Kindern und machte sich auf die Suche nach seinem Onkel. Eins der Zimmer in dem neuen Flügel war als Lager- und Werkraum ausgestattet. Auf den Wandregalen standen Kisten mit Tonscherben, sortiert und beschriftet. Die Tuschezahlen am Rand oder auf der Rückseite jedes Stücks bezogen sich auf das Inventarverzeichnis der Fundstelle. Ein langer Tisch diente als Sekretär. Sein Onkel saß darüber gebeugt, seine Nase dicht über einem braunen, brüchigen Papyrus, seine Augen von dort immer wieder zu dem Blatt Papier wandernd, auf das er die hieratischen Zeichen übertrug.

»Ah, Ramses«, sagte er. »Ich bin froh, dass du kommst. Was hältst du von dieser Zeichenanordnung hier? Ähnelt dem Begriff ›Ruhehafen‹, aber das ergibt in diesem Zusammenhang keinen Sinn.«

Eigentlich hatte Ramses an der Inschrift arbeiten wollen, mit deren Übersetzung er bereits begonnen hatte, gleichwohl konnte er seinem Onkel nichts abschlagen. Er vertiefte sich in den Text. Anders als die verwitterten Symbole auf dem Papyrus war Walters Kopie gut leserlich, bis auf die Lücken, wo er die Zeichen nicht hatte identifizieren können.

»Du kommst gut voran«, murmelte Ramses, die Zeilen überfliegend. *»Es ist der Tag, an dem die Toten in die Nekropole einfahren, um ... etwas ... der Feind ... des Ruhehafens?* Das ist eine Metapher für das Sterben, die Fahrt zum Ruhehafen. Um das Land des Westens sicher zu erreichen?«

»Der Feind des Ruhehafens?«, wiederholte Walter skeptisch. »Klingt selbst für die Ägypter ein bisschen überspannt, oder?«

Sie diskutierten angeregt weiter und vergaßen darüber die Zeit, als unvermittelt die Tür aufsprang. Nefret hatte sie gesucht. Ramses wollte sich für ihre Unpünktlichkeit entschuldigen, doch sie kam ihm zuvor, ihre Stimme angespannt.

»Mutter möchte, dass du umgehend kommst. Wir haben einen Gast.«

* * *

Ich saß ganz allein auf der Veranda. Solche stillen Momente waren mir nur selten vergönnt, und ich wünschte mir sehnsüchtig mehr davon. Ich liebe meine Familie, aber bisweilen braucht ein reflektierender Mensch seine Privatsphäre. Warum beschäftigten sie sich nicht hin und wieder allein?

Ganz besonders genieße ich jene abendliche Stunde, wenn das Licht die Wüste golden überhaucht und auf dem entfernten Fluss glitzert. An diesem Abend wurde mir dieses Schauspiel durch das unsägliche Automobil vergällt, welches Emerson ständig vor dem Haus stehen lässt, statt es in den Schuppen zu fahren. Ich gewahrte die Kutsche erst, als sie anhielt und ein Mann ausstieg. Eine grässliche Vorahnung raubte mir den Atem. Statt auf mein Telegramm zu reagieren, war er persönlich hergekommen, um mir mitzuteilen ... gute Güte, was?

Der ehrenwerte Algernon Bracegirdle-Boisdragon, besser bekannt als Mr. Smith, strebte zu dem verriegelten Tor, seine dünnen Lippen zu einem Grinsen verzerrt.

»Verzeihen Sie mein Eindringen, Mrs. Emerson. Ich war schon einmal hier, aber Ihr Butler informierte mich, dass Sie nicht zu Hause seien, und er gestattete mir nicht zu warten.«

Dieser Mann schreckte nicht einmal vor Gargery zurück! Sein Blick war messerscharf; wenn er grinste, blieb sein hageres Gesicht ohne Regung.

»Was ist passiert?«, rief ich. »Ist Sethos ... Ist er ...?«

»Meine geschätzte Mrs. Emerson! Ich bitte um Vergebung, ich wollte Sie nicht beunruhigen. Ich versichere Ihnen, unser Freund lebt und befindet sich nicht in akuter Gefahr. Seine ... ähm ... gegenwärtige Situation ist allerdings so komplex, dass ich es für besser hielt, Sie darüber persönlich in Kenntnis zu setzen. Ah, Professor. Schön, Sie wieder zu sehen.«

Emerson trat an meine Seite. »Was machen Sie denn hier?«, forschte er. »Ist Sethos ... Ist er ...«

»Er lebt, Emerson«, sagte ich.

»So. Potzblitz, wie kommen Sie dann dazu, Mrs. Emerson in Angst und Schrecken zu versetzen? Sie ist kreidebleich und zittert am ganzen Körper. Du trinkst besser einen Whisky, mein Schatz.«

»Ich versichere dir, Emerson, mir fehlt nichts. Aber dir vielleicht ...«

»Nein, wieso?«, erwiderte Emerson und fuhr sich mit der Hand über die Stirn, wo der Schweiß in kleinen Rinnsalen austrat.

»Darf ich hineinkommen und Ihnen alles erklären?« Mr. Smith spähte durch die Türverstrebungen.

»Dürfen Sie«, knurrte Emerson und öffnete ihm die Tür.

»Gütiger Himmel«, meinte Mr. Smith gedehnt. »Ich bin da in etwas hineingeraten. Und ich hatte so gehofft, es Ihnen ersparen zu können! Offen gestanden ...« Er brach mit einem Zucken seiner schmalen Lippen ab, da die Haustür aufging. Nefret kam, gemeinsam mit Lia und Evelyn, und blieb abrupt stehen, als sie Smith entdeckte.

»Meine Schwiegertochter kennen Sie bereits«, bemerkte ich.

»Und das ist Mrs. Walter Emerson mit ihrer Tochter, Mrs. Todros. Evelyn und Lia, ich darf euch Mr. – äh – Smith vorstellen. Er hat Neuigkeiten von unserem Verwandten. Schluss mit den Förmlichkeiten, Mr. Smith, raus mit der Sprache. Sie müssen die Spannung nicht unnötig verlängern.«

»Das war gewiss nicht meine Absicht«, erklärte Mr. Smith. »Kurzum, Ihr Verwandter liegt im Krankenhaus. Seine Verletzungen sind nicht lebensgefährlich ...«

»Verletzungen!«, entfuhr es mir. »Was hat er denn gemacht?«

»Ich weiß es nicht. Ich wusste nicht«, stieß Smith zwischen zusammengebissenen Zähnen hervor, »dass er in Jerusalem war. Eigentlich hätte er gar nicht in Jerusalem sein sollen. Vor ein paar Tagen brachte mir irgendein einheimischer Tölpel eine Nachricht von ihm, worin stand, dass er ein kleines Problem habe – so drückte er es aus –, aber schon bald aus dem Krankenhaus entlassen werde und herkomme. Mehr weiß ich nicht, Mrs. Emerson, aber wie ich Sie kenne, hätten Sie mein Büro in Kairo gestürmt, wenn ich nicht umgehend auf Ihr Telegramm reagiert hätte.«

»Ich danke Ihnen«, sagte ich, erfreut über das Kompliment, wenn es auch nicht als solches gemeint war.

»Ach wie schrecklich«, murmelte Evelyn teilnahmsvoll. »Gibt es in Jerusalem denn überhaupt ein vernünftiges Krankenhaus?«

»Gewiss doch, es wird von französischen Nonnen geführt«, erwiderte Smith. »Er wird hervorragend betreut, das garantiere ich Ihnen.«

Nicht die Spur verunsichert, dass ihn alle anstarrten, setzte er sich entspannt in einen Sessel. Aha, dachte ich, der werte Herr geruht zu bleiben. Uns von Sethos zu berichten, war nicht der einzige Beweggrund für sein Kommen gewesen.

»Möchten Sie zum Tee bleiben, Mr. Smith?«, warf ich ein.

»Danke, gern, Mrs. Emerson.«

Sein Lächeln war genauso falsch wie meins. »Ich werde nachsehen, wo die anderen bleiben«, murmelte ich, zur Tür strebend.

Emerson folgte mir. »Peabody!« Sein Versuch zu flüstern dröhnte mir in den Ohren. »Hast du den Verstand verloren? Dieser Mistkerl wäre nicht so stinkfreundlich, wenn er nicht irgendwas von uns wollte. Wenn er denkt, er kann Ramses für eine weitere Mission anwerben ...«

»Pssst.« Ich zog ihn ins Haus. »Der Krieg ist vorbei, Emerson.«

»Trotzdem mischt Sethos weiterhin mit. Weiß der Himmel, was er so treibt. Wenn mein Bruder«, Emerson rollte heftig die Rs, »sich wieder in die Katastrophe geritten hat, und Ramses soll ihn da rausholen ...«

»Das würde er nicht tun.«

»Du verteidigst ihn ständig, diesen ... diesen Mann!«, erhitzte sich Emerson. Trotz seiner enormen Wut versagte er sich den Begriff, mit dem er seinen illegitimen Bruder vorzugsweise umschrieb.

»Mutter.« Nefret zupfte mich am Ärmel. »Schick ihn weg.«

»Ich habe meine Gründe, warum Smith bleiben soll«, wandte ich ein. »Ich erkläre euch das später. Oh, da bist du, Fatima. Danke, dass du mit dem Tee gewartet hast; du kannst ihn jetzt servieren. Nefret, bitte sei so gut und hol Walter, Ramses und David. Und bring die Kinder mit. Alle Kinder.«

Smith's Miene, als der Rest der Familie auf die Veranda strömte, erfüllte mich mit boshaftem Vergnügen. Die drei Jüngsten schossen umher wie Projektile, sprangen von einem Erwachsenen zum nächsten, umarmten und begrüßten uns mit ihren süßen, hohen, extrem schrillen Stimmchen. Schließlich standen sie in einer Reihe vor Smith, der so entsetzt dreinblickte, als umlagerten ihn Schakale.

»Wer bist du?«, fragte Evvie.

»Das ist Mr. Smith«, erklärte ich. »Sag schön guten Tag.«

Sie starrten ihn weiterhin ungerührt an.

»Hallo allerseits«, sagte Smith. Er wollte Evvie über den Kopf streichen.

»Ich verabscheue Leute, die das tun«, verkündete sie, seine Hand wegschiebend. »Davy auch. Und Charla beißt.«

»Also Kinder, das reicht jetzt.« Ramses nahm seine beiden. »Geht zu Mama. Lasst den Gentleman in Ruhe.«

»Was für reizende Kinder«, rang sich Smith mit einem gezwungenen Lächeln ab. »Ihre?«

»Zwei davon. Zufällig auch das Kind, welches beißt.«

»Das erstaunt mich nicht«, murmelte Smith. »Und das muss Mr. Todros sein. Ist mir ein Vergnügen, Sie endlich kennen zu lernen.«

David nickte wortlos, seine dunklen Augen kühl. Nefret musste ihn über den Besucher aufgeklärt haben.

»Und das ist mein Onkel, Mr. Walter Emerson. Ich würde Sie formell miteinander bekannt machen, wenn ich wüsste, welchen Namen Sie derzeit benutzen«, sagte Ramses.

Sein Gegenüber quittierte diesen Seitenhieb mit einem flüchtigen, schmallippigen Grinsen. »Smith muss genügen. Guten Tag, Mr. Emerson.«

»Und ich bin Sennia Emerson«, sagte ebendiese junge Person mit einem Knicks. »Sie haben schon von mir gehört, denke ich.«

»Ja ... richtig – äh – wie geht es Ihnen?«

»Sehr gut, danke. Und Ihnen?«

»Setz dich, Sennia«, sagte Ramses mit einer gewissen Schärfe in der Stimme. »Ein Gentleman bleibt stehen, bis alle Damen Platz genommen haben.«

Das galt augenscheinlich Nefret, die die Zwillinge umklammert hielt wie Niobe, die ihre Kinder vor den tödlichen Pfeilen von Apollon und Artemis schützen will. Sie wurde rot und sank neben Lia auf das Sofa.

»Tee für alle?«, fragte ich in die Runde.

Ramses nahm mir die gefüllten Tassen ab. »Schätze, du hast einen Grund für das hier?«, meinte er tonlos.

»Ich habe immer mindestens einen Grund. Jetzt, wo die Kinder ihn merklich aus der Fassung gebracht haben, bekomme ich vielleicht ein paar brauchbare Antworten aus ihm raus.«

Nachdem alle mit dem göttlichen Getränk versorgt waren und Sennia die Gebäckschale herumreichte, räusperte ich mich. »Mr. Smith hat uns Nachricht von unserem Verwandten gebracht. Er war krank, ist aber auf dem Weg der Genesung.«

»Wieder ein Malariaschub?«, fragte Nefret, deren mütterlicher Beschützergeist beruflichem Interesse unterlag.

»Nein. Er hat sich diverse Verletzungen zugezogen. Nichts Ernstes.«

Walter hatte die ganze Zeit geschwiegen. Als ich ihm Sethos' Kriegsmissionen geschildert hatte, hatten wir Smith nicht erwähnt, aber Walters analytischer Verstand stellte blitzschnell die Verbindung her. »Wie heißt er?«

»Verzeihung?« Smith heftete seinen stechenden Blick auf ihn.

»Ich gehe davon aus, dass er für Sie, mit Ihnen oder unter Ihrer Führung in irgendeiner Behörde arbeitet«, sagte Walter unbeeindruckt. »Ich glaube einfach nicht, dass die britische Bürokratie einen Mann beschäftigen würde, ohne vorher jedes Detail aus seinem Vorleben eruiert zu haben – einschließlich seines Namens.«

Die Frage schien Smiths nur im Verborgenen schlummernden Sinn für Humor zu wecken. Winzige Fältchen bildeten sich in seinen Augenwinkeln. »Das wissen Sie alle nicht? Soso. Wenn er es Ihnen nicht gesagt hat, wäre es nicht in Ordnung, wenn ich sein Vertrauen missbrauchte.«

»Wo ist er?«, fragte Ramses.

»Einen Augenblick, bitte«, sagte ich mit einem mahnenden Blick zu meinem Sohn. »Sennia, Liebes, würdest du die Kleinen in ihre Ecke bringen und ihnen Papier und Buntstifte geben? Danke. Und jetzt, Mr. Smith, beantworten Sie Ramses' Frage.«

»Ich fürchte, ich kann nicht.«

»Können Sie nicht oder wollen Sie nicht?« Nefret beugte sich vor, ihre Finger fest verschränkt. »Es interessiert mich offen gestanden nicht, was er getan hat. Der Krieg ist vorbei, und wenn Sethos wieder ins Antiquitätengewerbe zurückgekehrt ist, dann ist das seine Sache. Sie können nicht erwarten, dass Ramses ...«

»Entschuldigung, dass ich dich unterbreche, Nefret«, wandte Ramses ein.

»Ich muss mich bei *dir* entschuldigen.« Sie lehnte sich zurück, knetete nervös ihre Hände.

Darüber schien Smith belustigt. Er fand Meinungsverschiedenheiten amüsant – und äußerst konstruktiv. »Ich erwarte gar nichts von Ihrem Mann«, sagte er sanft. »Keine Frage, seine Talente könnten uns wieder von Nutzen sein; die Arbeit des Geheimdienstes endet nicht mit einem Waffenstillstand, und der östliche Mittelmeerraum und Ägypten sind potenzielle Pulverfässer.«

»Dank unserer inkonsequenten Politik«, knurrte Emerson. »Das Prinzip der Selbstbestimmung, das wir theoretisch unterstützen, steht im krassen Widerspruch zu unserer politischen Praxis. Frankreich will Syrien, wir wollen Ägypten nicht aufgeben, und wir haben Palästina sowohl den Zionisten als auch den Arabern versprochen.«

»Gewisse Gruppen vertreten die These, dass die Bewohner der fraglichen Gebiete nicht fähig sind zur Autonomie«, erwiderte Smith.

Er versuchte, Emerson zu provozieren. Das ist nicht weiter schwierig. »Ha«, schnaubte mein Gatte. »Oh, ich gebe zu, dass wir es besser gemacht haben als manch andere Besatzungsmacht, trotzdem wird es höchste Zeit, dass wir verschwinden und den Ägyptern das Regieren selbst überlassen. Wer sind wir denn, dass wir auf sie hinabschauen? Unsere große westliche, christliche Zivilisation hat Menschen bei lebendigem Leibe verbrannt, sie in Gettos zusammengepfercht, ihnen gewaltsam ihr Land entrissen – und wir haben gerade den blutigsten Krieg in der Geschichte geführt.«

»Unser Gast ist nicht interessiert an deiner Sichtweise, Emerson«, sagte ich mit einem Blick zu Smith.

»Oh doch, Mrs. Emerson. Sogar sehr interessiert. Ich hoffe nur, dass die Sympathien für gewisse nationalistische Tendenzen den Professor nicht daran hindern werden, Kairo zu informieren, sollte er von Plänen für einen Aufstand in Oberägypten erfahren.«

»Keiner von uns verherrlicht den Einsatz von Gewalt«, sagte Ramses, dessen Augen genau wie meine auf Smiths distanzierte Miene geheftet waren. »Wie Sie sehr wohl wissen sollten. Worauf wollen Sie eigentlich hinaus, Smith?«

»Charla isst ihren Buntstift«, krähte Evvie.

Das schien der Wahrheit zu entsprechen. Charlas Buntstift war nur noch ein Stummel, und ihr angewidert verzogener Mund deutete stark darauf hin, dass der verlockend rote Stift nicht so gut geschmeckt hatte, wie von ihr angenommen. Ramses stürmte zu seiner Tochter und hob sie hoch. »Spuck ihn aus«, befahl er. »Sofort!«

»Ich habe ihr gesagt, sie soll es nicht tun«, meinte Evvie besserwisserisch.

Ramses steckte Charla einen Finger in den Mund. »Was ist in den verfluchten Dingern? Sind sie giftig? Autsch! Mutter, kannst du nichts machen, dass sie ...«

»So geht man damit nicht um«, sagte ich. »Gib sie mir.«

Ich legte Charla über meinen Arm und schlug ihr fest zwischen die Schulterblätter. Ein Schwall undefinierbarer Bröckchen spritzte aus ihrem Mund. Das Meiste landete auf Mr. Smiths tadellos gebügeltem Flanell. Ich sah mir die Bescherung an und sagte: »Ich glaube zwar nicht, dass sie irgendetwas von dem Stift verschluckt hat, aber wir wollen lieber ganz sicher gehen, was, Nefret?«

»Ich mach das schon.« Nefret schnappte sich das zappelnde Kind. »Ramses, hilfst du mir dabei?«

»Was habt ihr vor?«, fragte Emerson entsetzt.

»Glaub mir, mein Schatz, du willst es gar nicht wissen«, beschwichtigte ich ihn.

Sie verschwanden mit Charla, die lautstark protestierte.

»Gute Güte!«, entfuhr es Emerson. »Du willst doch nicht etwa andeuten ... Das arme Kind!«

»Es ist nicht das erste Mal«, versetzte ich. »Sie ist eines dieser Kinder – unglaublich wissbegierig und zu jung, um die Konsequenzen zu begreifen –, die mit allen Sinnen die Welt erfahren. Mag sein, dass sie eines Tages eine begnadete Wissenschaftlerin wird, wenn sie sich bis dahin nicht selbst vergiftet hat. Mr. Smith, ich bin untröstlich wegen Ihrer schönen Hose. Ich empfehle Ihnen, den Schmutz erst antrocknen zu lassen, bevor Sie ihn abbürsten.«

Er hatte sich bereits daran versucht. Das Ergebnis war sehr unappetitlich und die Flecken bestimmt von Dauer.

»Ein geringer Preis für diesen ergötzlichen Einblick ins Familienleben«, meinte Smith heuchlerisch. »Aber ich muss gehen. Ich nehme den Nachtzug nach Kairo. Guten Abend allerseits und danke für Ihre – äh – reizende Gastfreundschaft.«

»Emerson und ich werden Sie zu Ihrer Kutsche begleiten«, bot ich an.

Smith verfolgte, wie ich Bolzen und Haken löste. »Ich nehme doch an«, raunte er, »dass diese Vorsichtsmaßnahmen nicht ergriffen wurden, weil Sie mit Gefahren rechnen? Sie wissen, Sie brauchen uns nur um Unterstützung zu bitten.«

»Die Verriegelung dient nicht dazu, Eindringlinge aus-, sondern die Kinder einzusperren.« Ich schnappte mir Davy, der sich den Anschein gab, als könnte er nie im Leben auf die Idee kommen zu türmen. Die großen blauen Augen, die goldenen Locken, das engelhafte Lächeln hätten jeden genarrt, ausgenommen eine leidgeprüfte Großmutter. Ich reichte ihn Evelyn.

»In Luxor habe ich von dem Automobil gehört.« Smith blieb stehen, um es zu inspizieren. »Es ist das Stadtgespräch schlechthin. Wie Ihr kleiner Unfall gestern Abend. Es war doch ein Unfall, oder?«

»Hören Sie auf herumzupopeln, Mr. Smith«, sagte ich bester Laune. »Ich schlage vor, Sie schicken Sethos her, sobald er reisen kann. Er wird bei uns schneller genesen als in einem Krankenhaus. Ich gehe davon aus, dass Sie ihm unsere Nachricht übermittelt haben?«

»Aber natürlich. Wer ist die verschollene Person?«

»Wenn er Ihnen das nicht anvertraut hat, wäre es nicht in Ordnung, wenn ich es täte.«

»Verdammt richtig«, brummte Emerson. »Eine Sache noch, Smith, und dann können Sie meinethalben nach Luxor oder zum Teufel gehen. Was sollte das mit den Andeutungen auf Unruhen in dieser Gegend? Hält der Geheimdienst dies für möglich?«

»Lord Milners Kommission soll in ein paar Wochen eintreffen«, antwortete Smith. »Er wird Ägypten nicht die erhofften Bedingungen anbieten. Damit ist der Ärger schon vorprogrammiert.«

»Ganz bestimmt, wenn England sich weigert, das Protektorat aufzugeben.« Emerson rieb sich sein Kinngrübchen. »Sie haben meine Frage nicht beantwortet, Smith.«

Der Fahrer wartete neben dem Kutschenverschlag, dass Smith

einstiege. »Er wird dir die Antwort schuldig bleiben, Emerson«, murmelte ich. »Auf Wiedersehen, Mr. Smith.«

Er setzte einen Fuß auf den Einstiegsholm und blickte betreten auf seine ruinierte Hose. »Hat Sie das gefreut, Mrs. Emerson?«

»Mr. Smith, wenn ich nicht irre, sind Sie noch Junggeselle?«

Er duckte sich und stieg rasch in das Gefährt. Ich vernahm einen unterdrückten Laut, der wie ein Lachen anmutete.

* * *

»Also das ist der mysteriöse Mr. Smith«, sagte Walter. »Nett von ihm, den weiten Weg zu machen, um uns aufzuklären.«

»Sein richtiger Name ist Bracegirdle-Boisdragon«, versetzte Emerson. »Und der wahre Grund für sein Kommen hatte nichts mit Nettigkeiten zu tun.«

»Was wollte er dann?«, warf Ramses ein. »Du und Mutter habt längere Zeit mit ihm gesprochen; ihr müsst doch irgendwas aus ihm herausbekommen haben.«

»Die meiste Zeit hat er versucht, *uns* etwas zu entlocken«, entgegnete ich. »Das ist ihm zwar nicht geglückt, aber er hat auch nichts Interessantes rausgerückt – außer dass sie mit Misstönen rechnen, wenn Lord Milners Kommission eintrifft, aber darauf wären wir auch ohne ihn gekommen.«

»Was wollte er mit seinen Andeutungen über Unruhen hier in Luxor bezwecken?«, erkundigte sich Walter. »Wenn ein Aufstand droht, müssen Frauen und Kinder in Sicherheit gebracht werden.«

»Blödsinn«, sagte Evelyn seelenruhig.

»Absoluter Blödsinn«, bekräftigte Emerson. »Selim würde solche Gerüchte lange im Voraus erfahren, und die Bewohner von Luxor haben uns schon im letzten Jahr keinerlei Probleme gemacht.«

»Was ist mit dir, David?«, forschte Walter. »Der Bursche hat dich nicht aus den Augen gelassen. Du hast mir zugesagt, du wolltest deine Verbindungen zu den Nationalisten abbrechen. Deine Verantwortung für deine Frau und deine Kinder ...«

»Das ist mir sehr wohl bewusst«, fiel David ihm ins Wort. Er hatte seinen Schwiegervater immer respektvoll behandelt; die

Unterbrechung und seine zusammengebissenen Kiefer waren die einzigen Anzeichen für seinen mühsam unterdrückten Ärger. »Ich habe dir mein Wort gegeben, und ich habe es nie gebrochen.«

»Warum hat dann dieser ... dieser Smith das Thema angeschnitten?«, wollte Walter wissen. »Es klang wie eine Unterstellung.«

»Oder eine Warnung«, murmelte ich. Auf einmal sprachen mehrere Familienmitglieder gleichzeitig, Lia verteidigte hitzig ihren Mann, Evelyn versuchte ihren Mann zu beschwichtigen, und Emerson überbrüllte alle. »Du bist derjenige, der hier verdammte Unterstellungen macht, Walter. Das könnte ihm so passen, dass dieser Bas... ähm ... dieser Bursche Smith einen Keil zwischen uns treibt!«

»Wie wär's mit einem schönen Whisky-Soda?«, schlug ich vor. Verdrießlich murrend stapfte Emerson zum Büfett, während ich mich lächelnd dem kleinen Jungen zuwandte, der sich schüchtern an mich heranpirschte. »Willst du mir ein neues Bild zeigen, Dolly? Wie schön! Es ist sehr gut, wirklich gelungen. Zeig es Opa Walter.«

»Er ist ein richtiges Talent«, sagte Evelyn stolz.

»Es ist ein Esel«, erklärte Dolly. »Ich reite darauf.«

»Ja, das sehe ich.« Walters verkniffene Miene entspannte sich. »Noch dazu ein sehr schöner Esel. Mmh ... wieso hat er sechs Beine?«

»Weil er läuft.« Dolly nahm ihm das Blatt weg und inspizierte es kritisch. »Ich denke, ich werde ihm noch mehr Beine malen. Er läuft nämlich sehr schnell.«

Das naive Geplapper des Kleinen milderte die Anspannung. Ich fragte mich, ob er die Missstimmung zwischen seinem Vater und seinem Großvater bemerkt hatte; er war ein sehr sensibler Junge. Walter blickte David schuldbewusst an. »Entschuldige. Es ist nur, dass ich ...«

»Schwamm drüber.« David konnte niemandem lange böse sein. Seine dunklen Augen waren voller Zuneigung und Verständnis.

»Was sind das da für Unterlagen, Walter?«, fragte ich und nahm ein Glas Whisky von Emerson.

»Welche Unterlagen?«, versetzte Walter verwundert.

Evelyn hob sie vom Boden auf und reichte sie ihm. »Er arbeitet an einem sehr wichtigen Manuskript«, erklärte sie. »Ich nehme an, du willst uns deine Übersetzung vorlesen, Walter?«

»Oh ja, um sicherzugehen.« Walter glättete die Seiten. Jemand hatte auf eine der Rückseiten etwas gezeichnet, das wie eine Pyramide aussah.

»Hatte nicht erwartet, dass er seine Arbeit zu einem geselligen Beisammensein mitbringt«, knurrte Emerson. »Ramses, sieh dir das mal an.« Er zog eine Rolle Papier hinter seinem Sessel hervor und reichte sie ihm.

»Davids Arbeit?« Ramses betrachtete eine akribisch mit Tusche gezeichnete Teilansicht des Sarkophagdeckels.

»Evelyns«, korrigierte Emerson. »Das hier ist von David. Er hat die kostbaren Applikationen der Robe auf Papier übertragen.«

»Beides ist großartig gelungen«, sagte Ramses mit aufrichtiger Bewunderung.

»Leg sie weg, bevor noch jemand Tee darauf kleckert«, schalt ich. »Du hättest sie ebenfalls nicht zu einem geselligen Beisammensein mitbringen sollen.«

Emerson ignorierte meinen Seitenhieb. »Wie lange wollt ihr noch an Vandergelts Sammlung arbeiten? Wie viele Objekte kopieren?«

»Wir könnten Jahre damit zubringen«, antwortete David, eine Tasse Tee von mir annehmend. »Aber das wäre wenig sinnvoll. Wir werden uns auf die wichtigsten und empfindlichsten Stücke beschränken. Die Entscheidung liegt bei dir und Cyrus.«

Emerson öffnete den Mund, doch bevor er seine Meinung kundtun konnte, mischte ich mich ein. »Wir werden eine kleine Komiteesitzung einberufen, Emerson, und uns mit allen Beteiligten – einschließlich Cyrus – austauschen. Morgen Nachmittag vielleicht? Ausgezeichnet. Ich werde Cyrus informieren. Und jetzt hören wir uns Walters Übersetzung an.«

»Na gut«, meinte Emerson gedehnt. »Was findest du denn so bedeutsam an dem Text, Walter?«

»Das habe ich dir schon vor ein paar Tagen erklärt, Radcliffe. Das Horoskop.«

»Ach ja«, murmelte Emerson, der sich absolut nicht zu erinnern schien.

»Das Wort ist nicht ganz zutreffend«, erklärte Walter schnell. »Es scheint nicht auf der Astrologie oder auf einem anderen uns bekannten System zu basieren. Es listet die Tage des Jahres auf, klassifiziert sie in gute oder schlechte und weissagt, was vermutlich passieren wird. Zum Beispiel: *Der erste Monat von Akhet, vierundzwanzigster Tag. Sehr gut. Die Götter segeln unter günstigem Wind. Wer an diesem Tag geboren wird, dem ist ein langes Leben beschieden.*«

»Akhet ist zu Beginn des Jahres, oder?«, fragte Lia.

Ihr Vater nickte. »Die Periode der Überflutung, wenn der Nil über die Ufer tritt. Das erneute Erscheinen des Doppelsterns Sirius kennzeichnete den ersten Tag des Jahres.«

»Mmmh«, brummelte Emerson. »Überaus interessant.«

»Nicht wahr?« Walter strahlte ihn an. »Aber es wird noch interessanter. Gestern bin ich darauf gestoßen. *Der Tag der Kinder des Sturms. Sehr gefährlich. Geh an diesem Tag nicht aufs Wasser.*«

Endlich war Emerson ganz Ohr – genau wie wir anderen. Ramses runzelte die Stirn.

»Wisst ihr noch, was unser – äh – was – äh – Sethos neulich Abend gesagt hat, über die Kinder des Sturms?«, fuhr Walter mit argloser Begeisterung fort. »Fand es irgendwie merkwürdig, denselben Satz in einem altägyptischen Text wieder zu finden. Natürlich ist der Bezug ein anderer. Ähm – Sethos – hat ihn im übertragenen Sinne gemeint, aber hier hat er eindeutig religiöse Bezüge.«

Zu spät bemerkte er unsere entgeisterten Blicke. »Was für ein Zufall, nicht?«, meinte er unsicher.

David sprach als Erster. »Ja. Was für ein Zufall.«

»Genau das ist es«, entschied Emerson mit Bestimmtheit. »Der Zufall ist die Grundlage für sämtliche Geheimwissenschaften – der Zufall und der Wunsch zu glauben. Tausend falsche Weissagungen werden vergessen, eine treffgenaue Schätzung hingegen bleibt in der Erinnerung haften. Selbst wenn das Datum ...« Er brach ab.

»Wie lautet das Datum, Onkel Walter?«, erkundigte sich Nefret.

Walter blickte auf das Blatt. »Der dritte Monat von Akhet, neunzehnter Tag. Auf die heutige Zeit bezogen ... Unmöglich das aus dem Stegreif zu bestimmen. Wie ihr wisst, hatte der ägyptische Kalender dreihundertfünfundsechzig Tage, da das Sonnenjahr aber länger ist, hinkten die Ägypter alle vier Jahre einen Tag hinterher. Wird schwierig, das zu berechnen. Man könnte es selbstverständlich versuchen ...«

»Da wird nichts draus«, erklärte Emerson unwirsch. »Es wäre reine Zeitverschwendung. Gargery, was wünschen Sie? Tun Sie sich keinen Zwang an, Sie können das Teegeschirr jetzt abräumen.«

»Kein Problem, Sir.« Gargery sammelte die Tassen ein.

»Schön, dass Sie das sagen«, versetzte Emerson zynisch. »Ich versichere Ihnen, Gargery, Ihnen wird nichts entgehen. Wir besprechen einen altägyptischen Text.«

»Ja, Sir. Allerdings, Sir, ich habe zufällig mitangehört ...«

»Hölle und Verdammnis!«, brüllte Emerson. »Schon wieder gelauscht?«

»Ich kam zufällig an der Tür vorbei.« Gargery setzte eine beleidigte Miene auf. »Der Kalender, aus dem Mr. Walter eben vorgelesen hat ...«

»Ist purer Unsinn«, fiel Emerson ihm ins Wort.

»Nun, Sir, die Ägypter mögen Heiden gewesen sein, aber sie wussten schon einiges. Mir scheint, Sie sollten weiterlesen und sich informieren, was noch passieren wird.«

Ramses räusperte sich. »Was den Papyrus angeht, Vater, ich frage mich, ob ich ...«

»Teufel noch!«, wetterte Emerson. »Verflucht, Gargery, wie oft habe ich Ihnen schon gesagt ...«

»Vater«, bemerkte Ramses energisch. Emersons wutblitzende Augen folgten seinem Wink in die Ecke, wo Sennia saß, wie versteinert vor fasziniertem Entsetzen.

»Oh«, seufzte Emerson. »Äh. Ich habe dich gar nicht bemerkt, Sennia. Ich entschuldige mich für meine Ausdrucksweise. Ich ...«

»Du solltest dich bei Gargery entschuldigen«, sagte Sennia streng. »Er wollte doch nur helfen.«

»Ganz recht, Sir«, gestand Gargery mit einem entwaffnenden Lächeln. »Ich habe das Meinige gesagt, wie es meine Pflicht ist. Komm, Miss Sennia, es wird Zeit für dein Abendessen.«

Nachdem sie Hand in Hand den Raum verlassen hatten, blickte Emerson sich verdrossen nach einem neuen Opfer um. »Da siehst du, was du getan hast, Walter«, tobte er. »Dem armen Kind irgendwelche Flausen in den Kopf gesetzt!«

»Gargerys Kopf ist wohl eher das Problem«, murmelte Ramses. »Vater, was ich noch fragen wollte ...«

Sein Vater hörte ihm gar nicht zu. »Und noch eine Sache, Walter. Würdest du zukünftig bitte davon absehen, von unserem Bruder als ›äh – Sethos‹ zu sprechen? Kannst du bei seinem Namen vielleicht etwas weniger herumstottern?«

Darauf wurde Walter knallrot, und er erwiderte ungewöhnlich heftig: »Nein, kann ich nicht, Radcliffe. Was ist das überhaupt für ein Name für einen englischen Christen?«

»Ich weiß nicht, ob er Christ ist«, wich Emerson aus. »Hab nie danach gefragt.«

»Hast du ihn nie nach seinem richtigen Namen gefragt? Erzähl mir jetzt nicht, dass er auf den Namen Sethos getauft wurde.«

»Bislang hat er unsere sämtlichen Versuche vereitelt, es herauszufinden«, sagte Emerson dumpf. »Warum zum Teufel fragst du ihn nicht, wenn es dir so wichtig ist?« Damit war die Diskussion für ihn beendet. Er wandte sich zu mir: »Wird es nicht Zeit für diese Kinder, zu Bett zu gehen?«

»Höchste Zeit«, versetzte ich. »Nefret ... Oh, sie ist immer noch bei Charla.«

»Neurotischer Schwachkopf«, knurrte Emerson. Wie seine nächsten Worte bewiesen, meinte er damit Gargery. »Er wird Fatima und den anderen von dem verdammten Papyrus erzählen, und sie werden die Hände ringen und überall böse Omen wittern. Vermutlich wollen sie auch noch, dass ich hier die bösen Geister austreibe. Kruzifix! Oh – was wolltest du mich eben fragen, mein Junge?«

»Das kann warten.« Ramses nahm Davy huckepack. Davy, der ungewöhnliche Transportmethoden schätzte, krähte ausgelassen. »Ich möchte sehen, wie es Charla geht.«

»Ach du meine Güte«, entfuhr es Emerson bestürzt. »Das arme Kind hatte ich völlig vergessen. Ich komme mit. Vielleicht muntern sie ein paar Kekse auf.«

Er leerte die Gebäckschale in seine Jackentasche. Ich sah geflissentlich darüber hinweg. Kinder haben einen strapazierfähigen Magen. Ich hatte schon einmal mitangesehen, wie Charla ein reichhaltiges Abendessen vertilgt hatte nach einem solchen Zwischenfall. (Eine Hand voll Blätter vom Weihnachtsstern. Die Farbe Rot hatte es ihr offensichtlich angetan.)

Nach meinem Dafürhalten war Emerson extrem unhöflich zu Walter gewesen und verdiente einen ordentlichen Rüffel. Statt ihm Vorhaltungen zu machen, wählte ich eine subtilere Form der Abstrafung, die mir, nebenbei bemerkt, selbst gelegen kam. Am Nachmittag darauf setzte ich meinen Plan in die Tat um. Der erste Schritt war etwas schwierig, da Emerson meinen »Vorschlag« ablehnte, früher mit der Arbeit aufzuhören. Eigentlich war es kein richtiger Vorschlag, und als ihm das einleuchtete, gab er meinem Drängen nach. Wir brachen umgehend zum Schloss auf, wo Cyrus uns schon erwartete.

Ich hatte meinen alten Freund einige Tage lang nicht gesehen und musste bedauerlicherweise feststellen, dass sein Spitzbart reichlich zerrupft wirkte. Er zupfte abwesend daran, als er uns in sein Arbeitszimmer führte, wo er diverse Vorbereitungen getroffen hatte, auf die ich in meiner Depesche taktvoll hingedeutet hatte. Der Mahagonitisch war frei geräumt, Stühle gruppierten sich darum, auf jedem Platz lagen ordentlich Papier und Stift bereit. Cyrus bot mir den Stuhl am Kopf der Tafel an, gleichwohl bestand ich darauf, dass er diesen nahm: »Ich setze mich neben Sie, Cyrus, sozusagen als Ihre rechte Hand. Sie haben doch hoffentlich eine Tagesordnung vorbereitet?«

»Nichts Konkretes«, murmelte Cyrus, die Blätter beäugend, die ich aus meiner Tasche zerrte. »Ich bin davon ausgegangen, dass Sie das machen würden.«

»Ein paar Notizen«, sagte ich bescheiden.

»Haha«, prustete Emerson, der mir gegenüber saß. »Was ich wissen will ...«

Ich klopfte energisch mit meinem Stift auf den Tisch. »Du bist noch nicht an der Reihe, Emerson. Wir müssen zuerst die Komiteeberichte haben.«

»Komitees?«, platzte Emerson heraus. »Was für Komitees?«

»Aber zuvor noch einige einleitende Worte des Vorsitzenden.« Ich nickte zu Cyrus.

»Amelia, machen Sie das besser.« Cyrus bemühte sich nicht zu grinsen, als er Emersons finstere Miene sah. »Es war Ihre Idee.«

Da ich mit dieser Reaktion gerechnet hatte, ergriff ich umgehend das Wort, bevor Emerson es mir entreißen konnte. »Uns allen ist sicherlich bewusst, dass wir unsere Strategien und Ziele definieren und entscheiden müssen, wie wir die unterschiedlichen Projekte zeitlich und personell bewältigen wollen. Wir können wirklich froh sein, dass wir so viele talentierte Mitstreiter haben ...« Ich nickte besagtem Personenkreis lächelnd zu. Die meisten nickten und lächelten zurück. Emerson funkelte mich wortlos an. Nefret, die neben ihm saß, hatte ihre Hand auf seine gelegt und versuchte ernst zu bleiben. David hatte seine Ellbogen auf dem Tisch aufgestützt und sein Kinn in beide Hände gelegt; mit den Fingern bedeckte er seinen Mund, der verräterisch zuckte.

»... gleichwohl ist eine straffe Organisation zwingend«, fuhr ich fort. »Sonst laufen wir Gefahr, dass unsere kollektive Energie sinnlos verpufft und wir kostbare Zeit verlieren.«

Ramses, der seinen Vater nicht aus den Augen ließ, sagte sanft: »Gut gesagt, Mutter. Hast du zufällig eine Aufstellung der fraglichen Projekte gemacht?«

Ich verstand den Wink. »Aber sicher. Natürlich nicht in der Reihenfolge ihrer Dringlichkeit, ich habe sie schlicht notiert, wie sie mir eingefallen sind. Da ist einmal der Schatz der Prinzessinnen. Monsieur Lacau wird irgendwann wieder auftauchen, zumal er uns nicht einmal informiert hat, was er zu tun gedenkt. Soweit wir wissen, wird er uns auffordern, alles zusammenzupacken und ihm auszuhändigen. Von daher sollten David und Evelyn sich darauf konzentrieren, die Kopien der wichtigsten Stücke zu vollenden. Sind wir uns in diesem Punkt einig? Gut. Ich schlage vor, dass wir im Anschluss an diese Zusammenkunft die Lagerräume aufsuchen und gemeinsam die Objekte durchgehen. Ist das für alle vertretbar? Gut. Bleibt noch eine weitere Erwägung im Hinblick auf den Schatz, aber ich stelle dies zurück, bis Cyrus seinen Bericht präsentiert.

Das zweite Projekt ist die Exkavation der Gräber in Deir el-Medina. Die Skizzen müssen warten, bis David und Evelyn hier fertig sind, dennoch sollte Cyrus bereits mit den Vorbereitungen beginnen.

Projekt Nummer drei ist das von uns gefundene Inschriftenmaterial, die Ostraka und Papyri. Sie sollten zusammengetragen, übersetzt und veröffentlicht werden.«

Ich blätterte die Seite um, räusperte mich und fuhr fort. »Bei Projekt Nummer vier handelt es sich um die Exkavation des Dorfes und seiner Umgebung.«

Nicht einmal Nefrets Berührung konnte Emerson noch länger beschwichtigen. »Ich habe mich schon gefragt, wann du darauf zu sprechen kommen würdest, Peabody«, schnaubte er. »Ich bin der irrigen Ansicht gewesen, das hätte Vorrang.«

»Es gibt überhaupt keinen Grund, warum du mit der Exkavation nicht fortfahren solltest, Emerson.«

Emerson war so aufgebracht, dass er sich verschluckte und heftig zu husten anfing. Ich fuhr mit erhobener Stimme fort: »Ich rege eine Personalverteilung wie folgt an: Ramses und Walter konzentrieren sich auf das Textmaterial, Evelyn und David auf den Prinzessinnenschatz. Emerson, dir bleiben somit Lia, Nefret, Selim und ich – was völlig ausreichend ist, da Bertie mit uns zusammenarbeitet, bis der Fund nach Kairo geschickt wird. Cyrus ist bereit, auf den Friedhof zurückzukehren. Euer Einverständnis vorausgesetzt, schlage ich vor, dass wir uns in den Lagerraum zurückziehen, um dort die Lage zu sichten.«

»Was ist mit den Komiteeberichten?«, erkundigte sich Ramses, seine Stimme verschwörerisch gesenkt.

Auch darauf war ich vorbereitet. »Wie dein Vater richtig bemerkt hat, haben wir bisher noch keine Versammlung abgehalten. Wir werden diese Berichte bei unserem nächsten Treffen vorlegen.«

Ich schob meine Blätter zu einem ordentlichen Stapel zusammen und stand auf – die Sitzung war beendet. Die anderen folgten meinem Beispiel – bis auf Emerson. Als ich ihn auf dem Weg zur Tür passierte, sagte er sanft, aber bestimmt: »Mit dir habe ich später noch ein Wörtchen zu reden, Amelia.«

Daran zweifelte ich nicht. Es war ein prickelnder Gedanke.

Aus Manuskript H

Anders als Ramses erwartet hatte, musste er sich keinen Vorwand ausdenken, um seine Eltern davon abzuhalten, sie auf ihrem Vollmondritt nach Deir el-Medina zu begleiten. Seine Mutter murmelte verzückt lächelnd: »Viel Spaß, meine Lieben.« Sein Vater grummelte nur. Emerson schmollte wegen seiner Niederlage und konnte es kaum erwarten, mit seiner besseren Hälfte allein zu sein. Nach dem Abendessen trank er hastig seinen Kaffee, verkündete, dass er sich zurückziehen wolle, und forderte sie auf mitzukommen. Sie gingen gemeinsam hinaus, Emersons Miene feierlich ernst, die seiner Gattin erwartungsvoll strahlend.

»Wieso zieht ihr euch so zeitig zurück?«, fragte Walter milde verwundert. »Ich habe mir vorgenommen, noch ein paar Stunden zu arbeiten.«

»Wir verabschieden uns ebenfalls«, sagte Ramses. »Vermutlich sind wir erst spät zurück. Er soll seine Augen nicht überanstrengen, Tante Evelyn, selbst bei guten Lichtverhältnissen kann man diesen Papyrus kaum entziffern.«

»Ich pass schon auf.« Seine Tante schmunzelte.

* * *

Sie ließen die Zügel locker, genossen die kühle Abendluft und die Stille. Am dunklen Firmament leuchteten die Sterne. »Ich hab dir doch gesagt, die sind froh, dass sie uns los sind«, bemerkte David.

»Bei Vater ist mir das klar«, murmelte Ramses. »Macht sie das absichtlich? Ihn provozieren, meine ich.«

»Teilweise.« Nefret kicherte. »Hast du noch nicht bemerkt, wie sie ihn ansieht, wenn er wütend ist – mit schalkhaftem Blick, krampfhaft bemüht, nicht zu lachen? Es ist ein Spiel, das sie schon seit Jahren spielen; beide kennen die Regeln und genießen die Züge des anderen.«

»Vermutlich.« Rein theoretisch wusste Ramses darum, allerdings war ihm die Vorstellung ein wenig peinlich, dass seine Eltern ... »Jedenfalls war sie heute Nachmittag mal wieder in ihrem Element. Hat alles erläutert und jeden auf ihre Seite gezogen.«

Ein Schwall Licht ergoss sich über die Klippen, breitete sich über der Landschaft aus. Steine und Sand, Bäume und Häuser wurden erkennbar, als hätte der riesige Pinsel eines unsichtbaren Malers sie auf die Dunkelheit getuscht. Der Mond war aufgegangen.

Unmöglich, jenes strahlende Rund als einen kalten, fernen Gesteinsball zu betrachten oder zu glauben, dass die Oberfläche, auf der sie standen, sich unaufhörlich drehte. Kein Wunder, dass die Alten den Mond als Gottheit verehrt hatten.

Als sie den Eingang zum Tal von Deir el-Medina erreichten, lagen die Tempelruinen in bleiches Licht gehüllt. David seufzte zufrieden. »In einer halben Stunde sind die Lichtverhältnisse optimal. Ich brauche nicht mal eine Taschenlampe.«

Sie ließen die Pferde im Schutz der Dunkelheit zurück und pirschten sich über Geröll voran. Beide Männer waren voll bepackt, David mit seinen Malutensilien und Ramses mit Decken und Proviantkörben – ein ausgiebiges Picknick, hatte Nefret erklärt. Entweder hatte sie ihre Nervosität im Griff oder sie war fest entschlossen, diese auszublenden. Ramses hatte vorgeschlagen, die ganze Nacht dort zu verbringen; sie hatte weder ja noch nein gesagt, doch die Decken waren ein positives Zeichen. Seine Laune hob sich. Sie hatten schon lange nicht mehr draußen unter dem Sternenhimmel geschlafen – nicht mehr seit der Geburt der Kinder.

Nachdem er eine Weile hin und her gelaufen war, entschied

David sich für einen Punkt, von wo aus ihn der Blick zufrieden stellte. Dieser befand sich auf der anderen Seite des Tempels und innerhalb der Umfassungsmauer. Da das Gelände nirgends eben war, entfernten sie störendes Geröll und breiteten die Decken aus. Nefret verteilte die mitgebrachten Kissen, machte es sich auf einem bequem und bedeutete Lia, ihrem Beispiel zu folgen.

»Wir zwei ruhen uns aus«, erklärte sie. »Und lassen uns bedienen. Ramses, machst du die mal auf?«

Er nahm die hohe, schlanke Flasche. »Wein?«

»Ja, wieso nicht? Wir können uns ruhig einen Schwips antrinken. Nur David nicht. Der hat zu malen.«

David hatte mittlerweile die Staffelei aufgestellt und die Verstrebungen mit Steinen gesichert. »David auch«, lachte er. »Vielleicht ist das genau die Inspiration, die ich brauche.«

»Schätze, du musst einiges an künstlerischer Fantasie mit einbringen.« Ramses hielt die Flasche zwischen den Knien und zog den Korken. »Dieser Tempel ist ziemlich öde.«

»Ich werde einen zertrümmerten Obelisken oder zwei einzeichnen und vielleicht auch einen enthaupteten Koloss.« David skizzierte mit raschen, sicheren Kohlestrichen. Er machte mehrere Skizzen, dann gesellte er sich zu ihnen.

Der Wein war weiß wie das Mondlicht, kühl und trocken wie die Nachtluft. Sie leerten eine Flasche, und David spähte zu den dunklen Ruinen. »Die Inspiration, wie beispielsweise eine kapriziöse Göttin, fehlt mir doch sehr«, murmelte er. »Gibt es noch Wein?«

Ramses lachte und öffnete eine zweite Flasche. Er hatte sich seit Wochen nicht mehr so entspannt und glücklich gefühlt. Es war nicht nur der Wein, es war alles ringsum – die friedvolle Stille, die überwältigende Schönheit der Umgebung, die Gesellschaft seiner besten Freunde und seiner Frau – auch das Wissen, dass seine geliebten Kinder und die geschätzten Eltern weit weg waren. Nefret trällerte leise vor sich hin. Er schnappte ein paar Wörter auf und erkannte eine der sentimentalen Balladen, die sie so liebte. Vorgetragen von ihrer schönen Stimme, klangen die Verse nicht einmal banal. Er hatte den eigentlichen Grund für ihr Kommen vergessen, und David, der sich auf der Decke ausstreckte, seinen Kopf in Lias Schoß, hatte offenbar das Interesse an der Kunst verloren, obschon der Mond hoch stand und die Tempelfassade gut ausgeleuchtet war. Schläfrig überlegte Ramses, wer von ihnen wohl als Erster auf die Heimkehr drängen werde. Er fasste Nefrets Hand, ließ diese abrupt wieder los und sprang auf.

»Was ist denn?«, murmelte Nefret.

»Jemand kommt. Hört mal.«

»Hathor?« David setzte sich auf.

»Wenn sie es ist, dann macht sie höllisch viel Lärm«, versetzte Ramses.

Die Stimmen wurden lauter. Sie kamen näher, folgten der Umfassungsmauer in Richtung Eingang. Geröll knirschte unter Füßen oder Hufen, und er konnte die Worte nicht recht ausmachen. Jedenfalls waren es keine Möchtegern-Diebe oder abergläubische Dorfbewohner, die einen Blick auf die Göttin erhaschen wollten. Vermutlich handelte es sich um eine erlebnishungrige Touristengruppe, angeführt von einem der geschäftstüchtigen Dragomans, die die Hathor-Legende erfunden hatten. Verärgerung überlagerte seine anfängliche Verblüffung. Er strebte zur Torwölbung, entschlossen, die Gruppe zu verscheuchen. Als er aus der Umfassungsmauer hinaustrat, näherten sie sich ihm bereits – zwei Gestalten auf Eseln, die eine mit Galabija und Turban, die andere ...

»Gütiger Himmel.« Er schoss vor, packte die Zügel des Reittiers. »Maryam, was machst du denn hier?«

Sie schob sich den absurden Blumenhut, den seine Mutter ihr gegeben hatte, aus der Stirn. »Hast du ihn gesehen?«, japste sie. »Ist er hier?«

»Ich nehme an, du meinst Justin«, ertönte Nefrets frostige Stimme hinter ihm. »Wie kommst du darauf, dass er hier sein könnte?«

»Er wollte die Göttin sehen. Den ganzen Tag hat er von nichts anderem geredet. Zum Glück seid ihr hier! Bitte helft uns, ihn zu suchen.«

»Wir sind schon einige Stunden hier«, warf David ein. »Wir haben niemanden gesehen.«

»Vielleicht hat er sich irgendwo versteckt.« Vor Aufregung hob sie die Stimme. »Er könnte gestürzt sein, sich am Kopf verletzt haben, er hat nicht mehr Verstand als ein Kind!«

Diese Möglichkeit bestand durchaus. Die Umfassungsmauer ließ sich an mehreren Stellen erklettern, und die gestürzten Steinquader boten hervorragend Deckung. Ramses vermochte sich vorzustellen, dass Justin hinter einen gekrochen war und sie jetzt mit kindlichem Vergnügen beobachtete, während er auf die Erscheinung der Göttin wartete.

»Na bestens«, sagte er verstimmt. So viel zu seinem Mondscheinidyll. »Nefret, warum rufst du ihn nicht einfach?«

Er wandte sich zu seiner Frau und unterdrückte ein Schimpfwort, als er sah, dass sie einen Bogen gespannt hielt, der Pfeil bereit zum Abschuss. »Um Gottes willen, Nefret! Wie hast du ...«

»Jetzt nicht«, fiel sie ihm ins Wort. »Seid ihr nur zu zweit? Wo ist der ergebene François? Wer ist dieser Mann?«

Ramses kannte den Ägypter ebenfalls nicht. Er verbeugte sich über den Hals des Esels und antwortete – natürlich – nicht Nefret, sondern ihrem Mann. »Ich gehöre zur Schiffsbesatzung der *Isis*, Herr. Die anderen durchsuchen die Ruinen außerhalb der Mauer.«

»Justin würde sich innerhalb der Umfassung aufhalten«, sinnierte Nefret laut. »Um einen guten Blick zu haben.«

Maryam brüllte so schrill und unerwartet los, dass sie zusammenschraken. »Justin! Justin, wo bist du? Antworte mir!«

Sie saß ab, stolperte und fasste Ramses' Arm. Weiter entfernt hörte Ramses die anderen nach Justin rufen, darunter auch François' mürrische Stimme.

»Hol die Taschenlampen, David«, rief Ramses. »Du und Lia, ihr haltet euch links. Wir müssen hinter jedem verfluchten Gesteinsbrocken nachsehen, der kleine Satansbraten spielt wohl Verstecken mit uns. Nefret, würdest du bitte diesen gottverdammten Bogen weglegen!«

»Deine Ausdrucksweise«, sagte Nefret honigsüß.

David stürmte zu der Stelle, wo sie die mitgebrachten Sachen abgestellt hatten, als ein lang gezogener Schrei von Maryam sämtliche Blicke auf den Tempel zog. »Seht mal! Dort, zwischen den Pylonen ... eine Frau ... schimmernd ... strahlend ...«

Ramses suchte sich aus ihrem Klammergriff zu lösen, doch sie hielt ihn unerbittlich fest. Die Gestalt stand im Türsturz, bleich wie eine Alabasterstatue – aber es war keine Statue, sie bewegte sich, hob weich fließende Ärmel. Er meinte, Gold aufblitzen zu sehen. Etwas pfiff an ihm vorbei; er schnellte herum, entwand sich Maryams Griff und entriss Nefret den Bogen.

Lia lachte wirr. »Du hast sie umgebracht.«

Ein zusammengesunkenes Etwas lag dort, wo die Gestalt gestanden hatte. Was sie fanden, war eine leere weiße Robe, Nefrets Pfeil steckte noch darin. Einige Minuten später stießen sie auch auf Justin, auf einer zerborstenen Säule hingestreckt wie eine antike Opfergabe. Er hatte die Hände über der Brust gefaltet und lächelte entrückt.

7

Ich gehe davon aus, dass ihr das Gelände gründlich durchsucht habt«, sagte ich, anmutig mein Frühstücksei köpfend. »Aber vielleicht sollte ich mich selbst einmal umschauen.«

Emerson ließ die Toastscheibe sinken, die er in der Luft balanciert hatte, seit Ramses mit seinem Bericht von den Ereignissen im Tempel der Hathor begonnen hatte. Grässlich langsam glitten seine stechenden blauen Augen von seinem Sohn zu mir.

»Amelia«, sagte er.

»Noch etwas Kaffee für den Professor, Gargery, wenn Sie so nett sein wollen.«

»Ich will keinen verdammten ...« Und ob er wollte, deshalb beendete er den Satz nicht. Gargery, der fasziniert gelauscht hatte, schenkte ihm umgehend nach, und Emerson fuhr unsäglich milde fort: »Danke, Gargery. Ramses, wieso hast du damit bis zum Frühstück gewartet?«

»Wir ... wir alle ... haben entschieden, euch deswegen nicht aufzuwecken«, meinte Nefret schleppend, worauf ich Verdacht schöpfte, dass selbige Entscheidung nicht von allen getragen worden sei. »Es gab nichts, was du – oder Mutter – hätte tun können. Wir haben jeden Winkel abgesucht, was nicht leicht war, weil so viele Leute umherliefen und wir nur unsere Taschenlampen hatten und ... und ... Ich bin untröstlich, Vater.«

»Untröstlich«, wiederholte Emerson. Er erhob sich, majestätisch wie Jupiter, auch ohne Bart. »Begleitet mich jemand ins Grabungsgelände, Amelia, oder hast du anderes mit ihnen vor?

Um nichts in der Welt würde ich deine Pläne durchkreuzen wollen, ich frage nur rein interessehalber.«

»Möchtest du die Sache nicht mit uns diskutieren, Emerson?«

»Nein, Amelia, das möchte ich nicht.« Mich grimmig fixierend, setzte er hinzu: »Ich fahre mit dem Automobil. Falls mich jemand zu begleiten gedenkt, muss er oder sie umgehend kommen.«

Gemessenen Schrittes verließ er den Raum.

»Oha, er ist wütend«, murmelte Lia.

»Das gibt sich bis Mittag«, erwiderte ich. Wenigstens hoffte ich das; dass er mich drei Mal in Folge mit meinem Vornamen angeredet hatte, deutete jedoch auf eine längere Verstimmung hin. »Allerdings würde es ihn sicher freuen, wenn jemand von euch mitkäme. Macht euch keine Sorgen wegen des Automobils; er scheint vergessen zu haben, dass er und Selim gestern Abend einen Reifen abmontiert und nicht ersetzt haben. Nicht du, Evelyn, und auch nicht Walter.«

»Soll ich den Professor begleiten, Tante Amelia?«, erbot sich David.

»Wenn es dir nichts ausmacht, mein Junge. Es ist ja nur für ein paar Stunden.«

»Aber nein.« Er blickte zu Ramses, der zustimmend nickte. »Wir wollten uns ohnehin noch einmal bei Tageslicht umsehen.«

»Ich komme mit«, erklärte Walter und rückte energisch seine Brille zurecht. Ich kannte die Signale: Der detektivische Ehrgeiz hatte ihn gepackt. Ich nahm zwar nicht an, dass er irgendetwas Weltbewegendes entdecken würde, aber er würde seinen Spaß daran haben, herumzuschnüffeln und Spuren zu finden, die den anderen längst bekannt waren. Gargery wurde ich los, indem ich ihn bat, Evelyn und Sennia zum Schloss zu begleiten, dann war ich mit Nefret allein.

»Ich möchte mit dir reden, Mutter«, sagte sie.

»Ganz meinerseits. Lass uns ein wenig plaudern.«

Wir fanden ein stilles Plätzchen im Garten, zwischen unseren beiden Häusern, wo uns keiner belauschen konnte. Ich war stolz auf diesen Garten; obschon das ägyptische Klima fruchtbar ist, erforderte die Pflege und Bewässerung der Pflanzen einiges an

Mühe. Junge Lebbachbäume und Tamarisken erhoben sich auf dem ehemals kahlen Grundstück. Rosen- und Hibiskusbüsche standen in verschwenderischer Blüte, Beete mit Kapuzinerkresse und andere mitgebrachte Gewächse erinnerten an unsere englische Heimat.

»Und nun«, sagte ich, eine verblühte Rose mit meinen Fingernägeln abknipsend, »erzählst du mir alles. Ramses' Bericht war etwas dürftig.«

»Notgedrungen.« Nefret lächelte schwach. »Er wusste, dass Vater ihn über kurz oder lang unterbrechen würde.«

»Von Anfang an«, drängte ich. »Bitte, versuch dich an deine Eindrücke zu erinnern und wie du im Einzelnen reagiert hast. Man weiß nie, welche scheinbar unwesentlichen Details im Nachhinein an Bedeutung gewinnen.«

Ihre Schilderung war umfassend und genau, obwohl ich mir sicher war, dass sie ein paar Dinge ausgelassen hatte – wie beispielsweise die Wirkung einer lauschigen Vollmondnacht auf vier junge Menschen. Ich bezweifelte, dass sie in der Verfassung gewesen wären, blitzartig auf die unvorhergesehenen Ereignisse zu reagieren. Freilich erwähnte ich das nicht, und ich machte ihr auch keinerlei Vorwurf, dass sie uns nicht hinzugeholt hatten.

»Verflixt und zugenäht«, brauste ich auf. »Exakt dann, wenn ich alles unter Kontrolle habe, sogar Emerson! Diese neuerliche Entwicklung kommt völlig unerwartet und unpassend für mich.«

»Nicht nur für dich«, erwiderte Nefret trocken. »Aber kommt sie wirklich unerwartet, Mutter?«

»Hast du dergleichen erwartet? Mein liebes Kind, ich wünschte, du hättest mehr Vertrauen zu mir. Ich glaube fest an derartige Vorahnungen. Es sind Impulse des Unterbewusstseins, das auf Reize reagiert ...«

»Ja, Mutter, ich stimme dir zu. Aber in diesem Fall war mein Bewusstsein am Werk. Ramses' Flucht muss doch frustrierend für die Frau in Kairo gewesen sein, schließlich hat sie sich mächtig ins Zeug gelegt, um ihn zu umgarnen. Ist es da nicht logisch, dass sie es wieder probiert?«

»Wenn das ein weiterer Verführungsversuch sein sollte, war er schlecht organisiert«, kritisierte ich. »Sie hätte ein Dutzend schlagkräftiger Komplizen benötigt, um mit euch vieren fertig zu werden. Ganz zu schweigen von dem hysterischen Bengel und seinen Aufpassern.«

Nefret lächelte widerwillig. »Es war wirklich grotesk ... ein Drama ohne kompetenten Regisseur. Alle liefen wie aufgescheuchte Hühner herum, kamen sich in die Quere, verwischten Spuren und brüllten. François und sein Trupp – drei weitere Crewmitglieder von der Dahabije – stolperten über die Mauer und trugen zur allgemeinen Verwirrung bei.« Ihr Lächeln verschwand. »Ich war zu besorgt um Justin, um das Schauspiel zu genießen. Als ich ihn ausgestreckt auf der Säule liegen sah, kreidebleich und starr, seine aufgerissenen Augen auf den Mond geheftet, dachte ich, er wäre tot.«

»Aber das war er nicht.«

»Er lebte und war hellwach«, sagte Nefret angesäuert. »François wollte nicht, dass ich ihn untersuchte. Ich habe nicht darauf beharrt, denn der kleine Satansbraten freute sich wie ein Schneekönig, er lachte und protzte damit, wie die Göttin ihn angelächelt und ihre Hände ausgestreckt habe, um ihn zu segnen.«

»Hat sie das?«

»Wenn ich das wüsste. Ich hab den Kopf verloren«, gestand Nefret. »Ich hatte meinen Bogen mitgenommen, weil ... Na, weil ich dachte, irgendeiner muss schließlich bewaffnet sein, im Ernstfall. Und du weißt, wie Ramses zu Feuerwaffen steht.«

»Eine Pistole wäre effektiver gewesen.«

»Man hätte die Frau doch nicht kaltblütig erschießen können«, wandte Nefret ein. »Außerdem bin ich besser mit dem Bogen als mit einer Pistole, und ich habe auf ihre Füße gezielt, besser gesagt, auf den Boden, wo ich ihre Füße vermutete. Ramses entriss mir den Bogen ... vorher musste er noch Maryam abschütteln, die sich schreiend an ihn klammerte. Als wir den Tempeleingang erreichten, war sie fort. Ramses und David machten sich auf die Suche, aber ihr blieb genügend Zeit, um zu entwischen, wenn sie sich auskannte, was wahrscheinlich ist.«

Ich speicherte diesen Punkt unter der Rubrik »zukünftige Überlegungen«. Für sich genommen bedeutete er gar nichts – oder aber eine ganze Menge. Hatte man sämtliche Fakten zusammengetragen, ergab sich vielleicht ein Bild. Ich würde mir die Zeit nehmen müssen für eines jener kleinen Diagramme, die sich bei früheren Ermittlungen als zweckmäßig erwiesen hatten.

»Wir machen uns besser auf den Weg zur Exkavation«, sagte ich. »Emersons erste Reaktion auf Ärgernisse besteht darin, mich zu beschimpfen; doch sobald er sein Mütchen gekühlt hat, wird er wieder vernünftig. Keine Sorge, mein Schatz, bis morgen habe ich das im Griff, und Ramses wird wieder an seinen Texten arbeiten können.«

»Du denkst an alles, Mutter.«

»Ein oder zwei Belange sind mir in letzter Zeit entglitten«, räumte ich großzügig ein. »Erstens mache ich mir Sorgen um Sethos. Ich hoffe, er kann bald wieder reisen; ich möchte Maryam zwar von diesem unberechenbaren Jungen und seiner Großmutter wegholen, mich aber nicht mit Mrs. Fitzroyce anlegen. Sie reagierte ausgesprochen unkooperativ auf meine Bitte, ob Maryam uns besuchen dürfe.«

»Vielleicht erwischst du die alte Dame in einer ihrer senilen Phasen«, schlug Nefret vor.

»Das käme mir sehr gelegen. Zweitens müssen wir uns noch mit Monsieur Lacau auseinander setzen«, fuhr ich fort, während wir über den Gartenweg schlenderten. »Nach meiner Einschätzung hat sich die Sache mit dem fehlenden Schmuck und dem Dieb erledigt – beide sind inzwischen über alle Berge. Ich werde es Monsieur Lacau selbst sagen, wenn er hier auftaucht, und keinen Tag eher!«

Nefret nickte zustimmend. Da sie jedoch weiterhin skeptisch wirkte, bemühte ich mich, sie ein wenig aufzubauen. »Bliebe noch, die Sache mit Maryam zu klären, und da können wir nichts tun, bis ihr Vater herkommt. Natürlich werde ich meine analytische Begabung einsetzen, um die wahre Identität dieser Hathor-Imitation zu entschlüsseln, die vermutlich nur ein Ablenkungsmanöver ist. Was hat sie denn letztlich Schlimmes getan?«

»Solange wir keine Ahnung haben, wer sie ist und warum sie das macht, können wir auch nicht abschätzen, was sie noch anzurichten vermag.« Nefret stockte. Sie wich meinem Blick aus, pflückte eine strahlend gelbe Zinnie und fing an, die Blütenblätter abzuzupfen. »Mutter, ich kann das nicht mit Ramses diskutieren, aber dir muss doch auch der Gedanke gekommen sein, dass es eine frühere ...«

»Affäre von ihm ist? Keine Sorge, Nefret, du schockierst mich nicht, ich kenne den Begriff und Ramses' – äh – diesbezüglichen Werdegang.«

»Wie gut?« Sie sah von der zerrupften Blüte auf.

»Da kann ich nur vermuten. Natürlich hat er nie etwas zugegeben. Doch das war alles vor eurer Hochzeit. Du hast gewiss keinen Grund, an seiner Treue zu zweifeln. Er liebt dich ...«

»Von Herzen, mit Schmerzen«, murmelte Nefret, mit jedem Wort ein Blütenblatt abzupfend. »Ich zweifle nicht an ihm, Mutter. Ich habe mich nur gefragt, ob es da eine ganz bestimmte Frau gab. Gleichwohl möchte ich dich nicht drängen, hinter seinem Rücken über ihn zu sprechen.«

Sie warf die Blume fort, ohne den Reim zu beenden.

»Das wäre auch nicht korrekt«, sagte ich. »Trotzdem, ich werde die Sache überdenken.«

Sie fasste meinen Arm, und wir gingen weiter. Hinter uns, auf dem Pfad, schimmerten die gelben Blütenblätter hell im Sonnenlicht.

* * *

Nachdem Fatima liebevoll den Proviantkorb für das Mittagessen zusammengestellt hatte, ritten Nefret und ich nach Deir el-Medina. Unterwegs mussten wir einer großen Gruppe von Cook's Touristen und ihren klapprigen Eseln ausweichen. Ihrer Aufmerksamkeit entkamen wir leider nicht. Einer der unsäglichen Führer wies lautstark auf uns hin. Kameras klickten, und eine überaus stämmige Dame brüllte: »Bleiben Sie kurz stehen, Mrs. Emerson, damit ich ein gutes Foto bekomme.«

Freilich ritt ich kommentarlos weiter.

»Daran solltest du inzwischen gewöhnt sein, Mutter«, schmunzelte Nefret. »Wir gehören zu den populärsten Sehenswürdigkeiten in Luxor.«

Dank Emerson. Sein Hokuspokus und seine Handgreiflichkeiten waren Legende geworden. Er hatte zwar in letzter Zeit niemanden verprügelt, während der Bergung von Cyrus' Grabstätte aber ständig Touristen verunglimpft und die Journalisten – die jede wüste Beschimpfung begeistert publizierten.

Zum Glück hatte es keiner der Touristen gewagt, das von Emerson abgesperrte Gelände zu betreten. Innerhalb der Markierungen wurde ein rudimentäres Schema erkennbar, allerdings wusste nur das geschulte Auge (wie meines) die Mauerreste und Säulenstümpfe zuzuordnen. Nefret und ich banden unsere Pferde bei den anderen fest; dann traten wir zu Emerson, der über Bertie gebeugt stand, während der junge Mann die Fragmente in seine Zeichnung übernahm.

»Wie ich sehe, kommt ihr gut voran«, stellte ich anerkennend fest. »Das muss der Vorhof zum Tempel von Seth I. gewesen sein.«

»Offen gestanden handelt es sich um die Säulenhalle eines wesentlich älteren Tempels«, korrigierte mein Angetrauter. »Wo bleibst du so lange, Peabody? Der Schutt türmt sich bereits meterhoch auf.«

»Ich kümmere mich umgehend darum. Gute Arbeit, Bertie. Wie schön Sie jede noch so winzige Kleinigkeit eingezeichnet haben!«

»Danke, Ma'am.« Bertie schob seinen Tropenhelm zurück und wischte sich die verschwitzte Stirn. »Selim und David haben bei den Abmessungen geholfen, aber noch ist es ein provisorischer Plan.«

»Wo ist Ramses?«, erkundigte sich Nefret.

»Da hinten.« Emerson gestikulierte. »Er hebt einen Graben entlang der Nordseite der Umfassungsmauer aus, um herauszufinden, ob es vielleicht noch Stellen gibt, wo unsere verdammten Vorgänger nicht nach Artefakten gebuddelt haben. Wüsste nicht zu sagen, was schlimmer ist, hiesige Diebe oder unfähige Ägyptologen. Wie soll ich die Stratigrafie deuten, wenn sie das Unterste zuoberst gekehrt haben?«

»Umso mehr ist es dein Verdienst, mein Schatz, wenn du das hinterlassene Chaos sinnvoll strukturierst.«

Emerson maß mich ziemlich perplex und schob mich beiseite. »Tschuldigung, Peabody«, murmelte er, seine breiten Schultern straffend. Sein schwarzes Haar glänzte wie das Gefieder eines Raben. Ich mochte ihn nicht fragen, was er mit seiner Kopfbedeckung angestellt hatte.

»Schon vergessen, Emerson.«

»Ach, tatsächlich? Bist du sicher«, erkundigte sich Emerson, »dass du mir meine sämtlichen Verfehlungen nicht zu einem späteren Zeitpunkt vorwirfst?«

»Mein lieber Emerson, ich könnte sie vermutlich gar nicht alle aufzählen.«

Schmunzelnd griff Emerson nach mir, bemerkte Bertie und ließ seine Hand sinken. »Wir haben alles gründlich abgesucht, Peabody. Der Boden war von Fußspuren übersät. Allerdings haben wir einen Stofffetzen gefunden, er hing an der Umfassungsmauer und wäre leicht zu übersehen gewesen. Auf beiden Seiten türmt sich Geröll.«

Er durchwühlte seine Jackentaschen, fischte Pfeife, Tabaksbeutel, Tonscherben und ein Stück Stoff heraus, das er mir reichte.

»Hmmm«, sagte ich, während ich es näher betrachtete. »Feines Leinen, plissiert. Ich nehme es an mich, wenn du nichts dagegen hast. Steck deine Pfeife weg, Emerson, sonst lässt du sie noch fallen. Wieso hast du die Taschen voller Nägel?«

»Ich wollte ein Hinweisschild aufstellen«, erklärte Emerson und stach sich prompt in den Finger. Er saugte daran und fuhr fort: »Eine deutliche Warnung an diese verdammten Touristen. Einer hat mir doch tatsächlich Geld geboten, wenn ich für ein Foto posiere.«

»Diese Schnappschüsse sind ein Albtraum für jeden seriösen Archäologen«, räumte ich ein. »Ich hoffe, du hast ihn nicht verprügelt, Emerson.«

»Es war eine Frau«, sagte Emerson finster. »Ich konnte sie nicht mal beschimpfen. Lia hat das übernommen, weil du nicht hier warst.«

Ich beschloss, mir dieses Hinweisschild einmal anzusehen. Es begann mit den Worten: *Ich werde jeden eigenhändig umbrin-*

gen ..., und wurde in dem Ton über etliche Sätze fortgesetzt. Während ich es inspizierte, trat Selim zu mir.

»Ich soll noch eins in Arabisch machen«, grinste er. »In dem exakten Wortlaut.«

»Vielleicht auch noch in Deutsch und Französisch? Gibt es irgendwas Neues, Selim?«

»Über letzte Nacht? Nein, Sitt Hakim, es ist uns allen ein großes Rätsel.«

»Wusste man in Kurna, dass Ramses und die anderen herkommen würden?«

»Oh ja, Sitt. Sie haben kein Geheimnis daraus gemacht.« Selim kratzte sich versunken den Bart und sah mich unter gesenkten Wimpern hinweg an. »Es ist weithin bekannt, dass die Weiße Dame in Vollmondnächten hier erscheint.«

»Wie viele Leute haben diese Weiße Dame tatsächlich gesehen?«

Selim überlegte stirnrunzelnd. »Eine gute Frage, Sitt. Ich habe mit niemandem gesprochen, der sie leibhaftig gesehen hätte, alle haben die Geschichten von anderen gehört, genau wie ich auch.«

»Die Frauen kommen nicht hierher, um sich ihre Gunst zu sichern? Die frühen Ägypterinnen haben sich von Hathor Liebesglück und Kindersegen erbeten.«

»Sie haben Angst im Dunkeln, Sitt. Sie fürchten Dämonen und Geister.«

»Interessant«, murmelte ich nachdenklich.

»Ja, Sitt. Aber was hat das zu bedeuten?«

Noch eine gute Frage, und eine, auf die ich keine Antwort wusste.

Selim hatte eine vergleichsweise gute Nachricht für mich. Das Boot war ein paar hundert Meter flussabwärts auf eine Sandbank aufgelaufen. Die Männer, die es gefunden hatten, hatten umgehend Daoud verständigt. Der Schaden war zwar erheblich, aber nicht irreparabel, und das Schiff lag bereits wieder bei Luxor vor Anker.

»Bis die Instandsetzung abgeschlossen ist, hat Sabir keinerlei Einkommen«, sinnierte ich, nachdem sich alle um den Picknickkorb geschart hatten. »Sag ihm, er soll sich ein anderes Boot kaufen, Daoud. Die Kosten übernehmen selbstverständlich wir.«

»Aber nur als Darlehen«, entschied Daoud. »Er wird es zurückzahlen.«

»Pah«, schnaubte Emerson. »Wir sind dafür verantwortlich – es sei denn, Sabir hatte einen Geschäftsrivalen, der ihm den Erfolg missgönnte. Kannst du dir das vorstellen?«

»Sie sind alle neidisch«, gestand Daoud stolz. »Sämtliche Bootsbesitzer. Weil Sabir mehr verdient hat als sie. Trotzdem würde keiner das Schiff eines anderen zerstören, das wäre ... das wäre ...«

»Unehrenhaft«, warf ich ein, da Daoud nach dem treffenden Begriff suchte. »Eine Sache der Berufsehre.«

»Ja«, sagte Daoud erleichtert. Er spähte beschwörend auf das letzte Sandwich, und ich sagte: »Nimm es ruhig, Daoud, wir anderen sind satt. Selbst wenn deine Einschätzung nicht richtig ist – aber das ist sie ganz bestimmt –, kann ich mir niemanden vorstellen, der uns so übel mitspielen wollte.«

»Der Zorn des Vaters der Flüche ist verheerender als ein Wüstensturm«, konstatierte Daoud.

* * *

Gesättigt ist Emerson immer besserer Laune. Nach Fatimas hervorragendem Mittagsimbiss machte er keinerlei Einwendungen, als sein Mitarbeiterstab sich zerstreute. Ramses wollte bleiben, bis er den Graben komplett ausgehoben hatte, und ich kehrte zu meinem Trümmerhaufen zurück, mit Lia als Assistentin. Als wir gegen Nachmittag heimkehrten, rechnete ich damit, dass Emerson sich mit Berties Plänen und seinen eigenen Feldnotizen in sein Arbeitszimmer zurückziehen würde, doch er verkündete, er wolle sich noch eine Weile mit den lieben Kleinen beschäftigen.

»Wir sehen sie viel zu selten«, beklagte er sich, als er aus dem Bad trat und hastig frische Sachen überstreifte. »Du willst nicht, dass sie mit uns zusammen frühstücken, und sie gehen sooo früh ins Bett ...«

»Es liegt allein bei dir, wie viel Zeit wir mit ihnen verbringen, Emerson. Wenn du jeden Tag ein paar Stunden früher aufhören würdest, könnten wir mit ihnen Ausflüge und Besuche machen, spielen, ihnen Reitstunden geben und so fort. Evvie und Dolly waren noch nie im Schloss oder in Selims Haus, geschweige denn in Luxor.«

»Es ist absolut genial, wie du anderen ein schlechtes Gewissen einjagen kannst!«, maulte Emerson.

Ich schlenderte auf die Veranda, wo Evelyn mit Fatima plauderte, die das Teegeschirr eindeckte. Walter sortierte einen Stapel Briefe.

»Ich hoffe, du bist mir nicht böse, Amelia«, sagte er. »Ich wollte nur kurz nachsehen, ob etwas für Evelyn oder mich dabei ist.«

»Gott bewahre, Walter. Die Post hat sich in den letzten Tagen ziemlich angehäuft. Ich hatte keine Zeit, sie durchzusehen.«

Nachdem er mehrere Briefe aussortiert und einen Evelyn gegeben hatte, reichte er mir den übervollen Korb.

»Von Raddie«, strahlte Evelyn und vertiefte sich in die Lektüre.

»Eine kurze Nachricht von Willy«, sagte Walter. »Und ein Brief von Griffith. Er möchte weitere meroitische Schriften.«

»Teufel noch, wie kommt er darauf, dass wir in Luxor welche finden?«, forschte Emerson.

»Wer weiß, was die Händler so alles haben«, sagte Walter milde. »Ich beschäftige mich nicht mehr mit den meroitischen Übersetzungen, deshalb gebe ich alles, was ich finden kann, an Frank weiter.«

»Du und Mr. Griffith habt ein ausgesprochen herzliches Verhältnis«, bemerkte ich, Emerson einen Stapel Briefe zuschiebend. »Die meisten Ägyptologen sind besitzgierige Streithähne.«

»Falls das mir galt, Peabody, widerspreche ich entschieden.« Hastig überflog Emerson seine Korrespondenz und warf sie zurück in den Korb.

»War das nicht ein Schreiben von Mr. Winlock?«, wollte ich wissen.

»Interessiert mich nicht, was diese Dumpfbacke zu vermelden hat!«

Fröhliches Kindergeschrei hielt mich davon ab zu fragen, wie Mr. Winlock sich Emersons Zorn zugezogen habe. Die Zwillinge platzten herein, in Begleitung ihrer Eltern, und ich hob den Postkorb hoch in die Luft, außer Reichweite von Davy, der Briefe liebte und überzeugt war, dass alle an ihn gerichtet wären. Emerson nahm die Kinder auf den Schoß. Ich händigte Ramses und Nefret die Post aus und fing an, meine eigene zu öffnen.

»Nichts von ...?«, bohrte Emerson.

»Nein. Im Großen und Ganzen das Übliche.«

»Das Übliche?«, wiederholte Evelyn.

Ich las ein paar laut vor, zur Erheiterung der Anwesenden. *»Meine liebe Mrs. Emerson. Sie kennen mich noch nicht, aber mein Bruder ist der Schwiegersohn von Lady Worthington, und ich möchte gern Ihre Bekanntschaft machen. Wann wäre es Ihnen genehm, dass ich Sie aufsuche?«*

»Wer ist Lady Worthington?«, wollte Nefret wissen.

»Keine Ahnung. *Meine liebe Mrs. Emerson. Es wäre ein großes Privileg, wenn Ihr Gatte uns die Sehenswürdigkeiten von Luxor zeigen könnte. Wir logieren diese Woche im Winter Palace.*«

»Noch mehr Briefe von impertinenten Besuchern?«, erkundigte sich David. Er und Lia kamen mit den beiden Kindern und Sennia. Evvie rannte zu Davy und umarmte ihn stürmisch. Er erwiderte ihre Umarmung fröhlich schnatternd, worauf Charla beide finster musterte.

»Dergleichen bekommen wir ständig«, sagte Sennia abfällig. »Lies noch ein paar vor, Tante Amelia, sie sind wirklich lustig.«

»Hier habe ich ein ganz reizendes Beispiel«, sagte ich. *»Wir sind zwei junge Amerikanerinnen und möchten Ihren Sohn kennen lernen. Mr. Weigall, den wir letzten Monat in London trafen, versicherte uns, dass er sehr erfahren und noch dazu nett sei.«*

»Das zahle ich Weigall heim«, knurrte Ramses.

»Ich bezweifle, dass er so etwas gesagt hat«, erwiderte ich, ein weiteres Dutzend solcher Episteln in den Papierkorb stopfend.

»Als Inspektor der Antikenverwaltung war er ein ziemlicher Paradiesvogel«, merkte Nefret an. »Ständig Prinz Dingsda hier und Lady Sowieso dort.«

»Wir dürfen nicht ungerecht sein, Liebes. In seiner offiziellen Funktion musste Mr. Weigall höflich gegenüber einflussreichen Gästen sein. Genau wie einige unserer Kollegen, die von Mäzenen abhängig sind. Das sind wir zum Glück nicht, denn solche Menschen können einem wirklich zusetzen. In dieser Hinsicht ist Gargery recht nützlich; sobald Fremde auftauchen, schicken wir ihn in voller Butlermontur zur Tür. Wenn er dann hochnäsig auf sie herabschaut und verkündet: ›Der Professor und Mrs. Emerson sind nicht zu Hause‹, nehmen selbst die aufdringlichsten Amerikaner Reißaus.«

»Wie soll Gargery denn auf jemanden herabschauen?«, kicherte Lia. »Er ist doch nur ein laufender Meter ... Oh, hallo Gargery. Verzeihung, ich hab Sie nicht gesehen.«

»Das scheint mir auch so, Miss Lia.« Gargery rächte sich, indem er sie Miss und nicht Madam nannte.

»Gargery kann auf jeden herabschauen«, wandte ich ein. »Das ist keine Frage der Größe, sondern der Persönlichkeit.«

»Danke, Madam«, sagte Gargery. »Soll ich das Tablett mit den Getränken bringen, Professor?«

»Gute Idee.« Er setzte sich auf den Boden und winkte die Kinder zu sich. »Seht mal, was ich heute gefunden hab.«

Er zeigte ihnen eine kleine Statue aus Kalkstein, schätzungsweise zwanzig Zentimeter hoch. Die handwerkliche Arbeit war ziemlich dilettantisch, doch das lächelnde Gesicht hatte einen naiven Charme. »Dies war ein Geschenk an die Königin Ahmose-Nefertari, von einem Burschen namens Ikhetaper«, erklärte Emerson, die Hieroglyphen entziffernd. »Ihr dürft sie anschauen, aber nicht anfassen. Es ist keine Puppe.«

»Ich möchte mit dir und Mama und Papa buddeln gehen«, bettelte Evvie. »Wenn ich etwas finde, kann ich es dann behalten?«

Charla warf ihr einen giftigen Blick zu, der Emerson nicht verborgen blieb. Er ging über ihre Bitte hinweg. »Ich sag euch was, Kinder«, meinte er fröhlich. »Wie wär's, wenn ich euch allen zeige, wie man auf einem Esel reitet? Ich hab neulich schon zu eurer Großmama gesagt, wird höchste Zeit, dass ihr es lernt.«

Das Angebot wurde begeistert angenommen. Ich bin nicht kleinlich. Ich erwähnte mit keinem Wort, dass es meine Idee gewesen war.

Grundsätzlich war die Reitstunde ein Erfolg. Das heißt, für die Kinder. Die Esel waren weniger angetan, und einer der Erwachsenen benahm sich ziemlich sonderbar. Damit meine ich natürlich Emerson, der die Kinder von den kleinen Biestern riss, sobald diese schneller als Schritt gingen. Evvie fiel zweimal hinunter, Davy einmal – vermutlich aus Solidarität mit ihr. Am glücklichsten war Dolly, der im Hof seine Runden drehte, als hätte er nie etwas anderes getan. Als Emerson keuchend und staubbedeckt die Reitstunde für beendet erklärte, saß Dolly folgsam ab. Er kam zu mir und nahm meine Hand.

»Das war sehr gut«, lobte ich. »Wir werden dieses Eselchen für dich behalten.«

»Danke, Tante Amelia. Wenn ich älter bin, werde ich ein großes weißes Pferd reiten, wie mein Ur-Urgroßvater.«

»Nur ein ›Ur‹«, korrigierte ich und fragte mich im Stillen, was zum Kuckuck Emerson ihm erzählt haben mochte. Abdullah war nie ein begnadeter Reiter gewesen.

»Wann besuchen wir ihn wieder?«

»Bald. Und jetzt geh und wasch dich rasch vor dem Abendessen.«

Charla wollte sich nicht von dem Esel trennen. Sie klammerte sich wie eine Klette daran, bis Ramses sie herunterhob und wegtrug.

Da ich einen gewissen Sicherheitsabstand zu dem Reitzirkus eingehalten hatte, brauchte ich nicht lange, um mich frisch zu machen. Ich gönnte mir einen kurzen Spaziergang durch den Garten und inspizierte meine Pflanzungen. Eine der Rosen schien mir leicht vertrocknet; ich nahm mir vor, Ali anzuweisen, sie besser zu gießen. Was für ein friedvoller Ort das war – der süße Duft der Blüten, melodisches Vogelgezwitscher. Ein leuchtend bunter Bienenfresser flatterte über mir, eine Taube stieß ihren gurrenden Schrei aus, fast wie ein menschliches Lachen. Der

Schrei endete mit einem Kreischen, und ich stürzte mich eben noch rechtzeitig ins Gebüsch, um Horus zu verscheuchen, bevor er größeren Schaden anrichtete. Die Taube flatterte davon, und Horus fauchte mich an. So viel zu diesem friedvollen Ort ...

Ich hatte mich der Übertreibung schuldig gemacht, als ich Nefret erklärte, dass ich alles unter Kontrolle hätte. Ich hatte sie nicht unbedingt angelogen – ich lüge nur, wenn es unabdingbar ist –, sondern sie nur beruhigen wollen. Allerdings war so vieles passiert, dass man leicht den Überblick verlor. Und der Besuch des unsäglichen Mr. Smith hatte für weitere Komplikationen gesorgt.

Es wurde wirklich Zeit, dass ich eine meiner kleinen Listen machte.

Gleich nach dem Essen zog ich mich mit der Begründung zurück, ich müsse arbeiten – was ja auch stimmte. Sobald ich am Schreibtisch saß, begann ich, mein Blatt in Spalten zu unterteilen, die ich mit den Überschriften *Kritische und unerklärliche Vorfälle, Theorien* und *Maßnahmen* versah.

Die verschleierte Hathor von Kairo war der erste Vorfall. Drei mögliche Erklärungen fielen mir dazu ein: Erstens, sie war jemand aus Ramses' Vergangenheit; zweitens, sie hoffte, in Zukunft eine Rolle für ihn zu spielen; drittens, es gab ein anderes Motiv als persönliche Anziehungskraft. Und ich hatte keine Ahnung, welches Motiv das sein könnte. Ich konnte lediglich eine systematische Analyse der Frauen vornehmen, die irgendwann und irgendwie mit meinem Sohn zu tun gehabt hatten. Ramses auf den Zahn zu fühlen, wäre der logische nächste Schritt gewesen, aber das hätte zu nichts geführt. Ich breitete einen weiteren Bogen Papier vor mir aus und begann zu recherchieren.

Nachdem ich fertig war, überflog ich diesen verblüfft. Ich hatte gar nicht realisiert, wie viele es gewesen waren. Zumal die Aufstellung bestimmt Lücken aufwies! Indes, einige Namen waren eine nähere Betrachtung wert.

Eine Haarnadel fiel auf die Schreibtischplatte und eine Locke über meine Augen. Ich schob sie mit einem gezischten »Verflucht« zurück und rückte einige lose Haarnadeln zurecht. Tief in Gedanken habe ich die Angewohnheit, beide Hände an den

Kopf zu pressen, mit katastrophalen Auswirkungen auf die Frisur.

Der Vorfall im Tempel der Hathor drängte sich mir als Nächstes auf. War es dieselbe Frau gewesen? Ein guter Detektiv muss sämtliche Möglichkeiten erwägen, aber es war kaum wahrscheinlich, dass es sich um zwei rachsüchtige Grazien handelte. Jedenfalls konnte Maryam nicht die zweite Hathor gewesen sein.

Der Vorfall hatte zumindest zwei handfeste Hinweise geliefert. Nefret hatte mir das zerknitterte weiße Gewand und Emerson den entdeckten Stofffetzen aus dem Tempel mitgebracht. Ich nahm das Gewand vom Haken, breitete es auf dem Schreibtisch aus und betrachtete es genauer.

Es war aus einfachem weißem Baumwollstoff, ziemlich ungeschickt von Hand zusammengenäht. Ich entdeckte mehrere Risse, der in Saumnähe stammte von Nefrets Pfeil, die an den Seitennähten vermutlich vom zu raschen Abstreifen. Absolut nichts Aufschlussreiches.

Der Stofffetzen, der im Mauerwerk klemmte, stammte nicht von der Robe. Das Material war ein völlig anderes – feinstes Leinen, plissiert. Es musste von dem Kleidungsstück sein, das sie unter der Robe getragen hatte, als sie über die Mauer geklettert war – ein hauchzartes, verführerisches Etwas wie das in Kairo.

Sie war flink und vertraut mit dem Gelände gewesen, trotzdem hatte sie Glück gehabt bei ihrer Flucht. Wenn Justin und sein Gefolge ihre Pläne nicht durchkreuzt hätten ... Ein unangenehmes Prickeln jagte mir über die Wirbelsäule, als mir eine gänzlich neue Theorie schwante. Sie musste gewusst haben, dass die jungen Leute den Tempel an dem Abend besuchen wollten. Und doch hatte sie ihre Enttarnung riskiert, obwohl sie allein und die anderen zu viert gewesen waren, alle jung und agil und ebenso vertraut mit dem Terrain.

Es sei denn, sie hätte sie früh genug gestoppt ... Hatte sie eine Waffe in dem wallenden Gewand versteckt? Ein Schuss hätte jede Verfolgung vereitelt, wenn sie einen von ihnen getötet oder ernsthaft verletzt hätte. Sie hatte Ramses versichert, dass sie ihm nichts Böses wolle, folglich konnte er nicht das Opfer sein. Aber wer dann? David? Lia? Nefret? Oder doch Ramses? Er hatte sich seinerzeit befreien können. Wer weiß, was sie tatsächlich mit ihm vorhatte?

Tief versunken in die wildesten Spekulationen, fuhr ich mit einem spitzen Schrei hoch, als die Tür aufging.

»Hast wohl mit einem Mörder gerechnet, was?«, forschte Emerson. »Tut mir Leid, dich enttäuschen zu müssen, Peabody.«

»Oh, Emerson, mir ist eben ein entsetzlicher Gedanke gekommen.«

»Das ist doch nichts Neues«, schmunzelte Emerson. Er wurde ernst und schloss mich in seine Arme. »Mein geliebtes Mädchen, du bibberst ja am ganzen Körper. Erzähl mir davon.«

Emerson genießt es, wenn ich mich angstfröstelnd an ihn klammere. Nach seinem Empfinden tue ich das viel zu selten. Also klammerte und zitterte ich wunschgemäß, während ich meine jüngste Theorie darlegte. Ich hatte gehofft, er würde toben und mir meine lebhafte Fantasie vorwerfen, doch als ich den Blick auf sein Gesicht lenkte, waren seine Brauen finster gewölbt, die Lippen zusammengepresst. Kaum merklich schüttelte er den Kopf.

»Hölle und Verdammnis, Peabody«, knurrte er. »Ich gebe es ungern zu, aber es klingt irgendwie plausibel.«

»Ich hatte gehofft, du würdest toben, dass meine allzu lebhafte Fantasie mit mir durchgegangen sei.«

Seine Stirn glättete sich, und er grinste schwach. »Das ist sie, mein Schatz. Die Handlung würde sich hervorragend für einen Sensationsroman eignen, denn das alles fußt auf Vermutungen. Komm, gib mir einen Kuss.«

»Was hat das damit zu tun ...«

»Gar nichts.« Emerson zog die restlichen Haarnadeln aus meiner Frisur und bog meinen Kopf zurück.

Nachdem er mich geküsst hatte, holte er zufrieden Luft. »Schon besser. So, jetzt setz dich hin und eröffne mir noch mehr von deinen brillanten Thesen. Schätze, dies ist eine deiner berüchtigten Listen?«

Widerstrebend reichte ich ihm das Papier. Er warf einen kurzen Blick darauf – zugegeben, es gab auch nicht viel zu sehen.

»Hmmmm. Bei allem Respekt für deine Fähigkeiten, meine Liebe, aber ich finde nicht, dass uns das irgendwie weiterbringt. Was ist das?« Er nahm die zweite Aufstellung und überflog sie. Sie erklärte sich von selbst, besonders einem Mann von Emersons Intelligenz. Als er mich fixierte, verriet seine Miene Bewunderung und Betroffenheit. »Wo zum Teufel hast du das alles her? Doch bestimmt nicht von Ramses.«

»Natürlich nicht. So unhöflich könnte ich niemals sein, dass ich ihn auf dieses heikle Thema ansprechen würde. Ich nehme nicht an, dass du ...«

»Herrje, nein!« Emersons gesunde Gesichtsfarbe wechselte von Bronze zu Kupfer.

»Fällt dir denn noch jemand ein, den ich vergessen habe?«

»Ich wäre niemals so unhöflich zu mutmaßen«, versetzte Emerson. Sein Blick blieb indes auf das Papier geheftet. »Hmmmm. Ja, ich erinnere mich an das Bellingham-Mädchen. Grässliches junges Ding. Wer ist Clara?«

»Ein Mädchen, das er in Deutschland kennen gelernt hat. Er erwähnte sie in seinen Briefen.«

»Woher weißt du, dass er ... Nein, erzähl es mir nicht. Violet? Oh ja, sie war eine heiße Verehrerin von ihm, was? Ich bin mir aber sicher, dass er nicht ... Großer Gott! Doch nicht Mrs. Fraser! Ich habe mich schon damals gefragt ...« Seine zuvor leise Stimme steigerte sich zu einem empörten Schnaufen. »Layla? Also, Peabody, du kannst dir wirklich nicht sicher sein, ob die beiden ...«

»Das kann ich mir bei keiner«, versetzte ich bemerkenswert gefasst. Es machte einfach Spaß, mit meinem geliebten Gatten in dieser Form zu spekulieren. »Sie hat ihm das Leben gerettet, und ich vermute, dass sie dafür eine Gegenleistung erwartete. Sie war eine – äh – heißblütige Frau. Ich glaube, sie hatte auch einmal ein Auge auf dich geworfen.«

»Nicht nur auf mich«, konterte Emerson. »Das war schließlich ihr Beruf. Sie kann die verschleierte Hathor nicht gewesen sein, Peabody. Ramses sagte, sie sei jung gewesen. Layla war schon vor zehn Jahren eine reife Frau.«

»Trotzdem, sie kennt jeden Meter des Westufers.«

»Und alle Männer, die dort leben«, bekräftigte Emerson mit einem bezeichnenden Grinsen, das ich geflissentlich übersah. »Was ist aus ihr geworden?«

»Ich weiß es nicht. Aber Selim. Emerson, wir sind mit einer ganzen Reihe von Problemen konfrontiert, aber im Hinblick auf meine letzte Theorie müssen wir der Demaskierung der Hathor oberste Wichtigkeit einräumen.«

Automatisch schweifte Emersons Blick zurück auf die Namensliste. »Mrs. Pankhurst?!«

* * *

Ich war hin- und hergerissen, ob ich den Kindern diese unerfreuliche Theorie schon unterbreiten sollte. Eine erquickende Nachtruhe, ein strahlender Morgen und (vor allem) die liebevolle Zuwendung meines Gatten stimmten mich wieder optimistisch. Schließlich waren sie keine Kinder mehr, sondern verantwortungsbewusste Erwachsene, und es oblag mir, sie vor einer potenziellen Gefahr zu warnen. Ich wartete damit, bis Sennia ihr Frühstück beendet hatte und ihre Schulbücher holte.

Gargery war der Einzige, der mich ernst nahm. Als unverbesserlicher Romantiker hatte ihn die verschleierte Dame mächtig fasziniert. Die anderen äußerten die gleichen Bedenken wie Emerson, nämlich dass die ganze Sache ein Konstrukt meiner Fantasie sei.

»Wie kommst du darauf, dass sie eine Waffe hatte?«, fragte Ramses, seine Brauen skeptisch hochgezogen. »Einem von uns vieren wäre bestimmt aufgefallen, wenn sie eine Pistole auf uns gerichtet hätte.«

»Da bin ich mir nicht so sicher«, versetzte ich. »Ihr habt ohnedies nicht viel bemerkt.«

»Es passierte so vieles auf einmal«, warf David ein. Er griff nach der Marmelade. »Allmählich tut mir die arme Frau richtig Leid. Muss doch frustrierend gewesen sein, als ihre Darbietung von der kreischenden Meute unterbrochen wurde. Kannst du dir vorstellen, wie sie über das Mauerwerk geklettert ist und sich ihr elegantes Gewand zerrissen hat?«

»Wie auch immer«, meinte Emerson, der die Essensaufnahme eingestellt hatte und vielsagend auf seine Armbanduhr schielte, »wir müssen jede Eventualität in Betracht ziehen. Peabodys wilde – äh – unorthodoxe Theorien haben sich häufig – ähm – gelegentlich als richtig erwiesen. Haltet alle die Augen offen!«

Gleich nach der Ankunft im Gelände stellte ich Selim zur Rede. Seit dem Eintreffen des Automobils war er mir bewusst aus dem Weg gegangen, doch an diesem Morgen hatte er etwas auf dem Herzen.

»Wann dürfen wir die längst überfällige Willkommens-Fantasia mit euch feiern, Sitt Hakim? Ramses wollte mit dir reden, und wir warten immer noch auf deinen Terminvorschlag.«

»Verzeih mir, Selim, Ramses hat mit mir gesprochen, aber die Sache ist mir entglitten. Du weißt selbst, wie schwierig es ist, Emerson für ein gesellschaftliches Ereignis zu erwärmen.«

»Es ist kein gesellschaftliches Ereignis«, befand Selim. Jetzt, da er mich in der Defensive wusste, verschränkte er die Arme und sah mich streng an. »Es ist Ehrensache und obendrein ein Vergnügen. Der Vater der Flüche wird sich deinen Wünschen fügen.«

»Was das Automobil betrifft, hat er meine Wünsche ignoriert.«

»Du hast es ihm aber nicht rundweg verboten, Sitt.«

Sein Bart zuckte, weil er sich ein Grinsen verkniff. Ich musste lachen.

»Du hast Recht, Selim. Wir haben solche Vergnügungen sträflich vernachlässigt. Mrs. Vandergelt möchte ebenfalls ein Fest für die Familie geben, und etliche alte Bekannte in Luxor haben Einladungen geschickt. Aber eure Fantasia hat Vorrang. Wie wär's mit nächstem Freitag?«

Jetzt strahlte er. »Ich werde es Daoud und Kadija ausrichten.«

»Nachdem nun das Wichtigste geregelt ist, möchte ich ein paar andere Dinge mit dir besprechen.« Ich faltete ein Blatt auseinander. Ich hatte die Zeit gefunden, eine weitere Liste zu erstellen, überschrieben mit *Offene Fragen.*

»Aha«, murmelte Selim. »Eine Liste.«

Mehreren Punkten wusste Selim nichts hinzuzufügen. Man hatte den Verrückten, der auf Maryam losgegangen war, nicht zu stellen vermocht, genauso wenig wie denjenigen, der Daouds

Boot zum Kentern gebracht hatte. Es gab keinen Hinweis auf den gestohlenen Schmuck und/oder auf Martinelli. Selims Gesicht wurde mit jedem Satz länger. Er rühmte sich seiner Verbindungen und hasste Informationsdefizite. Meine letzte Frage verblüffte ihn.

»Layla? Ja, Sitt, natürlich erinnere ich mich. Die dritte Frau von Abd el Hamed. Warum erkundigst du dich nach ihr?«

»Nun, weil ich mir überlege, wer einen Groll gegen uns haben könnte.«

»Warum ausgerechnet Layla? Ihr habt sie besser behandelt, als sie es verdiente.« Selim strich sich über den Bart. »Sie ist nicht mehr in Luxor, Sitt. Irgendjemand hat mir erzählt, dass sie bei den Schwestern in Assiut lebt.«

»Wie bitte?«, entfuhr es mir. »Layla, eine Nonne?«

Selim grinste. »Ich glaube zwar nicht, dass sie zum Christentum konvertieren würde, aber sie war eine Frau der Extreme, Sitt.«

»Das wäre sicher von einem Extrem ins andere gewesen.«

»So etwas kann passieren«, erwiderte Selim in einem Anflug von Weltklugheit. »Soll ich Nachforschungen anstellen, Sitt?«

»Nicht nötig. War eine weit hergeholte Idee von mir. Danke für deine Hilfe, Selim.«

»Ich bin dir keine große Hilfe gewesen, Sitt. Sitt ... ich möchte dich um etwas bitten.« Er sah zu Boden wie ein ertappter Schuljunge. »Kannst du Emerson nicht fragen, ob ich das Automobil zur Fantasia steuern darf?«

»Den ganzen Weg über den Hügel bis zu eurem Haus? Das geht nicht, Selim.«

»Doch, Sitt!« Seine Augen leuchteten. »Hab ich das andere Fahrzeug nicht durch den Wadi el-Arisch, über die Berge und durch die Wüste chauffiert? Die Fantasia findet in Daouds Haus statt, das liegt nicht so hoch, der Weg dorthin ist gut und es gibt einen großen Wendeplatz, wo alle es bewundern können. Manche Frauen und Kinder haben das Automobil noch nie gesehen – geschweige denn mich am Steuer.«

»Ich werde mit Emerson reden«, versprach ich und klopfte ihm auf die Schulter.

»Danke, Sitt! Vielen Dank!«

Lächelnd sah ich ihm nach, wie er sich beschwingten Schrittes entfernte. Er wollte vor seinen Frauen und Kindern ein wenig glänzen. Sollten wir unserem treuen Freund so ein harmloses Vergnügen versagen?

Emerson gab mir notgedrungen Recht. Nachdem die Höllenmaschine einwandfrei zu funktionieren schien, hatte ich ihm erlaubt, den Wagen ein paar Mal zum Fluss und wieder zurück zu kutschieren. Während er sich daran ergötzte, widmete ich mich meinen anderen Aufgaben.

Ich hatte Katherine versprochen, den Nachmittagstee mit ihr einzunehmen und zu begutachten, wie die Arbeit an der Sammlung fortschritt. Nachdem ich mich umgezogen hatte, suchte ich Walters Arbeitszimmer auf, wo er zusammen mit Ramses Ostraka sortierte. Sie waren so vertieft, dass ich mehrmals hüsteln musste, bis sie auf mich aufmerksam wurden.

»Entschuldigung, Mutter.« Ramses sprang auf. »Bist du schon lange hier?«

»Nein, mein Junge.« Ich drückte ihn zurück auf seinen Stuhl. »Ein interessanter Text, nicht?«

»Faszinierend! Hör dir das an. *Das Haus des Amennacht, Sohn des Buchentef und der Tarechanu; seine Gemahlin Tentpaoper, Tochter des Chaemhedet und der Tenchenuemheb* ... Das ist derselbe Bursche, dessen Haus wir zu Beginn des Jahres entdeckt haben! Irgendwo habe ich noch eine passende Tonscherbe gesehen ...« Er bemerkte mein verdutztes Gesicht und lachte. »Sicher, das ist nicht viel, aber immerhin die Genealogie einer Familie – vielleicht sogar mehrerer Generationen, wenn ich die restlichen Bruchstücke finde.«

Es rührte mich zu beobachten, wie ein plötzliches Strahlen über sein ernstes Gesicht glitt. »Fabelhaft!« Ich freute mich mit ihm. »Und du, Walter, hast du den Papyrus aufgegeben?«

»Aber nein.« Walter rückte seine Brille zurecht. »Ich wollte Ramses nur helfen, weitere Fragmente seiner Genealogie zusammenzutragen. Es bedarf einiger Erfahrung, dieselbe Handschrift wieder zu erkennen.«

Seine schlanken Finger sortierten fachmännisch die Scherben – eine beeindruckende Demonstration seines Könnens, denn es waren sämtliche Größen und Formen vertreten, und die Zeichen entstammten sowohl der peniblen hieratischen wie auch der späteren, lässigeren demotischen Schrift.

»Nett von dir, Walter«, sagte ich. »Wie weit bist du mit dem Horoskop gekommen?«

»Hier ist meine Abschrift, wenn du einen Blick darauf werfen möchtest.« Walter deutete auf die Seiten.

»Mein lieber Walter, du könntest mir genauso gut ein chinesisches Manuskript anbieten. Übersetzt du es nicht?«

»Doch, irgendwann. Ah.« Er nahm eine Scherbe auf und inspizierte sie. »Nein. Die Handschrift ist ähnlich, aber hierbei handelt es sich um eine Vorratsliste.«

»Ich wollte euch nicht stören«, bemerkte ich. »Ich gehe auf einen Tee ins Schloss. Irgendwelche Neuigkeiten für Cyrus?«

Walter seufzte nur. Ramses stand auf und begleitete mich zur Tür. »Was hast du vor, Mutter?« Er sah mich forschend an.

»Nichts, mein Schatz. Äh ... du bist in dem Papyrus nicht zufällig auf irgendeine interessante Weissagung gestoßen?«

Er fasste mich bei den Schultern und drückte mich kurz. »Aber Mutter! Du glaubst doch nicht an diesen Unsinn, oder?«

»Ganz bestimmt nicht«, lachte ich. »Also dann bis später.«

Laut Walter war es praktisch unmöglich, das Datum im Papyrus auf einen modernen Kalender zu übertragen. Wenn man den Tag unseres Unfalls indes als Fixpunkt nahm und von da an zählte ... Es war akademische Neugier, die ich nicht würde befriedigen können, sofern nicht einer dieser akribischen Wissenschaftler den Text für mich übersetzte.

* * *

Emerson war wenig begeistert, als er erfuhr, dass ich Katharine Vandergelt für einen Empfang am Sonntag zugesagt hatte. Er regte sich bereits mächtig über die Einladung zu der Fantasia auf.

»Selim ist nur noch mit den Vorbereitungen beschäftigt und keinen Piaster mehr wert«, grummelte er. »Daoud ist auch nicht viel besser. Und jetzt soll ich noch einen Tag verplempern. Aber das werde ich nicht tun, Peabody, basta!«

»Und wenn ich dir morgen und übermorgen Ramses und David überlasse, damit du die verlorene Zeit aufholen kannst?«

»Ramses und David? Mhmm«, meinte Emerson.

Alle waren einverstanden, sogar Walter, der beteuerte, gern einen Tag an der frischen Luft zu verbringen. Alle, auch Sennia und Gargery, fanden sich am folgenden Nachmittag im Grabungsgelände ein. Horus folgte Sennia überallhin, und die Große Katze des Re begleitete uns ebenfalls. Er und Horus kamen ganz gut miteinander aus, da Ersterer auf Ramses fixiert war und Horus bei Sennia nicht in die Quere kam. Die Große Katze des Re, spezialisiert auf Schlangen, scheuchte eine wütende Kobra aus ihrem Versteck, die Emerson schnell tötete, da eine Giftschlange eine gefährliche Nachbarin ist. Wir trafen nicht oft auf Schlangen, zumal sie Menschen meiden.

Ich war allein mit meinem Schutt, denn die anderen fanden diese Arbeit langweilig und hatten sich unter fadenscheinigen Vorwänden verdrückt. Ich beneidete sie, ödete mich dieser Trümmerhaufen doch genauso an. Evelyn hatte sich unter das Schutzdach zurückgezogen und ruhte ein wenig aus; Emerson, barhäuptig in der Gluthitze, hielt Walter irgendeinen Vortrag ... Während mein Blick umherschweifte, nahm ich ein sonderbares Gebrumm wahr. Als es lauter wurde, schaute ich mich auf der Suche nach dem Urheber um.

Ramses, dessen scharfes Gehör bereits Legende in Ägypten ist, tauchte hinter der Mauerruine auf, die er gerade freischaufelte. Wie sein Vater trug er keine Kopfbedeckung. Er legte eine Hand über die Augen und sah zum Himmel.

Ich sprang etwas ungelenk auf und lief zu Emerson. Die anderen hatten es auch gesehen; in identischer Pose, die Köpfe gereckt, starrten alle andächtig schweigend auf das Flugzeug, das über dem Fluss kreiste.

»Was gibt's da zu gucken?«, erkundigte sich Emerson, sobald er sich von seiner Verblüffung erholt hatte. »Habt ihr noch nie ein Flugzeug gesehen?«

Mit Sicherheit die meisten – während der Unruhen im Frühjahr zuvor. Solche Maschinen hatten überall Flugblätter abgeworfen, die davor warnten, dass Sabotageakte mit Erschießung bestraft würden und dass Bomben auf jede Menschenansammlung abgeworfen wurden, die den militärischen Beobachtern verdächtig vorkam. Wen wunderte es da, dass sich etliche Männer schreiend auf den Boden warfen, als das Flugzeug drehte und zurückkam? Ich fand diese unsäglichen kleinen Kisten selber nervtötend. In der Luft muteten sie unrealistisch an – weder Vogel noch Maschine, sondern eher sagenumwobenes Fluginsekt, das mit starren Schwingen im Wind schwebte.

Diesmal flog es direkt über uns und so tief, dass ich die konzentrischen Kreise in Rot, Weiß und Blau auf den Tragflächen erkannte und die Köpfe der beiden über den Rumpf hinausragenden Insassen. Ihre Gesichter waren unter Helmen und Schutzbrillen versteckt. Einer hob den Arm und gestikulierte.

»Zum Kuckuck!«, brüllte Emerson. »Was hat dieser verfluchte Schwachkopf eigentlich vor?«

»Er möchte landen«, sagte Ramses ungläubig. »Auf dieser Seite des Flusses.«

Er rannte zu dem Schutzdach, wo wir die Pferde untergestellt hatten, sprang auf Rishas Rücken und galoppierte zu der Straße, die um den Hügel Kurnet Murai zum Fluss führte.

»Wohin will er bloß?«, fragte Nefret. Sie riss sich von dem Flugzeug los, das weiter seine Kreise zog, und hastete Ramses nach.

Emerson ging gemessenen Schrittes zu den Pferden. »Ihnen vermutlich einen passenden Landeplatz zeigen. Wieso die nicht am Ostufer landen, wo sich freies Wüstengebiet erstreckt, ist mir schleierhaft.«

»Warte auf mich!«, kreischte ich und rannte ihm nach. Nefret und David hatten bereits aufgesessen.

Unsere Assistenz war zwingend geboten. Der schmale Wüstenstreifen zwischen dem Kulturland und den steilen Felsen war zerklüftet, voller Senken, Gräber und Ruinen. Ich hatte keine Ahnung, wie viel Platz ein Flugzeug für die Landung benötigte, aber die offizielle Touristenstraße schien mir durchaus passabel. Als wir diese erreichten, kreiste das Flugzeug weiterhin, unterdessen versuchte Ramses, Esel, Karren, Kamele und Menschen von der verhältnismäßig ebenen Piste zu verscheuchen. Das war nicht ganz einfach, da sie sich in sämtliche Richtungen zerstreuten, einige suchten Schutz, die Mutigeren wollten sich möglichst nah an das Geschehen heranpirschen. Unter Gebrüll, Geschiebe und Gezerre von störrischen Maultieren und arroganten Dromedaren gelang es uns, einen Teil der Straße zu räumen, worauf sich rechts und links davon die Zuschauer drängelten.

»Das sollte genügen«, überlegte Ramses laut. Er schnellte herum und brüllte arabische Flüche zu einem nahenden Kameltreiber. »Bleib, wo du bist!«

»Worauf wartet er noch?«, erkundigte sich Emerson.

»Muss irgendwas mit der Thermik zu tun haben«, erwiderte Ramses. Er richtete sich in den Steigbügeln auf und winkte. Die Bedeutung seiner Gesten entging mir, doch der Pilot hatte sie verstanden, er setzte nämlich zum Landeanflug an. Die Reifen berührten den Boden; nach mehrmaligem, ruckelndem Aufsetzen schoss die Maschine auf uns zu. Die Zuschauer stoben kreischend auseinander, und irgendwann kam das Flugzeug zum Halten.

»Keine Verletzten, Gott sei Dank!«, knurrte Emerson. »Ich nehm mir den verdammten Idioten mal kurz zur Brust und frag ihn, was er sich dabei gedacht hat.«

Das Flugzeug stand einige hundert Meter entfernt. Alle – bis auf die Esel, die den Lärm nicht kannten und scheuten – pilgerten dorthin. Ich folgte der Menge mit einigem Abstand, da mich unvermutet eine meiner Vorahnungen heimsuchte.

Als ich den Schauplatz des Geschehens erreichte, streifte der Pilot gerade seinen Schutzhelm ab und brüllte aufgeräumt ins Publikum: »Geht weg, ihr Burschen. Jalla! Verschwindet, oder der große Vogel wird nach euch hacken.«

Der andere Mann wartete, bis ich näher kam, bevor er Helm und Brille herunterriss. »Ah, Amelia, du bist es. Guten Tag allerseits.«

»Du!«, krächzte Emerson.

»Habt ihr mich nicht erwartet?«

»Jedenfalls nicht so«, erwiderte ich.

Sethos bedachte mich mit einem provokanten Grinsen. Wie sein Bruder, dem er sehr ähnlich sah, war er attraktiv, sein Gesicht dieses Mal indes etwas verfärbt und verquollen. Auf mich wirkte es, als hätte ihn jemand anständig verprügelt. »Ich hatte es eilig«, erklärte er. »Rob war so nett, mich herzufliegen. Flugleutnant Wickins, darf ich Sie Mrs. Emerson vorstellen, und ihrem Gatten, Professor ...«

»Um Gottes willen!«, kreischte ich. »Kommt erst mal schleunigst aus dieser Höllenmaschine raus!«

Sethos rutschte zur Seite, stöhnte dramatisch und tastete nach Emerson. »Gib mir eine Hand, alter Junge, ja? Ich bin ein bisschen steif in den Knochen.«

8

Leutnant Wickins schlug meine Einladung zum Tee höflich aus.

»Kann den alten Bock nicht unbewacht zurücklassen, Ma'am, diese Burschen klauen alles, was sie tragen können. Muss sowieso zurück. Fällig für eine herbe Abreibung von meinem Vorgesetzten. Ohne Erlaubnis entfernt, widerrechtliche Aneignung eines kostbaren Flugzeugs Seiner Majestät.«

Er klang wie ein übermütiges Kind. Er war nicht viel älter als neunzehn oder zwanzig, mit einer frischen Gesichtsfarbe, fröhlichen braunen Augen und sonnengebleichtem Haar.

»Hoffentlich bekommen Sie deswegen keinen Ärger«, sagte ich.

»Konnt's dem guten alten Badger nicht abschlagen, Ma'am. Um nichts in der Welt.«

Die langsameren Mitglieder der Gruppe schlossen zu uns auf. Lia trug die Große Katze des Re, Horus fauchte und randalierte in seinem Korb. Walter starrte verblüfft. »Badger?«, wiederholte er.

Ich stupste ihn kaum merklich mit meinem Ellbogen an, und der Junge fuhr unbekümmert fort: »Ich brauche Treibstoff. Können Sie mir da weiterhelfen?«

Seine Worte waren an Emerson gerichtet, dem er – wie könnte es anders sein! – die Führungsrolle zuschrieb. Doch Emerson funkelte seinen Bruder an, der sich theatralisch auf seinen Arm stützte, und folglich antwortete Ramses.

»Aber sicher. Allerdings wird es bald dunkel. Wollen Sie nicht lieber bis morgen Früh warten?«

»Kinkerlitzchen«, lautete die aufmüpfige Antwort. »Immer dem Fluss nach. Kann Kairo gar nicht verpassen. Am besten fix, also, wenn Sie nichts dagegen haben ...«

»Natürlich nicht«, erwiderte Ramses. »Selim wird ... Selim?«

Entrückt bewunderte Selim das Flugzeug. Er hatte schon welche gesehen, nicht nur hier, sondern auch auf unserem kurzen Abstecher nach Gaza, aber vermutlich noch nie am Boden. »Ja.« Er schrak zusammen. »Was hast du gesagt, Ramses?«

Sethos stöhnte leise. »Ich bringe den ... äh ... guten alten Badger besser zu uns nach Hause«, sagte ich, ihn scharf ansehend. »Wollen Sie mich bitte entschuldigen, Leutnant? Die Männer bleiben selbstverständlich hier und gehen Ihnen zur Hand. Ich hoffe, Sie kommen uns eines Tages einmal besuchen.«

»Mit Vergnügen, Ma'am.«

»Furchtbar nett von dir, alter Junge«, meinte Sethos betont gönnerhaft.

»Ich komme bald nach«, erwiderte Emerson. Er wuchtete seinen Bruder kurzerhand auf Selims Hengst, stapfte zurück und betrachtete das Flugzeug nicht minder verzückt als Selim. Eine düstere Ahnung stieg in mir auf.

Daheim angelangt, schickte ich Sethos zum Frischmachen auf unser Zimmer und bat Fatima, Tee zu machen. Nach einigen taktvollen Hinweisen verschwanden die meisten, allerdings musste Evelyn Walter förmlich fortzerren, und ich mutmaßte, dass Gargery an der Tür lauschte.

Sethos kehrte kurz darauf zurück. Hände und Gesicht waren sauberer, aber die Uniform eines Majors der Ägyptischen Armee ziemlich zerknittert. Er fuhr sich mit der Hand über sein Stoppelkinn und murmelte: »Sag jetzt nichts, Amelia, ich weiß, ich sehe zum Fürchten aus. Ich konnte mich eine Woche lang nicht rasieren. Ich habe lediglich ein paar Sachen eingepackt, der Laderaum dieser Maschinen ist begrenzt.«

»Was ist mit deinem Gesicht passiert?«, wollte ich wissen.

Sethos sank in den bequemsten Sessel. »Ich bin auf ein paar Typen getroffen, die meinten, ich hätte kein Recht, dort zu sein, wo ich war.«

»Was hast du dort gemacht?«

»Nicht der Rede wert.« Er beugte sich vor, verschränkte die Finger. »Wo ist sie?«

»Sie ist als Gesellschafterin für eine alte Dame mit einem geistesgestörten Enkel angestellt. Sie logieren auf ihrer Dahabije in Luxor.«

Seine Miene zeigte keine Regung. »Das klingt so gar nicht nach ihr. Was ist mit dem betuchten Ehemann?«

»Er verlor sein Vermögen durch unkluge Investitionen. Nach seinem Tod stand sie völlig mittellos da.«

»Du bist ungewohnt einsilbig, meine Liebe. Was verschweigst du mir?«

Gargery trat mit einem Tablett ein und stellte es auf den Tisch. Ich musste ihn scharf anfahren, bevor er sich bequemte zu verschwinden.

»Ich finde, das alles sollte dir Maryam besser selbst erzählen.« Ich goss Tee ein. »Aber nicht hier.«

Er trank hastig, und ich schenkte ihm nach. »Schätze, du hast wieder mal an alles gedacht«, sagte er.

»Selbstverständlich. Es wäre nicht ratsam, wenn du sie aufsuchen würdest. Überflüssig, dass ihre Chefin dich kennen lernt oder von eurer Verwandtschaft erfährt. Ich fahre nach Luxor und hole sie.«

»Morgen ist noch früh genug.«

»Bekommst du jetzt etwa kalte Füße? Je früher, desto besser, finde ich. Wir leben hier etwas beengt, und du möchtest sicher deinen Freiraum, folglich logierst du am besten auf der *Amelia*. Dort hast du sämtliche Annehmlichkeiten. Fatima hat sie immer für Gäste vorbereitet. Gargery, wenn der Professor zurückkommt, sagen Sie ihm, dass wir ausgegangen sind.«

»Ja, Madam«, sagte eine Stimme direkt hinter der Tür.

»Ja, Madam«, seufzte Sethos.

Nachdem ich Fatima kurz informiert hatte, machten wir uns auf den Weg zur Dahabije. Ich ließ Sethos dort zurück und mich von einem unserer Crewmitglieder über den Fluss bringen. Ich war nicht angemessen gekleidet für einen Anstandsbesuch – ich trug noch meine Arbeitsgarderobe –, aber ich hatte meinen zweitbesten Hut aufgesetzt, mit rosafarbenen Rosen und Chiffonschleifen. Bewaffnet mit meinem Schirm marschierte ich über die Gangway der *Isis*, wo ich mich bei dem wachhabenden Offizier meldete und in den Salon geführt wurde.

Der Tee stand bereit, und alle waren zugegen – Justin und Maryam, Mrs. Fitzroyce und der Arzt. Der Mediziner schien als Einziger erfreut, mich zu sehen; er erhob sich breit lächelnd. Seine bestickte Weste war ein Feuerwerk der Farben. Die Hände auf ihren Stock gestützt, musterte Mrs. Fitzroyce mich von oben bis unten, von meinen staubigen Stiefeln zurück zu meinem rosenüberwucherten Hut, wie Ihre verblichene Majestät vielleicht eine Promenadenmischung beäugt hätte.

»Verzeihen Sie mein Eindringen«, sagte ich. »Ich will auch nicht lange stören. Ich komme mit der Bitte, ob ich Miss Underhill für den heutigen Abend entführen darf. Ein alter Freund hat uns unverhofft besucht und würde sie gern begrüßen.«

Ein unmerkliches Schlucken von Maryam blieb die einzige Resonanz. Das Lächeln des Arztes war wie eingemeißelt; Mrs. Fitzroyce rührte sich keinen Zentimeter. Ich bin nicht leicht aus der Fassung zu bringen, aber als das Schweigen anhielt, wurde mir doch ein wenig mulmig. Da war etwas Unheimliches an dem dämmrigen Raum, den reglosen Gestalten und den katzenhaft schimmernden Augen von Justin.

Schließlich räusperte sich die alte Dame. »Ich gestatte nicht, dass Miss Underhill sich entfernt. Sie wusste bei Antritt ihrer Stellung, dass sie rund um die Uhr im Dienst sein wird.«

»Soll das heißen, sie hatte die ganze Zeit keinen freien Tag – nicht eine Stunde zur freien Verfügung?«

In meiner Stimme schwang Unglaube und Kritik, schienen mir die Arbeitsbedingungen doch völlig unannehmbar. Mrs. Fitzroyce antwortete schroff: »Das ist korrekt.«

»Aber sicherlich ...« Ich mäßigte meine Entrüstung. »Da sie die ganze Zeit eine zuverlässige Betreuerin war, können Sie sie doch sicher ein paar Stunden entbehren? Ich wäre Ihnen sehr verbunden. Wir werden sie auch gleich nach dem Nachtessen zurückbringen.«

Unvermittelt verzerrte sich Mrs. Fitzroyces Gesicht zu einem breiten Grienen, was eine Vielzahl weiterer Falten enthüllte. Ich vermutete, sie hatte einen weiteren »Anfall«. »Sehr schön«, murmelte sie. »Gehen Sie und holen Sie Ihren Hut, Miss Underhill. Den hübschen, den Mrs. Emerson Ihnen vermacht hat.«

Maryam erhob sich zögernd. Mir war klar, dass sie um die Identität des »Freundes« wusste. Ich konnte ihre Züge nicht recht deuten, doch ihr gesenkter Kopf und die hängenden Schultern vermittelten mir, dass sie sich damit abgefunden hatte, ihren Vater zu treffen.

»Sie laden Miss Underhill zu sich nach Hause ein?« Aus Justins heller Stimme sprach Verblüffung. »Dann komme ich auch mit.«

»Tut mir Leid«, hob ich an.

Die alte Dame unterbrach mich mit einem boshaften Kichern. »Nein, Justin, du bist nicht eingeladen.«

»Aber sie ist nur eine Bedienstete«, protestierte Justin. »Warum darf ich nicht mitgehen? Ich möchte die hübsche Mrs. Emerson und die Kinder und die Katzen sehen.«

Die Tür ging auf und enthüllte einen der Wachleute, einen feisten Burschen mit Turban und gestreifter Robe. Er schien außer Atem. »Da ist ein Gentleman ...«

»Ja, ja«, sagte besagter Gentleman und schob ihn aus dem Weg. »Verzeihung, Madam. Ich wollte meine Gattin holen.«

So ungebührlich und unerwartet Emersons Auftreten sein mochte, es zerstreute die unbehagliche Atmosphäre wie ein frischer Wind den Nebel. Er wäre nie auf die Idee gekommen, angemessene Kleidung anzuziehen; gleichwohl sieht Emerson in Arbeitsgarderobe blendend aus, sein Hemdkragen offen, seine muskulösen Arme bis zu den Ellbogen entblößt. Mrs. Fitzroyce begutachtete ihn aufmerksamer als mich. Emerson hat diese Wirkung auf die Damenwelt, das weiß ich aus Erfahrung.

»Wollen Sie und Mrs. Emerson nicht zum Tee bleiben, Professor?«

»Nein«, sagte Emerson. Er hüstelte vielmeinend und setzte einlenkend hinzu: »Ähm ... danke vielmals, aber wir haben keine Zeit. Grob unhöflich von Mrs. Emerson, hier einfach so hereinzuplatzen, aber die Umstände ... Hmpf. Amelia, können wir jetzt gehen? Wo ist das Mädchen? Tsts, ich meine Miss ...«

Ich stieß ihn mit meinem Schirm, bevor er sich noch ärger verplapperte.

Maryam schlüpfte aus dem Raum. Ich hoffte, dass sie nur ihren Hut holen wollte, allerdings wollte ich nicht riskieren, dass sie mir entwischte. Ich verabschiedete mich schnell und schob Emerson aus dem Zimmer. Zu meiner Verwunderung bat Justin nicht erneut darum, uns begleiten zu dürfen. Er war zurückgewichen und stand mit dem Rücken zur Wand wie ein eingekreistes Tier.

»Er mag mich nicht«, schloss Emerson aus der Reaktion des Jungen.

»Umso besser; bis zu deinem Auftauchen wollte er unbedingt mitkommen. Wo ist das Mädchen? Komm, wir warten am Ende des Landestegs, damit sie uns nicht entwischt.«

»Meinst du, sie will abhauen?«

»Keine Ahnung, Emerson, ich mag es jedenfalls nicht riskieren. Deshalb bin ich umgehend hergekommen, bevor sie von der Ankunft dieses mysteriösen Fremden im Flugzeug erfährt. Wieso bist du mir gefolgt?«

»Ich wollte mich vergewissern, ob du auch wirklich hier bist, Peabody.«

»Du vertraust mir nicht?«

»Nicht die Spur«, schmunzelte mein Gatte. Interessiert maß er das Deck, die elegante Ausstattung und die Besatzung, die ihn genauso neugierig beobachtete. »Die alte Dame muss steinreich sein. Sie lebt sehr stilvoll. Von der Crew kenne ich keinen Einzigen. Gestandene Mannsbilder, was?«

»Schätze, sie sind aus Kairo. Vermutlich hat sie die Mannschaft mitsamt Hausboot gemietet.«

Bei ihrer Rückkehr trug Maryam den blumengeschmückten Hut. Sie hatte die Farbe von ihrem Gesicht gewaschen und ihr Haar gelöst. Sie wirkte sehr jung und verletzlich. Emerson bot ihr gleich seinen Arm und redete ihr gut zu.

Vor der *Amelia* verließ er uns; er verabscheut emotionale Szenen und rechnete mit dem Schlimmsten. Ich führte Maryam in den Salon, wo der junge Nasir hektisch mit dem Staubwedel herumfuchtelte. Fatima hatte ihn wohl aus seinem Dorf geholt, damit er auf dem Hausboot wieder seiner früheren Aufgabe als Steward nachkäme. Ich wusste, ich konnte mich auf sie verlassen; Fatimas Ansprüche waren doch um einiges höher als meine.

»Die Betten sind gemacht, Sitt«, verkündete er stolz und schwenkte das Tuch, worauf der Staub erneut auf die gesäuberten Möbelstücke rieselte. »Und der Tee ist fertig, und die Lebensmittel sind hier, und Mahmud kann kochen, und ...«

»Sehr schön«, lobte ich. »Wo ist der Gentleman?«

»In seiner Kajüte, Sitt. Dort gibt es heißes Wasser und Handtücher und ...«

Ich wies Maryam an, Platz zu nehmen, und holte Sethos. Ob nun Zufall oder Absicht, jedenfalls hatte er dieselbe Kabine bezogen wie seinerzeit, als er an Malaria erkrankt war. Er stand am Fenster und betrachtete die sich rot und golden kräuselnde Wasseroberfläche.

»Sie ist hier.« Natürlich war mir klar, dass er unsere Ankunft registriert hatte. »Ich lasse euch beide jetzt allein.«

»Nein.« Er drehte sich langsam zu mir um. »Bitte bleib.«

»Komm schon, sei kein Feigling. Du hast doch nicht etwa Angst vor ihr, oder?«

»Ich habe Angst, dass ich das Falsche sagen könnte.« Nervös zupfte er an seinen Haaren. Anscheinend war es keine Perücke, trotz der seltsam rostbraunen Tönung.

»Na gut«, räumte ich – freilich aus reiner Höflichkeit – ein. Ich war furchtbar neugierig, was sie sich zu sagen hätten. Womöglich brauchten sie einen Vermittler – oder gar einen Schlichter!

Nasir hatte den Tee serviert; ich erklärte ihm, wir würden uns selbst bedienen, und schickte ihn hinaus. Nach einer kurzen Pause, in der Maryam mit gesenktem Kopf sitzen blieb und Sethos schweigend dastand, nahm ich mir einen Stuhl und sagte entschieden: »Maryam, gießen Sie uns bitte ein? Milch nur für mich. Ihr Vater nimmt Zitrone, keinen Zucker.«

»Du hast dich verändert«, flüsterte sie.

»Zum Nachteil.« Er hatte zu seiner unterkühlten Haltung zurückgefunden, verströmte einen distanzierten Charme. »Das kann man von dir nicht behaupten. Du bist eine schöne Frau geworden.«

»Wie meine Mutter?«

Seine Augen wurden schmal, dennoch erwiderte er seelenruhig: »Anders als deine Mutter. Ich werde deine Fragen zu gegebener Zeit beantworten, Maryam, und meine Fehler aus der Vergangenheit wieder gutmachen. Aber können wir jetzt nicht einfach ein bisschen plaudern, um uns besser kennen zu lernen?«

Er gab sich einsichtig und stärkte damit ihr Selbstvertrauen. Sie lächelte ein wenig blasiert. »Worüber sollen wir reden?«

»Über dich.« Höflich brachte er mir eine Tasse Tee und setzte sich dann neben sie auf den Diwan. »Mrs. Emerson hat mir von deiner derzeitigen Situation erzählt. So kann es nicht weitergehen.«

»Hat sie dir auch erzählt, wie sehr der Junge an mir hängt, und dass ich Mrs. Fitzroyce versprochen habe, so lange zu bleiben, wie sie mich braucht?«

»Wir werden einen Ersatz für dich finden.«

»Und was dann?« Sie reagierte wie jede temperamentvolle Frau: mit blitzenden Augen und geröteten Wangen. »Soll ich mit dir und deiner derzeitigen Geliebten zusammenleben?«

Ich rechnete mit einer jener schneidenden Antworten, für die Sethos berüchtigt war. Stattdessen erwiderte er seelenruhig: »Besagte Dame ist meine traute Gefährtin und wird meine Frau, sobald sie meinen Antrag annimmt.«

»Hat sie dich abblitzen lassen? Wieso das?«

Vermutlich war es nicht so beabsichtigt, doch ihr verblüffter Ton ließ es wie ein Kompliment klingen.

»Sie hält mich für unzuverlässig. Keine Ahnung, warum.« Seinem zerknirschten Lächeln hätte kaum eine Frau widerstehen können, und – wie ich von Anfang an vermutet hatte – sie wollte es auch gar nicht. Härten und Entbehrungen hatten sie erweicht; einzig ihr törichter Stolz verhinderte, dass sie sogleich nachgab. Ihre Lippen bebten, ihre großen rehbraunen Augen schimmerten verdächtig feucht. Sie drehte sich zu ihm; zögernd, beinahe furchtsam, streckte er die Arme aus und umschlang sie.

Es war ein anrührendes Bild. Emerson hätte geschnieft und sich geräuspert. Ich stellte meine Tasse auf den Tisch und stand auf. »Ich lasse euch jetzt allein. Ihr habt alles, was ihr braucht, glaube ich.«

Über die braunen, an seine Brust geschmiegten Locken sah Sethos zu mir. »Alles«, murmelte er. »Danke, Amelia.«

Die anderen erwarteten mich bereits auf der Veranda. Ich musste sechs oder sieben Gemälde bewundern, ehe die Kinder weitere produzierten, erst dann vermochte ich die Neugierde der Erwachsenen zu stillen. Ich winkte ab, als Evelyn mir eine Tasse Tee reichen wollte, worauf Emerson mir einen doppelstöckigen Whisky-Soda eingoss.

»Alles bestens«, verkündete ich. »Als ich aufbrach, schluchzte sie in seinen Armen.«

Die Reaktionen waren eher gemischter Natur. Evelyns sanftmütiges Gesicht glühte, Emerson seufzte tief, David und Lia lobten mich. Die Miene meines Sohnes zeigte keine Regung.

»Schwierig, sich Sethos als liebevollen Vater vorzustellen«, gab er zu bedenken. »Was jetzt, Mutter?«

»Ich habe an alles gedacht«, erwiderte ich, Emerson mein leeres Glas hinhaltend. Ich fand, dass ich mir diesen Genuss verdient hatte, nach einem solchen Tag! »Sie dinieren zusammen auf der Dahabije, wo Sethos logiert, und danach bringt er sie zur *Isis* zurück. Sie wird ihre Kündigung einreichen und dann ... Dann kommt sie vermutlich besser zu uns, bis er endgültige Pläne für sie gemacht hat. Ich habe da eine Reihe von Ideen, wollte aber die Wiedersehensfreude nicht mit praktischen Vorschlägen trüben.«

Es wurde zunehmend dunkel, da die Sonne hinter den westlichen Bergen verschwand; in der Dämmerung schimmerten die Lichter von Luxor wie gefallene Sterne. Das göttliche Getränk – in diesem Fall meine ich Whisky-Soda – hatte wie üblich entspannende Wirkung; ich merkte etwas spät, dass alle schwiegen, statt aufgeregt Fragen zu stellen, womit ich eigentlich gerechnet hatte.

»Ich nehme an, dass Leutnant Wickins problemlos wieder gestartet ist?«, erkundigte ich mich.

»Der Start verlief ruhig«, erwiderte Ramses. »Ob er wohlbehalten in Kairo eintrifft, ist eine andere Sache. Ich vermute es, da solche Flugzeuge einen Radius von dreihundert bis vierhundert Meilen haben. Und er hatte zusätzlichen Treibstoff an Bord. Nefret, gehören die Kinder nicht längst ins Bett?«

Erfahrungsgemäß dauerte dieses Unterfangen eine ganze Weile. Als die jungen Eltern ihre Kleinen zu Umarmungen und Gutnachtküssen anhielten, schwante mir, dass etwas passiert sein könnte, das sie nicht vor den Kindern erörtern wollten. Zärtlichbesorgt malte ich mir die schlimmsten Szenarien aus: Selim zermalmt von dem Flugzeugpropeller, Cyrus Opfer eines Herzanfalls, Bertie tot nach Vergiftung, einen Abschiedsbrief in der leichenstarren Hand ... Nein, das war völlig absurd. Er war ein realistischer junger Mann, auch wenn er bestimmt heimlich Gedichte schrieb.

Sennia verließ uns als letzte – sie hielt das für ihr Privileg, da sie die Älteste war. Horus folgte ihr, und die Große Katze des Re sprang unter dem Sofa hervor, der dunkle Schwanz aufgerichtet wie eine Rauchsäule.

»Und?«, erregte ich mich. »Spann mich nicht auf die Folter, Emerson. Irgendwas Schreckliches ist passiert, ich weiß es! Ist es Cyrus oder ...«

»Nichts dergleichen, Peabody. Himmel noch, lern endlich, deine wilde Fantasie zu kontrollieren. Man hat einen Leichnam gefunden. Besser gesagt, die Überreste davon.«

»Ah«, sagte ich erleichtert. »Also niemand, den wir kennen.«

»Das ist die Frage«, erwiderte Emerson. »Die Polizei geht davon aus, dass der Bursche kein Ägypter ist. Sie haben Nefret gebeten, auf die Wache zu kommen und ihn zu untersuchen. Sie ... ich meine, die Knochen.«

»Wo hat man sie gefunden?«

»In der Wüste, östlich von Luxor.«

»In dem Fall«, ich erhob mich, »werde ich Fatima bitten, rasch das Abendessen zu servieren. Dabei hatte ich so gehofft, mich heute nicht mehr in den Sattel schwingen zu müssen.«

»Kannst es wohl kaum erwarten, eine Leiche zu sehen, was?« Emerson entblößte seine großen weißen Zähne. »Vergiss es, Peabody. Das hat Zeit bis morgen. Der geht nirgends mehr hin.«

Während des Essens erläuterte Ramses, dass Geschlecht und Abstammung mithilfe der bei den Knochen gefundenen Stofffetzen bestimmt worden seien. Ich äußerte mein Erstaunen über das Ermittlungsergebnis des Polizeibeamten, und dass er um Nefrets Assistenz ersucht hatte. Er hätte sich einiges an Ärger ersparen können, wenn er die sterblichen Überreste kommentarlos den britischen Behörden überstellt hätte.

»Neue Besen kehren gut«, murmelte Ramses. »Sein früherer Chef ist seit ein paar Monaten im Ruhestand. Der junge Ibrahim Ayyad ist ehrgeizig, energisch und schlau genug, sich Ärger vom Hals zu halten, bis er sich seiner Sache sicher ist.«

Ich war mir meiner Sache auch recht sicher, aber genau wie der dynamische Mr. Ayyad schlau genug, nichts preiszugeben. Ob die anderen meine Vermutungen teilten, behielten sie für sich.

Ich hatte einen kurzen Abstecher zur Dahabije eingeplant, bevor ich Nefret nach Luxor begleiten wollte, doch das war nicht nötig. Sethos traf am frühen Morgen bei uns ein. Von Gargery informiert, kleidete ich mich rasch an und ging auf die Veranda, wo Fatima ihm bereits Kaffee servierte. Er wirkte ziemlich honorig in Flanellhose und Tweedsakko, das Nasir für ihn geplättet haben musste. Die Prellungen verblassten zu einem Grüngelbton, der Bartwuchs war wieder normal.

»Das Frühstück wird gleich aufgetragen«, erklärte ich ihm.

»Das hat Fatima mir bereits gesagt und sich für die Verzögerung entschuldigt. Setz dich, Amelia, und lass uns zusammen den Sonnenaufgang bewundern. Zweifellos weißt du die Symbolik zu schätzen.«

Bleiche Wolken, zartrosa und quarzgolden überhaucht, wuschen über das Himmelsblau hinweg. Es war der gleiche Anblick, den ich so oft mit Abdullah genossen hatte, nur aus größerer Höhe. Die Symbolik entging mir nicht.

»Dann hast du also deinen Frieden mit Maryam gemacht?«

»Wir hatten einige emotionsgeladene Stunden«, sagte Sethos launig. »Sie hat recht nah am Wasser gebaut, oder? Ich kann mich nicht entsinnen, dass sie so oft geweint hätte.«

»Sie hat allen Grund dazu.«

Meine Stimme verriet einen leisen Vorwurf, und er wich meinem Blick aus. »Ich gebe zu, meine Bemerkung war taktlos. Du magst mich für einen schlechten Vater halten, aber ich habe wirklich viel Zeit mit dem Kind verbracht. Ich weiß nicht ... Die Wahrheit ist ... Zum Kuckuck, Amelia, ich kam mir vor, als würde ich mit einer Fremden reden. Diese hübsche, adrette junge Frau ist so ganz anders als das aufsässige Kind von früher, kaum zu glauben, dass es sich um dieselbe Person handelt.«

»Eine positive Veränderung, oder?«

Er nickte wortlos, sein Gesicht weiterhin abgewandt. »Kinder verändern sich sehr, wenn sie erwachsen werden«, gab ich zu bedenken. »Man könnte fast meinen, sie entwickeln sich zu völlig anderen Menschen. Sieh dir doch Ramses an!«

Er blickte auf, seine eigenwillig getönte Iris verwandelte sich mit zunehmendem Tageslicht von einem hellen Braun in ein blasses Grau. »Ein ermutigendes Beispiel, stimmt. Oh, wir sind recht gut miteinander ausgekommen, da wir so heikle Themen wie die Mörderinnenkarriere ihrer Mutter beide gemieden haben.«

»Du wirst dich dieser Thematik früher oder später stellen müssen«, versetzte ich ziemlich scharf. Zynismus war seine Waffe gegen Emotionen, dabei war es – nach meiner Ansicht – höchste Zeit, dass er diese Selbstschutzmechanismen gegenüber seiner Tochter ablegte. »Geh offen damit um und sag ihr, wie es wirklich gewesen ist. Ich bezweifle, dass sie die wahre Geschichte kennt.«

»Sie schien mir verunsichert. Und sie sprach durchaus positiv von dir.«

»Umso mehr Grund, die Karten auf den Tisch zu legen. Wenn es dir unangenehm ist, übernehme ich das für dich.«

»Mach du das besser. Du bist einfühlsamer.«

»Ich werde eine günstige Gelegenheit abwarten«, versprach ich. »Dann hast du sie heute Nacht zur *Isis* zurückgebracht?«

»Ja. Die alte Dame hatte sich zur Ruhe begeben, sodass ich unbemerkt blieb. Ich werde Maryam und ihre paar Sachen heute noch holen und auf die Dahabije bringen.«

»Es wäre nicht schicklich, wenn sie dort mit dir logierte.«

»Herrgott, Amelia, sie ist meine Tochter!«

»Möchtest du, dass ganz Luxor davon erfährt?«

Sethos kratzte sich das Kinn. Der sprießende Bart und die abheilenden Wunden juckten ihn vermutlich. »Ich habe es satt, ständig neue Identitäten und absurde Pläne auszutüfteln, Amelia. Soweit ihre Chefin weiß, bin ich ein alter Freund ihres Vaters. Maryam meint, dass die betagte Dame unter einer leichten Geistesschwäche leidet, folglich wird sie keine verfänglichen Fragen stellen; die Gerüchteküche in Luxor wird allerdings brodeln. Ich habe mich nochmals für die Identität von Major Hamilton entschieden. Im Ruhestand, natürlich. Es ist nicht ganz auszuschließen, dass sich irgendjemand bei Maryam an Molly erinnert, von daher lässt sich mein Interesse an ihr erklären.«

»Hamilton war rothaarig«, sagte ich mit einem kritischen Blick auf sein sonderbar meliertes Haar.

»Ich werde grau. Traurig, nicht, wie die Jahre ihren Tribut fordern?«

»Tsts.« Emerson baute sich im Türrahmen auf. »Ähm ... alles in Ordnung mit dem Mädchen?«

»Aber sicher«, sagte ich rasch, wohl wissend, dass er keine langen Erklärungen erwartete. »Ist das Frühstück fertig?«

»Ja. Ich nehme an«, brummte Emerson, »es wäre vertane Liebesmüh, dich zu bitten, nicht mit zur Wache zu kommen.«

»Wie Recht du doch hast. Ich halte es für zweckmäßig, dass Sethos uns begleitet. Schließlich hat er den Toten gut gekannt.«

Auf die Nachricht von Martinellis Tod hob Sethos nur vielmeinend die Brauen und pfiff leise. Ich hielt mich nicht lange mit Fakten auf, während des Frühstücks war das Thema ohnedies tabu. Evelyn erkundigte sich nach Maryam. Walter versuchte mehrfach erfolglos, Sethos' richtigen Namen herauszubekommen, und Ramses berichtete von Selims Faszination für das Flugzeug. »Er hat die verdreckte Maschine gestreichelt wie eine Geliebte und den Leutnant gefragt, ob es schwierig sei, sie zu fliegen.«

Die meisten Ausländer kamen mit der einheimischen Polizei kaum in Berührung, da diese zumeist Diebstähle oder Erpressungsfälle durch die Dragomans oder Reiseagenturen aufklärte. In Kairo unterstand die Polizei – genau wie alles andere in Ägypten – der Leitung eines »britischen Beraters«, die Provinzbeamten richteten sich jedoch vielfach nach den Anweisungen des örtlichen Mudirs. Ich kannte die Polizeistation und war angenehm überrascht über die dortigen Veränderungen. Die defekten Treppen und Fenster waren erneuert worden; zwei Beamte, in schmucker weißer Uniform und rotem Tarbusch, standen Wache am Eingang, statt wie früher auf den Stufen ein Nickerchen zu halten. In Ägypten wehte ein neuer Wind, und der junge Mann, der sich umgehend erhob, als man uns in sein Büro führte, war ein weiteres Indiz für die Veränderungen. Größer als die meisten Ägypter, sein Bart kurz gestutzt, hatte er die dunkle Haut der Sudanesen und französische Manieren, denn er küsste mir respektvoll die Hand, wenn auch mit einem ironischen Funkeln in den wachsamen schwarzen Augen.

»Mit dieser Ehre hatte ich nicht gerechnet, Sitt Hakim«, sagte er.

Auf diesen unterschwelligen Seitenhieb erwiderte ich in meinem besten Arabisch: »Ich wollte die Chance nutzen, denjenigen kennen zu lernen, auf den man solche Lobeshymnen singt.«

»Friede und Gottes Gnade seien mit Ihnen«, versetzte Emerson. Nachdem das Formelle für ihn damit geklärt war, fuhr er fort: »Sie kennen meinen Sohn bereits. Dies ist meine Schwiegertochter – eine richtige Sitt Hakim – und – äh –«

»Ein Freund, Effendi.« Sethos verbeugte sich.

Ayyads Blick ruhte kurz auf ihm und kehrte darauf zurück zu Nefret. »Danke, dass Sie gekommen sind. Ich habe darum gebeten, dass die fraglichen Objekte hergebracht werden. Das Leichenschauhaus ist einer Dame nicht zumutbar.«

Nefret hätte ihn darauf aufmerksam machen können, dass ihr Leichen vertrauter waren als ihm, stattdessen quittierte sie seine höfliche Geste mit einem Lächeln.

Der Raum war ziemlich groß und schäbig möbliert – mit rotem Plüschsofa, mehreren zerschlissenen Polsterstühlen, einem großen Schreibtisch und zwei altersschwachen Holzschränken.

Unter einem Fenster stand ein langer Tisch mit einer Baumwolldecke, die Ayyad kurzerhand herunterriss.

Bei Ägypten denkt man zwangsläufig an Mumien. Indes hat ein unbestatteter Toter wenig Chancen auszutrocknen, da sich Aasgeier, wilde Hunde, Schakale und Insekten auf ihn stürzen. Von dem vorliegenden, bedauernswerten Exemplar war bis auf ein paar abgenagte, gesplitterte Knochen nichts mehr vorhanden. Als sich Nefret nachdenklich darüber beugte, sagte Ayyad: »Sie lagen überall verstreut, und trotz intensiver Suche haben wir nicht alle gefunden.«

Auf seine entschuldigende Bemerkung reagierte Nefret mit dem erhofften Kompliment. »Sie haben sie korrekt angeordnet«, erwiderte sie ohne aufzublicken. »Ich bin beeindruckt, dass Sie so viele gefunden haben. Die kleinen Hand- und Fußknochen fehlen, aber das ist nichts Ungewöhnliches in solchen Fällen. Einige Rippen ...« Während sie sprach, nahm sie ein Maßband aus ihrer Rocktasche. »Ohne Fußgerippe kann ich seine Größe nur schätzen.«

»Schätzen, wie?«, fragte Ayyad und trat näher.

»Dafür gibt es Tabellen. Ich kann sie Ihnen gelegentlich zeigen, wenn Sie mögen.«

»Sie sagten ›seine‹. Woher wissen Sie das?«

»Aber das wussten Sie doch bereits.« Sie grinste ihn sachverständig an, wie einen Berufskollegen. »Von der Kleidung her. Europäische Kleidung – Stoffreste von Hose, Weste und Jackett – hat man uns mitgeteilt.«

»Richtig, sie waren in diesem Karton. Aber es gibt doch noch andere Bestimmungskriterien – anhand der Knochen, oder?«

Darauf hielt Nefret ihm einen kleinen Vortrag, dem er aufmerksam lauschte. »Der Schädel deutet ebenfalls auf einen Mann hin«, konstatierte sie. »Sehen Sie die Knochenwülste über den Augenhöhlen? Bei Frauen sind sie meist weniger ausgeprägt, und der Kieferknochen ist ausladender.«

»Alter?«, drängte Ayyad.

»Kein Jugendlicher, aber auch kein alter Mann. Dies allerdings unter Vorbehalt. Basierend auf dem Gebiss. Die vier hinteren Molaren sind vorhanden und schon etwas abgenutzt. Mehr kann ich dazu nicht sagen. Diese grässlichen Schakale haben nur wenig von ihm übrig gelassen.«

Beide hatten Englisch geredet, und er unterhielt sich so angeregt mit ihr wie mit einem Mann. Ich hatte Verständnis für seine Wissbegier, doch die Zeit drängte, genau wie mein merklich nervöser Gatte.

»Das reicht, um seine Identität zu bestimmen«, entschied ich, Ayyads nächster Frage vorgreifend. »Es ist Martinelli. Seht euch die Zähne nur an!«

Braun-gelblich grienten die unteren Schneidezähne aus fleischlosen Lippen zu uns auf.

* * *

Die Reste von seiner Kleidung bestätigten meine Identifizierung. Der ausgeblichene Wollstoff hatte exakt das Muster der Hose, die Martinelli am Abend seines Verschwindens getragen hatte. Ansonsten befanden sich in besagtem Karton nur einige Knöpfe und Metallschnallen. Seine auffällige Krawattennadel, Taschenuhr und Kette fehlten – genau wie die Goldarmbänder und das Pektorale.

Sethos bewahrte uns vor weiteren Diskussionen um den Knochenfund. Als ein Bekannter des Toten mühte er sich betont mannhaft, seinen Schock über die fatale Enthüllung zu überspielen. »Wie oft habe ich ihn vor den Gefahren seiner langen, einsamen Wanderungen gewarnt«, murmelte er, ein blütenweißes Taschentuch vor seine Augen pressend. »Er hatte ein schwaches Herz; er muss zusammengebrochen und gestorben sein, da draußen in der Wildnis, unter einem kalten, gnadenlosen Mond, und es dauerte nicht lange ...« Er schauderte. »Möge er in Frieden ruhen.«

Am liebsten hätte ich ihm einen ordentlichen Stoß mit meinem Schirm versetzt, doch er hielt klugerweise Abstand.

Nachdem wir uns bereit erklärt hatten, die sterblichen Überreste abzuholen und die entsprechenden Behörden zu informieren, verließen wir das Büro. Den Platz vor der Polizeistation säumten eine Moschee, eine römisch-katholische Kirche und zwei Hotels. Hübsche Blumenrabatten verströmten ihren Duft, eine angenehme Ablenkung nach dem eben Gesehenen.

»Dies wirft ein völlig neues Licht auf die Dinge«, bemerkte ich. »Martinelli hat Luxor nie verlassen. Er muss noch in der Nacht seines Verschwindens ermordet worden sein.«

»Du weißt doch gar nicht, ob es Mord war«, grummelte Emerson. Wie üblich mochte er nicht zugeben, dass ich den korrekten Schluss gezogen hatte.

»Ein Mann wie Martinelli unternimmt keine langen, einsamen Wanderungen«, versetzte ich. »Irgendjemand hat ihn gewaltsam oder unter einem Vorwand dorthin gebracht und getötet. Ich habe den starken Verdacht, dass es Mord war. Das mit der Herzschwäche hast du doch erfunden, oder?«

Mein Schwager grinste mich schulterzuckend an. »Warum noch mehr Verwirrung stiften? Die Behörden gehen von einem tragischen Unfall aus. Woran ist er denn nun gestorben, Nefret?«

Sie zuckte unmerklich zusammen und sah ihn versunken an. »Dir entgeht wirklich nicht viel.«

»Dein hübsches Gesicht spricht Bände, meine Liebe. Irgendwas mit den Halswirbeln, oder?«

»Ich würde es vor Gericht nicht beeiden wollen, aber er könnte stranguliert worden sein. Oder«, versetzte sie grimmig, »man hat seinen Kopf an einem Felsen zertrümmert – unmöglich zu sagen, ob die Frakturen post oder prae mortem waren – vielleicht wurde er auch vergiftet oder erwürgt oder erschossen!«

Ich fasste ihre Hand. »Sollen wir uns im Savoy eine schöne Tasse Tee genehmigen?«

»Nein, zum Donnerwetter!« Emerson beschleunigte seine Schritte. »Ich habe zu tun. Wir müssen Cyrus informieren. Das übernimmst du, Peabody.«

»Wenn Diebstahl das Motiv für den Mord war ...«, begann ich.

»Was für ein Motiv denn sonst?«, erregte sich Emerson. »Der Fellache, der die sterblichen Überreste fand, hätte sämtliche Wertgegenstände mitgehen lassen, wahrscheinlicher ist jedoch, dass Martinelli ausgeraubt wurde, weil er in den Cafés und Bars mit diesen Juwelen geprotzt hat. Ihr Wert war hoch genug, um auch vor einem Mord nicht zurückzuschrecken. Die Schatulle, die er bei sich trug, liegt vermutlich mit Steinen gefüllt im Nil. So hätte ich sie jedenfalls entsorgt«, schloss Emerson. Er packte meinen Arm und zerrte mich an den Geschäften vorbei.

Sein offensichtlicher Widerwille, die Diskussion fortzusetzen, hielt mich nicht davon ab, im Stillen zu spekulieren. Seine Theorie (unsere, sollte ich wohl besser sagen) stimmte vermutlich, aber was war dann aus dem Schmuck der Prinzessinnen geworden? War er noch im Haus des Diebes, in einem geheimen Versteck, wie es der alte Abd el Hamed unter dem Fundament seines Hauses ausgehoben hatte? War er an einen der Händler in Luxor verkauft worden? Letzteres schien mir unwahrscheinlich. Der Schmuck war auffällig, Besitzer und Herkunft weithin bekannt; wäre er einem Käufer angeboten worden, hätten wir früher oder später davon erfahren, und Emerson hätte sich wie eine Harpyie auf den unseligen Händler gestürzt. Vielleicht traf unsere ursprüngliche Theorie zu: Die Juwelen waren nach Kairo gebracht worden, aber offensichtlich nicht von Martinelli.

Am Spätnachmittag saß ich allein auf der Veranda, ich wartete auf Sethos und seine Tochter. Ich war dankbar für diese Phase der Reflexion. In Kürze würde die gesamte Familie – et quelle famille! – mich umringen, und obschon ich normalerweise eine Flut von Problemen bewältigen kann, hatte ich Konzentrationsschwierigkeiten. Mein Verstand flatterte wie ein Schmetterling von einem Gedanken zum nächsten, manche wichtig, andere völlig unbedeutend. Was ich auf der Fantasia anziehen wollte, fiel in die zweite Kategorie, genau wie das Abendmenü, das bereits mit Fatima abgesprochen war, und das Ostrakon, das ich am Nachmittag gefunden hatte – ein weiteres Fragment zu dem, welches Ramses in Verlegenheit gebracht hatte. Die Darstellung der unteren Extremitäten mutete wirklich erstaunlich an, doch mein Sohn lehnte jedwede Stellungnahme ab.

Angestrengt versuchte ich, meine Überlegungen auf das Wesentliche zu fixieren. Ich hatte noch keine Gelegenheit gehabt, Cyrus von Martinelli zu berichten. Ich hatte auch keine Eile, die Vandergelts zu sehen, da wir uns bislang nicht darauf geeinigt hatten, was wir Cyrus über Sethos erzählen sollten. Alle drei wussten um seine Verwandtschaft mit Emerson. Selim war als Einziger in Luxor ebenfalls darüber aufgeklärt, allerdings ahnte er nicht, dass die graue Maus Sethos' Tochter war. Oder doch?

Ich hatte Kopfweh. Dummerweise hatte Emerson mich ins Ausgrabungsgelände geschleift, bevor ich meinen Schwager festnageln konnte. Wir hatten ihn in Luxor zurückgelassen, wo er noch ein paar Sachen kaufen und dann seine Tochter holen wollte. Sie sollten direkt zu uns kommen und waren bereits überfällig. Gut möglich, dass es nicht so einfach gewesen war wie von Sethos vermutet. Mrs. Fitzroyce könnte logischerweise den Aufstand geprobt haben – und Justin sowieso.

Emerson traf als Erster ein. »Wo sind denn die anderen?«

»Sie werden bald hier sein, denke ich. Alle.«

Das waren sie. Alle, bis auf Sethos und Maryam. Da die Kinder ihren Tee wollten, bat ich Fatima zu servieren.

»Sollten wir nicht besser auf unsere Gäste warten?«, erkundigte sich Sennia.

Mir dröhnte der Schädel. An das Elefantengedächtnis unserer aufgeweckten Sennia hatte ich gar nicht mehr gedacht. Wie viel hatte ich ihr erzählt? Was durfte ich ihr enthüllen? Sie hatte Maryam als Molly kennen gelernt. Sie kannte Sethos als »Cousin Ismail« und nicht als Major Hamilton ... Ich gab es auf.

»Woher weißt du, dass wir Gäste erwarten?«, fragte ich vorsichtig.

Sennia war ein bisschen eitel und darauf versessen, zum Tee ihr bestes Kleid zu tragen. Sie glättete ihren Rock und rollte die Augen. »Fatima hat es mir gesagt. Wer ist es? Ist einer davon dieser Mr. Badger aus dem Flugzeug?«

»Lass dich überraschen.« Ich hatte nicht die leiseste Ahnung, wen Sethos verkörpern oder wie er sich vorstellen würde. Bestimmt würde sie sich nicht mehr an »Cousin Ismail« erinnern.

Da ich um Sethos' Hang zu spektakulären Auftritten wusste – das Flugzeug war der derzeit eindrucksvollste Beweis –, hätte mir klar sein müssen, dass er sich erst vor entsprechend großem Publikum präsentieren würde. Wir sahen die Droschke schon von weitem; sie gehörte zu den komfortabelsten, die man am Kai mieten konnte. Sie fuhr im weiten Bogen vor dem Haus vor, und Sethos stieg aus. Unversehens stürzte er sich wie ein Habicht auf Davy, der auf seinen kurzen Beinen schnurstracks zu dem Automobil wackelte. Das Kind war absolut unberechenbar. Ich hatte eben erst die Tür geöffnet.

Sethos hielt den Kleinen hoch, sodass sie in Augenhöhe waren. »Und wer ist dieser unternehmungslustige junge Mann?«, erkundigte er sich. Davy giggelte.

Der kleine Racker hatte uns über die erste Verlegenheit hinweggeholfen. Sethos reichte Davy an Ramses weiter und half Maryam aus der Droschke, unterdessen passten wir auf die anderen Kinder auf. Sie scharten sich sogleich um Sethos; Davy war fasziniert von seiner neuen Bekanntschaft, und die kleinen Mädchen verfielen wie alle Frauen seinem wohldosierten Charme.

»Was ist mit deinem Gesicht passiert?«, fragte Evvie an sein Knie gelehnt. »Hat dich einer gehauen?«

»Drei«, erwiderte Sethos ungerührt. »Drei große, böse Männer. Sie wollten einer armen Katze wehtun. Ich bin dazwischengegangen.«

Die Zwillinge kieksten anerkennend, und Evvie bedachte ihn mit einem koketten Augenaufschlag. »Wo ist das Kätzchen jetzt?«

»Bei mir. Ich nenne sie Florence. Sie ist schwarzweiß gefleckt.«

»Das war großartig von dir, Sir«, meinte Dolly.

Sethos' Miene entspannte sich unmerklich, als er den Jungen musterte. »Du bist sicher der kleine Abdullah. Deinen Urgroßvater habe ich gut gekannt. Er hätte es genauso gemacht.«

»Warum malt ihr nicht alle ein Bild von Florence?«, schlug ich vor, meinen erfindungsreichen Schwager anfunkelnd. Abdullah hatte Katzen verabscheut.

Die Kinder trollten sich, bis auf Sennia. »Stimmt das?«, wollte sie von Sethos wissen.

»Kein Wort davon«, sagte Sethos prompt.

Sennia gluckste. »Du machst Witze. Wer bist du eigentlich? Ihr Vater? Ich erinnere mich an sie; sie war vor Jahren schon mal hier.«

Sie deutete auf Maryam, die neben Evelyn saß. Das Mädchen trug den Hut, den ich ihr gegeben hatte, und ein neues Kleid – das Beste, was Luxor zu bieten hatte, rosafarbener Seidenmusselin. Papa hatte einen Einkaufsbummel mit ihr gemacht.

»Warum stellst du dich nicht erst einmal selbst vor?«, regte ich an.

Die Gruppe war zu groß für eine allgemeine Unterhaltung. Es währte nicht lange, und Sethos saß neben mir, Maryam antwortete zaghaft auf Evelyns liebenswürdige Fragen, und die Kinder zeichneten unzählige Katzenbilder. Flugs gesellte sich Emerson zu unserem Tête-à-tête: Er quetschte sich zwischen uns auf das Sofa und maß Sethos aus saphirblauen Schlitzen.

»Vermutlich erwartest du meinen Bericht«, sagte mein Schwager.

»Ich erwarte präzise Aufklärung darüber, unter welchem Namen du in Luxor präsent bist«, konterte ich. »Was hast du Mrs. Fitzroyce erzählt?«

»Ich habe sie nicht angetroffen.« Sethos lehnte sich zurück und schlug die Beine übereinander. »Zwei windige Burschen haben mich am Bootssteg abgefangen. Als ich meine Karte abgab, informierte man mich, dass die Sitt ausruhe und dass die andere Dame mich erwarte. Ich durfte nicht auf das Hausboot. Maryam kam mit ihrer armseligen Habe, und dann sind wir gegangen.«

»Dann hast du Justin nicht gesehen?«

»Nur kurz, als er um eine Kabinentür spähte. Wenigstens nehme ich an, dass er es war; auf mich wirkte er wie ein verängstigtes Tier, deshalb habe ich so getan, als hätte ich ihn nicht gesehen.«

»Welche Karte hast du abgegeben?«, wollte ich wissen.

»Die von Major Hamilton natürlich. Ich habe immer eine ganze Sammlung bei mir.«

»Haha«, wieherte Emerson. »Die Vandergelts wissen um deine wahre Identität.«

»Schätze, ich werde ihnen nicht aus dem Weg gehen können«, seufzte Sethos.

»Ich glaube nicht, dass du Luxor so bald wieder verlassen kannst«, versetzte ich. »Die Vandergelts veranstalten am Sonntag eine Soiree, und Selim erwartet, dass du morgen mit zu seiner Fantasia kommst.«

Sethos stöhnte. »Muss ich?«

»Du klingst wie Emerson.« Im Stillen fragte ich mich, ob er mich bewusst verärgern wollte. »Ich halte es für sinnvoll, so zu tun, als sei dies ein ganz normaler Besuch eines alten Bekannten. Deine Neigung, bizarr kostümiert wie ein Hexenmeister rein- und rauszurauschen, macht alles nur schwieriger.«

»Aber auch wesentlich spannender, liebste Amelia.«

* * *

Wir ließen uns Fatimas ausgezeichnetes Abendmenü schmecken, waren guter Dinge, und selbst Sethos zeigte sich von seiner besten Seite. Ich wollte eben vorschlagen, in den Salon zu wechseln, als ein Besucher angekündigt wurde. Ich hatte schon halbwegs mit ihm gerechnet, da in Luxor nichts geheim bleibt.

»Führen Sie Mr. Vandergelt in den Salon«, bat ich Gargery. »Und sorgen Sie dafür, dass reichlich Whisky vorhanden ist.«

Cyrus begrüßte uns zwar höflich, doch in seiner Stimme schwang ein leiser Vorwurf.

»Hab mir schon gedacht, dass Sie das waren in dem Flugzeug.« Er schüttelte Sethos die Hand. »Ich wäre schon eher vorbeigekommen, aber mir hat ja keiner was gesagt. Was haben Sie als Nächstes vor, einen Elefantenritt?«

»Whisky, Cyrus?«, schaltete ich mich ein.

»Ich bitte darum. Danke.« Er zupfte an seinem Spitzbart und musterte mich vorwurfsvoll. »Wie kommt's, dass ich alles aus zweiter Hand erfahre? Leute, traut ihr mir etwa nicht mehr?«

»Äh, hmpf«, brummelte Emerson, geschäftig mit den Karaffen hantierend. »Die Sache ist so ... ähm ...«

»Wir hatten keine Zeit«, half Nefret ihm. Sie setzte sich neben Cyrus auf einen Hocker und legte ihre Hand auf seine. »Sie haben von der Identifizierung des Skeletts gehört? Seien Sie uns bitte nicht böse, Cyrus. Wir hätten Sie umgehend informiert, wenn wir den Prinzessinnen-Schmuck gefunden hätten.«

»Sie halten mich bestimmt für egoistisch«, murmelte Cyrus.

»Der arme Teufel, liegt die ganze Zeit mausetot in der Wildnis, und ich denke das Schlimmste von ihm ...«

»Die Enthüllung ändert nichts an der Sachlage und an Ihrer Einschätzung von Martinelli, Cyrus«, erwiderte ich. »Er hat die Juwelen an sich genommen, daran besteht kaum Zweifel, und auch wenn wir sein Motiv vielleicht nie erfahren werden, hatte er ohne Ihre Einwilligung kein Recht dazu.«

»Sind Sie sicher, dass er es war? Wo hat man ihn gefunden?«

»Sollten Sie sich mit dem Gedanken tragen, das fragliche Gelände genauer zu erforschen, kann ich Ihnen nur abraten«, wandte Ramses ein. Genau wie ich hatte er die archäologische Besitzgier in Cyrus' Augen aufflackern sehen. »Glauben Sie mir, Cyrus, ich hätte es längst getan, wenn ich die Spur einer Chance gewittert hätte, die Juwelen dort zu finden. Es war Martinelli, ganz klar, aber selbst wenn es kein Raubmord gewesen wäre, dann hätten die Männer, die den Leichnam fanden, sämtliche Wertgegenstände mitgehen lassen.«

Cyrus wusste, dass Ramses Recht hatte, gab aber die Hoffnung nicht so schnell auf. Er löcherte uns mit Fragen und stellte Theorien auf. Zuletzt wandte er sich an Sethos.

»Können Sie nicht irgendwas tun?«

Sethos' Mundwinkel zuckten kaum merklich. »Ziemlich unproduktiv, mit einem Meisterverbrecher befreundet zu sein, wenn der einem nicht unter die Arme greifen kann, was?«

»So habe ich das nicht gemeint ...«, stammelte Cyrus.

»Nichts für ungut. Sie haben schließlich Recht. Ich werde weitere Nachforschungen anstellen, aber versprechen Sie sich nicht zu viel.«

»Ich weiß Ihr Angebot zu schätzen.« Cyrus schien neue Hoffnung zu schöpfen. »Und jetzt mache ich mich besser auf den Heimweg. Tut mir Leid, dass ich so einfach hereingeschneit bin.« Er hatte es vermieden, Maryam direkt anzusehen. Jetzt ging er zu ihr und reichte ihr die Hand. »Schön, Sie wieder bei uns zu wissen, junge Dame. Ich hoffe doch, Sie kommen am Sonntag zu unserer Soiree.«

Sein taktvolles Auftreten ließ sie erröten. »Danke, Sir. Ich weiß nicht ...« Sie spähte zu ihrem Vater, der launig erwiderte:

»Mit dem größten Vergnügen. Bitte richten Sie Mrs. Vandergelt unseren Dank und Grüße aus. Ich freue mich, sie und ihren Sohn wieder zu sehen.«

»Da fällt mir etwas ein.« Den Hut in der Hand wandte Cyrus sich zu mir. »Katherine hat mich gebeten zu fragen, ob nicht ein paar Leute bei uns im Schloss logieren möchten. Wir haben reichlich Platz, und Sie müssen hier allmählich sehr zusammenrücken.«

Damit hatte er den Nagel auf den Kopf getroffen. Ich hatte Sennia aus ihrer hübschen kleinen Suite verbannen müssen und sie David und Lia und ihren Kindern gegeben. Jetzt bewohnte sie Davids altes Zimmer, an das sich ein Unterrichtsraum anschloss. Evelyn und Walter hatten die Gästezimmer in dem anderen Haus bezogen. Aufgrund der zusätzlichen Arbeits- und Lagerräume platzten beide Häuser aus den Nähten, und ich hatte Sennia bitten müssen, ihren Unterrichtsraum mit Maryam zu teilen, was Sennia absolut nicht behagte. Ich hätte die Gerüchteküche in Luxor zum Teufel jagen und Maryam zu ihrem Vater auf die *Amelia* stecken sollen, aber sie brauchte noch etwas Zeit, um sich an ihn zu gewöhnen. Überdies wollte ich sie bei mir haben, wo ich sie im Auge behalten konnte. Das Mädchen war schon einmal tätlich angegriffen worden, und besagter Vorfall bedurfte weiterhin der Aufklärung.

Ich war versucht, Sennia ins Schloss zu schicken, mit Basima und Gargery, dessen Überwachungsmanie mir allmählich auf die Nerven ging. Allerdings hätte Horus sie begleiten müssen, und dieser Fellcasanova würde sich vermutlich über die Katze der Vandergelts hermachen.

Gerade als ich Cyrus um Bedenkzeit bitten wollte, meldete Evelyn sich zu Wort. »Das ist sehr nett von Katherine, Cyrus. Walter und ich nehmen das Angebot gern an. Ich werde morgen mit Katherine reden.«

Evelyn war die Liebenswürdigkeit in Person, wenn sie allerdings jenen entschiedenen Ton anschlug, hielt ich mich zurück. Erst nach Cyrus' Aufbruch erkundigte ich mich vorsichtig, was zu ihrem Entschluss geführt habe.

»Hausgäste gehen einem über einen längeren Zeitraum auf die

Nerven«, schmunzelte sie. »Ramses und Nefret würden das nie zugeben, aber ich bin sicher, sie müssen sich arg zurücknehmen. Katherine und ich, wir mögen uns, und ich denke, sie fühlt sich ein bisschen vernachlässigt.«

Ramses beugte sich über den Sofarücken und legte ihr den Arm um die Schultern. »Du brauchst nichts zu beschönigen, Tante Evelyn. In einem Haus mit meinen Kindern zu wohnen, treibt jeden an den Rand der Verzweiflung.«

Er lachte, und sie lachte auch, als sie zu ihm hochschaute. Er stand zwischen ihr und Maryam, die verstohlen ihre Sitzhaltung änderte.

»Gute Idee«, bekräftigte ich. »Dann hast du ein bisschen Ruhe vor den kleinen Schätzchen, Evelyn. Die Unterbringung im Schloss ist wahrhaft fürstlich.«

Mit einiger Verspätung kam mir der Gedanke, was Walter wohl von dem Plan hielt. Die kleinen Schätzchen hatten ihn nicht gestört, denn wenn er arbeitete, war er blind und taub gegenüber jeder Ablenkung. Als seine Frau ihn anstupste, sagte er abwesend: »Aber sicher, mein Schatz, ganz wie du meinst. Ich nehme den Papyrus mit. Er ist ausnehmend interessant.«

»Tut mir Leid, wenn Sie meinetwegen so viel Umstände haben«, murmelte Maryam.

»Ganz und gar nicht«, beschwichtigte ich. »So ist es für alle am besten. Sie können morgen in das andere Haus umziehen. Sie sind sicher müde; kommen Sie, ich zeige Ihnen, wo Sie heute Nacht schlafen werden.«

Der Unterrichtsraum war nicht direkt mit Sennias Zimmer verbunden. Die Türen beider Räume führten auf den Hof hinter dem Haus. Fatima hatte ein Gästebett aufstellen lassen, und es war alles ordentlich und sauber, trotzdem fiel mir auf, wie schäbig der Raum aussah. Die sanft im Abendwind wehenden Baumwollvorhänge waren zerschlissen, der Boden wies untilgbare Tinten- und Farbflecke auf.

»Es ist leider nicht sehr vornehm«, sagte ich entschuldigend. »Aber es ist ja nur für eine Nacht.«

Sie murmelte so etwas wie »ich habe nichts Besseres verdient«. Da man das Eisen schmieden muss, solange es heiß ist, beschloss ich, den Stier bei den Hörnern zu packen. Ich bedeutete ihr, Platz zu nehmen. »Ich würde gern mit Ihnen über Ihre Mutter sprechen, Maryam. Sie war eine sehr schlimme Frau und starb eines gewaltsamen Todes – aber weder durch uns noch durch Ihren Vater.«

Sie atmete so scharf ein, als hätte ich sie geschlagen, und sah mich direkt an. »Sie reden nicht lange um die Sache herum, was?«

»Das hat keinen Sinn. Ich weiß nicht, was Sie über sie erfahren haben, aber ich möchte einiges klarstellen und Ihnen vermitteln, dass Sie in keinster Weise verantwortlich sind für ihre Handlungen.«

»Mein Vater war nicht dabei, als sie ... als sie starb?«

»Nein. Möchten Sie wissen, was an dem fraglichen Tag wirklich passiert ist?«

Sie nickte, ihre Augen geweitet.

»Ihrer – äh – Verbindung mit Ihrem Vater folgten andere – äh – Verbindungen ähnlicher Natur«, begann ich. »Ich nenne die reinen Fakten, Maryam, ich beschönige oder entschuldige nichts, trotzdem dürfen Sie nicht vergessen, dass sie keine Chance auf ein besseres Leben hatte. Das ist leider bei vielen Frauen so, aber Bertha war nicht der Typ, der klein beigab. Sie baute eine kriminelle Frauen-Organisation auf und war im übertragenen Sinne eine Verfechterin der Gleichberechtigung. Sie mochte mich nicht, weil sie überzeugt war – äh –«

»Dass mein Vater in Sie verliebt sei.«

»Nun ja ... stimmt.« Ich hüstelte verlegen. »Das ist nicht mehr der Fall, wenn es denn so war, doch die Eifersucht veranlasste sie zu mehreren Anschlägen auf mich. Der letzte war an besagtem Tag. Sie hatte mich am Nachmittag davor gefangen genommen. Dank Ihrem Vater konnte ich entkommen; doch als ich aus dem Haus meines Freundes Abdullah trat, wohin ich mich geflüchtet hatte, lag sie schon auf der Lauer. Abdullah warf sich vor mich und wurde von den für mich bestimmten Kugeln getötet. Mehrere Männer – Freunde von uns und Abdullah – mussten sie zu Boden zwingen, um ihr das Gewehr zu entreißen. Ich weiß nicht – vermutlich weiß keiner –, wer den tödlichen Schuss abgegeben hat. Mein Augenmerk galt allein Abdullah, sterbend in meinen Armen. Sie haben sie nicht vorsätzlich getötet, Maryam; sie waren außer sich vor Erbitterung und Entsetzen, aber sie hätte weitergeschossen, wenn man sie nicht gehindert hätte.«

»Abdullah«, wiederholte sie. »Der Urgroßvater des kleinen Dolly? Selims Vater und Davids Großvater ... Sie alle haben ihn sehr gemocht, nicht wahr?«

Ihre Gefasstheit war beunruhigend, weil unnatürlich. »Ja, das haben wir.«

»Waren sie dabei ... Selim und David?«

»Hmmm, ja. Genau wie ... Hören Sie, Maryam, wenn Sie Selim oder David verdächtigen, den Todesschuss abgegeben zu haben ...«

»Das meinte ich damit nicht.«

»Gute Güte«, kreischte ich entsetzt, denn mir ging ein Licht auf. »Wollen Sie damit sagen, dass einer von ihnen – einer von uns – Sie für das Handeln Ihrer Mutter zur Rechenschaft ziehen will? Unsinn, mein Kind. Abgesehen von der Tatsache, dass wir erst nach dem Vorfall um Ihre wahre Identität erfahren haben. Schlagen Sie sich das aus dem Kopf, aber schleunigst.«

Die Vorhänge bauschten sich heftig. Maryam entfuhr ein spitzer Schrei und mir ein dezenter Fluch, als ein beleibtes Etwas schwerfällig durch das Fenster hereinkletterte. Früher hatte Horus hindurchspringen können. Alter und Gewicht hatten ihre Spuren hinterlassen; jetzt musste er sich an der Wand hochhangeln. Argwöhnisch auf dem Fenstersims verharrend, spähte er durch den Raum, fauchte und verschwand in der Dunkelheit.

»Er hat nach Sennia Ausschau gehalten«, erklärte ich. »Ich hoffe, Sie haben vor Katzen keine Angst.«

»Ich mag sie sehr, aber ich hatte nie eine.«

»Versuchen Sie erst gar nicht, mit Horus Freundschaft zu schließen. Er verschmäht uns alle, bis auf Sennia und Nefret. Er wird Sie heute Nacht nicht mehr stören. Können Sie jetzt schlafen?«

»Ja.« Impulsiv legte sie ihre Hand auf meine. »Danke. Sie haben einige sehr hässliche Gedanken aus meinem Kopf verscheucht.«

Es war eine nette Geste, noch dazu ein kleines Kompliment. »Glauben Sie mir denn?«, fragte ich. »Es ist eine traurige Geschichte, trotzdem dürfen wir andere nicht verurteilen oder uns für ihr Handeln verantwortlich fühlen. Wir haben auch so schon unser Päckchen zu tragen.«

Aus Manuskript H

Emersons Hoffnung, seinen ausgefüllten Arbeitsplan wieder aufzunehmen, war von Anfang an zum Scheitern verurteilt. Wie seine Frau ironisch anmerkte, wäre er als Einziger unbekümmert nach Deir el-Medina getrottet, obwohl viele andere private und ermittlungstechnische Aktivitäten Vorrang hatten. Gleich nach dem Frühstück wollte sie Evelyn und Walter beim Packen für ihren Umzug ins Schloss helfen, um Maryam dann die frei gewordenen Räume zuzuweisen. Sie hatte Lia gebeten, ihre Garderobe nach ein paar passenden Sachen für Maryam durchzusehen. In einem langen Monolog, dem Ramses nur halbherzig lauschte, erklärte sie, warum – irgendwas mit ähnlicher Größe und dem Fehlen von praktischer Kleidung für das Mädchen. In letzter Minute erreichte Nefret ein dringender Ruf aus der Praxis; die Nachricht von der Eröffnung hatte sich verbreitet, und Nefrets Dienste waren zunehmend gefragt.

Emerson staunte nicht schlecht, als er von der rigorosen Kürzung seiner Mitarbeiterzahl erfuhr. »Teufel noch«, blaffte er. »Das Geröll türmt sich meterhoch auf, Peabody. Wie lange brauchst du denn, um ein paar Sachen zusammenzupacken?«

»Davon verstehst du nichts, Emerson, also bitte, gib nicht immer deinen Senf dazu.« Sichtlich angetan von ihrer flapsigen Bemerkung, fuhr sie etwas gnädiger fort: »Vielleicht schaue ich später noch vorbei. Du kannst Ramses und David haben, wenn du magst.«

»Wie großzügig von dir«, meckerte Emerson. »Also dann los, Jungs, der Morgen ist schon halb vorbei.«

Da war es kurz nach sieben.

Trotz Emersons Lamento hatten sie die Grundrisse von einigen Schreinen im Norden des Dorfes und von dem ptolemäischen Tempel näher bestimmen können. Manche waren besser erhalten als andere, indes hatten der Zahn der Zeit und Hobbyarchäologen allen zugesetzt, folglich waren Sachkenntnis und Erfahrung unabdingbar, um den ursprünglichen Lageplan zu erstellen. Bertie, der beste Konstruktionszeichner in der Gruppe, hatte diese Aufgabe übernommen. Er traf kurz nach den anderen ein, entschuldigte sich für die Verspätung und breitete die vorerst letzte Skizze aus, an der er über eine Woche getüftelt hatte.

»Tja«, sagte Emerson nach eingehender Inspizierung. »Nun, das scheint mir insoweit plausibel. Ich möchte die Gottheit bestimmen, der dieses Bauwerk geweiht war.« Er nahm seine Pfeife heraus und klopfte auf die angedeutete Linie, die eine winzige Kapelle darstellte.

Nach Ramses' Ansicht war das Zeitverschwendung. Die kleinen Privatschreine bestanden aus Lehmschlammziegeln, waren verputzt und bemalt. Inzwischen war der Putz abgeblättert und abgeplatzt. Sie hatten nicht ein Fragment gefunden, das größer als ein Daumennagel gewesen wäre.

Er wies seinen Vater darauf hin. »Eine Votivstele«, belehrte Emerson seinen Sohn. »Mehr brauchen wir nicht. Oder ein Ostrakon mit einem Gebet. Irgendwas werden wir schon noch finden. Außerdem ist der Plan unvollständig. Wo ist die hintere Wand? Selim!«

Selim hatte nicht zugehört. Den Kopf im Nacken spähte er entrückt in den strahlend blauen Himmel. Er hält Ausschau nach einem weiteren Flugzeug, überlegte Ramses belustigt. Emerson musste ihn zweimal rufen, bevor er reagierte.

Emerson hatte ungeahntes Glück. Sie fanden die Votivstele, oder einen Teil davon, die der Arbeiter Nachtmin dem göttlichen König Amenophis I. und seiner Mutter Ahmose-Nefertari gewidmet hatte. Emerson trug sie triumphierend davon, während Selims Mannschaft das Sanktuarium freilegte.

»Wo zum Teufel ist deine Mutter?«, fragte Emerson, behutsam die Sandverkrustungen von der kurzen Inschrift abbürstend. »Der Schuttberg wird immer höher!«

Sie kam kurz vor Mittag, mitsamt dem Proviant, den Emerson

vergessen hatte, begleitet von Lia und Sethos. Emerson stürzte sich förmlich auf sie.

»Der Schutt«, begann er.

»Ja, Emerson, ich weiß. Aber zuerst wird gegessen. Wie du siehst, haben wir einen Gast.«

»Ha.« Emerson musterte den maßgeschneiderten Anzug seines Bruders und dessen makellosen Tropenhelm. »So kann er uns aber nicht helfen ...«

»Heute nicht«, versetzte Sethos launig. »Ich wollte die Damen nur begleiten und mich kurz umsehen. Nicht viel, was einen zu Begeisterungsstürmen hinreißen könnte«, murmelte er nach einem Blick auf die tristen graubraunen Fundamente und Geröllhaufen.

»Wir haben soeben den Beweis erbracht, dass Amenophis I. und seiner Mutter hier gehuldigt wurde«, ereiferte sich Emerson. »Ein Stelenfragment.«

»Wie aufregend«, meinte Sethos gedehnt. »Wenn es eine Statue gewesen wäre ...«

»Hättest du versucht, sie zu klauen«, brauste Emerson auf.

»*Deine* Funde sind vor mir sicher.« Sethos legte die Betonung auf das Pronomen.

Emerson ging geflissentlich darüber hinweg. »Wo sind denn die anderen?«

Seine Frau packte das Mittagessen aus. »Das hab ich dir bereits gesagt. Evelyn und Walter richten sich im Schloss ein. Nefret kümmert sich um einen Patienten, und die Kinder tollen wie üblich herum. Ich dachte, du wolltest mehr Zeit mit ihnen verbringen?«

Der Hieb hatte gesessen. Emerson schloss den Mund und rieb sich schuldbewusst das Kinn. »Mach dir deswegen keine Sorgen.« Dann brüllte er so laut, dass alle zusammenfuhren: »Selim! Mittagspause! Eine Viertelstunde!«

Sie aßen noch, als ein weiterer Reiter näher kam. Es war Cyrus Vandergelt, der seine Stute zum Trab anspornte und einen riesigen Umschlag schwenkte. Er saß hastig ab und stürmte zu ihnen.

»Das kam gerade von Lacau«, keuchte er. »Es muss eine Aufstellung der von ihm gewünschten Objekte sein. Seht euch den dicken Umschlag an! Ich hatte nicht die Nerven, ihn zu öffnen, ich brauche moralische Unterstützung.«

»Mensch, reißen Sie sich zusammen.« Emerson nahm ihm den Umschlag ab und riss ihn auf.

Der Papierstapel war wirklich frustrierend dick. Emerson ging die Seiten durch. »Er will die Särge und die Mumien. Mhm, das war zu erwarten. Die Robe, die Martinelli restauriert hat, die Kisten mit den noch nicht präparierten Gewändern, die Kanopen-Gefäße ...«

»Alle?«, brüllte Cyrus empört.

»Hmmm«, bekräftigte Emerson. Überzeugt, dass es schneller ginge, wenn er nur die Gegenstände vorlas, die Lacau nicht wollte, wechselte er dazu über. »Die Hälfte der Uschebtis – natürlich nach seiner Wahl – drei kleine Kosmetiktiegel ohne Inschriften, eine Elfenbeinspange ...«

Alle warteten mit angehaltenem Atem, bis er geendet hatte: »Zwei Perlenarmbänder und zwei Ringe.«

Stöhnend sank Cyrus auf einen Säulenstumpf.

»Verdammtes Pech«, sagte Ramses mitfühlend, unterdessen tätschelte seine Mutter dem niedergeschlagenen Amerikaner die Schulter.

»Er schreibt, er ist ungemein großzügig«, berichtete Emerson nach Lektüre des beigefügten Briefes. »Von Rechts wegen könnte das Museum alles beanspruchen. Nach Tetischeri ist dies die einzige entdeckte Fürstenbestattung, und das Museum besitzt nur wenige Stücke aus dieser Periode.«

»Es handelt sich doch um eine Umbettung«, wandte Bertie ein. »Ändert das nichts an der Sachlage?«

»Lacau formuliert die Bestimmungen. Er wünscht, dass wir mit dem Packen der Objekte anfangen. Für den Transport schickt er eigens einen Regierungsdampfer.«

»Warum nicht mit der Bahn?«, forschte Bertie.

»Die Bruchgefahr wäre zu hoch«, erwiderte Ramses. »Auf einem Schiff werden sie weniger durchgerüttelt. Wann trifft der Dampfer ein?«

»Das schreibt er nicht.«

»Soll er doch seinen verfluchten Dampfer schicken«, stieß Emerson zwischen zusammengebissenen Zähnen hervor. »Dann kann er hier sitzen und Däumchen drehen, bis wir fertig sind, denn das Arbeitstempo bestimmen wir.«

»Nein.« Cyrus erhob sich schwerfällig. »Was sollte das bezwecken? Wir können es ebenso gut hinter uns bringen, je eher, desto besser. Ich weiß, ich kann auf Sie zählen, Amelia.«

»Aber sicher, Cyrus«, erwiderte sie. »Wir helfen natürlich alle.«

Emersons dunkle Brauen zogen sich unheilvoll zusammen. »Keine falschen Versprechungen, Peabody!«

»Niemand erwartet von dir, dass du dich zu Kulidiensten herablässt«, erklärte sie ihm. »Das ist wie üblich Frauenarbeit. Wenigstens haben wir diese Sache dann aus dem Kopf. Ich glaube, wir haben noch die Verpackungsmaterialien, die wir für den Transport ins Schloss verwendet haben. Morgen Früh fange ich an, gemeinsam mit Lia und Evelyn, und Nefret, wenn sie keine Patienten hat.«

»Du denkst aber auch an alles«, schmunzelte David, während Emerson verdrossen vor sich hin murmelte. »Was ist mit mir, Tante Amelia? Ich bin recht geschickt bei dieser Art von Frauenarbeit.«

»Ja, mein Schatz, das bist du. Also gut, Sennia macht auch mit; unter Aufsicht, sie kann die unempfindlicheren Objekte verpacken. Und Maryam, wenn sie möchte.«

»Begleiten Sie mich doch jetzt zum Schloss«, drängte Cyrus. »Wir könnten schon einmal anfangen.«

»Ich habe heute Nachmittag anderes vor, Cyrus. Da ist diese kleine Sache mit Martinellis sterblichen Überresten.«

9

Wir müssen irgendwas mit ihm machen«, beharrte ich, nachdem Emerson die Flüche ausgingen. »Es wäre pietätlos, ihn auf der Wache liegen zu lassen. Ich habe Pater Benedict gebeten, das Nötige zu veranlassen und uns heute Nachmittag auf dem Friedhof zu treffen. Als Italiener war Martinelli vermutlich römisch-katholisch.«

»Ich bezweifle, dass er an etwas anderes glaubte als an seinen eigenen Vorteil«, murmelte Sethos.

»Vielleicht hat er es am Ende bereut«, sagte ich entschieden. »Wir müssen ihm die Gunst des Zweifels gewähren. Ihr anderen braucht nicht mitzukommen, aber ich muss hingehen.«

»Ich weiß nicht, wie du das schaffst, Tante Amelia.« Lia schüttelte ihren Lockenkopf. »Ich bewundere deine positive Energie, aber ich werde mich lieber ausklinken.«

»Schätze, ich sollte mitkommen«, sagte Cyrus. »Hätte mich persönlich um die Formalitäten kümmern müssen.«

Der einzig weitere Freiwillige war Sethos. In letzter Minute entschied Cyrus – nach ein paar dezenten Hinweisen meinerseits, dass er dem Mann, der ihn brutal ausgeraubt hatte, nicht die letzte Ehre erweisen müsse. Er hatte sich dazu nur bereit erklärt, weil er mich nicht allein hinschicken wollte. »Sie behalten sie im Auge«, sagte er zu Sethos. »Lassen Sie sie nicht allein auf Erkundungstour gehen.«

»Warum sollte ich sonst mitgehen?«, so Sethos' rhetorische Frage.

Der kleine christliche Friedhof, an der Straße nach Karnak,

wirkte etwas gepflegter als bei der letzten von mir besuchten Bestattung. Entsetzt über die vernachlässigten Gräber und die Tiere, die dort hausten, hatte ich ein Komitee gebildet. Meine Freundin Marjorie hatte den Vorsitz übernommen und sich mächtig ins Zeug gelegt: Die Gräber waren vom Unkraut befreit, die Grabsteine wieder aufgerichtet. Gegen die wild lebenden Tiere vermochte sie nicht viel auszurichten. Wurden sie verscheucht, schlichen sie sich zurück, sobald wieder Ruhe eingekehrt war. Man musste auf Exkremente und abgenagte Knochen achten. Es war ein trostloser Ort, trotz – oder gerade wegen – der welkenden Blumen auf den Gräbern der Menschen, die Freunde oder Verwandte in Luxor hatten. Blumen hielten nicht lange bei der Hitze. Mein Schatten spendender Sonnenschirm war eine Wohltat. Er war schwarz – nicht weil ich trauerte, sondern aus praktischen Erwägungen. Der Schirm gehörte zu den stabileren Exemplaren.

Der Geistliche erwartete uns bereits, sein unbedeckter Glatzkopf dem gnadenlosen Sonnenlicht ausgeliefert. Er konnte nicht viel mehr tun, als die offiziellen Gebete zu sprechen. Nachher gab ihm Sethos, der die ganze Zeit geschwiegen und lediglich eine entfernte Bekanntschaft mit dem Toten angedeutet hatte, ein paar Münzen.

»Bitte, lesen Sie in Ihrer grenzenlosen Güte doch einige Messen für seine Seele«, sagte er. Erst als wir uns entfernten, untermalt von dem morbiden Geräusch prasselnden Erdreichs auf den schlichten Sarg, versetzte er: »Wenn sie einer brauchen kann, dann Martinelli.«

Ich erwiderte nichts. Ich dachte an verschiedene andere Gräber auf diesem Friedhof – Mahnmale unserer früheren Begegnungen mit dem Verbrechen. Der bedauernswerte junge Alan Armadale und Lucinda Bellingham. Ich hatte sie nicht retten können, aber ich hatte sie gerächt. (Mit einiger Hilfe von Ramses.) Es gab noch eine weitere Grabstätte, und als Sethos zum Ausgang streben wollte, fasste ich seinen Arm und zog ihn zum hinteren Ende des Friedhofs. Sobald wir näher kamen, erhob sich ein wilder Hund von dem verwahrlosten Grab und wich knurrend zurück. Es war ein trächtiges Weibchen.

»Wie passend«, murmelte Sethos. »Warum hast du mich hergeschleift, Amelia?«

»Du hast ihr Grab nie besucht?«

Der von mir umklammerte Arm wurde starr. »Ein Mal. Ich wollte mich persönlich überzeugen, dass sie auch wirklich tot ist. Ich vermute, du hast den Grabstein setzen lassen. Nur mit ihrem Namen? Ist dir kein passender Spruch eingefallen?«

»Da ist einer.« Ich kniete mich hin und bog die staubigen Sträucher auseinander. Unter ihrem Namen waren die Worte eingemeißelt: *Möge sie in Frieden ruhen.*

»Oh Gott.« Er zog mich unsanft hoch und legte seine Arme um mich. »Du bist unglaublich, Amelia. Sie versuchte dich umzubringen und hat einen deiner liebsten Freunde getötet. Wie kannst du ihr das verzeihen?«

Es war eine brüderliche Umarmung, nicht die eines Geliebten, dennoch befreite ich mich so sanft und schnell ich konnte. Bertha hätte da keinen Unterschied gemacht, und ich wollte nichts riskieren, wenn ich auch die altägyptische Vorstellung nicht teile, dass die Seele nahe den sterblichen Überresten verweilt.

»Es ist unsere Christenpflicht, unseren Peinigern zu vergeben«, wandte ich ein. »Das ist freilich einfacher, wenn die fragliche Person tot ist.«

Er lachte heiser und presste eine Hand vor den Mund. »Weiß Maryam, dass ihre Mutter hier liegt?«

»Keine Ahnung. Wirst du es ihr sagen?«

»Nein ... ich weiß nicht. Verflixt, Amelia, kannst du nicht endlich aufhören, anderen Leuten ins Gewissen zu reden? Ich verzeihe Bertha, was sie mir angetan hat – glaub mir, du kennst nicht einmal die Hälfte davon –, aber nicht, was sie dir und Maryam angetan hat. Können wir jetzt gehen oder hast du noch mehr auf Lager?«

»Nicht für dich.« Ich hakte mich bei ihm ein, und wir wandten uns von dem tristen Grab ab. »Ich glaube, ich muss ein Wörtchen mit Maryam reden.«

Er trat vor einen Haufen Unrat. »Meinst du, sie hat die unsäglichen Vorfälle zu verantworten, mit denen ihr konfrontiert wart?«

»Die Idee ist mir nach der Sache mit der verschleierten Hathor durchaus auch gekommen«, sagte ich, es mit der Wahrheit nicht ganz so genau nehmend. Maryam hatte nicht auf meiner Ausgangsliste gestanden. »Sie war eine von diversen jungen Frauen, die sich womöglich brüskiert fühlen von Ramses ...«

»Gute Güte.« Sethos blieb ruckartig stehen. »Das hast du mir nie erzählt. Muss ich Ramses jetzt wegen Verführung Minderjähriger anzeigen?«

»Du glaubst doch nicht, dass Ramses etwas mit einem vierzehnjährigen Mädchen anfangen würde?«, entrüstete ich mich. »*Sie* hat *ihm* Avancen gemacht. Dir brauche ich sicher nicht zu erklären, dass er sich untadelig verhalten hat.«

»Nein, er ist ein Gentleman«, bekräftigte Sethos mit einem zynischen Lippenzucken. »Tja, durchaus plausibel, aber gewiss kein so starkes Motiv wie Vergeltung am Tod der Mutter.«

»Das habe ich bereits mit ihr erörtert, und ich glaube, dass sie zur Einsicht gelangt ist. Überdies wäre es unmöglich für ein Mädchen gewesen, einen derart komplexen Plan umzusetzen. Sie kann Hathor nicht verkörpert haben, da die neueren Auftritte dieser Dame stattfanden, wenn Maryam mit Ramses zusammen war, und Mrs. Fitzroyce hat mir erzählt, dass sie hier in Luxor waren, als Hathor das erste Mal erschien.«

Die von uns gemietete Droschke wartete am Straßenrand. Ich ließ mir von ihm in den Fond helfen. Nach meiner Einschätzung ist es kein Verrat an den weiblichen Prinzipien, solche Gesten dankbar anzunehmen.

»Wir werden das später diskutieren«, fuhr ich fort, als wir losfuhren. »Mit den anderen. Höchste Zeit für einen kleinen Kriegsrat!«

Aus Manuskript H

An jenem Nachmittag schickte Emerson die Männer eher nach Hause als sonst. Seine Frau war nicht aufgetaucht, genauso wenig wie Nefret.

Ramses begab sich umgehend in die Praxis. Zwei Patienten saßen im Wartezimmer, ein hochschwangeres Mädchen um die vierzehn und ein Kind mit einem fürchterlichen Husten. Nisrin war bei ihnen, sie wirkte sehr professionell mit ihrem fest geknoteten weißen Kopftuch und der an Saum und Ärmeln gekürzten Männer-Galabija. »Nur Misur ist sehr beschäftigt, aber ich lasse dich zu ihr«, verkündete sie.

»Nett von dir.« Ramses ging weiter ins Behandlungszimmer.

Zu seiner Verblüffung war Daoud der Patient. Er grinste Ramses verschämt an, und Kadija, die mit verschränkten Armen vor ihm stand, sagte: »Marhaba, Ramses. Sag diesem Dickschädel, dass er Nur Misur seine Hand zeigen soll. Ich musste ihn drängen herzukommen.«

Da er sich in der Minderheit wusste, gehorchte Daoud.

»Sie muss genäht werden.« Nefret inspizierte die hässlichen Schnitte in seiner Handfläche und auf den Fingerinnenseiten. »Wie ist denn das passiert?«

Daoud murmelte irgendetwas Unverständliches. Kadija sagte: »Jemand hat einen Hegab – ein Amulett – vor dem Haus verloren, und Daoud, dieser Narr, hat ihn aufgehoben.«

»Es war ein schöner Hegab«, protestierte Daoud. »Groß, aus Silber mit roten Steinen. Ich hätte herumgefragt, wer ihn verloren hat. Doch als ich ihn in die Hand nahm, habe ich mich daran geschnitten.«

»Was habt ihr damit gemacht?«, fragte Nefret.

»Ich habe ihn vergraben«, antwortete Kadija. »Es war ein geweihtes Stück, aber zerbrochen. Und an zwei Seiten scharf wie ein Rasiermesser.«

Nefret nahm eine Pinzette und beugte sich über ihn. »Gut, dass du das getan hast. Tief in der Wunde sitzt ein Stück Metall. Zähne zusammenbeißen, Daoud.« Sie setzte das Instrument an und entfernte einen ungefähr zwei Zentimeter langen Metallsplitter. »Gütiger Himmel, Daoud, das muss mächtig wehgetan haben. Warum bist du nicht schleunigst zu mir gekommen?«

»Ich habe doch die Heilsalbe aufgetragen«, verteidigte er sich.

Das sah man. Seine Handfläche war grün.

»Vermutlich hat das eine Infektion vereitelt.« Nefret nickte zu Kadija. »Jetzt wissen wir, warum der Besitzer es weggeworfen hat. Komm, ich sehe kurz nach, ob da nicht noch andere Splitter sind.«

Daoud saß da wie eine riesige bronzefarbene Statue, während sie die Schnittwunden säuberte, vernähte und ihm die Hand verband.

»Der Verband muss täglich gewechselt werden«, erklärte sie Kadija und drückte ihr Verbandmull in die Hand. »Aber dir brauche ich das gewiss nicht zu erzählen.«

»Nein, Nur Misur. Danke.«

»Wie fühlt man sich denn so, wieder im Arztkittel?«, erkundigte sich Ramses, als Nefret ihre Instrumente reinigte und einsortierte.

»Fabelhaft. Ich hätte nicht so lange warten sollen. Nisrin, bitte den nächsten Patienten herein.«

»Machst du das schon den ganzen Tag?«, erkundigte er sich. »Kann ich helfen?«

»Nein, danke. Wenn du etwas Sinnvolles tun willst, dann geh und spiel mit den Kindern.«

Also das ist mein Los, dachte Ramses im Stillen. Babysitter. Die Kinder spielten im Hof. Sein Auftauchen wurde von den anwesenden Erwachsenen mit befreitem Aufatmen, von seiner Tochter mit Begrüßungsjubel aufgenommen. Sie lief mit ausgebreiteten Ärmchen zu ihm, und er hob sie auf.

»Mama ist mit einem armen kranken Mann beschäftigt«, sagte er. Er nahm an, dass sie das wissen wollte. Doch das war noch nicht alles; sie klammerte sich an sein Hemd und drückte ihm die Knie in den Brustkorb. Er kannte diese Geste. Er half ihr auf seine Schultern.

»Höchste Zeit, dass du kommst«, seufzte Lia. »Wie üblich habt ihr Männer uns wieder die schwerste Arbeit aufgebrummt.«

»Ich nicht«, protestierte David. Er krabbelte auf Händen und Knien und ließ Evvie auf seinem Rücken reiten.

»Alle außer dir.«

Die Frauen sahen aus, als hätten sie eine harte Zeit hinter sich. Lias Haar war wild zerzaust, und Evelyn lehnte an dem Sofarücken, die Augen halb geschlossen. Sennia glänzte durch Abwesenheit. Er konnte ihr dies nicht verdenken; unfair zu erwarten, dass sie Kindermädchen spielte. Maryam hatte ebenfalls mitgeholfen. Sie schien weniger erschöpft als die anderen, vielleicht weil sie sich ganz auf Dolly konzentriert hatte. Er saß in ihre Armbeuge gekuschelt. Sie sah von dem Buch auf, aus dem sie ihm vorgelesen hatte, und lächelte zu Ramses.

»Wo sind die anderen?«, fragte er.

»Katherine war zum Mittagessen da«, antwortete seine Tante matt. »Sie hat sich eine Weile mit ihnen beschäftigt, ist dann aber wieder gegangen. Walter rätselt über seinem Papyrus, deine Mutter ist mit Sethos auf einer Beerdigung. Schätze, dein Vater ist immer noch bei seinen verfluchten Ausgrabungen.«

»Eine unverdiente Kritik.« Emerson trat aus dem Haus. »Ich bin entsetzt über deine Ausdrucksweise, meine liebe Evelyn.«

Er vergewisserte sich, dass die Tür fest geschlossen war, dann stellte er sich dem Angriff der Kinder. Charla war bei ihnen; sie warf sich auf den Boden, sobald ihr Großvater auftauchte. »Hattet ihr eine schöne Zeit?«, forschte er.

Evelyn deutete vorsichtig an: »Die Kinder waren sehr aktiv.«

»Sie wirken ein bisschen überdreht«, gestand Emerson nach einem Blick auf die Zwillinge, die seine Beine umklammerten, wobei Evvie versuchte, Charla wegzuschubsen. »Ihr habt sie zu lange eingesperrt. Kinder müssen herumtoben und wollen ständig auf Trab gehalten werden.«

Emerson brauchte weitaus weniger Ruhe als jeder andere normale Mensch. Seine blauen Augen blitzten, und er grinste breit. Er schien nicht zu merken, dass man ihn mit feindseligen Blicken torpedierte.

»Danke, dass du uns darauf hingewiesen hast, Emerson«, konterte seine Schwägerin. »Bestimmt hast du eine Idee.«

»Hmmm. Was haltet ihr von einem Eselritt?«

Der Begeisterungssturm der Kinder fand bei den Erwachsenen keine Erwiderung. Diese Aktivität verlangte genauso viel Einsatz wie die nervtötende Beaufsichtigung. Allerdings scharte Emerson sie alle um sich, und es sollte gerade losgehen, als seine Frau und Sethos zurückkamen.

»Höchste Zeit, dass ihr hier mal helft«, rief Emerson den beiden zu. »Wo wart ihr so lange?«

»Ich war in der Praxis, wollte sehen, ob Nefret meine Hilfe braucht«, versetzte seine Gattin.

Sethos fixierte seine Tochter, die neben Evvie hertrottete und das Kind festhielt. Evvie wollte aber nicht festgehalten werden und sagte ihr das klipp und klar. Maryam lachte. »Dann mach nicht so schnell. Ich halte dich nicht fest, wenn du den armen Esel Schritt gehen lässt.« Sie schien genauso viel Spaß zu haben wie die Kinder, und Sethos' harte Züge entspannten sich merklich.

Die Esel signalisierten erste Anzeichen von Unmut. »Genug«, brüllte Emerson und hob Davy von dessen Reittier. Dieses wollte sich keinen Schritt weiter bewegen. »Lauft und ruht euch vor dem Tee noch ein bisschen aus, ja?«

»Sie nicht, aber ich«, meinte Lia. »David?«

»Ich habe Maryam eine Reitstunde versprochen«, sagte David. »Sie war wunderbar zu Dolly.«

»Er ist ein so lieber kleiner Junge«, meinte Maryam, über sein Lob errötend. »Ihm vorzulesen ist ein Vergnügen, er hört genau zu und stellt intelligente Fragen. Ich brauche wirklich keine Belohnung, und du musst müde sein und ...« Ihre glatten Wangen wurden noch rosiger. »Ich gestehe, ich habe Angst vor Pferden.«

»Umso mehr Grund, sich an sie zu gewöhnen«, fand ihr Vater. »Meinst du nicht auch, Amelia?«

»Auf jeden Fall«, lautete die schroffe Antwort. »Unsere Pferde sind absolut gehorsam.«

»David, wenn du willst, übernehme ich das für dich«, schlug Ramses vor. »Du warst länger mit den Kleinen zusammen als ich.«

David grinste und fuhr sich mit den Fingern durch die zerzausten Locken. Evvie hatte seine Haare als Zaumzeug benutzt. »Von mir aus gern. Du reitest sowieso besser als ich. Sie kann Asfur nehmen.«

»Ich hab nicht die richtigen Sachen an«, maulte Maryam.

»Du musst nicht reiten, wenn du nicht magst«, stärkte Lia ihr den Rücken. »Aber du kannst dir gern meine Reitgarderobe ausleihen. Ich weiß bloß nicht, wie wir das mit den Stiefeln machen sollen, deine Füße sind winzig. Vielleicht passen dir die von Sennia.«

Nach einem Abstecher in die Küche ging Ramses in den Stall, wo sein Vater und Sethos die Pferde inspizierten. »Großartige Tiere«, sagte Letzterer. »Schon mal daran gedacht, eins zu verkaufen?«

»Dir?«, fragte Emerson misstrauisch. »Wofür?«

»Zum Reiten«, erklärte sein Bruder.

Bevor Emerson eine passende Retourkutsche einfiel, gesellten sich die Mädchen zu ihnen. Von der Reitkappe bis zu den Stiefeln – Sennias, vermutete Ramses – war Maryam angemessen gekleidet und sah sehr hübsch aus.

Allerdings war sie von Asfur überhaupt nicht begeistert. »Sie ist so groß«, sagte sie und wich zurück, als Davids Stute sie sanftmütig anschaute. »Gibt es denn nichts Kleineres?«

Emerson, der sie begleitet hatte, schnalzte beschwichtigend und sah aus, als wollte er ihr über den Kopf streicheln. Selbst Sethos grinste nicht so ironisch wie sonst. »Araber sind kleiner als die meisten anderen Rassen«, erklärte Ramses. »Und Asfur ist wirklich lammfromm.«

»Was ist mit diesem?«, erkundigte sich Maryam, als sie an den Boxen vorbeigingen.

Die junge Stute, eine Enkelin des ursprünglichen Zuchtpaares, hob forschend die Nüstern über das Gatter. Sie war reinweiß und wie alle Araber zutraulich wie eine Hauskatze.

»Ich weiß nicht«, meinte Emerson gedehnt. »Sie ist jung und noch ein bisschen übermütig. Was ist mit Moonlight?«

»Kann ich nicht auf dieser Stute reiten?« Maryam giggelte, da das Stutenfohlen seine Nüstern an ihrer Bluse rieb. »Sie mag mich.«

»Sie möchte einen kleinen Leckerbissen.« Ramses gab ihr eins von den Zuckerstücken, die er sich in der Küche besorgt hatte. »Das geht schon in Ordnung, Vater. Ich habe Melusine selbst eingeritten. Sie kann Nefrets Sattel nehmen.«

Der Stallbursche, der belustigt gelauscht hatte, half ihnen beim Satteln und Aufzäumen der jungen Stute, von Risha und von Emersons Hengst, denn Sethos wollte sich ihnen anschließen.

Er half dem Mädchen in den Sattel und gab ihr ganz nebenbei

ein paar Ratschläge. »Lass die Zügel locker und entspann dich. Sie ist eine leichte Hand gewöhnt – stimmt's, Ramses?«

Sie ließen die Pferde ein paar Mal auf und ab gehen, dann ritten sie zur Straße nach Kurna. Um diese Tageszeit war diese recht belebt, mit Fußgängern, Eseln und Karren. Maryam schrie entsetzt auf, als ein Kamel auf sie zusteuerte, sein langes Gesicht unsagbar hochmütig.

»Lass die Zügel locker«, wies Ramses sie an. »Sie kennt Kamele und weicht ihnen aus. Du machst das sehr gut.«

Nachdem sie das Kamel glücklich hinter sich gelassen hatte, entkrampfte sich Maryam. »Das macht Spaß. Können wir nicht schneller reiten?«

»Nicht in diesem Gewühl«, erwiderte Ramses. Je näher sie Kurna kamen, umso mehr Leute trafen sie. Sie wichen höflich aus, winkten und grüßten. Sethos ritt hinter ihnen. Unvermittelt schrie Maryam: »Seht mal! Dieser Mann da ...«

Sie deutete dorthin. Bevor Ramses den Mann ausmachen konnte, ging die junge Stute durch.

Ramses brauchte ein paar Sekunden, ehe er sich wieder gefasst hatte und ihnen folgte. Melusine hatte den Weg verlassen und galoppierte linkerhand in die offene Wüste. Risha hatte keinerlei Schwierigkeiten, aufzuholen und mit ihr Schritt zu halten. Ein rascher Blick sagte Ramses, dass Maryam die Zügel hatte fallen lassen und den Sattelknauf umklammerte. Er lehnte sich zur Seite und umschlang ihre Taille.

»Nimm die Füße aus den Steigbügeln!«, gellte er.

Sie hatte sie ohnehin verloren. Er hob das Mädchen hoch und auf seinen Sattel. Auf seine Berührung hin verlangsamte Risha sofort das Tempo und blieb stehen. Der Hengst preschte vorbei; wohl wissend, dass seine Tochter in Sicherheit war, verfolgte Sethos das Stutenfohlen.

»Du tust mir weh«, sagte eine schwache Stimme.

Ramses atmete tief aus und lockerte seinen festen Griff. »Tut mir Leid, aber es musste sein.«

»Ich weiß.« Sie lehnte sich an seine Schulter und hob das gerötete, staubige Gesicht zu ihm. Ihre Augen waren rot gerändert, aber sie weinte nicht. »Danke. Wo ist das Pferd?«

»Dein Vater hat sie. Maryam, es tut mir schrecklich Leid; ich hab keine Ahnung, wieso sie durchgegangen ist, das hat sie noch nie gemacht.«

»Ich muss dir etwas sagen. Ich habe sonst nie Gelegenheit, mit dir allein zu reden ...« Als er erstarrte, fuhr sie aufgeregt fort: »Nein, nein, es ist nicht, was du denkst. Ich wollte mich entschuldigen für den einen Tag, als ich bei dir hereingeplatzt bin und versucht habe ...« Sie errötete bis zu den Haarwurzeln. »Ich habe dich in eine peinliche Situation gebracht und mich zur Idiotin gemacht, aber ich war erst vierzehn und jetzt weiß ich, dass ...«

Er versuchte ihr aus der Klemme zu helfen. »Dass ich den Wirbel nicht wert war.«

»Aber nein. Du bist ein wunderbarer Mann; jede Frau wäre glücklich ... Du foppst mich, nicht?«

»Ein bisschen. Schwamm drüber, Maryam.«

»Wenn ich dich jetzt zusammen mit Nefret sehe, weiß ich, dass ihr für einander bestimmt seid.« Die langen Wimpern senkten sich über ihre außergewöhnlichen braunen Augen. »Ich möchte, dass wir Freunde sind. Geht das?«

»Na klar.«

Sethos kam mit der Stute zurück. »Alles in Ordnung mit dir, Maryam?«

»Ja, Sir. Dank Ramses.«

»Ja, eine wirklich spektakuläre Vorstellung«, bekräftigte Sethos. Das süffisante Grinsen hätte Ramses ihm am liebsten aus dem Gesicht geprügelt.

»Sie scheint sich beruhigt zu haben.« Ramses inspizierte das Tier. »Ich habe keine Ahnung, weshalb sie durchgegangen ist.«

Sethos lenkte beider Augenmerk auf eine Blutspur an Melusines rechter Flanke. »Deshalb. Man hat mit einem scharfen Gegenstand darauf gezielt.«

Maryam schlug sich mit der Hand vor den Mund. »Der Mann. Ich habe ihn gesehen, kurz bevor sie losgaloppiert ist. Es war derselbe Mann, der mich vor kurzem angegriffen hat.«

* * *

»Ein weiterer Vorfall für die Liste«, sagte ich. Unser Kriegsrat war komplett. Ich hatte auf vollzähliges Erscheinen gepocht, für den Fall, dass jemand Informationen beisteuern könnte, die andere nicht hatten. Fatima saß unbehaglich auf einer Stuhlkante. Sie hätte uns viel lieber umschwirrt und Essen serviert. Kadija fehlte als Einzige. Sie hätte in Gesellschaft anderer ohnehin nichts gesagt.

»Jetzt haben wir also auch noch einen Verrückten mit einem Blasrohr?« Ramses stapfte wütend auf und ab, die Hände hinter dem Rücken verschränkt.

»Ein Projektil, das auf alle möglichen Arten geschossen worden sein kann«, korrigierte Sethos. »Das Ding war pfeilspitz und drang ungefähr drei Zentimeter tief ein.«

»Also, was haben wir bislang?« Ich nahm einen kräftigenden Schluck Whisky und las die Aufstellung laut vor:

1. *Der Diebstahl des Schmucks und der Mord an Martinelli*
2. *Die verschleierte Hathor von Kairo*
3. *Das gekenterte Boot*
4. *Der erste Angriff auf Maryam*
5. *Das zweite Erscheinen von Hathor*
6. *Der zweite Angriff auf Maryam*

»Die Liste ist unvollständig«, brummte Emerson, an seinem Pfeifenmundstück kauend. »Wir waren uns doch einig, dass wir jeden ungewöhnlichen Zwischenfall aufnehmen, selbst wenn es eine logische Erklärung dafür geben könnte, oder?«

»Sehr gut, Emerson.« Ich nickte anerkennend. »Deshalb wollte ich ja, dass alle kommen, um sicherzustellen, dass wir nichts vergessen haben. Lasst eurer Fantasie freien Lauf. Spekuliert nach Herzenslust, egal, was dabei herauskommt.«

Weitere Anregungen ließen nicht lange auf sich warten: Der Schuss, der Selim um ein Haar verfehlt hatte, Daouds Verletzung von dem Hegab, die Skorpione in seinem Haus – sogar die Kobra in Deir el-Medina.

»Gute Güte«, bemerkte ich nach Durchsicht der überarbeiteten Liste. »Entweder ist unsere Fantasie mit uns durchgegangen, oder wir waren fürchterlich begriffsstutzig. Ich gestehe allerdings, dass ich kein logisches Handlungsmuster erkennen kann.«

»Nein?« David hatte seine Pfeife herausgeholt. »Immer vorausgesetzt, all diese Vorfälle stehen in Zusammenhang, dann ist doch eines auffällig: Die Einzigen, die man tätlich angegriffen hat, sind Daoud, Selim und Maryam.«

»Wie sonderbar«, entfuhr es mir. »Für gewöhnlich zielen solche Angriffe direkt auf uns. Natürlich berühren uns die Gefahren, die unsere Lieben bedrohen ...«

Werte Leser, kennen Sie das Gefühl, wenn man einen unterschwelligen Gedanken fassen will – etwas, das noch nicht recht ins Bewusstsein vorgedrungen ist? Ich war eben dabei, als Emerson sich zu Wort meldete.

»Ein schwerer Schlag, was, Peabody? Deine Lieblingsmethode, Kriminelle zur Strecke zu bringen, besteht schließlich darin, sie zu Attacken auf dich zu provozieren. Wir sind völlig ungeschoren aus dieser Sache herausgekommen; selbst die verschleierte Hathor wollte nur – äh – ich meine ...«

»Aber was kann die Verbindung zwischen Maryam, Daoud und Selim sein?« Ramses, der betreten zu seiner Frau spähte, wechselte geistesgegenwärtig das Thema.

»Jedenfalls finde ich keinen gemeinsamen Nenner«, gestand ich. Der vage Gedanke hatte sich erneut in die Tiefen meines Unterbewusstseins geflüchtet. Ich verfolgte ihn nicht weiter. »Lasst uns eine andere Methode anwenden. Was wissen wir über den Widersacher?«

»Er hat eine Waffe und er ist ein guter Schütze«, entgegnete Ramses. »Das lässt auf einen Mann schließen, aber die verschleierte Hathor war offenkundig eine Frau. Ich fürchte, das führt zu nichts; schließlich können wir es mit mehreren Beteiligten zu tun haben.«

»Eine Bande«, murmelte ich. »Wie ärgerlich. Ich ziehe Einzeltäter allemal vor.«

»Wie könnt ihr nur so abgeklärt reden?« Maryams Blick wanderte von einem zum anderen. Sie saß dicht neben ihrem Vater, eine Haltung, die die meisten Männer dazu bewogen hätte, tröstend den Arm um sie zu legen. Sethos allerdings nicht, trotzdem schienen sich die beiden näher zu kommen. Sie hatte sich an besagtem Nachmittag gut gehalten, Melusine (die auf dem Rückweg lammfromm gewesen war) erneut bestiegen und kein Wort über irgendwelche Schmerzen verloren. Mit stählernem Griff auf einen harten Sattel gepresst zu werden, hinterlässt nämlich Blessuren an den empfindlichsten Körperteilen.

»Das ist so Mutters Art«, erklärte Nefret leichthin. »Sie erwartet, dass wir alle Contenance zeigen. Maryam, fällt dir wirklich niemand ein, der dir eins auswischen will? Ich möchte dir nicht zu nahe treten, aber ...«

»Nein.« Maryam schüttelte den Kopf und sah Nefret fest an. »Wenn ich die letzten zwei Jahre Revue passieren lassen soll ...«

»Nein«, sagte Sethos grob.

»Nein«, bekräftigte ich. »Wir sind auf der Suche nach einem gemeinsamen Nenner, ein Motiv, das auch die Aktionen gegen Daoud und Selim erklären würde. Maryam war nicht mehr in Ägypten seit ...«

Da war es wieder. Es schoss mir blitzartig durch den Kopf und war wieder weg. Die anderen nutzten mein Schweigen und diskutieren weiter. David machte Vorschläge, wie die gesammelten Fakten miteinander in Bezug gebracht werden könnten. Ein solches »Raster« schloss mögliche Unfälle aus, gleichwohl blieb eine Reihe von scheinbar unzusammenhängenden Vorfällen, die sich nicht so einfach abhandeln ließen: die verschleierte Hathor, der Schmuckdiebstahl, der Mord an Martinelli und die mutwillige Zerstörung des Bootes – die, wie Emerson optimistisch formulierte, womöglich gar nicht gegen Daoud gerichtet gewesen war. Ein anderes Schema wertete Juwelenraub und Mord als zufällige, voneinander unabhängige Kriminaldelikte; ein weiteres entfernte Hathor von der Auflistung, weil dahinter, wie David süffisant betonte, persönliche Animositäten stecken könnten.

Dies gefiel Ramses überhaupt nicht. Er hatte sein nervöses Auf und Ab wieder aufgenommen. »Wir können weder sie noch Martinelli eliminieren«, erklärte er hitzig. »Jede dieser Theorien klingt so plausibel wie die andere. Es muss einen Zusammenhang geben. Wir haben ihn nur noch nicht erkannt, das ist alles.«

»Tja, ich sehe ihn jedenfalls nicht«, betonte Cyrus. »Sind Sie einverstanden, Amelia, wenn wir es für heute dabei bewenden lassen?«

»Selbstverständlich. Wenn Ihnen noch etwas einfällt, dann benachrichtigen Sie mich bitte.«

»Wenn ich mich nicht täusche, haben Sie alles auf Ihrer Liste vermerkt.«

Er irrte – genau wie ich. Wir hatten einen »ungewöhnlichen Zwischenfall« übersehen, der sich als Schlüssel zu dem ganzen Geheimnis entpuppen würde. Falls meine scharfsichtigeren Leser diesen ausgemacht haben, muss ich ihren Höhenflug dämpfen, schließlich lesen sie entspannt in diesem Tagebuch, während ich mich mit vier aktiven Kindern, einem unberechenbaren Schwager, einer archäologischen Exkavation und zig Haushaltsdingen auseinandersetzen muss. Ganz zu schweigen von Emerson.

Aus Manuskript H

Laub raschelte unter ihren Füßen, als sie über den dämmrigen Pfad zu ihrem Haus zurückschlenderten.

Die Große Katze des Re sprang ihnen voraus. Ab und an blieb er stehen und spähte in die Dunkelheit. Manchmal machte er einen Satz ins Gebüsch, dann wieder saß er reglos da, dass sie fast über ihn stolperten.

»Wir brauchen mehr Licht hier«, sagte Nefret und fasste seinen Arm.

»Oder eine verlässlichere Katze. Verdammt, er hat etwas gefunden. Hoffentlich keine Schlange.«

»Nachts rollen sie sich in ihren Schlupflöchern ein«, wandte Nefret ein. »Du brauchst ihn gar nicht erst zu rufen, Ramses, er hört sowieso nicht.«

»Warte einen Augenblick.«

»Warum?«

Er zeigte ihr, warum; er umarmte sie zärtlich, während sein Mund über ihr Gesicht glitt, bis er ihre Lippen gefunden hatte. Sie teilten sich, willig und warm, ihre Hände zausten sein Haar.

Nach einem langen Augenblick flüsterte sie: »Fang nichts an, was du nicht beenden kannst.«

»Das kann ich immer noch, aber lass uns für eine Weile hier sitzen bleiben. Es ist eine herrliche Nacht, und wir haben weiß Gott nicht viel Gelegenheit zum Alleinsein.«

Er setzte sich auf eine nahe Bank und hob Nefret auf seinen Schoß. Der Wind spielte mit ihren Haaren. Eine Strähne streifte beinahe kosend seine Wange. Zwischen Küssen erzählte er ihr all das, was er fühlte, aber selten sagte, und sie reagierte mit leise gehauchten Zärtlichkeiten.

Der Schrei, der den Zauber brach, war scharf und schrill und sehr menschlich. Ramses sprang auf, ließ Nefret hinunter und schob sie hinter sich, unterdes fixierte er das Gebüsch.

»Wer ist da?«, rief er, vergeblich nach seinem Messer tastend.

Sie kam hinter einem Rosenstrauch hervor, ein undefinierbarer Schatten in der Dunkelheit – inzwischen hatte er sie an der Stimme erkannt. Hinter ihm zischte Nefret: »Hölle und Verdammnis!«

»Ich tu dir schon nichts«, sagte Ramses mit erstickter Stimme. Er musste gegen seinen aufwallenden Zorn ankämpfen. Wie lange hatte das unsägliche Mädchen schon in seinem Versteck gelauscht?

»Der Kater war schuld«, entschuldigte sich Maryam. »Ich bin spazieren gegangen, die Nacht ist herrlich, und er hat mich angesprungen und fürchterlich erschreckt ... es tut mir Leid.«

Die Große Katze des Re war ihr mit triumphierend aufgestelltem Schweif gefolgt. Diesmal hatte er eine besonders große Beute gestellt.

»Es ist ja nichts passiert«, beschwichtigte Ramses. »Aber du solltest nachts nicht allein umherstreifen.«

»Entschuldigung. Ich werde so was nicht mehr machen. Ich wollte doch nur ...«

»Gute Nacht«, sagte Nefret.

»Gute Nacht.« Fluchtartig stolperte sie davon, beide Hände vor das Gesicht gepresst.

Die Große Katze des Re rieb sich erwartungsvoll an Nefrets

Wade. »Oh ja, gut gemacht«, lobte sie. »Wie viel hat sie aufgeschnappt, was meinst du?«

»Sie hätte noch mehr mitbekommen, wenn der Kater nicht eingeschritten wäre«, grummelte Ramses. »Und auch mehr gesehen. Ich komme mir vor wie ein Idiot.«

»Das hat man dir aber nicht angemerkt, Schätzchen«, meinte Nefret. »Besser wir gehen jetzt.«

»Ja. Verdammter Kater«, versetzte er undankbar.

»Sei nicht ungerecht, er ist ein großartiges Tier.«

Die Große Katze des Re folgte ihnen gemächlich ins Haus, sodass sie warten und ihm die Tür aufhalten mussten. Er strebte in die Küche.

»Ja, er ist das prachtvollste und dabei nutzloseste Exemplar, das wir je hatten. Möchtest du vielleicht noch ein Glas Milch?«

Statt einer Antwort gähnte sie. Lachend umarmte er sie. »Dann komm ins Bett. Ich möchte beenden, was ich angefangen habe, trotz der Unterbrechung, oder bist du zu müde? Ich wünschte fast, du hättest diese Praxis nicht aufgemacht, du arbeitest zu viel.«

»Ich liebe meine Arbeit, das weißt du. Aber der liebe alte Onkel Sethos geht mir auf die Nerven.«

»Ich dachte, du magst ihn.« Er schloss die Tür zu ihrem Schlafzimmer. Nefret setzte sich an den Toilettentisch und zog die Haarnadeln aus ihrer Frisur.

»Das tue ich auch. Aber wenn er in der Nähe ist, fühle ich mich wie eine Katze in einer Kairoer Gasse, die nach allen Seiten gleichzeitig Ausschau halten muss. Wie hat el-Gharbi es umschrieben? Er wandelt unter gezückten Messern – und sie folgen ihm auf Schritt und Tritt?«

»Was man von uns auch behaupten kann. Dieses Mal ist er sozusagen ins offene Messer gelaufen.«

Sie antwortete nicht. Der rasche, feste Bürstenstrich und das energische Schütteln ihrer goldenen Locken bewiesen ihm, dass sie nicht zum Scherzen aufgelegt war.

»Wenn das geklärt ist«, hob er an. Eine innere Stimme höhnte: Ach, überhaupt kein Problem. Wir klären den Mord an Martinelli auf, finden den gestohlenen Schmuck, den Ganoven, der Daouds Boot manipuliert hat und die Verrückte, die sich für Hathor hält ...

»Wenn das alles geklärt ist«, fuhr er nach einer kurzen Pause fort, »warum fahren wir dann nicht einfach ein paar Tage weg, nur wir zwei?«

»Und was ist mit den Kindern?« Nefret öffnete eine Schublade und nahm ein Nachthemd heraus.

»Hier sind genug Leute, die sich um sie kümmern.«

In diesem strategisch ungünstigen Augenblick durchtrennte ein haarsträubender Schrei die Stille. Nefret schrak zusammen und ließ das Nachthemd fallen. Ramses griff nach seinem abgestreiften Hemd und zog es rasch wieder über. »Ich gehe«, sagte er. Charla hatte wieder einmal Albträume. Derartige Schreie bohrten sich direkt in das elterliche Nervensystem.

Elia, das Kindermädchen, schlief im selben Zimmer. Die Kinder mochten die kompetente junge Frau, allerdings vermochte sie Charla in solchen Momenten nicht zu beruhigen. Sie war an der Tür, als Ramses kam, und rang verzweifelt die Hände.

Ramses nahm das schreiende Kind auf und schmiegte es an sich. Wimmernd klammerte sie sich an ihn. »Sscht«, wisperte er. »Es ist alles gut, Schätzchen, ich bin ja da.«

Er hatte die Tür offen gelassen. Als er eilige Schritte vernahm, drehte er sich um, da er mit Nefret rechnete. Es war Maryam, ihre Miene besorgt. Sie hatte sich nicht einmal die Zeit genommen, einen Morgenmantel überzuziehen. Das sie umschmeichelnde Seidennachthemd musste Nefret gehören, es war beileibe nicht die Art von Garderobe, die man als Gesellschafterin alter Damen trug.

»Was ist denn los?«, fragte sie. »Ich habe sie gehört – die arme Kleine – kann ich irgendwas tun?«

»Nein.« Nefret schob sie beiseite. »Geh ins Bett, Maryam, oder zieh dir etwas über.«

Ramses fand, dass ihre Stimme unnötig grob klang. Er lächelte Maryam zu. »Nett von dir, gleich zu kommen. Wie du siehst, hat sie sich schon wieder beruhigt.«

Nefret ging zu Davy, der kerzengerade im Bett saß, das blonde Haar wirr, seine Hände auf die Ohren gepresst. Anders als seine Schwester war er ein Tiefschläfer, den so leicht nichts erschütterte. Als er seine Mutter erblickte, nahm er eine Hand von den Ohren und deutete zum Fenster.

»Hat sie irgendwas gesehen?«, forschte Ramses. »War etwas am Fenster?«

Ihm war bewusst, dass beide Kinder keine aufschlussreiche Antwort liefern würden, trotzdem gab er die Hoffnung nicht auf. Nur manchmal, wie eben jetzt, regten ihn seine mundfaulen Zwillinge fürchterlich auf. Traum hin oder her, sie hatte irgendetwas wahrgenommen, und er hätte effizienter damit umgehen können, wenn sie ihm bloß mitteilen würde, was es gewesen war.

Davy plapperte hilfsbereit drauflos, und Charla, die inzwischen nurmehr schniefte, räkelte sich in seinen Armen. Sie war über das Schlimmste hinweg. Er legte sie wieder in ihr Bettchen. Elia reichte ihm erleichtert lächelnd ein Taschentuch. Er wischte Charla Augen und Nase und strich ihr die zerzausten Locken aus dem Gesicht.

»Sag Papa, was es war«, murmelte er sanft.

Sie erklärte es ihm langatmig und mit Gesten. Irgendwie hatte es mit dem Fenster zu tun. Ihr Bett stand darunter, aber bestimmt hatte sie geträumt; es war verriegelt, die Vorhänge geschlossen.

Ramses zog den Vorhang beiseite und schaute hinaus. Das Fenster war unverglast und nur mit einem Insektennetz bedeckt. Das Mondlicht erhellte die entfernten Hügel und die Sandverwehungen auf dieser Seite des Hauses. Nichts bewegte sich.

»Alles fort.« Er beugte sich über seine Tochter. »Ich habe es verscheucht, und es kommt nie wieder her. Niemand kann dir etwas tun. Schlaf jetzt.«

Er bekam einen feuchten Kuss und wurde von Davy geherzt, der mittlerweile hellwach und munter war. Er umarmte seine Mutter und streckte die Händchen nach Maryam aus.

»Darf ich?«, fragte sie verlegen.

»Ja, sicher«, erwiderte Ramses. »Tut mir Leid, dass sie dich gestört hat.«

»Ich hätte nicht hier hereinplatzen dürfen«, murmelte sie.

»Aber sie hat so jämmerlich geweint. Ich habe gar nicht nachgedacht. Gute Nacht, ihr beiden Schätzchen.«

Charla reagierte mit einem schläfrigen Seufzer. Davy hätte zwar gern noch geplaudert, kniff Mund und Augen aber fest zu und giggelte, weil das zu diesem Spiel gehörte.

Die Albträume hatten sich erst vor kurzem eingestellt. Nach Aussage von Ramses' Mutter – der ultimativen Autorität – litten viele kleine Kinder darunter und kamen später darüber hinweg.

Das war ja alles schön und gut, gleichwohl schwante Ramses, dass die Chancen für einen romantischen Urlaub derzeit schlecht standen. Er bildete sich beileibe nicht ein, dass er Charla als Einziger zu trösten vermochte; er war nur zufällig jedes Mal der Erste an ihrem Bett, und die gutherzige Elia verstand einfach nicht, dass das kleine Mädchen eine feste Umarmung und beruhigende Worte brauchte. Sein Vater oder David – oder auch seine Mutter – hätten vermutlich ebenso effektiv gehandelt. Trotzdem wäre es unvertretbar, einen von ihnen zu bitten, im Nebenraum zu schlafen, während er und Nefret verreisten.

Es dauerte eine Weile, bis Nefret wieder in der Stimmung von vor der Störung war. Sie war über irgendetwas wütend – er kannte die Anzeichen, verstand sie aber nicht.

* * *

Die Fantasia sollte erst am Abend beginnen, trotzdem hatte Emerson seinen Männern zähneknirschend den ganzen Tag frei gegeben. Selim und Daoud und die anderen wollten in Kurna ein Fest geben, von dem man noch lange reden würde. Das ganze Dorf war fieberhaft beschäftigt, und keiner hegte auch nur die leiseste Absicht, an diesem Tag im Grabungsgelände zu arbeiten. Das Automobil stand blitzblank poliert vor dem Haus. Selim hatte es stundenlang geputzt und gewienert.

Nach dem Frühstück sammelte Ramses' Mutter ihre Truppen und nahm sie mit ins Schloss, um die Artefakte einzupacken. Sie wies Emersons halbherziges Angebot mitzukommen zurück – »Du stehst ohnehin bloß murrend rum und dozierst« –, und Sethos gab dringende Geschäfte in Luxor vor. Cyrus erwartete sie bereits; die Verpackungsmaterialien standen schon in den Ausstellungsräumen, ein ortsansässiger Zimmermann nagelte Kisten zusammen. Ramses war klar, warum Cyrus die Sache hinter sich bringen wollte. Es war der reinste Psychoterror für ihn, die erlesenen Stücke zu sehen und dabei zu wissen, dass er sie nicht behalten durfte. Theoretisch war Ramses mit seinem Vater einer Meinung, dass die ägyptischen Kunstschätze nach Ägypten gehörten, doch Cyrus' Armesündermiene ließ in ihm den Wunsch aufkeimen, dass Lacau ruhig ein bisschen großzügiger hätte sein können.

Sie begannen mit den kleineren und unempfindlicheren Objekten – den Marmor- und Metallgefäßen. Selbst diese wurden in Watte oder Seidenpapier gewickelt, mit Stroh zwischen den einzelnen Schichten. War eine Kiste gefüllt, nagelten Bertie und David sie zu. Cyrus traute einzig den Anwesenden im Raum. Ramses übernahm gemeinsam mit Lia die Aufgabe, den Inhalt der Kisten aufzulisten.

Einerseits war die Arbeit diesmal einfacher, da sie bereits Übung hatten, andererseits mussten zusätzliche Sicherheitsvorkehrungen für die längere Reise getroffen werden – und, wie Ramses fürchtete, wegen der gewiss unbesonnenen Handhabung. Die Kisten mit den fragileren Objekten, Fayencen und Töpferwaren, wurden mit Schrauben versehen.

Maryam hatte die Exponate noch nicht gesehen. Tief beeindruckt schritt sie von einer Vitrine zur anderen, die Hände hinter dem Rücken, wie ein ängstliches Kind, das nur ja nichts anfassen will. Wie jede andere Frau blieb auch sie lange vor den Juwelen stehen.

»Wie können Sie diese nur abgeben?«, fragte sie Cyrus naiv.

»Mir bleibt keine Wahl, mein Fräulein. Lassen Sie sich ruhig Zeit, so etwas Schönes sehen Sie vielleicht nie wieder.«

»Ich finde es nicht nett von ihm, dass Sie nicht mehr behalten dürfen.«

»Find ich auch«, erwiderte Bertie mit einem bedauernden Grinsen. Er richtete sich auf. »Welches Schmuckstück gefällt dir denn am besten?«

»Ach du meine Güte!« Unbewusst befeuchtete sie die Lippen

mit ihrer rosigen Zunge. Sie streckte ihre Hand aus, schaute schuldbewusst zu Bertie und zog sie zurück. Er lachte nachsichtig. »Du kannst sie ruhig anfassen. Sie gehen nicht kaputt. Was ist mit diesen Ohrringen?«

»Sie sind wunderschön, aber so groß.« Zaghaft deutete ein Finger auf einen Ring. »Der ist hübsch.«

Es handelte sich um ein weniger auffälliges Stück, einen Goldreif mit einer Platte, in die eine sitzende, gekrönte Frau eingraviert war.

»Streif ihn mal über«, meinte Bertie. Er nahm ihre Hand.

»Oh nein, das kann ich nicht!«

»Du hast schlanke Finger. Da passiert schon nichts.«

Ramses bemerkte, dass seine Mutter die beiden nachdenklich lächelnd beobachtete. Sie hatte sich kritisch über Berties »Trübsalblasen« wegen Jumana geäußert – nicht weil sie die Beziehung missbilligte, die ohnedies nur einseitig war, sondern weil sie Trübsinn verabscheute. Und Katherine hatte immer gehofft, dass Berties Interesse an dem ägyptischen Mädchen nur vorübergehend wäre. Ramses fragte sich, ob sie das uneheliche Kind eines Meisterverbrechers und einer Mörderin vorziehen würde. Nicht dass er Bertie einen harmlosen Flirt verübeln könnte. Maryam war ein hübsches kleines Ding, und offensichtlich genoss sie die Aufmerksamkeiten des jungen Mannes. Sie hielt ihre Hand hoch, bewunderte den Ring.

»Er ist nicht so schön wie die anderen«, bemerkte Sennia, die die beiden ebenfalls beobachtete. »Ich mag diesen, mit der Katze aus Karneol. Aber ich würde ihn niemals anprobieren.«

»Warum denn nicht?«, entfuhr es Cyrus unvermittelt. »Donnerwetter, warum eigentlich nicht? Probiert sie alle an! Amelia – Lia – alle anwesenden Damen. Von jetzt an werden sie im Museum verstauben und nie wieder eine hübsche Hand oder einen Hals schmücken. Gebt ihnen eine letzte Chance.«

»Cyrus, Sie sind ein Teufelskerl«, schmunzelte Ramses.

»Und ein unverbesserlicher Ästhet«, erklärte Bertie. »Sennia, hier ist deine Katze. Mutter, wofür entscheidest du dich?«

Ramses mutmaßte eine Trotzreaktion hinter Cyrus' Verhalten, eine letzte Besitzgeste. Die Frauen versammelten sich um die Vitrine, ihre Wangen gerötet, ein Glitzern in den Augen. Selbst seine Mutter, die stets vorgab, sich für Klunker nicht zu interessieren, beugte den Kopf vor und ließ sich von Cyrus ein prachtvolles Collier umlegen – eine dreireihige Kette aus Lapisperlen mit einer goldenen Verschlussplatte. Er hatte schon registriert, dass Schmuck eine seltsame Faszination auf Frauen ausübte ...

... registriert und verdrängt. Wie lange war es her, dass er Nefret ein Schmuckstück geschenkt hatte? Sie hatte selber Geld und vermochte sich alles zu kaufen, kostspieligere Juwelen, als er sich jemals hätte leisten können. Gleichwohl trug sie gelegentlich das schlichte Goldkettchen, das er ihr als Heranwachsender geschenkt hatte, aber neulich nachts hatte sie über die Armbänder gescherzt ... Wenn es denn ein Scherz war. In Vino Veritas? Sie schien mächtig interessiert an einigen Armbändern, und er half ihr, einen massiven Goldreif am Arm zu befestigen. David behängte seine Frau ausgelassen mit Armbändern und Halsketten. Dann beharrte er darauf, dass sie sich mit den anderen fotografieren ließe.

»Allerdings werden wir die Fotos nie außerhalb der Familie zeigen dürfen.«

»Keine Sorge«, versetzte Lia. »Wir werden sie ab und zu betrachten und uns an eine herrliche Zeit erinnern. Danke, Cyrus.«

Der Goldrausch ebbte ab. Widerstrebend langsam trennten die Frauen sich von den Preziosen. Obschon die Stücke fachmännisch restauriert waren, musste man behutsam mit ihnen umgehen. Ramses half seiner Mutter, den schweren Anhänger abzunehmen, der an einer Kette aus massiven Goldperlen hing.

»Geeignet für eine Gottesgemahlin – die Gravur stellt Amun-Re dar – allerdings bezweifle ich, ob sie dies zu Lebzeiten getragen hat«, räumte sie ein und rieb sich den Nacken. »Ich würde es jedenfalls nicht riskieren. Nachdem wir alle unseren Spaß hatten, sollten wir jetzt weitermachen. Wir müssen heute früh aufhören, um uns auf die Fantasia vorzubereiten.«

* * *

Sie hatten diskutiert, ob sie die Kinder mitnehmen sollten oder nicht. Allein bei dem Gedanken, dass die drei kleinen Rangen im Dunklen neben gähnenden Grabschächten, flackernden Fackeln und halbwilden Hunden herumtollten, sträubten sich Ramses' Nackenhaare, und er war froh, als seine Mutter entschied: »Das steht völlig außer Frage. Dolly wird uns begleiten, die anderen aber nicht.«

»Ist das nicht ein bisschen ungerecht?«, gab Nefret zu bedenken, als Lia skeptisch dreinblickte – zweifellos malte sie sich Evvies Reaktion aus.

»Es wäre ungerecht gegenüber Dolly. Man darf ihn nicht dafür bestrafen, dass die Kleineren kaum zu bändigen sind. Kinder ihres Alters sind nun mal wie kleine Raubtiere.«

Das fasste weder Lia noch Nefret sonderlich gut auf.

Seine Mutter hatte die Vandergelts eingeladen, vorab bei ihnen vorbeizuschauen. Während der Fantasia würde es keine alkoholischen Getränke geben, und Cyrus liebte ein belebendes Gläschen Whisky. Sie fuhren ganz stilvoll vor, die Kutsche gezogen von zwei Grauschimmeln. Cyrus, Bertie und Walter saßen zu Pferd, zu Ehren Selims in ihrer besten Reitgarderobe. Von daher bot die Kutsche mit Katherine genügend Platz für einige der anderen Damen, die, wie Cyrus ihnen schmeichelte, doch so schlank und rank seien.

»Nehmen wir doch das ...«, hob Emerson an.

»Nein, Emerson, das können wir nicht«, sagte seine Frau scharf. »Du hast Selim versprochen, er darf das Automobil fahren.« Nach einem anerkennenden Blick über die Gruppe entschied sie knapp: »Evelyn und Sennia und ich werden die Kutsche nehmen.«

»Ich habe ja bereits demonstriert, dass ich keine gute Reiterin bin«, murmelte Maryam verschämt. »Ich hoffe, ich mache keine Umstände. Vielleicht sollte ich besser bei den Kindern bleiben.«

»Aber nein, meine Liebe, es wird Ihnen gefallen«, erwiderte Emerson galant. Sie sah lächelnd zu ihm auf, ihre langen Wimpern flatterten.

Ihr Vater achtete nicht auf sie. Er unterhielt sich mit Cyrus. Sein Gepäck war offenbar per Bahn eingetroffen; er trug maßgeschneiderten Tweed und Reitstiefel, sein Haar jetzt ein graumeliertes Braun. Es würde, mutmaßte Ramses, weiterhin unnatürlich schnell ergrauen.

Nachdem die Sonne untergegangen und die Rufe der Muezzins verstummt waren, bereiteten sie sich auf den Aufbruch vor. Sennia, die sich irgendwie ägyptisch kleiden wollte, zwängte sich in eine Robe, die Nefret mitentworfen hatte; sie erinnerte frappierend an eine Miniatur-Hathor ohne Ohren und Krone, ganz in Weiß und mit Glasperlen geschmückt. Dolly, sehr schick in seinem besten Anzug, sollte mit seinem Vater reiten.

»Wo ist Selim?«, wollte Emerson wissen. »Hat er sich anders entschieden? Wenn er nicht fahren will ...«

»Nein, Emerson! Er hat alles bestens organisiert. Er macht eine ganz große Sache daraus.«

Ihr eigenes Eintreffen war nicht weniger beeindruckend. Fackelträger empfingen sie auf halber Strecke, Horden von Kindern begleiteten sie den Hügel hinauf. Selim und Daoud begrüßten sie an der Tür und führten sie ins Haus, wo ein reichhaltiges Mahl aufgetischt war. Rabia und Taghrid hatten vermutlich den ganzen Tag gekocht. Dolly thronte im Schneidersitz neben seinem Vater und verfolgte jede seiner Bewegungen. Er kannte die entsprechenden Verhaltensregeln, wollte aber nichts falsch machen. Sogar die Vandergelts aßen vergnügt lächelnd mit den Fingern. Walters Brillengläser beschlugen ständig.

Nachdem sie hungrig zugelangt hatten, gingen sie nach draußen. Fackeln und Freudenfeuer spendeten Licht in der heraufziehenden Dunkelheit. Daouds Haus, das früher Abdullah gehört hatte, grenzte an einen der wenigen offenen Dorfplätze. Als Ehrengäste bot man ihnen Sitzgelegenheiten vor dem Haus, worauf die Vorstellung begann.

Tänzer und Sänger, Musikanten und Magier wechselten sich ab. Selim schnappte Ramses' Blick auf, zwinkerte und wandte sich ab. Die besten Geschichtenerzähler von Luxor präsentierten ihr Können.

Eine Hand zupfte an Ramses' Ärmel. Maryam saß hinter ihm. »Was sagt er da?«, flüsterte sie.

Die zuckenden Flammen verliehen ihren Wangen einen rosigen Schimmer, tanzten in ihren Augen. Es schien ihr zu gefallen; er brachte es nicht über sich, sie zum Schweigen zu ermahnen, obwohl Gespräche verpönt waren während der Veranstaltung. »Es ist nur ein Märchen über eine Prinzessin und einen Zauberer. Ich werde es dir später übersetzen, ja?«

»Danke.« Ein scheues, anziehendes Lächeln. Unvermittelt presste sie eine Hand vor den Mund. »Oh ... was ist das?«

Der Geschichtenerzähler musste seinen Zeitrahmen überschritten haben. Daoud spurtete mitten auf den Platz und erteilte gestikulierend Anweisungen. Das Publikum wich zurück. Einige waren in das Geheimnis eingeweiht; aufgeräumt halfen sie Daoud, den Platz zu leeren, drückten Müttern ihre Kinder in die Arme und zerrten Esel und Ziegen beiseite. Einer der Musiker trommelte einen wilden Rhythmus und die Zuschauer klatschten mit, untermalten das zunehmende Dröhnen des Motors, als Selim den Weg hinaufraste.

Ramses dachte: »Er fährt zu schnell«, jedoch hätte er nicht zu sagen gewusst, ob ihn dieser Geistesblitz vor oder nach dem grässlichen Knirschen von Metall ereilte. Ob Vorahnung oder Erkenntnis, er raste los, als es krachte.

Das Automobil hatte sich am Abhang überschlagen und lag, vor einen Felsen geschleudert, auf dem Dach. Eine der Lampen war zersplittert, die andere warf ihren gespenstischen Schein auf die Szenerie. Selim lag flach auf dem Rücken und regte sich nicht. Seine Robe war zerrissen und fleckig.

Ramses erreichte ihn als Erster. Er suchte den Puls an dem erschlafften Handgelenk. Es war glitschig vor lauter Blut, und ihm zitterten die Hände. Er konnte ihn nicht ertasten.

Nefret schob ihn beiseite. »Niemand rührt ihn an. Geht zurück. Aus dem Licht, verdammt! Ramses, scheuch sie weg. Halt Rabia und Taghrid zurück, sie dürfen ihn nicht so sehen.«

Er vernahm das aufgelöste Flehen von Selims Frauen, sie doch zu ihm zu lassen; seine Tante Evelyn beschwichtigte sie, ihre Stimme war ruhig und unerbittlich. Seine Mutter hatte freilich schon den Unglücksschauplatz betreten und hielt eine Taschenlampe auf den reglosen Körper. Sie war die Einzige, die daran gedacht hatte. Ramses wünschte sich fast, sie hätte es nicht getan. Im Lichtkegel sprangen einem die Blutflecken direkt ins Auge, feucht und rot schimmernd.

»Was brauchst du?«, fragte Ramses.

Nefret sah nicht auf. »Deine Jacke. Deine auch, David. Schienen, Verbandsmaterial. Für den Anfang.«

»Gott sei Dank«, hauchte Ramses. Er hatte nicht gewagt zu fragen. »Er lebt?«

»Bis jetzt noch.«

Natürlich wollten Selims junge Ehefrauen, dass er in ihr Haus gebracht würde. Nefret ignorierte dies kurzerhand. Sie trug jetzt die Verantwortung, und Ramses fühlte mit ihr. Sie hatte eine Heidenangst davor, einen Patienten zu verlieren. Und Selims Tod wäre das Allerschlimmste für sie.

Emerson und Daoud schulterten die Trage, auf der Selim fest bandagiert wie eine Mumie ruhte, und traten den Heimweg an. Cyrus hatte ihnen die Kutsche angeboten, doch Nefret lehnte auch dies rundweg ab. Jede Erschütterung wäre dramatisch für den Patienten, und die zwei stärksten Männer vermochten ihn sanfter zu transportieren als jedes andere Fortbewegungsmittel. Bedrückt brachen die Vandergelts auf, gemeinsam mit ihren Gästen sowie Sennia und Dolly. Nefret wartete nicht auf sie. Sie sprang auf Moonlight und preschte den Hügel hinunter.

* * *

»Soll ich bleiben?«, erkundigte sich Ramses.

Selim lag bäuchlings auf dem Untersuchungstisch in ihrer Praxis. Die Lampen brannten auf seinen nackten Körper herab, voller Blut und mit Prellungen übersät.

»Ja«, erwiderte Nefret. »Wasch dich und zieh einen Kittel über. Du auch, Mutter. Alle anderen verschwinden.«

Seine Mutter nickte und rollte die Ärmel hoch. »Selim fällt in Ohnmacht, wenn er erfährt, dass wir ihn ausgezogen haben«, sagte sie seelenruhig.

Ihr unerschütterlicher Optimismus und ihre »kleinen Scherze« waren das einzig Richtige. Nefrets zusammengekniffene Lippen entspannten sich unmerklich.

»Er hat mehrere Rippenbrüche, Schnittwunden und Prellungen. Das ist nicht weiter tragisch. Aber ...« Behutsam tastete sie Selims dunklen Schopf ab. »Mutter, fühl mal hier.«

Seine Mutter folgte ihrem Beispiel. »Schädelbruch«, sagte sie sachlich.

»Womöglich Gehirnblutungen.«

»Dann wirst du operieren müssen.«

»Mutter, das kann ich nicht! Ich habe dergleichen erst ein Mal gemacht, und das ist Jahre her!«

»Der nächste Chirurg mit deiner Kompetenz sitzt in Kairo«, erwiderte seine Mutter schonungslos. »Würde er die Reise überleben? Würde sich sein Zustand nicht mit jeder Verzögerung verschlimmern?«

Die Antwort stand auf Nefrets kreideweißem Gesicht geschrieben.

10

Die Sonne ging hinter mir auf, als ich den Hügel erkletterte, mein langer Schatten eilte mir voraus. Abdullah erwartete mich wie stets auf dem Gipfel des Felsgrats hinter Deir el-Bahari. Statt mir hilfsbereit seine Hand zu reichen, verharrte er mit verschränkten Armen, sein bärtiges Gesicht grimmig.

»Wird er überleben?« Japsend sank ich auf einen Felsbrocken.

»Dank Gottes großer Güte und der Fähigkeiten von Nur Misur. Du hättest dies verhindern können, Sitt Hakim.«

Seine gnadenlose Äußerung ließ mich wütend hochfahren. »Nein, aber du. Warum hast du mich nicht gewarnt?«

»Die Zukunft hat viele Gesichter. Das Ende ist unbekannt, bis zu seinem Eintritt.« Seine dünnen Lippen verzogen sich spöttisch. »Ich hätte nie für möglich gehalten, dass du dich wie eine ganz normale Frau verhalten kannst, Sitt.«

»Ich bin mir nicht sicher, ob ich überhaupt wissen will, was du damit meinst.«

»Babypflege, Essensvorbereitungen, Bettenmachen, derweil das Böse seine Netze nach dir auswirft.«

Der Pfad hinter ihm, bleich schimmernd in der Morgendämmerung, schlängelte sich entlang der Geröllmassen des Hochplateaus zum Tal der Könige. Auf diesem normalerweise belebten Weg war in meinen Träumen weit und breit keine Menschenseele zu erblicken. Ein Skorpion huschte über einen Stein, sein giftiger Stachel gereckt. Ein langes braunes Etwas, dünn wie ein Rattenschwanz, hinterließ eine gewundene Spur im Sand.

»Wie üblich«, sagte ich bitter, »sprichst du von Gefahren, aber nicht davon, wie sie zu vereiteln sind.«

Abdullah seufzte entrüstet auf. »Das darf ich nicht. Ich habe es dir schon mehrfach erklärt – bei dem Versuch, eine Gefahr zu umgehen, läufst du womöglich geradewegs in eine andere hinein. Du musst es selbst herausfinden. Es gibt ein Handlungsmuster, Sitt. Du wirst es erkennen, wenn du nur willst. Komm«, fuhr er sanfter fort, »lass uns über das Tal blicken.«

Er zog mich zu der Stelle, wo der Pfad steil abfiel. »Die Sonne wird wiedergeboren aus dem Schoß der Nacht«, murmelte er. »Schau, wie das flutende Licht die Welt neu erschafft.«

Die Silhouetten der Berge und Felder, Tempelruinen und Häuser schienen dem Nichts der Nacht zu entspringen. Er versuchte mir etwas mitzuteilen, aber ich war so unsäglich begriffsstutzig. Dennoch hob sich meine gedrückte Stimmung ein wenig. Seine Hand war fest und warm wie die eines Lebenden.

»Dann bist du also ein Poet und ein Heiliger, Abdullah?«

»Ach das.« Abdullah schien geschmeichelt, schüttelte jedoch den Kopf. »Auch das ist ein Teil des Musters, Sitt. Geh jetzt. Sei vorsichtig auf dem Pfad – nicht nur auf diesem, auch auf dem, dem du folgen musst.«

Er begleitete mich nie, nicht einmal ein paar Schritte. Sein Weg führte immer nach Westen.

* * *

Tags darauf mochte nicht einmal Emerson an Arbeit denken. Wir hatten kaum geschlafen; keiner fand zur Ruhe, bis ich mit der Nachricht heimkam, dass Selim die Operation überlebt habe. Mehr vermochte ich zu diesem Zeitpunkt nicht zu sagen. Nefret, die die ganze Nacht bei ihm wachte, tauchte zum Frühstück auf und berichtete, dass er etwas zu sich genommen habe und auf dem Weg der Besserung sei.

»Ich muss zurück«, fuhr sie nach einem entsetzten Blick auf den voll geladenen Teller fort, den Fatima ihr hinschob. »Kadija ist jetzt bei ihm, aber ...«

»Iss etwas und ruh dich aus«, sagte ich entschieden. »Du

kannst es dir nicht leisten, krank zu werden. Kadija und ich werden nach ihm sehen.«

»Er wird doch wieder gesund, oder?«, fragte Sennia, ihre dunklen Augen voller Tragik.

»Ja«, erwiderte ich.

»Er würde es nicht wagen zu sterben, wo doch deine Tante Amelia und Nefret sich um ihn kümmern.« Sethos hatte eben den Raum betreten, nach ein paar Stunden Schlaf auf der Dahabije. Er tätschelte Sennias schwarzen Lockenkopf, spähte zu seiner Tochter und nickte ihr augenzwinkernd zu.

Ich legte meine Serviette auf den Tisch und erhob mich. »Ich gehe jetzt zu Selim. Ruh dich ein bisschen aus, Nefret. Ich werde dich umgehend informieren, wenn eine Veränderung eintritt. Auf mich kannst du dich doch immer verlassen, nicht wahr?«

»Ja, Mutter.«

»Ihr anderen beschäftigt euch sinnvoll.«

»Ja, Mutter«, sagte Ramses.

»Und du, Emerson«, begann ich.

»Ja, Peabody«, sagte Emerson mit einem Hauch von Ironie. »Bist du sicher, *du* kannst dich auf *mich* verlassen, wenn ich Ermittlungen ohne deine Assistenz durchführe?«

»In diesem Fall«, räumte ich ein, »bist du vermutlich besser qualifiziert als ich.«

»Gute Güte«, seufzte Emerson. »Vermutlich?«

Aus Manuskript H

Am Vorabend waren sie zu aufgewühlt gewesen, um die Ursachen für den Unfall zu erörtern. Außerdem wäre jede Spekulation unproduktiv verlaufen, solange sie keine Fakten hatten, und das Autowrack ließe sich bei Tageslicht allemal besser inspizieren.

Letztlich ritten sie zu sechst nach Kurna. Walter wollte sie unbedingt begleiten – obwohl er laut Ramses sehr wenig von Automobilen verstand –, und Bertie tauchte bei ihrem Aufbruch auf, um seine Hilfe anzubieten. Sie schauten kurz bei Selims Frauen vorbei, die bei den üblichen Gesten der Gastfreundschaft gefasster wirkten als von Ramses erwartet. Sie wussten, dass Selim die Operation überstanden hatte.

»Die Sitt Hakim hat Daoud mit der Nachricht zu uns geschickt«, erklärte eine von ihnen.

Selbstverständlich, überlegte Ramses, hatte sie daran gedacht. Er nicht.

Schuldbewusst versetzte er: »Heute Morgen ging es ihm schon viel besser. Sie meint, dass er wieder gesund wird.«

Daran hatten sie nie gezweifelt. Nicht bei den magischen Kräften der Sitt Hakim. Nur Misur war ihnen lieb und teuer, aber ein bisschen Zauberei konnte nie schaden.

Das halbe Dorf folgte ihnen zu der Unfallstelle. Wie von Emerson befohlen, hatten sie nichts angerührt.

Bei strahlendem Sonnenschein sah das lädierte Automobil noch schlimmer aus als in der nächtlichen Dunkelheit. Es war linkerhand vom Weg abgekommen, zur Seite gekippt und gerutscht, bevor es sich überschlug und vor den Felskamm prallte. Ohne diesen abbremsenden Widerstand wäre es in die Schlucht gerollt – und Selim vermutlich nicht mehr lebend herausgekommen.

Die linke Seite des Automobils war am stärksten beschädigt: die Tür hing in den Scharnieren, die Windschutzscheibe war zerborsten. Ein Rad fehlte; die Holzspeichen eines anderen waren gesplittert, der Reifen platt. Der Kühler war verbeult, der Benzintank abgerissen. Inzwischen war sämtlicher Kraftstoff entwichen, der Gestank hing noch in der Luft.

»Hier oben ist das Rad«, rief David den Hügel hinunter. Sie kraxelten zu ihm. Emerson maß das Gelände mit Adleraugen, Entfernung und Neigungswinkel abschätzend.

»Wenn es sich aufgrund der Geschwindigkeit gelöst hätte, läge es unter dem Wagen oder weiter unten im Tal«, knurrte er.

»Die Reifenmuttern fehlen«, sagte Ramses. »Alle sechs.« Obwohl er damit gerechnet hatte, war ihm leicht übel. »Sie müssen vorsätzlich gelockert worden sein. Das Automobil geriet ins Schleudern, als sich das Rad verselbstständigte.«

»Also war es kein Unfall?« Bertie sah so schlecht aus, wie Ramses sich fühlte.

»Mit Sicherheit nicht«, erwiderte Emerson grimmig. »Selim

ist ein erstklassiger Mechaniker, und er hat das verdammte Ding hervorragend in Schuss gehalten.«

Ein Raunen ging durch die Umstehenden. Einige verstanden Englisch; sie übersetzten es den anderen. Eine schlanke, schwarz gekleidete Frau nahm ihr spielendes Kind auf den Arm. Einer der Männer zündete sich eine Zigarette an. Ansonsten rührte sich keiner. Dunkle Augen verfolgten jede ihrer Bewegungen, während sie das Gefährt genauestens inspizierten. Für Emerson stand fest, dass nur ein Mann die Bolzen hätte lösen können. Ramses war sich da nicht so sicher; eine Frau, die mit einem Schraubenschlüssel umzugehen wusste und etwas von Autos verstand, hätte dies ebenso gut vermocht.

»Wann ist es passiert?«, fragte er.

Emerson fingerte an seinem Kinngrübchen herum. »Wir haben das Rad vorgestern gewechselt. Vorne rechts – nicht dieses hier. Es muss noch in der Nacht passiert sein. Wenn ich das verfluchte Automobil in den Hof gestellt hätte, wie deine Mutter mich ständig bekniet ...«

Die Falten um seinen Mund gruben sich tiefer ein. »Das hätte nichts geändert«, murmelte Ramses. »Der Hof ist leicht zugänglich, und Ali schläft wie ein Toter. Um die Radmuttern zu lösen, braucht man nur ein paar Minuten.«

»Er – oder wer immer es war – hat darauf gehofft, dass das Rad abspringt, sobald Selim die steile Steigung hochfährt«, sinnierte Sethos.

»Das Fahrzeug wäre auf jeden Fall gekippt, sobald es ein Rad verlor«, wandte Ramses ein. »An welcher Stelle auch immer. Selim musste nur genug Gas geben, und anders geht es in diesem holprigen Gelände gar nicht.«

»Korrekt. Aber der Schaden, den Selim und das Automobil genommen haben, wäre erheblich geringer gewesen, wenn es auf ebener Straße passiert wäre. Es war reine Glücksache – falls eine Tötungsabsicht dahinter steckte.«

»Wie in allen anderen Fällen«, seufzte Ramses.

Emerson sah von einem zum anderen. »Daoud, ich möchte, dass das Automobil zum Haus transportiert wird – mit allem, was dazugehört.«

»Es ist nur noch Schrott, Sir«, entfuhr es Bertie. »Sie werden es nicht mehr repariert bekommen.«

»Das lassen Sie mal meine Sorge sein«, grummelte Emerson.

Daoud rieb sich die riesigen braunen Hände und nickte heftig. »Wird gemacht, Vater der Flüche. Selim kann das Automobil reparieren. Du wirst sehen.«

Emersons Züge verzogen sich zu einer schmerzlichen Grimasse. Seine Stimme klang rauer als sonst. »Du hast Recht, Daoud. Er kann und wird es schaffen.«

»Und«, versetzte Daoud selbstgefällig, »du wirst den Mann stellen, der das getan hat, und ihn mir überlassen.«

»Inschallah«, seufzte Sethos.

Daoud wiederholte dies, und kurz darauf schloss sich Emerson an.

* * *

Ich hatte Katherine und Cyrus an jenem Morgen Nachricht zukommen lassen, denn auch sie wollten das Neueste erfahren. Kurz darauf tauchten sie bei uns auf.

»Wir bleiben nur, wenn wir uns nützlich machen dürfen, Amelia«, betonte Katherine. Sie setzte sich neben mich und fasste meine Hände. »Was können wir tun? Geht es ihm wirklich besser?«

Ich hatte eben das Krankenzimmer verlassen, wo Kadija wie eine riesige Ebenholzstatue thronte, schon allein ihr Anblick war tröstlich. »Er ist immer noch bewusstlos, aber sein Atem geht gleichmäßiger.«

»Es muss entsetzlich gewesen sein für Nefret«, murmelte Katherine unmerklich schaudernd. »Das Bewusstsein, dass das Leben eines Menschen, den sie kennt und schätzt, in ihrer Hand ...«

»Wenn es sein muss, funktioniert sie wie eine Maschine«, erklärte ich. »Sie wird irgendwann zusammenbrechen, aber erst dann, wenn sie genau weiß, dass er nicht mehr in Gefahr schwebt. Sie bleiben doch zum Essen, oder?«

Fatima, die wiederholt versucht hatte, mich zur Nahrungsaufnahme zu bewegen, huschte strahlend ins Haus. Cyrus blieb abrupt stehen – er war nervös auf der Veranda auf und ab gegangen – und legte eine Hand auf meine Schulter.

»Stören wir auch ganz bestimmt nicht?«

»Überhaupt nicht«, versicherte ich. »Wir könnten ein wenig Unterstützung bei den Kindern gebrauchen. Ich bin Ihnen wirklich dankbar, dass Sie Dolly und Sennia kurzerhand mitgenommen haben. Die Kleinen ahnen, dass irgendetwas passiert ist, denn sie verhalten sich anders als sonst.«

»Begreiflich.« Katherine stand auf. »Wo sind sie?«

»Lia und Evelyn sind mit ihnen im Hof. Hoffe ich wenigstens.«

Sie strebte davon. Ich winkte Cyrus, der sein hektisches Auf und Ab wieder aufgenommen hatte. »Setzen Sie sich doch, Cyrus. Die Männer kehren bald zurück. Sie sind in Kurna, um das Fahrzeug zu inspizieren. Wollen Sie nicht hier warten? Ich habe Nefret versprochen, sie bei Selim abzulösen, damit sie etwas Ruhe bekommt.«

Als ich ins Krankenzimmer kam, stand sie über sein Bett gebeugt. Geknickt hob ich an: »Tut mir Leid, Nefret. Ich war nur eben ...«

Sie sah auf. Ihre Augen strahlten. »Er ist bei Bewusstsein. Kadija hat mich geholt.«

Ich sank neben dem Bett auf die Knie. Selims Augen waren offen. Er sah mich, erkannte mich. Seine Lippen teilten sich.

»Nicht sprechen«, sagte ich sanft. »Und nicht bewegen. Du hattest einen Unfall, bei dem du schwer verletzt wurdest. Jetzt liegst du in Nefrets Praxis und wirst bald wieder gesund.«

Ich dachte, dass er nach der Beantwortung dieser wesentlichsten Fragen schweigen würde, doch er hatte noch etwas anderes auf dem Herzen.

»Hat mein Vater dir gesagt ...«

»Er hat mir gesagt, dass du leben wirst.«

»Ah.« Es war ein leiser, erleichterter Seufzer. Ich war lange Zeit überzeugt, dass der Geist den Körper in einer Weise beeinflusst, die wir nicht zu definieren vermögen. Diese Versicherung gab Selim zusätzliche Kraft und neuen Lebenswillen. Wer hätte schließlich die Weisheit eines Heiligen anzweifeln wollen?

Nefret fühlte seinen Puls. »Du hast einige Rippenbrüche und eine Kopfverletzung«, sagte sie. »Du darfst dich nicht bewegen. Ich werde dir etwas gegen die Schmerzen geben.«

Selim riss die Augen auf, dass das Weiße rings um die Pupillen sichtbar wurde. »Eine Spritze! Niemals! Ich will keine ...«

»Schon gut, keine Spritze«, sagte Nefret rasch. »Du darfst dich nicht aufregen.«

Selim ächzte. Darauf verdrehte er seine schreckgeweiteten Augen in meine Richtung. »Wer hat mich ausgezogen?«

Nefret fing an zu lachen. Es war dieses Lachen, das häufig in Tränen mündet, von daher war ich erleichtert, als die Tür aufsprang und Ramses hereinspähte. »Was ...«, setzte er an.

»Er hat gefragt, wer ihn entkleidet hat«, japste Nefret. Sie sank in Ramses' Arme, ihr Gesicht tränenüberströmt.

»Ich war's, Selim«, sagte Ramses über ihre Schulter hinweg. Seine Stimme war fest, doch in seinen dunklen Augen blitzte der Schalk. »Mit dir sei Friede und die Gnade und der Segen Gottes, mein Freund.«

»Keine Spritze«, hauchte Selim.

»Nicht, wenn du ein folgsamer Patient bist«, erwiderte Ramses. »Schlaf jetzt.«

Selim kniff die Lider zusammen. Ich blickte zu Kadija. Sie lächelte ihr bezauberndes, liebenswertes Lächeln und nickte. Ich stellte fest, dass Selims rasierter Kopf unter dem Verband grün war.

* * *

Wir hatten ein richtiges Fest, denn selbst Nefret äußerte sich zurückhaltend optimistisch über ihren Patienten. Sie wirkte erschöpft, aber glücklich, die violetten Ringe unter ihren Augen unterstrichen deren Blau. »Es besteht immer die Gefahr eines Rückfalls, aber seine Genesungsfähigkeit ist erstaunlich. Wenn ich an Wunder glauben würde ...«

»Wunder, dass ich nicht lache«, blaffte Emerson. »Es waren deine Fähigkeiten, die ihn gerettet haben. Gut gemacht, mein liebes Mädchen.«

»Einfach fabelhaft«, bekräftigte Katherine. »Ich habe heute Morgen Depeschen verschickt, dass wir unsere Soiree verschieben.«

»Richtig. Wie könnten wir eine Soiree feiern, ohne dass Selim mit den Damen Walzer tanzt?« Cyrus lachte. »Wir werden eine Riesenparty veranstalten, sobald er wieder gesund ist – und der Schurke, der ihn umbringen wollte, tot oder hinter Gittern.«

»Meinen Sie wirklich, dass Selim das angepeilte Opfer war?«, erkundigte sich Sethos.

Dieselbe Frage hatte ich mir freilich auch schon gestellt. »Etliche Leute wussten, dass Selim das Automobil zur Fantasia fahren wollte«, gab ich zu bedenken. »Trotzdem hatte der Missetäter keine Gewissheit, ob Emerson nicht doch noch darauf beharren würde, das Vehikel selber zu steuern.«

»Der Übeltäter, der das Boot manipulierte, konnte sich ebenfalls nicht sicher sein, wen er letztlich damit treffen würde«, überlegte Ramses laut. »Hinter all dem steckt so viel Schludrigkeit, dass es zum Himmel schreit. Als Mörder ist der Bursche jedenfalls ein Stümper.«

Fatima nahte mit einer weiteren Platte ihres berühmten Lammragouts mit Reis. Sethos lehnte sich zurück und faltete die Hände über seinem Waschbrettbauch. »Danke, Fatima, aber ich hab schon viel zu viel gegessen. Ich werde zu dick, wenn ich noch länger hier bleibe.«

»Wie lange gedenkst du zu bleiben?«, erkundigte ich mich. Maryam, die schweigend gegessen hatte, hob den Kopf.

»Bis ihr euren Widersacher aufgespürt habt«, war die Antwort. »Ihr seid weitaus weniger effizient als sonst. Wo liegt das Problem? Ich hätte erwartet, dass Amelia längst mit einem oder mehreren Verdächtigen herausrückt.«

»Die Crux ist, dass wir nicht wissen, welche Vorkommnisse von Bedeutung sind und was Unfall oder Zufall war«, erregte ich mich.

»Es ist, wie wenn man das Originalmuster in einem Berg loser Perlen finden muss«, setzte David hinzu. »Manche gehören eben zu einem anderen Schmuckstück.«

Sethos' eigentümlich getönte Augen maßen ihn. »Ein interessanter Vergleich. Du bist doch ein geübter Restaurator, David; wie gehst du vor, wenn du nicht zusammengehörige Elemente aussortieren sollst?«

»Ich lege sie auf einem Tisch aus, inspiziere sie und probiere Verschiedenes aus«, kam es wie aus der Pistole geschossen. »Mit zunehmender Erfahrung bekommt man einen Instinkt für solche Dinge.«

»Wie Amelias Instinkt für Verbrechen«, warf Walter aufgeregt ein. »Und – äh – der von – äh ...«

»Mir?« Sethos zog die Brauen hoch. »Du vergisst, Walter, dass ich mehr Verbrechen begangen als aufgeklärt habe. Gleichwohl habe ich nicht vor, euch schmählich im Stich zu lassen.«

Emerson stöhnte auf.

* * *

Selims Zustand stabilisierte sich. Er durfte sich für einen kurzen Zeitraum aufsetzen, und sein Appetit war gut – zumal keiner, nicht einmal Daoud, die Mengen hätte vertilgen können, die Fatima ihm aufdrängte. Er sah bemitleidenswert aus mit seinen vielen Pflastern und dem Verbandsturban auf seinem rasierten Schädel; zum Glück war sein geliebter Bart noch da, und das schien ihn besonders zu freuen. Anfangs redete er noch etwas schleppend, was ihn jedoch nicht daran hinderte, unzählige Fragen zu stellen, vor allem hinsichtlich des Wagens.

»Du hast keine Schuld«, erklärte Emerson, als er Selim ein paar Minuten besuchen durfte. »Sobald du wieder gesund bist, reparieren wir es. Bis dahin haben wir auch den für die Tat Verantwortlichen gefunden.«

»Daoud kümmert sich um deine Familie«, versetzte ich, »und wir auch. Mach dir keine Sorgen, werde nur gesund.«

»Die Exkavationen«, hob Selim an. »Ihr dürft nicht zulassen ...«

»Mach dir auch deswegen keine Gedanken«, sagte Emerson. »Wir machen so gut es eben geht weiter, bis du deine Arbeit wieder verrichten kannst.«

Wohl wissend, wie schwierig es für einen Mann von Selims

Energie sein musste, still liegen zu bleiben, arrangierte ich ein Zerstreuungsprogramm. Nach meiner Einschätzung eignete sich Emerson schwerlich für Krankenbesuche, aber Ramses und Bertie kamen jeden Tag, um von den Exkavationen zu berichten, und Sennia und Evelyn lasen ihm vor. Ich wusste, dass er auf dem Weg der Besserung war, als er Evelyn allen Ernstes bat, ihm aus einem Handbuch für Automechaniker vorzulesen.

Werte Leser, denken Sie jetzt nicht, dass ich darüber meine anderen Aufgaben vernachlässigt hätte. Emerson grübelte niedergeschlagen über dem Schrottauto, das inzwischen im Hof stand. Selbst er räumte ein, dass daraus keine weiteren Rückschlüsse zu ziehen seien. Daoud organisierte eine neuerliche, intensivere Suchaktion nach Maryams erstem Angreifer und schleppte diverse schlotternde Fremde ins Haus, zwecks Konfrontation mit Maryam und Ramses. Keiner ließ sich als Täter identifizieren.

Zu behaupten, wir wären argwöhnisch gewesen, wäre schlichtweg Untertreibung. Fatima ging mehrmals täglich mit dem Besen durch beide Häuser, auf der Suche nach giftigem Getier. Kadija und zwei ihrer Töchter zogen bei uns ein, bewachten Selim und die Kleinen. Ich untersagte Emerson, allein ins Grabungsgelände zu gehen, was ihn zu wütendem Protest veranlasste – obschon er von mir das Gleiche verlangte. Das Ende vom Lied war, dass alle gereizt und unausgeglichen waren, vor allem die Kinder.

Wir verpackten weiterhin Artefakte. Mit zunehmendem Widerwillen und Gefluche, wie Emerson mehrfach betonte. Lacau würde – zum Donnerwetter noch mal – zu warten haben, bis wir fertig wären, gleichwohl hatte ich meine Gründe, warum ich die Sache noch vor seiner Ankunft erledigt wissen wollte. Einer davon – ich gebe es offen zu – war, dass ich ihm das mit dem gestohlenen Schmuck keinesfalls auf die Nase binden wollte, die anderen natürlich auch nicht. Lacau verlangte sicher nicht, dass die umsichtig gepackten Kisten geöffnet würden. Er bekäme die entsprechenden Aufstellungen und würde diese bestimmt genauestens vergleichen, wenn er die Artefakte im Museum auspackte. Wenn er dann feststellte, dass mehrere Stücke fehlten ... Harren der Dinge, die da kommen werden, wie die Heilige Schrift uns so weise empfiehlt. Wir würden gestehen, aber nur, wenn es nicht anders ginge – immerhin bestand noch eine geringe Chance, dass wir den Dieb und Mörder stellen könnten. Emerson brachte es auf den Punkt: Besser wir finden ihn, bevor er erneut zuschlägt.

Wenigstens lenkte uns das Packen ab. Alle halfen mit, auch Maryam. Sie ging behutsam mit den kostbaren Stücken um und zeigte reges Interesse daran.

»Hierbei brauche ich Hilfe«, sagte ich, auf eine bemalte Truhe weisend. »Ich weiß wirklich nicht, was wir da machen können. Ich habe sämtliches Verpackungsmaterial und einen Großteil der Watte aufgebraucht, trotzdem befürchte ich, dass die Roben in dieser Truhe bei der kleinsten Erschütterung zerfallen werden.«

»Was besagt die Inschrift?«

»Es handelt sich um eine Inhaltsangabe: Handschuhe, Sandalen, zwei Gewänder und ein paar andere Dinge. Ramses hat sie bereits kopiert und übersetzt. Er liest das Hieratische so problemlos wie Englisch.«

»Ich möchte gern mehr lernen, um Ihnen besser zur Hand gehen zu können. Ob er mir Unterricht geben würde?«

»Wenn Sie wirklich interessiert sind, lässt sich das einrichten«, lachte ich. »Mit ein paar Unterrichtsstunden ist es allerdings nicht getan. Sie haben sich bereits sehr nützlich gemacht, Maryam. Ich wollte Ihnen für Ihre Hilfe danken, vor allem mit den Kindern.«

»Ich möchte mich auch nützlich machen. Und ich liebe Kinder.« Kaum hörbar setzte sie hinzu: »Ich bin glücklich hier. Wenn ich wieder fort muss, werde ich sehr traurig sein.«

»Das dauert ja noch eine Weile. Sie müssen wenigstens bis Weihnachten bei uns bleiben.«

»Und dann? Ich weiß, meine Frage ist vermessen. Aber ... kann ich nicht für eine Weile bei Ihnen bleiben? Sie sind alle so gut zu mir, und ich denke, ich könnte mich nützlich machen: bei der Kinderbetreuung oder auch bei der Exkavation, wenn Sie mich entsprechend anweisen.«

Sie war nicht nur glücklich bei uns, sie war auch unglücklich mit ihm. Ich hatte mich schon gefragt, was in aller Welt er mit ihr anzustellen gedachte. Er reiste viel, genau wie Margaret. Sie hatten keinen festen Wohnsitz, und wie zum Teufel würde Margaret ihrer Rolle als Stiefmutter gerecht werden? Nicht gut, so wie ich Margaret kannte.

»Ich werde mit Ihrem Vater sprechen«, versprach ich und fühlte mich wie ein voll gepackter Esel, dem man einen weiteren Sack Getreide auf den Rücken wirft. »Vielleicht lässt sich da etwas machen.«

Aus Manuskript H

Ramses las Selim aus dem Autohandbuch vor (seine Tante Evelyn hatte kapituliert), als die Tür aufging und Sethos den Kopf hereinsteckte. »Sind Besuche erlaubt?«

Es war das erste Mal, dass er Selim nach dem Unfall sah. Selims onyxfarbene Augen strahlten und er betastete seinen Bart. Selbiger war gewiss beeindruckender als Sethos' Manneszier, auch wenn diese wieder kräftig spross. Abgesehen von ein paar verblassenden Blutergüssen war sein Gesicht fast verheilt.

»Ja, komm rein«, forderte Selim ihn freudig auf. »Dass du noch hier bist!«

In eleganten, maßgeschneiderten Flanell gehüllt, lehnte Sethos grinsend im Türrahmen. »Du glaubst doch wohl nicht, dass ich die Familie in so einer Situation im Stich lasse? Nachdem du außer Gefecht gesetzt bist, benötigen sie jede nur erdenkliche Unterstützung.«

»Stimmt.« Selim wollte nicken, doch dann fiel ihm ein, dass er das nicht durfte.

»Ich danke euch beiden für eure Hilfe«, sagte Ramses.

»Du bist ein Ehrenmann«, erklärte Selim. »Er nicht.«

Sethos warf den Kopf zurück und brüllte vor Lachen. »Du hast ins Schwarze getroffen, Selim. Was kann ich für dich tun?«

»Erzähl mir von dem Flugzeug«, drängte Selim.

»Ein anderes Mal. Fatima hat gesagt, dass ich gehen muss. Sie bringt dir dein Essen.«

Selim stöhnte. »Sie bringt mir Essen, Rabia und Taghrid bringen mir Essen, Kadija bringt mir Essen. Bald bin ich kugelrund.«

»Was wolltest du eigentlich von ihm?«, erkundigte sich Ramses, als sie in Richtung Haupthaus schlenderten. »Krankenbesuche sind doch gar nicht dein Stil.«

»Sei nicht zynisch. Ich mag Selim.« Sethos verharrte, um an einer rosaroten Rose zu riechen. »Aber du hast Recht. Ich wollte zu dir. Hast du nicht Lust, dich mit mir in das schillernde Nachtleben von Luxor zu stürzen? Schön hier«, bemerkte er nach einem sentimentalen Blick auf ein Rankgitter mit blauer Blütenpracht. »Wenn ich mich zur Ruhe setze, dann ziehe ich vielleicht nach Luxor. Dann wäre die ganze Familie komplett, was?«

Ramses überging den Seitenhieb. »Warum?«

»Um meine letzten Jahre im Kreise meiner Nächsten und Liebsten zu verbringen. Oh – du meinst, warum ich nach Luxor will? Ich hab da so meine Vermutungen.«

Sethos führte dies nicht weiter aus, sondern behauptete, er brauche ein unvoreingenommenes Urteil. Seine Erwähnung ihres Vorhabens wurde stirnrunzelnd aufgenommen, aber nicht kommentiert, wenigstens nicht bei Tisch. Als Ramses sich zum Umziehen zurückzog, begleitete Nefret ihn.

»Was soll das jetzt wieder?«, wollte sie wissen.

»Er meint, er wittert irgendwas.«

Interessiert verfolgte sie, wie er seine Anzüge durchging. »Schwarze Krawatte? Wo wollt ihr denn hin?«

»Das wollte er mir nicht sagen.«

»Irgendetwas Seriöses wenigstens«, versetzte Nefret. »Das beruhigt mich. Nimmst du dein Messer mit?«

»Es passt nicht zur Abendgarderobe.«

Sie erwiderte sein Grinsen nicht. »Es passt aber zu Onkel Sethos. Bitte, tu mir den Gefallen.«

* * *

Im so genannten Nachtleben von Luxor tummelte sich Unrühmliches wie Untadeliges. Die Cafés und Bars für Touristen lagen an der Corniche; einige waren relativ harmlos, aber Abendkleidung wäre in allen verpönt gewesen. In den Hotels, vor allem den ersten Adressen, fand das gesellschaftliche Leben der betuchten Besucher und Bürger statt. Die Touristenschiffe und Dahabijen am Kai muteten wie eine schmale, schaukelnde Prachtallee an. Lichter schimmerten auf den Decks und in den Salons.

Ihr erster Zwischenstopp war das Winter Palace, wo man Sethos offenkundig kannte und schätzte. Er war kritisch bei der Wahl des Tisches, und als der Kellner hinzueilte, um ihre Bestellung aufzunehmen, sagte er: »Heute Abend nichts, Habib. Aber du bekommst Bakschisch, wenn du dem Bruder der Dämonen erzählst, was du mir berichtet hast.«

»Über den italienischen Herrn und die Dame?«, fragte Habib mit einem freundlichen Nicken zu Ramses. Er hielt eine schmale dunkle Hand hin.

Sie besuchten noch zwei weitere Hotels, das Savoy und das Grand Hotel an der Straße nach Karnak, und bekamen dieselbe Geschichte aufgetischt, allerdings eine andere Beschreibung der »Dame«. In letzterem Etablissement bestellte Sethos Whisky und forderte Ramses zu einer Stellungnahme auf.

»Eine tizianrot, eine dunkel, eine blond«, resümierte Ramses. Ein Windhauch raschelte im Geäst über ihren Köpfen. »Martinelli war wirklich ein Weiberheld.«

»Ach komm.« Sethos grinste.

»Ein und dieselbe Frau?«

»Er hatte Damenbekanntschaften, aber nicht hier. Ich habe sie bereits unter die Lupe genommen, eine ziemlich widerwärtige Spezies. Diese hier war anders. Eine Dame, elegant gekleidet, zurückhaltend und sehr vornehm. Bis auf die Haare war die Beschreibung immer identisch. Ungefähr einen Meter sechzig groß, schlank, jung.«

»Keiner der Kellner hat sie wiedererkannt?«

»Sie beteuern alle, sie vorher noch nie gesehen zu haben. Aber ich denke, du kennst sie.«

»Hathor?« Ramses überlegte. »Die Beschreibung als solche passt.«

»Es muss dieselbe Frau sein. Das ist die Verbindung zwischen zwei scheinbar unzusammenhängenden Teilen des Rasters, und es erklärt, wie Martinelli in den Tod gelockt wurde. Er wäre der Frau überallhin gefolgt.«

Ramses raufte sich die Haare. Es war spät geworden, und er war müde, doch jetzt ließen sich noch einige andere Teilaspekte plausibel erklären. »Um sie zu beeindrucken, hat er sich den Schmuck ›geliehen‹. Dann hat er ihr diesen angeboten, vielleicht im Austausch für irgendwelche Gunstbezeugungen, die sie ihm verwehrt hatte. Allerdings hatte er zu keiner Zeit die Absicht, so einen hohen Preis zu zahlen. Das hätte das Ende seiner lukrativen Zusammenarbeit mit Cyrus bedeutet, und zudem wäre ihm die Polizei auf den Pelz gerückt. Was für ein dreckiges kleines Schwein er doch war.«

Sethos hob sein Glas und stellte es gedankenverloren wieder ab. »Ein Moralist würde sagen, er hat bekommen, was er verdiente. Sie erklärte sich bereit, ihre Gunst zu verkaufen, wollte ihren Teil der Abmachung aber genauso wenig einhalten wie er seinen. Er folgte ihr, zu blind vor Verlangen, um sich zu fragen, warum sie ihn in einen entlegenen Teil von Luxor führte; und in einer dunklen, schmutzigen Gasse ereilte ihn sein Schicksal, wie Amelia sich ausdrücken würde. Vermutlich war er tot, bevor er noch wusste, wie ihm geschah.«

»Sie warfen ihn über einen Esel und brachten ihn in die Wüste.« Ramses setzte die Geschichte fort. »Sie nahmen den Schmuck und auch sonst alles, was ihn hätte identifizieren können, und überließen ihn den Schakalen.«

»Es war so einfach, wie wenn man einem Kind ein Bonbon wegnimmt«, sagte Sethos ungerührt. Es klang fast bewundernd. »Wirklich brillant eingefädelt. Man brauchte den armen Kerl nur anzuschauen, um zu wissen, dass er keinen Erfolg bei dem von ihm favorisierten Frauentyp hatte. Eine Frau mit Geschmack hätte ihn nicht einmal mit einem Brecheisen angefasst. Er war ein Versager, und sie hat ihn ausgenommen wie eine Weihnachtsgans.«

»Warum? Wenn sie es nun auf den Schatz der Prinzessinnen abgesehen hat ...« Er fragte sich, wieso er darauf nicht eher gekommen war. »Könnte das sein?«

»Was fragst du mich? Ich bin geläutert«, erwiderte sein Onkel scheinheilig. »Wenn ich dahinter her wäre – stier mich nicht so an, ich bin's nicht –, würde ich nicht so stümperhaft vorgehen. Ich würde bestimmt nicht mit planlosen Attacken arbeiten; diese haben lediglich bewirkt, dass ihr auf dem Quivive seid. Nein. Ich würde auf Zeit spielen, euch in falscher Sicherheit wiegen und dann zuschlagen. Ich könnte binnen einer Minute in diesen verriegelten Raum eindringen und mit einem Dutzend gut gedrillter Schurken alles ausräumen, und noch vor dem Morgengrauen wäre ich aus Luxor verschwunden.«

»Da halte ich jede Wette«, knurrte Ramses.

»Eine reizvolle Herausforderung«, sinnierte Sethos. Er lehnte sich zurück, zündete sich eine Zigarette an. Sein Gesicht nahm einen verträumten Ausdruck an. »Der Transport ist vorher geklärt ... bereitwilliger Einlass ins Schloss für einen guten Freund ... das Personal schlafend im Dienstbotenflügel ... Cyrus höflich in sein Schlafzimmer komplimentiert und eingesperrt, mit seiner Frau ...«

Er seufzte bedauernd und stieß einen wabernden Rauchring aus.

»Das muss eine echte Versuchung sein«, sagte Ramses widerwillig grinsend. Die Miene seines Onkels war die eines Mannes, der sich an einen besonders erfolgreichen Coup erinnert. »Wie du die guten alten Zeiten vermissen musst, bevor Mutter dich bekehrt hat. Das hat sie doch, oder?«

»Mhmm.« Sethos drückte die Zigarette aus, beugte sich vor, die Ellbogen auf dem Tisch, er grinste nicht mehr. »Du kannst mir glauben, ich habe ihr geschworen, dass ich ihr nie wieder ins Handwerk pfuschen werde. Das gilt auch für Cyrus. Ich bestehle meine Freunde nicht.«

»Heißt das ...«

»Wir brechen besser auf. Deine Frau wird sonst Suchtrupps losschicken.«

Seine ausweichende Antwort rief die schlimmsten Vermutungen wach. Nicht zum ersten Mal setzte Ramses sich damit auseinander. Was hatte Sethos in Jerusalem gemacht, als er eigentlich in Konstantinopel hätte sein sollen? Seit Kriegsende lagen die ehemaligen Kampfschauplätze im Chaos, und der Erhalt der

Kunstschätze hatte nur geringen Stellenwert bei den Besatzungsmächten. Die perfekte Gelegenheit für einen gewieften Gauner wie Sethos.

Ich kann absolut nichts tun, grübelte Ramses, selbst wenn es stimmt. Und das kann ich wiederum nicht beweisen.

Die bunten Laternen erloschen, als sie das Hotel verließen und in Richtung Uferstraße marschierten. Ramses lockerte die Krawatte. »Also, wenn es nicht der Schatz ist, dann will sie irgendetwas anderes. War Martinellis Tod Teil des Plans?«

»Er hatte sich einige Feinde gemacht«, sagte Sethos lapidar.

»Als er für dich arbeitete?«

»Ja, aber auch in der Zeit, als er für andere Leute tätig war. Bei seiner Schwäche für die Damenwelt ist es nicht unmöglich, dass er eine von ihnen – äh – kompromittiert hat. Ihn aufzuspüren war ein Leichtes. Ganz Luxor wusste, dass er für Cyrus arbeitete.« Sein Onkel war ein dunkler Schatten neben ihm. Sie passierten das Savoy und das Hotel de Karnak, mittlerweile dunkel bis auf die Eingangsbeleuchtung. Fledermäuse schwebten zwischen den Bäumen hindurch. Ein langes, durchdringendes Pfeifen hob an und wurde lauter – der Nachtzug aus Kairo, wieder einmal mit mehreren Stunden Verspätung.

Es wurde von einem gewaltigen Dröhnen überstimmt. Der schwarze Himmel im Osten färbte sich rot und erbebte.

»Mein Gott«, ächzte Ramses. »Was war das?«

Sethos reckte den Kopf und nahm Witterung auf wie ein Jagdhund. »Es muss in der Nähe des Bahnhofs sein. Los, komm.«

11

Zum Glück hörte keiner von uns die Explosion, denn sonst hätten wir uns nur unnötig Sorgen gemacht. Wenn in Abwesenheit von Ramses ein lautes Geräusch ertönt, nimmt man naturgemäß an, dass er damit zu tun habe. Wie Nefret mir später erzählte, kam er erst gegen drei Uhr morgens nach Hause. Er wollte sie unter gar keinen Umständen aufwecken, als er sich entkleidete, doch das misslang, und als sie Licht machte, wäre ihr die Lampe fast aus der Hand geglitten. Sein bester Abendanzug war ruiniert – zerrissen, mit Blut und Asche und anderen, undefinierbaren Substanzen beschmiert, und seine Hände waren – laut Nefret – nur noch rohes Fleisch. Wir anderen erfuhren erst beim Frühstück davon.

»Weder ich noch Sethos wurden verletzt«, beharrte Ramses bei dem schmerzhaften Versuch, die Gabel zu umklammern. »Wir waren eine halbe Meile entfernt, als das Ding detonierte. Ich habe mitgeholfen, Leute aus den Trümmern zu befreien. Verflucht, Nefret, ich brauche keinen Verband. Du bist immer ...«

»Was ist passiert?« Meine Stimme war vielleicht eine Idee zu laut.

Ramses nahm das Würstchen mit den Fingern. »Sie haben versucht, den Bahnhof in die Luft zu jagen, als der Zug aus Kairo einlief. Zum Glück haben sie stümperhaft gearbeitet. Die Gleise wurden nicht zerstört, nur ein Teil des Bahnhofsgebäudes. Ein Mann wurde getötet, ein paar andere verletzt – allesamt Ägypter. Der Warteraum für Europäer und die Gleise wurden nicht beschädigt.«

»Wer waren die Verantwortlichen?«, erkundigte sich Emerson.

Schulterzuckend biss Ramses ein Stück Wurst ab.

»Die Landbewohner rebellieren«, sagte David. Seine Lippen zuckten. »Diese verdammten Idioten!«

Ramses schluckte. »So mutmaßt man. Bei dem Aufstand im letzten Frühjahr gab es ähnliche Sabotageakte.«

»Hölle und Verdammnis.« Emerson nahm seine Pfeife heraus.

»Streu nicht wieder Tabak auf deine Eier, Emerson«, ermahnte ich ihn.

»Ich bin fertig«, sagte Emerson, Tabak auf seinen Frühstücksteller und die Umgebung krümelnd. »Vermutlich dürfen wir jetzt mit einem Truppenkontingent aus Kairo rechnen. Verfluchter Mist. David, es wäre vielleicht ratsam, wenn du eine Zeit lang – äh – untertauchen würdest.«

David presste seine wohlgeformten Lippen zusammen. »Ich werde nicht weglaufen, Sir. Ich hatte damit nichts zu tun, und folglich können sie mir nichts beweisen.«

»Das Militär braucht keinen Beweis«, knurrte Emerson.

»Braucht es verdammt doch«, sagte Ramses heftig. »David ist englischer Bürger, und ein paar von den größten Nummern in der Regierung werden ihm die Stange halten.«

»Einschließlich meiner Wenigkeit.« Sethos baute sich im Türrahmen auf. »Bin ich zu spät fürs Frühstück, Fatima?«

»Kannst du nicht einmal einen Raum betreten ohne dieses theatralische Getue?«, forschte ich.

»Alte Gewohnheit«, erklärte Sethos.

»Zeig mir mal deine Hände.«

Er streckte sie aus. »Sauber genug?«

»Du hast ebenfalls bei der Bergung mitgeholfen.« Ich inspizierte die abgebrochenen Nägel, aufgeschürfte Fingerknöchel und aufgeplatzte Handflächen. »Komm in die Praxis, und ich werde ...«

»Natürlich habe ich mitgeholfen. Denkst du, ich stehe blöd rum, während Ramses den Helden spielt?«

Ramses entfuhr ein Laut, der an das Schnauben seines Vaters erinnerte. »Wir waren beide große Helden«, beschwichtigte Sethos. »Reg dich bitte nicht auf, Amelia, ich habe eine halbe

Flasche Whisky zum Desinfizieren gebraucht ... und ein bisschen Wasser und Seife.« Er setzte sich neben Maryam, und Fatima legte hastig ein Gedeck für ihn auf.

»Alles in Ordnung, Sir?« Maryam wandte ihm ihr hübsches, sorgenvolles Gesicht zu.

»Klar doch. Warum regt ihr euch nur so auf? Es war ein einmaliger Vorfall, dessen Ursache derzeit noch unbekannt ist. Ich habe heute Morgen als Erstes nach Kairo telegrafiert. Sofern nicht mehr passiert, werden sie sich vermutlich damit zufrieden geben, die Ermittlungen mir und der Polizei zu überlassen.«

»Das hoffe ich«, versetzte ich. »Offen gestanden kümmern mich Aufstände und Rebellen momentan wenig, zumal die Explosion in keinem Zusammenhang mit unseren anderen Problemen stehen kann.«

»Problem«, korrigierte Sethos. »Das Ganze ist ein Fait accompli, und gestern Abend haben Ramses und ich ... Oh, danke Fatima. Das sieht lecker aus. Gestern Abend haben wir eine Verbindung entdeckt. Hast du es ihnen erzählt, Ramses?«

»Hatte noch keine Gelegenheit«, sagte Ramses knapp. »War ohnehin deine Entdeckung.«

Ich will auf den Seiten dieses privaten Tagebuches einräumen, dass meine erste Reaktion auf Sethos' Bericht Verärgerung war. Ich hätte selbst darauf kommen müssen. Ist nicht »cherchez la femme« ein beliebtes Motiv? Indes nicht für mich, und bei Strangulation als vermeintlicher Todesursache denkt man auch nicht automatisch an eine Frau.

»Gut gemacht«, murmelte ich. »Allerdings – wenn ich das sagen darf – basieren einige Schlüsse auf Mutmaßungen. Ich meine ... Verzeihung, Emerson? Habe ich nicht eben die Äußerung ›Jacke wie Hose‹ gehört?«

»So was Triviales würde ich nie sagen, Peabody.«

»Mmh. Wie ich schon andeutete, bringt uns das nicht viel weiter. Wir haben doch auf eine Bande geschlossen, oder?«

»Aber jetzt wissen wir ...« Ramses fing meinen Blick auf und biss sich auf die Lippe. »Wir dürfen logischerweise voraussetzen, dass die Hathor-Erscheinungen in das von uns skizzierte Raster passen. Eine Frau ist mit beteiligt.«

»Eine junge, hübsche Frau«, murmelte Nefret.

»Richtig«, versetzte Ramses und biss herzhaft in sein Würstchen.

»Aber was war Sinn und Zweck dieser lächerlichen Erscheinungen?«, erregte ich mich. »Und wer zum Teufel ist sie?«

»Jemand, der ständig in Luxor lebt, oder eine Touristin, die vor mehr als einem Monat in Luxor eingetroffen ist«, erwiderte Sethos.

»Vor einem Monat?«, hakte ich nach.

»Ich habe einen Zeitplan erstellt.« Sethos bedachte mich mit einem süffisanten Grinsen. Er wusste, dass ich das versäumt hatte, andernfalls hätte ich diesen erwähnt. »Martinelli ist vor über drei Wochen verschwunden. Lass ihr etwa eine Woche, um ihn kennen zu lernen. Wenn es ein und dieselbe Frau ist, ist sie zeitgleich mit euch nach Kairo gefahren und rechtzeitig genug zurückgekehrt, um Daouds Schiff zu präparieren und sich auf ihren zweiten Auftritt vorzubereiten. Wir haben allen Grund zu der Annahme, dass sie noch hier ist.«

»Das grenzt die Zahl der Verdächtigen natürlich ein«, sagte David nachdenklich. »Die meisten Touristen bleiben nur ein paar Tage, zudem wohnen wenige europäische Frauen dauerhaft in Luxor.«

»Noch dazu jung und schön und – äh – durchtrieben«, sann ich laut. »Es kann keine aus dem uns bekannten Zirkel sein. Meine Freundinnen hätten mich bestimmt informiert, wenn eine Neue hinzugezogen wäre.«

»Da hat sie Recht«, tönte Emerson. »Diese Frauen sind immer schnell bei der Hand mit dem neuesten Klatsch und Tratsch.«

»Trotzdem sollten wir uns einmal umhören«, befand Sethos. Er hatte die Gelegenheit genutzt, seinen Teller zu leeren, worauf Fatima ihm sogleich nachlegte. »Nein, Amelia, du nicht; eine unverblümte Frage an deine Bekannten würde nur neugierig machen, und das müssen wir vermeiden. Ich werde mich in das süße Leben von Luxor stürzen. Ein neues Gesicht und ein belesener Intellektueller sind bei den Damen immer willkommen.«

»An diesem Gesicht solltest du etwas tun, wenn du Erfolg haben willst«, konterte ich. »Der Bart ...«

»Mit dem Rasieren wollte ich noch warten.« Sethos rieb sich das Kinn. »Also hör mal, Amelia, sobald ich glatt rasiert und elegant gekleidet bin, fällst du vor Staunen in Ohnmacht.«

»Pah«, blaffte Emerson. »Du wirst lediglich herausfinden, dass etliche Frauen in Luxor – ich nenne keine Namen, Peabody – es nur darauf abgesehen haben, ihre altjüngferlichen Töchter unter die Haube zu bringen. Die Frau, die du suchst, wird einen Riesenbogen um dich machen.«

»Mag sein.« Sethos' Grinsen schwand. »Man kennt mich als einen Freund von Mr. Cyrus Vandergelt, oder nicht?«

»Kurzum«, sagte Ramses nach einer Pause, »du willst den Lockvogel spielen.«

Maryam entfuhr ein spitzer Schrei, und ihr Vater lächelte ihr beschwichtigend zu. »Keine Sorge, Maryam. Ich bezweifle doch sehr, dass sie den gleichen Trick ein zweites Mal anwenden würde. Und wenn schon, ich verspreche dir, ihr nicht in eine dunkle Gasse zu folgen.« Schulterzuckend maß er unsere betretenen Gesichter. »Es ist das Beste, was wir machen können.«

»Es wäre schön, wenn wir die Angelegenheit alsbald klären könnten«, sagte ich. »Heiligabend steht vor der Tür. Und ich habe etwas dagegen, dass ein kriminelles Subjekt mir die Weihnachtsfeiertage durchkreuzt.«

»Weihnachten!« Emerson fielen fast die Augen aus dem Kopf. »Schau mal, Peabody, ich habe mich nie über die unnützen Mühen beklagt, die du in dieses Fest investierst, das ja eigentlich heidnisch ist und aus irgendeinem unsinnigen Aberglauben resultiert ...«

»Wir dürfen die Kinder nicht enttäuschen«, unterbrach ihn Lia. »Ich muss gestehen, ich habe noch nicht genauer darüber nachgedacht.«

»Aber ich«, entgegnete ich. »Allerdings bleiben uns noch ein paar Wochen.«

»Da ist noch eine Sache.« David spähte zu seinem Schwiegervater. »Die Milner-Kommission trifft in Kürze in Ägypten ein, und die britische Haltung ist allgemein bekannt. Das Protektorat wird fortgesetzt. Saghlul Pascha hat überall verbreitet, dass die

Kommission boykottiert werden muss. Das wird im ganzen Land zu Streiks und Demonstrationen führen.«

»Woher weißt du das?«, forschte Lia.

»Ich lese Zeitung«, sagte David leicht gereizt. »Ich hoffe, dass Sethos Recht behält, dennoch werde ich das Gefühl nicht los, dass Kairo die Explosion des Bahnhofs ernster nimmt als er.«

»Es hat nichts mit uns zu tun.« Nachdenklich musterte Ramses seinen Freund. »Halt dich da raus, David. Du hast es uns versprochen.«

»Wir werden ihn da raushalten«, sagte ich entschieden. »Gute Güte, haben wir nicht schon genug Probleme?«

Fatima kam herein. »Draußen ist ein Patient für dich, Nur Misur. Kommst du?«

»Aber natürlich.« Nefret erhob sich.

»Und der Rest von uns geht wieder an die Arbeit«, erklärte ich. »Wer kommt mit mir ins Schloss?«

»Ich nicht«, knurrte Emerson.

»Das erwartet auch keiner, mein Schatz. Immer schön fröhlich bleiben; in ein, zwei Tagen ist die Sache erledigt, und dann können wir unsere Ermittlungen fortsetzen.«

»Welche Ermittlungen?«, erkundigte sich mein Gatte. Er schob seinen Teller so schwungvoll beiseite, dass ein Glas umfiel. Wasser ergoss sich über das Tischtuch. »Verflucht«, brüllte Emerson. »Tut mir Leid, Fatima. Es war deine Schuld, Peabody, dein unverbesserlicher Optimismus treibt mich noch in den Wahnsinn! Da gibt es nichts zu ermitteln. Wir stecken fest. Du weißt genau, dass wir nichts anderes tun können, als einen weiteren verfluchten Übergriff abzuwarten!«

»Das ist nicht ganz korrekt, Radcliffe.« Walter rückte seine Brille zurecht. »Äh ... Sethos' Plan ...«

»Ist verpuffter Ehrgeiz«, beendete Emerson den Satz. Seine stahlblauen Augen schossen von einem Bruder zum anderen. Sethos griente höflich, und Walter, der Emerson länger kannte, butterte seelenruhig eine Scheibe Toast.

* * *

Bei meiner Ankunft im Schloss fand ich Cyrus im Ausstellungsraum, er stapfte nervös auf und ab und rupfte an seinem Bärtchen. Katherine trabte neben ihm, tätschelte ihm die Schulter und hauchte kurzatmig: »Aber, Cyrus. Cyrus, mein Schatz.« Er ging schnellen Schrittes, und meine geschätzte Katherine war ein wenig schwerfällig; sie seufzte erleichtert auf, als Cyrus endlich stehen blieb.

»Na, was ist?«, wollte ich wissen. »Katherine, setzen Sie sich, meine Liebe, und kommen Sie erst einmal zu Atem.«

Cyrus wandte sich zerknirscht an seine bessere Hälfte. »Verzeih mir, aber ich war so aufgebracht.«

Er umklammerte ein zerknülltes Stück Papier – ein Telegramm, nach der Farbe zu urteilen. »Hat Sie das so erregt?«, bohrte ich. »Lassen Sie mich raten. Schon wieder eine Nachricht von Monsieur Lacau? Was will er denn jetzt – alles?«

»Ganz so dramatisch ist es nicht.« Cyrus glättete das Telegramm und fächelte seiner Frau Luft zu. »Ich weiß nicht, was mich so wütend macht. Vielleicht der Ton. Er hat Kairo gestern verlassen – hat über vierundzwanzig Stunden gedauert, bis das Telegramm eintraf. Er will Donnerstag hier sein und in einem Tag alles eingeladen haben – ist das zu fassen? Und das alles schreibt er in einem unsäglichen Befehlston.«

»Telegramme sind kein Medium für höfliche Konversation«, gab ich zu bedenken. »Warum seine Eile?«

»Das hat er am Rande erwähnt.« Cyrus las laut vor. *»Unruhen sind alarmierend. Stopp. Sichere Ankunft der Artefakte in Kairo von höchster Priorität. Stopp.«*

»Warten wir's ab, bis er von der Explosion erfährt«, murmelte David. »Dann wird er Luxor noch schneller verlassen wollen.«

»Eine bodenlose Frechheit, wenn er meint, dass die Artefakte hier nicht sicher sind!«, wetterte Cyrus. »Hier sind sie bestimmt sicherer aufgehoben als in diesem verflixten Museum ... Oh, Donnerlittchen. Sie denken doch nicht etwa, dass er das mit dem gestohlenen Schmuck herausbekommen hat?«

»Ich wüsste nicht, wie«, erwiderte ich. »Er ist schlichtweg übereifrig und überkritisch. Wie dem auch sei, Cyrus, wir werden seine wertvollen Artefakte für den Transport vorbereiten, und er kann sein Schiff beladen und zum Teufel gehen, wie Emerson sagen würde. Wenn wir vorab Träger anheuern, kann er tatsächlich in einem Tag fertig werden.«

Gegen Mittag gingen uns Stroh und Watte aus. Ein Großteil der kleineren Objekte war bereits verpackt; blieben noch die Särge, die Mumien, die perlenbesetzte Robe.

»Ich habe keine Ahnung, wie wir die verpacken sollen«, stöhnte ich. »Ich möchte sie weder rollen noch falten, und wenn wir sie mit Nadeln fixieren, richten wir womöglich größeren Schaden an. David, was schlägst du vor?«

David klopfte sich Stroh vom Hemd. »Wir könnten ein sauberes Laken über das Gewand ziehen, das Ganze mit Bändern fixieren und mit Watte auspolstern. Wenn behutsam damit umgegangen wird ...«

»Bestimmt nicht«, seufzte ich. »Aber gut, daran lässt sich nichts ändern. Wir haben unser Mögliches getan. Sicher werden wir morgen fertig, wenn wir noch Verpackungsmaterial auftreiben.«

»Ich fahre rasch nach Luxor«, erbot sich David. »Es muss doch irgendeinen Laden geben, den wir noch nicht leer geräumt haben.«

»Soll ich mitkommen?«, erkundigte ich mich.

»Ist nicht nötig. Ich versuche auch, sauberes Stroh zu bekommen.«

Noch ehe ich etwas erwidern konnte, nahm er seine Jacke und stürmte hinaus. Seine übertriebene Hektik und sein ausweichender Blick machten mich stutzig. David hatte selten Heimlichkeiten (es sei denn, Ramses stiftete ihn dazu an), auf seine stille Art war er jedoch genauso eigenbrötlerisch wie mein Sohn. Andererseits mutmaßte ich, dass er seine Drähte zu der Nationalistenbewegung nicht gänzlich gekappt hatte, und dieses neuerliche Ereignis beunruhigte ihn zweifellos.

Seinen Namen brüllend, lief ich ihm nach. Er tat so, als hörte er mich nicht, aber ich holte ihn ein, als er Asfur sattelte. »Du willst zum Bahnhof, oder?«, keuchte ich.

David hatte mich nie anlügen können. Frühkindliche Moralvorstellungen haften eben an. (Nicht bei Ramses, er ist ein Sonderfall.) David fixierte mich trotzig und gab dann klein bei. »Verdammt, Tante Amelia, woher weißt du das schon wieder?«

»Ganz Luxor weiß, dass ich eine mächtige Zauberin bin«, sagte ich mit einem Lächeln. David erwiderte es nicht.

»Ich will mir das Ausmaß des Schadens selber ansehen.«

»Wozu soll das gut sein? David, bitte geh nicht allein hin. Nimm Ramses oder Emerson mit.«

»Ich soll den Vater der Flüche von seiner Exkavation abhalten, damit er Leibwächter spielt? Was kann denn schlimmstenfalls passieren? Wir sind in Luxor, nicht in Gallipoli.«

Ich schnaubte ärgerlich. Das männliche Geschlecht ist eine grässliche Spezies. »Ich will nicht argumentieren müssen, David. Tu, was ich sage. Ramses ist zu Hause und arbeitet an seinen Tontäfelchen. Das liegt auf der Strecke. Und fluch nicht in meinem Beisein«, tadelte ich, denn ich bemerkte die verräterischen Lippenbewegungen.

Darauf grinste er. »In Ordnung, Tante Amelia, du hast gewonnen – wie immer. Schätze, es gibt hier erst einmal nichts mehr zu tun für dich. Soll ich dich nach Hause bringen?«

Er saß auf und reichte mir eine Hand. Ich trat einen Schritt zurück. »Nein danke, mein lieber Junge. Ich habe diese romantische, aber unbequeme Transportmethode schon zu oft genossen. Sag Fatima, dass wir hier zu Mittag essen. Und iss was, bevor ...«

Er grinste, salutierte scherzhaft und ritt davon. Nachdenklich schlenderte ich zurück in den Arbeitsraum.

Aus Manuskript H

Eigentlich hätte Ramses nichts lieber getan, als mit Muße an seinem Inschriftenmaterial zu arbeiten, leider fehlte ihm die nötige Konzentration. Ihm war klar, warum sein Vater am Morgen nicht darauf gedrängt hatte, dass er ihn begleitete. Sie hatten nicht lange diskutiert, dazu bestand kein Anlass. Selim war noch ans Bett gefesselt und die Kinder leichte Beute; falls ein Widersacher in das weitläufige, unbewachte Haus eindringen würde, könnten ihn lediglich die Frauen und Gargery daran hindern. Der liebenswerte alte Narr würde jeden von ihnen unter Einsatz seines Lebens verteidigen, aber das war auch alles – falls er sich nicht irrtümlich selbst erschoss.

Nachdem die anderen zum Schloss aufgebrochen waren, schlenderte Ramses ziellos über das riesige Grundstück und landete irgendwann in Nefrets Praxis. Das Wartezimmer war gut gefüllt. Nefret genoss einen hervorragenden Ruf; indes war die Nachfrage so groß und die medizinische Versorgung derart dürftig, dass jede halbwegs kompetente Ärztin völlig überlastet gewesen wäre. Ramses übermannte derselbe ohnmächtige Zorn, den seine Frau jeden Tag, jede Stunde empfinden musste, wenn sie die eiternden Wunden und Bindehautentzündungen, die kranken Babys und die hochschwangeren, halbwüchsigen Mädchen sah. Geburtshilfe machte den Großteil ihrer Arbeit aus.

Nisrin kam aus dem Behandlungsraum. Blutspritzer bedeckten ihr weißes Gewand, gleichwohl begrüßte sie ihn freundlich lächelnd. »Möchtest du Nur Misur besuchen? Sie flickt gerade einen Patienten zusammen.«

»Nein, wie ich sehe, ist sie sehr beschäftigt. Es sei denn, ich kann irgendwie helfen.«

Gönnerhaft wie eine ausgebildete Krankenschwester, die über männliche Inkompetenz erhaben ist, winkte sie ab, worauf er Selim besuchte. Sennia war bei ihm, sie vertilgten Honigkuchen und diskutierten die Zweite Zwischenzeit. Sie bestritt einen Großteil der Unterhaltung. Nach einem Blick zu Ramses sagte sie beiläufig: »Wir sind bei den Hyksos.«

»Das höre ich«, erwiderte Ramses. Eine Pfote mit ausgefahrenen Krallen schoss unter ihrem Stuhl hervor. Ramses sprang zur Seite. Horus' launenhaftes Temperament blieb unverändert, aber er war behäbiger geworden. »Bist du sicher, dass Selim von den Hyksos erfahren möchte?«

Sennia schluckte. »Er interessiert sich sehr für ägyptische Geschichte. Stimmt's, Selim?«

Selim verdrehte die Augen und grinste. »Die kleine Taube ist eine gute Lehrerin.«

»Zudem bin ich eine gute Krankenpflegerin«, sagte Sennia selbstbewusst.

»Und das Essen hier ist hervorragend«, murmelte Ramses und angelte sich einen weiteren Honigkuchen. »Ihr scheint euch bestens zu amüsieren. Überanstrenge ihn nicht, kleine Taube.«

»Ich habe es satt, hier zu liegen«, maulte Selim. »Mir geht es gut. Sag Nur Misur, sie muss mich aufstehen lassen.«

Nefret Vorschriften zu machen, stieß bei Ramses auf taube Ohren. Er ging wieder.

Als Nächstes schlenderte er in den Garten, wo die Kinder spielten. Nach einer Viertelstunde verscheuchte Fatima ihn unter dem Vorwand, die Kinder müssten zu Mittag essen und er störe dabei nur. Der darauf folgende Protest klang heftiger als sonst. Nach Ansicht seiner Mutter reagierten Kinder sehr sensibel auf Stimmungen; die Nervosität der Erwachsenen belastete sie vermutlich auch.

Schließlich kehrte er in das Arbeitszimmer zurück, und kaum dass er mit seinen Studien begonnen hatte, rauschte Gargery herein.

»Hier sind Sie, Sir«, sagte er vorwurfsvoll. »Wir haben Sie überall gesucht. Mr. David ...«

»Sie brauchen mich nicht anzukündigen, Gargery«, warf David ein.

»Bleiben Sie über Mittag, Sir? Wir haben Sie nicht erwartet. Darf ich fragen ...«

»Nein«, fiel Ramses ihm ins Wort. »Verschwinden Sie, Gargery, und richten Sie Fatima aus ...«

»Sie soll sich keine Umstände machen«, sagte David. »Ein Sandwich reicht völlig aus.«

Gargery trollte sich mit bebenden Nasenflügeln. Ramses lehnte sich auf seinem Stuhl zurück. »Darf ich fragen ...«

»Ich will nach Luxor. Uns ist das Verpackungsmaterial ausgegangen. Ich musste Tante Amelia versprechen, dass ich dich mitnehme. Aber wenn du beschäftigt bist ...«

»So leicht kommst du mir nicht davon.« Ramses schob seine Materialien beiseite. »Ich habe diesen Horoskoptext für Mutter übersetzt. Auf Anspruchsvolleres konnte ich mich nicht konzentrieren. Wie kommt sie darauf, dass ich dich begleiten soll?«

»Ich will zum Bahnhof.«

»Und?«

»Nichts weiter. Hoffe ich wenigstens.«

»Du denkst, es gibt Probleme?«

David grinste schwach. »Ich habe da so meine Vermutungen.«

Es war mehr als eine schnöde Vermutung, es war das Wissen darum, wie leicht sich eine Gruppe Schaulustiger in einen wütenden Mob verwandeln konnte. Es würden sich gewiss Scharen von Menschen einfinden, allein aus Neugierde und in der Hoffnung, noch irgendetwas Brauchbares zu finden. Ramses machte sich Vorwürfe, dass er nicht auf dem Laufenden war, anders als David. Die Situation hatte sich bereits zugespitzt. Die kleinste Provokation konnte einen Aufstand auslösen.

Und David würde versuchen zu schlichten. Verdammt, dachte Ramses bei sich, das fehlte uns gerade noch. »Ich komme selbstverständlich mit«, sagte er.

Als sie zum Bahnhofsgebäude gelangten, war es früher Nachmittag und extrem heiß. In einiger Entfernung vernahmen sie den Tumult.

Die Polizei hielt die Menschenmassen von den Gleisen fern, wo etliche Männer in Khaki die Trümmer bewachten, Beschimpfungen ignorierten und mit bewundernswert britischem Schneid die Fäuste schwenkten. Wie die Soldaten so rasch hatten dort sein können, war Ramses ein Rätsel; Allenby hatte wohl zu Vorsichtsmaßnahmen gegriffen und an kritischen Punkten mobile Einheiten eingesetzt. Die Polizisten in ihren schäbigen Uniformen sahen nicht gerade begeistert aus. Viele sympathisierten mit den Demonstranten. Einer schwenkte ein Banner mit einer unverfrorenen (und falsch geschriebenen) Charakterisierung der Engländer. Die Sonne glühte wie ein Backofen, der von unzähligen Füßen losgetretene Staub vernebelte die Luft.

»Eine Minute«, sagte Ramses und hielt David fest, bevor dieser sich ins Gewühl stürzen konnte. »Sie lassen gerade Dampf ab. Was ist passiert?«

Der von ihm angesprochene Mann trug eine zerlumpte Galabija und einen schmutzigen Turban. Er schnellte zu Ramses herum, erkannte ihn und grinste zerknirscht. »Wir wollten doch bloß das zerborstene Holz, die Nägel und Ziegel fortschaffen, Bruder der Dämonen. Was ist schon dabei? Aber diese verfluchten – äh – die Engländer haben es uns verboten.«

»Sie wollen herausfinden, was die Explosion verursacht hat«, erklärte David. »Ihr dürft den Schrott mitnehmen, wenn sie fertig sind. Sag deinen Freunden, sie sollen nach Hause gehen.«

»Ich? Für wie dumm hältst du mich? Sie sind fürchterlich aufgebracht.«

»Und amüsieren sich dabei prächtig«, sagte Ramses in Englisch zu David. »Nichts kann Langeweile besser vertreiben als ein kleiner Aufstand an einem heißen Tag.«

»Jemand feuert sie an«, murmelte David, bemüht, über ein Meer wogender Turbane zu spähen, aufgelockert von dem einen oder anderen roten Fez.

Der Bursche war kein Redner, aber trotzdem laut und mitreißend. Begriffe wie Unterdrückung und Unrecht – und der Name des ausgewiesenen Patrioten Saghlul – zogen wütendes Gemurmel nach sich. David bahnte sich fluchend einen Weg durch die dicht gedrängte Menschentraube.

Ramses folgte ihm kurz entschlossen und auf die Menge einredend. »Geht nach Hause, ihr Tollköpfe. Verschwindet. Denkt an eure Frauen und Kinder. Wollt ihr, dass sie euch erschießen?«

Sie machten ihm Platz, und einige nahmen sich seinen Rat zu Herzen, aber der Redner brüllte weiterhin, und die ersten Reihen drängten nach vorn. Die Polizisten waren nicht bewaffnet, aber die Soldaten. In der Hoffnung, dass man ihn und David nicht irrtümlich für Aufständische hielte, wehrte Ramses einen aufgebrachten Demonstranten ab, der ihm an die Gurgel wollte. Die Männer in der ersten Reihe waren die mutigsten oder, anders betrachtet, die mit dem wenigsten Verstand. Gewohnt schlagkräftig setzte David etliche davon außer Gefecht. Diejenigen, die den Opfern am nächsten waren, wichen zurück und überließen Ramses und David das Feld vor den belagerten Polizisten.

»Wo ist dieser Mistkerl?«, keuchte David und meinte damit, wie Ramses annahm, den Redner.

»Der scheint sich in Luft aufgelöst zu haben. Vielleicht kannst du lauter brüllen als er.«

David hob beide Hände und überbrüllte das Chaos. Schon nach wenigen Sätzen lauschte das Publikum andächtig. Die Ägypter waren für gewöhnlich friedfertig und schätzten eine gute Rede. Nicken und schuldbewusste Blicke untermalten Davids eindringlichen Appell. Ramses hatte keine Zweifel, dass er von Herzen kam. »Gewalt wird euch und euren Familien nur schaden, meine Brüder. Untersagt Gott nicht das Töten, es sei denn in Notwehr? Habt Geduld. Die Freiheit ist nah. Ich weiß es. Ich habe dafür gekämpft und werde weiter kämpfen.«

Er war der Held des Augenblicks. Wankelmütig, wie Menschen nun einmal sind, strömten sie zu ihm hin; die Männer, die ihn vorher geschmäht hatten, wollten ihn jetzt umarmen. Ramses, der nie abstritt, dass er misstrauischer war als sein Freund, hatte die hektischen Gestalten, die entseelten Gesichter argwöhnisch beäugt. Er gewahrte, wie ein erhobener Arm ausholte, sah den durch die Luft fliegenden Stein und warf sich auf David. Er war eine halbe Sekunde zu spät.

* * *

Nach reiflicher Überlegung beschloss ich, die Arbeit für diesen Tag einzustellen. Es bestand keine Eile. Die kostbaren Objekte waren fast alle verpackt. Ich hatte mich noch nicht entschieden, was ich mit der perlenbestickten Robe und den Totenbuch-Schriftrollen anstellen sollte. Das Gewand hatte ohnehin stark gelitten, nachdem Martinelli es ausgebreitet und präpariert hatte; die Farbe war erheblich nachgedunkelt, und der Stoff wirkte morsch. Ich hatte es von Anfang an befürchtet: die Robe war unrettbar verloren, egal, was wir machten. Warum also nicht Lacau die ultimative Entscheidung überlassen? Wenn er darauf drängte, dass wir diese für den Transport vorbereiteten, dann sollte er sich in Kairo ruhig mit losen Perlen und Leinenfetzen amüsieren.

Was das Totenbuch anging, so hoffte ich, Monsieur Lacau zu überzeugen, uns dieses auf unbestimmte Zeit zu überlassen. Das Glätten und Entrollen von brüchigem Papyrus war Walters Spezialität. Ich hatte meine Zweifel, ob es in Kairo einen ähnlich erfahrenen Experten gäbe, ganz zu schweigen davon, dass mein Schwager zu den weltbesten Wissenschaftlern auf dem Sektor altägyptische Texte gehörte.

Nachdem ich diesen Entschluss gefasst und den anderen mitgeteilt hatte, verspeisten wir eines von Katherines exzellenten Mittagsdiners und zogen uns zurück – Evelyn zu einem kurzen Nickerchen, Walter zu seinem Papyrus und Lia in unser Haus.

»Und was haben Sie vor?«, erkundigte sich Cyrus, als ich Handschuhe überstreifte und meinen Hut aufsetzte.

Ich beschloss, ihm reinen Wein einzuschenken. »Ich will einen kleinen Abstecher zu Abdullahs Grab machen, bevor ich heimgehe.«

»Aber nicht allein«, erklärte Cyrus. Er bat den Stallknecht, Queenie zu satteln.

»Wie kommen Sie darauf, dass ich einen Begleiter brauche, Cyrus? Lia ist auch allein unterwegs.«

»Ihr vertraue ich, Ihnen nicht.« Cyrus zupfte an seinem Bärtchen. »Ist das alles – eine Stippvisite bei Abdullah? Wollen Sie dort vielleicht Rat einholen?«

»Den brauchen wir dringend, finden Sie nicht? Ich versichere Ihnen, ich habe nichts anderes vor.«

»Ich komm trotzdem mit«, versetzte Cyrus.

Ägypten hat ein sehr heißes, trockenes Klima. Der Schatten des kleinen Grabmonuments war eine Wohltat nach unserem Ritt durch glühenden Wüstensand. Cyrus steckte dem dienstbeflissenen Abdulrassah ein Bakschisch zu, setzte sich, fächelte sich mit dem Tropenhelm Luft zu und wandte höflich den Blick ab, als ich das Grabmal betrat.

Ich kniete mich nicht hin oder betete laut. An das Mauerwerk gelehnt, schloss ich die Augen und dachte an Abdullah. Ich weiß nicht, was ich erwartete. Wenn ich wach war, begegnete er mir nie, und ich durfte gewiss nicht annehmen, dass er jetzt auf meine stumme Bitte reagierte. Offen gestanden war es weniger eine Bitte als vielmehr eine aufgebrachte Forderung. Was nützte es, einen Informanten »auf der anderen Seite« zu haben, wenn dieser mich nicht informieren wollte oder konnte?

Hinter meinen geschlossenen Lidern flirrten winzige Farbtupfer, Spiralen und Lichtpunkte. Die Geräusche intensivierten sich; das Schlurfen von Abdulrassahs Sandalen, das Rascheln des Reisigbesens, der Flügelschlag der Vögel unter der Kuppel, entfernte Stimmen ...

Eine Hand berührte meine Schulter. Ich öffnete die Augen und gewahrte Cyrus' Gesicht dicht an meinem. »Sie zittern ja!«, sagte er. »Was hatten Sie vor, sich in einen Trancezustand hineinzusteigern?«

»Das bringt nichts«, erwiderte ich. »Und ich bin auch kein Medium, wenn Sie das meinen.«

»Aber Sie glauben an Ihre Träume.« Er bot mir seinen Arm. Abdulrassah stellte seinen Besen an die Wand und setzte sich demonstrativ neben seine »Opferschale«. Ich warf ein paar Münzen hinein und beantwortete Cyrus' unterschwellige Frage.

»Glauben ist nicht ganz zutreffend. Ich akzeptiere sie. Vermutlich sind Sie ein Skeptiker.«

»Keine Ahnung.« Cyrus half mir beim Aufsitzen. »Ich habe in meinem Leben viel Ungewöhnliches erlebt, und den guten alten Abdullah hätte ich zu gern noch einmal wieder gesehen. Hatten Sie das Glück?«

»Ich habe ihn nicht gesehen, wenn Sie das meinen. Ich dachte nur ... ich mag mich täuschen, aber ich dachte, ich hätte seine Stimme gehört. ›Du stehst am Anfang, Sitt. Und jetzt geh weiter und pass auf, wo du hintrittst.‹«

»Was hat das zu bedeuten?«, forschte Cyrus.

»Wenn ich das wüsste, Cyrus.«

* * *

Wir hatten den festen Vorsatz gefasst, uns zur Teezeit völlig unauffällig zu verhalten, wegen der Kinder, doch das sollte nicht ganz gelingen. Das Pflaster an Davids Braue war nicht zu übersehen. Die anderen Kinder glaubten ihm, als er von einem kleinen Missgeschick berichtete, doch Dolly presste feuchte Küsse auf seine Nase und Brauen und Ohren, bis ich die Kleinen schließlich mit Bergen von Keksen in ihren eingefriedeten Bereich lockte. (Schlimme Zeiten rechtfertigen schlimme Mittel.) Wir hatten uns gerade häuslich niedergelassen, als Sethos erschien. Er hatte wohl in Luxor gespeist, denn er war ziemlich geckenhaft gekleidet in grünen Tweed, mit einer Regimentskrawatte, wie sie ihm gewiss nicht zustand. Bart und Haare waren mittlerweile eisengrau, sein markantes Gesicht hatte wieder die normalen Proportionen angenommen. Der einzige Makel war ein bitterböser Blick, so einschüchternd wie Emersons.

»Guten Tag«, sagte ich und winkte ihn zu uns.

Statt einer Antwort fixierte er David. »Was zum Teufel hast du dir dabei eigentlich gedacht?«, wetterte er.

»Du hast davon erfahren?«, forschte David matt.

»Aber natürlich. Ganz Luxor weiß davon, und spätestens morgen wird es in Kairo die Runde machen, dass du heute einen Aufstand angezettelt hast. Du verrückter Hitzkopf ...«

»Bitte!«, rief ich. »Die Kinder!«

»Er hat keinen Aufstand angezettelt, er hat ihn verhindert.« Ungerührt erwiderte Ramses den vernichtenden Blick seines Gegenübers. »Ringsum waren englische Soldaten. Sie haben alles mitbekommen.«

»Sie haben mitbekommen, wie ein ›Einheimischer‹ Arabisch sprach.« Sethos rang die Hände. »Sie haben nicht ein Wort verstanden. Und sie werden nicht glauben, was die Ägypter ihnen erzählen. Er stand bereits unter Verdacht ...«

»Er hat versucht, Menschenleben zu retten«, unterbrach Lia ihn. Sie saß kerzengerade auf ihrem Stuhl, ihre Wangen rot vor Empörung.

»Interessiert mich nicht, was er versucht hat. Ich habe mein Mögliches getan, jedes Verdachtsmoment zu zerstreuen, aber wenn er weiterhin seine Nase in ...«

Mehrere Personen fielen ihm aufgebracht ins Wort. Emerson war am stimmgewaltigsten. Ich schmunzelte stillvergnügt. Nur selten hatte ich Sethos so wütend erlebt. Seine Besorgnis war richtig anrührend.

In der Ruhe nach dem verbalen Sturm erklang eine sanfte Stimme. »Verzeihung – äh – Sethos ...«

»Du stimmst mir zu, Walter.« Etwas verblüfft, gleichwohl auf Rückendeckung hoffend, wandte Sethos sich zu ihm. »Erklär deinem unverbesserlichen Schwiegersohn, dass er damit aufhören soll.«

»Nein, das werde ich nicht tun«, versetzte Walter.

Wir anderen schwiegen nach dieser überraschenden Reaktion, und er fuhr genauso sanft und überlegt fort: »Ein Mann muss seinem Gewissen folgen. Es war falsch von mir, etwas anderes von David zu verlangen. Er erhebt seine Stimme gegen die Unterdrückung und für den friedlichen Widerstand. Ich – äh – ich glaube an seine Sache und werde ihn nach Kräften unterstützen.«

»Hmmmm«, brummelte Emerson. »Gut gebrüllt, Walter.«

»Danke, Sir«, murmelte David. Seine Augen waren verräterisch feucht, genau wie die Evelyns.

»Oh Vater.« Lia lief zu ihm und umarmte ihn.

»Oh verflucht.« Sethos setzte sich und lockerte seine Krawatte. »Ich hatte nicht die Absicht, eine rührselige Gefühlsorgie auszulösen. Sollte jemand in Tränen ausbrechen, geh ich.«

»Hier bricht keiner in Tränen aus«, sagte ich mit einem strafenden Blick zu Maryam, die wohl kurz davor stand. »Zweifellos bist du aus der Haut gefahren, weil du David schätzt, aber das irritiert jeden, der die Temperamentsausbrüche der männlichen Familienmitglieder noch nicht miterlebt hat.«

»Korrekt«, befand Ramses, nach wie vor eingeschnappt über Sethos' Kritik an seinem Freund. »Es wäre sinnvoller, wenn du in Erfahrung bringen könntest, was den Aufruhr ausgelöst hat. Du behauptest doch immer, Beziehungen zu den Spitzenleuten im Geheimdienst zu haben. Haben sie denn keine Informanten in der Radikalenbewegung?«

»Fatalerweise haben wir mit deinem und Davids Ausscheiden unsere besten Agenten verloren«, gestand Sethos. »Willst du damit andeuten, dass diese Unruhen von Außenstehenden provoziert wurden?«

Ramses ging über das Kompliment hinweg. Er war keineswegs stolz auf seine Spionageerfahrung. »Da bin ich mir ganz sicher. Ich habe einige fremde Gesichter in der Menge wahrgenommen. Ich dachte, ich hätte einen von ihnen erkannt – der Mann, der den Stein geworfen hat. Was meinst du, David?«

»Ich konnte ihn nur schwach erkennen«, räumte David ein. »Aber es könnte sein ... Du meinst diesen Burschen François, den Aufpasser des Jungen? Aber er ...«

»Er kommt aus der Pariser Unterwelt«, unterbrach Ramses. »Zumindest kämpft er so. Was weißt du über ihn, Maryam?«

Sie zuckte zusammen, fuhr sich mit der Hand an den Hals. »Nichts. Ganz ehrlich. Er war schon bei ihnen, als ich die Stelle antrat. Man hat mir nie gesagt, wo er herkommt. Ich ... ich habe mich vor ihm gefürchtet. Von Anfang an.«

»Hat er Sie – ähm – je belästigt?«, fragte Emerson heftig.

»Oh nein, nichts dergleichen.« Sein nahezu väterlicher Zorn entlockte ihr ein Lächeln. »Ich glaube nicht, dass er sich in etwas Politisches einbinden ließe, dafür ist er nicht der Typ. Justin ist seine Lebensaufgabe, wenn man so will; er hat tief verwurzelte Beschützerinstinkte. Aber er ist sehr nachtragend. Seid ihr sicher ...« Sie zögerte. »Seid ihr sicher, dass er mit dem Stein nach David gezielt hat?«

Ihre Äußerung klang plausibel, es war einfach grotesk, sich François als Revolutionär vorzustellen. Wenn ihn seine Neugierde an besagten Schauplatz gezogen hatte, hätte er freilich die Gunst der Stunde nutzen können, um jemandem eins auszuwischen, der ihm übel mitgespielt hatte. Ramses räumte ein, dass er schlichtweg davon ausgegangen sei, dass das Wurfgeschoss David gegolten habe.

»Das ist untragbar«, erklärte ich. »Ich möchte nichts mit diesen Demonstranten zu tun haben, aber wenn dieser unsägliche Franzose ihm verhasste Personen tätlich angreift, muss das ein Ende haben. Gute Güte, Emerson, du könntest der Nächste sein.«

»Das würde mir hervorragend in den Kram passen«, sagte Emerson, seine saphirblaue Iris blitzte auf. »Ich werde der alten Dame einen kleinen Anstandsbesuch abstatten, und wenn ich zufällig in diesen François hineinlaufe ...«

»Du wirst nichts dergleichen tun, Emerson.«

»Aber Peabody ...«

»Wenn ihr möchtet, rede ich mit ihr«, erbot sich Maryam zögernd. »Ich wollte sie ohnehin aufsuchen und mich nach Justin erkundigen. Es ist das Mindeste, was ich tun kann, nachdem ich Hals über Kopf verschwunden bin.«

»Eine bewundernswerte Einstellung«, meinte Sethos gedehnt. »Ich werde dich begleiten. Vielleicht kann ich der alten Dame meine Aufwartung machen.«

»Das bezweifle ich«, murmelte Maryam.

Sie holte ihren Hut, und ich nahm Sethos beiseite. »Warum verunsicherst du das Mädchen ständig? Sie zeigt ihren guten Willen, und du versuchst nicht einmal ...«

»Wie ein Vater zu sein.« Sethos' Lippen zuckten. »Ich versuche es, Amelia, ob du mir glaubst oder nicht.«

»Du weigerst dich, Gefühle für sie zu zeigen.«

Sethos versagte sich eine bissige Bemerkung. Über seine Schulter zu den anderen schielend, zischte er leise: »Lass das, Amelia. Ich bin mir meiner Empfindungen durchaus bewusst. Du musst sie mir nicht auch noch erklären.«

Vermutlich war dies nicht der richtige Zeitpunkt, um den psychologischen Aspekt zu erwähnen. Ich begnügte mich mit einem entschuldigenden Lächeln, worauf er unwirsch entgegnete: »Also gut. Ich werde sie in Luxor zum Abendessen ausführen, wie findest du das? Ursprünglich wollte ich mit deiner Freundin, Mrs. Fisher, dinieren, die hier in der Gegend jedes weibliche Wesen kennt, aber ich werde absagen.«

»Tu das«, riet ich ihm.

Gleich nach dem Abendessen verschwand Emerson in seinem Arbeitszimmer, wo er »uns mit gutem Beispiel vorangehen wollte«, indem er seine Exkavationsaufzeichnungen à jour brachte. Die anderen zogen sich ebenfalls zurück, wiewohl nicht mit der Absicht, Emerson nachzueifern. Davids mutige Tat und Walters unverhoffte Solidarität hatten jene Zuneigung bestärkt, die häufig als selbstverständlich hingenommen wird: Als Walter seine Frau zu der wartenden Kutsche führte, hakte sie sich zärtlich bei ihm ein, und seine Schritte federten vor Elan. Bei meiner Rückkehr in den Salon waren Lia und David bereits aufgebrochen, und Ramses hatte sich erhoben.

»Wir wollen uns ebenfalls verabschieden, Mutter«, sagte er.

»Mögt ihr denn nicht noch eine Tasse Kaffee?«, schlug ich vor. »Oder ein bisschen plaudern?«

»Er muss sich ausruhen.« Nefret fasste Ramses' Hand. »Er hat einen anstrengenden Tag hinter sich. Gute ...«

»Das hat er. Ich darf noch anmerken, Ramses, dass du David vor Schlimmerem bewahrt hast, unter Einsatz deines Lebens, wie du das immer getan hast, aus Freundschaft und ...«

»Halt keine langen Reden, Mutter.« Lachend gab er mir einen Kuss auf die Wange. »Du hättest das Gleiche gemacht, vermutlich nur effektiver. Ein Zücken deines Schirms und die Menge wäre kreischend auseinander gestoben. Ach, das hätte ich fast vergessen. Ich habe ein paar Seiten aus diesem Papyrus für dich übersetzt. Sie liegen auf deinem Schreibtisch.«

»Danke, mein lieber Junge. Nefret, wie geht es Selim ...«

»Ich werde nach ihm sehen, bevor wir zu Bett gehen«, sagte Nefret sanft, aber entschieden. »Gute Nacht, Mutter.«

Eigentlich hatte ich nicht auf Maryam warten wollen; es ergab sich einfach, dass ich auf der Veranda saß und die friedliche Abendstille genoss, als sie zurückkehrten.

»Guten Abend, Amelia.« Sethos half seiner Tochter aus der Kutsche. »Da du wie eine besorgte Anstandsdame ausgeharrt hast, will ich nicht lange stören. Gute Nacht, Maryam.«

Maryam wäre durch den Garten gegangen, wenn ich nicht demonstrativ das Verandator geöffnet hätte. »Setzen Sie sich einen Augenblick zu mir«, sagte ich freundlich. »Hat Ihnen das gemeinsame Abendessen mit Ihrem Vater gefallen?«

»Ja, sehr.« Da ich erwartungsvoll schwieg, fuhr sie fort: »Ich wusste gar nicht, dass er so beliebt ist. Eine ganze Reihe von Leuten kam an unseren Tisch, um mit ihm zu plaudern. Eine Freundin von Ihnen – Mrs. Fisher, glaube ich – lässt Ihnen Grüße ausrichten.«

»Nachdem sie Ihnen vorgestellt werden wollte, vermutlich. Neuzugänge in Luxor sind immer von Interesse. Wusste sie noch, dass ihr euch bereits vor einigen Jahren kennen gelernt habt, als Sie mit Ihrem Mann hier waren?«

»Ich habe sie kennen gelernt? Ich kann mich nicht entsinnen. Es ist sehr lange her, und ich habe mich seitdem sehr verändert.«

Die Haustür sprang auf, und Emerson spähte ins Freie. »Was machst du da draußen? Es wird Zeit zum ... Oh. Äh. Hallo, Miss Maryam. Hatten Sie einen schönen Abend?«

»Ja, Sir, danke.«

»Was ist mit diesem Halunken François?«, erkundigte sich mein Gatte. »Haben Sie ihn gesehen?«

»Ja, Sir. Mrs. Fitzroyce hat ihn in den Salon gebeten, nachdem ich ihr von dem Steinwurf erzählt hatte. Er ... ich ...«

»Hören Sie auf herumzustottern, Kindchen«, sagte Emerson milde. »Ich nehme an, er hat es abgestritten.«

»Nein, Sir, das hat er nicht.« Sie heftete den Blick auf ihn. »Er hat grässliche Dinge über Ramses und Sie gesagt. Er hasst Sie.«

»Keine Sorge«, lachte Emerson. »Wenn der sich hier blicken lässt, mach ich ihn fertig.«

»Das wird er nicht tun. Sie hat ihm ernsthaft ins Gewissen geredet – dass er die Stelle verliert, wenn er so etwas wieder macht. Es wäre die schlimmste Strafe für ihn, von Justin getrennt zu werden.«

»Trotzdem werden wir Acht geben müssen«, erklärte ich.

»Nicht mehr lange«, wandte Maryam ein. »In ein paar Tagen werden sie nach Kairo segeln. Justin geht es nicht gut.«

* * *

Emerson hatte so gehofft, sich mit François anlegen zu können, doch die nächsten beiden Tage verliefen vollkommen ruhig. Der Schatz war transportbereit verpackt, ausgenommen die Stücke, die ich zurückgehalten hatte, sodass ich Emerson besänftigte, indem ich meine Gehilfen wieder ihm überließ und gestattete, dass er mit der Exkavation weitermachte.

Die Entdeckung mehrerer hübscher Votivstatuen und -stelen, die frühere Exkavatoren übersehen hatten, ermöglichte es ihm, einige Mauerfundamente einem Schrein aus der achtzehnten Dynastie zuzuordnen, und Bertie stellte den Grundriss des

Tempels von Amenophis I. fertig. Bei der Freilegung eines Kellers in dem Dorf stieß Ramses auf weitere Ostraka. Er übersetzte uns eines der aufschlussreichsten Täfelchen während der Mittagspause.

»Es fällt in die so genannte Kategorie ›Briefe an die Toten‹«, führte er aus. »Dies hier scheint von einem Witwer an seine verstorbene Frau gerichtet zu sein. *An die selige Baketamon: Was habe ich getan, dass du mir Böses willst? Ich habe dich zur Frau genommen, ich habe dich nicht verstoßen, ich habe dir viele schöne Dinge geschenkt, und als du krank wurdest, habe ich den besten Arzt für dich bestellt; ich habe dich in feines Leinen gehüllt und dir ein feierliches Begräbnis ausgerichtet, und seither habe ich keine andere Frau angerührt, obschon es das Recht eines jeden Mannes ist. Und doch suchst du mich heim und bringst Unheil über mich!*«

»Sagt er, was für ein Unheil?«, forschte Nefret, ihre Arme um ihre angewinkelten Knie geschlungen.

»Nein. Vermutlich hatte er eine Pechsträhne.«

»Ts, und ihr dann die Schuld zuschieben«, lachte Lia. »Sag jetzt nichts, Tante Amelia.«

»›Typisch Mann‹, meinst du? Diesen Lapsus begehen beide Geschlechter und sämtliche Kulturen«, räumte ich freimütig ein. »Es ist tröstlich, etwas Negatives übernatürlichem Einfluss zuzuschreiben, weil man hofft, dies mit magischen Kräften abzuwenden, statt es als unvermeidlich zu akzeptieren.«

»Oder als eigenen Fehler«, sagte Lia. »Nach meiner Ansicht hätte er niemals so auf der Ärmsten herumgehackt, wenn er sich keiner Schuld bewusst gewesen wäre. Aber das würde er natürlich nicht zugeben.«

»Das konnte er nicht«, versetzte Ramses, das Fragment behutsam in ein wattiertes Kästchen legend. »Er sagt weiter, dass er vor dem Tribunal der Götter Beschwerde gegen sie einlegen wird. Folglich ist es eine formelle Anklage – gewissermaßen ein rechtsgültiges Dokument.«

»Womöglich wollte er Schadensersatz einklagen«, grinste Bertie. »Man darf schließlich nicht erwarten, dass er gegen sich selber aussagt.«

Emerson, der nur mit halbem Ohr zugehört hatte, scheuchte alle wieder an die Arbeit.

Dank langjähriger Erfahrung musste ich mich auf das Sieben des Gerölls nicht sonderlich konzentrieren. Der werte Leser wird den Tenor meiner abschweifenden Gedanken gewiss erahnen. Weniger sensible Menschen hätten sich nach der relativ ruhigen Zeitspanne, die ohne einen einzigen unangenehmen Zwischenfall verlief, in Sicherheit gewähnt. Für mich war dies im höchsten Maße verdächtig – die Ruhe vor dem Sturm. Irgendetwas braute sich da zusammen. Doch obschon ich die uns bekannten Fakten wieder und wieder durchging, blieb mir der Zusammenhang verschlossen.

Eines Abends, als ich keinen zum Plaudern fand, zog ich mich in mein eigenes kleines Reich zurück. Die müden Gehilfen hatten sich zerstreut, Walter und Evelyn waren im Schloss, die anderen in ihren Zimmern, Emerson in seinem Büro. Auf meinem Schreibtisch türmte sich die Arbeit, darunter meine eigenen Exkavationsnotizen, da fiel mein Blick auf die dreiseitige Übersetzung, die Ramses von Walters Horoskop-Papyrus angefertigt hatte.

Sie begann mit jenem denkwürdigen Eintrag über *Die Kinder des Sturms*. Denkwürdig und nur scheinbar bedeutsam, denn als ich die restlichen Seiten überflog, fand ich nichts Aufschlussreiches. Auf *Es ist der Tag, an dem Horus mit Seth kämpft* folgte *Es ist der Tag des Friedens zwischen Horus und Seth.* Kaum verwunderlich, dass der erste mit *sehr ungünstig* und der zweite mit *sehr günstig* umschrieben wurde. Keiner schien in irgendeiner Weise Bezug auf unsere Situation zu nehmen.

Aber was hatte ich eigentlich erwartet? Ramses' Handschrift entziffern zu müssen, bereitet mir immer Kopfschmerzen. Ich legte die Seiten weg. Darunter lag eine meiner Aufstellungen – die Namen der Frauen, mit denen Ramses zu tun gehabt hatte. Schuldbewusst rätselte ich, ob er sie wohl gesehen habe. Er hatte. Am Blattrand stand, hingekritzelt mit seiner unleserlichen Klaue: *Schande über dich, Mutter.*

Ich nahm ein leeres Blatt Papier und fing an zu skizzieren. Ich zeichne nicht sonderlich gut, hatte mir aber wie alle Archäologen Grundkenntnisse zugelegt, zudem hatte ich festgestellt, dass diese Tätigkeit das Nachdenken anregt. Wenn die Hände beschäftigt sind, schwingt der Geist sich empor. Noch nie war mir die Lösung eines Kriminalfalles so aussichtslos erschienen.

Ich zeichnete ein recht hübsches, kleines Gefäß und dekorierte es mit Lotosblüten, einem oder zwei hieroglyphischen Vögeln, einem geflügelten Skarabäus. Das erinnerte mich an den Schmuck, mit dem wir uns ausstaffiert hatten. Eitelkeit ist eine Verfehlung, trotzdem hatte ich ihr genauso begeistert gefrönt wie die anderen! Ich versuchte, ziemlich erfolglos, Amun-Re in Widdergestalt zu skizzieren, der in massivem Gold auf meiner Brust geruht hatte. Es war ein eher schlichtes Ornament; häufig bestechen ägyptische Schmuckstücke durch eine Vielzahl von verschiedenen Elementen, wie das gestohlene Pektorale mit dem Skarabäus in der Mitte, umkränzt von Lotosblüten und flankiert von den beiden Kobras. Ich zeichnete diese und schmückte sie mit zwei kleinen weißen Kronen; und während mein Bleistift über das Papier glitt, war mein Verstand unermüdlich in Aktion, erwog die unvereinbaren Elemente des von uns erstellten Rasters und arrangierte diese immer wieder neu. Hatte Abdullah nicht beteuert, es gebe ein Handlungsmuster? Ich war geneigt zu glauben, dass ich tatsächlich seine Stimme vernommen hatte, passten rätselhafte, mehrdeutige Ausführungen doch eher zu Abdullah als eine direkte Antwort. »Du stehst am Anfang ...«

Meine Finger drückten so fest auf, dass die Stiftspitze abbrach. »Auch das ist ein Teil des Musters«, hatte er einmal gesagt, als wir über seine neue Rolle als Scheich geplaudert hatten. Und sein Grab war der Anfang ... Ich starrte auf die unvollständige Skizze des Pektorale und begriff, dass wir einen Aspekt übersehen, einen Informationskanal ignoriert hatten.

Mit neuem Elan sprang ich auf und stürmte aus dem Haus.

Auf mein Klopfen reagierte zunächst niemand, doch ich blieb hartnäckig. Erst als Ramses öffnete, fiel mir ein, wie spät es bereits war.

»Auweia«, seufzte ich. »Hab ich dich geweckt?«

»Ich habe noch nicht geschlafen.« Er knotete den Gürtel seines Morgenmantels und fuhr sich über die wirren Locken. »Was ist denn? Komm rein und erzähl es mir.«

»Nein, nein. Tut mir Leid, dass ich dich stören muss. Ich habe nur eine Frage.«

Sobald ich diese stellte, weiteten sich seine schläfrigen Augen und er öffnete verdutzt den Mund. »Ich kann mich nicht entsinnen. Wieso zum Teufel ...«

»Aber du weißt, wie der Ort heißt, oder?«

»Mag sein. Vater weiß es vielleicht eher. Hast du ihn schon gefragt?«

»Ich möchte das lieber nicht mit deinem Vater erörtern. Versuch dich zu erinnern. Ich könnte Thomas Russell telegrafieren, aber die Zeit drängt.«

Er schüttelte den Kopf. »Es ist einige Jahre her, und ich verstehe nicht, wieso ...«

»Vielleicht kommst du heute Nacht darauf, wenn du im Geiste mit etwas ganz anderem beschäftigt bist«, ermunterte ich ihn. »So funktioniert das Gedächtnis. Dann komm sofort zu mir, egal wie spät es ist.«

Inzwischen war er hellwach, dennoch drängte er nicht in mich. Seine Lippen zuckten, als belustigte ihn das alles, doch das bezweifelte ich.

»Ich mag dich nicht aufwecken, Mutter.«

»Mach dir deswegen keine Gedanken, mein Junge. Ich habe einen leichten Schlaf.«

»Wie du meinst. Komm, ich bringe dich zurück zum Haus.« Ramses unterdrückte ein Gähnen.

»Nicht nötig, Ramses. Du solltest draußen nicht barfuß herumlaufen, und bis du deine Schuhe gefunden hast, ist Nefret auch wach.«

»Sie ist wach. Heißt das, dass ich auch ihr nichts davon sagen soll? Sieh mal, Mutter ...«

»Erst mal nicht«, wehrte ich ab und machte kehrt, ehe er reagieren konnte.

Die meisten Öllampen auf dem Pfad waren heruntergebrannt. Alles schien viel dunkler als auf dem Hinweg. Etwas raschelte im Gebüsch. Vermutlich eine unserer Katzen, gleichwohl muss ich zu meiner Schande gestehen, dass ich Fersengeld gab.

Gegen drei Uhr in der Frühe weckte mich ein Rascheln am Fenstersims. Emerson rührte sich nicht; er schläft wie ein Toter. Ich vergewisserte mich, dass mein Nachthemd schicklich zugeknöpft war, dann ging ich zum Fenster und lehnte mich hinaus. Wir lassen im Hof immer eine Lampe brennen. In ihrem Lichtschein erkannte ich meinen hoch aufgeschossenen Sohn. Seine Haltung verriet eine gewisse Anspannung.

»Du erinnerst dich wieder?«, flüsterte ich.

»Ja, es ist mir eingefallen«, murmelte Ramses tonlos, »als ich an etwas völlig anderes dachte. Der Ort liegt ungefähr dreißig Meilen von hier, am Westufer. Schätze, meine Frage erübrigt sich ...«

»Morgen erfährst du alles Wissenswerte. Ich möchte, dass du mich begleitest. Und kein Wort zu Vater.«

»Und Nefret?«

»Nein.«

Ich blinzelte über meine Schulter. Emerson hatte sich umgedreht und murmelte im Schlaf. Wenn er nach mir tastet und ich bin nicht da, wird er böse. »Ich kümmere mich um alles«, zischte ich. »Geh jetzt, dein Vater wird wach.«

Emerson setzte sich auf. »Peabody!«, brüllte er. Ramses verschwand in der Dunkelheit.

* * *

Es war nicht einfach, sich davonzustehlen, ohne dass Emerson etwas bemerkte. Ich bewerkstelligte dies, indem ich ihm großzügig erklärte, er könne Lia und David als Assistenten mitnehmen.

Emerson sagte: »Ramses ...«, und ich: »Er hat mir versprochen, heute Morgen eine Übersetzung für mich abzuschließen. Wir kommen später nach.«

Emerson gab sich damit zufrieden und scheuchte Lia und David gleich nach dem Frühstück aus dem Haus. Nefret und Maryam waren nicht am Frühstückstisch. Ich nahm an, dass Nefret bei einem Patienten sei, wo Maryam herumstromerte, kümmerte mich nicht, solange sie mir nicht in die Quere käme. Ramses und ich trugen Arbeitskluft, damit wir uns nachher nicht umziehen mussten. Bevor wir das Haus verließen, entschied ich mich für einen besonders massiven Sonnenschirm.

Ich hatte den Bahnhof seit der Explosion nicht mehr aufgesucht und war verblüfft über das geringe Schadensausmaß. Alles war wie gehabt. Man erkannte uns, und wir mussten einige neugierige Fragen beantworten und uns den neuesten Klatsch anhören. Wie üblich hatte der Zug eine Stunde Verspätung. Es war ein Nahverkehrszug, nur mit Zweiter- und Dritter-Klasse-Abteilen; als Ramses mir in eines der Ersteren half, nahm ich auf dem Bahnsteig ein vertrautes Gesicht wahr. Als Dr. Khattab meinen Blick bemerkte, zog er seinen Fez, legte eine seiner Wursthände an die bestickte Weste und verneigte sich. Da er nicht einstieg, folgerte ich, dass er jemanden erwartete.

Die altertümlichen Wagons ratterten und rumpelten über die Gleise, feiner Sandstaub wirbelte durch das offene Fenster herein. Ramses legte stützend einen Arm um mich und reichte mir ein Taschentuch.

»Du hast dein Messer nicht dabei«, hob ich an.

»Rechnest du mit Schwierigkeiten? Das hättest du mir sagen müssen.«

»Ich rechne nicht damit, trotzdem sollte man immer auf das Schlimmste vorbereitet sein. Keine Sorge, ich habe meinen Utensiliengürtel und meinen Schirm.«

»Das sollte reichen«, bekräftigte Ramses. »Du hast allen geschildert, wo wir hinfahren?«

»Sogar deinem Vater habe ich eine Nachricht hinterlassen. Sollten wir nicht zurückkehren ...«

»Himmeldonnerwetter, Mutter!« Der Zug blieb mit einem Ruck stehen. Ich taumelte vornüber, und er hielt mich fest. »Entschuldigung. Willst du mich jetzt endlich aufklären?«

In der morgendlichen Kühle ließ mich meine brillante Inspiration im Stich. Ich bereute schon fast, einen ganzen Tag mit meiner abstrusen Idee vertrödeln zu müssen, während ich auf dem verflucht harten Sitz auf und nieder hopste. »Zu gegebener Zeit wird dir alles einleuchten«, sagte ich und betete im Stillen, mir möge es ebenso ergehen.

Ramses entfuhr noch ein unschöner Kommentar. Diesmal entschuldigte er sich nicht.

* * *

Aus der Ferne wirkte das Dorf geradezu malerisch, eingebettet in einen Palmenhain, ein hübsches Minarett lugte durch die Zweige. Aus Erfahrung wusste ich, dass es, von Nahem betrachtet, weniger pittoresk als hässlich anmutete, und so war es auch. Das Dorf sah genauso aus wie Dutzende andere: die immer gleichen, flachen Ziegelhäuser; im Schmutz pickende Hühner und Tauben; Scharen von Kindern, die bettelnd auf uns zuschossen; überall in Schwarz gehüllte Frauen, die Getreide zerstampften oder Teig kneteten oder uns neugierig anstarrten.

Indes waren diese Kinder gut genährt und ohne Augeninfektionen. Selbst die Hunde schienen nicht so ausgemergelt wie anderswo. Und es gab weitere Anzeichen des Wohlstands: reihenweise schmucke Wassergefäße vor der Tür des Töpfers, etliche zwischen den Palmstämmen gespannte Garne, an denen fleißige Weber arbeiteten. Ich überließ Ramses die Kinder, denen er Bakschisch versprach, viel Bakschisch, wenn sie uns zu dem Haus des von uns gesuchten Mannes führten.

Wir waren nur ein kurzes Stück durch die enge Gasse gelaufen, als ein Mann auf uns zueilte, seine Arme ausgebreitet, das Gesicht strahlend, als begrüßte er alte Freunde. Er war jung und gut gekleidet, wenn auch ein bisschen aus der Form gegangen.

»Allah sei mit dir, Bruder der Dämonen!«, rief er und warf die Arme um Ramses. »Willkommen. Schön, dich wieder zu sehen!«

»Hallo, Musa.« Ramses befreite sich ziemlich unsanft. »Dies ist ...«

»Aber, aber, wer würde die Sitt Hakim nicht kennen!« Der Bursche plumpste zu Boden und küsste meine staubigen Stiefel. »Es ist mir eine Ehre. Mein Herr hat von eurem Kommen erfahren, er erwartet euch bereits sehnsüchtig.«

Er scheuchte unser halbwüchsiges Gefolge kurzerhand weg, und zu meiner Verblüffung verschwanden sie widerspruchslos. Das Haus, zu dem er uns führte, war aus Kalksandstein erbaut – vermutlich aus den Trümmern antiker Monumente – und von Bäumen und einem hübschen, kleinen Garten umgeben. In der Mandara, dem Empfangsraum, einem gemütlichen Salon mit niedrigen Tischen und einem gepolsterten Diwan, wartete el-Gharbi bereits.

Ich hatte schon viel von ihm gehört, ihn aber bislang noch nicht persönlich kennen gelernt. Statt Frauenkleidung und kostbarem Schmuck trug er einen schlichten blauseidenen Kaftan mit passendem Turban, sein rundes, dunkles Gesicht war sorgfältig geschminkt. Kajal umrahmte seine Augen, Lippen und Wangen waren mit Henna betont. Eine süße, aufdringliche Parfümwolke umwehte ihn.

»Steh nicht auf«, sagte ich, als ich erschrocken feststellte, wie er sich abmühte.

Ich hatte Englisch gesprochen. Er verstand mich, antwortete aber in Arabisch. »Die Sitt Hakim ist zu liebenswürdig zu mir. Tja, ich bin alt geworden und noch fetter als früher.« Er klatschte in die Hände, und Musa trollte sich. »Bitte, setzt euch doch«, fuhr der Zuhälter fort. »Wir trinken zusammen Tee. Ihr ehrt mich mit eurem Besuch, du und dein berühmter Sohn. Schön wie eh und je, das sehe ich.«

Seine Schmeicheleien galten nicht mir, sondern Ramses, der gleichmütig erwiderte: »Und du bist so erfolgreich wie früher. Das Dorf scheint richtig aufzublühen.«

El-Gharbi rollte die Augen und musterte ihn scheinheilig. »Ich kann Kinder nicht hungern, die Alten und Kranken nicht qualvoll sterben sehen. Ich habe geholfen – ja, ich habe ein wenig geholfen. Vor dem Tod muss man seinen Frieden mit Gott machen und für seine Sünden büßen.«

Wir beide verkniffen uns die schroffe Bemerkung, dass er einen ziemlichen Bußkatalog würde absolvieren müssen, gleichwohl ahnte er dergleichen. Seine schwarzen Augen zwinkerten, seine massige Gestalt erzitterte unter lautlosem Gelächter. »Steht nicht geschrieben: *Wer Gutes tut und gläubig ist, Mann oder Frau, der wird im Paradies Einkehr halten?*«

Das Zitat war korrekt, und sein Glaube nicht der einzige, der die Erlösung eines notorischen Sünders verspricht. Der Koran jedenfalls verlangt gute Taten statt eines verzweifelt gemurmelten Glaubensbekenntnisses in letzter Sekunde.

Musa kam zurück, begleitet von mehreren anderen Dienern mit Tabletts. Allesamt Männer, alle jung und fesch. Tee wurde herumgereicht und frisches Brot angeboten, unterdessen machte el-Gharbi höfliche Konversation. »Und deine bezaubernde Gattin ist wohlauf? Möge Allah sie beschützen. Und der Vater der Flüche? Ach, er war so großzügig zu mir! Das Automobil, das ich ihm vor Jahren – äh – besorgt habe, war doch in Ordnung, oder? Und die gefälschten Papiere? Ich war so froh, ihm diese kleinen Dienste erweisen zu dürfen. Möge Allah ihn beschützen!«

Sein Redeschwall hatte etwas Aufgesetztes, gleichwohl wäre es unhöflich gewesen, ihn zu unterbrechen. Schließlich fragte er uns, ob wir bleiben und mit ihm zu Abend essen wollten. »Musa soll euch das Dorf zeigen. Es wird euch bestimmt gefallen.«

»Sehr liebenswürdig, aber ich fürchte, wir können nicht bleiben«, wandte ich ein. »Wir müssen noch heute Abend zurück nach Luxor. Ich wollte dir nur eine Frage stellen.«

»Nur eine Frage? Der weite Weg für eine einzige Frage?« Er legte seine feisten Hände auf die Knie und nickte begütigend. »Ich stehe dir zu Diensten, Sitt Hakim. Was wolltest du mich fragen?«

Jetzt da der Augenblick gekommen war, fiel es mir schwer, mich zu artikulieren. Ramses wie auch der Zuhälter fixierten mich durchdringend.

»Du hast uns einmal eine Warnung zukommen lassen«, fing ich an. »Wenn ich mich recht entsinne, hast du gesagt, dass auch die junge Schlange ... ähm ...«

»Giftzähne hat. Ich erinnere mich, Sitt. Hoffentlich kam die Warnung rechtzeitig.«

»Das bleibt abzuwarten«, murmelte ich, dem verblüfften Blick meines Sohnes ausweichend. »Sie wohnt jetzt bei uns. Ich glaube nicht, dass sie uns Böses will, trotzdem möchte ich wissen, was dich zu dieser Äußerung bewogen hat. Ihre Ehe mit dem amerikanischen Gentleman endete tragisch, und sie ist ...«

»Ehe? Amerikaner?« Seine Augen weiteten sich, dass die Kajallinie verwischte.

»Davon musst du doch wissen«, entrüstete ich mich. »Du weißt doch sonst immer alles.«

»Sicher, Sitt. Aber ich habe nicht sie gemeint. Ich meinte die andere.«

12

Aus Manuskript H

Nefret erfuhr erst gegen Mittag von Ramses' Vertrauensbruch – so sah sie es –, als ihr Schwiegervater in den Behandlungsraum gestürmt kam. Nefret untersuchte gerade eine nur leicht bekleidete Patientin, die entsetzt aufkreischte, worauf Emerson fluchtartig kehrtmachte. »Wie lange brauchst du noch?«, brüllte er aus dem Nebenzimmer.

»Nicht mehr lange.« Sie schickte die Frau mit einem Tiegel Salbe weg und betrat das Wartezimmer, in dem Emerson schimpfend auf und ab stampfte.

»Lies das.« Er warf ihr ein knittriges Stück Papier zu. Das Wartezimmer war leer; hätten dort Patienten gesessen, wären sie schleunigst geflohen. Niemand provoziert den Zorn des Vaters der Flüche.

Zornig war er, die blauen Augen blitzend, die Zähne gebleckt. »Und?«, drängte er. »Wusstest du davon?«

Nefrets Verärgerung wuchs mit jeder Zeile der kurzen Notiz. *Ramses und ich machen einen kleinen Ausflug. Wir sind heute Abend wieder da. Falls wir bis zum Morgen nicht zurückgekehrt sind, könnt ihr uns in dem Dorf El-Hilleh suchen, ungefähr drei Meilen südlich von Esna, am Westufer. Allerdings halte ich das für höchst unwahrscheinlich. Bis bald, mein geliebter Emerson.*

»Der Teufel soll ihn holen«, knirschte Nefret.

»Aha«, meinte Emerson etwas einlenkender. »Dir haben sie also auch nichts erzählt.«

»Nein. Sie hält es für höchst unwahrscheinlich, dass sie nicht zurückkehren, oder? Was ist das für ein Dorf?«

»Der Name sagt mir nichts.« Emerson nahm seine Pfeife heraus, überlegte, dass er in der Klinik nicht rauchen durfte, und strebte zur Tür. »Komm, wir fragen Selim.«

»Nein!« Nefret schälte sich aus ihrem Kittel und warf ihn auf einen Stuhl. »Selim darf sich nicht aufregen. Komm mit nach draußen, Vater.«

Eine Tamariske überschattete eine Holzbank, die dort für Patienten stand, wenn der Warteraum überfüllt war. Emerson setzte sich und stopfte seine Pfeife. »Bitte, mein Kind, reg dich nicht auf. Sie macht so etwas doch ständig.«

»Aber er nicht. Er hat mir versprochen, nie wieder allein loszuziehen.« Nefret stopfte eine widerspenstige Locke unter ihr Häubchen. Ihre Finger zitterten.

»Er ist nicht allein«, betonte Emerson. »Schieb es nicht auf Ramses; wie ich meine Frau kenne, wollte sie es bestimmt geheim halten.«

»Er hätte sich dagegen sperren können. Immerhin gibt es so was wie Vertrauen in der Ehe.« Dass Ramses mit seiner Mutter unterwegs war, tröstete sie wenig. »Sie ist genauso schlimm wie er«, platzte Nefret heraus. »Die beiden zusammen ...«

»Hmmm, ja, äh – hm.« Da er dem nichts hinzuzufügen wusste, paffte Emerson eine Zeit lang verdrossen. »Sie müssen den Zug nach Süden genommen haben. Der nächste fährt erst heute Abend.«

»Wir könnten die Pferde nehmen. Wie weit ist es bis dorthin?«

»Über dreißig Meilen. Klingt, als wollten sie den Nachmittagszug nach Luxor nehmen. Mmmh. Dann hätten sie nur wenige Stunden an diesem verfluchten Ort. Ich frage mich ...« Frustriert schüttelte er den Kopf. »Zwecklos zu spekulieren oder ihnen zu folgen. Wenn der Zug nach Norden pünktlich ist, sind sie auf dem Rückweg, wenn wir dort eintreffen.«

»Wie kannst du so ruhig bleiben? Macht dich das denn nicht wütend?«

»Ich stand kurz davor«, räumte Emerson ein. »Aber eigentlich sollten mir Peabodys kleine Tricksereien vertraut sein. Wir spielen dieses Spiel schon seit Jahren, jeder versucht, der Erste zu sein bei der Lösung eines Falles. Es macht ihr höllischen Spaß, weißt du.«

»Dann können wir nur warten«, sagte Nefret resigniert.

»Das sehe ich auch so. Ich werde noch ein paar Stunden arbeiten. Benachrichtige mich, wenn sie auftauchen.«

Nisrin steckte verstohlen den Kopf durch die Tür. Emerson, der sie unvermittelt bemerkte, lächelte freundlich. Dadurch ermutigt, wagte sie sich ins Freie. »Nur Misur, ein Patient ist gekommen. Und eine Nachricht.«

»Von Ramses?«, fragte Emerson erwartungsvoll.

»Nein.« Die geschwungene, verschnörkelte Handschrift war ihnen unbekannt. Nefret riss den Umschlag auf. »Sie ist von Dr. Khattab – dem Leibarzt von Mrs. Fitzroyce. Justin ist krank. Er fragt, ob ich mir den Jungen einmal ansehen kann.«

»Ich begleite dich.«

»Unsinn«, wehrte Nefret ab. »Was soll mir schon passieren, mitten am Tag, umgeben von zig Passanten? Ich kümmere mich kurz um meinen Patienten – vermutlich ist es wieder dieser alte Hypochonder Abdulhamid, der noch eine Flasche Zuckerwasser haben will – und bin in ein paar Stunden zurück.«

Bei der Überfahrt nach Luxor war sie schon merklich ruhiger. Ramses konnte nicht ernsthaft in Schwierigkeiten stecken; das würde sie wissen, sie hatte immer gespürt, wenn ihm Gefahr drohte. Bei seiner Rückkehr würde sie ein paar Takte mit ihm reden, von wegen Wortbruch und Vertrauensmissbrauch; dennoch konnte sie ihm nicht böse sein. Seine Mutter war die treibende Kraft, unausweichlich wie ein Sandsturm.

Als Nefret sich der *Isis* näherte, fiel ihr die ungewohnte Hektik auf. Sie schloss daraus, dass die Dahabije startklar gemacht werden sollte. Der Arzt erwartete sie am Ende des Landungsstegs, seine Kopfbedeckung in der Hand. Seine Weste war diesmal besonders prächtig, mit schimmernden Goldfäden durchwirkt. »Gnädige Frau, gut, dass Sie kommen.« Er packte ihre Hand und wollte diese küssen, doch Nefret zog sie rasch weg.

»Was hat er denn?«, wollte sie wissen.

»Fieber.« Das breite Lächeln, mit dem er sie begrüßt hatte, wich einem besorgten Stirnrunzeln. »Ich habe erfolglos versucht, es zu senken. Unsere Abreise steht unmittelbar bevor, wie Sie zweifellos bemerkt haben, allerdings werden wir bis Kairo mehrere Tage brauchen, und meine Herrin möchte dem Jungen zuvor noch jegliche medizinische Fürsorge angedeihen lassen, die ...«

Sie fiel ihm ins Wort. »Dann lassen Sie uns nicht lang hier herumreden. Bringen Sie mich zu ihm.«

»Aber gewiss doch. Kommen Sie.«

Er deutete auf den dämmrigen Gang, der zwischen den Kabinen zum Salon führte. Sämtliche Türen waren geschlossen, sodass lediglich Licht von dem offenen Eingang einfiel, wo sie standen.

»Nach Ihnen.« Der Mediziner verbeugte sich. »Es ist die letzte Tür rechts.«

Sein riesiger Schatten glitt über sie, und eine Hand fasste ihren Ellbogen, wie um sie zu führen. Er ging dicht hinter ihr, sie hörte seinen beschleunigten Atem und blieb stehen, widerstand dem Druck auf ihren Arm, von einer plötzlichen Panik erfasst. Zu spät. Er packte sie, presste ihr die Arme an den Körper und hielt ihr den Mund zu. Sie wehrte sich, vermochte seiner Umklammerung jedoch nicht zu entkommen. Sein massiger Körper war so unempfindlich gegen Schläge wie ein Federbett, seine feiste Hand bedeckte schonungslos die eine Hälfte ihres Gesichts. Sie trat nach ihm. Schmerz flammte in ihrem Fußknöchel auf, als sie ihm die Ferse ins Schienbein rammte, worauf er ihr wütend aufjaulend die Nase zukniff. Nefret bekam keine Luft mehr. Ihr wurde schwarz vor Augen, die Beine gaben unter ihr nach. Als er die Hand von ihrem Gesicht nahm, japste sie nach Luft, unterdessen öffnete er eine der Türen und stieß sie in die Kajüte. Sie traf auf Händen und Knien auf. Die Tür knallte zu, und sie blieb in völliger Dunkelheit zurück.

Nefret rollte sich auf den Rücken und verharrte eine Weile reglos, während sie mit ihrem Atem kämpfte und ziemlich erfolglos versuchte, einen klaren Gedanken zu fassen. Sie hatte einen schlimmen Fehler gemacht, aber das war jetzt unwichtig. Viel wichtiger war, was sie mit ihr machen würden – und wie sie sich davor schützen könnte.

Ein bitteres Lächeln umspielte ihre ausgetrockneten Lippen. Sie hatte die von ihrer Schwiegermutter gesuchte Bande aufgespürt, und zwar exakt mit der Methode, die jene werte Dame bevorzugte. Wie viele gehörten wohl dazu? Sicherlich die gesamte Schiffscrew; ohne deren Mitwisserschaft hätte der Arzt sie nicht als Geisel nehmen können. Es war nicht auszuschließen, dass der Junge und seine Großmutter ahnungslose Mitläufer waren, ausgenutzt von einem Verbrechersyndikat. Beide waren unzurechnungsfähig. Das traf auf Maryam gewiss nicht zu, überdies war sie die Tochter ihrer Mutter.

Mit dem Anlassen der Motoren vibrierte der Schiffsboden unter ihr unvermittelt stärker. Khattab hatte nicht gelogen. Das Hausboot legte ab. Nefret wollte aufstehen, verharrte dann aber auf den Knien. Sie hatte keine Ahnung, wie groß die Kabine, wie hoch die Decke war. Die Finsternis war fast spürbar, sie drückte auf ihre Augäpfel, ihr Gesicht, ihren gesamten Körper. Die heiße, abgestandene Luft roch metallisch. Sie trotzte dem Wunsch, einfach die Augen zu schließen und sich in Embryonalstellung zusammenzukauern, stattdessen tastete sie sich mit ausgestreckten Armen vor.

Sie fühlte eine Wand und tastete sich weiter, um die Größe ihres Gefängnisses abzuschätzen, als die Tür aufgerissen wurde. Die Helligkeit war wohltuend nach der erdrückenden Schwärze, gleichwohl konnte sie nicht viel erkennen, da mehrere Personen die Öffnung blockierten. Nefret vernahm die hämische Stimme des Arztes: »Ich habe Gesellschaft für Sie, meine Teuerste, und zudem einen Patienten.«

Ihr erster Gedanke war Justin. Allerdings wurde die schlaffe Gestalt von zwei Männern getragen. Sie warfen diese unsanft zu Boden und wichen zurück, da Nefret sogleich neben Emerson sank und sich einen Entsetzensschrei verbeißen musste. Seine Augen waren geschlossen, eine Gesichtshälfte blutig.

»Mistkerle«, stöhnte sie. »Was habt ihr mit ihm gemacht?«

»Was für eine Ausdrucksweise von einer Dame«, meinte der

Mediziner mit einem schrillen Lachen. »Ich bedaure diese Maßnahme, aber er lässt sich genauso wenig bremsen wie ein wutschnaubender Elefant. Doch ich glaube nicht, dass er ernsthaft verletzt ist. Kümmern Sie sich um ihn.«

»Warten Sie«, drängte Nefret verzweifelt. Die Tür wurde geschlossen. »Ich brauche Licht ... Wasser ... meinen Arztkoffer ...«

»Sie erwarten doch sicher nicht, dass ich Ihnen diesen Koffer mit seiner trefflichen Auswahl an chirurgischen Instrumenten überlasse?« Weiteres Gelächter. Mein Gott, dachte sie, der Mann ist genauso verrückt wie Justin. Er genießt dies hier förmlich.

»Bitte«, flüsterte sie.

»Ich könnte Ihnen eine Öllampe hier lassen«, überlegte Khattab. »Wasser steht dort. Das muss reichen, bis wir weitere Vorkehrungen getroffen haben. Er war nicht eingeplant, müssen Sie wissen.«

Leise und auf Arabisch erteilte er Anweisungen. Einer der Männer stellte die Lampe auf den Boden. Die Tür fiel ins Schloss.

Nefret sah sich hektisch in der Kabine um. In einer Ecke stand ein Wasserkrug, daneben ein einfacher Keramikbecher. Das reichte ihr. Sie goss Wasser in das Behältnis, befeuchtete ihr Taschentuch und hockte sich wieder neben Emerson.

»Vater, Vater, bitte sag doch was«, wisperte sie.

Das Blut stammte von einer einzigen Schnittwunde, die – normal für Kopfverletzungen – heftig geblutet hatte. Ihre Finger tasteten die Stelle ab, fühlten aber lediglich eine zunehmende Schwellung. In ihrer Aufregung drückte sie zu fest zu, worauf Emerson zusammenzuckte.

»Hölle und Verdammnis«, knurrte er.

»Ich bin's, Vater.« Sie hörte ihr eigenes Lachen, so debil wie das des Arztes. »Oh, Vater, wie geht es dir?«

»Ich bin ein unverbesserlicher Idiot«, schnaubte Emerson, flach auf dem Rücken liegend. »Einfach so hier hereinzuschneien. Peabody wird mir das nie verzeihen. Nefret, mein Schatz, weinst du etwa? Nicht weinen. Das halte ich nicht aus. Haben sie dir wehgetan?«

»Nein. Entschuldigung, Vater, aber ich bin so erleichtert, dass du nicht ...«

»Ein Schlag auf den Schädel bringt mich noch lange nicht um«, schmunzelte Emerson selbstzufrieden. »Ich bin derjenige, der sich entschuldigen muss. Ich bin einfach hier hereinspaziert, wie eine Maus in die Falle, und jetzt haben sie uns beide. Wo sind wir eigentlich? Komm, wir sehen uns mal um.«

»Du darfst dich nicht bewegen.« Ihr Taschentuch war blutdurchtränkt. Sie warf es beiseite und begann, ihre Bluse aufzuknöpfen.

»Wird Zeit, sich von einigen überflüssigen Kleidungsstücken zu trennen«, sagte Emerson nüchtern. »Nicht deine Sachen, das fände deine Mutter unschicklich. Mein Hemd. Hier drinnen ist es ohnehin verflucht heiß.«

Sie verband die Verletzung, den Becher Wasser aber lehnte Emerson ab. »Besser nicht. Es könnte mit irgendwas versetzt sein. Was haben wir denn hier?«

Er erhob sich und stützte sich wegen des schlingernden Schiffes mit einer Hand an der Wand ab. »Sie hatten alles für dich vorbereitet«, schloss er mit Kennerblick. »Oder für jemand anderen. Dies ist keine Kajüte, sondern ein Verlies.«

Aus dem winzigen Raum waren sämtliche Möbel entfernt worden, bis auf eine Art Teppich, den Wasserkrug und ein weiteres, größeres Gefäß. Die Bullaugen waren mit dicken Holzlatten vernagelt. Die blanken Nagelköpfe schimmerten im diffusen Licht.

»Sie haben vielleicht irgendein Luftloch gelassen.« Emerson tastete die Bretter ab. »Hast du irgendwas, womit wir die Nägel herausziehen können?«

Nefret schüttelte den Kopf. Emerson zog den Gürtel aus seiner Hose. »Nicht stabil genug«, murmelte er, die Schnalle inspizierend. »Aber wir können es immerhin versuchen. Erzähl mir, was passiert ist. Hast du den Jungen oder die alte Dame gesehen?«

»Nein. Dieser verdammte Doktor hat mich abgefangen und direkt hergebracht. Justin und Mrs. Fitzroyce wissen vielleicht gar nicht, was hier vorgeht, anders als Maryam. Die Anschläge auf sie waren getürkt, um uns irrezuführen. Sie selbst hat das arme Pferd mit einem spitzen Gegenstand malträtiert.«

»Hmmm.« Das Metall schabte wie eine Feile, als er das Holz um einen der Nagelköpfe entfernte. »Aber was ist mit der zweiten Hathor-Erscheinung?«

»Gut möglich, dass sie dafür irgendein Dorfmädchen angeworben haben. Der Auftritt diente dazu, ihr ein wasserdichtes Alibi zu verschaffen.« Nefret saß im Schneidersitz auf der Bodenmatte und grübelte. Als ihre Augen die beeindruckende Statur ihres Schwiegervaters streiften, hob sich ihre Laune. Es brauchte schon mehr als einen Schlag auf den Kopf, um Emerson umzubringen oder ihn für länger außer Gefecht zu setzen. Er begann leise zu summen. Sie erkannte die Melodie, obgleich er hoffnungslos danebenlag. »Verflucht«, zischte er schließlich und warf den ruinierten Gürtel beiseite.

Nefret schlang beide Hände um seinen Oberarm und schmiegte ihre Wange an seine Schulter. »Ich bin zwar gar nicht glücklich, dass du hier bist, Vater, aber es gibt nur einen Mann, den ich lieber bei mir hätte.«

»Na, na«, meinte Emerson, »doch nicht etwa meinen genialen Bruder?«

»Er ist gut, aber er ist nicht wie du. Oder Ramses.«

»Tja, er ist eben charmant«, sagte Emerson düster. »Das bin ich nicht.«

»Ich finde schon.«

»Deine Mutter ist da anderer Ansicht.«

»Vater, das stimmt nicht.« Sie drückte seinen Arm, spürte die trainierte Muskulatur und seine stoische Ruhe.

»Seit er aufgetaucht ist«, knirschte Emerson, »benehme ich mich wie ein Volltrottel. Er bringt mich noch dazu, zum Äußersten zu greifen. Und er weckt die schlimmsten Vermutungen.«

Zunächst glaubte sie, dass er damit die langjährige Eifersucht auf seinen Bruder meine. Dann dämmerte es ihr. »Er kann mit dieser Bande nicht unter einer Decke stecken.«

»Ich wünschte, ich könnte mir da sicher sein. Nefret, das junge Mädchen hat diese Sache bestimmt nicht allein eingefädelt.

Dahinter steckt ein anderer und ein stichhaltigeres Motiv als Rache für einen lange zurückliegenden Todesfall.«

»Wie bitte?«

»Es ist ein gravierender Fehler«, Emerson zitierte offenkundig, »ohne hinreichende Daten zu spekulieren. Aber wir haben ja ein paar Informationen. Spekulieren vertreibt einem die Zeit.«

»Machst du das auch so mit Mutter, wenn ihr irgendwo festsitzt?«

»Für gewöhnlich streiten wir, wer von uns beiden daran Schuld hat.« Emerson schmunzelte, als berührte ihn das alles nicht. »Komm, mein liebes Kind, denk nach. Fällt dir ein Motiv ein, warum Sethos beteiligt sein könnte? Was hat er in Jerusalem gemacht? Bestimmt nicht für das Kriegsministerium gearbeitet, das hat Smith klar herausgestellt. Irgendwer hat ihm eine Tracht Prügel verabreicht, die zweifellos verdient war – weil er versucht hat, ihre geschäftlichen Aktivitäten zu durchkreuzen? Seit dem Krieg sind Palästina und Syrien ein Paradies für Schmuggler und Grabräuber. Was steht in dem Ausstellungsraum im Schloss, mustergültig verpackt für den Transport?«

Nefret traf es wie ein Schlag ins Gesicht. »Der Schatz. Großer Gott! Ich fass es nicht!«

»Lacau wird morgen eintreffen und die Kisten auf den Dampfer bringen lassen«, fuhr Emerson mit unerbittlicher Logik fort. »Er wird nicht lange brauchen und dann umgehend nach Kairo zurückschippern. Die *Isis* ist ein modernes Schiff mit einer großen Mannschaft – mit Sicherheit groß genug, um die Crew auf dem Regierungsschiff zu überwältigen und die Ladung zu übernehmen. In Ägypten gibt es Unruhen wegen der Ankunft der Milner-Kommission. Man wird den Diebstahl des Schatzes den Radikalen zuschreiben.«

»Sie werden die Zeugen umbringen müssen«, sagte sie dumpf. »Und den Dampfer versenken.«

»Nicht unbedingt. Sethos neigt nicht zu Gewalt. Aber niemand ist kompetenter als er, wenn es gilt, eine solche Beute illegal zu verhökern.«

Das Lampenlicht flackerte. Ihre Schatten huschten hin und her, als wollten sie fliehen. Seine Lippen streiften ihr Haar, dann schob er sanft ihre Hände fort und erhob sich. »Wenn Sethos der Bandenchef ist, hast du nichts zu befürchten. Er würde dir nichts tun. Halt besser die Lampe fest, bevor sie noch umfällt. Wir nehmen Fahrt auf.«

Das Schiff schaukelte heftig. Emerson durchwühlte seine Hosentaschen. »Bin ohne Jacke losgegangen«, murmelte er, eine Hand voll Krimskrams inspizierend. »Kein Pfeife, kein Tabak – und keine Streichhölzer.«

»Keine Pistole, kein Messer«, folgerte Nefret, bemüht, seine Gelassenheit zu imitieren.

»Sie haben das hier übersehen.« Emerson sortierte ein halbes Dutzend Nägel aus dem Wirrwarr und steckte den Rest wieder in die Hosentasche. »Haben sie dich durchsucht?«

Da dämmerte es ihr: die großen, feisten Hände, die ihren Körper abgetastet hatten. Sie verzog das Gesicht. »Aber natürlich! Er hat nach einer Waffe gesucht. Ich hatte keine.«

»Nimm die hier.« Emerson gab ihr drei von den Nägeln. »Und versteck sie. Nicht in deiner Rocktasche, sie könnten auf die Idee kommen, dich nochmals zu filzen.« Wieder ging er zum Fenster und fing an zu schaben. »Dieser Bursche sprach von weiteren Vorkehrungen«, sagte er über seine Schulter. »Wenn sie uns trennen ...«

»Oh nein«, seufzte Nefret.

»Aber wenn doch ... Hör mal, mein Kind, ein Nagel taugt nicht viel als Waffe, aber ein anständiger Tritt in die Nierengegend oder – äh – sonst wohin, setzt einen erst mal schachmatt. Keine Sorge, ich hole dich irgendwie hier raus. Es ist alles meine Schuld. Wäre ich nicht so ein Hohlkopf gewesen, wäre jetzt Hilfe im Anmarsch.«

Nefret holte tief Luft und fasste sich. »Wenn du ein Hohlkopf bist, bin ich auch einer. Ich hätte gleich Verdacht schöpfen müssen, als er mich herbrachte.«

»Und wenn schon, hättest du irgendwas dagegen tun können?«, fragte Emerson zu Recht.

»Vermutlich nicht. Er hat Bärenkräfte, und selbst wenn ich ihn überwältigt hätte, hätte ich noch der Crew entkommen müssen. Sie müssen eingeweiht sein.«

»Keine Frage. Drei von diesen Schurken haben sich auf mich gestürzt, sobald ich an Bord kam. Zugegeben, mein Verhalten war nicht das eines Gentleman auf Anstandsbesuch.«

Nefret umschlang ihre Knie und lachte bei der Vorstellung, wie er den Landungssteg hochgestürmt sein musste – ein wutschnaubender Kampfstier. »Hör endlich auf mit deinen Selbstvorwürfen. Bis du Hilfe geholt hättest, wäre das Boot vermutlich längst losgesegelt. Warum bist du mir überhaupt gefolgt?«

»Weißt du, es kam mir ganz plötzlich in den Sinn. Als ich an etwas völlig anderes dachte. Mir ist eingefallen, wer in El-Hilleh lebt und warum es ... Teufel noch. Pack diese Dinger weg und komm her.«

Ihr blieb gerade noch Zeit, die Nägel in ihre Schuhspitzen zu schieben, ehe der Schlüssel umgedreht wurde und die Tür einen Spalt aufsprang.

»Zurücktreten«, herrschte der Arzt. Er klang nervös. »Ich habe ein Gewehr.«

»Schön für Sie«, blaffte Emerson. Er stand vor Nefret, scheinbar entspannt, doch sie hatte ihn und seinen Sohn schon mehrfach in dieser Haltung erlebt. Beide vermochten sich mit der Geschmeidigkeit eines angreifenden Löwen zu bewegen.

»Wir alle haben Gewehre.«

Jemand drückte die Tür auf. Die Öffnung mutete wie der Eingang zur Hölle an, rot ausgeleuchtet und versperrt von Luzifers Kumpanen.

»Riskier es nicht, Vater«, flüsterte Nefret und fasste seinen Arm. Sie wusste um Emersons aufbrausendes Temperament, und als sich ihre Augen an das Licht gewöhnt hatten, sah sie, dass der Arzt mindestens drei Mann Verstärkung mitgebracht hatte.

»Pah.« Emerson ließ sich auf die Fersen zurücksinken. »Die scheinen sich auf Teufel komm raus mit jemand anlegen zu wollen. Wie wär's mit Ihnen, Doktorchen?«

Der Arzt trat einen Schritt vor, überlegte es sich aber dann anders. Seinem knappen Befehl gehorchend, schlüpften zwei der Männer in den Raum. Beide hatten Pistolen, und einer trug eine Öllampe. Der Mediziner blieb, wo er war.

»Führen Ihr Regiment wohl aus sicherer Entfernung? Verständlich«, provozierte Emerson. »Und nun?«

»Treten Sie vor. Langsam. Immer einen Fuß vor den anderen setzen. Strecken Sie die Hände vor. Nein, Madame, nicht Sie. Sie bleiben, wo Sie sind.«

»Das hätten Sie tun müssen, bevor Sie mich hier eingesperrt haben«, erklärte Emerson, als einer der Männer ihm Handschellen anlegte. »Hätte Ihnen 'ne Menge Ärger erspart. Miserable Planung. Wer hat hier überhaupt das Sagen?«

»Ich hasse Ihr Geschwätz!« Die Stimme des Mediziners überschlug sich. Seine Lippen zuckten hämisch. »Und ich hasse diese verdammten Engländer mit ihrer Hochnäsigkeit! Wie können Sie es wagen? Feixen Sie mich nicht so an!«

Khattab holte aus. Der Gewehrlauf traf Emersons Schläfe. Er sackte vor die Wand.

»Bitte«, sagte Nefret. »Bitte, lassen Sie ihn in Ruhe.« Sie grub die Nägel in die Handballen, wenn der Mann unbedingt wollte, dass sie ihn anflehte, würde sie auch dies tun.

»Sie haben mehr Verstand als er«, knurrte der Arzt. »Ihr zwei da, bringt ihn raus.«

Die beiden Männer tauschten skeptische Blicke aus. Einem erzürnten Vater der Flüche zu nahe zu kommen, war etwas für Lebensmüde, selbst wenn Emerson sich kaum auf den Beinen halten konnte. Einer von ihnen packte schließlich Emersons linken Arm. Der andere stieß ihm den Gewehrkolben in die Rippen.

»Geh mit ihnen, Vater«, sagte Nefret. »Zwecklos, Widerstand zu leisten.«

Emerson hob die Hände und wischte sich Blut vom Kinn. »Ich leiste doch gar keinen Widerstand«, maulte er gekränkt. »Gefügig wie ein Lamm.«

»Raus!«, schrie der Doktor. »Schafft ihn hier raus!«

Emerson ließ sich zur Tür schleifen. Ich kann ihn nicht so einfach gehen lassen, ohne ein Wort, überlegte Nefret. Vielleicht sehen wir uns nie wieder. Zum Teufel mit der Selbstbeherrschung.

»Vater, ich ...«

»Ja, mein Schatz, ich weiß.« Er blinzelte ihr über die Schulter hinweg zu und grinste. »A bientôt.«

Das sagte wahrlich alles. Kein »Lebewohl« oder »Bis dahin«. »A bientôt«, murmelte Nefret.

* * *

El-Gharbi verabschiedete uns mit unverhohlener Schadenfreude. Jetzt standen wir tief in seiner Schuld, und mir war klar, dass es nur eine Sache der Zeit wäre, bis wir die Aufforderung zur Gegenleistung erhielten, verpackt als höfliche Bitte. Wir unterbrachen seinen blumigen Wortschwall und hasteten zum Bahnhof. Ich wollte den Zug nicht verpassen. Ich redete mir fortwährend ein, dass meine Hektik unbegründet sei, vermochte mich aber nicht zu überzeugen. Unsere Entdeckung änderte alles.

Wir trafen rechtzeitig am Bahnhof von Esna ein. Natürlich hatte der Zug Verspätung. Auf dem Bahnsteig standen nur einige wenige Engländer – Studenten, nach ihrem Alter und ihrer lässigen Kleidung zu urteilen. Die Verkäufer von gefälschten Antiquitäten identifizierten uns auf den ersten Blick (wer Ramses nicht persönlich kannte, erkannte meinen Schirm und meinen Utensiliengürtel) und ließen uns in Frieden. Andere Händler verkauften Trinkwasser, Früchte und Gemüse. Ich setzte mich auf die einzige Bank, neben einen graubärtigen Herrn, der einen Truthahn festhielt. Der Gentleman entblößte seine braunen Zähne und begrüßte mich überschwänglich. Der Truthahn legte den Kopf schief und blinzelte mich misstrauisch an. Ramses schritt auf und ab, umkreiste Gruppen im Schneidersitz hockender Ägypter, die derartige Verzögerungen gewöhnt waren und die sich die Zeit mit Süßigkeiten und Schwätzchen vertrieben. Auch für mich waren solche Verspätungen nichts Neues, gleichwohl lastete das Wissen, das wir an diesem Tag gewonnen hatten, mit jeder sich endlos dehnenden Minute schwerer und schwerer auf meinen Schultern.

Der Truthahn reckte den Kopf und pickte mich in den Arm. Ich akzeptierte die Entschuldigungen seines Besitzers, hielt es aber trotzdem nicht länger auf der Bank aus. Ich stand auf und lief zu Ramses, der mit einem Mann und einer Frau mit Baby im Arm plauderte. Die junge Mutter stillte seelenruhig ihr Kind, während ihr Mann mit Ramses sprach und sich den Bauch kratzte.

»Hast du Hunger, Mutter?«, fragte er. »Sie wollen netterweise ihr Abendessen mit uns teilen.«

Der Mann fischte einen Kanten dunkles Brot aus dem Korb neben ihm und bot es mir an. Seine Hand wie auch das Brot starrten vor Schmutz, und er war bestimmt voller Flöhe, aber so freundlich, dass ich das Brot, Ungeziefer und Krankheiten in Kauf genommen hätte, indes vermutete ich, dass in dem Korb nicht viel Essbares sei. Sie waren sehr jung und ihre Kleidung ziemlich abgetragen.

Ich dankte ihnen in meinem besten Arabisch, erklärte, dass ich gerade gegessen hätte, und zog Ramses beiseite.

»Kannst du ihnen nicht etwas Geld geben?«, flüsterte ich. »Ohne sie gleich zu kränken?«

»Armut ist über jeden Stolz erhaben«, sagte Ramses mit gespitzten Lippen. »Ich kümmere mich darum, aber wenn ich großzügig Bakschisch verteile, will jeder etwas abhaben.«

Die leeren Gleise schimmerten im Licht des Sonnenuntergangs. »Zum Kuckuck«, platzte ich los. »Wo bleibt dieser verflixte Zug? Wir sind furchtbar spät dran, dein Vater wird toben.«

»Nefret auch. Aber sie werden uns verzeihen – Inschallah! –, wenn sie alles erfahren. Mutter, in ein paar Stunden haben wir diese Geschichte hinter uns gebracht. Nur Geduld.«

»Emerson wird es umhauen«, sagte ich, nicht ohne eine gewisse Genugtuung.

Ramses' Miene entspannte sich. »Da könntest du Recht haben, Mutter.«

Eine Taube flatterte vor meine Füße, und Ramses fasste meinen Arm. »Mir wurde schlagartig ganz anders. Wer hätte damit gerechnet, dass Bertha zwei Kinder hatte?«

»Die Kinder des Sturms«, sinnierte ich. »Ist es nur ein dummer Zufall, dass Seth als Gott des Sturms und des Chaos galt?«

»Ja«, versetzte Ramses schroff.

»Schon gut, schon gut. Wie du bestimmt weißt, würde ich niemals irgendeinem Aberglauben ... Dem Himmel sei Dank, da kommt endlich der Zug.«

Aus Manuskript H

Nefret hatte ein Stück Stoff um den Nagelkopf gewickelt. Das war ein gewisser Schutz, dennoch schmerzten ihr die Finger. Das Holz war weich. Sie hatte so viel weggeschabt, dass der Nagel ungefähr einen Zentimeter herausragte. Er bewegte sich ein wenig, als sie daran zog, saß aber noch immer tief im Holz und ließ sich nicht entfernen.

Die Öllampe war längst erloschen. In der lähmenden Dunkelheit schien die Zeit endlos langsam zu verstreichen. Ihre Kehle war staubtrocken und der Wasserkrug eine ständige Versuchung.

Inzwischen war sie sich ganz sicher, dass sie nicht aufgeben würde. Die kurze Zeitspanne mit Emerson war wie ein Adrenalinstoß für sie gewesen. Sie vermochte sich zwar nicht vorzustellen, was Emerson tun konnte, aber er hatte versprochen, sie zu befreien, und sie glaubte ihm vorbehaltlos.

Die anderen würden nicht untätig sein, allerdings könnte es eine Weile dauern, bis sie richtig kombiniert hätten – ihre und Emersons Abwesenheit, die Abreise der *Isis*. Wenigstens erführen sie Nefrets Ziel; Nisrin würde es ihnen mitteilen. Emerson hatte vermutlich niemanden informiert. Er war ihr unverzüglich gefolgt – nach dieser geheimnisvollen Geistesanwandlung, auf der Straße nach Deir el-Medina – und nur wenige Minuten nach ihr eingetroffen.

Wären sie nicht getrennt worden, wüsste sie jetzt, an was er sich erinnert und warum er sich danach an ihre Fersen geheftet hatte. Wenn das Dorf El-Hilleh der Schlüssel war, dann hatten Ramses und/oder seine Mutter dieses Wissen auch, und womöglich schwebten sie ebenfalls in Gefahr. Sie dachte an ihren Mann, stellte ihn sich im Geiste vor – die hohe Gestalt, die schwarzen, widerspenstigen Locken, sein umwerfendes Lächeln – und suchte eine Verbindung herzustellen. Sie hatte noch jedes

Mal gespürt, wenn ihm Gefahr oder Tod drohten. Doch diesmal spürte sie nichts.

Sie wischte mit dem Ärmel über ihre feuchten Augen. Schweißperlen, keine Tränen, redete sie sich ein.

Maryam. Alles deutete auf Maryam. Emerson wollte nicht einsehen, dass das Mädchen die treibende Kraft war, weil er nämlich zu weichherzig und sentimental war! Wütend bearbeitete Nefret die Holzlatte. Der Nagel entglitt ihren tauben Fingern, sie hörte, wie er am Boden auftraf. Sie kniete sich hin und tastete danach – vergebens.

Ich werde ein bisschen ausruhen, entschied sie und sank vor die Wand. Ausruhen und nachdenken. Emerson, weichherzig und sentimental ... Und eifersüchtig. Seine Eifersucht war dafür verantwortlich, dass er den Fall um Sethos konstruiert hatte. Seine Theorie hatte überzeugend geklungen, aber die Beweislast gegen Maryam war weitaus stärker. Sie verstand etwas von Tarnung, immerhin genug, um eine geistesschwache alte Frau zu täuschen und einen geltungssüchtigen Mann zu verführen. Maryams Mutter war tief in die Machenschaften der Unterwelt verstrickt gewesen. Bertha hatte sogar ihre eigene Bande gegründet, eine kriminelle Organisation von Frauen. Prostituierte anzuwerben, war eine von Berthas glorreichen Ideen gewesen; diese ausgenutzten, misshandelten Geschöpfe lieferten ihr auf einzigartige Weise Informationen, die sich für Erpressungen oder Morde nutzen ließen. Was war aus jenen Frauen geworden? Frauen wie Layla, die sich letztendlich von ihrer Anführerin abgekehrt und Ramses das Leben gerettet hatte, oder Berthas Adjutantin, die, stark und kräftig wie ein Mann, ihrer Bandenchefin bei etlichen Gesetzesübertretungen zur Seite gestanden hatte?

Die Episoden waren Teil der Familienlegende geworden, immer wieder erzählt, wildromantisch und mit der Zeit mehr und mehr ausgeschmückt. Manche Geschichten rankten sich um Sethos in seinen ungeläuterten Jahren und um Bertha, die Sethos' Geliebte geworden war, nachdem sie einen Mann namens Schlange verlassen hatte ... auch einer der zahllosen Feinde ihrer Eltern ... es war eine lange Liste ...

Ihr Kopf sackte unvermittelt vornüber, und sie schrak aus ihrem Wachtraum. Das Atmen fiel ihr schwer. Schlucken war unmöglich. Die Luft im Raum war verbraucht, nichts als Finsternis und Hitze, sie hatte fürchterlichen Durst. Sie würde einen Becher von dem Wasser trinken müssen oder in einen Dämmerzustand fallen, der zum Tode führen konnte. Vielleicht wollten sie genau das: keinerlei Hinweise auf Gewalteinwirkung an ihrem Körper.

Unmöglich, sich selbst mental auf einen Körper zu reduzieren, auf ein Ding ohne Verstand und Gefühl, oder sich überhaupt vorzustellen, dass das Leben auch ohne einen weiterging. Zerrissen vor Kummer dachte Nefret an ihre Kinder. Aber sie waren noch so klein und wurden liebevoll umsorgt; in ein paar Jahren wäre sie nichts weiter als ein Gesicht auf einem Foto. Ramses würde sie niemals vergessen, genauso wenig wie sie ihn. Trotzdem würde es andere Frauen geben. Sie konnte von ihm nicht verlangen, dass er enthaltsam blieb. Ramses würde wieder heiraten, wenn auch nur der Kinder wegen.

Der Gedanke, dass er eine andere umarmen und küssen könnte, gab ihr wieder neue Energie. Wenn er das tut, komme ich zurück und suche ihn heim, schwor sie sich. Genau wie die Frau, die ihren Mann über den Tod hinaus gepiesackt hatte.

Sie kroch längs der Wand, tastete nach dem Wasserkrug. Schließlich fand sie ihn – zerbrochen am Boden in einer Wasserpfütze.

Sie legte sich bäuchlings hin und schlürfte das abgestandene, schmutzige Nass, als es unvermittelt hell wurde. Sie stützte sich auf die Ellbogen und drehte den Kopf. Die wenigen Tropfen Wasser halfen, ebenso wie die kühle, frische Abendluft, die hereinströmte. Das Licht schmerzte ihre Augen. Sie gewahrte lediglich einen Schatten, der reglos im Türrahmen verharrte. Dann wurde der Lichteinfall stärker, erhellte goldene Locken. Sie wollte etwas sagen, stattdessen krächzte sie wie ein Rabe.

»Hallo, schöne Mrs. Emerson«, sagte die klare, helle Stimme. »Möchten Sie jetzt herauskommen?«

* * *

Es war bereits dunkel, als der Zug unter fröhlichem Rattern und Pfeifen in Luxor einlief. Mittlerweile hatte ich eine starke persönliche Abneigung gegen den Zug entwickelt, so als würde er mich vorsätzlich ärgern wollen. Ich fieberte förmlich darauf, Emerson mitzuteilen, dass ich den Fall gelöst hatte.

Sobald der Bahnsteig in Sicht kam, spähte ich trotz Rauch und Staub aus dem Fenster. Ich rechnete fest damit, Emerson unter den Wartenden zu entdecken, die Hände in die Hüften gestemmt, seine Miene düster. Vergebens hielt ich nach seiner unverwechselbaren Gestalt Ausschau. Stattdessen holte uns jemand anders ab. Als er mich sah, winkte er und rannte neben dem Wagon her.

»Es ist David«, rief ich. »Wieso hat Emerson ihn geschickt und ist nicht selber gekommen?«

Ramses schaute aus dem Fenster. »Er hat irgendwas auf dem Herzen. Sein Gesicht gefällt mir gar nicht, Mutter. Bleib in meiner Nähe.«

Ich folgte ihm dicht auf den Fersen, als er sich zum Abteilende vordrängelte, damit wir als Erste aussteigen konnten. Der Zug blieb mit einem Ruck stehen. Ramses sprang schwungvoll auf den Bahnsteig und hob mich hinunter.

»Dem Himmel sei Dank!«, rief David. »Wir haben so gehofft, ihr würdet diesen Zug nehmen! Ich warte schon seit über einer Stunde.«

Ich musste gar nicht erst fragen, ob etwas im Argen läge. Seine tief besorgte Miene und sein knapper Händedruck sprachen für sich.

»Die Kinder«, entfuhr es mir, Abdullahs Warnung bedenkend. »Ist irgendwas ...«

»Nein, sie sind wohlauf. Und damit das so bleibt, habe ich Vorsichtsmaßnahmen getroffen.« Er hastete weiter, zu einer wartenden Droschke. Ich musste laufen, wollte ich mit ihm Schritt halten.

Ramses raunte leise: »Nefret?«

David erzählte ihm schonungslos die ganze Wahrheit. »Ist fort. Der Professor und Maryam ebenfalls. Die *Isis* hat vor sechs Stunden abgelegt.«

Energischer als eigentlich erforderlich half Ramses mir in die

Droschke. »Vor sechs Stunden. Was habt ihr inzwischen unternommen?«

David sank auf die Sitzbank uns gegenüber und gab dem Fahrer Anweisung. »Wir haben ihr Verschwinden erst vor wenigen Stunden bemerkt. Der Professor war zum Haus zurückgegangen, so nahmen wir jedenfalls an, aber da war er nicht, und ...«

Die Lichter von Luxor rauschten an uns vorüber, die Kutsche schaukelte bedrohlich. »Konzentrier dich, David«, sagte ich. »Der Reihe nach. Und sag dem Kutscher, er soll langsamer fahren. Ich glaube, er treibt das Pferd mit der Peitsche an. Du weißt, dass wir das nicht dulden.«

Ramses sagte: »Weiter, David. Also, Vater war nicht im Haus ...«

David hob die Stimme. »Keiner von euch war da! Als keiner zum Tee kam, dachte ich, ihr könntet im Schloss sein, folglich habe ich Ali dorthin geschickt. So viel verplemperte Zeit ...«

Er warf die Hände vors Gesicht. Ich zupfte ihn am Ellbogen. »Selbstvorwürfe sind zwecklos, David. Nach meinem Empfinden hast du dich vollkommen richtig verhalten. So, und was war dann?«

David schob seinen Tropenhelm in den Nacken, holte tief Luft und fuhr merklich ruhiger fort: »Die Vandergelts kamen, mit Mutter und Vater. Sie erklärten aufgeregt, dass keiner von euch bei ihnen gewesen sei. Dann fiel uns auf, dass wir Maryam seit gestern Abend, Nefret seit Mittag nicht mehr gesehen hatten. Wir fanden die Notiz – eure Notiz – in der Praxis und wussten damit wenigstens, wo ihr zwei hinfahren wolltet. Wir mussten Nisrin ausfindig machen; sie hatte die Klinik zugesperrt und war nach Hause gegangen; sie erzählte uns, dass der Arzt auf der *Isis* nach Nefret geschickt habe. Der Junge sei krank, habe er gesagt.«

Weiterhin in vollem Galopp bog das Pferd auf die Corniche, und ich taumelte gegen Ramses. Er richtete mich mit eiskalten Händen wieder auf.

David brüllte den Kutscher an, worauf er die Fahrt verlangsamte. Auf den Straßen herrschte reges Treiben; es war zwar noch früh, gemessen an den Standards in Luxor, doch die vergnügungssüchtigen Touristen und diejenigen, die ihnen Selbiges boten, waren in Massen unterwegs. Das grellweiße Licht der Elektrobeleuchtung drang aus den Hotels, der sanfte Schein von Kerzen und Öllampen aus Geschäften und Häusern.

»Sobald wir Nefrets Ziel kannten, haben Bertie und ich uns nach Luxor übersetzen lassen. Dort stellten wir fest, dass die *Isis* abgelegt hatte. Die Händler und Ladenbesitzer entlang der Straße hatten Nefret an Bord gehen sehen. Sie kam nicht wieder vom Schiff.«

»Und Emerson?«, forschte ich, meinen Hut zurechtrückend.

»Du hast mich gebeten, der Reihe nach zu berichten«, gab David zurück. »Alles in Ordnung mit dir, Tante Amelia?«

»Selbstverständlich.« Ich hatte entsetzliches Magendrücken und hätte ihn am liebsten angefaucht.

»Wir sind gleich da«, sagte David nach einem Blick aus dem Fenster. »Kurz nachdem Nefret an Bord gegangen war, kam der Professor angeprescht. Er stürmte die Gangway hinauf, und das war das Letzte, was man von ihm oder Nefret gesehen hat. Kurz darauf wurde der Landungssteg eingezogen, und das Hausboot legte ab.«

»Man hat also gesehen, dass sie die *Isis* besucht haben«, sinnierte ich. »Die Augenzeugen hatten keinerlei Anlass, Verdacht zu schöpfen. Welchen Kurs hat das Schiff genommen?«

»Wir arbeiten dran.« Die Droschke hielt an. David sprang ab und half mir hinaus. »Ich kann es dir gleich sagen. Sabir erwartet uns mit seinem neuen Boot.«

Hell erleuchtete Touristendampfer säumten den Kai. Am Anlegeplatz der *Isis* war bereits ein anderes Schiff vor Anker gegangen. Als Sabir uns kommen sah, machte er die Leinen los.

»Wie ist der Stand der Dinge?«, erkundigte ich mich, als ich in sein Boot stieg.

»Bertie sollte zum Haus zurückkehren und die anderen informieren, während ich auf den Zug wartete. Jedenfalls wissen wir, dass die *Isis* flussabwärts fährt; Bertie wollte der Polizei in Hammadi und Kena telegrafieren, nach ihr Ausschau zu halten.«

Starr wie eine Statue, die Hände gefaltet, murmelte Ramses: »Sinnlos. Man braucht sie doch nur irgendwo kurz anzulanden, die Fahrlichter auszustellen und im Schutz der Dunkelheit ein paar Veränderungen vorzunehmen. Ein neuer Name, eine andere Flagge und sie ist kaum wieder zu erkennen.«

David ließ sich durch den überlegten Ton genauso wenig beirren wie ich. »Ramses, tut mir Leid. Ich hätte ...«

»Was hättest du? Dich trifft keine Schuld. Niemand hat Schuld.«

Bei unserer Rückkehr war das Haus hell erleuchtet wie ein Weihnachtsbaum, sämtliche Familienmitglieder waren auf den Beinen und – wie mir schien – auch ein Gutteil der Bewohner von Gurneh. Manche stapften auf und ab, alle redeten durcheinander, und einige wenige putzten ihre Flinten. Waffenbesitz war Ägyptern untersagt, gleichwohl drückten die Behörden ein Auge zu, wenn es sich um einen verantwortungsbewussten Zeitgenossen handelte. Obgleich ich kein Freund von Feuerwaffen bin, fand ich den Anblick beruhigend.

Evelyn stürmte als Erste aus dem Haus. Sie schlang ihre Arme um mich. »Gott sei Dank, jetzt bist du in Sicherheit, Amelia.«

»Ich war nie in Gefahr, meine Liebe«, erwiderte ich, mich sanft befreiend. »Dafür bleibt jetzt keine Zeit. Wir müssen ... Ramses, wo willst du hin?«

»Bin gleich zurück.«

Ich sah ihm nach, wie er sich mit langen Schritten entfernte, und konnte ihn einfach nicht zurückrufen. Er musste sich mit eigenen Augen überzeugen. Er ging zu den Kindern.

Die anderen warteten im Salon. Cyrus, Katherine und Bertie, Walter und Lia, Gargery, Daoud und Kadija und Fatima und ...

»Selim!«, entrüstete ich mich. »Geh sofort wieder ins Bett.«

Seine braune Gesichtshaut war ein bisschen blasser als sonst, doch er war angekleidet, und sein ordentlich gewickelter Turban verbarg den Verband. »Im Bett liegen, während Emerson und Nur Misur in Gefahr sind? Mein geschätzter Vater würde sich im Grab herumdrehen.«

»Stimmt.« Daoud nickte. »Dem Himmel sei Dank, dass du wieder hier bist, Sitt Hakim. Du wirst uns sagen, was wir tun sollen.«

Das Magendrücken ließ etwas nach, als mein Blick durch den

Raum glitt. Tatkräftigere Verbündete hätte ich mir kaum wünschen können. Ich wusste, ich würde Selim in seinem Bett anbinden müssen, folglich ließ ich ihn gewähren. Er hatte ein Messer im Gürtel, Daoud auch. Cyrus hatte sich ein Pistolenholster umgeschnallt. Ich schwankte zwischen Lachen und Weinen, als ich sah, dass Evelyn meinen Degenschirm umklammert hielt. Sie alle würden auf meinen kleinsten Befehl hin reagieren. Wenn ich nur wüsste, welches Kommando ich ihnen geben sollte! Nach außen hin vollkommen ruhig, war ich innerlich so aufgewühlt, dass ich nicht mehr logisch denken konnte.

Um ein bisschen Zeit zu schinden, nahm ich mir einen Stuhl und fragte: »Wo ist Sethos?«

»Irgendwo unterwegs«, erwiderte Cyrus. »Meinte, er könne nicht länger herumsitzen, kann ich verflixt gut nachvollziehen.«

Ramses und Sethos mussten sich draußen begegnet sein, denn sie kamen zusammen ins Haus. »Ah, da bist du ja.« Sethos nickte mir zu. »Hat dir denn keiner einen Whisky-Soda angeboten?«

Cyrus entschuldigte sich überschwänglich. »Heiliger Bimbam, wie konnte ich das vergessen! Brauchen Sie auch einen, Ramses?«

Ramses schüttelte den Kopf. »Was wir brauchen, ist Mutters berühmt-berüchtigter Kriegsrat.«

Alle blickten erwartungsvoll zu mir. »Zunächst einmal«, hob ich an und nahm Cyrus das Glas ab, »berichtet ihr uns, was ihr unternommen habt. Sie haben telegrafiert, Bertie?«

Bertie nickte. Er sah entsetzlich elend aus.

Sethos hatte sich ebenfalls einen Whisky eingeschenkt. Ich nahm an, dass es nicht sein erster war. »Das war obligatorisch, bringt aber vermutlich nicht viel. Ich habe mir erlaubt, ein paar von euren Arbeitern loszuschicken. Sie informieren die Dörfer von hier bis Hammadi, und stromaufwärts bis Esna, für den Fall, dass sie den Kurs ändern.«

»Ein richtiger Pony-Express.« Cyrus nickte anerkennend.

»Esel-Express«, berichtigte Sethos. »Und ein paar Kamele.«

»Das ist ja alles schön und gut«, schnappte Walter. »Trotzdem begreife ich nicht, warum wir hier herumsitzen und Whisky trinken, anstatt zu handeln!«

»Was können wir denn tun?«, forschte ich.

Walter schlug mit der Faust auf den Tisch. Das Sanfte war aus seinen Zügen gewichen; seine Augen funkelten. »Die Verfolgung aufnehmen! Schließlich haben wir die *Amelia*, oder?«

Sethos stellte sein leeres Glas auf den Tisch, wir anderen starrten zu Walter. »Ich habe mich schon gefragt, wann ihr endlich darauf kommt.«

»Aber du, was?«, versetzte Walter.

»Selim hatte die Idee. Deshalb ist er hier. Wir werden seine Hilfe brauchen. An Bord ist nur eine Notmannschaft, und Rais Hassan und seinen Ingenieur zu holen, würde zu lange dauern.«

»Pft«, grummelte Walter wenig besänftigt und kampflustig wie Emerson. »Warum sind wir dann nicht längst aufgebrochen?«

»Weil«, meinte Sethos überaus schleppend, »wir erst am Morgen ablegen können. Einmal abgesehen von den Gefahren nächtlicher Navigation könnten wir im Dunkeln glatt an der *Isis* vorbeischippern. Und weil wir auf Amelia und Ramses gewartet haben. Zudem müssen wir zunächst alle Fakten auswerten und unsere Strategie planen. Angenommen, wir holen das Boot ein, was dann? Sollen wir es mit gezückten Schwertern erstürmen?«

Walter sprang auf. Seit seiner Ankunft in Kairo hatte er sich prächtig gemacht, und zum ersten Mal gewahrte ich die Ähnlichkeit zwischen ihm und seinem Gegenüber. Er baute sich vor Sethos auf, riss seine Brille von der Nase und schleuderte sie durch den Salon. »Zum Teufel mit dir, ähm ... Sethos, machst du dich lustig über mich? Wenn es sein muss, nehme ich selbstverständlich ein Schwert in die Hand!«

Sethos schlug einen völlig anderen Ton an. »Entschuldige ... Bruder. Ich weiß, das würdest du tun. Wir wollen hoffen, dass es nicht so weit kommt. Komm, setz dich wieder und lass uns in aller Ruhe diskutieren. Amelia, möchtest du die Diskussionsleitung übernehmen?«

Bevor ich anfangen konnte, stand Selim ungelenk auf. »Ich mache mich schon einmal auf den Weg zur *Amelia* und lasse die Motoren an. Dann können wir bei Tagesanbruch ablegen.«

»Ich komme mit«, erklärte Walter. »Zum Teufel, wo ist meine Brille?«

»Hier.« Evelyn gab sie ihm. »Walter, Liebster ...«

Er wusste genau, was jetzt kommen sollte. Er setzte die Brille auf, fasste sie bei den Schultern und grinste zuversichtlich. »Vielleicht kann ich Selim zur Hand gehen oder so.«

»Ich begleite euch«, erbot sich Bertie. »Ich verstehe ein bisschen was von Maschinen.«

»Selim, du darfst unter gar keinen Umständen galoppieren«, rief ich ihnen noch nach. »Walter, pass auf ihn auf.«

»Verlierst wohl die Kontrolle über deine Untergebenen, was?«, schmunzelte Sethos. »Ich bin wie stets dein williger Sklave. Was kann ich für dich tun? Noch einen Whisky, vielleicht?«

»Ich bin nicht zum Spaßen aufgelegt«, gab ich zurück.

»Locker bleiben, meine Teuerste. In der Tat glaube ich, dass wir hier alles unter Kontrolle haben. Die Kinder sind alle im Haupthaus, und das wird von zig Männern bewacht. Frauen und Kinder befinden sich also in Sicherheit ...«

Ein empörter Aufschrei von den anwesenden Frauen brachte ihn zum Schweigen. »Wenn du meinst, dass ich hier bleibe«, begann Lia.

»Oder ich!« Evelyn schwang den Schirm.

»Ihr beide tut, was ich euch sage«, bemerkte ich. »Wir müssen entscheiden, wie wir am besten vorgehen. Jemand muss zurückbleiben und sich mit Lacau auseinander setzen. Er wird morgen eintreffen.«

»Er ist bereits hier«, informierte mich Cyrus. »Heute Abend angekommen. Wie können Sie sich in dieser Situation Gedanken um ihn machen?«

»Vielleicht möchte er an der Jagd auf die *Isis* teilnehmen?«

»Eher unwahrscheinlich«, wandte Cyrus ein. »Der denkt doch nur an seinen blöden Schatz. Was ist mit den anderen Touristendampfern?«

»Ich möchte keine ahnungslosen Urlauber mit hineinziehen. Wir könnten die Fährschiffe bitten, nach der *Isis* Ausschau zu halten, aber vermutlich wird sie gegen Morgen ganz anders aussehen. Da unsere Widersacher en masse abreisen, bezweifle ich, dass uns hier noch Gefahr droht ...«

»Diese Einschätzung mag ich nicht teilen«, versetzte Sethos. »Wir haben geglaubt, die direkte Familie sei nicht betroffen. Das wollten sie uns glauben machen. Jetzt haben sie Nefret. Das mit Emerson war nicht geplant, aber da sie ihn nun einmal gefasst haben, werden sie ihn so schnell nicht gehen lassen. Inzwischen kennen wir das Motiv. Es lässt sich auf jeden von euch anwenden – und auch auf mich.«

Er ging nochmals zum Barschrank und schüttete sich Whisky ins Glas. Ich hätte auch noch einen vertragen können. Wir hatten das Thema bewusst umgangen, doch jetzt ließ es sich nicht länger verdrängen.

»Tut mir aufrichtig Leid«, sagte ich widerstrebend. »Ich hatte so gehofft, sie wäre unschuldig.«

Sethos schnellte zu mir herum. »Sie wirkt so naiv, nicht wahr? Diese kindlichen Sommersprossen und die samtbraunen Augen ... Wenn es dich tröstet, Amelia, sie hat auch mich reingelegt.«

Ich gewahrte die schmerzvolle Miene, die er mühsam zu überspielen suchte, was auch Evelyn nicht entging. Sie trat zu ihm und umarmte ihn freundschaftlich. »Vielleicht hat man sie gezwungen, lieber – äh ...«

Ihre mitfühlende Art und das Stolpern über seinen Namen waren einfach zu viel für ihn. »Meine liebe Evelyn. Möchtest du, dass ich dir meinen richtigen Namen verrate?«, prustete er los.

»Nein, lass nur, wenn du nicht willst.«

»Seth.«

»Wie bitte?«, japste ich. »Nicht Gawaine oder George oder Milton oder ...«

Ausgelassen prostete Sethos mir zu. »Du hast eine begnadete Fantasie, Amelia. Was meinst du, woher ich mein Pseudonym habe? Meine Eltern gaben mir einen achtbaren biblischen Vornamen, doch als ich feststellte, wie ähnlich er dem eines altägyptischen Pharao ist, konnte ich einfach nicht widerstehen. Und wie passend! Sethos, ein Jünger des Seth, Gott des Sturms und des Chaos, Erzfeind seines großmütigen Bruders ...« Er brach zähneknirschend ab. »Ramses, nimm dir verflucht noch mal was zu trinken oder sag irgendwas oder setz dich wenigstens hin! Du machst mich nervös, stehst da wie ein Ölgötze. Wir bekommen sie schon wieder zurück.«

Vielleicht war es der Gedanke an die andere junge Frau, die liebende Tochter, die Sethos niemals zurückbekommen würde, dass Ramses die eiserne Selbstbeherrschung verlor.

»Es tut mir so Leid«, fing er an.

Darauf fauchte Sethos ihn an: »Ich brauche dein Mitgefühl nicht. Ich brauche Informationen. In den nächsten Stunden können wir nichts anderes tun als reden. Ich nehme nicht an, dass jemand schlafen gehen möchte. Gibt es noch irgendwelche Zweifel an den Beweggründen für diese unsäglichen Vorkommnisse?«

»Nein«, erwiderte ich. »Sobald ich erkannt hatte, dass das Motiv Rache für Berthas Tod war, passte jeder Vorfall exakt in das Raster. Der erste – den ich bis vor kurzem schlichtweg übersehen habe – war Hassans Ableben, besser gesagt, seine plötzliche Hinwendung zur Religion. Was hatte er angestellt, dass er auf einmal meinte, sühnen zu müssen?«

Ramses nickte. »Selim hat es ähnlich formuliert. Ich hab es genauso verdrängt. Hassan gehörte zu den Männern, die an dem Tag mit uns in Kurna waren, als Abdullah starb und Bertha ... Meinst du, Hassan hat den tödlichen Schuss auf sie abgefeuert?«

»Wenn nicht, so hat er es jedenfalls geglaubt oder für sich in Anspruch nehmen wollen – war es doch eine rühmliche Tat für jeden, der Abdullah verehrte und die althergebrachten Rituale hoch hielt: Auge um Auge, Zahn um Zahn. Erinnerst du dich noch an den Brief, den du uns vorgelesen hast, von einem Mann an seine verstorbene Frau? Würde mich nicht wundern, wenn Hassan ähnlich gedacht hätte. Auch er hatte seine Frau verloren, und er spürte die Beschwerden des Alters. Schuldgefühle und die Hoffnung auf Vergebung ließen ihn den Schutz eines heiligen Mannes suchen – obwohl er sich erst einen erfinden musste! Die meisten anderen sind tot, außer ...«

»Selim und Daoud«, keuchte David. »Gütiger Himmel. Sie

hatte keine Schwierigkeiten damit, Hassan umzubringen – eine seiner Mahlzeiten zu vergiften – aber ich mag nicht glauben ...«

»Selim und Daoud«, eröffnete Sethos schonungslos, »waren die nächsten. Sie spielte mit ihnen Katz und Maus. Keiner der Anschläge war tödlich, aber jeder hätte es sein können. Die Angriffe auf sie persönlich waren nur gestellt, um unseren Verdacht zu zerstreuen. Martinelli scheint mir ein Ausrutscher. Ich habe keine Ahnung, warum sie es auf ihn abgesehen hatte. Soweit ich weiß, haben sie sich nie kennen gelernt.«

»Es gibt eine ganze Reihe von Dingen, die du noch nicht weißt«, murmelte ich. El-Gharbis Enthüllungen schienen wegen unserer augenblicklichen Katastrophe ins Abseits zu geraten, gleichwohl waren sie entscheidend für den Fall. Evelyn und David hatten ihre Hoffnung, ihren Zweifel angedeutet, das musste den anderen doch aufgefallen sein. Schwierig, sich dieses fröhliche junge Mädchen als Mörderin vorzustellen.

»Es ist wichtig, dass wir uns alle im Klaren darüber sind, gegen wen wir da eigentlich vorgehen«, fuhr ich fort. »Und das ist nicht etwa eine – ähm – verwirrte junge Frau mit einer Bande von Auftragsmördern. In diese Geschichte ist wenigstens noch eine andere Person verwickelt, durch und durch kriminell, hat sie dasselbe Motiv wie Maryam. Maryam ist nicht Berthas einziges Kind.«

Zum ersten Mal in unserer langjährigen Bekanntschaft verlor Sethos die Fassung. Er wurde schneeweiß im Gesicht. »Nein«, sagte er rau. »Nein. Nicht noch eins ... Wer hat euch das erzählt?«

»El-Gharbi«, erwiderte Ramses. »Wir waren heute in dem Dorf, in das man ihn verbannt hat. Mutter erinnerte sich an etwas, was er irgendwann einmal gesagt hat ... dass auch die junge Schlange Giftzähne habe. Wieso sie das nicht schon früher erwähnte ...«

»Schlichtweg vergessen«, gestand ich. »Es war so vage, wie die Weissagungen von Nostradamus, die sich auf unterschiedlichste Weise auslegen lassen. Seinerzeit hatten wir mit diesem fürchterlichen Burschen Jamil zu tun, auf den diese Umschreibung genauso gepasst hätte. Emerson wusste ebenfalls davon, aber auch er hat die Warnung vergessen oder verdrängt. Erst gestern Abend, als ich allmählich das Handlungsmuster durchschaute, fiel mir ein, dass el-Gharbi uns unbekannte Informationen haben könnte.«

»Ihr hättet uns einweihen sollen«, sagte Evelyn vorwurfsvoll.

»Hinterher ist man immer schlauer«, seufzte David. »Ich möchte mehr über dieses zweite Kind wissen.«

Lia schrie auf. »Justin. Ist es Justin? Aber er ist jünger als Maryam, er kann höchstens vierzehn sein. Er ...«

»Er«, erklärte ich, »ist eine junge Frau. Die zierliche Statur, das bartlose Gesicht, die hohe Stimme hätten uns gleich zu denken geben müssen. Sie war um die Zwanzig, als el-Gharbi in Kairo auf sie traf. In einem der – ähm – exklusiveren Bordelle, das sich im Besitz einer älteren Frau befand, einer Europäerin, die ihre Finger in diversen illegalen Geschäften hatte. Sie und el-Gharbi kamen sich nie in die Quere, sie beackerten sozusagen unterschiedliches Terrain, gleichwohl wusste er um ihre Aktivitäten. Zu ihren Kunden zählten ranghohe Offiziere und steinreiche Touristen. Justin war ihr Schützling und kompetenter Assistent bei sämtlichen Gesetzesübertretungen, von Drogen bis Mord.«

»Also nicht meins«, flüsterte Sethos. »Nicht mein Kind.«

Da ich seine Gefühle nachvollziehen konnte, klärte ich ihn gänzlich auf.

»Laut el-Gharbi war ihr Vater ein Engländer namens Vincey, also der Mann, mit dem Bertha einige Jahre zusammenlebte, bis wir ihn unschädlich machten und sie mit dir anbandelte. Nein. Du bist nicht ihr Vater. Sie und Maryam sind Halbschwestern. Wie die Sache zustande kam, entzieht sich meiner Kenntnis, aber Justin ist zweifellos die Anführerin. Sie ist die Ältere, und, anders als Maryam, zeitlebens mit Kriminellen zusammen gewesen.«

»Das entlastet Maryam keineswegs«, sagte Sethos. Einmal abgesehen von den Schweißperlen auf seiner Stirn hätte er von einer Fremden sprechen können. »Sie hat von Anfang an bereitwillig mitgemacht. Der Angriff auf sie war gestellt; das Ergebnis war, dass Ramses sie ›rettete‹ und zu dir gebracht hat – mit ihrer wohl dosierten Zurückhaltung hat sie sich dein Mitgefühl erschlichen. Sie hat dir nachspioniert und den anderen Bericht erstattet.«

»Vielleicht hat man sie unter Druck gesetzt«, gab Evelyn zu bedenken.

»Gib's auf, Evelyn«, sagte Sethos. »Sie ist das Kind ihrer Mutter – und leider Gottes auch meins.«

13

Aus Manuskript H

Der Junge war nicht krank. Sie hätte gleich erkennen müssen, dass es eine Falle war. Er suchte die schlingernden Schiffsbewegungen auszubalancieren, und sein Gesicht war so hübsch und ausdruckslos wie das einer Puppe.

»Haben Sie etwa wie ein Hund das Wasser aufgeleckt?«, fragte Justin.

Der Klang seiner Stimme ließ bei Nefret sämtliche Alarmglocken schrillen. Sie versuchte zu sprechen, doch entwich ihr lediglich ein Krächzlaut.

»Eine schöne Tasse Tee ist jetzt genau das Richtige für Sie«, sagte Justin aufgeräumt. »Können Sie gehen, oder soll François Sie tragen?«

Der letzte Hoffnungsschimmer verblasste, als sie sah, dass er nicht allein gekommen war. Sie war sich noch nicht schlüssig, welche Rolle er in dem Ganzen spielte, vielleicht war er nur ein wehrloses Opfer. François hingegen musste einer von ihnen sein. Hämisch grinsend griff er nach ihr. Nefret rappelte sich auf und stieß seine Hand weg.

»Wie Sie wollen«, sagte Justin. »Kommen Sie mit.«

Nefret folgte ihm durch den Gang in den Salon, François dicht hinter ihr. Mit einem zuckersüßen Lächeln bot Justin ihr einen Stuhl, und Nefret sank dankbar darauf. Tee stand auf dem Tisch, ein hübsches Silberservice, indes war außer ihr und dem Jungen und seinem Begleiter niemand im Raum. Ihr Blick wanderte zum Fenster. Draußen war es dunkel. Und das Schiff hatte angehalten.

»Trinken Sie Ihren Tee.« Justin goss ihr ein. »Sie müssen doch großen Durst haben.«

Etwas an seiner Gestik ließ Nefret aufmerken. Sie beobachtete ihn, wie er in den Diwankissen lehnte, eine Hand hinter dem Kopf, die andere anmutig ausgestreckt.

»Wer sind Sie?«, wollte sie wissen.

Das helle Lachen, höher noch als Justins, half ihr auf die Sprünge. Mein Gott, wieso habe ich das nicht eher gemerkt?, überlegte sie. »Seine« Jacke war offen, und das dünne Hemd spannte über den jetzt unkaschierten weiblichen Rundungen.

»Wie ich heiße, meinen Sie? Ich habe viele Namen. Nennen Sie mich ruhig weiter Justin. Das klingt irgendwie nach Justiz, und genau die werde ich ausüben.«

Nefret schüttelte verständnislos den Kopf. »Warum tun Sie das? Was wollen Sie von uns?«

»Gerechtigkeit. Für eine Tote und ihre Kinder. Na was denn?«, meinte sie ungnädig, als Nefret sie mit offenem Mund anstarrte. »So dumm können Sie doch nicht sein. Ihre Familie hat meine Mutter umgebracht und mich gnadenlos dem Hungertod ausgeliefert, hätten ihre Freunde und meine eigenen Begabungen mich nicht davor bewahrt.«

»Ihre Mutter«, wiederholte Nefret. Sie hob die Tasse an die Lippen und verbrannte sich an dem kochend heißen Tee die Zunge. »Wer ...?«

»Dreimal dürfen Sie raten. Wie viele Frauen hat Ihre glorreiche Familie denn auf dem Gewissen?«

»Keine. Nicht einmal ... Ach du Schreck«, japste Nefret. »Bertha? Sie sind ihr Kind? Aber ... aber das ist unfair, wir wussten nichts von Ihrer Existenz. Mutter und Vater hätten Ihnen geholfen. Sie würden Ihnen auch jetzt helfen.«

»Ich brauche keine Hilfe. Was ich will, nehme ich mir sowieso, ich brauche keine Almosen.«

Nefret fehlten die Worte. Darauf wäre sie nicht im Traum gekommen. Sie schlürfte den Tee, spielte auf Zeit, bis sie sich wieder gefasst hatte. »Was haben Sie mit dem Professor gemacht?«

»Kaum der Rede wert.« François war neben seine ... Geliebte getreten. Sein verschlagenes Gesicht verzog sich zu einem Grinsen. »Wir haben ihn lediglich angekettet und eingesperrt. Sie wollte nicht, dass ich ihn ...«

»Hab ich gesagt, dass du antworten sollst?« Die schrille Stimme schmerzte in den Ohren. François schrak zusammen, sank auf die Knie und murmelte Entschuldigungen.

»Obwohl er es verdient hätte«, fuhr Justin fort, ihren untröstlichen Fußabtreter ignorierend. »Er hat unsere Pläne komplett über den Haufen geworfen. Möchten Sie wissen, was wir vorhatten? François, wo sind deine Manieren geblieben? Biete unserem Gast etwas Gebäck an.«

»Ich hab keinen Hunger«, entgegnete Nefret. »Erzählen Sie.«

Justin lehnte sich zurück in die Kissen, die Hände hinter dem Kopf, der Busen gestrafft.

»Hathor«, murmelte Nefret ungläubig.

»Beide Male, ja. Sie haben Maryam verdächtigt, nicht? Ich habe es für sie gemacht. Sie wollte Ihren Mann. Wenn der Professor heute nicht dazwischengefunkt wäre, hätte sie ihn bekommen.«

»Niemals«, sagte Nefret fest.

»Oh, ich denke, ihre Chancen standen gut. Verstehen Sie, unser ursprünglicher Plan sah vor, Sie aufs Schiff zu locken, und dann wäre ich in Ihrer Kleidung von Bord gegangen und schnurstracks in den Gassen von Luxor verschwunden. Bei meiner Rückkehr hätte ich wieder meine eigenen Sachen getragen. Wenn Ihre Freunde schließlich nach Ihnen gefragt hätten, wäre die *Isis* längst fort gewesen, und unzählige gaffende Zeugen hätten geschworen, Sie hätten das Hausboot verlassen.«

Während Nefret ihr Gegenüber musterte, fiel ihr wieder ein, was Ramses irgendwann über die Kunst der Tarnung gesagt hatte. Es waren weniger die optischen Veränderungen als vielmehr Verhalten und Gestik, Sprache und Bewegung. Sie hatte die Jungenrolle überzeugend verkörpert, aber nur, weil Justin in den Augen der Emersons nicht ganz normal gewesen war. Kein Wunder, dass sie derart heftig auf Berührungen reagiert hatte. Sie mochte sich die Brüste abbinden und legere Jungenkleidung tragen, ihr Körper blieb der einer Frau.

»Aber das steht jetzt außer Frage«, sagte Justin schroff. »Dieselben Zeugen sahen Sie und den Professor an Bord gehen; sie hatten ihm berichtet, Sie seien hier, und er schien entschlossen, das Schiff in seine Einzelteile zu zerlegen, um Sie zu finden. Uns blieb keine Wahl, als unsere Abreise vorzuziehen und Sie beide mitzunehmen.« Sie seufzte. »Die arme Maryam. Sie kann jetzt nicht mehr zurück und die Unschuldige spielen.«

»Wo ist sie?«, forschte Nefret.

»Schmollt in ihrer Kabine. Sie nörgelt an allem rum«, versetzte Justin gehässig.

Nefrets Blick glitt zum Fenster. Es ging aufs Deck hinaus. Die Läden waren geöffnet. Sie gewahrte Sterne und, gar nicht so weit entfernt, die dunklen Umrisse vom Festland. Die Vorstellung, Emerson zurückzulassen, behagte ihr zwar nicht, aber wenn sie an Deck gelangen könnte ...

Nefret machte einen Satz zu dem Bullauge. Immer noch recht wacklig auf den Beinen, war es eher ein Stolpern. Augenblicklich stürzte François sich auf sie, drehte ihr die Arme auf den Rücken und hielt sie fest.

Nefret schüttelte sich das wirre Haar aus der Stirn. Es war demütigend, wie eine Vogelscheuche auszusehen. Das wusste auch die Frau, die sich auf dem Sofa aalte; lächelnd streichelte sie über ihren Körper. Sie war eine sehr hübsche Frau mit ihren kurzen goldblonden Locken und der jugendlich schlanken Figur.

Nefret konnte nicht anders, sie musste es wissen. »Warum haben Sie Ramses gefangen genommen? Was hätten Sie mit ihm angestellt, wenn er nicht entkommen wäre?«

»Es war nur ein Test, um zu sehen, wie gut meine Leute arbeiten.« Justin streckte sich wie eine Katze. »Und ich war neugierig, was Maryam an ihm finden könnte. Dann ... tja ... hab ich es gesehen. Ich dachte, es würde Spaß machen, wenn er mich verführt.«

»Sie sind von Sinnen«, zischte Nefret. »Das hätten Sie nie geschafft.«

»Oh doch, wenn ich etwas mehr Zeit gehabt hätte. Ich habe richtig darauf gefiebert. Ich liebe die Männer, und er ist ein besonders attraktives Exemplar – in jeder Hinsicht. Maryam hat für dergleichen kein Gespür. Sie hat diesen blöden Amerikaner nur geheiratet, weil sie sein Geld wollte. Sie denkt, dass sie verliebt ist.« Aus ihrer Stimme sprach tiefer Abscheu.

»Waren Sie denn nie verliebt?«, erkundigte sich Nefret. Sie verfolgte einen der innerfamiliären Grundsätze: Lass dein Gegenüber reden und achte auf jeden Lapsus, jede Nachlässigkeit. Man weiß nie, wie sich die Dinge entwickeln! Außerdem lag eine grässliche Faszination in dem Gespräch. Eine Frau wie Justin war ihr noch nie begegnet. Aber, fiel Nefret ein, ich habe Bertha nicht kennen gelernt.

»Verliebt?« Die hübschen Lippen verzogen sich spöttisch. »Ich wollte ihn und ich hätte ihn rumgekriegt, wenn er sich nicht abgesetzt hätte. Aber was nicht ist, kann ja noch werden. Für gewöhnlich bekomme ich, was ich mir in den Kopf gesetzt habe – schätze, er ist zu allem bereit, wenn ich Ihnen nur nichts tue.«

»Von wegen«, fauchte Nefret. »Und Sie wären verrückt, ihn an sich heranzulassen, wenn er wütend ist.«

»Was sind Sie doch naiv«, murmelte Justin. »Es gibt da gewisse Tricks ... und ich kenne die meisten.«

Sie quälte ihre Gefangene gnadenlos. Nefret schluckte, eine Übelkeit stieg in ihr auf. »Was wollen Sie mit uns machen?«, versetzte sie.

»Erst mal nichts«, lautete die lapidare Antwort. »Vielleicht brauchen wir Sie noch.«

»Wofür?«

»Abwarten und Tee trinken.« Lachend setzte sich Justin auf und klatschte in die Hände. »Möchten Sie sich nicht ein bisschen frisch machen vor dem Abendessen?«

Der Raum, in den François sie brachte, war eine Verbesserung gegenüber dem vorherigen. Die Fensterläden waren geschlossen und von außen vernagelt, doch die Spalten zwischen den Holzlatten ließen frische Luft herein. Es gab ein Bett und ein Waschbassin und daneben sogar eine Lampe. Ein eher provisorisches Gefängnis, gleichwohl hatten sie nichts zurückgelassen, was sich als Waffe oder Werkzeug geeignet hätte. Bett und Bassin waren am Boden fest geschraubt; sie hatten sogar den massiven Holzriegel auf der Innenseite der Läden entfernt.

Energisch durch die Kajüte stapfend, sah Nefret in den Schrank über dem Bassin und unter das Bett. Der Wasserkrug war nicht aus schwerem Steingut, sondern aus zartem Chinaporzellan mit Blümchenmuster. Er war Teil eines ganzen Sets; die anderen Behältnisse waren genauso zierlich und als Wurfgeschosse unbrauchbar. In der Seifenschale lag ein duftendes Seifenstück. Offenbar wollte diese heimtückische Person tatsächlich, dass sie sich wusch vor dem ... Abendessen? Handtuch und Waschlappen lagen ebenfalls bereit.

Warum nicht? Sie könnte sich zumindest Gesicht und Hände erfrischen. Das kühle Wasser tat gut auf ihren heißen Wangen.

Es wäre himmlisch gewesen, die Kleidung abzulegen und sich den Schweiß vom Körper zu waschen, aber die Tür war von innen nicht zu verriegeln. Sie ließ es dabei bewenden, ihr schmutziges Hemd auszuziehen und sich Oberarme und Hals zu waschen. Die am Morgen blütenweiße Bluse war inzwischen so staubig wie alles an ihr. Der dünne Baumwollstoff klebte an ihrem Körper. In einem Anflug weiblicher Schwäche verglich sie ihre Figur mit der anmutigen Gestalt auf dem Diwan und zerrte sich das Hemd wieder über den Kopf. Wie alt mochte diese verfluchte Frau sein? Bestimmt zehn Jahre jünger als sie. Maryam war noch jünger. Keine von beiden hatte zwei Kinder geboren.

Und keine von beiden hatte Ramses, beschwor sie sich. Sie fing an, die Nadeln aus ihrem verfilzten Haar zu ziehen, und sinnierte dabei, wie seine Hände ihre Schultern gestreichelt hatten. Einfach idiotisch von ihr, eifersüchtig zu reagieren. Er würde nicht ruhen, bis er sie gefunden hätte, und ihre couragierte Schwiegermutter war Emerson bestimmt schon auf der Spur. Sie dachte an ihren Schwiegervater, der in der Finsternis ihres vorigen Gefängnisses schmorte, gedemütigt und malträtiert, und schob entschlossen ihr Kinn vor. Ich werde darum bitten, ob ich ihn sehen kann, überlegte sie. Ich werde flehen. Auf den Knien, wenn diese Hexe es unbedingt so haben will.

Vergebens suchte sie nach einem Kamm. Sie gingen wirklich kein Risiko ein. Scharfe Zinken hinterließen schmerzhafte Striemen im Gesicht, selbst wenn sie aus Zelluloid waren. Versunken glitten ihre Finger durch die langen Locken, die sie so gut es eben ging ordnete. Sie stand auf und stopfte ihre Bluse in den Rock. Als die Tür aufging, stand sie dahinter, den Blümchenkrug hoch erhoben. Man muss tun, was man kann!

Die Tür wurde aufgestoßen und Nefret unangenehm an die Wand gequetscht. Der Krug fiel zu Boden und zerbrach. Eine Hand packte sie am Arm und zerrte sie aus ihrem Versteck.

»Sie haben das Set ruiniert«, sagte der Arzt nach einem Blick auf die pastellfarbenen Scherben. Wie ein Schraubstock umspannten seine Finger ihr Handgelenk.

Mit diesem schmerzhaften Griff zerrte er sie durch den Gang in den Salon. Ein Tisch war mitten in den Raum gerückt worden, ausstaffiert mit weißer Damastdecke sowie Chinaporzellan, Kristall und frischem Blumenschmuck. Es lagen vier Gedecke auf, indes waren nur zwei Stühle besetzt. Nefret verharrte und rieb sich ihr schmerzendes Handgelenk. Die Männer, die hinter den Stühlen standen, wirkten beileibe nicht wie Kellner. François war einer von ihnen.

Schlagartig dämmerte ihr, dass mit dem Raum etwas nicht stimmte. Er mutete so unwirklich an wie eine Bühnendekoration. Das Unrealistische wurde noch verstärkt durch die obskuren Anwesenden – die muskelbepackten Helfershelfer und die Frau, die sie nur als Justin kannte.

Der Name war jetzt auch unwichtig; sie trug die Robe der Hathor, mit schwarzer Perücke und imitierten Kuhohren. Maryam saß rechts von ihr. Sie starrte fortwährend auf ihren Teller. In ein formloses schwarzes Kleid gehüllt, wirkte sie so unansehnlich, wie Nefret sich fühlte, indes schimmerte das gestohlene Pektorale auf ihrer Brust, tiefblauer Lapis, umrahmt von zwei goldenen Schlangen.

»Wo sind die Armbänder?«, fragte Nefret unverblümt.

»Tsts, bewundernswert kaltblütig«, murmelte Justin. »Zeig sie ihr, Maryam.«

Maryam hob die Hände, aber nicht den Blick. Die Armbänder umschmeichelten ihre Handgelenke.

»Setzen Sie sich«, wies Justin Nefret an. »Zu meiner Linken. Sie können gehen, Khattab.«

»Der Doktor isst nicht mit uns?«, fragte Nefret, auf den Stuhl sinkend, den ein Diener ihr hinschob.

»Er ist kein Doktor, sondern ein billiger Abtreiber, der in Kairo für mich gearbeitet hat«, erwiderte Justin verächtlich. »Wohl kaum die richtige Gesellschaft für Sie.«

Khattabs Schulterblätter zuckten. Er verließ wortlos den Salon und schlug die Tür hinter sich zu.

»Nicht dass Sie eine angemessene Dinner-Gesellschaft wären«, fuhr Justin nach einem kritischen Blick auf Nefret fort. »War das alles, was Sie tun konnten?«

»Unter den gegebenen Umständen ja.« Nefret ging über den Affront der Frau hinweg. »Wenn Sie meine Anwesenheit stört, warum bin ich dann eigentlich hier?«

»Aus zwei Gründen. Unser kleines Gespräch war noch nicht beendet. Ich finde es großartig, Ihre Reaktion zu beobachten. Sie haben so ein offenes, unkontrolliertes Gesicht. Und dann ist da einiges, das Sie noch nicht wissen.«

»Und der andere Grund?« Sie drehte nicht den Kopf, um zum Fenster zu sehen. Die Vorhänge waren zugezogen, doch draußen, vom Deck her, drangen Geräusche ins Zimmer.

»Ich will, dass Sie mit uns feiern«, versetzte Justin. Sie nahm die schwere Perücke ab und warf sie François hin. »Morgen – oder spätestens übermorgen – werden wir unsere Mission beenden. Die Vorbereitungen haben ein Jahr gedauert, aber das Warten hat sich gelohnt.«

Impulsiv dachte Nefret an ihre nächsten Angehörigen – die Kinder, Ramses, ihre Schwiegermutter – und natürlich an Freunde und Verwandte, die genauso in der Klemme steckten wie Emerson und sie. Sie redete sich ein, dass es unmöglich sei, alle auf einmal auszulöschen. Aber einige freilich schon. Wen? Und wie?

Unwillkürlich spähte sie zum Fenster. Irgendein schwerer Gegenstand war zu Boden gekracht, denn das Deck erzitterte; ein lautstarker arabischer Fluch schloss sich an, gefolgt von der gezischelten Aufforderung zu schweigen.

Justin lachte affektiert und klatschte in die Hände. »Ihr Gesicht liest sich wie ein Buch. Warum fragen Sie nicht einfach, was die da draußen machen? Ich verrat's Ihnen gern.«

»Also was?«, murmelte Nefret.

»Gegen Morgen wird die *Isis* ein völlig anderes Schiff sein – frisch gestrichen, neuer Name, andere Flagge.«

Nefret nickte. »Schön und gut, aber wo sind wir hier?«

»Auch das kann ich Ihnen enthüllen. Wir liegen neben einer Insel im Süden von Kena vor Anker.«

Nur wenige Stunden flussabwärts von Luxor. Er war nur ein paar Stunden von ihr entfernt. Sie versuchte sich vorzustellen, was er – und die anderen – wohl machten, wie lange es gedauert haben mochte bis zu der Entdeckung, dass ihr – und Emerson – etwas zugestoßen sein musste. Da erinnerte sie sich an die selbstbewusste Äußerung ihrer Schwiegermutter: »Ich rechne nicht damit, dass ein solcher Fall eintritt«, worauf sie ein eisiger Schauer durchzuckte. Wenn man die beiden in diesem Dorf aufgegriffen hatte, würde Ramses vielleicht noch gar nichts von ihrem Verschwinden wissen.

»Sie denken an ihn, was?«, säuselte Justin. »Das sehe ich Ihnen an. Soweit ich weiß, ist er nicht in Gefahr, Schätzchen, und ich bin sicher, er wird edelmütig zu Ihrer Rettung eilen. Aber machen Sie sich nicht zu viel Hoffnung. Sie werden uns auf dem Wasserweg verfolgen müssen, und wir haben einen entscheidenden Vorsprung. Es gehört schon einiges dazu, uns noch vor der Umsetzung unseres Plans aufzuspüren. Und selbst wenn, würden sie es nicht wagen, solange wir zwei Geiseln haben. Sollten Sie im Übrigen irgendwelche Dummheiten machen, wird der Professor dafür büßen.«

»Ist er verletzt?«, fragte Nefret. »Kann ich ihn sehen?«

Justins Mund verzog sich zu einem schmallippigen Lächeln, undeutbar wie das einer antiken Statue. »Sagen Sie ›bitte‹.«

»Bitte.«

»Später. Vielleicht. Er ist nicht ernsthaft verletzt, aber leider wenig kompromissbereit.«

Bislang hatte Maryam sich weder gerührt noch einen Laut von sich gegeben; jetzt zuckte sie kaum merklich die schmalen Schultern.

»Dann wird er also nicht mit uns essen«, sagte Nefret. Die Häme in Justins Stimme verfehlte ihre Wirkung nicht, gleichwohl versuchte sie, dies zu übergehen. »Wer ist der vierte? Jemand, den ich kenne?«

»Ja und nein«, erwiderte Justin. »Ich frage mich, wo sie nur bleibt. Wartet vermutlich auf ihren großen Auftritt. François, geh und sag ihr ... Na endlich!«

Eine große, hagere Frau betrat den Raum. Das faltige Gesicht und die silbergrauen Haare deuteten auf ihr fortgeschrittenes Alter, gleichwohl waren ihre Schultern gestrafft, ihr Schritt fest. Sie hatte den Witwenschleier abgelegt; ihr schwarzes Kleid war schlicht und ohne jeden Schmuck.

Justin schob ihren Stuhl zurück und erhob sich, zögernd folgte Maryam ihrem Beispiel. Nefret wusste sehr wohl, dass man aufstand, wenn eine ältere Dame den Raum betrat. Sie blieb sitzen.

»Eine kriminelle Organisation von Frauen«, sagte sie. »Wenigstens sind Sie keine von Berthas Nachkommen.«

Die alte Frau, die mit ziemlicher Sicherheit nicht Fitzroyce hieß, streichelte zärtlich über Justins Locken. Dann holte ebendiese Hand aus und versetzte Nefret eine schallende Ohrfeige, wie eine Gouvernante einem ungehorsamen Kind.

»Ihre Manieren sind weiß Gott nicht so makellos wie Ihr Gesicht. Stehen Sie in Gegenwart von älteren Menschen gefälligst auf!«

Mit einem leichten Schulterzucken gehorchte Nefret. Die alte Frau setzte sich ans Kopfende der Tafel. »Danke, dass du gewartet hast, Liebes«, sagte sie zu Justin. »François, du kannst den Champagner jetzt öffnen.«

»Wo warst du so lange?«, erkundigte sich Justin.

Ein Korken knallte, Schaum perlte über die Flasche. »Ungeschickter Trampel«, schnappte die Alte. »Gieß endlich ein und verschütte nicht alles. Wo ich gewesen bin? Hatte ein kleines Gespräch mit dem Professor. Konnte mich kaum losreißen.«

»Geht es ihm gut?«, wollte Nefret wissen. Champagner floss in ihr Glas.

»Nein, es geht ihm nicht gut. Er ist aufbrausend und unberechenbar wie ein Stier, und ich will unter gar keinen Umständen riskieren, dass er türmt. Und jetzt werde ich einen Toast auf unseren Erfolg ausbringen.« Sie hob ihr Glas.

»Sie erwarten doch nicht etwa, dass ich darauf trinke?«, versetzte Nefret.

Sie rechnete mit einer Zurechtweisung, einer weiteren Züchtigung, doch die Alte lachte nur. Ihr faltiges Gesicht ähnelte einem Stadtplan von Kairo, mit seinen gewundenen Straßen, den abzweigenden Gassen. Das hat man davon, wenn man im Alter zu viel abnimmt, dachte Nefret bei sich. Indes schien die Frau keineswegs zerbrechlich. Ihre Hände wirkten sehnig und zupackend.

»François könnte Ihnen die Nase zuhalten und Sie zwingen zu trinken«, kicherte ihre Gastgeberin. »Aber das wäre nicht Sinn der Sache. Maryam ... Justin ...«

Feierlich hoben sie die Gläser und tranken.

Der erste Gang war irgendeine Suppe, lauwarm und verwürzt. Selbst die Köchin gehört mit zur Bande, überlegte Nefret. Der Weißwein war ausgezeichnet, und Nefret nahm einen kleinen Schluck. Der Lärm an Deck war mittlerweile etwas abgeebbt.

»Worauf wollten Sie eigentlich anstoßen?«, erkundigte sie sich. »Und wer sind Sie, verflucht noch mal? Berthas Rächerin?«

»Meinen Sie, ich würde so viel Aufhebens machen, nur um Vergeltung zu üben?« Die alte Frau beugte sich vor und verschränkte ihre faltigen Hände auf dem Tisch. »Sentimentalität ist eine Schwäche der Jugend. Ich hatte nichts dagegen, dass Justin heimtückische kleine Unfälle und Täuschungsmanöver inszenierte. Sie hat zwar nur einen von den Männern getötet, der Bertha auf dem Gewissen hat, einigen anderen aber unangenehm zugesetzt, und sie hat Ihre Angst und Verwirrung ausgekostet. Dergleichen interessiert mich schon lange nicht mehr.«

»Wenn Sie Geld wollen«, hob Nefret an.

»Ich will es und werde es auch bekommen. Dies hier ist eine kostspielige Operation«, fuhr die andere so sachlich fort wie ein Bankier. »Sie hat meine sämtlichen Ersparnisse verschlungen und das Geld, das Maryam von ihrem fürsorglichen alten Knacker geerbt hat. Ich glaube, die Investition wird sich auszahlen.«

Die Kellner nahmen die Suppenteller fort und servierten einen unappetitlich aussehenden Fisch. Nefret war froh, dass sie ihre Suppe aufgegessen hatte. Das Fischgericht würde sie schlichtweg nicht verkraften, und eine Übelkeit hätte ihr gerade noch gefehlt! Schließlich warf sie so sachlich wie die Alte ein: »Vielleicht können wir zu einer Einigung kommen. Ich kann ...«

»Mag sein, dass Sie das können, obwohl ich meine Zweifel habe.« »Mrs. Fitzroyce« starrte auf den Fisch. »Ekelhaft. Nehmt ihn weg. Geld ist nicht das Einzige, was mir vorschwebt. Ich bin längst nicht so unsensibel, wie ich geglaubt hatte. Drei von Ihnen waren primär verantwortlich für den Tod der Frau, die ich wie eine Tochter geliebt und als meine Anführerin verehrt habe. Nicht der arme Idiot, der den Todesschuss abgefeuert hat, sondern die anderen, die sie gequält und gehetzt hatten. Die Genugtuung, die ich empfand, als ich schließlich einen von ihnen in meiner Gewalt hatte, genauso hilflos wie sie, hat mich selber erstaunt. Es würde mir ein Mordsvergnügen bereiten, wenn ich die anderen zu fassen bekäme.«

Eine schwielige braune Hand knallte Nefret eine Fleischplatte vor die Nase. Eine Blutlache kräuselte sich auf dem Teller.

»Sie waren eine von Berthas Komplizinnen«, sagte Nefret gedehnt. »Ein Mitglied ihrer berüchtigten Frauenbande. Nach ihrem Tod haben Sie die Führung übernommen. Sie müssen ... ich habe Ihren Namen vergessen.«

»Es war ein Deckname. Wir haben uns nie näher kennen gelernt, aber vielleicht erinnern Sie sich noch an die Krankenschwester, die eine schwangere Dame begleitete. Schwanger mit der da.« Stirnrunzelnd schaute sie zu Maryam. Ihre Augenbrauen zuckten wie weiße Maden. »Sitz gerade, Mädchen. Was grübelst du? Über das Scheitern deiner romantischen Fantasien? Du hast doch wohl hoffentlich keine Hintergedanken?«

»Es war keine Fantasie«, seufzte Maryam. »Es hätte funktioniert.« Ihre rehbraunen Augen gingen zwischen der Alten und Nefret hin und her.

»Unfug. Jetzt ist es ohnehin zu spät.«

»Matilda«, hauchte Nefret. »So lautete Ihr Name. Mutter hat uns von Ihnen erzählt. Sie wollen Mutter und ...«

»Der Mann, der ihretwegen mein Mädchen verlassen hat. Ihr Geliebter.«

»Sie waren nicht ineinander verliebt«, entrüstete sich Nefret.

Die alte Frau lachte gackernd. »Nein? Wie dumm von ihr. Mir hätte er auch gefallen, aber er hat mich natürlich keines Blickes gewürdigt. Ich frage mich ... Wäre er bereit, mit dir zu tauschen, kleine Maryam? Dann kannst du deinen geliebten Ramses haben – sofern du genügend weibliche Intuition besitzt, ihn dir zu angeln.«

Maryams Lippen wurden schmal. »Darauf würde er niemals eingehen. Mittlerweile wissen sie, dass ich genauso viel Dreck am Stecken habe wie ihr.«

»Uns fällt schon etwas ein«, sagte Justin eifrig. »Ich würde ihn gern näher kennen lernen. Hautnah.«

»Beherrsch dich«, fauchte Matilda. »Rache ist gut und schön, aber sie darf nicht unser vorrangiges Ziel durchkreuzen.«

Nefret brauchte nicht zu fragen, wie dieses aussah. Emerson hatte Recht behalten. Es gab nur eine Möglichkeit, wie sie ihre »Investition« wieder hereinholen könnten – indem sie den Schatz der Prinzessinnen raubten.

»Wie wollen Sie den Dampfer überwältigen?«, fragte sie beiläufig.

Matilda grinste scheinheilig. »Gute Frage. Und da Sie ein kluges Mädchen sind, finden Sie es doch selbst heraus. Das wird Sie für die Dauer Ihres Aufenthalts bei uns beschäftigen.«

* * *

Noch vor Sonnenaufgang waren wir an Bord. Ich glaube nicht, dass einer von uns ein Auge zugetan hatte. Ramses bestimmt nicht. Die dunklen Schatten unter seinen Lidern wirkten wie verwischte Kohle. Ungeduldig darauf harrend, dass man endlich die Hand vor Augen sähe, stand ich an der Reling, spähte zu den westlichen Klippen und überlegte krampfhaft, ob wir auch nichts vergessen hätten. Die Kuriere waren unterwegs zu den flussnahen Dörfern; wir hatten Signale vereinbart, sodass man uns jedwede Nachricht schleunigst übermitteln könnte. Wir hatten zwanzig Mann Besatzung an Bord; wir hätten fünfzig haben können, doch dafür fehlte der Platz. Cyrus hatte sein gesamtes Waffenarsenal angeschleppt.

Das größte Problem war, einige Familienmitglieder zum Zurückbleiben zu bewegen. Meine Anweisungen zeigten weniger Wirkung als Ramses' eindringlicher Appell.

»Wenn etwas schief geht, stehen die Kinder womöglich ohne ihre Eltern und Großeltern da. Lia – Tante Evelyn – ihr müsst mir versprechen, dass ihr euch um sie kümmert.«

An diesem Punkt heulte Gargery wie ein Schlosshund.

»Sie natürlich auch, Gargery«, sagte Ramses resigniert.

»Unter Einsatz meines Lebens, Sir«, schluchzte Gargery. »Aber Sir, seien Sie doch nicht so mutlos. Sie werden zurückkommen.«

»Nicht ohne sie«, erwiderte Ramses. Er wandte sich ab.

Ich liebte Nefret wie eine Tochter, doch in der schwindenden Dunkelheit vor dem Sonnenaufgang musste ich an Emerson denken. Wie ich meinen Gatten kannte, hatte er bestimmt nicht kampflos aufgegeben. Lag er jetzt verletzt und schmerzgekrümmt in irgendeinem hastig eingerichteten, schäbigen Gefängnis? Oder hatten sie ihn schon ... Nein. Daran mochte ich gar nicht denken.

Unser Trupp umfasste Cyrus und Bertie, beide gute Schützen; Ramses, ein noch besserer Schütze, wann immer er seine Abneigung gegen Feuerwaffen überwand; David, Selim und Daoud, Sethos, unsere zwanzig loyalen Männer und natürlich meine Wenigkeit. Ich war sozusagen bis an die Zähne bewaffnet, mit Pistole, Messer, Utensiliengürtel und Degenschirm, den ich Evelyn wieder abgeluchst hatte. Mein Blutdruck war empfindlich hoch, und ich hoffte, letzteren Gegenstand einsetzen zu können. Einzig der Zweikampf würde meinem berechtigten Zorn Genüge tun.

Ramses gesellte sich zu mir an die Reling. »Du knirschst mit den Zähnen«, stellte er fest.

»Ich habe hohen Blutdruck«, erklärte ich. »Ich werde Selim sagen, dass wir ablegen können.«

»Das brauchst du ihm nicht zu sagen.« Der Wind frischte auf, blies ihm das Haar aus der Stirn; wir nahmen bereits Fahrt auf, glitten von den Docks. »Ich wünschte, wir hätten einen Steuermann. Bertie und David verstehen ein bisschen was davon, ich auch, trotzdem sollten wir beten, dass wir nicht auf Grund laufen.«

Blutrot blinzelte die Sonne über die östlichen Klippen, die Tempel von Luxor versanken im Morgendunst.

Sollten die werten Leser eine Landkarte vor sich liegen haben, werden sie feststellen, dass der Nil von Luxor nicht schnurgerade nach Norden fließt, sondern in einem sanften Bogen nach Nordosten. Nach ungefähr sechzig Meilen schwenkt er in einer scharfen Kurve nach Westen um. Was das Lesepublikum freilich nicht sieht, sind die zahlreichen Biegungen und Buchten, die Inseln und Sandbänke, die den Verlauf des Nils unterbrechen. Was auf einer Landkarte winzig anmutet, sind in der Realität einige hundert Meter. Das von uns gesuchte Schiff konnte sich überall verbergen – oder mit einem erheblichen Vorsprung und hoher Geschwindigkeit einem uns unbekannten Ziel zusteuern.

Der Wind zerrte an meiner Kleidung. Die *Amelia* war recht schnell, besonders flussabwärts. Liebend gern hätte ich eine rasende Verfolgungsjagd aufgenommen, doch diesen Luxus durften wir uns nicht gönnen. Wir mussten auf die Signale von unseren Uferkurieren achten und Ausschau halten nach der verschollenen Dahabije.

Nach einer Weile trat Sethos neben mich. »Nasir hat Kaffee gemacht. Soll ich dir eine Tasse bringen?«

»Ja. Nein. Nasir sollte gar nicht mit an Bord sein. Er ist kein Kämpfer, er ist ein Steward, und kein besonders guter.«

»Fatima hat ihn hergeschickt. Mit so viel Proviant, dass wir eine ganze Kompanie versorgen könnten.«

»Jeder hilft auf seine Weise«, murmelte ich dankbar.

»Stimmt. Trotzdem ist es keine Hilfe, Amelia, wenn du die Leinen weiterhin so krampfhaft festhältst. Ich bin gleich zurück.«

Er kehrte mit Nasir zurück, der ein Tablett balancierte. Ich rettete die Tasse kurz vor dem Sturz, dankte ihm – und stellte entsetzt fest, dass der Junge ein langes Messer an der Hüfte trug.

»Oha«, seufzte ich, als Nasir wegstakste. »Wir müssen ihn aus sämtlichen Kampfhandlungen raushalten.«

»Sei mal ehrlich, Amelia.« Sethos lehnte über der Reling. »Du würdest Nasir oder sonst wen opfern, wenn du Emerson damit retten könntest.«

»Ja«, versetzte ich.

Wir sahen uns nicht an. Unsere Blicke waren auf die Uferlinie geheftet. Im Schutz von Palmenhainen standen die weiß getünchten Häuser eines Dorfes. Über den Dächern erhob sich das Minarett der Moschee. Zwei schwarz gekleidete Frauen mit Krügen auf den Köpfen strebten in Richtung Ufer.

»Wieso verlangsamen wir?«, wollte ich wissen.

»Wir warten auf das erste Signal«, klärte Sethos mich auf. »Die Fahrrinne ist hier sehr schmal, und wenn ein Dampfer gesichtet wird, springen alle hiesigen Händler in ihre Boote, um den Touristen irgendwelche Souvenirs zu verkaufen.«

Wir eilten alle auf die linke Bootsseite. Ein Wasserbüffel trottete durch das brackige Wasser, darüber, am Ufer, standen mehrere Leute, die eine Fahne schwenkten. Sie war knallgrün.

»Sie haben sie gesehen«, schrie ich. »Sie ist hier vorbeigekommen. Aber wann?«

»Grün bedeutet gestern«, sagte Sethos sachlich.

»Nicht sonderlich aufschlussreich«, murmelte ich, den Teller Brote wegschiebend, den Nasir vor mich hinstellte.

»Wir sind zwei Stunden von Luxor entfernt«, erklärte Sethos. »Das bedeutet, dass sie am Spätnachmittag gesichtet wurde. Und wir wissen, dass unsere Richtung stimmt. Es besteht immer die Möglichkeit, dass sie wendet und stromaufwärts fährt.«

»Aber sie haben mindestens sechs Stunden Vorsprung, selbst wenn sie über Nacht angelegt haben.«

»Das mussten sie sogar«, versetzte Sethos ungehalten. »Sei nicht so pessimistisch, Amelia, das passt nicht zu dir. Kein Kapitän würde riskieren, sein Boot nach Einbruch der Dunkelheit über diesen Fluss zu navigieren.«

»Dann müssen sie heute Nacht vor Anker gegangen sein ... aber wo?«

»Irgendwo bei Kena«, schaltete Ramses sich ein. »Drei Stunden weiter, bei unserer derzeitigen Geschwindigkeit. Wir können nicht beschleunigen, keiner von uns kennt den Fluss gut genug. Iss etwas, Mutter.«

Ich nahm mir eins von den Broten, die Nasir mir förmlich aufdrängte, und ging wieder auf Posten.

Das Sonnenlicht funkelte auf der Wasseroberfläche. Wir hatten Fahrt aufgenommen, sobald wir uns in der Flussmitte befanden. Ich vermochte meinen Blick nicht von der vorübergleitenden Szenerie zu lösen. Überall an Deck waren Männer positioniert, die das Ufer so aufmerksam beobachteten wie ich, doch mir genügte das nicht; ich hatte das Gefühl, nur meinen eigenen Augen trauen zu können. Der Nil, der von weitem so klar und sauber scheint, war von einem schmutzigen Braun und verdreckt wie die Gassen von Kairo. Der Fluss ändert seinen Lauf unablässig und trägt mal das eine, mal das andere Ufer ab; wir passierten ein ehedem lauschiges Palmenwäldchen, die Wurzeln inzwischen unterspült, manche Bäume bereits umgestürzt, ihre Zweige im Wasser schwebend. Verdorrte Palmwedel und tote Äste trieben vorbei, gelegentlich ein Tierkadaver. Ich muss sicher nicht betonen, dass ich jedes Stück Treibgut mit angehaltenem Atem verfolgte, bis ich es identifiziert hatte.

Anders als während meiner ersten Jahre in Ägypten war der Fluss nicht mehr die viel befahrene Hauptverkehrsader. Die Bahn war auf längeren Strecken billiger und schneller. In Mittelägypten sah man noch die Barkassen, die Zuckerrohr für die Fabriken geladen hatten, unterhalb von Assiut jedoch nur kleine Boote und vereinzelte Ausflugsdampfer. Wir trafen auf einen solchen unter englischer Flagge, die *Amasis* von Cook's. Wir passierten sie so dicht, dass ich die blassen, angespannten Gesichter der Passagiere an Deck gewahrte – offenbar zu dicht für den Kapitän, denn er gestikulierte wild mit den Fäusten und fluchte.

Ramses kam zu mir. Er trug keine Kopfbedeckung, und der Wind riss an seinen Haaren. »Ich übergebe das Steuer an David«, sagte er. »Hoffentlich ist er kompetenter als ich.«

»Wir sind zu schnell. Eben haben wir eine größere Insel passiert. Hätten wir nicht besser einen Abstecher auf die andere Seite machen sollen?«

Einen Arm auf die Reling gestützt, wandte Ramses das Gesicht zu mir – sein Blick blieb weiterhin auf das Ufer geheftet. »Wir können nicht jede Insel und jede Sandbank ansteuern, es sind einfach zu viele. Mit einem unerfahrenen Steuermann besteht die Gefahr, auf Grund zu laufen. Das würde uns noch weiter zurückwerfen.«

»Warum verfolgen wir sie dann überhaupt?«, forschte ich.

»Hättest du es in Luxor ausgehalten, wohl wissend, dass jede Minute, jede Stunde sie weiter von uns entfernen würde?«

Eine peinliche Röte erwärmte meine Wangen. Wir beide waren emotional am meisten betroffen, doch er verkraftete es viel besser als ich – rein äußerlich. Ich ließ mich von seiner unbewegten Haltung nicht beirren.

»Genauso wenig wie du«, gab ich zurück.

Seine Miene blieb gleichmütig. »Auf diesem Stück ist relativ wenig Verkehr, von daher würde ein verdächtiges Schiff wie die *Isis* vermutlich auffallen. Zum Teufel, ich wünsche mir inständig, dass sie auf Grund läuft. Aber das passiert wahrscheinlich eher uns. Mutter, komm in den Salon und iss eine Kleinigkeit. Nasir kocht Berge von Essen; ich kann ihn nicht bremsen.«

»Ich warte noch, bis wir Kena erreichen. Wie geht es Selim?«

»Der lässt sich genauso wenig bremsen«, gestand Ramses. »Er will sich nicht von seinen Motoren trennen. Scheint alles in Ordnung mit ihm.«

Eine weitere Stunde verging. Ich zählte jede Minute, beschwor meine Uhr, schneller zu ticken. Vielleicht gab es in Kena Neuigkeiten für uns. Ein verrotteter Baumstamm trieb vorüber, er hatte exakt die Umrisse einer menschlichen Statur.

Cyrus kam als Nächster. »Kommen Sie und essen Sie eine Kleinigkeit zu Mittag, Amelia.« Er bedeckte meine verkrampfte Hand mit seiner. »Hier halten so viele Wache, dass Sie ruhig mitkommen können.«

»Später. Wir nähern uns Kena, glaube ich. Dort am Westufer ist El-Ballas.«

Kena ist eine aufstrebende Stadt in einem fruchtbaren Landstrich und bekannt für ihre Töpferwaren. Am Ufer reihten sich irdene Gefäße, Schüsseln und Krüge, fertig für einen Abtransport. Weiter unten hissten zwei Bewohner ein Banner: Es war weiß. Die *Isis* war nicht gesichtet worden.

Sämtliche Männer hatten sich um uns versammelt. Bertie fluchte leise, und Daoud betete zu seinem Gott. »Heißt das, das Hausboot ist nicht vorbeigekommen?«, wollte er wissen.

»Nicht unbedingt«, befand Ramses. Er beugte sich über die

Reling und blinzelte in die Sonne. Der Nil war hier stärker befahren, Barkassen wurden beladen und legten mit ihren Gütern ab, ein Touristendampfer nahm Kurs auf den Kai, von wo aus die Urlauber einen Abstecher zum Tempel von Dendera machen würden. Feluken schwebten wie riesige weiße Schmetterlinge im Kielwasser der größeren Boote. Eine schien geradewegs auf uns zuzusteuern.

Ramses stieß einen Schrei aus. »Anhalten! Sagt Selim, er soll die Motoren stoppen.«

Das Boot nahm wahrhaftig Kurs auf uns. Hoch aufgerichtet, eine Hand am Mastbaum, mit der anderen aufgeregt winkend, stand dort ein guter alter Bekannter. Sein bärtiges Gesicht verzog sich zu einem breiten Grinsen, als die *Amelia* verlangsamte. Die kleine Feluke schipperte neben unseren Schiffsrumpf. Der Mann packte eine der angebotenen Hände und sprang an Bord.

»Rais Hassan«, rief ich. »Wie hast du ...«

»Eure Nachricht hat blitzschnell die Runde gemacht. Wir haben nach euch Ausschau gehalten. Was habt ihr mit meinem Schiff angestellt?«

»Noch nichts, aber wir waren öfter nah dran«, räumte Ramses mit einem befreiten Lachen ein, dem ersten seit Stunden. »Marhaba, Rais Hassan – willkommen, mein Freund. Irgendwie hab ich geahnt, dass du kommst.«

»Ich nicht«, seufzte ich. »Eigentlich hätte ich es wissen sollen. Hab Dank, du bist ein wahrer Sohn deines Vaters.«

Er winkte ab. »Keine Ursache. Wie sieht euer Plan aus? Was habt ihr vor? Und wer« – er stockte – »steuert mein Schiff?«

Aus Manuskript H

Nefret hatte um frisches Lampenöl gebeten und es nicht bekommen. Sie hatten ihr auch untersagt, Emerson zu sehen, gleichwohl wusste sie, wo er war – in dem Raum neben ihrem. Als sie sie durch den Gang führten, hatte sie lautstark geflucht und darauf eine ähnliche Resonanz vernommen. Khattab stieß ebenfalls ein paar Verwünschungen aus, bevor er sie in ihre Kajüte stieß.

Wenigstens wusste sie jetzt, dass er lebte und bei Bewusstsein war, und ihr war es geschickterweise auch gelungen, ein Lebenszeichen von sich zu geben. Die Lampe war fast heruntergebrannt und würde bald ausgehen. Sie tastete die Trennwand zwischen den beiden Zimmern Zentimeter für Zentimeter ab und hätte beinahe laut aufgelacht, als sie permanente Kratzgeräusche vernahm. Sie legte sich flach auf den Boden und zog den letzten Nagel aus ihrem Schuh.

Sobald sie anfing zu schaben, hörte das Kratzen auf. Drei leise Klopfzeichen ertönten. Sie klopfte zurück, drei Mal, währenddem fragte sie sich, was für eine Kommunikation ihm wohl vorschwebte. Sich durch das ganze Alphabet zu klopfen würde ewig dauern.

Emerson kam offenbar zu dem gleichen Schluss. Er nahm das Kratzen wieder auf. Ihr Ohr an dem Wandpaneel, lokalisierte Nefret die Geräuschquelle und fing an, mit ihrem Nagel zu bohren. Das Wandholz war dünn, doch beide hatten kein brauchbares Werkzeug; es schien Stunden zu dauern, bis eine scharfe Spitze ihre Hand streifte. Sie schob diese zurück und hörte Holz splittern, da Emerson das Loch vergrößerte. Als sie seine Stimme hörte, legte sie sich flach auf den Boden und presste ihr Ohr an den winzigen Spalt.

»Nefret, mein Schatz. Kannst du mich hören?«

»Ja, Vater. Bist du verletzt?«

»Völlig wiederhergestellt. Pass auf, die Zeit läuft uns davon. Es wird bald hell. Ich war eine ganze Weile in dem Raum, in dem du jetzt bist. Ich glaube, du kannst den Riegel auf der Außenseite der Fensterläden öffnen.«

»Ich habe nichts, was ich als Hebel einsetzen könnte. Ich wollte ein Tafelmesser mitgehen lassen, aber ...«

»Hör mir gut zu. Neben dem Waschbassin ist ein Lampenfuß angeschraubt. Ich habe ihn ein bisschen gelockert. Wenn du ihn hin und her bewegst, müsste er sich eigentlich lösen lassen. Versuch's mal.«

»In Ordnung, Sir.«

Das letzte Öl verrauchte, während sie an dem Metallfuß zerrte. Er brach so unvermittelt aus der Verankerung, dass sie taumelte. Sie ertastete sich den Weg zurück zu der Wandritze.

»Ich hab ihn«, berichtete sie. »Sobald ich hier raus bin, komme ich an dein Fenster und ...«

»Sobald du dich befreit hast, gehst du über Bord. Ich weiß nicht, wie weit wir vom Ufer entfernt sind. Willst du es riskieren?«

»Risiko hin oder her, ich lass dich nicht hier.«

Ihre Gesichter waren sich ganz nah. Sie fühlte seinen warmen Atemhauch auf ihrer Wange. »Du kannst mich nicht befreien. Und selbst wenn, fände ich es äußerst störend, mit zentnerschweren Eisengewichten an meinen Händen und Füßen herumzupaddeln. Weinst du etwa? Nicht weinen, verdammt! Weißt du, was sie vorhaben?«

»Ja. Diese grässliche Alte hat es mir beim Dinner erzählt. Aber ich kann nicht ...« Er hatte natürlich Recht. Sie konnte ihn nicht befreien, und als Mitgefangene war sie ebenfalls nutzlos.

»Mir auch. Besser gesagt«, meinte Emerson selbstgefällig, »sie hat meine logischen Schlüsse bestätigt. Ich bin fast in Ohnmacht gefallen, als ich erfuhr, wer sie ist. Das zeigt mal wieder, dass man frühere Widersacher nie unterschätzen darf. Und jetzt fang an. Äh-hm ...«

»A bientôt, Vater.«

»Ähm ... ja, mein Schatz.«

Mehr sagte sie nicht, aus Furcht, ihre Stimme könne sie verraten. Sie orientierte sich an den winzigen Lichtschlitzen zwischen den Läden. Unter Aufbietung aller Kräfte gelang es ihr, das stumpfe Ende des Lampenfußes in den Spalt zwischen Laden und Fensterrahmen zu schieben. Zunächst glaubte sie, nicht genügend Druck ausüben zu können, um den Riegel zu lösen. Als er unvermittelt nachgab, stockte Nefret fast das Herz, denn der Fensterladen krachte mit einem lauten Knall auf. Emerson hörte es auch; er fing an zu brüllen und an die Tür zu trommeln und machte einen Heidenlärm, um die Geräusche zu übertönen, als Nefret aus dem Fenster kletterte. Weit und breit war niemand zu sehen auf dem schmalen Deck.

Sie fühlte sich, als hätte ein anderes Wesen von ihr Besitz ergriffen, das sämtliche Emotionen ausblendete. Geistesgegenwärtig schloss und verriegelte sie die Läden, ehe sie über die Reling kletterte und geräuschlos in den Fluss glitt.

Das ungewohnt kühle Wasser nahm ihr den Atem. An den Schiffsrumpf geklammert, sah sie sich um. Der abnehmende Mond war nun eine feinsilberne Sichel, das helle Sternenlicht so typisch für Ägypten. Hinter ihr, nicht weit weg, eine dunkel gestreckte Fläche. Eine Insel, eher klein – aber lang genug, um die *Isis* aus einer Richtung zu verbergen.

Nackte Füße tappten über das Deck, kaum Meter über ihrem Kopf. Emersons Temperamentsausbruch musste ein paar von ihnen von ihren Posten weggelockt haben. Mittlerweile war wieder Ruhe eingekehrt.

Nefret atmete tief ein und stieß sich vom Bootsrumpf ab. Als sie wieder auftauchte, drehte sie sich auf den Rücken und paddelte vorsichtig mit den Händen. Inzwischen gewahrte sie die gespenstisch anmutenden Umrisse des Hochplateaus. Die Felsen schienen schrecklich weit entfernt. West- oder Ostufer? Sie ließ sich ein Stück stromabwärts treiben. Die Klippen entpuppten sich als die am Westufer, vielleicht war das Ostufer näher? Etwas Weiches, Übelriechendes stieß mit ihr zusammen. Nefret wehrte es angeekelt ab. Im Nil schwammen immer Tierkadaver. Sie wollte gar nicht wissen, was es war. Sie drehte sich zurück auf den Bauch und schwamm zur Insel.

Es war nur eine Sandbank, kaum zwanzig Meter lang und wenige Meter breit, von Schilfgras und Schlingpflanzen umgeben. Nefret krabbelte aus dem Wasser und sah sich um. Das Ostufer schien genauso weit weg. Die flussnahen Dörfer lagen in Dunkel gehüllt. Die Bewohner konnten es sich nicht leisten, Öl zu verschwenden. Vergebens suchte sie sich zu orientieren. Emerson hätte den einen oder anderen Anhaltspunkt gefunden – er kannte jede Stromschnelle –, aber für Nefret war eine Klippe wie die andere. Links von ihr – nördlich, flussabwärts – schienen einige kleinere Inseln zu liegen.

Eins war jedenfalls sicher: Hier konnte sie nicht bleiben. Sobald man ihr Verschwinden entdeckte, würde man sie suchen, und das Uferschilf war wahrhaftig kein Versteck. Sie setzte sich, kämpfte mit den nassen Stiefelbändern. Sie büßte einen Fingernagel ein, bevor sie sich abstreifen ließen. Hastig zog sie das nasse Hemd und die Hose aus, verschnürte alles zu einem Bündel und schnallte sich dieses mit ihrem Gürtel auf den Rücken. Töricht, vielleicht, aber wenn sie tatsächlich das Ufer erreichen sollte, mochte sie sich den konservativen Dorfbewohnern nicht in nasser Spitzenunterwäsche präsentieren.

Der Himmel über den östlichen Anhöhen lichtete sich. Der Morgen dämmerte. Sie watete durch die Schlingpflanzen, glitt in die Fluten und schwamm zum Ostufer, flussabwärts mit der Strömung.

Sie hatte gewusst, dass der Nil gemeinhin als Mülldeponie galt, aber Wissen war eine Sache, eine ganz andere die, sich mitten in dieser stinkenden Kloake zu befinden. Ertrunkene kamen wieder an die Wasseroberfläche, sobald die Verwesungsgase sie auftrieben. Vor Jahren hatte ihre Schwiegermutter dieses brisante Thema einmal in ihrem Beisein aufgegriffen; Emerson war schockiert gewesen ...

Das Ding kam von hinten mit der Strömung. Es versetzte ihrem gestreckten Arm einen schmerzhaften Hieb und erwischte sie ein weiteres Mal am Schienbein, worauf sie unterging und Wasser schluckte. Sie strampelte an die Oberfläche, ihre Lungen brannten. Das Ding war neben ihr und drehte sich trudelnd – ein Stück von einem Palmenstamm mit ein paar Wedeln. Blind vor Schmerz und halb erstickt hielt Nefret sich daran fest und zog sich mit letzter Kraft auf den Stamm. An Schwimmen war nicht mehr zu denken, ihr rechter Arm war wie taub, ihr Magen rebellierte und sie war müde. Hundemüde. So dahintreibend brachte sie nur noch die Energie auf, ihren Kopf über Wasser zu halten. Am Himmel wurde es hell. Ihr linker Arm tat weh. Alles tat weh. Fuß, Bein, rechter Arm, Rücken.

Ein plötzlicher Stoß brachte sie um ihren Halt. Ihr Kopf tauchte erneut unter Wasser, ihre Füße streiften festen Boden. Sie rappelte sich auf, torkelte, schob sich das tropfnasse Haar aus dem Gesicht. Der Baumstamm war auf schlammigen Untergrund aufgetroffen. Es war keine Uferböschung – nur eine weitere, verfluchte Insel.

Eine Welle umspülte ihre Knöchel. Das Holz nickte, wie zum

Abschied, und trieb davon. Von einem plötzlichen Brechreiz übermannt, krümmte sich Nefret.

Sobald sie das geschluckte Wasser und ihr Abendessen wieder los war, merkte sie, dass sie einen Mordshunger hatte. Eine kurze, widerwillige Bestandsaufnahme ihrer Situation ließ wenig Hoffnung auf etwas Ess- oder Trinkbares. Diese Insel war kaum größer als die andere, und sie befand sich weiterhin mitten im Fluss statt in Ufernähe, dafür aber ein ganzes Stück stromabwärts. Seevögel umkreisten sie. Nefret schreckte eine brütende Gans auf, die Flügel schlagend davonflog. In der zunehmenden Helligkeit betrachtete sie das Nest. Nein, so hungrig war sie nun auch wieder nicht. Noch nicht.

Sie setzte sich, untersuchte die faustgroße Schwellung an ihrem Bein. Es tat höllisch weh, war aber nicht gebrochen. Leise stöhnend tastete Nefret den verletzten Arm ab und diagnostizierte eine Muskelzerrung. Sie würde den Arm eine ganze Weile nicht mehr einsetzen können. Bald würde der Nil voller Schiffe sein. Sie sollte auf sich aufmerksam machen, aber zuvor musste sie sich verdammt sicher sein, dass es nicht die *Isis* war.

Bald schon merkte sie, dass die Fahrrinne zu weit entfernt war für ihre schwachen Hilferufe. Sie wurde heiser vom Brüllen. Gegen das fahlgrüne Schilf hob sie sich kaum ab. Sie hatte nichts Auffälliges, womit sie hätte winken können, nichts, um Feuer zu machen.

Als die Sonne hoch über ihr stand, sah sie die *Amelia* vorbeigleiten. Sie winkte und rief, bis das Hausboot außer Sichtweite war, schließlich sank sie zu Boden und vergrub ihr Gesicht in den Armen.

* * *

Ich beschloss, meinen Posten kurz zu verlassen, und winkte die anderen in den Salon. Hunger hatte keiner, dennoch muss man sich stärken, wenn Körpereinsatz gefragt ist.

»Sie meinen, ein richtiger Kampf?«, erkundigte sich Cyrus. »Das wäre eine Sache, aber, mal ganz ehrlich, was machen wir, wenn – falls – wir wirklich auf sie stoßen?«

»Sie auf Grund laufen lassen«, knurrte Selim. Auf meine Anweisung hin hatte man ihn von den Motoren weggeholt. Er ließ mich gnädig gewähren, als ich seinen Puls fühlte und die Stirn auf Anzeichen von Fieber, aber das war's auch schon; offen gestanden hätte ich auch nicht viel mehr tun können. Sein Turban und die Galabija waren ölverschmiert, doch er hielt sich sehr gut.

Daoud packte Hühnchen und Gemüse in ein Stück Brot und stopfte sich den Happen in den Mund. Er nickte zustimmend.

»Wollen mal sehen, wo wir uns hier befinden«, murmelte Sethos. Er hatte fertig gegessen. Jetzt angelte er sich die Landkarte, die Nasir vor dem Servieren beiseite geräumt hatte. »Die *Isis* wurde gestern Nachmittag vor Tod gesichtet. Rais Hassan beteuert, dass sie Kena heute nicht passiert hat. Wenn das stimmt, und davon gehe ich aus, gibt es nur zwei Möglichkeiten. Entweder hat sie ihren Namen und ihr Aussehen geändert, oder sie liegt irgendwo zwischen hier und Tod.«

»Wie kommst du darauf?« Die Frage kam von Ramses, der aus dem Bullauge spähte, die Hände hinter dem Rücken verschränkt. Er schnellte herum. »Wieso sollten sie weitere Verzögerungen in Kauf nehmen? Hinter was sind sie her? Hätten sie uns alle einkassiert, wenn Vater ihre Pläne nicht durchkreuzt hätte? Zum Donnerwetter, wir sitzen hier rum, brüten über Landkarten, und Cyrus ist der Einzige, der eine plausible Frage stellt. Angenommen, wir holen sie ein. Was dann? Sollen wir ihr eine Kanonenkugel vor den Bug donnern? Wäre ja ganz spaßig, wenn wir denn eine Kanone hätten. Sollen wir sie kapern, mit Küchenmessern zwischen den Zähnen?«

Er stockte und schnappte aufgebracht nach Luft. Ich ging zu ihm und schlang meinen Arm durch seinen. »Das fand ich schon immer sehr unpraktisch«, sagte ich. »Man muss extrem gute Zähne und starke Kaumuskeln haben, und selbst dann kann eine ungeschickte Bewegung leicht zum Verlust selbiger führen.«

Einen Moment lang fürchtete ich, dass mein kleiner Scherz verfehlt gewesen sei. Seine dunklen Augen blitzten vor Zorn. Rasch setzte ich hinzu: »Ich bin genauso in Sorge wie du.«

Die harten Linien um seinen Mund entkrampften. Er senkte

den Kopf. »Entschuldige, Mutter. Es ist egoistisch von mir, dass ich froh bin, dass Vater bei ihr ist, aber ...«

»Darüber bin ich auch froh«, meinte ich halbherzig. »Keine Ahnung, wie Emerson auf die Idee gekommen ist, dass Nefret in Schwierigkeiten sein könnte, aber es passt zu ihm, sich allein zu ihrer Rettung aufzumachen. Eine gute Sache hat das Ganze. Diese Ganoven wissen, dass wir ihnen auf der Spur sind. Und deshalb werden sie die beiden nicht ... sie werden sie weiterhin als Geiseln behalten.«

Walter hüstelte. »Ich habe nachgedacht, Amelia.«

»Und, Walter?« Ich bedachte ihn mit einem nachsichtigen Lächeln. Er wollte sich unbedingt nützlich machen, der arme Kerl, gleichwohl stand er überall im Weg. Selim hatte seine weitere Hilfe höflich, aber bestimmt abgelehnt, nachdem er sich den Arm an dem heißen Motor verbrannt hatte, und Walters Versuch, das Echolot einzusetzen, hatte uns fast auf eine Sandbank auflaufen lassen.

»Viel mehr kann ich nicht tun«, erklärte Walter, womit er den Nagel auf den Kopf traf. Er rückte seine Brille zurecht. »Wir sind von der Annahme ausgegangen, dass das Motiv Rache ist.«

»Welches Motiv könnte es denn noch geben?«, versetzte ich.

»Die *Isis* ist eine kostspielige Operation«, fuhr Walter fort. »Und Rache verliert nach so vielen Jahren an Bedeutung. Sie sind hinter etwas Lukrativerem her. Was könnte das anderes sein als der Prinzessinnen-Schatz? Und wenn das der Fall ist«, fuhr er fort und hob die Stimme, um Cyrus' Fluchen zu übertönen, »ändert das unsere gesamte Strategie. Nehmen wir einmal an, dass Lacau heute alle Artefakte an Bord bringt. Wenn er es sehr eilig hat, wird er versuchen, noch vor Einbruch der Dunkelheit ein paar Meilen flussabwärts zu schaffen. Ich denke, dass die *Isis* – unter einem neuen Namen – den Dampfer im Schutz der Nacht überfallen wird.«

»Und wenn Lacau erst morgen Früh abreist?«, warf David ein.

»Dann schlagen sie morgen Nacht zu. Der Punkt ist ...« – Walter hob einen mahnenden Zeigefinger – »dass auch sie seinen Zeitplan nicht kennen. Sie werden dem Dampfer auflauern müssen und ihn verfolgen, bis er in der Nacht anlegt. Wir müssen umkehren. Mag sein, dass wir die *Isis* in ihrer neuen Tarnung nicht erkennen, aber das Regierungsschiff können wir nicht verfehlen, und wenn ich richtig liege, ist die Dahabije dann nicht weit.«

»Und wenn du falsch liegst?«, fragte ich, schon halb überzeugt, indes wenig geneigt, die Verfolgung aufzugeben. »Wir würden sie nie mehr einholen, sollte ihr Vorsprung größer werden.«

»Trotzdem, ich meine, er hat Recht«, räumte Sethos ein. Er nickte Walter anerkennend zu. »Diese Leute haben in der Tat eine diebische Ader. Tut mir Leid, dass ich nicht selbst darauf gekommen bin. Ich bin dafür, stromaufwärts zu fahren.«

»Nein«, antwortete Ramses und schlenderte wieder zum Fenster.

Ich schaute zu David. Auch er hatte bemerkt, dass die zunehmende Anspannung Ramses' gesunden Menschenverstand außer Kraft setzte. Die Vorstellung, unsere Route zu ändern, war ihm unerträglich.

David fasste seine Schultern und wirbelte ihn herum. Ramses' zornesumwölkte Augen schienen durch ihn hindurch zu sehen. Er holte aus, doch David wich seiner Hand aus und schlug zurück, so fest, dass Ramses zusammenzuckte.

»Er braucht einen schmerzhaften Impuls, wenn er dermaßen weggetreten ist«, erklärte David nüchtern.

Verdutzt blinzelnd rieb Ramses sich die Wange. »Musste das sein?«

»Mein Freund, du bist seit Stunden nicht mehr richtig ansprechbar. Reiß dich zusammen und denk nach. Vaters Theorie bietet uns erstmals ein rationales Motiv. Alles passt, findest du nicht? Selbst die Explosion am Bahnhof. Ein bewaffneter Überfall auf den Dampfer würde Terroristen zugeschrieben werden. Wir sollten es wenigstens versuchen. Wenn wir direkt umkehren, können wir Kena noch vor dem Dunkelwerden erreichen.«

Ramses nickte. »Meinetwegen.«

»Ich informiere Rais Hassan«, sagte Walter aufgeräumt und trottete davon.

»Meinetwegen«, wiederholte Ramses.

Mein Herz verkrampfte sich. »Wie wär's mit einem stärkenden Whisky-Soda?«, schlug ich vor.

»Wie du meinst, Mutter.«

Ich fürchtete schon fast, ihm eine weitere therapeutische Backpfeife verabreichen zu müssen. Doch Ramses ist ein Kind seines Vaters (und von mir). Er fuhr sich mit der Hand über den Mund, gab sich einen Ruck und grinste mich an.

Alle nahmen ein Glas, außer Selim, der sich nicht von seinen Maschinen trennen wollte. Rais Hassan wendete mit einem atemberaubenden Manöver. Das weiße Segel einer Feluke streifte uns fast, aber schließlich fuhren wir wieder in südliche Richtung.

Am Spätnachmittag kam Bertie in den Salon und berichtete uns, irgendjemand nehme Kurs auf die *Amelia.* »Sieht aus wie ein Fischerboot mit Einheimischen.«

»Vermutlich in der Hoffnung, uns etwas verkaufen zu können«, grummelte Cyrus.

»Besser, wir sehen einmal nach, was sie wollen«, sagte ich. »Vielleicht haben sie Neuigkeiten.«

Wir begleiteten Bertie an Deck. Die Sonne stand tief im Westen. Eine Flottille aus kleinen Booten brauste auf uns zu, ihre weißen Segel flatternd wie ein Vogelschwarm. Die Bootsleute suchten einander zu überbrüllen. Unmöglich, auch nur ein Wort zu verstehen.

»Gute Güte«, seufzte ich. »Eine richtige Miniatur-Armada – das ganze Dorf scheint ausgerückt zu sein. Sag Selim, er soll die Maschinen stoppen. Bestimmt haben sie Neuigkeiten für uns.«

In meiner verständlichen Aufregung umklammerte ich den Arm meines Sohnes, der neben mir stand. Ramses schüttelte mich zerstreut ab und hob beide Hände, um seine Augen vor dem flirrenden Licht des Sonnenuntergangs zu schützen. Plötzlich sackte sein zuvor angespannter Körper über die Reling, und er stieß einen langen, aufgewühlten Seufzer aus.

Ich sehe nicht so gut wie er, dennoch glaube ich, dass ich sie gleich nach ihm erkannte. Sie stand auf dem Boot, das uns am nächsten war, gestützt von einem der Männer. Der goldene Haarkranz war unverkennbar, gleichwohl war das alles so unglaublich, dass ich meinen eigenen Augen nicht trauen mochte, bis die kleine Barkasse neben uns anhielt und die grinsenden Fischer sie in Ramses' ausgebreitete Arme drückten.

»Es ist ein Wunder«, murmelte Walter beinahe ehrfürchtig. Er nahm die Brille ab und wischte sie mit einem Hemdzipfel sauber.

»Wunder hin oder her«, blaffte mein anderer Schwager. »Nefret, ich bin unsäglich erleichtert, dich zu sehen, aber ...«

»Lass ihnen eine Minute«, sagte ich. Ramses hielt sie fest umschlungen, das Gesicht in ihrem Haar vergraben.

Nefret hob den Kopf und drehte sich in seiner Umarmung um. Sie streckte ihre Hände nach mir aus. »Er lebt, Mutter. Ich habe heute Früh mit ihm gesprochen. Ich wollte ihn nicht verlassen, aber er ...«

»Du hast das einzig Richtige getan«, seufzte ich. Die Situation blieb weiterhin kritisch, dennoch war mir eine Zentnerlast von den Schultern genommen. »Komm und ruh dich aus und iss etwas.«

»Ich habe keinen Hunger«, erwiderte Nefret. »Sie haben mir zu essen gegeben und meine Sachen gewaschen und getrocknet. Sie ...«

David hatte sich mit den Bootsleuten unterhalten. Hochzufrieden mit dem Geleisteten, hatten sie keine Lust aufzubrechen, und erst als wir ihnen überschwänglich mit Worten und Bakschisch gedankt hatten, trollten sie sich. Die Lichter von Kena schimmerten in der Dunkelheit.

Es dauerte eine Weile, bis wir unter Deck gehen konnten, denn die gesamte Crew der *Amelia* wollte Nefret sehen und anfassen, bevor man uns glaubte, dass sie wohlbehalten zurückgekehrt war. Nasir brach in Tränen aus und warf sich vor ihre Füße. Selims Anblick, schmutzig, erschöpft und grinsend, führte zu lautem Protest von seiner Ärztin, indes wollte er sich nicht untersuchen lassen.

»Erzähl uns alles«, drängte er.

Nachdem Nasir sich aufgerappelt hatte, stapfte er herum und zündete die Lampen an, wir anderen scharten uns um Nefret, die auf dem Diwan saß, Ramses' Arm um ihre Schultern gelegt. Ich gebe freimütig zu, dass der Whisky in Strömen floss. Nefret schüttelte den Kopf, als Cyrus ihr ein Glas anbot.

»Mein Magen ist noch nicht ganz in Ordnung, müssen Sie wissen. Ich erzähle euch alles der Reihe nach, aber eins schon mal vorab: Sie beabsichtigen, den Schatz der Prinzessinnen an sich zu bringen!«

Die allgemeine Entrüstung blieb aus. »Verflixt«, zischte Nefret. »Ihr wisst es? Wieso eigentlich? Ich hab's erst letzte Nacht herausgefunden.«

»Walter ist darauf gekommen«, sagte Sethos. »Weißt du, wann sie aktiv werden wollen, und wie?«

»Nein.«

»Verdammt. Wenn Lacau Luxor bereits verlassen hat, können sie den Dampfer heute Nacht kapern.«

»Ich habe nachgedacht«, meldete Walter sich zu Wort.

Diesmal bekam er mehr Aufmerksamkeit. »Ja?«, hakte Sethos respektvoll nach.

»Einige meiner früheren Vermutungen mögen falsch gewesen sein«, erklärte Walter mit seiner belehrenden Dozentenstimme. »Man setzt immer voraus, dass kriminelle Handlungen im Schutz der Dunkelheit begangen werden, aber nachts kommen sie ja gar nicht weiter, oder? Sie wollen doch bestimmt verschwinden, sobald sie den Schatz haben.«

»Sie würden eine Weile brauchen, um die Kisten umzuladen«, überlegte Cyrus und strich sich den Bart.

»Nein, nein«, erregte sich Walter. »Warum sollten sie das tun? Wie Sie schon sagten, es würde viel Zeit in Anspruch nehmen, und die Dahabije wird mit Sicherheit auffallen, auch wenn ihr Äußeres verändert wurde. Jedes Schiff auf dem Fluss hält nach ihr Ausschau. Der Regierungsdampfer, andererseits ...«

»Aber natürlich«, hauchte ich. »Sie werden den Dampfer kapern ... die Crew töten ... die *Isis* versenken ... Ach herrje. Was werden sie bloß mit dem armen Monsieur Lacau anstellen?«

Der arme Monsieur Lacau schien niemanden sonderlich zu interessieren. Sethos schüttelte den Kopf. »Ich bin einfach zu lange aus dem Geschäft. Hab den Draht dazu verloren. Mist. Walter ist ein kluger Kopf. Wäre das ein Partner für mich gewesen!«

Walter strahlte. »Dann denkst du, dass ich Recht habe?«

»Ich weiß, dass du Recht hast.« Sethos rieb sich die Hände. »Genauso hätte ich es auch geplant, immer vorausgesetzt, ich wäre kaltblütig genug gewesen, zwölf unschuldige Menschen abzumurksen. Wir haben Zeit bis morgen Früh. Einer von uns muss in Kena an Land gehen und herausfinden, ob Lacau Luxor schon verlassen hat, und wenn ja, wann.«

»Ich mach das«, erbot sich Ramses. Er sprach zum ersten Mal, seit er seine Frau wieder in den Armen hielt, sein Gesicht ungläubig strahlend.

»Als Erstes hören wir uns Nefrets Bericht an.« Ich lächelte den beiden zu. »Vielleicht hat sie irgendwas Aufschlussreiches mitbekommen. Und jetzt erzähl uns alles, mein Schatz, und lass nichts aus!«

Es war eine ungeheuerliche Geschichte. Die Mienen der Zuhörer spiegelten Verblüffung, Empörung, Bewunderung – niemand unterbrach sie, bis sie die wundersame Verwandlung von Mrs. Fitzroyce schilderte.

»Gütiger Himmel«, kreischte ich. »Die hätte ich nie verdächtigt.«

»Kein Wunder, dass sie mir aus dem Weg gegangen ist«, knirschte Sethos. »Ich kenne dieses ... ich kenne sie zur Genüge. Das erklärt die Sache mit Martinelli. Sie waren erbitterte Feinde. Das verheißt nichts Gutes. Sie war eine von Berthas brutalsten Komplizinnen.«

»Justin ist nicht weniger rabiat«, erklärte Nefret. »Er – sie – ist nicht ganz normal.«

Sie beschrieb ihr letztes Gespräch mit Emerson, und wie er darauf beharrt hatte, dass sie allein aufbrechen solle. »Ohne ihn hätte ich es nie geschafft«, sagte sie schlicht. »Er hat mich unglaublich aufgebaut. Nur einmal hätte ich fast einen Nervenzusammenbruch gehabt, das war, als die *Amelia* heute an mir vorbeifuhr.«

»Das muss grässlich gewesen sein«, sagte ich mitfühlend. »Wo warst du denn?«

»Auf einer der Inseln mitten im Fluss. Ich habe versucht, ans Ufer zu schwimmen, wurde aber von einem Stück Treibholz verletzt. Es gelang mir noch, mich daran festzuhalten, aber meine Schulter tat so weh ...«

Ramses nahm seinen Arm fort. »Warum hast du mir nichts gesagt? Habe ich dir wehgetan?«

Sie streichelte seine Wange. »Ich habe nichts gespürt. Ich hab nicht einmal zu hoffen gewagt, dass ich euch so bald wieder sehen würde, selbst nachdem ich einen Fischer aus dem Dorf auf mich aufmerksam gemacht hatte. Sobald sie mich erkannten, konnten sie gar nicht genug für mich tun. Am Spätnachmittag bekamen sie die Nachricht vom Wendemanöver der *Amelia*, und das ganze Dorf setzte sich in Bewegung, um mich so schnell wie möglich zu euch zu bringen. Und jetzt erzählt mir, was passiert ist, nachdem ich die Klinik verlassen hatte. Sind die ... sind alle ...«

»Gütiger Himmel«, entfuhr es mir. »Ich hätte dich gleich beruhigen müssen. Die Kinder sind in Sicherheit – alle – und das Haus wird streng bewacht.«

»So«, sagte Daoud, der aufmerksam, aber zunehmend nervös gelauscht hatte, »und jetzt müssen wir überlegen, wie wir den Vater der Flüche befreien.«

14

Nachdem Ramses in Begleitung von Rais Hassan an Land gegangen war, überredete ich Nefret, eine Weile auszuruhen. Sie erklärte zwar, sie sei zu überdreht, um zu schlafen, doch sobald sie auf das Kissen sank, schloss sie die Augen. Ich betrachtete sie, die sorgenvollen Linien, jetzt entspannt im Schlaf, und war heilfroh um ihre Rettung. Sie hatte alles so leichthin berichtet, doch ich ahnte, was sie durchgemacht hatte. Ich durfte gar nicht daran denken, was Emerson durchlitt.

Wir anderen unterhielten uns leise, um sie nicht zu wecken. Daoud hatte den Nagel auf den Kopf getroffen. Möglich, dass wir die *Isis* aufspürten, bevor sie den Dampfer kaperte, aber so lange Emerson ihre Geisel war, waren wir machtlos und würden einen Angriff nicht verhindern können.

»Eher würde ich den gesamten vermaledeiten Schatz sausen lassen, als dass er zu Schaden kommt«, erklärte Cyrus.

»Das ist sehr edelmütig von Ihnen, Cyrus, einmal abgesehen davon, dass der Schatz Ihnen nicht mehr gehört«, versetzte ich und bereute meine Unverblümtheit, als ich seine gekränkte Miene bemerkte. »Verzeihen Sie, Cyrus. Ich habe mich nicht richtig ausgedrückt. Was ich damit sagen will, ist, dass Lacau Ihre Ansicht vielleicht nicht teilt.«

»Ich habe schon verstanden, Amelia.«

»Wir dürfen nicht zulassen, dass sie den Dampfer übernehmen«, fuhr ich fort. »Und wir können die *Isis* erst angreifen, wenn Emerson befreit ist.«

»Angreifen?«, wiederholte Bertie. »Womit denn, mit ein paar

Gewehren, während sie vermutlich bis an die Zähne bewaffnet sind? Das behagt mir gar nicht, Mrs. Amelia. Cyrus hat Recht, sollen sie den unsäglichen Schatz doch behalten. Sie kommen ohnedies nicht weit damit. Wir werden sie schon noch zur Strecke bringen.«

»Ich denke dabei nicht an den Schatz, sondern an das Schicksal der Schiffsmannschaft.«

Bertie runzelte die Stirn. »Ach Gott. Sie würden diese Leute doch nicht einfach umbringen, oder?«

»Davon bin ich überzeugt. Ich kenne Matilda; sie ist eine würdige Nachfolgerin ihrer Bandenchefin. Nach meinem Dafürhalten ist die junge Frau sogar noch gefährlicher. Überdies hat sie mentale Aussetzer.«

»Dann wäre da noch meine liebe kleine Tochter«, knirschte Sethos. Er griff nach einer Zigarette, seine Hand ruhig. »Ein wirklich hübsches Trio.«

Unangenehmes Schweigen folgte. Cyrus sah weg, und Bertie biss sich auf die Lippe. Ich hatte sein wachsendes Interesse an Maryam bemerkt. Es ist schmerzlich für einen jungen Mann, wenn er annehmen muss, dass eine junge Dame ihn nur ausnutzen will. Offen gestanden hielt ich das Mädchen eher für eine Mitläuferin, doch diese Einschätzung hätte ihren Vater wenig getröstet. Zweifellos trug sie eine gewisse Mitschuld, und ich hatte keine Vorstellung, was wir mit ihr anstellen sollten, falls wir sie letztlich aufgabelten.

Augenblicklich war das indes meine geringste Sorge. »Wir müssen unbemerkt an Bord der *Isis* gelangen«, gab ich zu bedenken.

»Genau.« Daoud nickte zustimmend.

Die anderen enthielten sich eines Kommentars. »Gut gebrüllt, Amelia«, grummelte Sethos. »Und wie stellst du dir das vor?«

»Ich habe da eine Idee ...«

Ramses kehrte erst kurz vor Mitternacht zurück. Er hatte im Telegrafenamt warten müssen, bis er Antwort auf seine dringenden Telegramme erhielt. (Wie er den Angestellten überzeugt hatte, Überstunden zu machen, verriet er uns nicht.) Lacau weilte noch in Luxor, hatte jedoch den Schatz komplett an Bord gebracht und wollte am Morgen abreisen.

Das war nicht alles, was er und Rais Hassan bewerkstelligt hatten. Ramses hatte selber einige Ideen. Kuriere – Eselreiter, um genau zu sein – waren südlich von Kena und nördlich von Luxor ausgeschwärmt. Gegen Morgen würden Berichterstatter auf Posten sein und mit dem uns bereits vertrauten Signalsystem operieren. Man würde uns jede private Dahabije melden.

»Du scheinst wirklich an alles gedacht zu haben«, knurrte Sethos. »Aber wie gelangen wir unerkannt zu Emerson? Die *Amelia* ist nicht eben unverdächtig.«

Mein mahnendes Kopfschütteln hielt Ramses von einer hitzigen Reaktion ab. Er schluckte und schaute zu Nefret. Sie war bei seiner Rückkehr aufgewacht und verfolgte vom Diwan aus, wie er nervös auf und ab schlenderte. »Auch daran habe ich gedacht, Sir. Wir nehmen ein kleines Boot. Es wird so mickrig aussehen, dass sich die Besatzung der *Isis* nicht wundern wird, wenn wir mit schleppendem Segel auftauchen. Derweil ihr die Crew mit eindringlichem Rufen um Hilfe – die ihr wahrscheinlich nicht bekommen werdet – ablenkt, schwimme ich zur *Isis*.«

»Ich komme mit«, sagte Sethos.

»Wie weit kannst du tauchen?«, fragte Ramses betont ruhig.

»Weit genug.«

»Nein«, fuhr Ramses genauso ruhig fort, »ich übernehme das. Wer das nicht akzeptieren will, kann hier bleiben. Das Boot ist für vier Leute. Die anderen müssen die Crew ablenken, unterdessen schwimmen David und ich zu der Dahabije. Danach ... nun, das hängt vom Ablauf der Dinge ab, aber es wird eher unangenehm werden.«

Natürlich wollten alle mitkommen. Daoud räusperte sich erwartungsvoll. Ramses grinste kopfschüttelnd.

»Unmöglich, dich zu tarnen, Daoud – oder Sie, Cyrus. Selim ist noch nicht ganz genesen. Wir anderen werden die üblichen Lumpen tragen. Ich, David, Bertie – und du, Sethos, sofern du meine Anweisungen befolgst.«

Ich saß ganz still in einer Ecke, meine Hände im Schoß gefaltet. Ohne in meine Richtung zu blicken, sagte Ramses: »Nein, Mutter. Keine Chance. Hast du mich verstanden?«

»Aber gewiss doch, mein Schatz. Jedes Wort.«

* * *

»Da ist sie, sie liegt nahe dem Westufer vor Anker.« Ramses hob einen Arm und gab Rais Hassan das Signal.

Die Sonne stand noch hinter den östlichen Klippen, und über uns wölbte sich ein rosig überhauchter Morgenhimmel. Wir waren südlich von Kena und näherten uns dem Uferstreifen, wo sich die *Isis* nach Rais Hassans Einschätzung höchstwahrscheinlich verbarg. In diesem Gebiet waren nur wenige Dörfer, und der Schiffsverkehr war eher mäßig.

»Hat man uns gesehen?«, fragte ich.

»Ich glaube nicht. Zum Glück für Rais Hassan«, setzte er hinzu, als die *Amelia* knirschend zum Halten kam und wendete. »Wird auch Zeit für uns.«

Unser Anker ging über Bord, und das kleine Boot wurde herangezogen. Es war ein jämmerliches Ding mit geflickten Segeln – und wir eine nicht minder abgerissene Crew. Ramses und David trugen nur das Nötigste, da sie ja schwimmen mussten. Wir anderen waren in zerlumpte Galabijas gehüllt.

Als ich in meiner hastig übergestreiften Tarnung an Deck erschien, fuhr Ramses mich wütend an. Ich verzieh ihm natürlich, da er unter einer gewissen Anspannung stand.

»Red nicht mit ihr, als wäre sie eine Frau, Ramses«, zischelte Nefret.

»Sie ist eine Frau! Sie ist meine Mutter! Ich werde nicht billigen, dass sie ...«

Ich hob ein ganz klein wenig die Stimme. »In Luxor hast du gesagt, dass du nicht ohne Nefret zurückkehren würdest. Ich werde nicht ohne deinen Vater zurückkehren.«

»Du kannst sie nicht aufhalten«, sagte Nefret. Sie streichelte seinen entblößten Arm, wie man einen nervösen Hengst besänftigt. »Dazu hast du kein Recht.«

»Du bist auf ihrer Seite«, stöhnte Ramses.

»Natürlich. Wenn es um dich ginge, wäre ich ebenfalls mit in diesem Boot.«

»Ein Kompromiss zur Güte«, schlug ich vor. »Ich werde keinen Schirm mitnehmen.«

Auf Ramses' Gesicht kämpfte Belustigung mit Besorgnis und Erbitterung, und ich wusste, ich hatte gewonnen. »In Ordnung, Mutter. Aber bitte – nicht diese Augenklappe.«

»Sie kaschiert mein Gesicht«, erklärte ich. »Ich hab vergessen, einen Bart mitzubringen.«

Die anderen mischten sich wohlweislich nicht in unsere Diskussion ein. Cyrus umarmte mich freundschaftlich und half mir in das Boot. »Wir erwarten euer Signal«, sagte er. »Viel Glück.«

David hisste das Segel. Sethos packte mich und drückte mich auf den Sitz neben ihm.

»Du bist ein unsäglicher Plagegeist, Amelia, weißt du das?«

»Ich glaube doch, dass ich mich ein bisschen nützlich machen kann«, erwiderte ich bescheiden.

Dafür erntete ich einen vielmeinenden Blick von meinem Sohn, der an der Pinne stand. »Ruder raus«, brüllte er.

Der Wind blähte das Segel, indes war die Strömung stark. Mit Bertie und Sethos am Ruder kamen wir gut voran, und schließlich sagte Ramses: »Sie haben uns gesehen. So David, ab jetzt spielst du lahme Ente, aber lass das Segel erst fallen, wenn du oberhalb der *Isis* bist. Bertie, wenn einer eine kritische Bewegung macht oder eine Waffe auf dich richtet, dann schieß zuerst.«

Wir hatten zwei in Öltuch gewickelte Gewehre und zusätzliche Munition an Bord. Wenn es nach mir gegangen wäre, hätten wir drei mitgenommen, aber Ramses hatte mir das schlichtweg untersagt. Jetzt fuhr er fort: »Um Himmels willen, Mutter, starr doch nicht so, du bist wenig überzeugend als ägyptischer Mann – selbst mit der Augenklappe.«

Ich hob einen Arm, sodass der flatternde Ärmel mein Gesicht bedeckte, und schielte über den Stoff. Wir schipperten vorbei, nah genug, um die Mienen der Mannschaft wahrzunehmen, die uns feixend beobachtete. Etliche waren bewaffnet, auch Dr. Khattab, der vermutlich Wache schob. Ich zog den Kopf ein und hörte, wie er – wohl als Antwort – rief: »Es ist nur ein Fischerboot, Madame. Winzig, soweit ich das zu beurteilen vermag.«

Dann hatten wir sie passiert. »Los geht's«, zischte Ramses und ging mit einem erstickten Aufschrei und einem beeindruckenden Platscher über Bord. Das Boot schlingerte, das Segel knickte ein, und David glitt ins Wasser. Währenddessen veranstaltete der Rest von uns ein Mordsspektakel. Sethos legte trichterförmig die Hände um den Mund. »Werfen Sie uns ein Seil zu«, brüllte er. »Hilfe, wir werden alle ertrinken. So helfen Sie uns doch!«

Auf ihren harten Gesichtern zeigte sich kein Mitgefühl. Lachend deutete einer von ihnen auf ein Paar Arme und ein angstverzerrtes Gesicht, zwischen uns und der Dahabije. Die Arme ruderten hektisch und verschwanden. Bertie paddelte wild im Kreis. Seine Zuschauer fanden das höchst amüsant. Sie gaben ihm ruppige, teilweise sogar unflätige Ratschläge. Die Arme vor dem Kopf schwankte ich lamentierend. Ich keuchte, mein Herz hämmerte.

Sethos' Geschrei verebbte abrupt. Ich spähte über den Ärmelstoff und entdeckte zwei weitere Leute an der Reling. Justin trug Männerkleidung, doch alles andere an ihr – ihre Haltung und die Geste, mit der sie ihre zerzausten Locken zurückstrich – war so betont weiblich, dass ich mich wirklich fragen musste, wie sie mich hatte täuschen können. Sie hatte einen Arm um Maryam gelegt, die die Reling mit beiden Händen umklammerte, ihr Blick auf uns fixiert.

Justins hübsches Gesicht wirkte verstört. »Bringt sie an Bord oder versenkt sie«, rief sie auf Arabisch mit Kairoer Akzent.

Einer der Männer hob ein Gewehr; natürlich fand er die zweite Alternative bestechender. Maryam flüsterte ihrer Schwester etwas zu. Einen Augenblick später nickte Justin. »Vermutlich hast du Recht. Gewehrkugeln könnten auf uns aufmerksam machen.« Sie fuhr auf Arabisch fort: »Nicht schießen. Werft ihnen ein Seil zu.«

Bertie fing es beim zweiten Versuch. Die Männer auf der Dahabije machten keinerlei Anstalten zu helfen; einer von ihnen hatte das andere Ende des Taus an der Reling befestigt, es war uns überlassen hochzuklettern – sofern wir dazu in der Lage wären. »Und jetzt?«, raunte Bertie. »Wird sie Sie denn nicht wiedererkennen?«

»Mich und die Dame mit der Augenklappe«, sagte mein Schwager ebenso gedämpft. »Ziehen Sie uns rüber. Wenn wir drei Meter entfernt sind, schießen Sie.«

Berties Lippen wurden schmal. Es passte ihm absolut nicht, das Feuer zu eröffnen, obwohl er wusste, dass uns keine Wahl blieb. Bevor wir an Bord gehen konnten, mussten wir möglichst viele von ihnen außer Gefecht setzen. Wenigstens brauchte er sich nicht vorzuwerfen, dass er auf eine Frau gezielt hätte. Justin und Maryam hatten das Deck verlassen.

Auf dem Bootsboden kauernd, wickelte Sethos die Gewehre aus. Ich tastete nach der kleinen Pistole, die ich unter meinen Lumpen verbarg. Die nächsten zehn Minuten würden alles entscheiden: Sieg oder Niederlage, Leben oder Tod.

Aus Manuskript H

Ramses tauchte an der anderen Seite der Dahabije auf und schnappte nach Luft. Er hielt hektisch nach David Ausschau und seufzte erleichtert auf, als Davids Kopf unweit von ihm auftauchte. Er streckte eine Hand aus und zog seinen keuchenden Freund neben sich. David hatte seinen Turban verloren. Wasser perlte von seinem schwarzglänzenden Schopf. Ramses nahm seinen eigenen, tropfnassen Turban ab und strich sich die Haare aus dem Gesicht.

Sie agierten schweigend, hatten sie doch alles bis ins kleinste Detail geplant. Ramses ertastete die Reling und zog sich so weit hoch, bis er das Deck überblicken konnte. Auf dieser Seite befanden sich drei Fenster, alle offen oder angelehnt. Keins davon gehörte zu dem Gefängnis seines Vaters; nach Nefrets Schilderung war es auf der anderen Seite der *Isis*. Das Deck war leer; das Täuschungsmanöver hatte die Crew auf die andere Seite gelockt. Er hörte ihr Gejohle und die Hilferufe seiner Begleiter. Unvermittelt vernahm er eine bekannte Stimme, die Befehle erteilte, worauf er sich über die Reling zog. David war dicht hinter ihm. Er musste den Instinkt unterdrücken, seiner Mutter zu Hilfe zu eilen, und kletterte stattdessen durch das nächstgelegene Fenster. Sie hatten das Feuer noch nicht eröffnet. Ein schwacher Trost, gleichwohl musste er sich an den Plan halten. Ihre einzige Hoffnung bestand darin, ihrerseits eine Geisel zu nehmen.

Die Kabine war die einer Frau. Damenkleidung lag überall im Raum verstreut, der Hut, den seine Mutter Maryam gegeben hatte, hing an einem Haken neben der Tür. Unversehens huschte er dorthin und lauschte, ehe er die Tür behutsam öffnete. Sogleich drang die gefürchtete Geräuschkulisse an sein Ohr, Gewehrfeuer, und er ließ jede Vorsicht fallen und schlich sich durch den Gang zu dem Salon, dicht gefolgt von David.

Alle drei Frauen waren dort – die Alte, Justin und Maryam. Und der Doktor. Ramses überließ ihn David, hörte ein Schnauben und einen Knall, und packte Justin am Kragen. »Sag ihnen, sie sollen das Feuer einstellen«, blaffte er. »Maryam, erklär ihnen, dass ich sie töten werde, wenn sie nicht kapitulieren.«

Ohne ein Wort oder einen Blick rannte Maryam hinaus. Kurz darauf endete der Schusswechsel. Ramses lockerte seinen Griff. Sie verharrte seelenruhig in seiner Umklammerung; ihre Haut weich und zart, ihre blauen Augen anklagend auf ihn geheftet.

»Du würdest mir doch nichts tun, oder? Deiner hübschen kleinen Hathor?«

»Du hast verloren«, versetzte Ramses. »Es ist vorbei.«

Sie lachte ihn mit ihren ebenmäßigen, weißen Zähnen an. David stand neben der alten Frau, die sich nicht von ihrem Sessel bewegte. Verächtlich maß sie das Messer, das David ihr an die Kehle hielt.

»Tu das weg, Junge. Keiner von euch würde eine Frau verletzen – immerhin halten wir in diesem kleinen Spiel den Trumpf. Wenn ihr den Professor lebend zurückbekommen wollt, werdet ihr unsere Regeln befolgen müssen. Sobald wir unsere Beute sichergestellt haben, bringen wir euch wohlbehalten an Land.«

»Sie lügen«, widersprach Ramses. »Geben Sie mir die Schlüssel zu seiner Kajüte.«

»Sie sind dort in dem Schreibtisch.«

Er strebte zu dem Sekretär, und Justin lachte wieder. »Die nutzen dir gar nichts. Der Professor ist nicht allein, François ist bei ihm, und sollte jemand die Tür ohne das vereinbarte Signal öffnen, schlitzt er deinem Vater die Kehle auf. Er kann sich nicht selber verteidigen«, fügte sie strahlend hinzu, »er ist nämlich an Händen und Füßen angekettet.«

Rames schwirrte der Kopf. Der Lärm an Deck war zwar abgeebbt, aber Maryam nicht zurückgekehrt, und seine Mutter könnte ... In seiner Konfliktsituation war er fast so weit, David zu bitten, nach dem Rechten zu sehen, als die Vorhänge beiseite geschoben wurden und seine Mutter den Kopf hereinsteckte. Sie hatte ihren Turban eingebüßt, ihr Haar hing strähnig um ihre Schultern, und sie hatte Blut im Gesicht – aber die Augenklappe saß weiterhin wie angegossen.

»Ah, da bist du ja«, sagte sie, mit ihrer Pistole herumfuchtelnd. »Schätze, alles ist unter Kontrolle.«

»Na ja, nicht ganz.« Ramses japste nach Luft. »Mutter, bist du ... und Sethos und Bertie ...«

»Beide verletzt, aber nichts Ernstes. Sie haben die Crew überwältigt.« Geschmeidig schwang sich seine Mutter über das Fensterbrett. »Das ist nicht mein Blut«, klärte sie ihn auf. »Mein lieber Junge, du bist weiß wie eine Wand. Du hast dir doch um mich keine Sorgen gemacht, oder?«

»Sorgen? Um dich?« Wieder blieb ihm die Luft weg.

»Gott sei Dank«, entfuhr es David. »Aber der Professor ist ...«

Schwere Schritte im Gang unterbrachen ihn. Emerson preschte durch die Tür. »Ich hab Schüsse gehört. Wo ... verflucht, Peabody, ich hätt's mir denken können! Wieso trägst du diese dämliche Augenklappe?«

Sie ließ die Pistole sinken, und Ramses, schwindlig vor Erleichterung, beobachtete seine Eltern, die sich wie zwei Überlebende einer mittleren Katastrophe in die Arme fielen. Ihre zusammenhanglosen Bemerkungen waren wieder einmal typisch.

»Wie konntest du mir das antun, Peabody? Ramses, wieso hast du nicht ... Schwamm drüber, du hättest sie ohnehin nicht bremsen können. Peabody, mein Schatz, bist du verletzt?«

Das Ganze untermalt von ihren Kommentaren. »Schon wieder

ein Hemd ... Oh, mein geliebter Emerson, was haben sie dir angetan?«

»Und was ist mit François?«, erkundigte sich Ramses. »Uns haben sie gesagt, er würde dich bewachen.«

»Tja, da musste ich den Mistkerl eben töten, nicht?« Emerson löste sich aus der Umarmung seiner Frau und maß mit blutunterlaufenen Augen den Raum. Ganz Herr der alten Schule machte er eine knappe Verbeugung vor der alten Frau. »Guten Morgen, ähm ... Matilda.«

Die alte Frau saß da, ihr Gesicht leichenblass. »Dann habt ihr also gewonnen. Die letzte Schlacht.«

»Haben wir gewonnen, Ramses?«, forschte Emerson.

»Ja, Sir, ich glaub schon«, antwortete Ramses. »Aber wie – du warst angekettet und eingesperrt, ohne Waffe ...«

»Für diesen Abschaum brauchte ich keine Waffe«, sagte sein Vater erhaben. »Trotzdem, ich hatte eine. Und sie hat mich befreit, heute Früh. Als sie François zu mir brachten, musste ich ...«

»Sie? Wer?«

»Die kleine Maryam, natürlich. Ich habe euch doch erklärt, dass das Kind ... Aber wo ist sie denn? Sie ist mir doch gefolgt.«

»Und wo«, forschte seine Frau, »ist Justin?«

Sie hatte die Gunst des Augenblicks genutzt und sich verdrückt, genau wie Khattab. Maryam lag im Gang. Jemand hatte sie bewusstlos geschlagen, doch allmählich kam sie wieder zu sich, und als Emerson ihr aufhalf, hielt sie sich an ihm fest und versuchte zu sprechen. »Schnell ... Ihr müsst verschwinden. Sie hat die Zündschnur angesteckt.«

* * *

Matilda sprang auf und stürmte zur Tür. Sie war recht beweglich für ein älteres Semester; mag sein, dass die Aussicht auf den unmittelbaren Tod ihre Schritte beflügelt. Ramses war schneller. Er packte sie bei den Schultern und schüttelte sie eher unsanft.

»Wo ist sie?«

Sie suchte sich ihm zu entwinden. »Es ist in ihrem Zimmer. Sie liebt Dynamit. Versuchen Sie ruhig, die Tür aufzubrechen, aber lassen Sie mich gehen! Wer weiß, wie viel Zeit uns noch bleibt, wenn sie nicht sogar die Zündschnur gekürzt hat!«

»Sie hat Recht!«, rief ich. »Uns bleibt keine Zeit. Beeilt euch!«

Bertie und Sethos hielten die überwältigten Ganoven in Schach. Mehrere Tote lagen hingestreckt auf den Schiffsplanken. Sethos' Blick ging von Emerson zu Maryam, doch bevor er etwas sagen konnte, gellte Emerson: »Alle Mann über Bord! Das Schiff wird gleich hochgehen!«

Wie Käfer, von einem Ast geschüttelt, regnete es Schurken in den Fluss. Sethos humpelte auf uns zu. Er hatte eine Schussverletzung am Bein erlitten und zog eine Blutspur hinter sich her. »Das Boot«, sagte er. »Helft den Frauen hinein.«

Die kleine Barkasse war an der Seite vertäut. Matilda erreichte sie als Erste; sie hechtete hinein und begann, das Seil zu lösen. »Hände hoch, Matilda, oder ich erschieße dich auf der Stelle«, drohte Sethos. Sie wich leise fluchend zurück. Emerson schob erst mich und dann Maryam hinein. »Und jetzt du«, wandte Emerson sich an seinen Bruder. »Und Bertie. Steigt ein und rudert um euer Leben. Ramses, David, runter vom Schiff.«

Die Mitglieder meiner Familie wissen genau, wann Widerspruch zwecklos ist. Jeder agierte so geistesgegenwärtig, als hätten wir den Ernstfall geprobt. Bertie lächelte trotz des sich vergrößernden Blutflecks an seiner Hüfte; er hatte schon immer an einem unserer kleinen Abenteuer teilhaben wollen. Ich hoffte inständig, dass er dies hier überleben würde.

Ich schob Matilda beiseite, setzte mich und umfasste Maryam, die unter Schock zu stehen schien; ihr Blick war wirr und leer, ihr Körper schlaff. Bertie und Sethos übernahmen die Ruder, und Emerson löste das Tau. Während wir uns mit der Strömung von dem unsäglichen Schiff entfernten, gewahrte ich Ramses und David im Wasser schwimmend. Ich funkelte Emerson an, der über der Reling lehnte.

»Himmel noch, wer bist du eigentlich, der Kapitän?«, herrschte ich ihn an. »Runter mit dir, aber fix.«

Emerson schwang sich über die Reling und tauchte in die Fluten. Die Jungen paddelten zu ihm, aber er brauchte keinerlei Unterstützung, das bewiesen seine kraftvollen Schwimmzüge.

Drei Meter ... sechs Meter ... Meine Augen klebten an der *Isis*. Sie schaukelte so friedlich vor Anker, ihre Decks verlassen. Zehn Meter. Mit ihren zügigen Schwimmbewegungen hatten die Männer uns fast erreicht. Bertie hielt ihnen ein Ruder hin und bezog Schelte von Sethos und Emerson. »Sie sollen rudern, na los doch!«, brüllte mein Gatte. Fünfzehn Meter.

Die *Isis* explodierte. Die Detonation war ohrenbetäubend. Holz- und Metallstücke flogen durch die Luft. Das Boot schaukelte heftig, sobald die Druckwellen uns erreichten. Als sie schließlich nachließen, waren wir weiterhin seetüchtig, die Dahabije dagegen ein Opfer der Flammen.

Wir saßen wie versteinert und, zumindest in meinem Fall, nachdenklich und beklommen da. Vermutlich war ich die Einzige, die in den dahintreibenden Trümmern eine verstümmelte, aber durchaus identifizierbare Leiche bemerkt hatte. Falls sie dem Hausboot vor der Explosion hatte entfliehen wollen, hatte sie schlicht zu lange gezögert.

Ich senkte den Kopf und murmelte ein kleines Gebet – gewährt unser Glaube doch auch dem schlimmsten Sünder Hoffnung auf Erlösung. Ich schloss ein kurzes Dankgebet für unsere Rettung an und sah abrupt auf, um mich zu vergewissern, ob ich nicht zu vorschnell gewesen war. Nein, sie waren alle da, wohlbehalten und mehr oder weniger unversehrt. Und die *Amelia* näherte sich im Eiltempo.

Sie nahmen uns an Bord, und sogar Rais Hassan verließ seinen Posten, um uns zu beglückwünschen. Cyrus umarmte seinen Stiefsohn überschwänglich, was Bertie ausgesprochen peinlich war; Nefret rannte zu Ramses, und Selim umarmte jeden Einzelnen.

Ich wollte gerade vorschlagen, alles Weitere zu vertagen, bis die Verletzten versorgt seien, als mir ein Aufschrei entfuhr und ich wild gestikulierte. Erschöpft und erschlagen, tropfnass und blutverschmiert, verfolgten die Überlebenden jenes unglaublichen Abenteuers schweigend, wie der Regierungsdampfer erhaben vorübersegelte, auf dem Weg nach Kairo und in Sicherheit.

* * *

Später dann sorgte unsere unerwartete, wenn auch willkommene Rückkehr nach Luxor für erhebliche Aufregung. Keiner hatte so recht gewusst, wo wir steckten, und alle waren besorgt. Im Triumphzug geleitete man uns vom Hafen nach Hause, wo eine weitere Gratulationsrunde folgte. Nachdem ich Evelyn und Lia – und Gargery – gestattet hatte, ihren Gefühlen freien Lauf zu lassen, setzte ich der Flut von Fragen ein Ende.

»Wir werden zur Teezeit ausführlich Bericht erstatten. Wir brauchen dringend ein Bad und frische Sachen, einige von uns benötigen medizinische Versorgung. Cyrus, gehen Sie heim und holen Sie Katherine zum Tee. Daoud, bring diese Frau in den Lagerschuppen und sperr sie ein – mit allem Nötigen, natürlich. Selim, Bertie, ihr geht mit in Nefrets Praxis.«

»Sethos kommt auch mit«, sagte Nefret. »Ich muss die Kugel entfernen.«

Er hielt seine Tochter umschlungen, seit Emerson ihm dargelegt hatte, dass er ihr sein Leben verdanke – wie freilich auch den erfolgreichen Gesamtverlauf, denn wir hätten nicht handeln können, solange er in Gefahr war. Was sie ihrem Vater erzählt hatte, nachdem sie sich zu einem langen, vertraulichen Gespräch zurückgezogen hatten, wusste ich nicht, aber ich würde es bestimmt noch herausfinden. Jedenfalls hatte es die längst überfällige Versöhnung herbeigeführt.

Jetzt sagte er mit der gewohnten Ironie: »Ich würde sie lieber drinlassen. Ich war schon einmal Nefrets Patient.«

Natürlich überzeugte ich ihn. Er und Maryam folgten Nefret. Seine Tochter stützte ihn, er hatte seinen Arm um ihre Schultern gelegt.

»Und nun zu dir, Emerson«, hob ich an.

Nefret hatte ihn provisorisch versorgt, dennoch sah er entsetzlich aus. Da ihm nur Daouds Sachen passten und der ihm nichts leihen konnte, trug er noch immer dieselbe Kleidung wie bei Nefrets Verfolgung. Er war mit Pflastern und Prellungen übersät, gleichwohl hatte er François' Tötungsabsicht und den Kampf gegen diesen skrupellosen Bösewicht heruntergespielt.

»Aber nicht doch, Peabody«, versetzte Emerson und verschränkte die Arme. »Ich habe mich noch gar nicht zu deinem leichtfertigen, unüberlegten Verhalten geäußert. Komm mit.«

»Ja, mein Schatz.«

* * *

Ich befand, dass wir feiern sollten. Fatima, die ihren Gefühlsüberschwang wie stets mit Bergen von Essen dokumentierte, servierte Tabletts voller Köstlichkeiten. Daoud war da, und Kadija, und auch Selim, der sich weigerte, das Bett zu hüten. Die Familie, einschließlich der Vandergelts, Sennia und Gargery, beide Katzen (die bestimmt kein Interesse an unseren Erlebnissen hatten, dafür aber an Fatimas Fisch-Sandwiches), und die lieben Kleinen – alle. Ihr Lärm hätte Tote aufwecken können, gleichwohl stand es ihnen zu, bei ihren Eltern zu sein. Sethos und Maryam fehlten als Einzige.

Ein paar von uns hatten Whisky-Soda dem Tee vorgezogen.

»Kommt, wir trinken auf einen weiteren grandiosen Erfolg.« Ich hob mein Glas.

»Ich bin mir nicht sicher, wie viele solcher grandiosen Erfolge wir noch verkraften können, Peabody«, seufzte Emerson, nervös auf seinem Stuhl herumrutschend. »Ich muss zugeben, ich bin ein bisschen erschöpft, und Sethos und Bertie hatten ...«

»Verdammtes Glück«, versetzte Bertie breit grinsend. Der Junge war dermaßen zufrieden mit sich, dass er es tatsächlich wagte, Emerson zu unterbrechen. »Meine Verletzung war nur ein Kratzer, nichts Dramatisches, und Nefret meint, dass Sethos in ein paar Tagen wieder gesund sein wird. Ich hätte das alles um nichts in der Welt verpassen mögen.«

»Es hatte einen gewissen Nervenkitzel, nicht?« Ich erwiderte sein Grinsen. »Ich wollte schon immer mal den Satz hören ›Sie – oder fallweise er – hat die Zündschnur angesteckt‹.«

»Und du konntest der Augenklappe einfach nicht widerstehen, was?« Emersons Lippen zuckten belustigt.

»Mein heimlicher Wunschtraum ist es, ein Piratenschiff zu erobern«, gestand ich.

»Schade, dass du kein Messer zwischen die Zähne nehmen wolltest«, foppte mich mein Sohn.

»Na ja, man kann nicht alles haben. Davy, bist du fertig mit Küssen? Danke, mein Junge. Jetzt geh und mal Bilder mit Evvie und Charla. Ich glaube, sie streiten sich um den dunkelroten Buntstift.«

»Gütiger Himmel, Amelia, nun berichten Sie doch endlich«, drängte Katherine. »Cyrus und Bertie haben sich geweigert, darüber zu sprechen, sie wollten Ihnen nichts vorwegnehmen.«

»Wir warten nur noch auf Sethos und Maryam«, erklärte ich.

Sethos gesellte sich ohne Maryam zu uns. »Ich habe sie überredet, ein bisschen auszuruhen«, murmelte er. Nach einem Blick in die Runde lächelte er verhalten. »Ihr fehlt noch das Durchhaltevermögen der anderen Familienmitglieder.«

»Vielleicht ist es besser so«, erwog ich. »Setz dich und leg dein Bein hoch. Emerson, kannst du ... oh, danke, Walter.«

Er hatte seinem Halbbruder bereits ein Glas in die Hand gedrückt.

»Wir warten, Amelia«, drängte Evelyn.

»Wo soll ich anfangen?« Ich nahm einen weiteren Schluck. »Die Geschichte ist ziemlich kompliziert.«

»Wie die meisten«, konterte Cyrus.

»Sie haben vermutlich Recht. Vielleicht sollte ich zunächst anhand meiner Liste ›Außergewöhnliche Vorfälle‹ – ich hab sie zufällig bei mir – erklären, wie jeder einzelne Punkt letztendlich in das Raster passt, mit dem unsere Widersacher uns von ihrem eigentlichen Motiv ablenken wollten.«

»Ich denke, das haben wir bereits diskutiert, Mutter«, sagte Nefret. Die anderen nickten bekräftigend.

»Oh«, sagte ich. »Auch Justins Maskerade als Hathor? Der zweite Auftritt sollte Maryam von jedem Verdacht befreien, und das war geschickt inszeniert. Justin trug ihre Jungensachen unter der ausladenden Robe; sie musste nur rasch herausschlüpfen, währenddessen lenkten Maryam und Konsorten euch vier ab. Der Stofffetzen, den Emerson gefunden hat ...«

»Wurde absichtlich so präpariert«, unterbrach Ramses. »Entschuldigung, Mutter, aber auch das haben wir ausdiskutiert.«

»Oh. Hmmm. Der Plan nahm Gestalt an, als Matilda von dem Prinzessinnen-Schatz erfuhr. Seinerzeit führte sie ein Haus für – ähm – in Kairo und war in weitere illegale Aktivitäten verstrickt. Es war Matilda, die Maryam vor Jahren Lügen über ihre Mutter auftischte und ihr riet auszureißen. Maryam war jung und aufsässig – wie viele Heranwachsende –, und es faszinierte sie, eine Schwester und eine mütterliche Beschützerin zu haben. Matilda arrangierte Maryams Hochzeit mit einem wohlhabenden Mann – und sorgte vermutlich auch für dessen Ableben, sobald der bedauernswerte Mr. Throgmorton ein Testament gemacht hatte, worin er Maryam alles vererbte. Ich bin sicher, Maryam hatte mit seinem Tod nichts zu tun.«

»Er war gut zu ihr«, räumte Sethos ein. »Sie mochte ihn sehr gern. Erst einige Zeit nach seinem Tod, als sie zu Matilda zurückgekehrt war, argwöhnte sie dahinter üble Machenschaften.«

»Was ich nicht verstehe«, begann Cyrus, »ist, wie sie sich das mit dem Entladen der Artefakte vorstellten. Sie wären doch niemals unbehelligt nach Kairo durchgekommen.«

Alle Augen – selbst die Emersons – waren auf Walter gerichtet. Ein bescheidenes, aber auch ein wenig stolzes Lächeln erhellte sein Gelehrtenantlitz.

»Ich habe darüber nachgedacht, Cyrus«, sagte er. »Ich glaube – und das ist leicht nachvollziehbar –, dass sie irgendwo zwischen Kena und Hammadi anlegen wollten; in Hammadi hätten sie ohnehin warten müssen, bis die Brücke hochgezogen würde. Dort hätten sie im Schutz der Dunkelheit abgeladen. Die sperrigeren Objekte wären in einem leeren Grab oder einer Höhle zwischengelagert worden, um sie später zu holen, wenn die ›Luft rein gewesen wäre‹ – so sagt man, glaube ich. Ein paar von der Mannschaft hätten den Dampfer tags darauf flussabwärts gebracht und dann verlassen oder zerstört.«

»Ich bin sicher, du hast Recht, Walter«, bekräftigte ich. »Aber verzeih mir, wir kommen vom Thema ab.«

»Meine Schuld.« Cyrus grinste. »Tut mir Leid, Amelia. Fahren Sie fort.«

Die Geschichte von unserem Besuch bei el-Gharbi war neu für sie, und ich darf sagen, ich habe sie mitreißend erzählt. (Ich sah, wie Daoud entrückt die Lippen bewegte und heimlich jedes Wort wiederholte.) »Es war ein unglaublicher Schock für mich«, gestand ich freimütig. »Ich habe el-Gharbi aufgesucht, weil Maryams Missgeschicke – ich will sie einmal so nennen – einfach nicht in das Mosaik passen wollten, überdies hatte ich gehofft, mehr über ihre Vergangenheit zu erfahren. Sie hat mich und Ramses belauscht; sie hatte die Angewohnheit, nachts im Garten spazieren zu gehen. Ihre Beweggründe gehen uns nichts an«, setzte ich mit einem leichten Hüsteln hinzu.

Nefret spähte zu Ramses, der tunlichst niemanden anschaute, und rückte näher an ihn heran. Sie sah erschöpft und trotzdem bezaubernd aus, ihr Gesicht strahlend ob einer neuen Erkenntnis. Sie hatte eine wichtige Sache gelernt, dass nämlich wahre Liebe von Dauer ist. Ich nickte ihr verständnisvoll zu und fuhr fort.

»Sobald ich el-Gharbis Dorf erwähnte, war Maryam klar, dass der Zuhälter mir von Justin erzählen würde – und dass diese Information die gesamte Gruppe auf der Dahabije unter Verdacht stellte. Ich darf mit Fug und Recht behaupten, dass meine Darlegung der wahren Fakten rund um den Tod ihrer Mutter und unsere herzliche Aufnahme dazu führten, dass sie ihre Einstellung zu uns geändert hat. Darauf fuhr sie nach Luxor, um Justin und Matilda von ihrem Plan abzubringen – zumindest von einer Entführung Nefrets. Sie versprach ihnen hoch und heilig, sie nicht zu verraten, aber vermutlich war sie entsprechend aufgebracht, dass sie ihr nicht mehr vertrauen wollten. Also sperrten sie Maryam in ihre Kabine und schickten Khattab zum Bahnhof, um auszukundschaften, ob Ramses und ich wirklich losgefahren waren. Eine Aufdeckung war unausweichlich; da sie aber wussten, dass wir erst gegen Abend zurückkehren würden, zogen sie den Zeitpunkt ihrer Abreise lediglich um ein paar Stunden vor. Als man Maryam genau wie Nefret zur Teilnahme an dieser unsäglichen Dinnerparty zwang, spielte sie ganz bewusst die respektvoll Ergebene.«

»Das ist ihr wirklich gelungen«, räumte Nefret ein.

»Sie musste es tun, damit sie sie in Ruhe ließen. Nachdem sie von Emersons Gefangennahme und Matildas Vergeltungsabsichten erfahren hatte, begriff sie, dass sie ihn als Einzige befreien könnte. Todesmutig und mit erheblichem Eigenrisiko stahl sie gestern Abend die Schlüssel, schlich sich in seine Kabine und öffnete die Hand- und Beinschellen. Sie versuchte ihn zu überreden, in der Nacht zu fliehen, aber er lehnte ab. Unverbesserlicher Dickschädel«, schalt ich.

»Es bestand immerhin noch Hoffnung, einen Angriff auf den Dampfer zu verhindern«, sagte Emerson, genüsslich paffend.

»Du allein?«, forschte ich mit hochgezogenen Brauen.

»Ich rechnete fest damit, dass Matilda mir einen weiteren Besuch machen würde«, führte Emerson aus. »Der erste hat ihr gut gefallen. Dann hätte ich sie als Geisel genommen und die anderen gezwungen, sich mir zu ergeben.«

»Ein ausgezeichneter Plan«, bemerkte Sethos süffisant.

»Verdammt noch mal, ich hätte nie erwartet, dass sie François zu mir stecken. Als ich sie an der Tür hörte, legte ich mir die Eisenschellen wieder provisorisch an und tat so, als wäre ich noch gefesselt. Ich hoffte, ihm genauere Informationen in puncto Zeitplan und Vorgehensweise zu entlocken, aber der Bas... ähm ... Bursche starrte mich nur an und fuchtelte mit seinem Messer herum. Als das Feuer eröffnet wurde, wollte ich nicht mehr warten. Kaum hatte ich François liquidiert, kam Maryam zurück, um mich herauszulassen. Dieses couragierte junge Mädchen hat viel für uns riskiert.«

»Mehr als man meint«, gestand Sethos. Er erhob sich steif. »Amelia, kannst du kurz nach ihr sehen? Ich muss den Nachtzug nach Kairo noch erreichen.«

»Völlig ausgeschlossen«, entfuhr es mir. »Du darfst das Bein nicht belasten, und außerdem ist deine Tochter jetzt wichtiger. Telegrafier Mr. Smith, er soll sich zum Teufel scheren!«

»Mir fehlt nichts.« Sethos klang schon wie Emerson. »Und diese Sache hat Vorrang. Du bist auf dem falschen Dampfer, Amelia. Evelyn hat letztendlich Recht behalten.«

»Man hat sie dazu gezwungen«, ereiferte sich Evelyn. »Ich wusste es. Womit haben sie Maryam unter Druck gesetzt?«

»Mit dem stärksten Druckmittel, das man sich denken kann.« Er grinste mich ironisch an, doch seine Augen leuchteten.

»Manch einer könnte behaupten, dass schon genug kleine Kinder in dieses Abenteuer verstrickt sind ...«

»Kann nicht genug davon bekommen«, erklärte Emerson leicht rührselig. Unvermittelt klappte seine Kinnlade herunter. »Wie meinst du das? Ach, herrje! Soll das heißen ...«

»Ich habe eben erfahren, dass ich Großvater bin«, grinste Sethos. »Es ist ein Junge. Er ist ein Jahr alt, und Matilda hat ihn kurz nach seiner Geburt unter ihre Fittiche genommen.«

»Gütiger Himmel.« Ich sprang auf. »Unter den Fittichen dieser heimtückischen, prinzipienlosen ... Wir müssen ihn auf der Stelle holen! Äh ... aber wo?«

»Ich weiß, wo«, antwortete Sethos. »Ich hatte vorhin ein kurzes Gespräch mit Matilda. Setz dich, Amelia, und nimm noch einen Whisky. Du wirst nicht gebraucht. Aber ich muss den Zug bekommen. Ich habe versprochen, dass ich ihn ihr so schnell wie möglich zurückbringe.«

»Selbstverständlich«, murmelte ich. »Wie muss sie gelitten haben!«

Emerson klopfte die Pfeife aus. »Ich komme mit. Du bist noch nicht wieder fit.«

Er allerdings auch nicht. Ramses blickte von ihm zu Nefret, die seine Hand umklammerte. »Nein, Sir, ich werde fahren.«

»Was ist mit mir?«, wollte Bertie wissen.

»Sie haben schon genug auf sich genommen«, sagte ich mitfühlend.

»Nein, Ma'am, wirklich nicht. Ihr anderen Burschen ...« Seine treuen braunen Augen wanderten von Ramses über David und Emerson zu Walter. »Ihr anderen wollt sicher bei euren Frauen sein. Ich – ähm – ich möchte mitfahren. Wenn – ähm – Sethos mich mitnimmt. Als moralische Unterstützung sozusagen.«

Ich glaube, die beiden verband eine tiefe, freundschaftliche Zuneigung seit jenen letzten, verzweifelten Minuten, in denen Bertie kühl und zielsicher wie Sethos vier bewaffnete Männer ausgeschaltet hatte. Während er und Sethos sich den Weg auf das Deck erkämpften, hatte ich das Tau von unserem kleinen Boot festgemacht. Der Kampf dauerte nicht lange. Ich betone es immer wieder: Angeheuerte Ganoven sind nicht verlässlich.

Sethos sagte: »Ich danke dir« – für ihn ein ungeheures Eingeständnis.

Wir gaben ihnen gute Wünsche – und Fatima Berge von Butterbroten – mit auf den Weg. Sanftes Dämmerlicht breitete sich aus, ein flirrender Sternenhimmel wölbte sich über Luxor.

»Dabei fällt mir ein«, sinnierte ich, »es wird höchste Zeit für die Weihnachtseinkäufe. Das wird ein Fest dieses Jahr!«

»Hmpf«, brummelte Emerson, das war alles.

»Hatt ihr die Dame gefaft?«

Für Augenblicke dachte ich, es sei Evvies Kinderstimme gewesen – indes artikulierte sich die Kleine eigentlich immer korrekt. Ich kannte nur ein einziges Kind mit dieser Eigenheit ... Wir drehten uns ruckartig um. Über die aufgetürmten Kisten hinweg spähte Charla zu uns.

»Ich will nicht, daf fie noch mal anf Fenfter kommt«, murmelte sie.

Ramses stürzte sich auf seine Tochter und hob sie auf. »Was hast du da gesagt?«

»Ich will nicht, daf die Dame mit den gelben Haaren anf...«

»Du sprichst ja. Sie spricht!«, brüllte Ramses.

»Ich habe dir doch gesagt, dass sie das tun wird, wenn sie bereit dazu ist«, seufzte ich. Ihr Vater hatte diesen kleinen Sprachfehler jahrelang beibehalten. Aber wenigstens schien ihr Vokabular das eines normalen Kindes. Anders als bei ihrem Vater.

Ramses sank in einen Sessel und legte den Arm um seine Tochter. »Wie hat die Dame dir Angst gemacht?«

»Fie hat Dinge geflüftert.« Charlas Augen waren ängstlich geweitet. »Dinge, die flimmen Kindern pafieren. Fie hat gefagt, ich bin flimm. Einmal hat fie verfucht, eine Flange durch daf Fenfter fu werfen, aber dann bift du gekommen und fie ift weggelaufen.«

»Gütiger Himmel«, flüsterte Ramses und schmiegte das Kind fester an sich. »Du bist nicht schlimm, Schätzchen. Du bist ein gutes, ein wunderbares, tapferes Kind. Die ... die Dame ist fort, sie kommt nie mehr.«

Charla schien erleichtert, aber nicht ganz überzeugt. »Ift fie tot?«

»Ja«, sagte ich rundheraus. »Sie ist tot. Die Toten kehren nicht zurück.«

»Es war Justin, nicht?«, forschte Nefret, ihre Stimme unsicher. »Wieder einer ihrer kleinen Scherze. Wie kann man ein Kind nur so quälen!«

»Deine Vermutung war korrekt«, bekräftigte ich. »Sie *war* eine Bedrohung für die Kinder.«

Zärtlich streichelte Nefret die beiden schwarz gelockten Köpfe. Darauf schlenderte sie zu der Absperrung.

»Davy?«, meinte sie eindringlich.

Der kleine Junge sah auf und zeigte seine vier Zähnchen.

Nefret streckte die Arme aus. »Möchtest du kommen und mit Mama plaudern?«

»Wenn es dir nichts ausmacht, Mama, möchte ich ab jetzt mit meinem vollen Vornamen angeredet werden«, artikulierte sich David John mit verblüffender Präzision. »Über welches Thema sollen wir diskutieren?«

Ich sank in den nächsten Sessel. »Emerson«, sagte ich schwach. »Emerson – noch einen Whisky, bitte.«

Danksagung

Mein ausdrücklicher Dank gilt dem Benson Ford Research Center im Henry Ford Museum und in Greenfield Village sowie der zuständigen Dokumentatorin Carol Whittaker, die mir umfassende Informationen zum Einsatz des *Ford Light Patrol Car* im Palästina-Feldzug während des Ersten Weltkrieges und danach lieferte. Emersons Vernarrtheit in dieses erstaunliche Fahrzeug ist durchaus nachvollziehbar.

Des Weiteren danke ich meinen lieben Freunden, die das Gesamtmanuskript gelesen und konstruktive Kritik angebracht haben: Dr. W. Raymond Johnson, Direktor der Epigrafischen Abteilung an der University of Chicago, Dennis Forbes, Herausgeber des *KMT: A Modern Journal of Ancient Egypt,* George B. Johnson, Mitherausgeber des *KMT,* und, wie stets, meiner unschätzbaren Assistentin Kristen Whitbread. Ich übernehme die volle Verantwortung für Fehler, die trotz ihrer Unterstützung nicht ausgemerzt werden konnten.

»Amelias Charme ist unwiderstehlich!«
New York Times

Die Archäologin Amelia Peabody sieht wieder einer spannenden Ausgrabungssaison im Land der Pharaonen entgegen. Gemeinsam mit ihrer Familie bezieht sie bester Stimmung ihr Quartier in Luxor. Doch sehr bald bewahrheitet sich Amelias Befürchtung: »Ein neues Jahr, eine neue Leiche.« Und ein noch warmer Toter in einem geplünderten Sarkophag ist nur der Anfang eines blutigen Sandsturms von Gefahr und Gewalt …

»Packende Storys vor einem spannend geschilderten historischen Hintergrund – das war schon immer die Stärke der Amelia-Peabody-Krimis.«
Westdeutsche Zeitung

Elizabeth Peters
Die goldene Göttin
Roman

ULLSTEIN TASCHENBUCH

UB175